Sarolta

W0398429

»Wir sollten heiter Raum um Raum durchschreiten,
An keinem wie an einer Heimat hängen.«
Hermann Hesse

Mein Urgroßvater Zsgmond Baron Schoßberger (Onkel von Sarolta, Claudias Urgroßmutter) war ein berühmter und erfolgreicher Geschäftsmann. Sein Vater war der erste Jude seit dem Mittelalter, der in den Adelsstand erhoben wurde. Nach dem grandiosen Plan von Miklos Ybl, einem der bekanntesten Architekten, hatte er ein Schloss gebaut, das sich in Tura, direkt in der Nähe von Sisis beliebtem ungarischen Ort, dem Schloss Gödöllö, befand. In ihrem Buch beschreibt Claudia Golling das Leben in diesem bemerkenswert schönen Schloss mit einem wunderbaren Garten, das oft von zahlreichen Magnaten, Bankiers und Adligen besucht wird. Sie erzählt in ihrer Geschichte über das Leben der Familie Schoßberger und diese vergangene Epoche auf höchst spannende und faszinierende Weise ...

Georg von Hevesy, Stockholm
Sohn des gleichnamigen Nobelpreisträgers

CLAUDIA GOLLING

Sarolta

Eine Geschichte von Courage

Historischer Roman

molino

Für Walter

Die Flucht

Donnerstag, der 8. Juli 1875, war ein strahlend schöner Sommertag. Seit dreizehn Stunden saß Sarolta nun schon im heißen, dampfigen First-Class-Abteil des Zugs von Budapest nach Prag, der ersten Etappe auf ihrem Weg nach Hamburg. Fünfzehn Jahre war sie alt und es fehlte nur noch eine Woche bis zu ihrem sechzehnten Geburtstag am 15. Juli. Dann befand sie sich im heiratsfähigen Alter und genau aus diesem Grund war sie nun vorsorglich auf der Flucht. Auf der Flucht vor ihrem Cousin zweiten Grades, Josef Samuel Lajos Gold de Buda, dem Sohn ihrer Tante Lara Gold de Buda, die sie, laut Tante Lara, die arme, mutterlose, aber hübsche, gescheite, kleine Sarolta für ihren ›Herzibuben‹ als Ehefrau auserkoren hatte.

»Das Mädel wird mal eine gute Geschäftsfrau«, pflegte sie zu sagen. Eine solche brauchte das weichliche, fette, verwöhnte Muttersöhnchen auch, denn Geschäfte, Textilgeschäfte, besaß die Familie Gold de Buda in reichlichem Maße. In Wien und Budapest. Sie verkauften nur feinste Ware. Deshalb durften sie sich Hoflieferanten nennen. Eigentlich war Sarolta dankbar gewesen, dass in den zwei Jahren, in denen sie in Wien auf dem k. u. k. Civil-Mädchenpensionat, im Palais Strozzi, ihre Ausbildung genoss, die Familie Gold de Buda sich reizend um sie gekümmert hatte.

Jeden zweiten Sonntag wurde es den Mädchen erlaubt, mittags »aus zu speisen« und bis auf drei- oder viermal, wo sie Tante Ella in Baden bei Wien besuchte, war sie herzlich im großbürgerlichen Stadthaus der Gold de Budas zum Essen geladen. Tante Lara schenkte ihr manchmal feine Stoffe, Baumwollbatist oder auch Wolltuch, aus denen Sarolta Blusen und sogar ein Kostüm für sich nähte. Tante Lara war begeistert über die Geschicklichkeit ihrer Nichte. Es gab für gewöhnlich viel zu lachen am großen Familientisch mit Onkel, Tante und den vier Cousinen. Nur Vetter Josef, so nannte Sarolta ihn in Gedanken, weil er so fett war und so feiste, feuchte Finger hatte, beteiligte sich selten am Gespräch. Wenn er nicht aß, starrte er sie über den Tisch hinweg aus seinen Glubschaugen an, was ihr jedes

Mal einen leichten Schauer verursachte. Zu jener Zeit ahnte sie noch nicht, was der gesamte Familienclan hinter ihrem Rücken beschlossen hatte. Aber eines Tages, kurz vor dem heiß ersehnten, grandiosen Abschlussball der Schule, besuchte sie Papa und eröffnete ihr den Familienbeschluss.

»Du machst eine hervorragende Partie, mein Mädele! Du bist dann eine reiche Frau. Ich hab doch leider kein Vermögen und kann dir wenig Mitgift mitgeben. Denk an deine armen Schwestern. Katalin ist manchmal so schwermütig, kein Mann nimmt sie. Adèl fühlt sich nach Mamans Tod verantwortlich für sie und auch für mich, deshalb wäre es eine Erleichterung, wenn wenigstens du, mein Kind, eine gute Partie machen würdest.« Papa machte eine Pause. »Ich weiß, mein Liebes, schön ist er nicht«, seufzte er.

Sarolta war wie erstarrt, dann holte sie tief Luft und schrie: »Schön? Greislich ist er und dumm, und lieber gehe ich in ein christliches Kloster, bevor ich ihn heirate! Oder ich bring mich um«, fügte sie noch hinzu, bevor sie aus dem Besuchsraum stürzte und sich weinend in ihr Zimmer einschloss.

Die nächsten Tage benahm sie sich ungewöhnlich ruhig. Es war die Zeit vor dem großen Ballereignis. Sarolta änderte das schlichte Kleid, dass schon ihre Schwester Adèl vor vier Jahren beim Abschlussball der Schule getragen hatte, mit Spitzenbändern und modischen Ideen in eine entzückende kleine Robe um. Innerlich fieberte sie.

Bitte, Gott, schicke mir ein Wunder!, betete sie in Gedanken tausendmal, während sie die feine Nadel durch den Stoff schob. Aber wie sollte dieses Wunder aussehen? Das Wunder geschah, weil ausgerechnet die Familie Gold de Buda einen jungen Hamburger Kaufmann, der ihnen gerade Baumwollgarn für Wiener Spitze geliefert hatte, als ihren Gast auf den Ball mitnahm.

Genau dieser Mann saß jetzt im Zug, eine Stunde vor der Ankunft in Prag, ihr gegenüber. Er hieß Carl Götte und bald würde sie seinen Namen tragen, Frau Sarolta Franziska Götte. Er war eingenickt, als sie, während des Aufenthalts in Kolin, kurz im Abteil 3. Klasse nach Marika und Hannes schaute. Sarolta fand es unerträglich, dass Marika nicht bei ihr im Abteil saß. Sie war schließlich ihre geliebte Amme und Kinderfrau, die sie, das 15-jährige Mädchen, nicht allein in die Fremde ziehen lassen wollte. Aber Marika beharrte darauf, mit Hannes, dem Diener des Kaufmanns Götte, im Gepäckabteil auf das Gepäck aufzupassen.

Marika sah schon ordentlich mitgenommen von der Reise aus. Die Arme! Der verdrückte Strohhut saß schief auf ihrem Kopf und drunter kamen die graubraunen Haarsträhnen zum Vorschein. Trotz der weit geöffneten Zugfenster herrschte eine schier unerträgliche Hitze im Abteil. Schweißgeruch lag in der Luft.

»Es dauert nicht mehr lange und wir sind in Prag. Carl hat beschlossen, dass wir uns dort einen Tag ausruhen und die Stadt anschauen, bevor wir nach Dresden weiterreisen, das ist doch gut, oder?«, versuchte Sarolta Hannes und sie zu trösten. Marika nickte stumm, stand auf, reckte sich ein wenig und rückte das Kissen, das ihr Sarolta fürsorglich zu Beginn der Fahrt untergeschoben hatte, zurecht, bevor sie sich seufzend wieder auf die Holzbank fallen ließ.

Nun rannte Sarolta zurück in ihr Abteil 1. Klasse, in dem außer Carl und ihr keiner saß. Er war nun in der Zwischenzeit tief und fest eingeschlafen. Auch das laute Pfeifen des sich erneut in Bewegung setzenden Zugs konnte ihn nicht aufwecken. Deshalb wagte Sarolta es, sich ihrer schmerzenden Stiefeletten zu entledigen. Sie schob die heißen Füße in den weißen Strümpfen unter ihrem Rock auf den Nebensitz und lehnte sich zurück in den mit rotem Samt bezogenen Ohrenbackensessel. Nach Tagen voller Aufregung ein Moment der Ruhe. Ein Moment der Besinnung. Sarolta atmete tief. Sie schloss die Augen. Was habe ich getan, dachte sie. Dabei hatte sie wieder einmal, wie so oft in den letzten Tagen, Angst vor ihrer eigenen Courage. Sie öffnete die Augen und betrachtete den Mann, der ihr am Ende einer durchtanzten Ballnacht spontan einen Heiratsantrag gemacht hatte. Das Zeichen Gottes, für das sie gebetet hatte. Deshalb überkam sie doch wieder die Zuversicht, richtig gehandelt zu haben. Endlich wehte auch ein etwas kühlerer Wind durch die geöffneten Fensterscheiben.

Um 7 Uhr in der Früh hatten sie in Pest den Zug bestiegen und nun war es 8 Uhr abends. Sarolta betrachtete den ihr doch so fremden Mann gegenüber. Er sah fein aus, vertrauenswürdig. Nein, da war sie sich sicher, er würde sie nicht enttäuschen. Er würde sie lieben und ehren. Sie dagegen würde ihm ewig dankbar dafür sein, dass er sie aus einer ausweglosen Situation gerettet hatte. Ein wichtiger Geschäftspartner war dadurch nun verloren. Die Firma Samuel Gold und Söhne, gute Abnehmer für seine Baumwollgarne.

Sarolta war so aufgeregt, sie konnte nicht schlafen. Zum ersten Mal betrachtete sie ihren Zukünftigen ganz in Ruhe. Herr Götte war elf Jahre älter als sie, also schon ziemlich alt in ihren Augen. Deshalb fühlte sie sich von ihm auch in gewisser Weise beschützt. Er war eher mittelgroß, hatte schöne Hände und feine Gesichtszüge. Seine aschblonden Haare wirkten immer noch akkurat gekämmt, was angesichts der langen Fahrt im heißen, zugigen Abteil verwunderlich schien. Ein schmaler Schnurrbart zierte seine Oberlippe. Was ihr aber besonders an ihm gefiel, war sein trockener Humor.

Die ganze Nacht auf dem Ball hatten sie so wunderbar miteinander getanzt und Carl konnte sie durch seine witzigen, ironischen Äußerungen immer wieder zum Lachen bringen. Ziel seiner spöttischen Bemerkungen war unter anderem auch Vetter Josef, der missgelaunt das Tanzpaar beobachtete und sich mit Wein volllaufen ließ.

»Jetzt musst du sie auch mal zum Tanz auffordern«, insistierte Tante Lara ohne Erfolg. Josef nickte kurz am Tisch ein, dann wachte er auf, sein Blick fiel auf Sarolta und Carl, die mit einem Wiener Walzer durch den Saal schwebten. Er erhob sich schwerfällig.

»Scheiß drauf, scheiß auf alles«, murmelte er und begab sich in Richtung Ausgang.

Sarolta beobachtete den Vorgang aus den Augenwinkeln. »Sehen Sie mal, Carl, ich hab es Ihnen noch nicht gestanden, dies ist der Mann, den ich heiraten muss. Meine Familie hat es so entschieden.«

Carl hörte auf zu tanzen und zog Sarolta von der Tanzfläche. »Das glaub ich jetzt nicht«, flüsterte er. »Das kann nicht sein, der hat Sie den ganzen Abend nicht einmal zum Tanz aufgefordert. Der passt gar nicht für Sie!«

»Meine Familie möchte es, ich kann nichts dagegen machen«, erwiderte Sarolta traurig.

»Dann, dann heirate lieber mich!«, stammelte Carl. Es war so spontan und unüberlegt, Carl begriff seine Worte erst, nachdem er sie ausgesprochen hatte, aber im gleichen Moment fühlte er sich sehr glücklich. Nicht zu vergleichen mit dem Glücksgefühl, welches Sarolta empfand. Sie wandte sich ab, weil Tränen in ihre Augen traten.

»Meinst du das ernst?«, flüsterte sie.

»Ganz ernst«, erwiderte er auf die trockene norddeutsche Art. Dann zog er ein großes unbenütztes Taschentuch aus seiner Hosentasche und trocknete die Tropfen, die über ihre zart geröteten Wangen kullerten.

Zwei Wochen lagen nun hinter diesen Ereignissen. Zwei Wochen voller Kämpfe, Loslösungen, Entscheidungen und Dramen. Carl, dessen Abreise nach Hamburg für den Tag nach dem Ball geplant war, hatte beschlossen, Sarolta nach Budapest zu begleiten, um bei ihrem Vater um ihre Hand anzuhalten.

Aber zu den Gold de Budas musste sie alleine gehen, um ihnen reinen Wein einzuschenken. Es half nichts, da musste sie durch.

Als Tante Lara von Saroltas Entscheidung erfuhr, bekam sie einen fürchterlichen Wutanfall. »Du undankbares Geschöpf, wir haben dich aufgenommen wie ein eigenes Kindl, ich habe dich verwöhnt mit Geschenken schönster Art, all die feinen Stoffe, die ich dir geschenkt habe, die Spitzenbänder, weil ich weiß, dass du gerne nähst und dein Papa, der arme Witwer, euch drei Mädeln solche Sachen nicht schenkt und jetzt, nachdem die Schule in Wien beendet ist und du uns nicht mehr brauchst, zeigst du dein wahres Gesicht. Schamlos ausgenutzt hast du uns, du, du ...«, Tante Lara verstieg sich so weit, Sarolta mit der Faust zu drohen. Sie schnaufte tief und ließ sich in den nächsten Sessel fallen.

Sarolta fürchtete schon, die Tante bekäme einen Herzanfall und sie wäre schuld. Die aber änderte nun komplett den Tonfall und sagte weinerlich: »Warum willst du einen Goj heiraten? So etwas macht man in unserer Familie nicht. Man kann katholisch werden, zum Schein, na gut. Aber man darf keinen Mann heiraten, der nicht von einer jüdischen Mutter geboren wurde, verstehst du das? Wir sind das auserwählte Volk! Warum tust du deiner Familie das an?«

Sarolta stand da wie ein begossener Pudel. »Weil ich Carl Götte liebe«, fiel ihr spontan als Antwort ein, obwohl sie sich dieses Gefühls gar nicht bewusst war. Sie konnte schlecht mit der Wahrheit herausrücken und sagen, dass sie den lieben Josef, den Joschi, das Buberl, verabscheute. Tante Lara schnäuzte vernehmlich in ein weißes Spitzentaschentuch.

»Liebe«, sagte sie verächtlich. »Liebe, so ein Quatsch, man heiratet doch nicht aus Liebe! Glaubst du, ich habe den Vater meiner Kinder geliebt, als ich ihn geheiratet habe. Aber er war eine gute Partie und wir haben ein großartiges Leben zusammen und prachtvollen Nachwuchs. Genau das wirfst du jetzt weg. Ist dir denn bewusst, dass du kein Familienmitglied mehr sein wirst, wenn du diesen Hamburger heiratest. Was glaubst du, was Onkel Zsigmond und Onkel Henrik zu deinen Plänen sagen werden und dein Vater.« Seufzend fügte sie hinzu: »Aber dieser arme Revolutionär, dieser alte Träumer ist ja nicht von dieser Welt. Der Name ›Holländer‹ war ihm nicht ungarisch genug. Wie heißt ihr jetzt?«

Sarolta schluckte. Es war ihr gar nicht recht, dass die Tante nun auch noch ihren Vater beleidigte. »Hollàn, seit einem Jahr hat Vater unseren Namen in Hollàn ändern lassen«, sagte sie ruhig.

»Ganz recht, Hollàn«, giftete Lara. »Ach, und deine arme Mutter, Gott hab sie selig, nannte er Janka, dabei trug sie den bezaubernden Namen Johanna.«

Es ging noch eine ganze Weile so weiter, die vier Cousinen kamen und verabschiedeten sich stumm und mit vorwurfsvollen Blicken. Der Onkel befand sich zum Glück im Geschäft. Sarolta war unendlich froh, als sie wieder auf der Straße stand und sich die Tür des herrschaftlichen Hauses hinter ihr geschlossen hatte.

Das Erste, was sie tat, war, in ihr Zimmer im Pensionat zu eilen, ihre drei Mitbewohnerinnen waren zum Glück nicht anwesend, um alle Sachen aus den geschenkten Stoffen bis auf eine Bluse, die sie behalten wollte, fein säuberlich zusammenzulegen und in eine Schachtel zu packen. Anschließend schrieb sie auf ihrem hellblauen Briefpapier ein paar Zeilen:

Liebe Tante, lieber Onkel!
Meine Trauer ist groß, dass ich Euch solchen Kummer bereiten muss. Aber ich kann nicht anders. Ich bedanke mich für Eure Großzügigkeit und die vielen schönen Stunden, die ich in Eurem Hause verbringen durfte. Es ist mir ein Anliegen, die hübschen Geschenke zurückzugeben, ich möchte sie nicht mit nach Hamburg nehmen. Vielleicht findet meine Cousine Luzja, die die gleiche Figur wie ich hat, Freude daran.

Immer Eure
Sarolta

Sie legte den Brief auf die Sachen, verschnürte die Schachtel mit einem grünen Band, das sie nach kurzer Suche in ihrem Schrank fand, und lief mit klopfendem Herzen zurück zum Haus der Gold de Budas, um sie dort hastig bei einem Diener abzugeben.

An all das dachte die blutjunge Frau, während vor ihren großen blauen Augen die hügelige, in Abendsonne getauchte Landschaft vorbeieilte. Sie bewegte Schultern und Kopf. Alles schmerzte ein wenig. Dann schob sie die linke Hand unter ihren dicken, langen Zopf. Alles fühlte sich feucht an. Die feine Batist-Bluse, das einzige Geschenk, das sie von Tante Lara behalten hatte, klebte seit Stunden an ihrem Rücken.

So wie alles, was ich verlassen habe, es klebt an meinem Rücken, aber ich muss in die Zukunft sehen, fiel ihr plötzlich ein und sie betrachtete Carl liebevoll. Mit ihm würde sie es schaffen. Nach Prag dauerte es nun nicht mehr lang. Sie war so gespannt auf diese Stadt.

Außer ihren Geburtsort Szegedin, Budapest, Pressburg, wo sie in der Nähe, bei Mistelbach, die Sommer auf den großelterlichen Gütern verbracht hatte, und natürlich Wien kannte sie ja noch nichts von der Welt. Sie beschloss, ihre Schuhe wieder anzuziehen. Carl würde wohl bald aufwachen und dann wäre es unangebracht und nicht ladylike, wenn sie, wie ein Kind, mit den Füßen auf dem Sessel vor ihm säße. Sie versuchte, ihre Stiefelchen mit den Zehenspitzen unter dem Sitz hervorzufischen, so sehr sie sich aber bemühte, es wollte nicht gelingen. Also stand sie auf, kniete sich vorsichtig hin und tauchte mit den Händen unter den hohen roten Samtsessel.

In dem Moment ertönte Carls Stimme. »Was machen Sie denn da, meine Gnädigste? Sie wollen sich doch wohl nicht vor mir verstecken? Das fände ich sehr bedauerlich!«

»Ich hab sie!«, rief Sarolta und tauchte mit hochrotem Kopf und ihren Schuhen in der Hand unter dem Stuhl hervor. »Oh Gott, Entschuldigung. Das ist mir jetzt peinlich. Mir war danach, die Füße ein wenig hochzulegen, da sie schliefen. Nein, wie peinlich!«, stammelte sie.

Carl musste lachen. »Ganz im Gegenteil, meine Teuerste, ich habe die Pflicht, mich zu entschuldigen, weil ich eingeschlafen bin. Das ist ungehörig und wirklich unverzeihlich!«

Sarolta lächelte, während sie ihre Schuhe schnürte. »Ach, lieber Carl, es hat mir gutgetan, ein wenig meinen Gedanken nachzuhängen. Ich muss die Geschehnisse der letzten Zeit erst einmal für mich ordnen, es ist nicht leicht. Aber ich bin froh und dankbar, dass alles so gekommen ist. Ich will Ihnen eine gute Ehefrau werden, das verspreche ich!«

Carl betrachtete sie voller Rührung. Vom ersten Augenblick an hatte sie ihn bezaubert. Ihre anmutige Haltung, der offene Blick aus den schönen blauen Augen, das goldrote Haar, das, zu einem Zopf geflochten, ihr zartes Gesicht mit dem ausdrucksvollen Mund einrahmte. »Ich werde alles tun, damit Sie Ihre Entscheidung, mich zu heiraten, nicht bereuen«, antwortete er ernst.

Sarolta lächelte spitzbübisch und nach einer kleinen Pause fragte sie: »Bekomme ich auch ein neues Kostüm? Ein Kostüm, das vorher nicht schon meine Schwester Adèl gehabt hat und das ich auftragen muss, weil sie nicht mehr hineinpasst? Alles, was ich mir aus den Geschenken der Verwandten genäht habe, war doch wohl eine Leihgabe und ich habe es zurückgegeben.«

»Meine Hochverehrteste, Sie werden die eleganteste Dame von Hamburg sein, das verspreche ich!« Carl lachte laut. »Sie werden ungarisches Temperament und Wiener Charme nach Hamburg bringen, die Leute werden staunen.«

Diese Worte taten Sarolta gut. Sie spürte, wie ihr verkrampfter Magen, seit Tagen konnte sie nicht richtig essen, sich beruhigte. Carl würde zu ihr halten, sollten Menschen ihrer neuen Heimat sie als ›Zigeunerin‹ aus fernem Ungarland betrachten. Die Hochnäsigkeit der Hanseaten wurde manchmal selbst in ihrer Familie thematisiert.

»Man sagt, die Leute in Hamburg seien steif, wieso sind Sie ganz anders, können lachen und Walzer tanzen?«

»Na ja«, antwortete er, »weil ich ein echter Hamburger Jung bin, es gibt solchene und andere, überall, in Wien und in Budapest. Aber jetzt werden wir Prag genießen, eine wunderschöne Stadt.«

Sarolta nickte. »Ich freue mich darauf! Möchten Sie vielleicht noch einen Apfel, ich hab noch zwei. Ungarische Frühäpfel, kann man nicht lagern, müssen gegessen werden!«

Carl nahm dankend an und genoss das frische Fruchtfleisch. Was für ein bemerkenswertes Geschöpf ist diese junge Frau. Wie kann man als 15-jähriges Mädchen schon so klar denken, entscheiden und handeln. Ich habe ein Juwel gefunden, auch wenn sie keine Mitgift in unsere Familie einbringt, dachte er.

Sarolta kaute auch, hatte sich zurückgelehnt und betrachtete wieder die Landschaft.

Vor einer Woche noch waren sie in der Gegenrichtung unterwegs gewesen. Sie und Carl waren auf dem Schiff die Donau von Wien nach Budapest hinuntergefahren und hatten Saroltas gesamtes bescheidenes Gepäck aus dem Pensionat dabei. Das Wichtigste aber trug Sarolta in ihrer Handtasche, ein exzellentes Abschlusszeugnis der Schule. Die beiden konnten die Fahrt auf der schönen blauen

Donau gar nicht genießen. Was würde sie in Pest erwarten? Sie fuhren mit dem Schiff, weil es donauabwärts relativ schnell ging, für die Strecke donauaufwärts kam nur der Zug infrage. Praktischerweise lag die Anlegestelle nahe der Kettenbrücke, eine der wichtigsten Brückenverbindungen zwischen Buda und Pest. Sie mündete dort in den großzügig angelegten Ferenc-Joszef-Platz, wo Familie Holländer, nein Hollán, eine Etage in dem prachtvollen Haus Nummer 15 bewohnte. Diese Wohnung war das Erbe von Großvater Simon Schoßberg de Tornja, der dadurch seine drei Enkeltöchter abgesichert sehen wollte. Besonders Großmutter Rachel Regina hatte sich Sorgen um die drei Kinder ihrer verstorbenen Tochter Johanna gemacht.

»Dieser Ungar«, damit meinte sie Samuel Holländer, »dieser Ungar, der meiner Johanna nur Unglück gebracht hat, ist doch nicht fähig, für die Mädel zu sorgen.«

Damit hatte sie nicht ganz Unrecht. Samuel Holländer war der Patensohn von Lajos Kossuth und trauerte immer noch um die verlorene Revolution von 1848, bei der er als ganz junger Mann in Szeged an der Seite seines Vaters Leo und Kossuth gekämpft hatte. Mit der Heirat von Johanna Schoßberg wurde er ein Teil des Schoßberg-Clans. Obwohl diese reiche Familie ganz auf der Seite von Kaiser Franz Josef stand, von ihm dafür sogar mit dem Adelstitel de Tornja belohnt worden war, erhielt Samuel als Ehemann von Johanna ein Kontor der Firma »Schoßberg und Söhne« in Szegedin.

Carl und Sarolta warfen die Apfelbutzen in hohem Bogen aus dem Fenster. »Vielleicht wachsen da jetzt Apfelbäume, die an uns erinnern«, kicherte Sarolta.

»Frühapfelbäume«, fügte Carl trocken hinzu, worauf beide schrecklich lachen mussten. Sarolta fühlte sich ihrem Bräutigam seltsamerweise so verbunden, als ob sie ihn bereits seit einer Ewigkeit kennen würde.

Wie hatte er sacht ihre Hand genommen, als sie auf dem Franz-Josef-Platz auf das Haus Nummer 15 zugingen. Sie läutete am Portal. Das Hausmädchen öffnete die Tür und sie stiegen gemeinsam hinauf in den zweiten Stock. Adèl und Katalin standen in der geöffneten Tür. Sarolta umarmte sie, dann stellte sie ihnen Carl Götte vor. Die beiden schienen nicht sonderlich überrascht zu sein. »Es war nicht leicht für Sie, lieber Carl, mit mir nach Pest zu fahren, um dort in der Höhle des Löwen um meine Hand anzuhalten«, bemerkte Sarolta.

»Genau daran habe ich gerade gedacht, liebe Sarolta, aber aus anderer Sicht. Für Sie war doch alles viel schwerer als für mich. Mich beflügelt einzig und allein die Zuneigung zu Ihnen, auf Ihrer Seite hingegen steht so viel mehr auf dem Spiel. Sie haben sich gegen ihre Familie entschieden und schauen in eine Zukunft mit mir, in einem fremden Land, das Sie nicht kennen. Sie wissen nicht, ob Sie sich dort wohlfühlen können. Das nenne ich extrem mutig!«

»Ja«, meinte Sarolta, »Sie haben recht, für mich gibt es kein Zurück mehr.«

»Ein Glücksfall für mich«, lächelte Carl. Dann fuhr er fort: »Wie Ihre Schwestern mich ansahen! Schließlich sagte die eine: ›Papa wartet in der Bibliothek‹. Oh Gott, dachte ich. Da stand er, Ihr Vater, groß und mächtig, mit seinem Bart, hielt einen Brief in Händen und betrachtete mich finster aus seinen eindrucksvollen blauen Augen. Mir war mulmig zumute, ich kann es nicht anders beschreiben.«

»Mein guter, lieber Papa ist eine Seele von Mensch, auch wenn er immer wie ein finsterer Revolutionär aussieht. Maman hätte sich doch sonst nicht in ihn verliebt«, fiel Sarolta ihm ins Wort. »Leider hatte Tante Lara ja schon böse Briefe an die Familie abgeschickt und alle wussten dadurch Bescheid.«

»Das war wirklich ein übler Racheakt von ihr. Aber Ihr Papa hat sich dennoch wie ein guter Vater benommen und Ihnen erst mal zugehört. Auch mir schenkte er Gehör und ermöglichte mir dadurch, ihm zu erklären, warum ich der richtige Ehemann für Sie sei und dass ich Sie, sein Kind, bis zu meinem Tode lieben, achten und ehren will.«

»Daraufhin holte er eine Flasche von unserem ungarischen Barrackpalinkà«, ergänzte Sarolta, »er goss zwei Gläser ein und Sie mussten unbedingt mit ihm anstoßen.«

»Dieser Schnaps durchfuhr mich wie Feuer«, fiel Carl ihr ins Wort. »Aber dann durften wir auf den schweren, lederbezogenen Fauteuils Platz nehmen und nach einiger Überlegung seinerseits und qualvoller Unsicherheit meinerseits lächelte er mit einem Mal, Ihr Papa, und plötzlich ging die Sonne auf.«

So war es, wenn Papa Samuel lächelte, strahlte er, der davor finster gewirkt hatte, eine überraschende Wärme aus.

»Mein Saroltale«, sagte er sanft mit seiner ungarisch gefärbten Sprache, »mein Herzele, ich kann dich verstehen, dass du den dicken Gold-Buben nicht willst. Mir persönlich tät er auch nicht gefallen. Aber du bist ein starker Charakter, haste von meinem Jankele, deiner lieben Mutter, und da hat die Lara nun in dir die perfekte Frau für ihren schwachen Sohn gesehen. Schließlich soll er mal die Geschäfte führen. Gott, der Gerechte, wenn er dann keine Frau an seiner Seite hat! Bei aller Liebe zu ihrem Buben, blöd ist sie nicht, die Lara.«

Samuel Hollàn, wie er sich nun nannte, seufzte tief und schüttelte den Kopf. Dann wandte er sich an Carl. »Sie sind mir sympathisch, junger Mann, und passen viel besser zu Sarolta, als dieser Josef aus Wien, aber Sie haben leider, leider einen entscheidenden Fehler. Sie sind ›nicht von unsere Leit‹, wenn Sie verstehen, was ich meine.« Er blickte mit seinen blauen Augen tief in die blauen Augen seiner Tochter. Dann begann er auf Ungarisch, »Kedves gyermekem, mein liebes Kind, weißt du, was du tust?«

»Papa, bitte sprich Deutsch, Carl soll alles verstehen, was du mir zu sagen hast!«

»Nun gut, mein Kind«, fuhr Samuel ernst auf Deutsch fort, »wenn du dich tatsächlich dazu entschließt, mit diesem jungen Mann nach Hamburg zu gehen, wirst du hier in Ungarn keine Familie mehr besitzen. Das musst du dir vor Augen halten. Für all deine Onkel und all deine Tanten aus der Familie Schoßberg wirst du nicht mehr existent sein. Für mich und deine Schwestern schon, auch das sollst du wissen. Oder Adèl, Katalin, was sagt ihr?«

Katalin fing furchtbar an zu schluchzen, aber Adèl sprach mit fester Stimme: »Ich habe Sarolta lieb und sie wird immer unsere Schwester sein. Katalin ist der gleichen Auffassung, wie ich!«

Katalin nickte heftig. Jetzt schossen Sarolta Tränen in die Augen und auch Papa musste schlucken.

»Ich habe euch auch alle so lieb«, brach es aus Sarolta heraus. Sie sprang auf und umarmte ihre Familie der Reihe nach. »Je vous aime, Adèl, Katalin, szeretlék, Papa«!

Carl fühlte sich wie ein Voyeur, es war ihm unbehaglich zumute. Er räusperte sich und sagte: »Ich schlage vor, ich begebe mich mit meinem Diener in das Hotel hier am Platze und komme morgen Vormittag wieder vorbei. Sie haben doch so viel zu bereden, da würde ich jetzt wirklich stören.«

Alle vier protestierten, aber als Carl die Wohnung verlassen hatte, waren sie froh, unter sich zu sein. »Sie taten recht daran, zu gehen, es war sehr taktvoll«, bemerkte Sarolta leise.

Bald würden die ersten Häuser von Prag erscheinen. Carl lächelte sie liebevoll an. »Noch etwa eine Viertelstunde«, sagte er.

Die sanft dahinfließende Landschaft und das monotone, laute Geräusch der Lokomotive übten eine fast meditative Wirkung aus.

Sarolta spürte einen Stich in der Brust, als sie daran dachte, wie sie in der elterlichen Wohnung vor der Daguerre-Fotografie ihrer Mutter gestanden war, die in einem repräsentativen Goldrahmen an der Wand zwischen den beiden Fenstern hing. Das Bild zeigte Johanna im Alter von 15 Jahren.

Das gleiche Alter wie ich, aber ich sehe ihr überhaupt nicht ähnlich!, ging es ihr durch den Kopf. Maman wirkte auf dem Foto wie eine Biedermeierpuppe. Ihre filigrane Gestalt steckte in einem eleganten Seidenkleid mit ausgeschnittenem Dekolletee, die schwarzen Haare umrahmten, zu Biedermeierschnecken hochgesteckt, ihr schmales Gesicht, mit dem für ihr Alter ungewöhnlich selbstbewussten Gesichtsausdruck.

»Deine Mamutska war eine echte Schoßberg, aber du bist a verhibschter kleiner Holländer!« Papa war hinter sie getreten und hatte Zündhölzer in der Hand. »Lass uns eine Kerze für sie anzünden«, sagte er.

»Maman hat auch gegen den Willen ihrer Familie geheiratet, nämlich dich, Papsele!«

»Die freche Gosche hast du von ihr, aber gerade das habe ich an ihr geliebt. Zehn Jahre müssen wir nun schon ohne sie auskommen. Gott hat es so gewollt«, brummelte er und entfachte die Kerze. Die beiden standen nun allein in dem Raum voller Bücher bis fast zur Decke. Bücher in den sieben Sprachen, die Samuel fast perfekt beherrschte. Die Schwestern waren in der Küche mit dem Abendessen beschäftigt.

»Setz dich zu mir, Kindele«, bat der Vater. »Lass uns alles gut überlegen. Du hättest ein schönes Leben in Wien, würdest reisen, nach Budapest, nach Triest, Meran ..., was soll ich sagen, wenn du ihn nicht magst? Was soll ich da machen, heiratest eben einen Goj, Gott, der Gerechte! Aber er ist ein sympathischer Goj und wird dich auf Händen tragen, das fühle ich. Das ist mir das Wichtigste. Gott hat mir nun mal drei Mädel geschenkt, die müssen versorgt sein. Den Buben, den Lajos, nahm er mir gleich wieder und meine heißgeliebte Frau dazu!«

Plötzlich schien Samuel um Jahre gealtert. Sarolta schwieg, was sollte sie auch sagen. Bin ich vielleicht auch auf der Flucht vor allem, was diese Familie belastet?, zweifelte sie in Gedanken.

»Was soll denn aus deinem Pferd Eszter werden? Es steht, nach Großvaters Tod auf dem Gut von Onkel Zsigmond, ich fürchte, du wirst dich mit ihm noch darüber unterhalten müssen. Ein Ratschlag, wenn du ihn drüben in der Nador utca aufsuchst, nimm Adèl mit, die schätzt er sehr.«

Sarolta tat das Herz weh, als sie an Eszter, ihre kleine, schwarze ungarische Stute dachte, die Großvater ihr vor zwei Jahren geschenkt hatte. Reiten war von klein an ihre Leidenschaft gewesen. Vor Eszter hatte sie schon ein Pony mit Namen Etoile besessen, mit dem die Großeltern sie ein wenig über den Tod von Maman hatten hinwegbringen wollen. Aber jetzt waren die Güter verkauft, das Pony gestorben und Eszter lebte hoffentlich fröhlich dort auf den neuen Liegenschaften des Onkels, ganz in der Nähe des Plattensees.

»Ach, meine Tochter«, sagte der Vater, mit seiner tiefen, einschmeichelnden Samtstimme, »bevor ich von dir Abschied nehmen muss, sollst du noch zwei Dinge von mir erfahren: Erstens, ich bin unendlich stolz auf dich. Lieben tue ich euch Mädels alle gleich, aber auf dich bin ich stolz. Du bist schön und klug, du bist entschlossen und handelst danach, du hast von meiner Frau und mir das Beste geerbt. Schade, dass du kein Bub geworden bist, nein, vergiss es, Spaß beiseite«, fügte er hastig hinzu. Sarolta und er kämpften beinahe schon wieder mit den Tränen.

»Aber, Papsele, reiten tu ich wie ein Bub, das musst du zugeben.«

»Gott, der Gerechte, ja, das stimmt. Doch jetzt ist Schluss damit, du bist eine junge Dame,« schnaufte Samuel.

»Ich bin nun eine junge Dame ohne Ross, da erübrigt sich die Frage des Reitstils«, entgegnete Sarolta mit tragischem Unterton. »Und der zweite Punkt, Papa?«

Samuel räusperte sich. »Mein Kind«, sagte er und machte eine Pause, bevor er fortfuhr, »deine wunderbare Maman kommt doch aus dieser Schoßberg-Familie, nicht? Die haben alles! Reichtum, viele gesunde Kinder, auch Söhne, Erben für den Reichtum, Häuser. Onkel Zsigmond lässt übrigens gerade Pläne für ein Schloss zeichnen, weil, sie sind ja sogar in den Adelsstand erhoben worden, vom Kaiser persönlich, aber was sind sie? Sie sind aschkenasische Juden!!! Sie werden immer nur Diener sein, diese deutschen Juden. Sie sind Diener, egal, und wenn sie Diener des Kaisers sind. Wir hingegen, wir, die Holländers, sind sephardische Juden, eingewandert von Spanien im 16. Jahrhundert über Holland, daher unser Familienname.«

Samuels Stimme war zu einer Lautstärke angeschwollen, als ob er auf einer Bühne stehen würde. Erschrocken kamen Adèl und Katalin aus der Küche gerannt.

»Ihr könnt stolz sein, meine Töchter, auf eure sephardischen Vorfahren. Alles hoch gebildete Männer. Weise Männer! Philosophen, Rabbiner, große Ärzte! Ich will das bloß erzählen, weil alle denken, ich lebe von der Gnade der Schoßbergs. Aber mir ist Geld nicht wichtig. Da seht ihr, was mir wichtig ist«! Mit großer Geste zeigte er auf seine Bücher. »Ich habe sie, so wie sie da stehen, alle gelesen, in sieben Sprachen! Sprachen lernt man nicht, Sprachen kann man! Übrigens, Sarolta, in Hamburg gibt es viele sephardische Juden. Sie wohnen in Palästen, sprechen Portugiesisch. Die Diener sind die Askenasen.« Samuel ließ sich erschöpft in einen Ledersessel fallen. »Was gibt es heute zu essen, meine Töchter?«

»Hallo, Sarolta, aufwachen! Wir sind bald da«, rief in diesem Augenblick Carl. »Nun sind Sie doch noch ein wenig eingenickt, so kurz vor dem Ziel!«

»Ich hatte Tagträume«, erwiderte Sarolta.

Der Zug verlangsamte seine Fahrt jetzt erheblich. Erste geduckte, armselige Häuser kamen in Sicht, so wie man sie überall an der Peripherie der großen Städte findet. Carl stand auf und reckte sich. Sarolta erhob sich auch.

»Ihr Plastron sitzt schief«, bemerkte sie knapp.

»Können Sie mir mein Plastron freundlicherweise geraderücken?«, bat er.

»Gerne«, antwortete sie und mit einem Griff war die Krawatte geradegezupft.

»Danke! Jetzt weiß ich, Sie sind die richtige Ehefrau für mich«, grinste er. Sarolta nahm ihr kleines graues Kapotthütchen ab, indem sie die zwei langen Hutnadeln herauszog, die übereinander gekreuzt den Hut auf ihren Haaren hielten. Mit Kamm und Spiegel reparierte sie die Frisur, um anschließend die schlichte Kopfbedeckung aus sommerlichem Stroh in ihrer üppigen Haarpracht neu zu drapieren. Carl hatte in der Zwischenzeit seinen hellbraunen leichten Gehrock, den er während der Bahnfahrt an einem Hacken aufgehängt hatte, übergezogen. Dann fischte er seinen moderaten Zylinder und eine schwere Aktentasche aus dem Gepäcknetz. Sarolta strich ihr graues Sommerkostüm glatt und griff nach der geräumigen, beutelartigen weißen Ledertasche, die sie die ganze Reise über neben sich auf dem Sitz gehabt hatte. Sie nahm kurz noch einmal Platz, um den Inhalt zu überprüfen.

»Hier drin befinden sich meine größten Schätze«, bemerkte sie zu Carl und lupfte ein wenig zwei kleine, in Leinentücher eingepackte Gegenstände.

»Ihr Vater hat Sie Ihnen zum Abschied in die Hand gedrückt und auf Ungarisch mit Ihnen gesprochen«, bemerkte Carl.

»Papa, der liebe, gute Papa hat doch wirklich das Portrait von Maman von der Wand genommen und fein säuberlich eingewickelt, um es mir mit nach Hamburg zu geben. Das kleinere hier ist eine Fotografie von ihm selber – damit ich sie beide nicht vergesse, hat er gemeint.« Sarolta zog ihr Spitzentaschentuch hervor und schnäuzte sich kurz, aber schon hatte sie sich wieder im Griff. Als sie aufstand, machte der Zug einen Ruck und prompt fiel sie in Carls Arme. »Oh Gott, Entschuldigung«, stammelte sie.

»Den Bildern in der Tasche ist nichts passiert und auch ich bin wohlauf«, scherzte Carl. »Nun ist es aber an der Zeit, das Abteil zu verlassen und sich zum Ausgang zu begeben.« Endlich waren sie angekommen, nach über 14 Stunden im engen Abteil, das sie zum Glück die ganze Reise über für sich alleine zur Verfügung gehabt hatten. Marika, gleich sehe ich Marika, die Arme, dachte Sarolta.

»Ich habe eine Bitte, Carl. Wenn wir nach unserer Ankunft im Hotel etwas essen gehen, möchte ich, dass Marika mitkommt. Sie ist viel mehr als eine Kinderfrau, ein Dienstbote. Sie war und ist wie eine zweite Mutter für mich«, sagte Sarolta laut und schob sich hinter Carl aus dem Abteil.

»Natürlich lade ich Marika mit zum Essen ein«, antwortete Carl, indem er sich im engen Korridor der Eisenbahn nach seiner Verlobten umdrehte. Er fügte hinzu, »übrigens, mein guter Hannes soll gewiss auch nicht verhungern, oder?«

Der Zug hatte endgültig sein Ziel erreicht, den neuen Franz-Josef-Bahnhof in Prag. Carl reichte Sarolta beim Aussteigen galant die Hand, was sie irritierte, weil sie die schwere Tasche in der einen Hand hielt und mit der anderen den langen Rock raffen musste. Sie entschied sich, Carl die Tasche zu geben und dann elegant die hohen Stufen herabzusteigen.

Anschließend liefen sie in aller Eile zum Waggon 3. Klasse, um Marika und Hannes mit dem Gepäck zu helfen. Saroltas Koffer war nicht groß und kein Problem, aber um Carls riesigen Schrankkoffer, nun, auf der Rückreise halb leer, bis auf einige Garnproben, die er bei einem Kunden in Prag vorstellen wollte, aus dem Zug zu bugsieren, bedurfte es schon zweier Leute. Außerdem gab es noch den kleinen Koffer, mit Carls persönlicher Garderobe und die Gepäckstücke von Marika und Hannes.

Sarolta hatte sich schon bei der Abreise in Pest über einen umfangreichen Leinensack, den Marika mit sich schleppte, gewundert. Schließlich war alles heil auf dem Bahnsteig gelandet und Carl winkte eine der zahlreichen Pferdedroschken herbei.

»Wo solls denn hingehen, der Herr«, fragte der Kutscher, indem er geschickt die gesamten Sachen auf seinen Handwagen lud.

»Wir wollen zum Wenzelsplatz. Unser Logis ist das Hotel, das gerade in einem ehemaligen Nebengebäude des Klosters Maria Schnee eingerichtet wurde.«

»Kurze Fahrt bis dahin«, bemängelte der Kutscher.

»Ich werde Sie angemessen entlohnen«, versprach der junge Kaufmann Götte. Hannes half beim Schieben des Karrens und der Prager Dienstmann taute sichtlich auf.

»Da haben Sie eine gute Wahl getroffen mit dem Hotel«, meinte er. »Der Wenzelsplatz ist ja ganz neu. Alles schön gepflastert jetzt. Hieß bis vor kurzem Pferdemarkt und sah auch so aus. Aber nun entsteht dort ein Gebäude um das andere. Vom Feinsten kann ich nur sagen. Sie werden es selbst gleich beurteilen können.«

Das Gepäck kam in die Droschke, ebenso die dazugehörigen Personen, und los ging die Fahrt.

Der Wenzelsplatz erstreckt sich über 700 Meter und das ehemalige Kloster liegt am anderen Ende. Es war nun schon nach 8 Uhr am Abend, aber zum Glück noch hell, sodass neue Bauten und Baustellen betrachtet werden konnten.

»In ein paar Jahren sieht es hier famos aus«, bemerkte Carl. »Der Hansaplatz in Hamburg, wo ich Ihnen Ihr neues Zuhause anbieten werde, liebste zukünftige Gattin, ist da schon wesentlich weiter fortgeschritten.«

Bald hielt die Droschke vor einem Gebäude mit biedermeierlich anmutenden Fenstern und Türen.

»Brr, hier ist das Klosterhotel«, rief der Kutscher, und nachdem Carl ihn zufriedenstellend entlohnt hatte, fügte er während des Abladens noch hinzu: »Sie müssen unbedingt in den Felsenkeller vom Kloster gehen. Da gibt es beste böhmische Küche.«

Europa im 19. Jahrhundert

Prag

»Ich hoffe, Sie hatten eine gute Anreise«, sagte der Portier höflich und händigte Sarolta den Zimmerschlüssel mit der Nummer 11, Carl den mit der Nummer 15 aus. »Die Zimmer liegen im ersten Stock, ganz ruhig, auf den Franziskanergarten hinaus, mit Blick auf die Kirche Maria Schnee, die Personalunterkünfte befinden sich im obersten Geschoss. Rechts ist der Raum für die Dame, links für den Herrn. Das Gepäck, welches Sie nicht benötigen, können Sie, ohne Gewähr natürlich, gleich hier in dem Raum links deponieren. Falls Sie noch bei uns im Felsenkeller speisen wollen, kann ich Ihnen einen Tisch reservieren. Hier wäre die Karte, dann gebe ich für Sie die Bestellung auf, weil die Küche gleich schließt. Sehr zu empfehlen wäre: Rinderbraten und Serviettenknödel.«

Alle vier waren entsetzlich hungrig und sich sofort einig. »Nehmen wir«, bestätigte Carl und holte ein beträchtliches Trinkgeld aus der Tasche. Kaum angekommen in dem bescheidenen, aber hübsch möblierten Gästezimmer, eilte Sarolta auch schon wieder hinunter zur Rezeption.

»Herr Portier, haben Sie vielleicht noch ein Einzelzimmer? Ich zahle es auch sofort«, kam es hastig über ihre Lippen.

Der Portier sah sie erstaunt an. »Für ihre Dienerin? Eines hätte ich noch, aber auf den lauten Platz hinaus.«

»Das nehme ich«, sagte Sarolta erleichtert. »Sie ist nicht meine Dienerin, sondern meine … meine Begleitung«, bemühte sie sich zu erklären und schob den geforderten Betrag für die Logis über den Tresen. Nun kam auch Carl, gefolgt von Hannes und Marika, die Treppe herunter.

»Geht bitte schon mal vor, ihr beiden Herrn, ich habe mit Marika etwas zu besprechen!«

»Aber nicht zu lange, sonst werden die Semmel, äh, Serviettenknödel kalt«, scherzte Carl. Kaum waren er und der mächtige Hannes auf dem Weg zur Treppe in das Kellerlokal hinab verschwunden, drückte Sarolta Marika hastig den Schlüssel mit der Nummer

22 in die Hand. »Meine Liebe, es kommt nicht infrage, dass du im Personalraum nächtigst, hol deine Tasche und zieh sofort um.«

»Zimmer liegt im zweiten Stock«, erklärte der Portier.

Marika schnappte nach Luft. »Aber Herzele, für die eine Nacht wäre das doch kein Problem gewesen! Da hab ich in meinem Leben schon anderes erlebt. Hast du das jetzt bezahlt? Wie kommst du an das Geld?«, fragte sie etwas tadelnd.

»Alles in Ordnung«, flüsterte Sarolta hastig. »Komm, ich sperr das Zimmer auf, du holst dein Gepäck, aber dann, nichts wie zu Tisch, á table, ich sterbe vor Hunger!«

Als alles erledigt war und sie gemeinsam die Treppen hinunterliefen, erklärte Sarolta: »Ich bin gestern Vormittag, mein Gott, wie lange kommt mir das vor, mit Adèl bei Onkel Zsigmond wegen meiner Stute Eszter gewesen. Er hat nach Großvaters Tod netterweise das Pferd in Obhut genommen. Da es mich leider nicht nach Hamburg begleiten kann, schlug er mir vor, es mir abzukaufen und war äußerst kulant, das muss ich sagen. Er meinte, dass ich ein kleines finanzielles Polster brauchen könne. Trotzdem fand er harte Worte mir gegenüber und hat keinen Zweifel darüber gelassen, wie enttäuschend mein Verhalten für die gesamte Familie sei.«

Sie standen jetzt beide vor der Tür zum Lokal. »Kannst du mich mal fest in den Arm nehmen, Marika? Nur ganz kurz, bitte!«, schluchzte Sarolta leise.

»Ach, Kindchen«, murmelte Marika und drückte ihren Liebling. Bevor sie den Keller betraten, flüsterte Sarolta noch schnell, »aber beim Abschied gab mir Onkel die Hand und meinte, es sei ein Jammer, dass aus der Familie ausgerechnet dieser Gold-Bub um mich angehalten habe.«

Sie traten ein und waren überwältigt. So etwas hatten beide noch nie gesehen. Das Restaurant befand sich in einer natürlichen Felsenhöhle, es muss sogar eine ehemalige Tropfsteinhöhle gewesen sein.

»Hallo«, rief Carl laut, »wo bleiben Sie denn, das Essen steht seit Stunden auf dem Tisch, nein, ist nicht wahr, erst seit drei Minuten!«

Er und Hannes saßen an einem größeren Tisch in der Ecke. Fast alle anderen Plätze waren auch besetzt.

»Es schmeckt köstlich! Unhöflicherweise haben wir schon begonnen, nicht, Hannes?«

Hannes kaute und nickte stumm, was nicht verwunderlich war, da er auch sonst kaum sprach.

»Wollen Sie Wein oder Bier?«, fragte Carl, »wir beide haben uns für Prager Bier entschieden.

Marika wollte ein Glas Wein, Sarolta zog Apfelsaft vor. Nach so einer langen Reise mit dem Zug fanden sie eine besonders große Freude an der unnachahmlich guten Prager Küche. Das Rindfleisch in leichter Rotweinsoße zerfloss auf der Zunge und die Knödel waren, wie sie sein sollten, fluffig und locker.

Allmählich fiel die Anstrengung des Tages von allen ein wenig ab. Man war froh, in Prag angekommen zu sein und genoss das Ambiente. Unwirklich und märchenhaft fühlte es sich hier an. Wie aus einer vergangenen Welt. Unzählige Kerzen brannten auf den Tischen und in den kleinen Vertiefungen der Felsen. Sie tauchten die Grotte in goldenes Licht.

»Ich trink jetzt doch ein Glaserl Wein«, entschied Sarolta, »aber wirklich nur ein kleines«, fügte sie rasch hinzu.

Carl winkte den Ober herbei. »Ein Glas Wein für die Dame, aber ein kleines«, bestellte er.

»Sehr wohl, der Herr, der, vom Prager Weinberg ist sehr zu empfehlen, nehmen's den«, meinte der Ober, indem er die rustikalen grauen Steingutteller vom blank gescheuerten Holztisch abräumte. »Alles brav aufgegessen und kein Fleckerl auf den Tisch gemacht, brav, da wird das Wetter morgen schön«, witzelte er und trug die Teller fort. Gleich darauf kam er mit einem Viertel Wein zurück.

»So viel!«, bemängelte Sarolta. Sie nippte vorsichtig daran. »Fein«, meinte sie.

Dann nahm sie Hannes ins Visier. Sie hatte noch nie Zeit gehabt, ihn richtig zu betrachten. Er fiel auch kaum auf, weil er so schweigsam war, eine Eigenschaft, die Carl besonders an ihm schätzte. Sarolta betrachtete sein rundes, leicht gerötetes Gesicht, das trotz seiner schon weißen Haare jugendlich wirkte. »Wie lange arbeitet Hannes schon für Sie, lieber Carl?«, fragte sie.

»Das müssen Sie den Jungen selber fragen, er hat nämlich für Vattern gearbeitet, da war ich noch nicht auf der Welt.«

Hannes nickte wiederum stumm, bevor er sich zu einer Antwort bequemte. »Ja«, meinte er, »da war ich vierzehn, als ich beim alten Götte in Stellung kam. Hatte Glück, dass er mich nahm. Ist nicht leicht, wenn man der jüngste von sechs Söhnen von einem kleinen Marschbauern ist. Aber ich war immer schon recht kräftig und konnte anpacken. Das hat dem alten Herrn gefallen und er hat mich gut behandelt.« Er machte eine Pause, schnaufte, so viel hatte er selten auf einmal geredet. Er schaute Carl an und fügte hinzu, »der junge Herr behandelt mich auch sehr gut.«

Carl lachte. »Das werde ich wohl müssen, denn ohne Hannes käme ich auf meinen zahlreichen Reisen gar nicht zurecht. Ja, das ist wirklich so, Hannes«, bestätigte er ihm. Hannes schmunzelte, das Lob tat ihm sichtlich gut.

»Nun aber zu Ihnen, Marika, woher kommen Sie und wie wurden Sie Saroltas Amme und Kinderfrau?«

Marika sah ihren Schützling an. »Soll ich das wirklich erzählen?«, fragte sie.

»Wenn Carl es wissen will?«, nickte Sarolta.

»Na gut«, beschloss Marika, »aber, ich fasse mich kurz, sonst sitzen wir morgen noch da. Wir müssen bald ins Bett, denn heute war ein langer Tag und morgen sollten wir zeitig los, die Stadt besichtigen, oder?«

»So streng war sie immer schon, mit mir, mit Adèl und Katalin und sogar mit Maman und Papa!«, kicherte Sarolta.

»Aber du hast am wenigsten gehorcht«, brummelte Marika, bevor sie fortfuhr. »Ich wuchs als Kind unweit von Pressburg auf dem Gut auf, das von Saroltas Großeltern bewirtschaftet wurde. Sie hatten die Ländereien seinerzeit von den Esterházys übernommen. Zuerst als Pächter, später als Eigentümer.«

»Die Esterházys haben so viel Grund und Boden, und wenn sie Geld brauchen, verpfänden sie etwas davon. Wenn so ein Pfand dann mal weg ist, merken sie es kaum, weil ihnen so unermesslich viel Land gehört«, erklärte Sarolta.

»Ich habe dir beigebracht, andere nicht zu unterbrechen«, rügte Marika, »aber gut, mein Vater arbeitete als Bauer, wir lebten in einer gepflegten Kate und hatten zu essen. Ich war die Älteste von drei Geschwistern. Als ich so alt war, wie Sarolta, durfte ich Hausmädchen bei Schoßbergs werden. Frau Regina, Saroltas Großmutter, mochte mich und so lernte ich Lesen, Schreiben und manches mehr. Dann kam eines Tages der Janos aus Seneca als Landarbeiter auf den Hof. Er sah gut aus, war lustig, trank leider viel, aber er machte mir unermüdlich den Hof. Ich wolle von ihm nichts wissen, wirklich nicht! Eines schönen Sommerabends, nach einem Dorffest, auf dem Zigeuner gespielt und wir alle getanzt hatten, trafen wir uns im Heu. Was soll ich sagen, bald darauf stellte ich fest, dass ich in anderen Umständen war. Mein Vater tobte und mit dem Gewehr in der Hand erzwang er die Hochzeit mit Janosch. Sehr bald stellte sich heraus, dass dieser Kerl unfähig zur Arbeit war und das Wenige, das er verdiente, in Alkohol anlegte. Aber alles war zu spät. Dann kam mein Kind auf die Welt. So klein und schwach, weil der Vater Säufer war! Genau zur gleichen Zeit passierte es, dass die Tochter meiner guten Herrin, die sich die ganze schlimme Zeit um mich, ihre Dienstmagd, gekümmert hatte, ein Mädchen auf die Welt brachte. Frau Schoßberg hatte große Angst um die Tochter. Sie war schwach und konnte nicht stillen, aber die Kleine, das Kind, war gesund und munter. So fragte mich meine Patronin, ob ich nicht nach Pest als Amme zu ihrer Tochter Johanna gehen könne. Die Bedenken, die ich wegen meines Ehemanns hatte, wurden schnell zerstreut. Er bekam als Ausgleich Geld von den Schoßbergs und war froh, mich los zu sein. Auf der Reise von Pressburg nach Pest verstarb leider meine kleine Maria, aber sehr bald konnte ich mich trösten, weil ich Adèl stillen und im Arm halten durfte.«

»Nach und nach hast du dann alle drei Schwestern gestillt und im Arm gehalten und ich war die jüngste«, warf Sarolta dazwischen.

»Sie unterbricht einen einfach immer, lassen Sie sich das nicht von ihr bieten, Herr Carl! Aber sie hat recht. Die Familie zog dann schon bald nach Adèls Geburt nach Szegedin und ich bin mitgegangen. Die liebe Frau Johanna war doch so zart. Nach der Geburt von Sarolta hätte sie eigentlich keine Kinder mehr bekommen dürfen. Als sie dann fünf Jahre später, nein, jetzt höre ich auf zu erzählen, es reicht. Es ist so ein schöner Abend.« Sie hob ihr Glas und trank den letzten Schluck Wein aus.

»So froh bin ich, dass Herr Holländer, Verzeihung, Úr Hollán, wie er genannt werden will, nach Szegedin an die Paprika-Fabrik von unseren Balints eine telegrafische Depesche gesandt hat, mit dem Inhalt, sie sollten mir mitteilen, Sarolta sei fest entschlossen, nach Hamburg zu heiraten und wolle mutterseelenalleine in die Fremde ziehen! Und ob ich, Marika, sie nicht begleiten könne. So ein Schreck! Überhaupt nicht nachdenken musste ich, habe gleich meine Siebensachen gepackt. Dein Papale ist so ein kluger Herr, dass er die Depesche an die Telegrafenstation der Paprika-Fabrik geschickt hat, wie hätte ich es sonst erfahren, mein Herzele.« Sie tätschelte liebevoll Saroltas Wange. »Ich bedanke mich auch sehr für das gute Essen und gehe schlafen. Oh je, meine armen Knochen«, stöhnte sie, indem sie sich umständlich erhob. Johann bedankte sich auch geflissentlich. Beide standen auf und verließen das Lokal. »Wie ein altes Ehepaar«, scherzte Carl.

»Sie würden gut zusammenpassen, sie redet viel, er sagt kaum was«, entgegnete Sarolta und gähnte. Der Wein verursachte ein wohliges Gefühl von Schläfrigkeit. Auch Carl war müde.

»Ich zahle gleich«, meinte er. »Warum war Marika überhaupt in Szegedin?«, wollte er aber doch noch wissen, bevor er dem Ober winkte.

»Sie führte für meinen Vater den Haushalt. Sein Kontor für die Firma »Schoßberg und Söhne« befindet sich immer noch dort in dem hübschen Haus am Fluss, an der Theiß, wo ich geboren wurde und wir drei Schwestern die Kindheit verbrachten. Erst vor drei Jahren haben wir die Wohnung in Pest bezogen. Papa pendelt seitdem zwischen den beiden Orten. Meine Schwester Adèl ist für den Haushalt in Pest zuständig«, erklärte Sarolta. Wieder gähnte sie. »Sie wissen jetzt so viel über mich, ich weiß fast nichts über Sie, mein zukünftiger Herr und Gebieter.«

»Morgen haben wir den ganzen Tag Zeit«, sagte Carl. »Dann werde ich Ihnen beim Spaziergang durch Prag ein wenig von meiner Familie und dem Leben in Hamburg berichten, meine zukünftige Herrin und Gebieterin. Herr Ober, bitte zahlen!«

Am nächsten Morgen, als Sarolta den Frühstücksraum betrat, kam Carl gerade von der Telegrafenstation zurück. Er hatte seiner Schwester in Dresden eine Depesche geschickt, um die Ankunft dort für den nächsten Tag anzukündigen. Er strahlte, als er Sarolta sah.

»Gut geschlafen, meine Schöne? Sie sehen frisch aus und Ihr Kostüm wirkt wie geplättet?«

»Ich habe geschlafen wie ein Stein. Die Kleidung hing über Nacht am offenen Fenster. Ein Glück, so hat mich die helle Kirchenglocke von gegenüber geweckt. So eine lustige Kirche, riesig und dann dazu dieser winzige Glockenturm. Wie heißt sie nochmal?«

»Sie heißt ›Mariä Schnee‹, wir können sie später besichtigen«, erklärte ihr Carl und ließ sich das opulente Frühstück schmecken. »Ich hatte meiner Schwester von Wien aus einen langen Brief geschrieben. Sie hat per Depesche geantwortet, sie freue sich für mich. Sie, liebe Sarolta, seien willkommen in Dresden. Ich habe dort auch Geschäfte zu erledigen, weil ich außer dem Handel mit ägyptischer Baumwolle gerade gewissermaßen als zweites Bein eine kleine Spinnerei im ›Alten Land‹ bei Hamburg erworben habe, in der ein spezielles Garn für alle Arten von Spitzen gesponnen wird. Deshalb habe ich auch hier in Prag einen kurzen Termin. Es wäre mir eine Ehre, wenn Sie mich dorthin begleiten würden. Der Laden liegt in der Karpfengasse, in der malerischen Altstadt. Von da ist es nicht weit, bis zur berühmten Karlsbrücke. Sie führt seit dem Mittelalter hinüber auf die Kleinseite. Wenn Sie wollen, meine Liebe, und Sie gut zu Fuß sind, steigen wir von dort aus hinauf zur Burg, dem Hradschin, mit dem Veitsdom.«

»Wie wunderbar«, jubelte Sarolta, »ich freue mich und bin riesig gespannt auf die Stadt. Aber bitte, zuerst möchte ich diese lustige Kirche besichtigen!«

»Zuerst beenden wir ganz in Ruhe das Frühstück und genießen den Kaffee«, antwortete Carl.

Wenig später liefen sie gemeinsam durch den stillen Franziskanergarten zur Kirche. Die Luft war noch angenehm frisch und leicht diesig an diesem sonnigen Sommermorgen. Trotzdem schlug ihnen ein Kältegefühl entgegen, als sie den Kirchenraum betraten. Beide waren überwältigt von der Schönheit des gewaltigen Innenraums mit seinem Renaissancegewölbe und dem mächtigen barocken Hochaltar.

»Und dann dieses winzige Türmchen auf dem Ganzen«, flüsterte Sarolta und sog die kühle, weihrauchgeschwängerte Luft durch die Nase ein.

»Diese Kirche wurde von Karl IV. im 14. Jahrhundert gestiftet, sie sollte ursprünglich größer als der Dom St. Veit werden, aber irgendwann ging halt das Geld aus und deshalb ist dies hier nur ein Torso«, erklärte Carl ebenso leise.

»Beeindruckend«, bemerkte Sarolta, nachdem sie wieder im Freien standen. »Ich hab kurz die Augen geschlossen und fühlte mich in unsere Klosterkirche in Szegedin versetzt. Dort sind auch Franziskaner. Als wir noch da wohnten, bin ich jeden Sonntag mit Familie Balint, meinen Schwestern und Marika in der Messe gewesen. Unser Haus liegt etwa zehn Minuten zu Fuß unterhalb des Klosters am Fluss. Die beste Freundin von Maman, eben die Ilona Balint, wohnt fünf Minuten oberhalb vom Klostergebäude. Sie und ihr Mann Sandor und Sandor, Sani, ihr Sohn.« Sarolta seufzte. Kein Heimweh aufkommen lassen, disziplinierte sie sich.

Carl sah sie plötzlich erschrocken an. »Mein Gott«, entfuhr es ihm, »Sie sind katholisch! Über Religionszugehörigkeit habe ich noch gar nicht nachgedacht. Aber natürlich! Eigentlich müssten Sie doch jüdischen Glaubens sein?«

»Meine Eltern sind auf Wunsch meiner Mutter konvertiert, als ich drei Jahre alt war. Maman war immer leidend und dann betete sie mit Tante Ilona und sie baten Mutter Maria um Hilfe und danach fühlte sie sich gestärkt. So war das.«

»Ja, daran habe ich noch gar nicht gedacht«, sagte Carl gedehnt. »Ich bin natürlich evangelisch, weil das bei uns in Hamburg so üblich ist. Wenn wir beide nun heiraten, müssten Sie zum protestantischen Glauben wechseln, ist das sehr schlimm für Sie?«, fragte er und sah sie angstvoll an.

Sarolta machte eine Gedankenpause, dann lächelte sie. »Ach, Carl«, erwiderte sie schlicht, »wir haben in den letzten Tagen so viel überstanden, das schaffen wir auch noch!«

Mitten im Franziskanergarten wagte Carl es, sie zu umarmen. »Nun muss ich aber zu meinem Termin in die Karpfengasse«, rief er erleichtert.

Der Weg führte sie von der sogenannten Neustadt, die auch schon aus dem Mittelalter stammt, in die Altstadt. Sie liefen vorbei an barocken Bürgerhäusern, Adelspalais und dem Deutschen Theater und querten den Altstädter Ring, mit dem geschichtsträchtigen Altstädter Rathaus. »Hier ereignete sich der erste Prager Fenstersturz, schon mal davon gehört?«

»Natürlich weiß ich davon, Carl«, antwortete Sarolta auf seine Frage und erklärte, »die Ratsherren haben von den oberen Fenstern aus die Hussiten, die unten auf dem Platz standen, verhöhnt. Darauf drangen diese in das Rathaus ein und schmissen die hohen Herren einfach aus den Fenstern.«

»Sie sind wirklich gebildet«, staunte Carl.

»I woa jo a in Wean im Pensionat«, näselte Sarolta und beide mussten schrecklich lachen.

Es war von hier nur noch ein Katzensprung in die Karpfengasse zum kleinen, aber feinen Laden des Herrn Deutsch. Er zeigte sich angetan von der Garnprobe, die Carl ihm präsentierte. Es gab genug Damen in der Prager Gesellschaft, die, statt zu sticken, lieber Spitzenbänder klöppelten. Bei einer erfrischenden Limonade wurde man sich schnell handelseinig.

Als sie aus dem Geschäft traten, war es kurz vor 11 Uhr und schon ziemlich heiß geworden. Zum Glück hatte Sarolta die

Kostümjacke im Hotel gelassen. Die leichte Batistbluse erwies sich als angenehme, sommerliche Bekleidung.

Wenig später standen beide an der 600 Meter langen und 10 Meter breiten Karlsbrücke. Fast 30 Statuen säumen rechts und links den Weg über die Moldau, die an dieser Stelle 500 Meter breit ist. Sarolta blieb beinahe vor jeder Figur stehen und wollte wissen, wen sie darstellt, und so brauchten sie nach Carls Gefühl eine halbe Ewigkeit, bis sie auf der Kleinseite ankamen. Die Identität der meisten Statuen war leider nicht zu enträtseln, aber einige erkannte man doch.

»Schauen Sie, Carl, das muss Johannes der Täufer sein, das Christophorus, das ist vielleicht der Heilige Wenzel, oder vielleicht ist es auch der und wo ist Karl V., ich meine, weil es Karlsbrücke heißt?«

Plötzlich war die sonst so erstaunlich erwachsen wirkende Sarolta wieder zu einem 15-jährigen Mädchen geworden. Carl, der doch auch erst 26 Jahre alt war, betrachtete seine junge Braut voller Rührung. Auf alle Fälle freute er sich, als sie, am Ende der Brücke angekommen, wieder in den Schatten der Straßen eintreten durften.

»Wir biegen nach rechts ab und kehren im ›Drei Straußen‹ ein. Das ist ein Kaffeehaus aus dem 18. Jahrhundert.«

Carl kannte sich aus in der Stadt. Sarolta bewunderte die gut erhaltenen Deckenmalereien aus der frühen Barockzeit. Der Palatschinken, mit Marillen und Nüssen gefüllt, schmeckte feiner als in Wien, da waren beide der gleichen Meinung. So gestärkt konnte man den Hradschin in Angriff nehmen.

Zuerst ging es an den Kleinseitner Brückentürmen vorbei, die Brückengasse entlang, bis zur St. Niklaskirche mit ihrer prächtigen Barockkuppel, danach durch die Spornergasse mit den Palais Thun-Hohenstein, Morzin und weiteren Prachtbauten bis zur neuen Schlossstiege mit dem Palais Slavata, der kürzesten Verbindung hinauf zur Burg. Obwohl sie beide so jung waren, mussten Sarolta und Carl ordentlich schnaufen, bis sie in der Hitze die vielen Treppenstufen bewältigt hatten. Belohnt wurden sie durch den Blick auf die unter ihnen ruhende Stadt. Einige Schritte weiter öffnete sich ihnen zwischen Schwarzenberg Palais und erzbischöflichem Palais, dem Prager Domizil von Kaiser Franz Josef, die Aussicht auf den riesigen Hradschiner Platz.

»Hier haben wir nun den Eingang zur Burg erreicht«, sagte Carl und zeigte auf ein Tor, rechts und links gesäumt von Statuen, die kämpfende Giganten darstellen.

»Da kommt man sich winzig vor, wenn man hier durchgeht«, bemerkte Sarolta. Nachdem sie den ersten und den zweiten Burghof mit der Heilig-Kreuz-Kapelle durchquert hatten, standen sie endlich vor dem alles überragenden St. Veits Dom. Auch er war, seit den Hussitenkriegen im 15. Jahrhundert, ein unvollendetes Bauwerk. Jetzt erst, vor drei Jahren, hatte man begonnen, die Türme weiterzubauen. Deshalb waren sie nun eingerüstet. Überwältigend wirkte der Innenraum mit seinem lichtdurchfluteten Hochchor, den farbigen Glasfenstern und dem herrlichen Netzrippengewölbe. Den größten Eindruck aber machte die Wenzelskapelle, die als Grablege des heiligen Wenzels in den Dom integriert ist. Halbedelsteine und Goldplättchen rahmen die mittelalterlichen Fresken der Passionsgeschichte Christi. Ein mystischer, überirdisch wirkender Platz.

»Ich möchte eine Kerze für uns alle anzünden und ein Gebet sprechen, damit Gott uns beisteht, uns und unseren Familien«, sagte Sarolta behutsam und nahm in einer Kirchenbank Platz. Carl setzte sich neben sie und faltete auch die Hände.

Nach einer Weile flüsterte Sarolta: »Wenn ich evangelisch werden will, muss ich doch zuerst aus der katholischen Kirche austreten, oder? Wie mache ich das bloß, da müsste ich eigentlich nach Szegedin?«

Carl schaute sie erschrocken und ziemlich ratlos an. »Ach du meine Güte«, kam es fast tonlos über seine Lippen.

»Umso wichtiger ist es, jetzt die Kerze zu entzünden, damit Gott uns hilft. Wir haben doch alle denselben Gott, oder?« Sarolta zündete eine Kerze an einer schon brennenden an und steckte sie auf die dafür vorgesehene Vorrichtung.

Als sie wieder draußen, diesmal auf dem dritten Burghof vor dem alten Königspalast standen, sagte Sarolta mit Bestimmtheit:

»Ich werde Tante Ilona schreiben. Sie ist eng verbunden mit den Franziskanerbrüdern und auch mit dem Herrn Abt. Es wird eine Lösung geben! Ich habe Gottvertrauen, Carl! Nur noch einen Blick in den alten Königspalast, ja?«

Schon war sie in dem Gebäude verschwunden und Carl konnte sehen, wie er hinter ihr herkam. Es lohnte sich, den Wladislaw-Saal, den schönsten profanen Saalbau des Mittelalters, nicht zu verpassen.

Carl drängte allmählich darauf, zurückzugehen. »Ein Tag reicht nicht für Prag, wir kommen wieder«, versprach er, weil Sarolta noch das Palais Lobkowitz besichtigen wollte.

Der Rückweg führte sie nun durch das goldene Gässchen und diesmal über die alte Schlossstiege hinab. Sie bewunderten den monumentalen Bau des Waldstein-Palais und andere Prachtbauten in der Waldsteingasse und waren am Ende froh, wieder unten an der Moldau zu stehen. Die Hitze des Nachmittags drückte und die Füße schmerzten erheblich. Der Rückweg über die Karlsbrücke geschah diesmal ohne Aufenthalt. Durch die Karlsgasse führte der direkte Weg zum Wenzelsplatz.

Gegen 6 Uhr abends waren sie hungrig, durstig und müde, aber glücklich zurück im Hotel. Marika und Hannes hatten auch einen kleinen Stadtrundgang unternommen und so konnte man, nachdem man sich frisch gemacht hatte, beim Abendessen seine Erlebnisse austauschen. Man ging bald zu Bett, zumal der Zug nach Dresden am nächsten Morgen um 8 Uhr abfahren würde.

Marika

Dresden

An diesem Samstag, dem 10. Juli 1875, wachte Sarolta bereits viertel vor 6 in ihrem Hotelzimmer auf und konnte nicht mehr einschlafen. Zu viele Gedanken schwirrten ihr durch den Kopf. Sie stand auf, zog die gestreiften Biedermeiervorhänge beiseite und schaute in den morgendlichen Franziskanergarten. Die Sonne ließ sich heute wohl nicht blicken, so sah es aus, doch es zeigten sich zum Glück keine Regenwolken am Himmel.

Angenehmes Reisewetter, dachte Sarolta. Hinlegen wollte sie sich nicht mehr. So ließ sie sich Zeit, mit der morgendlichen Toilette und gönnte ihrer Haarpracht, die fast bis zur Taille reichte, hundert Bürstenstriche über den Kopf nach unten. Danach flocht sie den Zopf, beginnend am Hinterkopf. Er wurde oben auf dem Kopf erst mal zum Krönchen gewunden, um im Verlauf locker über eine Schulter zu fallen. Diese Frisur hatte sie ihrem Idol, der Kaiserin Elisabeth, abgeschaut. Dann kleidete sie sich sorgfältig an und bereitete ihr Gepäck für die Abreise vor. Da das Frühstück im Hotel erst ab 7 Uhr serviert wurde, beschloss sie, hinunter in den Franziskanergarten zu gehen. Langsam wanderte sie über die gepflegten Kieswege, bis sie eine Bank entdeckte, eingesäumt von beschnittenen Buchsbäumen. Sie setzte sich und genoss die frische, klare Morgenluft.

»Ich atme jetzt auf Vorrat«, beschloss sie. »Später, in der Eisenbahn, muss ich dann wieder mit Rauch, Ruß und stickiger Luft vorliebnehmen. Wenn meine Gedanken doch auch nur so klar wären wie die Luft.«

Sie seufzte, spürte einen Stich in der Magengrube und zog den Schal, den sie vorsorglich dabeihatte, fest um sich. Heute, an diesem Morgen, fühlte sie sich plötzlich wie ein alleingelassenes Kind. Angst, Panik stieg in ihr hoch. Was würde Carls Familie in Dresden zu ihr sagen?

»Haben wir die gleiche Idee gehabt, Mädele, noch a wenig a gute Luft, bevor es weitergeht im Zug«, hörte Sarolta die ihr so vertraute Stimme im Rücken.

»Marika«, schluchzte Sarolta. Marika setzte sich neben sie und nahm sie fest in den Arm. Sarolta legte den Kopf auf ihre Schulter.

»Ist alles a bisserl viel für dich«, sagte Marika zärtlich.

»Meinst du, Marika, wir sollten umkehren, noch ist es nicht zu spät, noch ist Hamburg weiter als Pest!« Marika ließ sich Zeit mit der Antwort. »Weißt, Kinderl, der Weg geht immer vorwärts, nie zurück! Der Herr Carl liebt dich, das sieht man, das spürt man. Du bist jetzt auf halber Strecke in deine Zukunft, schau einfach vorwärts, mein Kind.«

»Als ich klein war, sagte Tante Ilona immer ›hab Vertrauen in Gott‹, dann hilft er dir. Aber, worüber ich diese Nacht nicht einschlafen konnte, war der Gedanke an Adèl. An der hängt jetzt alles. Die habe ich alleingelassen mit all den Problemen. Sie wird nie ein normales Leben führen können, denn sie muss sich um Katalin und Papa kümmern. Da nimmt jeder potenzielle Ehemann doch sofort Reißaus.«

»Du hilfst deinem Vater nicht, wenn du ihm auch noch auf der Tasche liegst. Er muss dann wieder deinen Onkel um Geld bitten. Das verletzt seinen Stolz, willst du das?«

»Marika, was weine ich denn, du hast recht, vorwärts und nicht zurück. Du bist bei mir, du Liebe, welch ein Geschenk. Carl ist großartig und so liebenswürdig. Ich bin ein Glückskind, oder? Trotzdem hab ich aber schreckliche Angst vor seiner Familie! Was werden die sagen zu einer jüdischen Braut, die noch dazu keine Mitgift in die Familie einbringt.« Marika streichelte ihr die Wange.

»In meinem Bauch, da schmerzt es auch«, jammerte Sarolta.

»Ich glaube, du hast einfach nur Hunger. Wir frühstücken in aller Ruhe, danach geht man gelassener an die Dinge heran.«

Fünf Stunden später fuhr der Zug, der sie nach Dresden bringen sollte, in den Bahnhof von Aussig an der Elbe ein. Es gab hier einen Aufenthalt von einer Viertelstunde, da die Abteile an eine andere Lokomotive angehängt wurden, und so konnte man sich ein wenig die Beine vertreten. Sarolta war fasziniert von der alten

Burgruine, die auf einem Felsen hoch oben über dem Städtchen thronte.

»Das ist die Burg Schreckenstein!« Carl wusste einfach alles.

Da es Mittagszeit war, freute man sich über einen Stand, an dem Wiener Würstel und Limonade verkauft wurden.

»Ab jetzt kommt ein außergewöhnlich schöner Abschnitt unserer Reise. Wir fahren der Elbe entlang durch das Elbsandsteingebirge. Sie werden staunen«, erklärte Carl Sarolta und Marika.

Sarolta war nach einem langen Gespräch mit Carl während der Fahrt wieder zuversichtlicher, was ihre Zukunft anbelangte. Schon beim Frühstück hatte Carl bemerkt, dass seine junge Braut blass aussah. Später, nachdem sie im Zug saßen, sprach er sie behutsam darauf an.

»Ich konnte heute Nacht nicht schlafen, weil mir plötzlich bewusstwurde, dass ich Ihre Familie überhaupt nicht kenne. Ich weiß noch nicht mal, wie Ihre Verwandten, zu denen wir gerade fahren, heißen«, sagte Sarolta leise und schon wieder traten Tränen in ihre Augen.

Carl, der im Zugabteil ihr gegenübersaß, beugte sich vor und nahm ihre beiden Hände. »Ach Gott, entschuldigen Sie, liebes Kind! Das muss ich sofort nachholen. Also, wir fahren jetzt zu meiner Lieblingsschwester Else. Leider hab ich nur diese eine, sie ist fünf Jahre älter als ich und seit elf Jahren in Dresden verheiratet. Ihr Mann heißt Georg und sie haben einen ungeratenen Sohn, namens Heinrich, genannt Heini. Georg Dessen hat nichts mit der Textilbranche zu tun, er ist Direktor eines Zementwerks. Sie wohnen in Dresden in der Jägerstraße in einem großen, neu gebauten Haus, in dem viel Platz ist. Meine Schwester, ein sehr warmherziger Mensch, wird Sie sicherlich sofort gerne haben. Außerdem ist sie patent und wird Ihnen im fremden Land behilflich sein.«

Sarolta nickte. »Wir müssen doch Kontakt zu Tante Ilona aufnehmen, Sie wissen schon!«

»Das können Sie alles mit Else besprechen! Sie dürfen unbesorgt im Hause Dessen die Post von Ilona – Wie heißt sie, Balint? – abwarten.« Carl räusperte sich, bevor er fortfuhr. »Habe ich schon erwähnt, dass ich, natürlich erst nach Ihrem Geburtstag, nach Hamburg muss? Die Geschäfte! Gerade wenn man etwas Neues aufbaut, heißt es leider immer am Ball bleiben.« Er seufzte.

Sarolta sagte nichts, sie nickte nur. Marika, dachte sie. Wie weise von Papa, dass er sie mir mitgegeben hat. Laut fragte sie: »Und Heini, wie alt ist Heini?«

Carl überlegte: »Heini, ich glaube sieben, ich kann mir das nie merken!«

Sarolta lachte. »Und die Familie in Hamburg?«, wollte sie weiterwissen.

»Nun, in Hamburg lebt mein Lieblingsbruder, ich hab allerdings nur den«, wiederholte Carl seinen kleinen Scherz. «Mit ihm und seiner Familie werden Sie und ich, wenn wir verheiratet sind, unter einem Dach wohnen. Vor drei Jahren haben mein Bruder und ich am neu entstandenen Hansaplatz – bis vor Kurzem taten Holzhändler und Zimmerleute dort ihre Arbeit – ein vierstöckiges Gebäude im Renaissancestil gebaut. Zusammen mit unserem Vater. Leider sind die Eltern kurze Zeit darauf hintereinander gestorben, leider! Gegen das Schicksal ist man einfach machtlos! Aber nun konzentrieren wir uns erst mal auf Dresden. Meine Schwester Else kann Ihnen alles über die Familie Götte erzählen. Das tut sie gerne, es ist ihr Lieblingsthema.«

Sarolta neigte nicht dazu, lange Trübsal zu blasen und so hatten Carls Worte sie wieder ins Gleichgewicht gebracht. Die Reise, zuerst ein Stück entlang der Moldau, bis zu ihrer Mündung in die Elbe und dann mit den vereinten Wassern flussabwärts beeindruckte sie so, dass sie aufstand und die Fahrt am halb geöffneten Fenster verbrachte. Ihr Strohhütchen hatte sie wohlweislich abgesetzt, sonst hätte es sich durch den Fahrwind selbstständig gemacht.

»Hier gibt es ja lauter Weinberge«, staunte Sarolta.

»Aber nur bis zur Porta Bohemica. Nach Aussig, wo wir gleich sein werden, gehen sie nahtlos über in bewaldete Felsen.«

Carl fuhr die Strecke nicht das erste Mal. Am Bahnhof Aussig vertraten sie sich nun gerade die Beine. Würstchen und Zitronenlimonade hatten die Lebensgeister gestärkt, die neue, kleinere

Lokomotive, die die Wagons durch das kurvenreiche, schmale Elbtal befördern sollte, war bereit zur Abfahrt. Ein schriller Pfiff ertönte und die wenigen Passagiere beeilten sich, ihre Plätze wieder einzunehmen. Als nächste Station kam Tetschen-Bodenbach, wo es nochmal einen Aufenthalt gab, da das Zugpersonal wechselte, was deutlich an der Aussprache zu hören war. Es wurde statt des böhmisch-deutschen Singsangs plötzlich gesächselt. Sarolta war irritiert, denn sie verstand diesen Dialekt nicht.

»Carl«, flüsterte sie und beugte sich zu ihm vor, »was sprechen die hier für eine Sprache. Ich dachte, in Deutschland spricht man Deutsch?«

Carl bekam einen Lachanfall. »Das ist Deutsch, meine Liebe! In Deutschland gibt es leider viele unverständliche Dialekte, wie zum Beispiel Bayerisch! Ich habe in meinem Leben noch nie ein Wort Bayerisch verstanden!«

Sarolta überlegte. »Das tät ich jetzt, glaub ich, besser verstehen. Des ist doch ähnlich wia Österreichisch, ned?« Sogleich sprang sie wieder auf und lehnte sich aus dem Fenster. »Mei, Carl, ist das schön hier! Kommen Sie und schauen Sie!«, schrie sie gegen den Lärm und das Geschnaufe der sich abmühenden kleinen Lok an.

Carl trat neben sie ans Fenster. Der Zug schlängelte sich nun durch das enge, von bewaldeten Felsen begrenzte Tal. »Wir kommen gleich nach Herrnskretschen, da ist der Übergang nach Sachsen.« Ohne große Kontrolle passierte man die Grenzstation. »Willkommen im Deutschen Kaiserreich, Fräulein Hollán«, schmunzelte Carl und küsste ihr galant die rechte Hand. Die Gegend wurde jetzt, nach der Grenze, noch wilder. Da die Bahnlinie entlang der linken Uferseite verlief, sah man über den Fluss auf die rechte Seite.

»Das da hinten ist der Große Winterberg, eine der höchsten Erhebungen dieses Gebirges«, rief Carl gegen das laute Geräusch der Bahn an. Sie fuhr jetzt so langsam, dass man fast daneben herlaufen konnte.

Sarolta hatte den morgendlichen Kummer hinter sich gelassen und fühlte sich wieder glücklich.

»Diese Felsen sehen alle so aus, als ob sie schlafende Riesen wären, die um Mitternacht aufwachen, um, ja, vielleicht in der Elbe zu baden? Dann, eine Stunde später, stehen sie alle wieder da, als wäre nichts geschehen.« Sarolta klatschte vor Vergnügen über ihren Einfall in die Hände.

»Zu viele Märchen gelesen, mein Kind!«, schmunzelte Carl.

Die nächstgrößere Station war das malerische Bad Schandau, mit seinen gedrungenen Fachwerkhäusern. »Hier würde ich am liebsten wieder mal aussteigen«, erklärte Sarolta.

»Leider geht das jetzt nicht, aber von Dresden aus, kann man ohne Weiteres einen Tagesausflug hierher veranstalten«, antwortete Carl.

Die gewaltige Feste Königsstein, hoch oben auf dem Plateau eines Tafelbergs, zog Sarolta als Nächstes in ihren Bann. Auf der Höhe des kleinen Ortes Rathen machte Carl auf ein uraltes Steinviadukt aufmerksam, das in waghalsiger Höhe die senkrecht stehenden Felsen überspannte.

»Die Bastei! Jahrtausende hat das Wasser des Flusses sich durch den porösen Sandsteinfelsen gearbeitet und dabei diese bizarr zerklüftete Landschaft geformt, ein Wunderwerk der Natur!« Sarolta nickte schwer beeindruckt.

Der Zug nahm ein wenig mehr Fahrt auf und man erreichte Pirna, die letzte Station vor Dresden.

»Sie sind ein ausgezeichneter Reiseführer, lieber Carl, ich danke Ihnen von Herzen«, lächelte Sarolta.

Aber nun war es so weit. Der Zug kam im Talkessel von Dresden an und die Bahntrasse verließ die Windungen des Flussverlaufs.

»Wir werden seltsamerweise nicht am Böhmischen, sondern am Schlesischen Bahnhof eintreffen, aber von da ist es zum Glück näher zu den Verwandten«, erklärte Carl. Zu seinem Ärger hatte ein leichter Nieselregen eingesetzt. Beim Blick aus dem Fenster erschien jetzt rechter Hand die hellgraue Silhouette der Stadt.

»Die höchste Kuppel dort gehört zur Dresdener Frauenkirche, aber Sie werden ja noch viel Zeit haben, Dresden zu ergründen.«

Carl schwieg einen Moment. Er schloss die Augen, ganz so, als ob er seine Gedanken sammeln müsse. Dann öffnete er sie, ergriff Saroltas rechte Hand, um ihre Aufmerksamkeit auf sich zu lenken und sah mit seinen hellgrauen Augen tief in ihre blauen Augen. Was kommt jetzt, dachte Sarolta ein wenig bang.

Carl machte noch eine Pause, bevor er in verlegenem Ton, leise sagte: »Sarolta, bevor wir gleich ankommen, wollte ich noch etwas mit Ihnen besprechen.«

»Ja?«

»Sie sind doch Katholikin, nicht? Also eigentlich keine Jüdin mehr?« Ohne Sarolta Zeit für eine Antwort zu lassen, setzte er hastig fort, »verstehen Sie mich nicht falsch, aber vielleicht wäre es besser, erst mal nicht über Ihre jüdische Herkunft zu sprechen. Ich habe nämlich in dem Brief an meine Schwester nichts davon erwähnt, sondern nur geschrieben, Sie seien Ungarin aus Szegedin.« Er ließ sie immer noch nicht zu Wort kommen. »Die Familie von ihr hat nichts gegen Juden, wirklich nicht, sie haben, soviel ich weiß, einen jüdischen Hausarzt, aber ich bin mir nicht sicher, ob wegen unserer Hochzeit nicht doch Vorbehalte entstehen würden, vor allem in Hinblick auf meinen Bruder in Hamburg. Ich hoffe, Sie nehmen mir das nicht übel und haben vielleicht sogar Verständnis?« Carl sah sie flehentlich an.

Sarolta atmete aus. Das ist es also, dachte sie und verspürte einen Stich in der Herzgegend. Sie lächelte tapfer.

»Keine Sorge, ich habe auch schon daran gedacht, schließlich bin ich entschlossen, meine Vergangenheit hinter mir zu lassen. Papa fände es gut, wenn er wüsste, dass ich als Ungarin bezeichnet werde!« Carl fiel ein Stein vom Herzen.

Unterdessen überquerte der Zug schnaufend, pfeifend und die letzten Rauchwolken ausstoßend die wuchtige, auf zwölf Steinpfeilern errichtete Marienbrücke. Kurz darauf war das Endziel, der Schlesische Bahnhof erreicht. Hüte aufgesetzt, Jacken angezogen, Taschen kontrolliert, nochmal einen prüfenden

Blick auf die Sitze geworfen und schon fand man sich auf dem Bahnsteig. Hannes und Marika hatten auch gerade das Gepäck aus der Bahn bugsiert, da hörten sie eine laute Stimme.

»Herr Götte!! Hannes! Hallo! Hallo!!«

Carl drehte sich um und sah einen großen, bärtigen Mann in Kutscherlivree auf sich zu laufen.

»Wilm«, rief er. »Nein so eine Freude! Hat meine Schwester Sie geschickt?«

»Nein, es war der gnä' Herr, die Kutsche steht draußen auf dem Platz. Hannes, mein Oller, wie geit et?«

Wilm war ein Cousin von Hannes.

»Alles in Butter, min Jung«, brummelte Hannes. Zum Glück hörte es in dem Moment auf zu regnen. Wilm betrachtete das umfangreiche Gepäck, vor allem den Schrankkoffer und Marikas Seesack und die vier zu befördernden Fahrgäste. Er kratzte sich am Kopf.

»Ich glaube, wir haben ein Problem«, äußerte er. »Ich bin mit unserer hübschen Landaulette hier und die ist zu klein, um das Gepäck und, äh, Sie alle auf einmal mitzunehmen.«

»Gehen wir erst mal zur Kutsche und überlegen dann, was wir tun können«, schlug Carl pragmatisch vor.

Gesagt, getan! Da standen sie vor dem eleganten Stadtwagen, einem Einspänner, geeignet, zum Transport von zwei Personen plus Gepäck. Sarolta und Carl waren beide zierlich, was man aber von Marika und Hannes nicht behaupten konnte.

»Ich hab's«, rief Wilm. »Da, hier, seht ihr, von dort drüben fährt die neue Pferdestraßenbahn ab, und zwar von hier die Elbe entlang bis zur Jägerstraße, wo auch wir hinmüssen, Jägerstraße 17 ist die Adresse!«

Wilm war, verglichen mit Cousin Hannes, ein Ausbund an Temperament. Ungewöhnlich für einen Hamburger Jung. Marika schaute etwas ängstlich, aber Hannes versicherte ihr, er wisse Bescheid, wo man hinmüsse, und so kletterten beide in die Pferdebahn. Mühsam verstaute Wilm nun das Gepäck, während Sarolta voller Begeisterung der kräftigen braunen Stute über die Nüstern streichelte. Zum Sitzen blieb kaum Platz, aber Sarolta legte ihre Beine über Marikas Sack und los ging die Fahrt in die Äußere Neustadt. Beim Albertplatz bog Wilm in die Bautzener Straße ein und kurz nachdem sie in die Schillerstraße kamen, überholten sie die Trambahn. Alle winkten so heftig, als hätten sie sich Jahre nicht gesehen. Die Elbe, die ihnen unterhalb entgegenfloss, hatte sich hier in Dresden zu einem breiten Strom entwickelt. Carl zeigte mit der Hand auf ein Fabrikgebäude. »Sehen Sie da, die Schornsteine, das ist das Zementwerk von meinem Schwager Dessen.«

Fünf Minuten später bog die Kutsche in die Jägerstraße ein, um nach 200 Metern durch das bereits geöffnete Tor auf ein Grundstück mit einem klaren grauen, zweigeschossigen Gebäude im klassizistischen Stil zu fahren.

»Die Villa wurde erst vor vier Jahren fertig«, bemerkte Carl.

»Wie nobel«, meinte Sarolta und bewunderte, dass die Kutsche über die kleine Auffahrt hinauf direkt vor dem durch einen gemauerten Balkon überdachten, zweiflügligen Portal haltmachte. Else, mit Heini an der Hand, stand schon in der Eingangstür. Sarolta staunte über ihre Ähnlichkeit mit dem Bruder.

»Bruderherz! Wie freue ich mich, dich nach so langer Zeit wiederzusehen!«, rief sie. »Heini, kennst du deinen Onkel noch? Du warst fünf, als er zuletzt da war und überall lag hier noch der Bauschutt!«

Heini schüttelte stumm den Kopf. Wilm lud zuerst das schwere Gepäck ab, damit Carl und Sarolta standesgemäß aus der Kutsche steigen konnten.

»Willkommen in Dresden! Ach, ich freue mich so, dass du deine Braut mitgebracht hast! Lassen Sie sich anschauen, mein Fräulein!« Sie fasste Sarolta an beiden Oberarmen und blickte ihr mit den gleichen grauen Augen, wie Carl sie besaß, ins Gesicht.

»Na, so eine hübsche Dame hast du dir ausgesucht, nein, wie freue ich mich! Aber ich rede und rede. Ihr müsst doch hungrig und durstig sein, nach dieser anstrengenden Reise, kommt bitte ins Haus, die Köchin hat englischen Tee vorbereitet. Den lieben wir Hanseaten doch so, nicht Carl?«

Durch einen Windfang, von dem links die Garderobe und rechts eine Tür zu einem, wie Else stolz bemerkte, neumodischen Wasserklosett abging, betraten sie die Eingangshalle mit Kassettendecke aus dunkelbraunem Holz.

»Heini, sag deinem Vater Bescheid, dass unsere Gäste nun eingetroffen sind. Wir gehen schon mal ins Speisezimmer«, sagte Else, aber Carl und Sarolta baten, sich doch erst etwas frisch machen zu dürfen und Ruß und Staub der Eisenbahn von ihren Händen zu waschen.

»Natürlich, das verstehe ich, kommt mit«, rief Else und eilte zu einer breiten Freitreppe, aus dem gleichen Holz der Decke gefertigt, die sich großzügig in die erste Etage schwang. »Ich bring euch auf die Zimmer, da stehen große Waschkrüge mit frischem Wasser bereit.« Else zeigte zuerst Sarolta ihr gemütlich eingerichtetes Gästezimmer mit Ausblick auf den Eingangsbereich und dann Carl »sein Zimmer«, wie die Schwester bemerkte, mit rustikalem Schreibtisch und Blick in den gepflegten Garten.

Wie herrlich frisch und sauber hier alles ist, dachte Sarolta, während sie sich zuerst mit der nach Veilchen duftenden Seife die Hände wusch, um daraufhin aus den sauberen hohlen Händen das kalte Wasser über das Gesicht zu schütten. Es tat so gut. Am liebsten würde ich mich gleich in das schöne Biedermeierbett mit der weißen Spitzenbettwäsche legen, dachte sie, während sie sich abtrocknete und dabei aus dem Fenster sah. »Marika!«, rief sie.

Gerade kamen Hannes und, leicht hinkend, Marika zum Tor herein. Sarolta warf das Handtuch beiseite und war schon die Treppe hinuntergeeilt, um die beiden in Empfang zu nehmen.

»Marika, Liebes, ist alles gut?«, flüsterte sie besorgt.

»Na ja, wie man's nimmt«, brummelte die.

»Sie hat sich am Fuß wehgetan, als wir ausgestiegen sind, aber ich bin ja eine gute Stütze. Zur Not hätte ich sie auch getragen.« Sarolta traute ihren Augen nicht, Hannes lächelte bei diesen Worten.

»Alles wird gut«, flüsterte sie schnell, bevor sie nach Else suchte, um ihr Marika vorzustellen. Carl war auch wieder unten und so stand Teatime nichts mehr im Wege. Sarolta, die höflich darum gebeten hatte, dass Marika dabei sein dürfe, machte große Augen, als sie die mit köstlichen Leckereien fast überladene Tafel sah. Auf der glänzend weißen Damastdecke über dem schweren ovalen Esstisch lagen Schalen mit verschiedenem Gebäck, eine Platte Windbeutel, gefüllt mit Kirschen und Schlagsahne, Petits Fours in allen Variationen und dazu eine Unmenge belegter Brötchen. Der starke Tee duftete und Else bestimmte, man müsse erst den Kandiszucker in die Teeschale tun, dann einen Löffel halb geschlagene Sahne und zuletzt den Tee aufgießen. Wie wohl tat anschließend der erste Schluck. Jetzt endlich erschien, groß und dunkelhaarig, der Hausherr aus dem Büro im hinteren Bereich des Hauses.

»Wo bleibst du denn«, tadelte Else.

»Entschuldigung, die Arbeit!« Er umarmte Carl, der aufgestanden war. »Schön, dich zu sehen, alter Junge. Was machen die Geschäfte, immer unterwegs, oder?« Er wartete keine Antwort ab, sondern wandte sich Sarolta zu, die ebenfalls aufgestanden war. Galant verbeugte er sich leicht vor ihr. »Seien, Sie herzlich willkommen in unserem Heim, liebes Fräulein. Habe vernommen, dass Sie bald zu unserer Familie gehören. Muss sagen, der Schwager hat einen exzellenten Geschmack!«

Sarolta errötete leicht und dankte ihm. Sie spürte die echte Herzlichkeit, die ihr hier in diesem Hause entgegengebracht wurde.

»Meine Else, was hast du für Köstlichkeiten auf den Tisch gezaubert, ach, ich liebe es, wenn Gäste kommen!« Mit diesen Worten ließ er sich auf dem ihm angestammten, mit Hirschleder bezogenen Stuhl nieder. Man unterhielt sich angeregt, Georg Dessen interessierte sich für Österreich, Ungarn und das Kaiserreich im Allgemeinen und seine Frau Else dezent, aber im Speziellen für Sarolta. Es rührte sie fast zu Tränen, als sie erfuhr, dass die im Alter von fünf Jahren ihre Mutter verloren hatte. Sarolta schaute Carl an. Keine Sorge, sie war auf der Hut. Nichts erwähnen über die jüdische Herkunft! Lieber erzählte sie Anekdoten aus der Zeit im Wiener Pensionat. Damit brachte sie alle zum Lachen, selbst den kleinen Heini, der übrigens doch schon acht war.

Auf ein Abendessen hatte nach dem üppigen High Tea keiner mehr Lust und so zogen sich die Herren auf eine Zigarre und einen guten, alten Cognac ins Herrenzimmer zurück, welches auf der anderen Seite der Halle lag. Die Damen hingegen nahmen Platz im Damenzimmer. Zwischen beiden Räumen war eine kleine Bibliothek eingerichtet. Im Hinübergehen entdeckte Sarolta den Stutzflügel in der Halle.

»Oh, ein Klavier«, bemerkte sie erfreut.

»Das gehört mir«, rief Heini, »soll ich was spielen?«

»Morgen, Heini, morgen, du gehst jetzt ins Bett!« Else gab Heini einen Kuss und er verabschiedete sich mit einer Verbeugung von Onkel, Vater und Sarolta, die ihm spontan auch gerne einen Kuss gegeben hätte. Marika meinte, sie würde nun auch am liebsten zu Bett gehen, zumal der Fuß etwas geschwollen schien. Else beauftragte das Hausmädchen, eine Flasche mit essigsaurer Tonerde, ein sauberes Baumwollhandtuch und eine Schale zu holen.

»Eins zu fünf mit kaltem Wasser verdünnen, Tuch darin einweichen, auf den Knöchel legen und morgen ist alles gut!« Marika kannte dieses Rezept und bedankte sich herzlich bei der Hausherrin, bevor das Mädchen sie in ihr Zimmer im zweiten Stock begleitete.

Im Damenzimmer rückte Sarolta sofort mit ihrem brennenden Anliegen heraus. Dem Brief an Ilona Balint, wegen des Austritts aus der katholischen Kirche. Else zeigte sich sofort einverstanden.

»Gleich morgen erledigen wir das!«, versprach sie und schenkte Sarolta, trotz deren Protest, einen klitzekleinen Kräuterlikör ein. »Tut gut, mein Kind, nach so einer Reise. Mein Gott, bist du jung, aber du wirkst schon so reif und erwachsen, großartig! Ich darf doch du sagen, oder?«

»Aber natürlich«, nickte Sarolta.

»Ich könnte fast deine Mutter sein«, fuhr Else fort und sah Sarolta liebevoll in die Augen. »Weißt du, meine Erstgeborene war ein kleines Mädchen. Leider bekam sie mit einem Jahr die Röteln und starb daran. Ich war zu dem Zeitpunkt wieder schwanger, hatte mich bei ihr angesteckt und deshalb eine Fehlgeburt. Dann kam Heinrich, unser Heini! Aber danach! Zwei weitere Fehlgeburten und eine Todgeburt, an der ich wie deine liebe Mama beinahe gestorben wäre.« Sie seufzte. »Immer habe ich mir einen Stall voller Kinder gewünscht, aber es hat nicht sollen sein.«

Sarolta nickte betroffen, dann sagte sie: »In der katholischen Kirche kann man Trost bei der Mutter Maria finden.«

»Richtig, meine Liebe, aber wir Protestanten finden genauso Trost im Gebet und Maria wird auch bei uns als Mutter Jesu verehrt. Du schaust müde aus, lass uns schlafen gehen, morgen ist auch noch ein Tag.«

Kurze Zeit später, auf dem Weg zum Zimmer, blieb Else vor einer Tür stehen.

»Ich muss dir etwas zeigen«, sagte sie geheimnisvoll. »Etwas ganz Neumodisches! Wir besitzen nicht nur ein Wasserklosett, sondern auch«, sie drückte die Klinke runter und öffnete schwungvoll die Tür, »ein Badezimmer mit fließendem Wasser aus dem Hahn.«

Else zündete einen Kerzenleuchter an und Sarolta trat in einen Raum mit dunkelblauen Tapeten. Auf dem Steinboden stand eine kleine, ovale kupferne Badewanne, angelehnt an einen runden Holzofen, der einen Wasserbehälter mit Hahn trug. Das Besondere aber war ein quadratischer Trog an der Wand, mit Ablauf in den Boden und einem Wasserhahn, der aus der Wand herauskam.

»Fließendes Wasser in der Küche und hier, ist das nicht großartig? Hier kannst du mit deinem Krug frisches Wasser holen, ach, es ist so ein Luxus!« Else strahlte und Sarolta war tief beeindruckt. Sie hatte so etwas noch nie gesehen.

»So, und nun gute Nacht und schlaf recht gut, Sarolta, bis morgen.« Damit entschwand Else in der nächstgelegenen Tür. Sarolta schlüpfte in ihr Zimmer und kurze Zeit darauf schlief sie fest und traumlos.

Dafür erwachte sie am nächsten Morgen in aller Früh vom Gezwitscher der Vögel.

Der 11. Juli 1875 war ein Sonntag. Noch vier Tage bis zu ihrem Geburtstag. Der Brief an Ilona!, dachte sie als Erstes und schon saß sie im Nachthemd an dem kleinen Sekretär, wo sie, zum Glück Tinte, Feder und Papier fand. Nach kurzer Überlegung schrieb sie auf Ungarisch:

Kedves Ilona, liebe Tante Ilona,
hier aus dem wunderschönen Dresden wende ich mich mit einer großen Bitte an Dich. Kannst Du den hochverehrten Herrn Abt Franziskus bitten, mich aus der katholischen Kirche zu entlassen? Bitte sei nicht entsetzt über mein Anliegen. Ich muss es Dir erklären, liebe Ilona! Wie Du weißt, habe ich mich entschieden, den Heiratsantrag von Herrn Carl Götte, einem Kaufmann aus der Stadt Hamburg anzunehmen, gegen den Willen meiner ganzen Familie, die, ohne mich zu fragen, Josef Gold de Buda für mich bestimmt hatte. Nachdem aber Papa Herrn Götte kennenlernen durfte, ist er nun auf meiner Seite und respektiert meinen Wunsch. Mein Aufenthalt hier in Dresden hat mich dahingehend bestärkt, den richtigen Entschluss getroffen zu haben. Die Familie von Carls Schwester ist bezaubernd und warmherzig und hat mich sofort aufgenommen! Jetzt kommt das riesengroße Problem! Carl ist evangelisch, wie alle Leute in Hamburg und, um ihn zu ehelichen, muss ich in die evangelische Kirche eintreten. Ich muss konvertieren! Aber dafür bedarf es zuerst den Austritt aus der katholischen Gemeinschaft. Es tut mir unendlich leid, liebe Tante Ilona, mit diesem Anliegen an Dich herantreten zu müssen, aber Du bist die Einzige, die mir helfen kann. Im Angedenken an Deine Freundschaft mit Maman bitte ich Dich, meine Fürsprecherin beim Herrn Abt zu sein. Es ist mir schmerzlich, so weit von euch getrennt zu leben in Zukunft und ich denke viel an Dich, Onkel Sandor und Sani, meinen besten Freund. Was haben wir für schöne Kindertage zusammen gehabt. Ich hoffe, das Lernen auf der Piaristenschule fällt ihm leicht und er hat Freude am Unterricht.
Seid alle ganz herzlich gegrüßt aus der Ferne, auch von der tapferen Marika.

Eure Euch innig liebende
Sarolta

Sie überflog die Zeilen nochmal. Jetzt noch ein Kuvert mit der Adresse beschriften und zur Poststation bringen. Leider fand sie keinen Umschlag und plötzlich fiel ihr siedend heiß ein, dass am heutigen Sonntag alle Postämter geschlossen hatten.

»Szar«, sagte sie laut. Schimpfwörter gingen auf Ungarisch leichter über die Lippen. Da klopfte es sacht an ihrer Tür. Es war Else.

»Bist du wach, Sarolta? Zieh dich an und komm runter zum Frühstück. Georg und ich haben beschlossen, mit euch zum Gottesdienst in die Kreuzkirche zu fahren. Wir müssen um 8 Uhr los, um 9 beginnt der Gottesdienst.«

Man beeilte sich mit dem Frühstück. Wilm wartete mit der angespannten Kutsche schon vor dem Portal. Georg nahm neben ihm auf dem Kutschbock Platz, die Damen und Heini saßen komfortabel auf der gepolsterten Innenbank, Carl hatte den unbequemen Notsitz, den man aufklappen konnte, wenn kein Gepäck mitgeführt wurde. Die Luft war noch nicht von der Sonne erwärmt, die morgendlich durch die Blätter der Bäume fiel.

In leichtem Trab ging es entlang der Elbe, bis die Kutsche den Fluss auf der mächtigen Augustusbrücke überquerte, um in die Altstadt zu gelangen.

»Willkommen in der evangelischen Kirche«, sagte Carl, nachdem sie am Altmarkt ausgestiegen waren und durch das imposante Portal mit Scharen von Dresdner Bürgern das Kirchenschiff betraten.

»Heute singt der Kreuzchor«, flüsterte Else. Sarolta folgte dem Gottesdienst mit andächtigem Staunen. Alles war wie in der katholischen Kirche, außer dass der Pfarrer ausschließlich auf Deutsch predigte. Dann sang der Chor. Überirdisch schön klangen die Luther-Lieder »Eine feste Burg ist unser Gott« und »Nun freut euch, liebe Christen G'mein« von der Empore herab.

Als sie eine gute Stunde später die Kutsche für die Heimfahrt bestiegen, fragte Carl: »Was denken Sie, Sarolta, können Sie sich mit dem Gedanken anfreunden, dieser christlichen Glaubensrichtung beizutreten?« Die jedoch war noch so gefangen von dem Erlebnis der letzten Stunde, dass sie, statt zu antworten, nur stumm mit dem Kopf nickte.

»Ist der gnä' Herr damit einverstanden, dass ich jetzt auf dem Rückweg den kleinen Umweg über den Zwinger nehme?«, fragte Wilm.

»Ich wollte Sie gerade darum bitten«, antwortete Herr Dessen. So bekam Sarolta auf der Rückfahrt auch noch einen ersten Eindruck von der barocken Pracht Dresdens.

Es wurde ein gemütlicher Sonntag. Nach einem ausgiebigen Mittagessen zog man sich auf die Zimmer zurück, um zu ruhen. Endlich fand Sarolta Zeit, das Briefkuvert für den Brief an Ilona Balint zu beschriften. Anschließend zog sie ihr graues Sommerkostüm mit der Batistbluse aus, das sie schon seit der Abreise von Budapest trug. Sie legte sich auf das gemachte Bett und schloss die Augen. »Papusch, Maman, könnt ihr mich hören? Seid ihr zufrieden mit eurer Tochter? Ich glaube, ja«, gab sie sich selbst die Antwort und verspürte eine wenig innere Ruhe in sich.

Zehn Minuten verbrachte sie so, dann stand sie auf, nahm das luftige cremefarbene Sommerkleid, welches sie am Abend vorher, in der Absicht, es am Morgen anzuziehen, schon sorgfältig auf einen Bügel gehängt hatte und schlüpfte hinein. Dieses Kleid liebte sie, es war ausnahmsweise kein Erbstück von Adèl. Anschließend begab sie sich auf die Suche nach Marika. Sie fand sie bei Wilm und seiner Familie in der Kutscherwohnung über der Remise bei Malzkaffee und Kirschkuchen. Hannes war auch da. Ehrensache, dass er bei seinem Cousin logierte. Marika hatte nach einem langen Schlaf ihr Gleichgewicht wiedergefunden, auch da die essigsaure Tonerde Wunder bewirkte. Heute, bei dem herrlichen Wetter, wurde der Tee auf der imposanten Terrasse mit Blick auf den neu angelegten Garten serviert.

Nach dem Abendessen durfte endlich Heini etwas von seinen Klavierkünsten preisgeben. Er fing mit zwei einfacheren Etüden von Bach an, die er für sein Alter bravourös meisterte. Alle applaudierten und seine Mutter strahlte vor Stolz. Dann wagte er sich an »à la Turka« von Mozart. Das ging bis zu einem bestimmten Punkt gut, aber über eine Stelle kam er nicht hinweg.

»Darf ich?«, fragte Sarolta. »Schau mal, so geht es, Heini.« Sie setzte sich neben ihn an den Flügel. Federleicht spielte sie die kritische Stelle und zeigte ihm, woran es hakte. »Schau, Heini, da ist der Wechsel, auf den musst du dich einlassen. Jetzt spielst du es nochmal!« Es klappte, Heini spielte den Marsch fehlerlos und alle riefen Bravo.

Drei Tage vor ihrem 16. Geburtstag, es war Montag, der 12. Juli 1875, ließ Else in der Früh die Kutsche anspannen und fuhr mit Sarolta zum Hauptpostamt in die Innenstadt, um endlich den Brief an Ilona Balint aufzugeben. Auf die Frage, wie lange die Post unterwegs sein würde, meinte der Beamte: »Wie heißt der Ort, wo ist das?«, und nachdem Sarolta es ihm erklärt hatte, meinte er, »Na ja, eine gute Woche mindestens!«

Die nächsten zwei Tage verliefen ziemlich ereignislos. Carl war viel geschäftlich unterwegs. Er stattete Schwager Georg einen Besuch im Zementwerk ab, um die neuen Anlagen für die Produktion von in England erfundenem Portlandzement, der sich besonders gut verarbeiten ließ, zu bewundern. Seit den Reparationszahlungen in Milliardenhöhe von Frankreich an Deutschland nach dem verlorenen Krieg 1870/71 boomte die Baubranche. Davon profitierte auch Georg Dessens Betrieb. In der Jägerstraße ging es gemütlich zu. Marika tauschte in der Küche mit der Köchin ungarische und sächsische Rezepte aus und Sarolta übte mit Heini am Klavier. Sie spielten vierhändig. Heini war so begeistert von der neuen Tante, dass er sie fragte, ob sie nicht für immer bleiben könne. Sarolta, die ja in Wien zur Gouvernante ausgebildet worden war, verneinte dies lächelnd. Auch Else Dessen hatte ein Anliegen.

»Hast du einen besonderen Wunsch zu deinem Geburtstag«, wollte sie wissen. Sarolta überlegte einen Moment, dann sagte sie schüchtern: »Ich würde so gerne ein Bad nehmen.«

So geschah es, dass am 15. Juli 1875 morgens um 6 Uhr der Holzofen im Badezimmer angefeuert wurde. Es dauerte ungefähr eine Stunde, bis das Wasser so heiß war, dass man es mit kaltem mischen konnte, um die Badewanne ausreichend zu befüllen. Sarolta, die an diesem Morgen die Küche nicht betreten durfte, bat um zwei rohe

Eidotter, mit einem Esslöffel Honig und einem Spritzer Essig in einer Tasse verrührt und um eine Kanne Kamillentee. Mit diesen Utensilien und der duftenden Veilchenseife zog sie sich ins Badezimmer zurück. Sie legte ihr Nachthemd ab und betrachtete ihren zierlichen Körper mit der für Rothaarige typischen alabasterfarbenen Haut. Mit beiden Händen strich sie über die zarten Busenknospen und die leichten Rundungen des Bauchs und der Hüften.

Wie werde ich wohl heute in einem Jahr aussehen, dachte sie. Wird mein Bauch klein oder groß sein, oder habe ich dann schon ein winzig kleines neues Wesen im Arm. Ganz komisch wurde ihr bei dem Gedanken. Jetzt aber wendete sie sich ihrer Haarpflege zu. Das Gemisch in der Tasse, nach dem Rezept ihrer hochverehrten Kaiserin, Königin von Ungarn, Elisabeth, massierte sie sorgfältig in ihre Haare ein. Da das Ganze einwirken musste, ließ sie sich Zeit, das Wasser in die Wanne laufen zu lassen, um dann mit dem Krug kaltes Wasser hineinzugeben. Bevor sie in die Wanne stieg, wusch sie das Ei unter dem kalten Hahn vom Waschbecken kurz aus. Sie schauderte und tauchte anschließend im heißen Wasser der Wanne erst mal komplett unter, bevor sie sich mit Veilchenduft einseifte.

Was für ein Luxus, dachte sie, während wohlige Wärme sie durchfloss. Sie blieb, bis die Temperatur sich abkühlte, und nachdem sie die Kanne mit lauwarmem Kamillentee zum Abschluss als letzte Spülung über ihr Haar gegossen hatte, stieg sie aus der Wanne, um sich mit dem bereitgelegten riesigen rosa Baumwollhandtuch abzufrottieren. Zurück in ihrem Zimmer, öffnete sie das Fenster und ließ ihr Haar in der Morgensonne trocknen. Da sie mit dem Rücken zum Fenster saß, konnte sie nicht sehen, was im Garten passierte.

»Rapunzel, lass dein Haar herunter!«, hörte sie eine vergnügte männliche Stimme. Es war Carl, der mit Georg und Heini unten stand. Sarolta schaute etwas erschrocken, da sie immer noch in das große Badetuch eingewickelt war. Wer ist Rapunzel?, dachte sie, da sie das Märchen nicht kannte. Im selben Augenblick klopfte Else an die Tür.

»Guten Morgen, Geburtstagskind!«, klang es fröhlich. »Unten ist alles bereit, du kannst kommen!«

Zum Glück waren die Haare schnell getrocknet und so verzichtete Sarolta auf eine aufwändige Frisur. Sie flocht nur einen Zopf aus zwei Seitensträhnen, den sie mit zwei Kämmen am Hinterkopf befestigte. Das übrige Haar floss in Wellen über ihre Schultern. Schnell schlüpfte sie in ihr Sommerkleid und eilte in freudiger Erregung die Treppe herunter.

»Sie kommt, sie kommt«, schrie Heini, der wohl den Auftrag gehabt hatte, Wache zu stehen. Sogleich flitzte er an das Klavier, an dem schon alle, einschließlich Personal, aufgestellt waren. Nach einem kleinen Vorspiel gab Heini den Einsatz und alle sangen: »Hoch sollst du leben, hoch sollst du leben, dreimal hoch!«

»Danke, merci, tausend Dank«, rief Sarolta. Sie bot einen bezaubernden Anblick, wie sie mit leicht geröteten Wangen dort auf der untersten Treppenstufe stand.

»Da, schau mal, dein Geburtstagstisch!« Heini packte sie an der Hand und zog sie zu einem runden Tisch mit weißer Spitzendecke, auf dem eine Johannisbeertorte, geschmückt mit 16 brennenden Kerzen, neben einem üppigen bunten Sommerstrauß stand.

»Die Blumen haben Onkel Carl, Vater und ich heute Früh aus dem Garten geholt«, verkündete Heini stolz. Außerdem hatte er ihr noch ein Bild gemalt. Es sollte sie und ihn am Flügel darstellen.

»Großartig!«, bedankte sich Sarolta und klatschte vor Freude in die Hände. Endlich wurde nun auch das Geheimnis vom Leinensack gelüftet. Marika überreichte ihrem Liebling ein wunderbar weiches, großes Daunenkissen. Anschließend verteilte sie die gleichen in kleinem Format an Else, Georg und Heini. Auch Carl ging nicht leer aus.

»Die habe ich selber angefertigt aus den Daunen, die noch vom Gut deines Großvaters, des hochverehrten Herrn von Schoßberg, stammen.«

»Du bist so lieb, Marika!« Sarolta umarmte ihre Amme rasch, bevor die zu sehr ins Detail gehen konnte. Anschließend zauberte Marika Leinensäckchen mit scharfem und süßem Paprikapulver hervor.

»Echtes Szegediner Paprikapulver aus dem Hause Balint! Hat mir Frau Balint mitgegeben!« Vor allem die Köchin freute sich sehr über dieses seltene Gewürz.

Nun aber kam der Höhepunkt! Carl zog ein Schächtelchen aus seiner Westentasche, kniete vor Sarolta nieder und fragte: »Hochverehrtes, wunderschönes Fräulein Sarolta, nochmal ganz offiziell, wollen Sie meine Frau werden? Nehmen Sie diesen kleinen Ring, zum Zeichen unserer Verlobung an?«

»Ja, lieber Carl, von ganzem Herzen, ja«, rief Sarolta atemlos. Andächtig öffnete sie die Schleife, um das Schächtelchen zu öffnen. Darin befand sich ein schmaler rotgoldener Ring, besetzt mit fünf Granatsteinen.

»Wie schön!«, flüsterte sie.

»Jetzt musst du ihn ihr auch anstecken«, mischte sich Else ein.

»Nichts lieber als das! Ich bitte um Ihre Hand!« Sarolta folgte der Aufforderung und Carl steckte ihr behutsam den Ring an den Ringfinger der rechten Hand. Sarolta hatte Tränen in den Augen und Marika schluchzte verhalten. Auch alle anderen in dem Raum konnten sich der Bedeutung dieses Augenblicks nicht entziehen und waren gerührt. Es gibt Tage – wie Gold. Heute war für Sarolta ein solcher. Schade, dass Papa und Maman, Katalin und Adèl nicht bei mir sind, aber vielleicht schaut Maman vom Himmel aus zu, dachte Sarolta, als sie nach ausgiebigem Frühstück mit Carl Hand in Hand einen Spaziergang unten an der Elbe machte.

Die Überraschung, die Georg für den Abend vorbereitet hatte, waren Opernkarten für Verdis »Rigoletto«. Die Aufführung fand zum großen Bedauern der Familie Dessen in der sogenannten Bretterbude, einem Interimstheaterbau, statt, da die wunderschöne Semperoper 1869 abgebrannt war und der Meisterarchitekt noch mitten im Bau für ein neues Opernhaus steckte. Nach einem Imbiss in einem Lokal auf den Brühlschen Terrassen ging man zu Fuß zum Theater. Heini, der Musik liebte, durfte auch dabei sein, und man schwelgte in Giuseppe Verdis Klängen.

Leider musste Carl am nächsten Morgen schon sehr früh auf den Zug nach Hamburg, doch er fuhr mit der Gewissheit, seine Braut in guten Händen zurückzulassen.

Sarolta genoss die heile Welt in der kleinen Familie hier in Dresden. Aber nachdem vierzehn Tage vergangen waren, wurde sie allmählich ungeduldig. Wann kam Antwort aus Szegedin!

Endlich, am 17. August, stand der Briefträger mit der heiß ersehnten Post vor der Tür. Ungeduldig riss Sarolta den Brief auf. Ilona Balint schrieb:

Mein liebes Mädchen, liebe Sarolta,
es hat mich ein Stück Arbeit gekostet, den hochverehrten Abt Franziskus davon zu überzeugen, dass die Heirat mit Carl Götte zu Deinem Besten ist …

Sarolta las den Brief nicht weiter, sondern nahm mit klopfendem Herzen das Schreiben des Abts:

Meine liebe Tochter Sarolta,
ich erinnere mich noch gut daran, wie Deine Eltern mit Euch, Adèl, Katalin und Dir, in den Schoß der heiligen katholischen Kirche eingetreten sind. Vor allem Deine liebe, arme Mutter hat viel Trost von der Mutter Maria empfangen.
Nun hat mir meine geschätzte Ilona Balint angetragen, Dich aus der katholischen Gemeinschaft zu entlassen, damit Du in Hamburg den Bund der Ehe nach evangelischem Brauch schließen kannst. Dem kann und darf ich mich nicht widersetzen. So, in Gottes Namen und mit großem Bedauern, entlasse ich Dich aus der katholischen Kirche. Gottes Segen sei mit Dir, meine Tochter. Wenn Du nach Szegedin kommen solltest, wirst Du immer bei uns willkommen sein.

Abt Franziskus

Sarolta tat einen Freudensprung und sogleich ging ein Telegramm an den ebenso ungeduldig wartenden Carl in Hamburg. Zwei Tage später stand er vor der Tür der Jägerstraße, um seine junge Braut abzuholen.

Sarolta ahnte nicht, dass die Zeit in Dresden mit zur unbeschwertesten Zeit in ihrem Leben gehören sollte.

Dresdner Zwinger

Auf nach Hamburg

Am Dienstag, den 24. August 1875, in aller Herrgottsfrühe, verließ der Zug mit Carl, Sarolta und Marika diesmal den Böhmischen Bahnhof von Dresden. Es war ein Sommertag wie im Bilderbuch.

Ratata, Ratata, Ratata! Mit jeder Umdrehung der Eisenbahnräder entfernte sich Sarolta ein wenig mehr von Ungarn. Von Szegedin, von Pest, von Papa, Katalin und Adèl. Zum Glück saß Marika auf der Reise von Dresden nach Hamburg endlich neben ihr im komfortablen Abteil 1. Klasse. Unbewusst griff sie nach der Hand ihrer getreuen Begleiterin. Gerade war in Magdeburg der Zug gewechselt worden. Carl hatte beschlossen, die Route über Hannover nach Harburg zu nehmen, um von dort aus mit dem Dampfschiff zum Hamburger Hafen zu fahren, einfach, um Sarolta einen Eindruck von dieser aufregenden Hafenstadt gleich zu Beginn zu vermitteln, auch wenn die Reise dadurch länger dauerte und sie erst am Abend in der Hansestadt eintreffen würden. Hätten sie die Bahnroute über Berlin gewählt, wären sie am Berliner Bahnhof, ein Katzensprung entfernt vom Hansaplatz, angekommen. Mit großem Gepäck die praktischere Lösung, aber das einzig sperrige Teil bestand nur noch in Marikas Leinensack, dessen Inhalt sich mit der Anzahl der Kissen, die in Dresden geblieben waren, schon wesentlich reduziert hatte und der nun deshalb bequem unter Marikas Sitz Platz fand.

Carl lehnte entspannt im Fauteuil gegenüber und betrachtete liebevoll seine Braut. Wie anmutig sie war. Wie klug sie sich trotz ihrer Jugend benahm. Nein, er hatte keinen Zweifel, dass er in ihr die richtige Partnerin zur Umsetzung seiner Lebensträume gefunden hatte. Schließlich hegte er ehrgeizige Pläne, was die Zukunft anbetraf. Baumwollhandel im großen Stil sollte es werden und anschließend Verarbeitung der Ware in eigener Fabrik. Die Spinnerei im Alten Land bedeutete erst ein Anfang. Sarolta seufzte und begegnete lächelnd seinem Blick. Der Abschied von Dresden war ihr nicht leichtgefallen. Wie warm und herzlich war sie dort in der Familie aufgenommen worden. Auch wenn sie ständig auf der Hut sein musste, weil Else ihr so viele Fragen stellte. Alles wollte sie wissen über ihre Kindheit. Sarolta beschränkte sich auf Erzählungen über Familie Balint in Szegedin, die sich nach Mamans Tod rührend um die drei Mädchen gekümmert hatte, über ihre Kinderfreundschaft zu Sandor Balint und die wunderbaren Sommeraufenthalte auf den großelterlichen Gütern. Kein Wort darüber hatte sie verlauten lassen, dass ihr geliebter Großvater Simon als erster Jude seit dem Mittelalter von Kaiser Franz Josef, wegen seiner Verdienste für die Monarchie im Jahre 1862 in den Adelsstand erhoben worden war. Auf Marika konnte man sich verlassen. Sie sprach von Großmutter Rachel Regina nur von der Patronin Regina.

»Es ist richtig so«, sagte Sarolta zu Marika und empfand dabei trotzdem ein Gefühl von Trauer und Einsamkeit, dem sie aber bewusst nicht nachgab, ja es im nächsten Augenblick verdrängte.

Heini hatte heute Früh bittere Tränen vergossen, und Sarolta durfte erst Abschied nehmen, nachdem beschlossen war, dass Familie Dessen zur Hochzeit nach Hamburg kommen würde.

Wenn ich als Gouvernante durch Zufall zu Heini gekommen wäre, hätte ich mir über eine Heirat keine Gedanken machen müssen, dachte Sarolta. Blödsinn, auch als Gouvernante ist man plötzlich schnell eine alte Jungfer. Sie schaute Carl bei diesem letzten Gedanken an und er interpretierte ihr leichtes Lächeln als Flirten.

»Selbst bei dieser Wärme und der schlechten Luft sehen Sie aus wie der junge Frühling«, bemerkte er galant.

»Sie ist der junge Frühling«, meinte Marika. »Ich dachte, ich komme in den frischen Norden, dabei ist es heißer als in der ungarischen Tiefebene«, setzte sie bissig hinzu.

»Der Nordwind wird schon noch länger als dir lieb ist um deine Nase pusten«, lenkte Sarolta von den netten Komplimenten ab. Sie kramte den Beutel mit Proviant, den Else ihr bei der Abfahrt noch zugesteckt hatte, hervor. »Unmengen sind das«, bemerkte sie. »Was wollen Sie, Carl, Stulle?« Das Wort hatte sie in Dresden gelernt, »Stulle mit Roastbeef, mit Leberwurst, mit Schinken oder mit Käse? Ich habe auch noch Äpfel zu bieten!«

Carl entschied sich für Roastbeef, Sarolta für Käse und Marika nahm Schinken mit Apfel. »Ich bin aber blöd«, bemerkte die, »ich hätte eine große Salami aus Szegedin mitnehmen sollen.«

»Dann hätten wir jetzt ein Problem mit dem Geruch in den Daunenkissen«, kicherte Sarolta.

Die nächste Etappe der Reise hieß Braunschweig. Zum Aussteigen war der Aufenthalt zu kurz und so beugten sich Sarolta und Carl aus dem geöffneten Abteilfenster.

»Da hinten sehen Sie die den hohen Turm der St. Andreas-Kirche, und dort die zwei spitzen Türme gehören St. Martini. Braunschweig ist ein Kleinod. Eine wunderschöne mittelalterliche Stadt. Sie sollten mich unbedingt später mal begleiten, wenn ich hier zu tun habe. Die Schwester meiner Schwägerin lebt hier. Sie heißt Helene, ist Malerin und mit dem Besitzer des ältesten Verlags in Deutschland verheiratet. Die haben seinerzeit schon die Lutherbibel gedruckt«, erklärte Carl. »Aber Sie werden die Mayers auf unserer Hochzeit kennenlernen, die kommen bestimmt!«, fügte er hinzu und schon pfiff der Stationsvorsteher und die Räder setzten sich wieder in Bewegung.

Da man in aller Herrgottsfrühe aufgestanden war und die Gegend eintönig vorüberlief, nickte zuerst Marika ein, dann Carl und schließlich auch Sarolta. Sie wurden erst wieder aufgeweckt, als der Zug von Hannover abfuhr und ein Reisender die Tür des Abteils öffnete, um zu fragen, ob der vierte Platz noch frei sei. In Hannover waren viele Leute zugestiegen, und so stand man sogar in den Gängen. Nach nochmal etwa zwei Stunden war endlich Harburg erreicht.

»Sie werden sehen, der unvergleichliche Anblick auf Hamburg von den Dampfschiffen aus ist es auf alle Fälle wert, diesen Umweg mit der Bahn zu machen«, rief Carl und hievte das Gepäck aus dem Gepäcknetz nach unten. Dabei geriet er in Kollision mit Sarolta, die den Leinensack unter dem Sitz hervorkramte. Der Proviant war bis auf zwei Äpfel und eine halbe Tafel Schokolade nun doch verzehrt. Um auf den Bahnsteig zu gelangen, musste man sich erst mal im Gang durch die Menschenmenge drängen, die zum großen Teil nach Hamburg weiterfuhr. Dann war aber schnell eine Droschke gefunden, die die drei Reisenden zum acht Minuten entfernten Abfahrtsplatz der Harburg-Hamburgischen Dampfschiffe beförderte.

»Gottlob geht der nächste Dampfer in einer Viertelstunde! Dann kommen wir noch bei Helligkeit an!«, strahlte Carl.

Das Hamburger Wetter zeigte sich heute zum Glück von seiner besten Seite. Die Nachmittagssonne schien durch die Schäfchenwolken am tiefblauen Nordseehimmel und es wehte ein sanftes Lüftchen. Schnell noch eine Limonade gegen den großen Durst getrunken und schon legte das Schiff an. Nachdem die Passagiere ausgestiegen waren, konnte man über die Brücke an Bord gehen.

»Gleich hinauf aufs Oberdeck«, bestimmte Carl und eilte mit Saroltas Koffer, dem Sack und seiner eigenen Reisetasche, so schnell er konnte voraus, um einen angenehmen Platz zu ergattern. Marika, mit ihrem Koffer und Sarolta mit einer schweren, großen Tasche, in die sie auch noch die Proviantreste gestopft hatte, drängten sich, so gut es ging, durch die vielen Menschen hindurch, hinterher. Mit den Gepäckstücken war es Carl gelungen, in Windeseile vier Plätze auf der, wie er sagte, richtigen Seite zu belegen.

»Das wäre geschafft«, stöhnte er erschöpft, als sie alle saßen.

»Vielen Dank«, sagte Sarolta artig.

»Ach«, bemerkte Marika, nachdem sie sich umgesehen hatte, »ich dachte, wir kommen in eine Stadt am Meer, aber hier sind wir ja nur auf einem schmalen Gewässer und da drüben weiden Rinder und Pferde!«

»Aber da, dort hinten, sehen Sie, da sieht man schon die Türme der Stadt!« Mit dem ausgestreckten Finger zeigte Carl in eine Richtung, in der man tatsächlich die Silhouette von verschiedenen Türmen wahrnehmen konnte.

»Übrigens, ich muss die Damen enttäuschen, Hamburg liegt an der Elbe und viele Kilometer von der offenen See entfernt. Wir befinden uns gerade auf der Süderelbe.«

In diesem Augenblick kündigte das Schiffshorn das Ablegen an. Der kleine Dampfer drehte sich und nahm Fahrt stromabwärts auf. Schnell zog er an der Insel Wilhelmsburg vorbei. Möwen tändelten kreischend über das Wasser, auf dem rote Tonnen dem Schiff den Weg wiesen. Unvermutet drangen Musikklänge vom unteren Deck nach oben. In der Ferne tauchten plötzlich eine Menge Segel auf.

»Gleich wird sich die Wasserstraße nach der Nordsee vor unseren Blicken öffnen und wir sehen dann auf dem Höhenzug das Schifferdorf Blankenese liegen«, erklärte Carl.

»Nein, wie bezaubernd sind diese weißen Häuschen dort!«, begeisterte sich Sarolta, als der Dampfer sich nun wieder drehte, um seine Fahrt stromaufwärts zu den Hamburger Landungsbrücken aufzunehmen.

Sarolta und Marika wussten gar nicht, wo sie zuerst hinschauen sollten. Die vielen verschiedenen Schiffe, ein Überseedampfer brauste vom Meer heran, ein mächtiges Segelschiff raffte seine Segel ein, andere kleinere pfiffen mit vollen Segeln vorüber, ganz kleine Fahrzeuge schlüpften mit rotbraunen Segeln, atemberaubend gefährlich, dazwischen durch.

Die prachtvollen Landhäuser am Ufer und die vereinzelten Fabrikanlagen, die dahinter lagen, wurden allmählich abgelöst von enger zusammenstehenden Bauten. Das Schiff machte Halt in Altona, wo einige Passagiere ausstiegen. Doch gleich ging es weiter. Die Häuser wuchsen jetzt schier aus dem Wasser. Speicher reihte sich an Speicher. Jede Menge Luken wurden geöffnet, um die Ware von den kleinen Schiffen, den Schuten, davor aufzunehmen. Kräne und Winden hingen herunter.

»Hinten, dieses Gebäude mit dem turmartigen Schlot ist übrigens eine Zuckerraffinerie!«, bemerkte Carl. Sarolta hatte ihm erzählt, dass die Familie Schoßberg zwei solcher Raffinerien besaß und damit ihr Vermögen gemacht hatte. St. Pauli war erreicht. Ein Wald von Masten versperrte die Sicht auf die Landungsbrücken. Was für ein grandioser Anblick. »Habe ich zu viel versprochen?«, fragte Carl, als das Schiff an den Landungsbrücken festmachte.

Zum Glück sprangen Kofferträger an Bord, die das Gepäck vom Schiff aus über die Brücke bis an den Droschkenplatz transportierten. So hatte Carl den Arm frei, um seine junge Braut galant hinüberzugleiten. »Willkommen in der neuen Heimat«, sagte er und küsste schwungvoll ihre Hand.

Was ist das für ein reges Leben hier in dieser großen Hafenstadt. Wien wirkt direkt verschlafen dagegen, dachte Sarolta bei sich und war froh, als sie alle in einer bequemen Droschke Platz genommen hatten.

»Wohin soll's denn gehen, die Herrschaften?«, fragte der Kutscher und freute sich, als Carl als Ziel den Hansaplatz nannte. Das war doch endlich mal eine lukrative Fahrt für ihn.

»Aber die kürzeste Strecke und keine Umwege zu Sehenswürdigkeiten, die hatten wir heute zur Genüge!«, befahl Carl.

»Na gut, der Herr, am Michel müssen wir trotzdem vorbei, um dann in die Steinstraße zu kommen, von da aus geht es dann immer der Nase lang. Recht so?«

»Natürlich!«, antwortete Carl. Eine gute Stunde würden sie wohl noch unterwegs sein.

Sarolta kramte die zwei verbliebenen Äpfel aus der Tasche. »Für Sie und Frau Marika«, sagte Carl, aber er ließ sich stattdessen zu einem Stückchen Schokolade überreden.

»Bald sind wir ja nun da«, bemerkte er nach einer Weile, »und weil wir noch nicht verheiratet sind und es sich nicht gehört, dass Sie bereits in meiner Wohnung leben, haben mein Bruder, seine Frau und ich uns Folgendes überlegt. Unten im Parterre befinden sich die Geschäftsräume. Die erste Etage war als Wohnung für unsere Eltern gedacht, aber da sie eben beide letztes Jahr, kurz nach dem Einzug in das neue Haus, bedauerlicherweise unvermutet verstorben sind, haben wir dort eine Schneiderei eingerichtet. Trotzdem gibt es noch zwei schöne Zimmer, ganz ruhig, nach dem Hinterhof. Meine Schwägerin war so nett, sie ein wenig für Sie zurechtzumachen. Ich hoffe, Sie sind mit dieser Lösung einverstanden?«

»Aber natürlich, was meinst du, Marika?«, sagte Sarolta.

Marika antwortete nur: »Ist aber traurig, mit den Eltern. Vielen Dank auch, Herr Götte.«

»Gegen Gottes Willen ist man machtlos.«

Carl kämpfte für einen kurzen Moment gegen Tränen an. Sarolta sagte nichts. Sie ergriff zaghaft seine Hand und Carl erwiderte dankbar den zarten Druck.

Im letzten Licht der Abenddämmerung, gegen 9 Uhr, erreichten sie endlich ihr Ziel in der Vorstadt St. Georg, den neu entstandenen Hansaplatz. Gerade noch konnte man die schönen Fassaden der im Renaissancestil erbauten Gebäude erkennen, die den großzügig angelegten Platz quadratisch umschließen.

»In der Mitte ist dort, wo die ehemalige Wasserstelle war, ein monumentaler Brunnen geplant«, bemerkte Carl.

»Wie war die Hausnummer noch mal?«, fragte der Kutscher.

»Die können Sie jetzt sowieso nicht mehr erkennen, aber sehen Sie, dort drüben, wo die Laterne brennt, und das Textilgeschäft ist, da müssen wir hin«, gab Carl Bescheid.

»Zum Glück haben wir die Laterne hier, so findet man in der Nacht das Schlüsselloch«, meinte er, während er das Portal zum Treppenhaus, dass links vom Laden lag, aufschloss.

»Erst mal müssen wir bei meinem Bruder in der zweiten Etage läuten. Er besitzt die Schlüssel für die Räume im ersten Stock. Das Gepäck lassen wir einfach dort vor der Tür stehen, außer uns und dem Personal, wohnt sonst niemand im Haus.«

Hier wird also meine Zukunft stattfinden, dachte Sarolta, während sie hinter Carl die Stufen im großzügigen Treppenhaus, in dem es noch so herrlich neu roch, emporstieg. Als Carl läutete, schien es, als ob Ernst und Marie Götte bereits hinter der Haustür gewartet hätten, so schnell wurde die Tür geöffnet.

»Gott sei Dank, endlich seid ihr da«, rief Carls Bruder, der im Gegensatz zu Carl, obwohl auch nur mittelgroß, die gewisse Behäbigkeit eines Kaufmanns ausstrahlte.

»Wir hatten uns schon etwas Sorgen gemacht«, fügte Marie hinzu.

»Willkommen in Hamburg«, sagte die schlanke, dunkelhaarige Frau, indem sie Sarolta beide Hände schüttelte, sie aus blauen Augen anstrahlte und die Ankömmlinge in das mit behäbigen, dunklen Möbeln ausgestattete Esszimmer führte. Sie hatte eine kräftige

Fleischsuppe vorbereitet, die nach der langen Fahrt sehr willkommen war.

»Morgen lernen Sie unsere zwei Kinder kennen, sie mussten leider schon ins Bett«, sagte Marie, indem sie vom Tisch aufstand und die auf der Anrichte bereitgelegten Schlüssel für die untere Wohnung ergriff. Mit einer Laterne gingen sie durch Räume, in denen es nach neuen Stoffen duftete. Sarolta hatte unbewusst den Laden der Golds in Wien vor Augen.

Zum Glück bin ich nun aber hier, dachte sie, als ihr Marie das gemütlich hergerichtete Zimmer zeigte. Gleich daneben war der Raum für Marika.

»Nun verabschiede ich mich und gehe hinauf in meine dritte Etage, ich glaube, wir haben alle eine Mütze voll Schlaf nötig«, meinte Carl. »Dank dir, liebe Schwägerin, glänzend hast du die Zimmer hergerichtet«, gab er seiner Bewunderung Ausdruck, ehe er sich entfernte.

Marika legte noch das schöne, weiche Schoßbergkissen, wie sie es nannte, auf Saroltas mit Damastbettwäsche überzogenes Bett und überreichte Marie als Gastgeschenk vier kleine Daunenkissen, die sie umständlich aus ihrem Leinensack kramte.

»Endlich ein Geschenk, dass man wirklich brauchen kann«, freute sich Marie. »So, die Damen, Sie sind sicher müde nach der langen Reise, deshalb wünsche ich Ihnen nun eine erholsame Nachtruhe. Zum Frühstück um 7 Uhr sind Sie herzlich eingeladen!« Ohne eine Antwort abzuwarten, schwebte sie davon.

Sarolta war so aufgewühlt, dass sie sich unbedingt noch mit Marika unterhalten wollte, doch der Armen fielen einfach die Augen zu und so gingen sie ins Bett. Als Sarolta in den weichen Federn lag, übermannte sie dann rasch der Schlaf. Sie hatte einen wunderbaren Traum. Sie stand mit Carl in einem weißen Spitzenkleid am Traualtar und dahinter saßen Maman, Papa, Adèl, Katalin, Ilona und Sandor Balint, mit Sandor, ihrem Sohn.

Der nächste Tag war Mittwoch, der 25. Juli. Es wurde gleich in der Frühe beschlossen, zu St. Katharinen zu fahren, um bei

Pastor Schoost die Aufnahme in die evangelische Kirche zu beantragen und gleichzeitig das Aufgebot zu bestellen. Marika plättete noch geschwind Saroltas dezentes graues Sommerkostüm, damit das Mädel auch proper aussah. Den Ausdruck hatte Marika in Dresden gelernt und er gefiel ihr sehr. Sie benützte ihn andauernd.

Am Steintorplatz waren Carl und Sarolta in die Straßenbahn gestiegen, die sie direkt zum Katharinenplatz brachte. Sarolta bewunderte den eleganten Turm der Kirche, bestehend aus drei Kuppeln, zwei transparenten Zwischengeschossen und einer schlanken Spitze, bevor sie durch das Hauptportal das mächtige, in drei Teile gegliederte Kirchenschiff betraten. Pastor Schoost begrüßte Carl, hieß die junge Braut aus »fernen Landen«, wie er meinte, auf das Herzlichste in der evangelischen Gemeinschaft willkommen und führte sie in die Sakristei. Seit Urzeiten gehörte Familie Götte zu den Mitgliedern der Gemeinde, da sie ihr Geschäft und das Wohnhaus vor dem Umzug zum Hansaplatz dort in der Nähe, in der Reichenstraße, besaßen. Aber nun war man dieser geräuschvollen Enge entflohen. Die Stammkunden hatten den Ortswechsel klaglos akzeptiert. Der Pastor bedauerte den Tod der Eltern Götte und hörte gar nicht mehr auf, von ihnen zu erzählen.

»Schade, dass Ihre Frau Mutter das nun nicht mehr erlebt, sie hat sich immer Gedanken darüber gemacht, welche Frau Sie mal heiraten würden, lieber Carl. Sie waren doch ihr Liebling, schon weil Sie als Kind beinahe an einer Lungenentzündung gestorben wären. Ja, also, wann wollen wir denn nun die Hochzeit abhalten?«

»Ich, ich meine, wir dachten an das erste Wochenende im September. Wir sind eine große Familie und sicher wollen viele bei unserer Hochzeit dabei sein. Wie Sie wissen, verehrter Herr Pastor, lebt die Verwandtschaft in Dresden, in Braunschweig und so weiter und alles will gut organisiert sein. Leider sind die Angehörigen von Fräulein Holländer in Ungarn und die Anreise von dort ist ein wenig zu weit. Oder?«

Er blickte seine Braut an, die nickte nur stumm und dachte bei sich, trotz des schönen Traumes heute Nacht, was für ein Glück, denn schon der engste Kreis besteht bei uns ja aus etwa hundert Personen! Der Pastor blätterte in einem großen Buch und sagte stirnrunzelnd: »Samstag, der 5. September, ist leider voll. Zwei Taufen! Aber der 12. September wäre möglich!« So wurde für diesen Tag das Aufgebot bestellt.

Der Pfarrer verabschiedete sie mit den Worten, »dass ihr mir aber am nächsten Sonntag in die Kirche kommt!«

Es gab viel zu tun in den nächsten Tagen. Als Allererstes wurden um die 50 Einladungen gedruckt und verschickt, damit man einen Überblick über die Zahl der Hochzeitsgäste gewinnen und somit entscheiden konnte, wo die an die Trauung anschließende Feier stattfinden sollte. Zudem musste ein Speiseplan entworfen werden. Carl hatte sich, oh Wunder, sogar drei Tage freigenommen, um das Schriftliche zu erledigen.

»Das Hochzeitskleid, mein Gott, wie soll es denn aussehen?«, fragte Marie aufgeregt, als sie am Donnerstagabend zusammen Schinkenbrot aßen.

Peter und Anne, die beiden acht und zehn Jahre alten Kinder, waren diesmal auch dabei. Sie starrten die neue Tante voller Interesse an. War das spannend, eine Tante aus Ungarn, aber man verstand sie gut, sie sprach ganz normal Deutsch und man konnte sogar mit ihr lachen. Insgeheim hatte Sarolta natürlich mit Marika schon über das Brautkleid diskutiert.

»Wenn Sie wollen, meine Liebe, es wäre mir eine große Ehre, wenn Sie das Brautkleid meiner Mutter tragen würden«, sagte Carl schüchtern.

Sarolta wurde es heiß und kalt. Nein, das wollte sie wirklich nicht. Als sie fieberhaft nach einer Antwort suchte, kam ihr zum Glück Marie zur Hilfe.

»Das geht nun wirklich nicht, Carl, gönn deiner Zukünftigen doch die Freude an einem eigenen Kleid für den schönsten Tag in ihrem Leben!«

»Natürlich«, beeilte Carl sich zu antworten, »es war nur so ein Gedanke von mir!«

Sarolta holte tief Luft. »Es ist so, Papa hat mir zum Abschied Geld für mein Hochzeitskleid gegeben und er wünscht übrigens auch, das Essen zu bezahlen.« Marika starrte ihren Liebling mit offenem Mund an. Was faselte sie denn da? Papa und Geld? Sarolta, die Marikas Gedanken erahnte, warf ihr einen warnenden Blick zu.

»Es ist eine Ehre für ihn und es gehört sich auch so«, fügte sie sehr bestimmt hinzu und sie merkte, wie gut dieser Satz bei Familie Götte ankam. Marie bot sich an, mit Sarolta einen passenden Stoff auszusuchen.

»Das machen wir gleich morgen und die Schneiderei ist ja praktisch neben deiner Schlafstube. Im Übrigen denke ich, wir können die Feierlichkeiten hier im Hause abhalten. In der Schneiderei funktionieren wir die Tische zu Tafeln um, und im Nebenraum ist genug Platz zum Tanzen und für drei Mann Kapelle. Für die Küche müssten wir uns das Personal von meinen Eltern ausleihen. Sie haben eine hervorragende Köchin aus Pommern.«

»Marika kann ungarische Spezialitäten zubereiten, sie kocht himmlisch«, fiel Sarolta ihr aufgeregt ins Wort.

»Aber nur, wenn ich hier irgendwo Paprika herbekomme«, fügte Marika hinzu. »Ich meine frischen Paprika, meinen getrockneten habe ich ja vorsichtshalber aus Ungarn mitgeschleppt.«

Sie war immer noch innerlich verwirrt, weil sie nicht wusste, woher Sarolta das Geld nehmen wollte.

»Wir wohnen hier nicht hinter dem Mond, in Hamburg ist alles zu haben«, mischte Ernst sich ins Gespräch. »Am besten, Sie gehen zu Heimerdinger am Neuen Wall, Südfrüchte und Delikatessen, ich glaube übrigens, er ist Österreicher. Ja, der wird sich freuen über eine Landsmännin. Der wird Ihnen die Sachen nach Hause tragen«, scherzte er.

»Wird auch nötig sein bei der Menge«, entgegnete Marika trocken. Kaum allein mit Sarolta war ihre erste Frage: »Wovon willst du denn all das bezahlen, ich weiß doch, dass der verehrte Papa nicht die finanziellen Mittel für eine angemessene Mitgift besitzt.«

»Angemessen ist gut!« Sarolta verzog spöttisch die Mundwinkel. »Angemessen wäre eine Summe Geldes, die ich in Carls Geschäft mit einbringen könnte, nein, ich habe, wie schon erwähnt, das Geld von Onkel Zsigmond von Schoßberg, der mir eine mehr als großzügige Summe für mein Pferd gegeben hat.« Marika seufzte erleichtert. »Nobel«, sagte sie auf ihre trockene Art.

Schon am folgenden Tag hielt Carl die druckfrischen Einladungskarten in Händen. Sie waren schlicht gestaltet. Auf der Vorderseite der Doppelkarte stand in geschwungener Goldschrift:

WIR HEIRATEN

Auf der Innenseite fand man alle wichtigen Informationen zu dem Ereignis. »Herr Carl Heinrich Friedrich Götte und Fräulein Sarolta Franziska Caroline Holländer geben sich die Ehre«, und so weiter.

Sarolta starrte auf die druckfrische Karte. Sie war erfüllt von Stolz und Wehmut. Da stand es Gold auf Weiß, nun konnte sie nicht mehr zurück. Außerdem hatte sie gerade in dem wunderbaren Stoffladen mit Marie an die zwölf weiße Seidenstoffe betrachtet und angefühlt. Es war wie in einem Traum und die Entscheidung nur dank Maries guter Beratung möglich gewesen. Sie hatten eine Kombination aus drei verschiedenen Qualitäten zusammengestellt. Schwere Ware für eine Art Korsage, die, so sah es Sarolta vor ihrem geistigen Auge, ab Dekolletee und Ärmeln in zarte Spitze übergehen sollte und einem leichten Seidenmousselin für einen üppig gerafften Rock. Mit wenigen Strichen hatte sie gekonnt einen Entwurf gezeichnet und Marie damit äußerst beeindruckt.

»Vielleicht könnte ich ja den Brautschleier von Mutter Götte tragen, wenn ich Carl damit eine Freude bereiten kann!«, fiel Sarolta plötzlich ein.

Fünf Tage später wusste man über die Anzahl der Hochzeitsgäste Bescheid. Man kam auf 43 Personen. Die Mayers aus Braunschweig wollten statt zu zweit, zu viert kommen, da sie zu der Zeit Besuch von Herrn Mayers Nichte und ihrem frisch angetrauten Mann, Herrn Professor Dr. Lange, haben würden. Dafür gab es aber auch fünf Absagen. Endlich konnte man ans Werk gehen und die Feier für fünfzig Personen, Brautpaar und Familie Götte eingeschlossen, vorbereiten.

Anfang September schloss man die Schneiderei für die Tage bis nach den Feierlichkeiten. Sarolta schneiderte dort mit professioneller Hilfe ihr wunderschönes Brautkleid selbst. Eine weiße Robe á la Kaiserin Sisi wurde es, mit schmalem, spitzem Ausschnitt und einem Rock, dessen Fülle nach hinten in einer angedeuteten Schleppe endete. Auch Carl ließ sich einen neuen silbergrauen Cut schneidern.

An alles musste gedacht werden. Angefangen damit, dass das Geschirr nicht ausreichte, aber wozu waren Verwandte da! Marika hatte ihre erste Freundschaft in der Hansestadt geschlossen. Mit Herrn und Frau Heimerdinger, sie geboren in Pressburg, er aus St. Pölten.

»Paprika, ka Problem! Die griang ma aus Spanien!«

»Guat«, Marika fiel sofort in ihren österreichischen Dialekt, den sie sonst hier in Hamburg tunlichst zu vermeiden suchte. »Ober ich brauch ganz viel, rot und grün, mindestens a Steign!«

»Von uns griangn Sie alles und no vui mehr!«, strahlte Herr Heimerdinger und war ab diesem Zeitpunkt voll integriert in die Herstellung des Festmahls. Enten, Hühner und Eier von den Marschländer Bauern, Gänseleber und Roastbeef aus Frankreich, geräuchertes Störfleisch aus der Gegend, all dies bestellte er, sodass taufrische Ware zum Zeitpunkt der Zubereitung vorhanden sein würde. Außerdem bot er sich an, frische Mayonnaisensalate zu liefern. Ein ordentlicher Hochzeitsschmaus sollte jedoch immer mit einer Suppe beginnen und so bereitete Marika schon mal Unmengen von Palatschinken vor, die als Einlage in eine kräftige Rinderboullion gedacht waren. Mit Paprikapoulet und rosa gebratener Gänseleber auf geschmortem Apfel und in altem Sherry gedünsteten Zwiebeln wollte sie einen weiteren Beitrag aus der ungarischen Küche liefern. Für Blätterteigpasteten, Roastbeef, Fisch, aber auch für die aus vielen Schichten bestehende Hochzeitstorte war die Hamburger Abteilung zuständig.

Am 10. September, dem Tag der standesamtlichen Trauung, die am Nachmittag nur in Begleitung der beiden Trauzeugen, Ernst Götte und Maries Vater, Nikolaus Grawert, stattfand, befand sich so ziemlich alles in trockenen Tüchern, wie Marie es formulierte, auch wenn noch tausend Kleinigkeiten fehlten. Das war dringend nötig, da am nächsten Tag bereits Gäste anreisen würden.

Carl hatte so gar keine Lust auf einen Junggesellenabschied, aber seine Freunde ließen nicht locker und so verabredete er sich gezwungenermaßen für den Vorabend der Hochzeit, in der Hoffnung, dass es nicht zu lange werden würde. Zuvor wurden die am Nachmittag eintreffenden Gäste aus Dresden und Braunschweig willkommen geheißen. Besonders Heini war glücklich, seine, wie er bemerkte, Lieblingstante wiederzusehen und auch Sarolta fühlte große Freude, dass Familie Dessen im Haus wohnen würde, das Ehepaar bei Carl und Heini bei Cousin und Cousine, die ja in seinem Alter waren. Die Braunschweiger waren bei Helene Mayers Eltern, den Grawerts, in dem schönen, alten, barocken Kontorhaus einquartiert, das praktisch nur durch das Fleet, mit der St. Annenbrücke darüber, von der St. Katharinenkirche getrennt lag.

Am Abend wurde Carl zum Junggesellenabschied mit der Fähre nach Uhlenhorst in »Schultzes Etablissement« entführt. Sieben Kerle tranken mehrere Schnäpse auf Vergangenheit und Zukunft, aber das war es dann auch. Vor Mitternacht schon kehrte Carl mit Schwager Georg und Bruder Ernst fröhlich beschwipst zum Hansaplatz zurück.

Am 12. September 1875 meinte es der liebe Gott – oder war es Petrus? – gut mit dem jungen Paar. Die Sonne strahlte an diesem Samstag im Frühherbst ungetrübt vom seidigen Himmel. Sarolta hatte die Nacht vor Aufregung nicht geschlafen. Jetzt stand sie mit Marika vor dem großen Spiegel der Schneiderei, in der die langen Tische schon festlich gedeckt waren und nur der Blumenschmuck noch fehlte. Marika musste ordentlich Kraft aufwenden, um im Taillenbereich das Kleid zu schließen.

»Das gehört so«, sagte Sarolta mit angehaltener Luft. Liebevoll steckte ihr die alte Kinderfrau das prachtvolle Haar auf und platzierte anschließend den Brautschleier. »Schaust aus als wie a Buidl, so scheen!«, strahlte sie.

Anstelle ihres Vaters wurde die Braut vom Senior der Familie, Nikolaus Grawert, in der Kutsche zur Kirche begleitet. Sarolta war dem freundlichen älteren Hanseaten dankbar dafür. Carl und die anderen Gäste warteten bereits in der Kirche. Zuerst stieg Herr Grawert aus und reichte der Braut die Hand, um ihr aus der Kutsche zu helfen.

Carl dachte, eine Märchenfee würde auf ihn zuschweben, als sie ihm unter den Orgelklängen von Bachs Präludium in g-Moll entgegenkam.

»Was für eine schöne, zauberhafte Braut!«, raunten die Gäste.

Pastor Schoost hatte als Leitmotiv für seine Predigt einen Satz aus Johannes 16,22 gewählt: »Euer Herz soll sich freuen und die Freude soll niemand von euch nehmen.«

Er hielt eine bewegende Predigt, in der er auch darum bat, der jungen Frau aus dem fernen Ungarn das Leben in Hamburg angenehm zu machen. Nach dem feierlichen Tausch der Ringe, beide versprachen mit fester Stimme, sich zu lieben und zu achten bis in den Tod, sangen alle aus vollem Herzen »Nun danket alle Gott!« und viele Taschentücher wurden nass.

»Willkommen bei mir, willkommen zu Hause in Hamburg«, flüsterte Carl, als sie nebeneinander die Kirche verließen und Heini, Peter und Anne voller Begeisterung bunte Blütenblätter streuten. Heute hatte er sich wirklich in Sarolta verliebt.

Sarolta aber dachte einen Moment an Papa, Adèl und Katalin. Ich vermisse euch! Fremd fühlte sie sich in dieser Sekunde. Trotzdem lächelte sie ihren neuen Ehemann tapfer an, als sie nun gemeinsam mit ihm die Kutsche bestieg.

Leute am Hansaplatz blieben stehen und bewunderten die anmutige Braut, bevor sie das Haus Nr. 8 betrat. Oben, in der ersten Etage, hatte das Personal mittlerweile wahre Wunder vollbracht. Blumen, Girlanden und Kerzen schmückten die drei langen Tische. Dahinter, auf einer Tafel aufgebaut, warteten die Speisen auf Rechauds, bedeckt von silbernen hohen Deckeln.

Zum französischen Champagner, mit dem man auf das Brautpaar anstieß, wurden kleine Blätterteigpastetchen mit Krabbenfüllung gereicht. Als Sarolta in der Mitte des mittleren Tischs neben ihrem Angetrauten Platz nahm, weil nun die wunderbare Suppe von Marika serviert werden sollte, war ihr schwindelig. So viele unbekannte Gesichter, das enge Kleid! Zum Glück stand Wasser auf dem Tisch. Sarolta hatte sich als zweiten Tischherrn Heini gewünscht und so saß Familie Dessen links von ihr. Anschließend an Carl waren da natürlich Marie, Ernst und die Kinder Peter und Anne. Gegenüber saßen im engsten Familienkreis Luise und Nikolaus Grawert, links deren Sohn Albert mit Familie und Luises unverheiratete Schwester Gertrud Blanck, rechts die Mayers aus Braunschweig, samt Ehepaar Lange. Tante Helene Mayer strahlte noch großzügigere Herzlichkeit als ihre Schwester Marie aus.

Dieses Wesen ist wohl eine Gabe vom Papa, dachte Sarolta und betrachtete Luise. Hart und herrisch wirkte sie. Doch plötzlich fühlte Sarolta deren Auge auf sich ruhen und gewann einen anderen Eindruck. Wärme und Sympathie strömten ihr mit einem Mal entgegen.

»Willkommen bei uns«, sagte Luise unvermittelt. »Sie sind, nein, du bist sehr jung, aber du besitzt einen klaren Blick. Wir sind selbstbewusste Frauen in dieser Familie. Carl hat die richtige Wahl getroffen, du bist aus unserm Holz geschnitzt, auch wenn«, ihre Stimme senkte sich, sie beugte sich weit über den Tisch, »eine finanzielle Unterstützung sinnvoll gewesen wäre!«

Sarolta nickte schuldbewusst. Wieder war sie Carl zutiefst dankbar, dass er sie ohne Mitgift geheiratet hatte.

»Aber diese Feier und dieses Festmahl …«, wechselte Nikolaus das Thema, »… sind großartig!«, vollendeten beide gemeinsam.

»So schade, dass unser Sohn Fritz nicht da ist«, sagte Luise bedauernd und Nikolaus fuhr fort: »Unabkömmlich in Wilhelmshaven. Er ist Ingenieur und beteiligt am Aufbau eines neuen Marinestützpunkts.«

Plötzlich war die Aufmerksamkeit auf Gustav Lange, rechts außen gelenkt. Er hatte sich vom Sitz erhoben. Mit dem Glas in der Hand rief er: »Vivat, crescat, floreat in aeternum, liebes Brautpaar!«

Alle erhoben sich von den Sitzen und applaudierten. »Gratulation, lieber Carl«, meldete Albert Grawert sich zu Wort. »Da hast du dir ja was richtig Niedliches aus der Donau geangelt!« Er lachte laut über seinen eigenen Witz, bevor er mit einem scheuen Blick in Richtung Ehepaar Lange fortfuhr: »Man glaubt es kaum, wisst ihr, dass Gretchen Langes Bruder«, seine Stimme war nur noch ein Flüstern, »dass Gretes Bruder eine Jüdin geheiratet hat. Unfassbar, wo er und Grete doch die Kinder von Pastor Lehmann sind. Ich verstehe nicht, dass der kein Machtwort gesprochen hat. Eine Jüdin!! Deshalb traut er sich auch nicht hierher, sie sind angeblich auf Hochzeitsreise.«

»Ich mag Berta«, kam der sanfte Einwand seiner Frau Wilhelmina, genannt Mine, der völlig ignoriert wurde.

Gustav Lange hatte nicht verstanden, worum es ging und bemerkte: »Berta ist ein tüchtiges Mädchen. Sagtet ihr, sie ist Jüdin? Ja, ja, sie ist Jüdin.«

Obwohl Carl ihre Hand ergriff und sie vielsagend ansah, fühlte Sarolta sich wieder unangenehm befremdet. Zum Glück saß Heini neben ihr.

»Im Raum da drüben, wo getanzt wird, steht ein Klavier, Heini, und irgendwann werden wir beide da heute noch etwas zum Besten geben«, wisperte sie ihm zu.

»Juhu.« Heini nickte begeistert.

Im Gegensatz zu allen anderen Gästen probierte Sarolta nur eine Winzigkeit von all den köstlichen Speisen. Mehr erlaubte ihr Kleid nicht. Am meisten wurde Marikas ungarische Küche gelobt. Nachmittags schnitt das Brautpaar endlich die dreistöckige, mit Buttercreme gefüllte Hochzeitstorte an. Dann, nach Kaffee und Kuchen, wurde aufgespielt. Zuerst leise, nur zur Unterhaltung. Drei Mann, Klavier, Geige, Flöte. Sarolta ging zu ihnen.

»Können Sie Wiener Walzer?«

»Johann Strauß? Aber natürlich!«, war die Antwort. Kurze Zeit später eröffnete Carl mit ihr den Tanz.

»Wie in Wien, bei unserer ersten Begegnung«, flüsterte er ihr ins Ohr. »Lass dich von diesen dummen Bemerkungen nicht irritieren, aber du siehst, wie richtig es war, deinen jüdischen Hintergrund zu verschweigen. Es macht alles einfacher.«

Sarolta nickte stumm.

Der Walzer animierte die Hochzeitsgesellschaft, und so tanzte jeder mit jedem. Sarolta musste mit allen Herren einmal die Runde drehen. Auch mit dem rundlichen Professor Lange, der ihr unaufmerksam auf die Füße trat, weil er über Komplimente für sie in altgriechischer Sprache nachdachte. Danach kam Albert an die Reihe.

»Aus Ungarn kommen Sie, sozusagen eine echte Zigeunerin«, grinste er, während er sie hölzern herumschwenkte.

Wie unangenehm er zu scherzen versucht, dachte Sarolta und erwiderte kühl: »Ungarn und Zigeuner sind zwei Paar Stiefel, mein Herr. Wie meinen Sie das überhaupt? Die Zigeuner sind ein großartiges und stolzes Volk!« Sie ließ ihn mitten auf der Tanzfläche stehen, um sich Heini zu widmen. »Willst du mit deiner Tante, ja, die bin ich jetzt, ein Tänzchen wagen?«

Sie fassten sich an den Händen und drehten sich, bis sie vor lauter Lachen und Schwindelgefühl nicht weiterkonnten.

»Wir spielen doch noch?«

»Wir spielen noch!«

Anne kam und entführte Heini, sie wollte auch tanzen. Leider machte die Musik gerade eine Pause. Sarolta hatte sich eine Limonade geholt und sich neben Nikolaus und Luise gesetzt, die gerade eben auch noch auf der Tanzfläche gewesen waren. Was für ein gelungenes Fest. Alle wirkten heiter und entspannt. Alle, außer der jungen Braut. Carl sah es ihr an und lächelte ihr aufmunternd zu.

Er beschützt mich, beruhigte sie sich. Plötzlich sprang Luise neben ihr auf.

»Fritz!«, rief sie und alle sahen zur Tür. Da stand er mit breitem Lächeln, Friedrich Grawert war immer für eine Überraschung gut.

»Ja, da bin ich. Bring es doch nicht fertig, meinen alten Carl alleine in die Ehe stolpern zu lassen. Hab mein schnellstes Ross gesattelt, um von Wilhelmshaven hierherzukommen!«

Er löste einen Freudentumult bei den Gästen aus, aber vor allem strahlte seine Mutter. Sarolta starrte diesen großen, schönen Mann mit den blitzenden blauen Augen und dem Vollbart an und wusste nicht, wie ihr geschah. Durch ihren ganzen Körper rann so etwas wie ein heißer Strom. Solch ein Gefühl hatte sie noch nie in ihrem Leben empfunden. Was ist das?, dachte sie irritiert. Friedrich schlenderte auf Carl zu.

»Wo ist denn nun die Braut, willst du mich nicht vorstellen?«

»Nichts lieber als das, sie steht dort bei deinen Eltern.« Er wartete ab, bis Friedrich Vater und Mutter umarmt hatte, und fuhr fort, »Frau Sarolta Franziska und, wie heißt du noch, Carolina Götte! Ich bin der glückselige Gemahl von dieser schönen Dame! Sarolta, das ist Friedrich, mein Freund und Schulkamerad auf dem Johanneum.«

Friedrich betrachtete Sarolta, dann blickte er ihr tief in die Augen. »Da kann man dich beglückwünschen, alter Junge«, sagte er zu Carl. »Du hast einen Goldstern gefunden.«

Die Musik setzte wieder ein und Friedrich fragte Carl, ob er mit seiner jungen Frau tanzen dürfe. Carl war an diesem Tag nur glücklich. Er hätte die Welt umarmen können und war zudem beschwipst.

»Natürlich, nimm sie, aber tritt ihr nicht auf die Füße!«

»Werde mich bemühen! Darf ich bitten, Gnädigste?«

Die Dreimannkapelle spielte »Wiener Blut« und Friedrich zog sie fest an sich.

»Sie sind die schönste Braut, die ich je gesehen habe«, flüsterte er ihr ins Ohr. »Leider haben Sie heute meinen Freund Carl geheiratet und ich muss wieder zurück nach Wilhelmshaven. Wenn ich früher gewusst hätte, dass man sie in Ungarn findet, wäre ich dorthin gefahren.«

Er zog sie noch enger an sich und Sarolta hatte nur einen Gedanken: Das ist der Mann meines Lebens! Heute an meinem Hochzeitstag begegne ich ihm. Wie bin ich unfair gegen Carl.

Sie brachte es dennoch fertig, ihre Emotion zu verbergen und ihm interessierte Fragen über seine Bautätigkeit zu stellen. Später, gegen Mitternacht, wurde echte ungarische Gulaschsuppe serviert, und zum Abschluss spielte Heini mit Sarolta die »Kleine Nachtmusik« von Mozart bevor die Gäste, die nicht im Hause schliefen, in die Kutschen stiegen. Friedrich drückte zum Abschied Saroltas Hand für einige Sekunden.

»Viel Glück!«, flüsterte er.

Heute führte der Weg hinauf in Carls Schlafzimmer, wo zwei neue Betten standen, die prächtig überzogen waren. Marika half Sarolta beim Auskleiden und Überziehen eines zarten Spitzennachthemds.

Als Carl endlich neben ihr im Bett lag, küsste er sie sanft auf die Wange und bemerkte: »Ich bin sehr glücklich heute, der Tag war so schön, aber auch so anstrengend, vertagen wir alles Weitere, wir haben noch so viel Zeit.« Sarolta war ihm sehr dankbar.

Frau Götte

Zum Glück hatten sie gestern geheiratet, denn heute, am Sonntag, den 13. September, blies ein kalter Nordwind ungemütlichen Nieselregen vor sich her. Trotzdem war es Ehrensache, um 10 Uhr in der Kirche zu erscheinen. Am Hansaplatz hatten fast alle verschlafen und so gab es vor der Abfahrt nur eine ordentliche Tasse Tee mit Zucker zum Wachwerden.

»Besser, man macht die Augen hier im Haus auch noch gar nicht auf, bei dem Chaos«, bemerkte Ernst Götte, als er einen kurzen Blick in die Schneiderei warf.

Sie waren ein wenig spät, aber zum Glück hatten Grawerts, die ja nur einen Steinwurf entfernt gegenüber der Kirche wohnten, Plätze reserviert. Heini wollte unbedingt rechts neben Sarolta sitzen, aber seine Mutter erklärte ihm, der Platz sei für den Ehemann reserviert. Friedrich war auch da, saß aber weiter hinten und nickte nur leicht mit dem Kopf, was mit einem kurzen Winken erwidert wurde. Pastor Schoost freute sich sichtlich über die Anwesenheit der jungen Eheleute und ging in seiner Predigt anhand des Hebräer Verses 24 nochmal auf die Bedeutung der Ehe ein. Er lautete: Lasst uns aufeinander Acht haben und uns zur Liebe und guten Werken anspornen.

Sarolta wunderte sich, wie viel in einem evangelischen Gottesdienst gesungen wurde. Besonders Professor Gustav Lange und seine blasse, hochaufgeschossene Gemahlin sangen laut und textsicher mit. Kein Wunder, die junge Frau stammte aus einem Pfarrhaushalt.

Eigentlich war ein Familienausflug zum Gartenlokal »Jacobs« nach Nienstätten geplant, von wo aus man einen wunderbaren Blick über die Elbe hat. Aber das Wetter spielte leider nicht mit, und so stand man, nachdem Herr Pastor sie alle noch mit Handschlag verabschiedet hatte, unschlüssig unter Schirmen im Regen. Der Professor und seine gehorsame Frau, so wirkte sie jedenfalls auf Sarolta, verabschiedeten sich rasch. Sie mussten auf den Zug nach Berlin, da der Professor am dortigen

Humboldt-Gymnasium ab Montag wieder Latein, Griechisch und Deutsch unterrichten würde. Auch Friedrich rief, sehr zum Leidwesen seiner Mutter, die Pflicht zurück auf die Baustelle, der neu geschaffenen Garnisonsstadt Wilhelmshaven. Er umarmte Carl und machte eine formvollendete Verbeugung mit angedeutetem Handkuss vor Sarolta, bevor er schnellen Schritts entschwand. Sarolta gestattete sich den Anflug eines Bedauerns.

»Ein Tausendsassa, bin froh, dass er wieder auf den Beinen ist«, murmelte Carl. Sarolta hätte gern gewusst, was er damit meinte, hatte aber in dem Augenblick keine Möglichkeit zu fragen, da Helene und Stephan Mayer ihr Gespräch suchten. Sie wollten wissen, ob Sarolta alles gut überstanden hätte, und sprachen dezent das Thema Heimweh an.

»Manchmal ist es da, aber nicht schlimm, weil alle hier so lieb mit mir sind«, lächelte Sarolta.

»Ihr müsst uns unbedingt in Braunschweig besuchen«, erwiderte Helene voller Herzlichkeit.

Sie und auch Dessens wollten Hamburg noch ein paar Tage genießen. So lange hatte Helene die Schwester Marie, ihre Brüder Fritz und Albert und die Eltern nicht mehr gesehen. Alle freuten sich aus Anlass der Hochzeit endlich mal wieder in der Heimatstadt zu sein. Heini hatte wegen dieser Familienangelegenheit schulfrei bekommen, was er außerordentlich genoss. Am morgigen Tag wollte Peter ihn als Gast in seine Klasse im Johanneum mitnehmen.

Mittlerweile hatte man sich entschieden, zum Mittagessen in den Alsterpavillon zu gehen. Das war nicht so weit, man saß dort großzügig mit Blick auf die Alster und das Essen war annehmbar.

Der Regen hatte zum Glück aufgehört, als die Familien Götte und Dessen am Nachmittag zu Fuß zum Hansaplatz 8 wanderten. Als sie in die Räume der Schneiderei schauten, stellten sie fest, dass fleißige Heinzelmännchen unter Marikas Leitung alle Spuren des gestrigen Fests beseitigt hatten.

»Das muss aber belohnt werden«, rief Carl und steckte spontan einen großen Schein in die Dienstbotenkasse.

In dieser Nacht wurde Sarolta, nicht unerwartet, aber doch unvermutet, zur Frau. Alle hatten am Abend noch im geselligen Kreis zusammengesessen und Eindrücke der letzten zwei Tage ausgetauscht. Heini war, an Sarolta gekuschelt, eingenickt. »Man könnte eifersüchtig werden«, bemerkte Carl und amüsierte sich. Peter und Anne kicherten.

»Nun aber ins Bett, ihr Kinder«, befahl Marie.

»Wir gehorchen dir aufs Wort und empfehlen uns auch, komm meine liebe Ehefrau!«, mit diesen Worten reichte Carl Sarolta die Hand.

Ernst entzündete eine Laterne für den Weg nach oben und drückte sie seinem Bruder in die andre Hand. »Gut Nacht, schlaft gut!«

»Ja, schlaft gut und gute Nacht, bis Morgen!«

Nun lagen Carl und Sarolta also nebeneinander im Bett und für Sarolta fühlte sich dieser Zustand schon ganz vertraut an. »Weißt du«, sagte Sarolta, »mir kommen diese letzten Tage so unwirklich vor, geht dir das auch so, Carl?«

»Ja, aber es war doch wie ein schöner Traum, oder?«

»Ein wunderschöner Traum, mit wenigen Wermutstropfen!«

»Ich weiß, der dumme Albert. Ärgere dich nicht über den! Sein Vater will ihm die Firma übergeben. Ich sehe den Ruin vor mir!« Er schüttelte besorgt den Kopf. »Aber, Sarolta, findest du nicht, dass sein Bruder alles wieder ausgleicht in der Familie. Der ist doch ein toller Kerl, oder?«

Sarolta, geplagt vom schlechten Gewissen murmelte: »Ja, ja, wirklich, der ist sehr nett! Und Helene und Stephan Mayer finde ich sogar besonders nett, sie haben uns eingeladen!« Dann konnte sie es doch nicht lassen zu fragen: »Was hast du denn da heute angedeutet, wegen Friedrich, war er krank?«

»Kopfschuss im Krieg 1870 in Frankreich. War eine üble Sache, wäre beinahe daran krepiert, der arme Kerl, aber zum Glück gibt es ihn noch. So, jetzt lösche ich das Licht und wir schlafen, gute Nacht, meine schöne Frau.«

Gerade hatte sich Sarolta gemütlich in ihr Daunenkissen gekuschelt, da spürte sie Carls Hand. Er streichelte ihren Rücken.

»Hab keine Angst, meine Kleine, ich werde dir nicht wehtun«, flüsterte er in ihr Ohr und schob das Spitzennachthemd nach oben. Dann berührte er sie zwischen den Beinen und legte sich auf sie. Sarolta spürte etwas Hartes und doch Weiches, dass in sie eindrang. Au, ein kurzer Schmerz, nicht schlimm. Sie hielt den Atem an. Carl keuchte: »Du bist schön!« Dann stöhnte er, ließ von ihr ab und Sarolta fühlte etwas Warmes, Feuchtes zwischen den Beinen. »Ich bin der glücklichste Mann auf Erden, ich danke dir, meine Süße!«

Bald hörte Sarolta ruhige Atemzüge und dazwischen ein leichtes Schnarchen. Sie lag noch lange wach. So ist das also, dachte sie. Eigentlich nicht schlimm.

Bevor sie dann doch einschlief, kam ihr Fritz in den Sinn. Am nächsten Morgen müsste das Bettlaken gewechselt werden, es war ein Blutfleck darauf.

»Gut geschlafen, meine Liebste?« Als Sarolta in der Früh die Augen aufmachte, stand Carl, frisch gewaschen und gekämmt, in einem braunen Morgenmantel aus Samt vor ihr. Sarolta gähnte.

»Guten Morgen, Carl, ja, ich habe gut geschlafen, Sie, ich meine, du auch?«

»Bestens«, strahlte Carl.

Sarolta reckte sich ein wenig. »Heute muss ich unbedingt Briefe schreiben, nach Pest und nach Szegedin, damit alle wissen, wie gut es mir geht. Vor allem muss ich über die grandiosen Hochzeitsfeierlichkeiten berichten!« Sie überlegte kurz und fuhr fort, »vielleicht schwärme ich nicht allzu sehr, sonst sind sie dort so traurig, dass sie nicht dabei sein konnten?«

Carl unterbrach den Fluss ihrer Rede. »Daraus wird wohl heute nichts, ich habe nämlich eine Überraschung für dich! Schau aus dem Fenster, die Sonne strahlt, wir fahren mit dem Boot die Elbe hinunter bis Blankenese und setzen dort mit der Elbfähre nach Cranz über. Dort liegt auf dem Weg nach Königreich, so heißt der Ort wirklich, mein ganzer Stolz, meine Spinnerei!«

»Gut«, rief Sarolta vergnügt, dann mache ich mich gleich fertig, die Briefe haben Zeit bis Morgen. Aber«, fügte sie streng hinzu, »Marika muss dabei sein!« Sie beschlossen, bis zum Binnenhafen zu Fuß zu laufen, was Marika zur Überlegung veranlasste, zu Hause zu bleiben, aber die Aussicht, Frühäpfel vom Alten Land zu ernten, brachte sie doch zu dem Entschluss mitzukommen. Carl hatte ihr von den schönen alten Obstbäumen auf dem Spinnereigelände vorgeschwärmt.

»Es gibt übrigens auch Zwetschgen dort und den Heimtransport übernehme ich«, versprach Carl.

»Da kann ich ja dann Powidl daraus machen, Zwetschgenmus!«, strahlte Marika und griff, vollends überzeugt von dem Ausflug, nach ihrem schwarzen Strohhütchen. Dann holte sie den geliebten Leinensack.

»Ist der nicht etwas groß?«, zweifelte Sarolta.

»Stabil ist er! Man muss ihn ja nicht vollmachen!« Carl setzte der Diskussion ein Ende, indem er das gute Stück packte und zum Aufbruch trieb. Mit Marika im Schlepptau kamen sie langsamer voran, als sie dachten. Vom Binnenhafen gingen zwar ständig Boote zu den Landungsbrücken, aber dort mussten sie auf das nächste Schiff nach Blankenese warten, da ihr eigentliches bereits abgefahren war. Anschließend hatten sie Glück, die Fähre nach Cranz lag gerade bereit zum Ablegen und sie erreichten sie noch im Laufschritt. Marika war völlig außer Atem und beruhigte sich erst, als Carl ihr versicherte, für den Rückweg in die Stadt von Blankenese aus die Bahn zu nehmen. Währenddessen genoss Sarolta den bezaubernden Blick auf den Süllberg mit den in der Sonne weiß leuchtenden Häuschen.

»Früher war es ein reines Fischerdorf, heute leben Leute, wie unsere unverheiratet gebliebene Tante Gertrud, die du ja auf der Hochzeit kennengelernt hast, auch hier. Schaut, da oben in dem Gebäude mit dem Erker und der Veranda!«, kommentierte Carl ihren Blick.

»Ach ja«, antwortete Sarolta, »die herzliche, ältere Dame, die uns unbedingt zu sich einladen wollte.«

In Cranz angekommen, nahm sie zum Glück ein Pferdefuhrwerk die zwei Kilometer bis zur Spinnerei mit, die linker Hand von der Straße nach Königreich nahe am Estedeich lag. Den lang gestreckten, gedrungenen Fachwerkbau aus buntem Backstein umgaben alte, ziemlich knorrige Obstbäume. Es gab eine breite Auffahrt mit zahlreichen beladenen und nicht beladenen Fuhrwerken davor.

Der Vorarbeiter, Herr Schmitt, stand im runden, hohen Eingangstor und begrüßte seinen Chef mit kräftigem Handschlag.

»Allet jut, min Jung?«, fragte Carl.

»Allet bestens, die neue Lieferung is heute Früh eingetroffen, min Herr!«, strahlte der rundliche, weißhaarige Mann.

»Darf ich Ihnen Frau Götte, meine Ehefrau, und Frau Marika, ihre Begleitung, vorstellen?«

Herr Schmitt war ganz aus dem Häuschen vor Freude darüber, dass der Chef nun kein oller Junggeselle mehr war, und eilte der Gesellschaft voraus in die Fabrikationshalle, wo etwa 15 Frauen an der gleichen Anzahl großer Webstühle saßen.

»Das sind ›Jennymaschinen‹, etwas altmodisch, aber sie fertigen unübertroffene Garnqualität«, flüsterte Carl in Saroltas Ohr, um laut fortzufahren, »seien Sie mir gegrüßt, meine Damen und lassen Sie sich durch uns nicht von der Arbeit abhalten.«

»Doch, doch«, rief Herr Schmitt mit donnernder Stimme, um das Geräusch der Maschinen zu übertönen, »unser Herr Direktor hat geheiratet und seine junge Frau Gemahlin mitgebracht!« Sofort standen die Maschinen still. Alle wandten sich Sarolta zu, freuten sich und wollten gratulieren. Herr Schmitt unterbrach das Stimmgewirr. »So geit dat nich, Mädels«, schrie er. »Wir singen! Hoch sollst du leben, eins, zwei, drei und!« Alle stimmten mit ein und applaudierten dem jungen Paar.

»Danke vielmals, auch im Namen von Frau Sarolta, sie kommt aus Ungarn und ich musste so weit reisen, um sie zu finden«, scherzte er. »Nun aber wieder an die Arbeit, Schmitt, ich möchte die neue Ware begutachten.« Mit diesen Worten nahm er Sarolta bei der Hand und ging mit ihr durch eine niedrige Tür in den riesigen Scheunenanbau. »Hier ist mein Hauptgeschäft gelagert«, sagte er und zeigte auf große, in Jute verpackte Ballen. »Alles beste Baumwolle aus Ägypten, Rohware, die ich weiterverkaufe, und dort in den Stellagen liegt die bereits gereinigte Ware, die, gewalzt, gestreckt in Wattewickel, auf die Verarbeitung hier vor Ort wartet. Mein Plan ist nun, meine Liebste, hier eine Fabrik zu bauen, in der ich all die Vorarbeiten zur Garngewinnung selber bewerkstellige. Leider muss ich noch fleißig sein, mir fehlt ein wenig Kapital, um diese Vorstellung zu verwirklichen. Das soll dich aber nicht bekümmern! So«, beendete er diese Erklärung, »ich habe mit Herrn Schmitt zu tun, aber ihr solltet vielleicht hinaus zu den Obstbäumen und Marikas Sack füllen!« Herr Schmitt holte noch zwei Pflückstäbe.

»Schau, Sarolta, hier gibt es sogar Birnen und sie sind schon reif! Zuerst pflücken wir Äpfel, dann Birnen und obendrauf legen wir die Zwetschgen!« Marika war in ihrem Element. Sämtliche Müdigkeit war wie weggeblasen.

Sarolta tat, wie ihr geheißen, sie pflückte Frucht für Frucht, war aber mit Gedanken woanders.

»Hallo, schläfst du? Die Frucht da ist doch faul«, tadelte Marika.

»Ich denke nach!«, erwiderte Sarolta, ohne zu verraten, worüber. »Ich glaube, Marika, es reicht sowieso jetzt, sonst können wir den Sack nicht mehr transportieren.«

Sehr viel später am Tage offenbarte Sarolta das Resümee ihrer Überlegung. Sie hatten ihre Rückkehr unterbrochen, saßen vor dem Gasthof »Jacobs« im Garten, um dort köstlich zu speisen, während sie den Blick auf die im Abendlicht gleißende Elbe genossen.

»Ich habe mir Gedanken gemacht, lieber Carl«, sagte Sarolta plötzlich ernst, als sie an ihrer Apfelschorle nippte. »Es ist außergewöhnlich und großzügig von dir, dass du mich, ohne zu zögern, zur Frau genommen hast, obwohl Papa nicht imstande war, mir eine entsprechende Mitgift zu geben. Wie du weißt, habe ich eine sehr wohlhabende Verwandtschaft, von der ich aber offiziell nichts erwarten darf, weil ich mich für einen Mann entgegen ihren Vorstellungen entschieden habe. Nun habe ich Onkel Zsigmond wohl doch leidgetan und es ging ihm vielleicht auch ein wenig um die Ehre seiner Nichte. Er hat mir jedenfalls sehr großzügig Geld für mein geliebtes Pferd in die Hand gedrückt. Nachdem die Hochzeitsfeier bezahlt ist und auch das Brautkleid, tatsächlich eine Spende meines Vaters, und weil Marika bei ›Heimerdinger‹ diesen hohen Rabatt auf alle Waren bekommen hat«, Sarolta lächelte und machte eine Spannungspause, bevor sie fortfuhr, »ist eine nette Summe übriggeblieben. Nicht groß, aber ich denke, mein lieber Carl, dass durch dieses Geld die Verwirklichung deiner großartigen Pläne näher rücken könnte. Zumal du erwähntest, es fehle nicht mehr viel!«

Carl war einen Moment sprachlos und Sarolta freute sich wie ein Kind über seine Reaktion.

»Das ist wirklich eine Überraschung. Die Pläne für den Bau sind ja bereits fix und fertig, Rohbau ist für Oktober geplant und die Fertigstellung für das nächste Frühjahr. Aber das Geld für die Maschinen habe ich eben noch nicht zusammen.«

»Wunderbar, dann kaufen wir Maschinen!«, rief Sarolta und bekam vor Aufregung rote Backen.

»Darauf stoßen wir an!« Carl bestellte eine Flasche besten Weines von der Ahr.

Die Heimfahrt in der Pferdedroschke, die nach kurzer Strecke nochmal umkehren musste, weil man den Sack mit dem Obst liegen gelassen hatte, verlief daraufhin lustig.

In den nächsten Wochen kehrte der Alltag ein. Obwohl der Betrag, den Sarolta in Carls Geschäft einbrachte, gering war, aber half, einen Kredit bei der Bank für die teuren Maschinen zu bekommen, beteiligte er sie zu zehn Prozent an seiner Firma. Ein Vorgang, der bei Freunden und Verwandten Erstaunen auslöste.

Sarolta war bewusst gewesen, dass Carl geschäftlich oft auf Reisen sein würde, und so blieb ihr Zeit, Briefe nach Ungarn zu schreiben, Hamburg zu erkunden und Carls biedermeierliche Junggesellenwohnung durch freundliche Tapeten, Kissen und Vorhänge, die sie selber nähte, gemütlicher und heller zu gestalten. Außerdem schneiderte sie für sich selbst zwei weite Röcke, einen in Schwarz und einen in Hellbraun, dazu ein enges Jäckchen in Weinrot, das in Kombination mit einer weißen Bluse zu beiden Röcken passte. Wenn Carl zu Hause war, kam es oft vor, dass Marika kochte und die gesamte Familie Götte am ovalen Tisch saß. Trotzdem, nach einigen Monaten überkam Sarolta ein Gefühl von Langeweile. Der eisige Winterwind verhinderte Spaziergänge an der Alster und so fasste Sarolta sich ein Herz und fragte Schwager Ernst, ob sie nicht bei ihnen im Geschäft mitarbeiten dürfe.

»Ich werde es mit Marie besprechen, meine Liebe«, war seine Antwort. Die aber war begeistert.

»Großartig«, meinte sie, »dann kann ich mich mehr um Anne und Peter kümmern.«

Bald war Sarolta aus dem Laden nicht mehr wegzudenken. Es gab Kunden, die nur noch von der reizenden Frau Götte aus Ungarn beraten werden wollten. Ein Hauch von Eifersucht stieg in Marie auf. Praktisch, wie sie war, unterdrückte sie dieses Gefühl schnell wieder.

»Schaun Sie, da hätten wir noch was ganz Schönes, Günstiges. Das gäbe eine zweite Bluse zum Kostüm und somit können sie variieren!«

Sarolta hatte die Gabe, den Leuten stets ein bisschen mehr zu verkaufen und sie gleichzeitig glücklich zu machen. Im Laden trug Sarolta immer einen der beiden Röcke, in Kombination mit einer hochgeschlossenen, weißen Bluse mit Rüschenkragen. Sarolta hatte ein öffentliches Foto von Kaiserin Elisabeth gesehen, auf dem sie so gekleidet war. Adrett, proper und hanseatisch wirkte Sarolta in dieser Kleidung, aber ihre Sprache verriet, dass sie nicht aus dieser Gegend kam. Der leichte Singsang ihrer dunklen, ein wenig rauen Stimme ließ die Leute rätseln, woher sie sein könnte. Die meisten tippten auf Frankreich oder die Schweiz und waren erstaunt, als auf schüchterne Anfrage die Antwort »Ungarn« lautete. Bald fühlte sich die Schneiderei überlastet, da innerhalb von drei Wochen etwa 40 Röcke á la Sisi in Auftrag gegeben wurden. Bezahlung für ihren Einsatz lehnte Sarolta ab, schließlich gehörte sie doch zur Familie.

Carl plagte das schlechte Gewissen seiner Frau gegenüber, weil er so viel unterwegs war. Er fühlte sich erleichtert, dass sie eine sinnvolle Beschäftigung gefunden hatte, die ihr zudem Freude bereitete.

Saroltas 17. Geburtstag, am 15. Juli 1876, fiel auf einen Samstag. Als sie in aller Herrgottsfrühe die Augen öffnete, geweckt durch einen Kuss von ihrem Carl, und die morgendlichen Sonnenstrahlen durch einen Spalt der eigentlich dicht geschlossenen Vorhänge blitzen sah, fiel ihr zuallererst der Geburtstag vor einem Jahr in Dresden ein und ihre linke Hand suchte nach dem Verlobungsring, der über dem Ehering an der Rechten steckte. Damals war sie noch Fräulein Holländer oder auf Ungarisch Hollán gewesen, mutig, ängstlich und voller Erwartung.

Alles ist gut geworden, ich hab alles richtig gemacht! »Alles Liebe zum Geburtstag!«, unterbrach Carl ihre Gedanken, zog die Vorhänge auf, und nun schien die Sonne ungehindert ins Schlafzimmer. Heute hatte sie frei bekommen und so gönnte sie sich Zeit für ihre Morgentoilette.

Wie weit ist Ungarn, wie weit ist meine Familie entfernt, dachte sie wehmütig, als sie ihr neues zartblaues Sommerkleid zuknöpfte. Aber sie fühlte ein klein wenig Stolz, ich bin jetzt Frau Sarolta Götte, habe eine Menge eigener Kleider und muss nicht mehr diejenigen von Adèl auftragen. Beschwingt von diesen Gedanken verließ sie den Ankleideraum, um mit Carl und Marika zu frühstücken.

Im Esszimmer erwartete sie eine Geburtstagstorte aus Schokolade, bei der Marika sich selbst übertroffen hatte, ein bunter Rosenstrauß mit weißem Schleierkraut und ein hübsch verpacktes Schächtelchen.

»Wie entzückend«, rief Sarolta, nachdem sie es geöffnet hatte. »Danke, lieber Carl! Perlen für die Ohren habe ich mir immer schon gewünscht!«

»Perlen«, murmelte Marika, »hoffentlich bringen sie kein Unglück.«

»Ach, du!«, lachte Sarolta und pustete die siebzehn Kerzen aus. Das Geschäft schloss am Samstag um 12 Uhr und deshalb lud

Carl die Familie zum Mittagessen in den nahegelegenen Alsterpavillon ein.

»Anschließend gibt es Geburtstagskuchen zu Hause! Danke, Marika, du bist eine Tortenkünstlerin!« Doch plötzlich, in Gedanken an die üppige, mit Buttercreme gefüllte Schokoladentorte, wurde ihr übel. Sie versuchte, ein Stück der zarten Poulardenbrust hinunterzuwürgen. »Entschuldigt mich einen Augenblick, ich muss nur ganz kurz an die frische Luft!«, stammelte Sarolta, während sie hastig aufstand.

Sie schaffte es gerade noch bis zum Geländer der Alster, dann musste sie sich übergeben, was ihr schrecklich peinlich war, da so viele Passanten an ihr vorbeigingen und schauten. Danach fühlte sie sich aber besser. Marika und Marie waren ihr gefolgt und Marie hielt eine Serviette bereit.

»Was ist mit mir?«, fragte Sarolta zutiefst erschrocken. Die beiden angesprochenen Frauen sahen sich kurz an, dann strahlten sie.

»Ich denke, du hast Geburtstag, dabei machst du Carl ein Geschenk, meine Liebe. Du bist sicher guter Hoffnung!«, flüstere Marie aufgeregt. »Kriegst a Kindele, mein Gott!« Marika hatte Tränen der Rührung in den Augen.

Sarolta atmete tief. »Bitte, tut so, als ob nichts wäre, ich will es Carl erst zu Hause sagen.«

»Alles wieder gut?« Carl hatte nicht den geringsten Verdacht geschöpft, wie sollte er auch. »Bist ein büschen blass um die Nasenspitze«, bemerkte er aber doch besorgt auf dem Heimweg. Zu Hause angekommen, legte sich Sarolta angezogen auf das Bett im Schlafzimmer, knöpfte ihr Kleid im Taillenbereich aber auf. Sofort fühlte sie sich besser.

Ich hab mich gewundert, wo meine Periode bleibt, dachte sie. Als Carl nach ihr sah, ergriff sie seine Hand und bat ihn, sich zu ihr aufs Bett zu setzen.

»Carl, Lieber, es ist so weit, wir werden bald eine richtige Familie sein.« Sie machte eine bedeutungsvolle Pause. Carl starrte sie an. »Heißt das, wir kriegen ein Kind?«, fragte er und hielt den Atem an. Sarolta nickte stumm.

»Das ist die größte Freude, die du mir machen kannst, wie bin ich glücklich, nein, wie großartig!« Carl war völlig aus dem Häuschen und wollte sofort die Geburtstagsfeier absagen, weil Sarolta sich schonen sollte. Sie lächelte. »Aber Carl«, meinte sie lachend und froh über die Reaktion ihres Ehemanns, »das Kind kommt erst im Winter, ich kann mich bis dahin nicht die ganze Zeit schonen.«

Sarolta ging es am Nachmittag wieder ausgezeichnet, aber Carl war ein wenig verwundert und eingeschnappt, dass er Marie, Ernst und Marika mit der Neuigkeit nicht mehr überraschen konnte.

»Wieso erfahre ich es als Letzter?«

»Du erfährst es nicht als Letzter, die Kinder wussten auch noch nicht Bescheid«, spöttelte Marie.

Sarolta erlebte eine ruhige Schwangerschaft. Die anfängliche Übelkeit legte sich und außerdem hatte sie die erfahrene Marika an ihrer Seite, was vor allem Carl beruhigte, der nach wie vor geschäftlich unterwegs sein musste. Es war sogar so, dass Sarolta den Zustand der werdenden Mutter als angenehm empfand. Nach wie vor wollte sie im Geschäft tätig sein, auch wenn sie sich mit zunehmender Schwangerschaft mehr in der Schneiderei aufhielt, weil sie dort sitzen konnte. Zur Weihnachtszeit war sie dann wohl gerundet, und Anne und Peter konnten es kaum erwarten, bis das Baby da sein würde. Papa und die Schwestern in Ungarn sorgten sich sehr um Saroltas Wohlergehen, aber sie versicherte ihnen in ausführlichen Briefen, dass sie sich keine Sorgen machen müssten.

Ich weiß, ihr sorgt euch, weil Maman so unter ihren Schwangerschaften gelitten hat, aber bei mir ist es nicht der Fall, alles ist gut. Marika behauptet übrigens steif und fest, dass ich ein Mädchen bekomme, Tradition in unserer Familie, oder?

Szeretlek, ich liebe euch, Adèl, Katalin und Dich, Papa.

Freitag, der 16. Februar 1877, war ein frostiger Wintertag. Die Luft von der Nordsee pfiff förmlich durch alle Ritzen. Carl war am Abend vorher von Bremen zurückgekommen. Er verreiste im Augenblick nur ungern, da Dr. Hansen vor einer Woche, als er die Herztöne nochmal abgehört hatte und sehr zufrieden war, dass das Kind sich in die richtige Lage gedreht hatte, auf seine trockene Art meinte: »Jetzt kann es kommen.«

Marika hatte sich in all ihre warmen Tücher gewickelt und war zum Bäcker, drei Häuser weiter, gelaufen. Sarolta machte es sich, in einen weiten Hausmantel gehüllt, auf dem Kanapee gemütlich und las in den Werken von Heinrich Heine. Sie stand auf, um sich eine Tasse heiße Schokolade zu bereiten, doch musste sie sich sogleich wieder setzen. Ein rasender Schmerz durchfuhr sie.

»Marika!«, schrie sie panisch. Die befand sich mit ihrem Laib Brot gerade noch im Treppenhaus. So schnell sie konnte, lief sie hinauf in die Wohnung. Als sie ins Zimmer kam, hielt Carl Sarolta in den Armen. Sie schluchzte.

»Marika, es ist ganz nass zwischen meinen Beinen!«

»Alles normal«, beruhigte Marika, »das ist die Fruchtblase, die geplatzt ist. So, jetzt legen wir uns schön ins Bett und ich mach mal heißes Wasser und Sie, Herr Götte, stehn hier nicht rum, sondern holen den Doktor, auch wenn ich und mein Mädel das vermutlich alleine schaffen. Keine Angst, meine Kleine!« Mit diesen Worten bugsierte sie Sarolta ins Bett.

»Maman«, wimmerte Sarolta, »ob ich jetzt auch sterben muss? Es tut so entsetzlich weh!«

»Da musst du jetzt durch, aber wenn du das Kindele erst auf dem Arm hast, ist aller Schmerz vergessen.«

Sarolta brüllte, schrie, kämpfte, aber zum Glück verlief alles normal. Als nach zwei Stunden und elf Minuten das Köpfchen erschien, zog Marika das Kind behutsam heraus. Sogleich gab es einen Laut von sich.

»Es lebt!«, stammelte Sarolta erschöpft.

»Und wie es lebt, das Töchterl, hab doch gesagt, es wird ein Mädchen. Pumperlgesund ist es!« Als Carl endlich mit dem Doktor, der durch einen schwierigen Fall aufgehalten worden war, in die Wohnung kam, lag Sarolta mit dem Neugeborenen im Arm glücklich und erschöpft im Bett.

»Es ist ein Mädchen, Carl, können wir sie Ada nennen?«, flüsterte sie schwach.

Doktor Hansen warf einen kurzen Blick auf das Kind. »Alles in Ordnung, da gratuliere ich den jungen Eltern aber zu so einem schnuckeligen Töchterchen!« Schon war er wieder verschwunden, da eine Menge andere Patienten auf ihn warteten.

Der Winter zeigte sich von seiner frostigen Seite in diesen verbleibenden Februartagen. Selbst die Alster war von einer dünnen Eisschicht bedeckt. Nur wenn sich in seltenen Fällen die schon wärmende Sonne zeigte, wagten Sarolta und Marika eine kurze Ausfahrt mit Ada im hochrädrigen Kinderwagen. Über den Namen Ada hatte es eine Diskussion mit Carl gegeben.

»Warum Ada?«, hatte er gefragt. »Luise, wie meine Mutter hieß, wäre doch auch schön!«

»Schön ist richtig!«, erwiderte Sarolta mit größter Bestimmtheit. »Ada bedeutet auf Hebräisch Schönheit und ist eine Abwandlung von Adèl. Nicht nur meine Schwester heißt so, es war auch der zweite Vorname von Maman. Während Adas Geburt musste ich intensiv an sie denken. Sie ist an der Geburt meines Bruders Lajos gestorben. Sie hat ihn unter Qualen geboren, aber er war tot, als er auf die Welt kam. Maman hat das nicht verkraftet und starb wenige Tage später. Sie hatte sich so sehr einen Sohn ersehnt, das stimmt doch, Marika?«

Die nickte nur stumm und schluchzte, während sie Ada, die schon wieder Anstalten machte zu schreien, auf ihren runden Armen wiegte. Carl, der unbeschreiblich verliebt in seine kleine Tochter war, gab sich geschlagen. »Also gut, Ada«, gab er nach.

»Wir nennen sie Ada Luise, das ist doch gerecht«, schlug Sarolta vor. So wurde es beschlossen.

Else Dessen schrieb aus Dresden und erinnerte an das Versprechen, die Taufe bei ihnen in Dresden stattfinden zu lassen. Aber es war einfach zu kalt, um mit einem Neugeborenen zu reisen. Deshalb verlegte man den Termin auf Sonntag, den 20. Mai 1877.

Am Freitag davor trat man bei frühlingshaftem Wetter mit dem in dünne Wolltücher gepackten Kind die Reise an. Marie und Ernst mit Anne und Peter waren auch dabei. Sie überließen schweren Herzens den Laden für drei Tage den Angestellten.

War das eine herzliche Begrüßung in der Jägerstraße! Sarolta hatte das Gefühl, nach Hause zu kommen. Drei Wochen vorher musste sie noch mit einem Schrecken fertig werden. Sie hatte einen Brief von Papa erhalten, in dem er ihr spontan mitteilte, mit Adèl und Katalin ebenfalls zur Taufe anzureisen.

Mein Gott, wie lieb, dachte Sarolta gerührt, aber aus gewissen Gründen geht es einfach nicht! Mit schlechtem Gewissen und Ausreden schrieb sie ihm zurück und riet davon ab, die lange Reise auf sich zu nehmen.

»Wenn beim nächsten Mal ein Sohn auf die Welt kommt, werden wir ihn nach dir benennen und dann wirst du dabei sein«, hatte sie nach Budapest geantwortet.

Die Zimmer in der schönen Gründerzeitvilla der Dessens waren nun durch die »Hamburger« voll belegt. Else hatte »Carls Zimmer« liebevoll umgestaltet und mit Doppelbetten und Heinis alter Wiege ausgestattet. Sarolta wollte Ada bei sich haben, da sie die Kleine selber stillte.

»Deshalb gedeiht sie so prächtig«, bemerkte Else und nahm Ada auf den Arm. »Was für ein Leichtgewicht ist sie und doch schaut sie so gesund und munter aus!«

Ada betrachtete die neue Tante misstrauisch, streckte ihre Ärmchen in Richtung Marika und verzog den Mund. Doch bevor sie ihn auftat, griff Sarolta geistesgegenwärtig nach ihr, denn wenn Ada erst mal schrie, war sie schwer zu beruhigen. Anne und Peter staunten über den großen Garten, in den Heini, der seit der Hochzeit ordentlich in die Höhe geschossen war, sie zum Versteckspiel einlud. Anne ging als Gewinnerin hervor, sie hatte sich in der Kutsche in der Remise verborgen.

Am nächsten Tag machten alle zusammen einen hübschen Ausflug zum romantisch gelegenen Waldschlösschen, nur Marika, ein gern gesehener Gast in der Küche, half bei den Vorbereitungen für das anstehende Fest.

In der Früh wurde Ada gebadet, ihre spärlichen rotblonden Härchen wurden über dem Kopf zu einer Tolle zusammengekämmt. Das üppige weiße Taufkleidchen, eine Gabe von Tante Else, passte wie angegossen. Abgesehen von der mütterlichen Haarfarbe war sie eine richtige kleine Götte. Sarolta kleidete sich in ein schlichtes, blaues Seidenkleid mit einem raffiniert asymmetrischen Spitzenkragen. Plötzlich zog Carl ein Band barocker Perlen aus seiner Tasche.

»Für dich, zur Taufe unserer Tochter, meine Angebetete, darf ich es dir anlegen?« Carl war immer für eine Überraschung gut.

Nach dem Frühstück ging es in Droschken zum Altmarkt, wo nach dem sonntäglichen Hauptgottesdienst in der Kreuzkirche die Taufe stattfinden sollte. Sarolta und Carl nahmen in der hintersten Reihe Platz. Man wusste nicht, ob Ada mit dem Gottesdienst einverstanden sein würde und so konnte man im Falle ihres Protests in dann gebotener Eile die Kirche verlassen. Das mächtige Läuten der Glocken, das ertönte, als sie vor der Kirche ankamen, hatte sie sichtlich erschreckt. Aber dann ging alles gut. Ada war gleich während der zweiten Strophe des ersten Lieds »Großer Gott, wir loben Dich« eingeschlafen. Nachdem der Gottesdienst vorbei war und sich die Kirche geleert hatte, bat Pastor Hell die Taufgesellschaft in die erste Reihe und begrüßte zuerst Georg und Else samt Heini. Er war mit ihnen gut bekannt und Else hatte im Vorfeld alle nötigen Dinge mit ihm geregelt und besprochen. Dann gratulierte er den jungen Eltern zum kleinen Täufling, der, zwar noch etwas verschlafen, die Augen wieder offen hatte.

»Schreiten wir zur Tat und nehmen wir dich in den Schoß der Kirche auf«, meinte er lächelnd.

Der Taufspruch, den er ausgesucht hatte, lautete: »Wir wissen aber, dass denen, die Gott lieben, alle Dinge zum Besten dienen. Denen, die nach seinem Ratschluss berufen sind.«

Er sprach über Gottvertrauen und Zuversicht. Else, die Patin, durfte Ada über das Taufbecken halten und als der Pfarrer einen kleinen Strahl Wasser über ihren Hinterkopf goss, schrie diese nicht, sondern schaute nur verwundert.

Ein neues Schäflein war in der evangelischen Gemeinde aufgenommen.

Anschließend beeilte man sich, aus der kühlen Kirche in die warme Maisonne zu gelangen. Auf Wunsch der Gäste aus Hamburg schlenderte man zu Fuß am Rathausplatz vorbei zur Frauenkirche mit der riesigen Barockkuppel, gebaut nach italienischem Vorbild. Der Blick in den lichtdurchfluteten, runden Zentralraum mit seinen fünf Emporen löste bei den Erwachsenen Begeisterung und bei den Kindern Staunen aus. Ab den Brühlschen Terrassen ging es per Droschke nach Hause, wo schon das wohlverdiente Mittagsmahl wartete. Sarolta zog sich erst mal mit Ada zum Stillen ins Gästezimmer zurück. Anschließend sollte sie in der Wiege nach all diesen Eindrücken ein Mittagsschläfchen halten. Es dauerte nicht lange, schon schlummerte sie gesättigt ein. Sarolta ließ die Eichentür einen Spalt offen und eilte nach unten zur festlich, mit Meissner Porzellan gedeckten Tafel. Zum Glück hatte man mit der Spargelsuppe nicht auf sie gewartet.

»Schläft!«, strahlte sie, während sie neben Carl, der aufgestanden war, um ihr den Stuhl zurechtzurücken, Platz nahm. Nach weiteren fünf Gängen, bestehend aus Fisch, frisch aus der Elbe, und verschiedenen Fleischgerichten, darunter Marikas wunderbares Kalbspörkölt, wurden Kaffee und Erdbeersahnetorte auf der Terrasse an verschiedenen runden Tischchen serviert.

Else teilte seit dem Vortag mit Sarolta ein Geheimnis vor Carl. Georg war eingeweiht. Sie hatte den grandiosen Plan, mit Mutter und Kind am Nachmittag zu Herrn Fotografenmeister Bähr in die Antonstraße 2 zu fahren, um die beiden portraitieren zu lassen. Carl hatte in Kürze Geburtstag und das Foto war als Überraschungsgeschenk gedacht. Aber zunächst musste er abgelenkt werden und diesen Part übernahm Georg.

»Mein lieber Schwager«, sagte er, »darf ich dir einen Verdauungsspaziergang hinüber zur Fabrik anbieten, ich möchte dir unbedingt eine innovative Neuerung zeigen!«

Carl hatte keine große Lust, die schöne Atmosphäre auf dem herrlichen Platz im Freien zu verlassen und hätte es vorgezogen, die fünf Stufen zum Kiesweg hinunterzusteigen, um dort mit allen eine Runde zu drehen. Selbstverständlich konnte er nicht unhöflich sein und so folgte er der Einladung. Kaum waren die beiden Herren aus dem Haus, ging es los. Marika hatte bereits Ada geweckt und wieder in ihr Taufkleid gesteckt, Wilm, der Kutscher, stand schon bereit mit der angespannten Landaulette und ab ging die Fahrt zur Antonstraße 2, wo Meister Bähr sich ausnahmsweise der Überredungskunst von Else Dessen gebeugt hatte und bereit war, am heiligen Sonntag ein Lichtbild anzufertigen. Wilm nahm die Abkürzung über die Forststraße. Ada fremdelte mittlerweile nicht mehr mit Tante Else und saß vergnügt auf ihrem Schoß, während Sarolta sich den Zopf neu flocht.

»Da drüben, schau mal, Sarolta, dort ist übrigens der alte Jüdische Friedhof, ein sehr magischer Ort!«, bemerkte Else plötzlich und zeigte auf ein großes eisernes Tor.

Schon waren sie vorbei, aber wieder stieg in Sarolta das schlechte Gewissen wie eine heiße Welle auf und für einen Augenblick traten Tränen in ihre Augen.

Vergib mir Pappusch, vergebt mir meine Schwestern, vergib mir, mein jüdisches Volk, dass ich euch verleugne! In diesem Augenblick fühlte sie sich klein und einsam. Aber ich habe mich nun mal für diesen Weg entschlossen. Ich muss vorwärtsgehen und nicht zurück!, kam ihr trotzig der nächste Gedanke. Sie atmete tief und hatte sich wieder im Griff.

»Alles gut?«, fragte Else.

Sarolta lächelte. »Ich bin dankbar«, flüsterte sie und gab somit Else die Erklärung für ihre innere Bewegtheit.

Nun war man angekommen vor der Lichtbildnerei und wurde temperamentvoll von Herrn Bähr, der mit einem Lehrling drinnen schon alles aufgebaut hatte, begrüßt. Er war ein rundlicher, kleiner Herr, mit schwarzem Schnurrbart, der so stark Sächsisch sprach, dass Sarolta die entzückenden Komplimente, die er ihr auf Grund ihrer Anmut und Schönheit machte, kaum verstand.

Else, des Sächsischen mächtig, übersetzte. Der Meister wusste, wie man Damen in die richtige Fotografierlaune versetzte. Die gute Stimmung färbte auch auf Ada ab, die zwar all dies Fremde mit misstrauischem Blick beäugte, auf Mamas Schoß aber vorbildlich stillhielt und in den Fotoapparat blickte. Gespannt auf das Ergebnis nahm man zufrieden Abschied.

»Das wird ein großartiges Portrait, meine Damen, sie werden sähn!«, sächselte Herr Bähr zum Abschied.

»Herr Bähr ist übrigens ein Nachkomme des Erbauers der Frauenkirche, die wir heute so bewundert haben«, bemerkte Else so nebenbei auf der Heimfahrt.

Carl kam zehn Minuten nach ihnen in angeregtem Gespräch mit Georg zurück in die Jägerstraße und hatte nichts von dem Ausflug der Damen mitbekommen.

Leider hieß es am nächsten Tag Abschied nehmen. Diesmal für ungewisse Zeit.

»Schade, dass ihr nicht länger in Dresden bleiben könnt«, sagte Georg.

»Die Arbeit, mein Lieber, du weißt ja«, antwortete Carl.

Er hatte es Sarolta überlassen, ob sie noch länger bleiben wollte, doch sie hatte sich entschieden, mit ihm zurückzufahren.

»Heini braucht mich ja nun nicht mehr! Er spielt jetzt weit besser Klavier, als ich«, versuchte sie zu scherzen, obwohl ihr nach weinen zumute war. In der Tat, Heini hatte am gestrigen Abend eine Probe seines Könnens gezeigt und mit Chopins hinreißendem Walzer in h-Moll seine Zuhörer in Begeisterung versetzt.

»Er übt jede freie Minute«, sagte Else voller Stolz auf ihr hochbegabtes Kind. Vater Georg betrachtete das Talent seines Sohns mit gemischten Gefühlen. Hoffte er doch eher auf einen Nachfolger für die Fabrik eines fernen Tages.

»Kommt, es wird Zeit, sonst verpassen wir den Zug! Marie, wo sind die Kinder!«, rief Ernst nervös.

»Die spielen Fangen im Garten, ich hole sie!«

Marie eilte von der Auffahrt, wo die Landaulette und eine gemietete Pferdedroschke zur Abfahrt bereitstanden, um das Haus.

»Kinder!!« Mit hochroten Wangen und strahlenden Gesichtern kamen sie angerannt.

»Darf ich bis zum Bahnhof mitfahren?«, bettelte Heini.

Nach Umarmungen und guten Wünschen für das Kommende sah die Verteilung in den Fahrzeugen so aus, dass Sarolta mit Klein Ada, Marika und den drei Kindern mit Wilm in der Landaulette fuhren, was eng, aber gemütlich war, und die Übrigen in der Droschke Platz nahmen. »Danke für alles, kommt bald nach Hamburg!« In leichtem Trab ging es zum Bahnhof. »Adieu, Heini, übe weiter so schön! Danke, Wilm!«

Wie schon bei der Hinfahrt, so fuhr man auch diesmal die kürzeste Verbindung über Berlin zurück.

Ein paar Tage, nachdem man wieder zu Hause war, brachte der Bote einen Brief für Sarolta Götte zum Hansaplatz. Absender war: S. Hollán, Pest, Ferenc-Joszef-Platz 15.

»Darf ich eine kurze Pause machen?«, fragte Sarolta hastig. Marie nickte.

Mit klopfendem Herzen rannte Sarolta hinauf in die Wohnung. »Marika, ein Brief von Papa!«, rief sie, als sie die Wohnungstür öffnete.

Marika saß mit Ada im Biedermeierzimmer. Ada war auf ihrem Schoß und spielte vergnügt mit ihrem Lieblingsspielzeug, einer kleinen silbernen Rassel in Form einer Ente, die an einem Elfenbeinring hing. Ein Taufgeschenk von Tante Else. Sarolta setzte sich an den blank polierten Tisch aus hellem Holz und riss das Kuvert auf. Würde Papa ihr Vorwürfe machen? Es war ein drei Seiten langer Brief, wie immer auf Ungarisch.

Szeretett lànya, (geliebte Tochter) …

Papa begann damit, wie stolz er auf sein jüngstes Kind sei, die ihr Leben so selbstständig in die Hand genommen habe. Er hoffe inständig, dass Klein Ada die Strapazen der Taufe gut überstanden habe. Dann kam er auf Katalin und Adèl zu sprechen. Katalin mache ihm nach wie vor Sorgen mit ihren schwankenden Gemütszuständen. Aber zurzeit sei das Wetter schön und die blühenden Bäume, das frische Grün und das geschäftige Treiben in den Straßen von Buda und Pest wären Balsam auf die Seele, nicht nur auf die von Katalin. Adèl sei mit ihrer selbstlosen Fürsorglichkeit sowieso ein wahrer Engel. Weiter berichtete er über sich und seine Arbeit. Er beklagte die Mühsal des vielen Reisens zwischen Szegedin und Pest. Nachdem Marika in Szegedin nicht mehr für ihn da sein könne, da sie Wichtigeres zu tun hätte und mit seiner Tochter zum Nordpol gezogen sei, hätte er Unterschlupf bei Balints in ihrem großzügigen Heim gefunden. Das eingeschossige, gelbe Barockhaus unten am Fluss würde nur noch als Kontor dienen.

Somit hätte er endlich Platz für die Berge von Akten der Firma Schoßberg, die immer mehr würden und sein neuer, junger Sekretär, aus bester jüdischer Familie von Tarnopol, müsse sich um keine eigene Bleibe sorgen.

»Ach Maman, wie wunderbar hattest du unser bescheidenes Haus zu deinen Lebzeiten eingerichtet. Im Inneren wirkte es wie ein Schlösschen«, sagte Sarolta wehmütig und las weiter.

Papa berichtete noch einiges von den Balints, und dass Sohn Sani bald mit dem Piaristen-Gymnasium fertig sei und immer von ihr, Sarolta, sprechen würde, und dass Onkel Zsigmond die Chuzpe hätte, direkt neben der kaiserlichen Residenz von Gödöllö in Tura nun tatsächlich dieses Schloss zu bauen. Natürlich mokierte er sich wieder mal über die Verwandtschaft.

So, meine liebe Tochter, ich habe genug geschrieben. Eines liegt mir allerdings noch am Herzen. Ich weiß, mein Kind, dass Dir die Absage auf einen spontanen Entschluss, mit Deinen Schwestern zur Taufe zu fahren, schwergefallen ist und Du Dir Gedanken darüber machst. Das tut mir leid. Bitte verzeih Deinem unbedachten, trotteligen, alten Papa. Du hast beschlossen, das Jüdische aus Deinem Leben auszuklammern und das haben wir, Deine Familie, zu respektieren, auch wenn wir Dich vermissen, weil wir Dich unendlich lieben. Mach es gut, mein Kind, und ich freue mich trotzdem darauf, eines Tages Deine Kinderschar zu Gesicht zu kriegen. Grüß mir den Carl. Er ist ein guter Mann.

Mit aller Herzlichkeit umarmen wir Dich.
Adèl, Katalin und Dein Vater.

Tränen tropften auf den Brief.

»Was Schlimmes?«, fragte Marika bestürzt.

»Papusch, Papale ist so lieb!«, schluchzte Sarolta. »Er hat so ein großes Herz!«

»Das hat er,« erwiderte Marika auf ihre trockene Art und nahm den Brief, den ihr Sarolta reichte. Sie kam aber nicht zum Lesen, weil erstens Ada beschlossen hatte, mit ihrer Mutter zu weinen und zweitens Carl mit einem fröhlichen »Hallo« zur Wohnungstür hereinkam.

»Was ist los?«, fragte er erschrocken, als er Saroltas Tränen sah.

»Nur ein Brief von zu Hause«, erklärte Marika die Situation.

»Viele Grüße von Papa«, schluchzte Sarolta. Carl freute sich und hob Adas Rassel auf, die sie auf den Boden geschmissen hatte.

»Ich dachte, du weinst, weil ich geschäftlich so viel unterwegs bin, und war eben ganz erschrocken!«, sagte er lächelnd.

»Nein, Carl, ich bin stolz darauf, einen tüchtigen Mann zu haben. Geschäfte laufen nicht von alleine, das weiß ich aus meiner Familie. Du hast dir etwas vorgenommen mit der neuen Fabrik, das musst du jetzt durchziehen!« Saroltas Tränen waren versiegt, sie war wieder ganz die Alte.

»Was bist du für eine außergewöhnlich kluge Frau. Ich möchte dir morgen die neue Fabrik zeigen, seit heute laufen die Maschinen.«

Bei Sturm und Regen machten sich beide in aller Frühe mal wieder auf ins Alte Land. Eigentlich konnte Sarolta nicht ohne Ada los, die gestillt werden wollte, aber Marika wusste, was sie der Kleinen statt Muttermilch geben konnte.

»Du bist nun eine Fabrikbesitzersgattin«, sagte Carl voller Stolz, als sie vor den ratternden Maschinen standen. Er erklärte ihr genau die Produktionsvorgänge. Sie verstand auf Grund des Lärms aber so gut wie nichts davon. Hier waren neu eingestellte Männer am Werk.

»Und die Spinnerinnen?«, wollte Sarolta wissen.

»Spinnen immer noch ihr Garn, aber jetzt aus dieser Ware.« Voller Freude zeigte Carl ihr das flauschig weiße, saubere Endprodukt. Als sie am Abend müde und ziemlich nass wieder zu Hause angekommen waren, umarmte Sarolta ihren Mann. »Ich bin wirklich stolz auf dich, Carl!«

Die nächsten Wochen waren entscheidend. Würde die Produktion gut laufen und genügend Abnehmer finden?

Am Ende des Jahres zog Carl eine positive Bilanz, auch wenn er weit davon entfernt war, seine Schulden abgebaut zu haben. Anfang Februar, kurz vor Adas erstem Geburtstag, gab es einen Ausfall bei der Rohware aus Ägypten, der Carl erhebliche Kopfschmerzen bereitete. Das, was er erhielt, war stark verschmutzt und es bedurfte eines dreifachen Reinigungsvorgangs.

»Ich muss einen neuen Markt für Baumwolle auftun«, sagte er ernst zu seiner Frau.

»Was ist im Augenblick der beste Markt?«, fragte sie.

»Die beste Baumwolle kommt angeblich von Feldern im Süden Amerikas. Wegen der exzellenten Schiffsverbindung mit Nordamerika durch die HAPAG, müsste die Ware zu bekommen sein. Die Frage ist, ob die Qualität wirklich erstklassig ist.«

»Dann fahr hin und schau sie dir an!«, brach es spontan aus Sarolta heraus.

Carl war einen Moment sprachlos. »Du hast Ideen«, sagte er dann und lachte laut. »Das geht auf keinen Fall, ich wäre mindestens drei Monate unterwegs.«

»In meiner Familie wird das so gehandhabt. Großvater Simon pflegte zu sagen: Geschäfte funktionieren nur, wenn man beste Ware zu bestem Preis verkauft. Beim Einkauf des Produkts darf man sich nie auf andere verlassen«, erklärte Sarolta ernst.

In den folgenden Tagen gingen Carl die Worte seiner klugen Frau nicht aus dem Kopf, besonders, nachdem er von dem Desaster in der

Firma »Blanck und Söhne«, Kornhandel, die den Eltern von Schwägerin Marie, Luise Grawert, geborene Blanck und ihrem Mann Nikolaus gehörte, vernommen hatte.

Nikolaus Grawert galt als einer der vertrauenswürdigsten und besten Kornumstecher im Hamburger Hafen. Das bedeutete, er war Kontrolleur für Getreide und wurde gerufen, um neue Lieferungen für diverse andere Firmen zu begutachten. Vor nicht allzu langer Zeit hatte er seine Geschäfte an seinen bald schon vierzigjährigen erstgeborenen Sohn Albert abgegeben. Er selber und seine Frau waren kürzlich aus dem Stammhaus der Firma, dem fünfstöckigen alten Barockhaus, gleich beim Zollkanal, in dem sich zwischen großzügigem Kontor, bis zum Kornspeicher unterm Dach, das gesamte Leben der Familie abgespielt hatte, in eine Etage eines neu erbauten Hauses in der Großen Allee umgezogen.

Nun aber hatte Albert sich böse verspekuliert. Er witterte ein großes Geschäft, als ihm an der Börse eine Lieferung Roggen zu einem äußerst günstigen Preis angeboten wurde.

Er unterzog die Ware einer oberflächlichen Kontrolle, ging auf den Handel ein und freute sich auf die saftige Gewinnspanne. »So macht man heutzutage Geschäfte«, bemerkte er arrogant zu seinem Vater. Doch kaum war die Ware an die Kunden ausgeliefert, nahm das Unheil seinen Lauf. Im Inneren der Säcke hatte sich Ungeziefer breitgemacht und Albert, als neuer Kornumstecher, hätte es bemerken müssen. Alle wollten ihr Geld zurück und drohten mit Klagen. Außerdem wurde Albert seine Lizenz als Kornumstecher der Stadt Hamburg vom Senat entzogen. Die altehrwürdige Firma »Blanck und Söhne«, die Luise einst von ihrem Vater geerbt hatte, stand kurz vor dem aus. Gramgebeugt zog Nikolaus Grawert, der alte Herr, wieder in sein Kontor ein und rettete somit die Lizenz. Marie war außer sich.

»Komm, Schwägerin, wir müssen uns um Mutter kümmern, der Laden wird ausnahmsweise ohne uns auskommen«, bestimmte sie und orderte eine Kutsche, die sie in die Große Allee brachte. Dort, in der neuen, hellen Wohnung mit den hohen Decken trafen sie auf die alte Dame, die vor Wut schäumte.

»Wie kann man nur so verschiedene Kinder haben! Warum ist Friedrich nicht mein Erstgeborener! Ich war von Anfang an der Meinung, man sollte ihm die Firma überschreiben, aber nein, Nikolaus meinte, man könne den Älteren nicht übergehen. Leider ist er ein Idiot! Und seine Frau, na ja, lassen wir das. Wir müssen Vater unterstützen, kommt!«

Die drei Damen fuhren zum alten Haus im Herzen der Stadt. Über die Annenbrücke, unter der dunkel, mit moderigem Geruch das Wasser des Fleets floss und Schuten Waren und Güter transportierten, gelangten sie in die Holländische Reihe zum Haus Nummer 11, das Sarolta durch marode, barocke Pracht beeindruckte. Die Kutsche hielt vor dem reich verzierten, von uralten Lindenbäumen gesäumten Eingangsportal an der Vorderseite des Gebäudes. Drinnen im Kontor trafen sie Nikolaus, vertieft in ein Gespräch mit Senator Dieseking, einem alten Freund, der entzückt war, Luise zu treffen.

»Wir werden das Kind schon schaukeln, aber Sie müssen Friedrich anlernen, egal, ob er lieber Brücken baut«, meinte er energisch.

Marie und Sarolta fühlten sich überflüssig bei dem Gespräch und so nahm Marie die Gelegenheit wahr, der Schwägerin ihr Elternhaus zu zeigen. Die war bezaubert von der Atmosphäre des alten Hauses, vor allem der prunkvolle Festsaal im ersten Stock, mit der reichen Stuckdecke und der französisch anmutenden Wandmalerei, sogenannter »Trompe-l'oeil«, begeisterte sie. »Als ob Watteau diese Schäferstücke gemalt hätte«, staunte Sarolta ehrfürchtig.

»Wir hatten eine glückliche Kindheit hier, Gott gebe, dass nicht alles verloren geht«, seufzte Marie, als sie sich mit Sarolta auf dem Heimweg befand. Luise war bei ihrem Mann geblieben.

Zu Hause grübelte Carl, hatte Schriftverkehr mit Spinnereien, die er mit Rohware belieferte, schließlich fasste er einen Entschluss.

Am 11. März, beim Frühstück, gab er es seiner Familie bekannt: »Ich fahre nach Carolina, wo Sea-Island-Baumwolle angebaut wird, das feinste Material, das man sich vorstellen kann, und ich werde es als Erster hier nach Hamburg importieren. Na, was sagst du Sarolta?«

»Mach das, Carl, ich warte auf dich wie eine Seemannsbraut«, erwiderte seine junge Frau.

Wenige Tage später wanderten Carl und Sarolta zu Fuß zum Büro der HAPAG an der Außenalster. Ada war dabei und wegen des kalten Windes dick angezogen. Problematisch erwies sich, dass die Kleine an der Hand der Mutter partout zu Fuß gehen wollte. Mit diesen Trippelschrittchen ging nichts vorwärts. »Schluss nun!« Carl nahm seine Tochter entschlossen auf den Arm. Er wollte seinen kleinen Liebling, seinen ganzen Stolz, vor der Abreise noch so oft wie möglich um sich haben.

»Zwei Erwachsene, ein Kind? Welche Klasse?«, fragte der strenge Herr hinter dem Schalter der HAPAG.

»So leid es mir tut, ich reise alleine. Geschäftlich!«, entgegnete Carl.

»Aha«, nickte der Mann, »dann mit Rückfahrkarte. Wann soll es losgehen?« Carl wollte Ende Juni von New York aus in die Südstaaten, um dort die besten Baumwollfelder zu besuchen. Da er nicht wusste, was ihn erwarten würde, plante er seine Zeit großzügig und buchte die Rückreise für die erste Septemberwoche.

»Ich habe Ihre Passage auf der »Suevia«, einem noch nicht ganz vier Jahre alten Dampfschiff«, der Herr hinter dem Schalter hob bedeutungsvoll den Zeigefinger, lächelte stolz, so als ob das Schiff ihm persönlich gehören würde, und fuhr mit geschäftsmäßiger Miene fort, »für Mittwoch, den 12. Juni eingetragen. Einzelkabine, Oberdeck. Für die Rückreise kann ich den 5. September anbieten, Sie landen dann in Hamburg am 13. September! Ihren Pass, bitte!«

Als alle Formalitäten erledigt waren und sie mit Carls Billett wieder ins Freie traten, spielte in der schwachen Märzsonne auf der anderen Straßenseite ein Leierkastenmann mit klammen Fingern »Muß i denn zum Städtele hinaus.« Ada streckte begeistert die Ärmchen aus und so ging man hinüber und Carl spendierte eine Münze.

»Wenn ich wiederkomm, kehr ich ein bei dir!«, flüsterte er seiner Frau ins Ohr. Sarolta fröstelte auf dem Heimweg und deshalb bot es sich an, einen heißen Tee im Alsterpavillon zu nehmen.

»Wie interessiert Ada alles beobachtet hat«, bemerkte Carl stolz, nachdem sie einen freien Tisch am Fenster ergattert hatten.

»Weißt du, mein Liebes, was der wichtigste Gegenstand sein wird, den ich mitnehme?« Sarolta sah ihn fragend an. »Es ist das wunderschöne Foto von dir und unserer Süßen, dass ich als Überraschung zum Geburtstag bekommen habe!«

Sie tranken den gezuckerten heißen Tee und blickten schweigend hinaus auf die Alster. Ada knapperte zufrieden an einem Butterkeks.

»Das wird ein Abenteuer, Carl!«, formulierte Sarolta etwas beklommen beider Gedanken.

»Schon, aber ich habe mich so gut wie möglich abgesichert. Mein bester Handelspartner, diese Großspinnerei bei Bremen, hat mir insoweit vertraut, als dass sie mir einen großzügigen Vorschuss zu Verfügung gestellt haben, und Spinnereien in Sachsen und Bayern wollten auch eine Option. Ich selber werde mich selbstverständlich entsprechend mit der feinen Qualität eindecken. Ich spare den Zwischenhändler und kann hervorragende Ware zu günstigem Preis liefern. Du siehst, liebe Frau, deine Botschaft ist angekommen! Herr Ober, zahlen! Ada muss ins Bett und ich treffe mich später auf ein Bier mit Fritz. Er lebt zurzeit in Hannover, hat sein Studium dort wieder aufgenommen, aber gerade läuten die Alarmglocken im Hause Grawert und deshalb ist er da und sucht den Rat eines alten Schulkameraden. Sein Vater will nun ihn als Kornumstecher anlernen.«

Fritz ist tatsächlich in Hamburg!, dachte Sarolta und musste schlucken. »Grüß ihn«, sagte sie so beiläufig wie möglich, während sie vom Tisch aufstand.

Die Wochen bis zur Abreise vergingen wie im Fluge. Es wurde gewaschen, gebügelt und vor allem hochsommerliche Kleidung angeschafft. Die Mayers aus Braunschweig schickten Reiseführer für New York und die Südstaaten von Amerika. Die Sparte Reisebuch war Stefan Mayers Lieblingskind im Verlag. Das Ehepaar hatte viele Orte selber bereist.

Plötzlich, man fasste es kaum, war der Tag der Abreise da. Es galt, Abschied zu nehmen. Da stand nun Familie Götte an den Landungsbrücken und bestaunte die stolze »Suevia« die, obwohl Dampfschiff, noch zwei hohe Segelmasten besaß. Gebannt sahen sie zu, wie Hannes, der nicht mitreiste, den schweren Überseekoffer von Carl mit Hilfe von Schiffspersonal an Bord hievte. Das Schiffshorn tutete, um die Passagiere aufzufordern, an Deck zu gehen.

»Viel Glück, Carl! Vergiss uns nicht!«, flüsterte Sarolta eindringlich unter Tränen. Es half nichts, es musste Abschied genommen werden. Ada auf Marikas Arm heulte laut, obwohl sie doch gar nicht verstehen konnte, worum es ging. Mit schweren Schritten betrat Carl das Schiff und suchte sogleich einen Platz an der Reling. Wie klein sahen seine Lieben dort unten aus, wie klein wirkte er für sie da oben. Unerbittlich tutete das Horn. Langsam setzte sich der Dampfer in Bewegung. Man winkte, bis nichts mehr zu sehen war.

Wieder zu Hause am Hansaplatz, ging Sarolta zuerst in das gemeinsame Schlafzimmer. Sie kleidete sich um und zog den schwarzen, weiten Rock mit der weißen Bluse an, ihre Bekleidung für das Geschäft. Dabei fiel ihr Blick auf die Fotografien ihrer Eltern, die, genau wie früher in der Wohnung in Pest, übereinander zwischen den beiden Fenstern hingen. Sie faltete die Hände und betete zur Jungfrau Maria, sie möge Carl beschützen. Ein Gebet aus Kindertagen. Als sie wenig später unten im Laden auftauchte, war das Erstaunen groß. »Marika ist für Adachen da und ich habe ab jetzt viel Zeit, um hier im Laden zu sein. Ach Marie, ich wüsste nicht, was ich ohne euch täte!«, mit diesen Worten umarmte Sarolta vor aller Welt ihre Schwägerin.

»Wenn du willst, kannst du übermorgen die Sachen für Gertrud Blanck nach Blankenese liefern!«, erwiderte Marie. Saroltas spontane Reaktionen waren manchmal gewöhnungsbedürftig. Als Hamburger hat man Gefühle, aber man zeigt sie nicht.

Zehn Tage später telegrafierte Carl doch tatsächlich aus New York, dass die Überfahrt ohne Zwischenfälle verlaufen sei und er ein hübsches Hotel, geführt von deutschen Auswanderern, gefunden habe.

Der Alltag ohne Carl war für Sarolta nicht schwer zu ertragen. Sie hatte Ada und Marika, mit der sie gegen deren Willen manchmal ein wenig Ungarisch sprach, damit Ada diese Sprache auch lernen konnte und natürlich war da der Laden mit der Schneiderei. Den Kontakt zu den Kunden, die ihre Beratung suchten, liebte sie. Einmal kam sogar Friedrich vorbei, der sie aber nur kurz, wenn auch herzlich, begrüßte, um dann ein ernstes Gespräch unter vier Augen mit der Schwester zu suchen. Ada fing an zu sprechen. »Ma«, sagte sie, was gleichzeitig Marika und Mama bedeuten sollte.

»Papa, Papa, Papa!«, betete Sarolta ihr vor. Sie wollte Carl damit überraschen, wenn er in drei Wochen zurück sein würde. Auch hatte sie ein süßes Geheimnis, sie war wieder schwanger. Ja, nun freute sie sich sehr, als der Bote ein Telegramm brachte, in dem stand:

Reise war sehr erfolgreich, fahre planmäßig aus New York ab und bin am 13. zurück in Hamburg. Carl.

In freudiger Erwartung wurde für den Freitag ein wunderbares Dinner, Sarolta nannte es »Dinée«, für alle Hausbewohner geplant. Marika, ganz in ihrem Element, fuhr mit der Droschke sofort zu ihrem Freund Heimerdinger, alter Wall 28, um dort Köstlichkeiten zu besorgen. Hühnersuppe mit Sherry zur Stärkung sollte es vorausgeben, danach selbst gemachte Gänseleberpastete, Kalbsbraten, gefüllte kleine Paprika und so weiter und so fort. »Da freut sich anschließend unser Personal«, neckte Sarolta die rundliche Freundin, »so viel können wir überhaupt nicht essen!«

»Wirst schon sehen, was Herr Götte für einen Appetit aus der Pampa mitbringen wird!«

»Du meinst, Puszta? Die gibt es nur in Ungarn!« Sarolta lachte laut und breitete die feine, an den Rändern mit dunkelblauen Blumen bestickte Decke, die ihr die Schwestern zum letzten Geburtstag aus Ungarn geschickt hatten, über den ovalen Biedermeiertisch im Esszimmer.

»Besser zu viel als zu wenig«, entgegnete Marika bestimmt und holte das gute Steingut von Villeroy & Boch aus der Anrichte. Auch Silberbesteck, Kristallgläser, Kerzenleuchter und Blumenschmuck fanden den richtigen Platz.

Sieht fast so edel aus wie zu Hause bei Onkel Zsigmond, dachte Sarolta, als sie zufrieden ihr Werk begutachtete.

Nun musste sie sich aber hübsch machen. Zum Glück war der Babybauch noch nicht sichtbar und sie hatte keine Probleme, das neue beige Kostüm mit dem braunen Kragen anzuziehen. Schnell das schicke Hütchen auf das hochgesteckte Haar und los sollte es gehen zum Hafen, ohne Ada, die ihr Mittagsschläfchen hielt. Ernst Götte wartete mit Hannes schon draußen auf dem Hansaplatz, er hatte eine Droschke organisiert.

»Carl wird sicher begeistert sein, wenn er unseren grandiosen neuen Brunnen hier sieht«, bemerkte Sarolta, während sie einstieg. Der 17 Meter hohe Hansabrunnen war erst im Juli mit pompösen Feierlichkeiten eingeweiht worden. Er ragte, gekrönt von der Freiheitsstatue Hansa, mit dem Dreispitz in der Hand in die Höhe. Aus vier Löwenmäulern sprudelte das Wasser in muschelförmige Becken.

»Hat alles auch etwas Gutes«, schmunzelte Ernst. »Durch den Wiederaufbau nach dem großen Brand 1848 hat Hamburg die modernste zentrale Wasserversorgung Deutschlands erhalten und so entstand statt einer ehemaligen Trinkwasserstelle dieses Kunstwerk.«

Auf der ganzen Fahrt fühlte Sarolta in freudiger Erwartung ihr Herz schneller schlagen. Was würde Carl alles zu berichten haben und wie würde er auf die Nachricht reagieren, dass ein zweites Kind in ihr heranwuchs?

Sie waren früh dran, der Dampfer befand sich noch nicht in Sichtweite, vielleicht wegen des leichten Septembernebels. Plötzlich tutete es aus der Ferne laut und vernehmlich.

»Das Schiff!!«, schrie Sarolta und kniff vor Begeisterung Ernst in den Arm. Tatsächlich, Elbe abwärts erschienen zwischen vielen kleineren Masten die zwei hohen Masten der »Suevia« im Dunst.

Kurze Zeit später legte der Dampfer an und von Land aus wurde die Brücke für die Passagiere, die bereits dicht gedrängt oben auf dem Deck zum Aussteigen anstanden, mit dicken Seilen auf das Schiff geschoben. Es war so weit. Ein Amerikaheimkehrer nach dem anderen betrat wieder Hamburger Erde. Die meisten wurden abgeholt und stürmisch begrüßt. Sarolta starrte wie gebannt zum Schiff. »Wo ist Carl?«, fragte sie angstvoll.

»Irgendwie aufgehalten.« Auch Ernst und Hannes schauten verunsichert. Über die Brücke schritt jetzt ein junger Mann in Uniform. Er hatte eine Liste in der Hand. Suchend sah er sich um.

»Ist hier jemand, der Götte heißt?«, rief er in die Runde der wenigen Verbliebenen.

»Ja, hier, ich, wir!«, schrie Sarolta fast hysterisch.

»Gestatten, Peters, erster Offizier, es tut mir leid, gnädige Frau, Ihr Mann bekam vor vier Tagen eine Lungenentzündung. Sein Zustand verschlechterte sich täglich. Er hat hohes Fieber und ist nicht imstande zu laufen. Wir benötigen einen Krankenwagen, dann bringt ihn der Schiffsarzt von Bord!«

»Ich kümmere mich darum«, sagte Ernst tonlos.

»Kann ich zu ihm?«, flüsterte Sarolta.

»Natürlich, bitte begleiten Sie mich, Frau Götte!« So sah Sarolta ihren Mann wieder. Bleich, mit roten Flecken im Gesicht, lag er auf dem schmalen Bett der Kabine, in der die Luft zum Schneiden schien. Mit glasigen Augen starrte er sie an. Ein Schauder durchfuhr ihn.

»Sarolta«, stammelte er mit ungläubigem Blick.« Bist du es wirklich? Hamburg? Habe ich es geschafft? Dann werde ich wieder gesund.« Nach diesen Sätzen verlor er das Bewusstsein.

»Wach auf, Carl! Carl! Wir müssen dich nach Hause bringen!« Sarolta schüttelte ihn und Carl schlug die Augen wieder auf. Im Beisein des Schiffarztes legte man ihn auf die Krankenbahre.

»Gnädige Frau, lassen Sie Ihren Mann nicht in eine Krankenanstalt bringen. Seine Überlebenschance ist sehr gering. Wenn es ihm bestimmt ist, wieder gesund zu werden, ist er zu Hause besser aufgehoben. Wir Ärzte bemühen uns, letztlich liegt alles in Gottes Hand.«

Es war eine traurige Heimkehr in das Haus am Hansaplatz. Schon auf der Heimfahrt hatte Carl in den wenigen Augenblicken, in denen er bei Besinnung war, nach der Baumwolle gefragt.

»Sorge dich nicht, lieber Bruder, die Ware wird erst morgen gelöscht und ich kümmere mich darum, dass sie wohlbehalten ins Alte Land geliefert wird«, beruhigte Ernst den Kranken. Mit eisernem Willen, fast getragen von Hannes, der Tränen in den Augen hatte, erklomm Carl die Stufen bis zur Wohnung. Sarolta war innerlich ruhig geworden. Sie fühlte nur noch eisige Kälte in sich.

»Mir müssen ihm ein bisserl eine Hühnerbouillon einflößen, des ist die beste Medizin!«, insistierte Marika. Leider musste Carl nach vier Löffeln so schrecklich husten, dass er Blut spuckte. Unermüdlich machte Sarolta ihm kalte Wadenwickel, um das Fieber zu senken. Wenn es gelang, kam Carl zu sich und Sarolta holte sofort Ada, um ihn zu erfreuen. Nach zwei Tagen rastloser Pflege schlummerte Sarolta kurz neben ihm ein. Sie wachte auf, weil sie sich in den Arm genommen fühlte. Carl hatte sich zu ihr gedreht und sah sie mit großen Augen an.

»Ich danke Ihnen, schönste Sarolta, dass Sie mir Ihr Leben gewidmet haben. Ziehen Sie Morgen Ihr hellblaues Kleid an, wir reiten über die Baumwollfelder ins Licht.« Er bäumte sich etwas auf und fiel zurück.

»Carl«, schluchzte Sarolta, »Carl, ich muss dir was sagen, wir kriegen wieder ein Kind! Carl!«

Er öffnete noch einmal die Augen, lächelte und starb im selben Augenblick. Um 4 Uhr morgens am 16. September war die Zeit stehen geblieben. Drei Stunden blieb Sarolta neben ihm und benachrichtigte niemanden. Ein letztes Mal hatte sie ihren Mann für sich.

Carl wurde auf dem St. Jakobi Kirchhof im Grab seiner Eltern beigesetzt. Eine lange Schlange Menschen folgte der Kutsche, auf der sein Sarg bei Wind und Regen die Wandsbeker Chaussee entlang hinaus zur Beerdigung gebracht wurde. Auf Grund seiner freundlichen, bestimmten Art und seines feinen Humors war er bei allen beliebt gewesen. Familie Dessen fehlte, Georg konnte wegen eines Hexenschusses nicht reisen. Auch Friedrich war nicht zu sehen. Von Familie Grawert erschienen Nikolaus und Luise. Sarolta erlebte alles wie in tiefem Nebel. Es war so schrecklich unwirklich. Wie eine mechanische Puppe nahm sie an der Trauerfeier teil, warf zwei Rosen und drei Schaufeln Erde auf den Eichensarg, in dem der Vater von Ada und dem Ungeborenen, das sie unter dem Herzen trug, lag und nahm aufrecht all die ehrliche Anteilnahme entgegen. Sie wurde allgemein bewundert für ihre großartige Haltung. Abends, alleine in ihrem Zimmer, brach es aus ihr heraus.

»Maman!!! Papusch!!!«, brüllte sie. »Warum?? Warum?« Tränen stürzten über ihr blasses Gesicht. Seit Tagen hatte sie nicht mehr geschlafen. Marika hörte sie.

»Das tut ihr gut, meinem Mädele, soll sie schreien!« Sie schaute vorsichtig nach Ada, die schlafend in ihrem Bettchen lag.

»Marika!!!«, ertönte es aus Saroltas Zimmer.

»Kind, was ist!« Marika riss die Tür auf. Da stand Sarolta in einer Lache von Blut. Sie hatte ihr Kind verloren.

Drei Tage lag Sarolta im Bett und sprach mit niemandem ein Wort. Am vierten Tag stand sie in der Früh auf, wusch sich, kleidete sich sorgfältig an, schwarzer Rock, schwarze Bluse, steckte das Haar zu einem schlichten Knoten auf und ging wie selbstverständlich hinunter in den Laden. »Ihr könnt wieder mit mir rechnen«, sagte sie ruhig.

In den folgenden Wochen regelte Ernst Carls Geschäfte. Er hatte ja Schulden hinterlassen und so war Ernst gezwungen, die Spinnerei so schnell wie möglich an den einzigen Interessenten, die Großspinnerei bei Bremen, weit unter Wert zu veräußern. Das deckte gerade das Nötige. Aus dem Erlös der Rohware aus Amerika bekam Sarolta ihre spärliche Einlage in die Firma zurück. Das Geld reichte bei Weitem nicht für ihren Lebensunterhalt.

»Nun musst du wohl oder übel ein Gehalt von uns annehmen«, sagte Ernst.

Sarolta und Ada

Blankenese

»Nah, min Lütt, wie geht's so hoch zu Ross?«, rief Friedrich, der in schnellem Trab neben der zierlichen Person auf dem Schimmel her ritt.

»Es ist magnifique, großartig, lieber Fritz!«, kam die Antwort unter einer viel zu großen Lederkappe hervor, die Saroltas üppige goldene Haarpracht versteckte. Außerdem trug sie ein grobes Leinenhemd, darüber eine dicke Schafwollweste, weite Fischerhosen und zu große Stiefel. Kurzum, sie sah aus wie ein Fischerjunge. Nun ritt sie mit Friedrich von Blankenese aus in Richtung Falkenstein den Elbstrand entlang. Lange hatte sie sich nicht mehr so befreit und glücklich gefühlt wie an diesem frühlingshaften Nachmittag Ende März. Die Sonne zeigte schon ihre wärmende Wirkung, aber der Wind von der nahen Nordsee her wehte noch arg frisch und rötete die Wangen. Ihre Trauerkleider hatte sie in der Fischerkate bei Blankenese zurückgelassen. Es schien, als ob alles Schwere der letzten Zeit damit von ihr abgefallen wäre.

»Los, Mond, heia, heia«, schrie sie. Übermütig gab sie ihrer Stute das Zeichen, in Galopp überzugehen. »Reiten verlernt man nicht!«

Es war Jahre her, seit sie zuletzt auf einem Pferd gesessen hatte. Nach dem Tod ihrer Mutter bekam sie von ihren Großeltern ein Pony geschenkt. Als Trost. »Etoile«, »Stern«, hatte sie es getauft, weil Maman doch nun als Stern am Firmament funkelte. Später, zum 14. Geburtstag, kam noch die kleine, feurige ungarische Stute Eszter dazu. Auf der lernte sie, auch im Damensattel zu reiten. Das gehöre sich einfach so für eine junge Dame, meinten die Großeltern. Aber heute, als Bub verkleidet, im Herrensitz, fühlte sich Sarolta in ihrem wahren Element.

»Lausemädel, ich meine Lausebengel«, feixte Friedrich, während er sie in gestrecktem Galopp überholte. Anschließend verlangsamte er, bis sie wieder auf seiner Höhe war. »Ihr ungarischen Zigeuner habt eben Temperament, nicht wahr?«, grinste er sie unverschämt an.

Sarolta reagierte prompt. Mit der Reitgerte hieb sie in seine Richtung. »Hat studiert und ist so ungebildet, dass er nicht weiß, dass Ungarn nicht mit Zigeunern gleichzusetzen sind. Bist ein rechter Depp!«

»Du meinst«, antwortete Friedrich, »ich bin ein Dödel? Nun hast du es mir aber zurückgezahlt!«

Sarolta verzog ihren hübschen Mund. »Genau, ihr sagt Dödel und wir sagen Depp, es ist das Gleiche.«

»Friede?«, bat Friedrich. Sarolta nickte und verlor dabei fast ihre große Kappe. Eine Weile ritten sie schweigend nebeneinanderher und genossen die wunderbare Natur. Die vereinzelten Häuser hatten sie hinter sich gelassen. Nun wuchsen die Bäume fast bis ans Ufer und deshalb wechselten sie mit ihren Pferden auf die schmale, sandige Straße. Sonnenstrahlen, die durch die Blattkronen der hohen Birken, Eichen und vereinzelten Buchen fielen, malten Muster auf den Weg. Sarolta dachte zurück an ihre kleine schwarze Stute Eszter, die nun ein hoffentlich glückliches Leben auf Onkel Zsigmonds Gut führte. War das herrlich damals, wenn das Pferd zu Beginn ihres Ferienaufenthaltes auf den riesigen Ländereien der Großeltern wiehernd auf sie zu galoppierte und sie begrüßte. Leider währte die Freude kurz, denn Großvater starb unvermutet. Trotz seines gesegneten Alters von über siebzig hatte keiner mit seinem Tod gerechnet, rüstig und wach, wie er war. Großmutter folgte ihm kurz darauf.

Die Erben, Onkel Zsigmond und Onkel Henrik, verkauften das Gut des Vaters, das zwischen Pressburg und Wien lag, und jeder von ihnen erwarb ein noch größeres und prächtigeres Anwesen. Onkel Zsigmond hatte Sarolta versprochen, dass es Eszter im neuen Domizil, in der Nähe des Plattensees, gut gehen würde.

Ach, mein Pferdchen, ich werde dich wohl nie wiedersehen, ob du mich vermisst? Aber gegen schnöden Mammon bist du jetzt Eigentum des Onkels. Friedrich riss sie aus ihren Träumen. »Bald beginnt das Land der Marschbauern, früher wurde auf dem sehr fruchtbaren Boden ausschließlich Getreide angebaut. Da schwammen die prallgefüllten Jutesäcke auf Schuten vom

Bauern direkt zur Holländischen Reihe 11, wo sie mit Winden auf unseren Speicher gezogen wurden. Dort, in der fünften Etage, trocknete das Korn und wartete darauf, in unserer Mühle im Sachsenwald verarbeitet zu werden. Die Zeiten sind leider vorbei. Heutzutage existiert hier eine Vielfalt an Anbau. Durch den Handel mit fernen Ländern hat sich das so ergeben. Unsere Firma handelt jetzt ja auch mit dem Getreide, welches wir aus Amerika beziehen. Was die einem manchmal für einen Schrott andrehen wollen. Mehr Schrott als Korn. Mein Bruder hat sich voll übers Ohr hauen lassen und ich darf es ausbaden.« Er seufzte. »Mein Ding ist doch eigentlich das Bauen von Brücken, dafür habe ich studiert, beste Abschlüsse hingelegt, aber nun bin ich in Hamburg und dadurch habe ich dich, wie großartig!«

Sarolta sah ihn mit großen Augen an. Innerlich freute sie sich über diesen Satz und beinahe kamen ihr die Tränen, aber sie entgegnete: »Wie kommst du darauf? Du hast mich nicht. Ich bin erst seit sechs Monaten Witwe mit einer kleinen Tochter. Ich bin unendlich dankbar, dass wir nach Carls Tod bei meinem Schwager und meiner Schwägerin, deiner Schwester Marie, bleiben durften.«

»Klar«, sagte Friedrich, »das Trauerjahr müssen wir abwarten. Aber dann, meine Söte! Haha! Ein steifer Grog wäre jetzt das Richtige, was meinst du?«

Sarolta fühlte sich tatsächlich etwas durchgefroren, obwohl der Pferderücken wärmte. »Grog nicht, ein schwarzer Tee mit Kandis wäre schön. Aber wo willst du das hier in der Wildnis herbekommen?«

Friedrich lächelte verschmitzt. Kurze Zeit später war der Wald zu Ende und die ersten Bauernhäuser kamen in Sicht. Friedrich steuerte ein schmuckes, niedriges Gebäude an. Sie hielten auf dem Hofplatz vor dem Eingang. Friedrich sprang vom Pferd.

»Hallo, jemand hier?«, rief er. Eine ältere, rundliche Frau kam aus dem Haus. Ihre hellen Augen erstrahlten.

»Fritzchen, nein so eine Freude. Du warst schon lange nicht mehr da!« Mit diesen Worten umarmte sie ihn wie einen Sohn. Ihr Blick fiel auf Sarolta. »Aber du hast ja jemanden mitgebracht, einen Jungen!«

»Ja, ja, ist mein neuer Pferdejunge. Ein Waisenkind, das arme Kerlchen. Komm, min Jung, spring' runter!« Damit streckte er Sarolta die Arme entgegen. Die Bäuerin sah sie misstrauisch an, bot den beiden aber sogleich ihre gute Stube an.

»Gern«, strahlte Friedrich, »wenn wir Tee mit Kluntjes und für mich den Spezialgrog bekommen können.«

»Klar, doch, wie immer«, war die Antwort. Die Frau verschwand sogleich in die Küche.

Drinnen im Raum war der Kachelofen eingeheizt und verströmte eine angenehme Wärme. Die beiden Gäste setzten sich auf das karierte Kanapee und Sarolta genoss die Gemütlichkeit der alten Stube.

»Du bist ein Schlingel«, meinte Sarolta leise zu Friedrich. Beide mussten lachen. Er erklärte: »Emma ist meine Kinderfrau gewesen, bevor sie geheiratet hat. Als Junge liebte ich es, wenn ich in den Ferien hier auf dem Hof sein konnte.«

»Genau wie bei mir. Was waren es für herrliche Sommerzeiten auf dem Gut von Großvater Simon. Ich ritt auf meinem Pony und hütete mit den Kindern der Angestellten die Gänse. Meine beiden älteren Schwestern konnten diese Freude leider gar nicht mit mir teilen. Für sie roch alles schlecht. Ich hingegen sog den Geruch von Land förmlich ein und liebte alle Tiere. Sie fürchteten sich außer vor den Katzen vor Pferden, Eseln, Kühen, Geißen und Gänsen. Oftmals hielten sie gegen mich zusammen und verpetzten mich bei Großmutter. Das war mir aber egal. Die Großmutter zeigte meistens Verständnis für meinen Freiheitsdrang.« Sarolta sprach leise.

Friedrich war fasziniert von ihrer dunklen, etwas rauen Stimme und dem leicht fremdländischen Singsang ihrer Sprache. Ungarisch, Wienerisch, Französisch, es klang wie irgendetwas dazwischen, mit einem Wort: charmant.

Die Bäuerin kam nun mit den dampfenden Getränken herein. Sie rochen wunderbar. »Vorsicht heiß, aber nicht fettig,« lachte Emma und stellte das Tablett mit den zwei Tassen und dem Kandiszucker auf dem ovalen Holztisch ab. »Wohl bekomms. Ich hole noch was Selbstgebackenes.« Damit rauschte sie wieder in die Küche und kam mit einer Schale voll duftender Plätzchen zurück.

»Heidesand!«, strahlte Friedrich.

»Schade, dass mein Mann und die beiden Kerle draußen auf dem Acker sind, die hätten dich sicher gerne gesehen, Fritz«, bemerkte Emma, indem sie sich mit an den Tisch setzte. »Sag mal, Junge, was machen denn deine Schmerzen? Nimmst du immer noch diese ollen Tabletten?«, fragte sie und sah Friedrich besorgt an. Dessen Miene verfinstere sich.

»Alles gut«, antwortete er hastig, »da will ich nicht darüber sprechen. Heute ist ein schöner Tag. Ich genieße ihn.« Liebevoll blickte er zu Sarolta, die mit Erstaunen zugehört hatte. »Ja dann, wenn wir ausgetrunken haben, machen wir uns fix wieder auf den Heimweg. Danke für alles, Emma.« Mit diesen Worten legte er der Frau einen Geldschein hin, den sie nur unter Protest annahm.

»Sollst du doch nicht tun, Fritzchen«, sagte sie und streichelte ihm über die Wange. »Kannst es doch gebrauchen, mein Emma-Mädel. Komm, eh, Saro!«, mit diesen Worten verließ er den Raum so schnell, dass Sarolta ihm kaum folgen konnte. Beinahe hätte er alles verraten.

»Moment! Fritz, bitte warte!« Die Bäuerin lief, so schnell ihre Beine sie tragen konnten, in die Küche und kam mit einem Sack Kartoffeln zurück. »Keine Widerrede, Friedrich, die musst du mitnehmen, die besten Kartoffeln im ganzen Land, das sind unsere. Deine Mutter wird sich freuen! Warte!« Sie sauste nochmal davon.

Diesmal trug sie eine Keksdose in der Hand. »Da, Jung, für dich, damit du die alte Emma nicht so schnell vergisst!« Sie umarmte ihn und flüsterte: »Nicht so doll schnell mit dem Ross, tut dir nicht gut. Weißt, was ich meine.«

Hastig nahm Friedrich die Geschenke und verstaute sie in den Satteltaschen. Flucht, nichts wie Flucht, nicht dieses Thema, hatte er im Sinn, obwohl er Emma eigentlich von Herzen gerne hatte.

Die beiden Fuchsstuten, Sonne und Mond, waren mit Wasser und ein paar Möhren versorgt worden und so konnten sich die beiden auf den Heimritt begeben.

»Grüße bitte die Eltern und die Übrigen!«, rief Emma den beiden noch hinterher. »Ach Gott, der Friedrich, so ein tapferer Kerl, ein Glück, dass er den scheußlichen Krieg gegen die Franzosen überlebt hat. Aber die Schmerzen von der Narbe am Kopf muss er wohl ertragen, der arme Kerl. Ach, ich mache mir Sorgen um den Liebling, ach, ach«, sprach sie zu sich selbst. Dann stemmte sie die Hände in ihre rundlichen Hüften und ein breites Lächeln erhellte ihr Gesicht. »Aber der Jung war ein Mädel, da fress ich einen Besen, nein, so ein Lauser auch, der Fritz. Mir hätte er es doch sagen können.« Sie schüttelte den Kopf und schnaufte tief, bevor sie ins Haus zurückging.

Währenddessen ritten Friedrich und Sarolta in schnellem Trab nebeneinanderher zurück in Richtung Blankenese. Sie sprachen nicht, aber Sarolta kicherte wie ein junges Mädchen vor sich hin.

»Die junge Lady scheint amüsiert zu sein, darf ich den Grund erfahren?«, fragte Friedrich und tat, als hätte er nicht den geringsten Schimmer.

»Du hast eine Chuzpe, unglaublich«, verkündete Sarolta.

»Was hab ich?«

»Na, du traust dich was, du bist frech!« Sie lachte.

»Keine Ahnung, was du meinst!«, entgegnete Friedrich.

»Emma hat sicher gemerkt, dass ich ein Mädchen bin, oder?«

»Klar«, meinte Friedrich, »sie ist doch nicht blöd. Aber sie hat verstanden, dass wir keine Lust hatten, irgendetwas preiszugeben.«

Die Sonne war mittlerweile hinter dichten Wolken verschwunden und der Wind blies stärker.

»Ich glaube, mine Söte, wir müssen uns sputen, könnte bald anfangen zu regnen. So ein Schiet auch, wer hätte das gedacht.«

Sarolta zog die Nase kraus.

»Meine Sööte«, bemerkte sie von oben herab. »Mag ja schmeichelhaft für mich sein, dass du mich so nennst, aber das ist mir zu nah.« Insgeheim jedoch war sie glücklich über diese Anrede.

»Ich werde mich bessern, söte, süße Frau Sarolta Götte, liebe Schwester Schwägerin«, antwortete Friedrich süffisant.

Trotz des Wetterumschwungs behielten sie ihren schnellen Trab bei und fielen nicht in Galopp, da Friedrich die Kekse und die

Kartoffeln einigermaßen heil und vollständig ans Ziel bringen wollte. Diesmal ritten sie glücklicherweise mit Rückenwind, der jetzt ordentlich zugelegt hatte und ihnen um die Ohren pfiff. Ein großes Dampfschiff kam ihnen entgegen und tutete ohrenbetäubend.

»Guck mal, die sehen jetzt New York oder irgend so eine andere Stadt eher als das schöne Hamburg«, rief Friedrich. Dann schwenkte er seine Mütze und schrie: »Ade, ade, und farewell!«

Sarolta winkte auch und sogleich ertönte eine Antwort. Am Himmel zogen von der Nordsee her immer mehr dunkle Wolken in Richtung Land. Der einsetzende Nieselregen verdichtete sich zu dicken Tropfen.

»Tut mir leid, Frau Götte, sah mittags nicht danach aus«, bemerkte Friedrich.

Obwohl sie zwölf Minuten nach Einsatz des Regens ihr Ziel erreicht hatten, waren sie ziemlich nass geworden. Zuerst führten sie die Pferde in den kleinen Stall, den Friedrich erst vor Kurzem an die ehemalige Fischerkate hatte anbauen lassen. Er hatte die beiden Tiere aus Wilhelmshaven mitgebacht, aber in der alten Speicherstadt, in seinem Elternhaus, war kein Platz für sie. So bot es sich an, die zwei betagten Stuten bei Blankenese im alten Häuschen, welches sein Vater Nikolaus vor Urzeiten einem jungen Fischer abgekauft hatte, unterzubringen. Nach dem Tod von dessen Eltern wollte der Fischerjunge lieber Matrose werden und zur See fahren. Friedrich durfte als Kind seinen Vater oft begleiten, wenn der an Sonntagen, nach dem Gottesdienst in St. Katharinen, auf seiner Jolle die Elbe hinabfuhr und fischen ging. Da saßen Vater und Sohn dann schweigend nebeneinander und warteten, bis so ein Fisch an der Leine war. Vorher schlossen sie eine Wette ab, bei wem wohl zuerst einer anbeißen würde. Vater sagte immer: »Wird bei dir sein, mein Sohn.« Aber meistens war es umgekehrt. Friedrich lächelte in Gedanken, während er und Sarolta zügig die Pferde absattelten, sie mit Tüchern abfrottierten, um ihnen anschließend Decken überzuwerfen.

»Zuerst die Tiere, dann die Menschen. Das machst du aber gekonnt, meine liebe Frau Sarolta Götte.« Er nahm seine Mütze ab, zog seine nasse Lederjacke aus, schüttelte beides und hängte sie an einen Haken. »Aber nu rinn in die gute Stube, Gnädigste«, sagte Friedrich, indem er Sarolta von hinten an den Schultern packte und sie vor sich her durch die niedrige Türöffnung schob. Er musste dabei gehörig den Kopf einziehen.

Drinnen half er Sarolta aus der groben Schafwollweste, dann zog er ihr die Lederkappe vom Kopf und drapierte mit zärtlicher Geste den wunderschönen, langen kupferfarbenen Zopf, der sich darunter verborgen hatte, um Hals und Schulter. Die Gänsehaut, die Sarolta bei der Berührung spürte, resultierte nicht vom Ritt durch den Regen. »Gemütlich hier«, stellte sie fest. Sie hatte sich wieder gefangen, als Friedrich aus dem Stall zurückkam, wo er ihre von der Nässe muffelnden Sachen ebenfalls aufgehängt hatte.

»Verrückt«, meinte er, »man schreibt deinen Namen mit S, spricht ihn aber mit Sch aus. Passt nicht zur norddeutschen Sprache, wir sprechen alles so, wie es geschrieben steht und st olpern übern sp itzen Stein. Nun mach es dir ordentlich bequem und zieh vor allem die nassen Buxen, ich meine Hosen, aus. Keine Angst, du kriegst eine Decke.«

Mit diesen Worten zündete Friedrich eine Öllampe an, die auf einem Tisch stand, und ging dann zu einem kleinen Herd, in dem noch Glut vorhanden war. Er nahm zwei Holzscheite aus einem Korb und schürte nach. Sogleich entstand eine lodernde Flamme.

»Sehr gut, es zieht ab, obwohl draußen so ein Regen ist. Durch den Wind wahrscheinlich«, freute er sich.

Saroltas Augen gewöhnten sich an die Dunkelheit. Der Raum war klein, vielleicht vier mal vier Meter groß. Da befand sich noch eine alte Feuerstelle, die aber nicht mehr benutzt wurde. Es gab dafür jetzt diesen Ofen, der wohlige Wärme verströmte. Auf einer großen Holzpritsche lagen Leinenkissen und eine ganze Anzahl von Schaffellen. In der Mitte des Raums stand ein grober, viereckiger Holztisch, auf dem nun das Licht brannte. Unter ihm versteckten sich drei Schemel. Neben dem Herd gab es ein Tellerbord mit Schüsseln, Tellern und Tassen. In einem Becher lag Besteck. An den Wänden hing Fischergerät. Verschiedene Angeln, eine

Fliegenrute für Flussforellen, zwei Klappnetze und ein Fischkorb. An der verräucherten Decke gab es unzählige Haken, die dazu dienten bei drohendem Hochwasser alles, was nicht niet- und nagelfest schien, nach oben zu bugsieren, damit das Hab und Gut nicht dem Elbwasser zum Opfer fallen würde. Im Augenblick hingen nur Saroltas elegantes schwarzes Wollkostüm, die cremefarbene Bluse, ihre schwarze Tasche und ein Regenschirm dort.

Sarolta wickelte die Decke, die Friedrich ihr in die Hand drückte, um ihre Hüften, ohne die Hose vorher ausgezogen zu haben.

»Weißt du«, sagte sie schmunzelnd, »auf Deutsch würde ich Charlotte heißen. Das spricht man auch mit Sch, obwohl das S doch fehlt. Eigentlich heiße ich Franziska, aber Vater bestand auf einem ungarischen Namen. Er ist ungarischer Patriot. Sein Vater Leo war ein enger Freund und Mitstreiter von Lajos Kossuth, dem großen Revolutionär. Deshalb nahmen Großpapa und Papa 1848 am Freiheitskampf für die Ungarn teil und zogen mit Onkel Lajos in die Schlacht. Gewonnen haben sie nicht, und so ging Lajos Kossuth nach einer beindruckenden letzten Rede bei uns in Szegedin, meiner Heimatstadt, nach Italien ins Exil. Danach entschieden die Patrioten überraschend, dass sie von jüdischen Bürgern keine Unterstützung mehr wollten. Großvater setzte sich dagegen erbittert zur Wehr. Er sei guter Ungar und guter Jude, beides passe zusammen. Er würde nicht aufhören, seinen Geburtstag nach jüdischem Kalender zu feiern, nur weil manche Menschen dagegen seien.« Sarolta sah Friedrich prüfend an. »Du wusstest, dass ich Jüdin bin, oder?«

Friedrich schüttelte den Kopf. »Nein, wusste ich nicht, aber was spielt das für eine Rolle?«

»Es spielt, wie du siehst, leider eine Rolle in der Geschichte«, antwortete Sarolta ernsthaft und fuhr fort, »nun ja, deshalb waren Carl und ich übereingekommen, nicht darüber zu reden, verstehst du? Maman war in Szegedin, wo Papa immer noch ein Büro für die Firma Schoßberg leitet, eng mit der katholischen Familie Balint verbunden. Die wohnen in der Nähe von uns und kümmerten sich damals rührend um Maman, weil es ihr oft schlecht ging. Seit meiner Geburt war sie leidend. Eines Tages beschlossen meine Eltern, wir sollten zum Katholizismus übertreten. Meine Mutter hoffte auf die Hilfe der Jungfrau Maria. Seit dieser Zeit spricht Großvater Leo kein Wort mehr mit uns und der Kontakt ist abgebrochen.« Warum erzähle ich das alles?, dachte sie verwirrt.

Friedrich streichelte ihr über die Wange. »Nun zieh endlich die nassen Klamotten aus, holst dir sonst noch, wer weiß was!«, tadelte er.

»Klar, du gehst bitte in den Stall, ich verwandle mich zurück in die Dame und muss mich sputen, damit ich den Zug nach Hamburg erreiche. So lieb, dass du mir die Fischerklamotten besorgt hast. Wie hast du das angestellt?«

»Habe nicht ich gemacht, sondern meine Mutter«, antwortete Friedrich.

»Das glaube ich nicht«, erwiderte Sarolta verdutzt. »Wie ging das denn?«

»Ganz einfach«, grinste Friedrich, »ich habe ihr vorgeschwindelt, dass es hier bei Blankenese eine arme Fischerfamilie gibt mit vielen Kindern. Ein Junge wäre besonders lieb und mir immer zu Diensten. Dem wolle ich eine Freude machen und ihn neu einkleiden. Dann habe ich annähernd deine Maße erklärt. Meine werte Frau Mutter zu Tränen gerührt, was selten vorkommt, bezeichnete mich als braves Kind und bestellte sogleich die Weißnäherin, die ins Haus kommt, wenn es etwas zu nähen gibt. Zwei Tage später hatte ich das Zeug. Die Schuhe sind von ›Kalman‹ in der Schauenburgerstraße, da findest du alles, gut und günstig. Als wir uns vor ein paar Wochen bei Tante Trudchen in Blankenese durch Zufall trafen, hast du so sehnsuchtsvoll geblickt, als ich von den Pferden sprach, dass ich mir diese Überraschung ausgedacht habe. Zum Glück ist Tante Trudchen schlecht zu Fuß und du musst ihr des Öfteren Dinge aus dem Laden vorbeibringen. Habe die Tante gefragt, wann das nächste Mal mit dir zu rechnen ist. Meine liebste Schari! Jüdisches Mädel, keine Zigeunerin«, fügte er noch hinzu und seine weißen Zähne blitzten vor Freude durch den gepflegten Bart.

»Du bist ein solches Schlitzohr, mein Lieber! Du hast mich heute Mittag förmlich überrumpelt! Trotzdem, es war eine Freude für mich, ich danke dir von Herzen für den schönen Ausflug. Wenn Trude das wüsste! So, nun muss ich mich sputen. Raus hier, ich will mich ankleiden«, erklärte sie energisch.

Friedrich aber hatte andere Pläne im Kopf. Er setzte sich auf einen Hocker und zog die geräumige Tischschublade hervor. Darin befand sich eine Dose mit Friesentee, ein silberner Flachmann, Tabak, zwei einfache Pfeifen und ein Döschen mit Arznei. Hastig entnahm er eine längliche weiße Tablette und schluckte sie rasch. Bedauernd zuckte er mit den Schultern. »Nichts Schlimmes«, flüsterte er. Danach legte er Tabak und eine Pfeife auf den Tisch. »Stopfe mir nur schnell noch das Pfeifchen und setze heißes Wasser für einen Tee auf, den trinkst du doch noch mit mir, bevor du gehst.« Er sah sie mit unschuldigem Kinderblick aus seinen blauen Augen an. Seine braunen Haare waren von der feuchten Luft gelockt, was ihm gutstand.

Sarolta fühlte sich innerlich gerührt von seinem Anblick, sagte aber streng: »Nicht daran zu denken! Ich muss mich wirklich sputen! Ada wird schon ungeduldig fragen, wo die Mama bleibt und ich habe versprochen, gegen Abend zurück zu sein!«

»Keine Bange, ich zahle dir eine Droschke, die gehen immer, und du sparst viel Zeit damit.« Damit stand Friedrich auf und schüttete Wasser aus einer Kanne in einen Kessel auf dem Herd. »Bitte, bitte bleib noch ein wenig«, bettelte er.

Sarolta war unschlüssig. Liebend gerne würde sie seinem Werben nachgeben, aber es durfte noch nicht sein. Ihr Mann Carl lag erst sechs Monate auf dem Friedhof. Sie war eine anständige Person. Sie musste auf ihren guten Ruf achten, vor allem, weil sie aus dem Ausland kam. Die Hamburger, die im Laden einkauften, schätzten sie, ja, bedauerten die anmutige Frau mit dem Töchterchen, die so jung Witwe geworden war. All das konnte aber kippen, wenn ein Verhältnis mit dem Bruder der Schwägerin bekannt werden würde. Das Wasser im Kessel fing zu summen an. Friedrich krümelte Tee in ein Teeei, schloss es, holte zwei große Tassen vom Bord, tat das Ei in eine Tasse und schüttete das kochende Wasser in beide Gefäße. Daraufhin wechselte er das Teeei von der einen in die andere Tasse und wieder zurück. Das Ganze geschah dreimal.

Sarolta sah ihm gebannt zu und vergaß, sich anzukleiden. »Faszinierend, wie du Tee kochst«, meinte sie und brach in lautes Gelächter aus.

»Das ist genial, wenn man nur ein Teeei und keine Kanne zur Verfügung hat«, antwortete er und spielte den Beleidigten. »Aber nun kommt das Beste«, strahlte er und holte den Flachmann aus der Schublade. Bevor sie protestieren konnte, goss er daraus einen ordentlichen Schwung in jede Tasse. »Bester alter Überseerum, meine Gnädigste. Moment, Zucker, wo ist der denn! Verteufelt, ich hab keinen.«

Seine Miene hellte sich auf. Da stand doch tatsächlich neben dem Besteck ein Glas Honig. Davon tat er nun einen üppigen Löffel in jede Tasse. Sarolta konnte nicht nein sagen. Es duftete auch zu verführerisch.

»Na gut, aber dann mach ich mich auf, egal, ob es noch regnet, oder nicht!«, seufzte sie.

»Klar doch, klar doch«, brummelte Friedrich. Sie setzten sich auf die Hocker. Friedrich sprang gleich wieder auf. »Moment, ich habe doch noch das wundervolle Gebäck von Emma in der Satteltasche, ich Dösel! Willst Du?« Damit sauste er in den Stall.

»Ich will nicht«, rief sie ihm hinterher, »die hatten wir heute doch schon einmal!«

»Aber ich will«, bemerkte er trotzig und kam mit der Dose zurück. Der starke Tee durchwärmte angenehm die Glieder. Sarolta verspürte nicht die geringste Lust zu gehen, trotzdem stand sie auf, nachdem sie die Tasse geleert hatte. Mit der einen Hand hielt sie ihre Decke fest, mit der anderen versuchte sie, die Kleider von den Haken zu fischen.

»Moment!« Friedrich kam ihr zu Hilfe.

»Du gehst jetzt sofort in den Stall!«, befahl sie.

»Mach ich«, antwortete er brav. Bei der Tür stoppte er. »Geht nicht!«

»Warum geht es nicht?«

»Im Stall ist es stockfinster, da fürchte ich mich!«

»Sei nicht albern, dann nimmst du das Licht mit!«, erwiderte Sarolta ärgerlich, musste aber innerlich über so viel Unverfrorenheit lachen.

»Dann siehst du aber nichts!« Er räusperte sich. »Ich meine beim Umziehen.«

»Ich sehe genug, meine Augen sind 19 Jahre jung«, meinte Sarolta würdevoll. Sie seufzte. »Na gut, bleib hier, aber dreh dich um.«

Friedrich tat, wie ihm geheißen. Sie legte die Wolldecke sorgfältig zusammen und auf die Pritsche. Dann schlüpfte sie zuerst aus den Stiefeln und dann aus der Hose. Zuletzt zog sie das Hemd aus. Da stand sie nun, bezaubernd anzusehen, denn unter der Verkleidung trug sie noch das zarte, elegante schwarze Korselett mit den Strapsen, an denen ihre Baumwollstrümpfe befestigt waren. Leider hatten die in den groben Stiefeln gelitten und Löcher bekommen. Sie sind zum Wegwerfen, dachte sie gerade bedauernd, als es ohrenbetäubend krachte. Sarolta schrie auf, Friedrich drehte sich um und schloss sie beschützend in seine Arme.

»Es ist der Fensterladen. Der hat sich losgerissen durch die Sturmböe. Hab keine Angst. Nach draußen kannst du jetzt nicht«, sagte er zärtlich und drückte sie an sich.

Ungestüm versuchte sie, sich loszumachen.

»Doch kann ich, bin nicht aus Zucker«, flüsterte sie lahm. Friedrich küsste ihre Haare.

»Das möchte ich mal sehen, Geliebte, wenn sie mit Kostüm und aufgespanntem Schirm durch Regen und Orkan spazieren.«

In der Tat peitschte jetzt auch noch Regen an die kleine Fensterscheibe.

»Pferdedroschken sind bei dem Schietwetter auch nicht mehr unterwegs«, murmelte er und küsste ihre Stirn. Sarolta blickte zu ihm hoch. Sie war in diesem Augenblick so glücklich. Sie konnte sich nicht erinnern, jemals im Leben dieses Gefühl gehabt zu haben. Sie atmete tief und genoss es einfach nur, in seinen Armen zu sein. So standen sie eine Weile eng umschlungen, bis Friedrich sie wie eine Kostbarkeit aufhob und sanft auf die Pritsche legte. Er zog seine Stiefel aus und kuschelte sich zu ihr. So lagen sie eine Weile, ohne etwas zu sagen. Saroltas Hand knöpfte plötzlich langsam Friedrichs Hemd auf. Dann küsste sie ihn auf die Brust. Er zog sie an sich und erwischte mit heißen Küssen ihren Mund. Er knöpfte ihr Mieder auf. »Dreh dich um«, flüstere er.

Sie tat es und geschickt löste er die Verschnürung des Mieders, befreite die Strümpfe von den Strapsen und entkleidete sie bis auf die kaputten Strümpfe.

»Wie wunderschön du bist«, stammelte er voller Bewunderung. Hastig zog auch er sich aus und schlüpfte wieder zu ihr auf die Pritsche. Er streichelte ihren alabasterfarbenen Körper und bedeckte ihn mit Küssen. Sarolta fühlte Quecksilber durch ihre Adern rinnen. Sie hatte nur noch den Gedanken, sich ihm ganz hinzugeben. Es war in diesem Moment alles egal. Voller Leidenschaft erwiderte sie seine heißen Liebkosungen.

»Friedrich, Lieber!«, stammelte sie. »Komm, bleib bei mir, komm ganz nah, komm in mich!«

»Warte noch ein wenig, lass es uns genießen. Es ist so kostbar, was wir gerade erleben.«

Er küsste sie. Als er an ihr hinunterglitt, fühlte sie, wie sein weicher Bart auf ihrem Bauch kitzelte. Er küsste die Innenseiten ihrer Oberschenkel. Er kam höher.

»Bitte, Fritz, jetzt, jetzt«, stieß sie hervor, er aber wartete noch genüsslich einen Augenblick. Dann drang er heftig und stark in sie ein. Sie verschmolzen ineinander. Nichts und niemand auf dieser Welt konnte sie mehr trennen.

Trotzdem, Sarolta fasste einen klaren Gedanken. »Friedrich«, flüsterte sie, »bitte, bitte, ich darf nicht schwanger werden. Es wäre die Katastrophe!«

»Verlass dich auf mich, mein Herz. Eines Tages wirst du von mir schwanger sein und das wird das Glück auf Erden!«

Er stöhnte, löste sich von ihr, dreht sie auf den Bauch und dann spürte sie etwas Warmes, das sich über ihren Rücken ergoss. Der Mann, den sie seit der ersten Begegnung liebte, lag nun entspannt neben ihr. Beide hatten das Gefühl, die Welt anhalten zu wollen. Nur der Augenblick zählte, jetzt und für immer.

Nach einer Weile stand Friedrich auf. Er holte ein Handtuch und wischte behutsam ihren Rücken ab. Danach wusch er das Tuch sorgfältig in einem Wassereimer, versuchte es so gut wie möglich auszuwringen, begoss es mit dem heißen Wasser vom Herd, wrang es wieder aus und fuhr Sarolta damit erneut sanft über den Rücken. »Schade um die vielen kleinen Fritzchen«, sagte er mit ernster Stimme. »Eines Tages werden wir so ein kleines Fritzchen in den Armen halten, ich verspreche es dir!«

»Niemand kann uns schaden, keiner kann uns brechen«, flüsterte Sarolta, als er sich wieder zu ihr kuschelte. Er schloss die Augen.

»Jetzt und in Ewigkeit, Amen!« Erschöpft schliefen sie für ein paar Minuten ein.

Das Wetter draußen besserte sich nicht. Die Elbe, die sonst ruhig dahinfloss, hatte sich zu einem rauschenden Strom entwickelt, der Sturm peitschte den Regen an das Fensterchen. Vom angstvollen Wiehern der Pferde wurden sie wach.

»Wenn das so weitergeht, müssen wir hier liegen bleiben, sonst werden wir nasse Füße bekommen«, meinte Friedrich, schlug die Augen auf und zog die warme Decke über sich und Sarolta.

»Habe ich es richtig verstanden, was du gerade gesagt hast, fürchtest du dich, mein Herz?«

Sarolta schmiegte sich an ihn. »Nicht im Augenblick. Im Augenblick habe ich keine Angst, Fritz! Ich bin einfach glücklich!«

»Aber du hast Angst! Wovor, wenn ich fragen darf?«, insistierte er.

»Vergiss es!«

»Nein, erzähl es mir, bitte«, beharrte er.

Sie schwieg einen Moment und löste sich ein wenig von Friedrich. »Ich habe eine Todsünde begangen.« Sogleich lächelte sie und sagte, »eine und gerade die zweite, aber ich bereue nichts!«

Friedrich reagierte prompt darauf. »Was redest du! Wir lieben uns! Liebe ist das Gegenteil von Sünde, Entschuldigung, ich habe dich unterbrochen.«

Sarolta fuhr fort: »Ich habe mich geweigert, den jüdischen Ehemann, den meine Familie für mich vorgesehen hatte, zu heiraten und entschied mich für Carl, einen Mann aus Hamburg, der kein Jude war. Papa gab seinen Segen, obwohl er litt. Papa ist mir in Liebe zugetan und hat mich verstanden. Mit einem Cousin, einem weichen, dicklichen Muttersöhnchen mit ständig schweißnassen Händen, sollte ich mein Leben verbringen! Lieber in ein Kloster! Man sagt doch so, oder? In Wien, auf dem Abschlussball meiner Schule, war plötzlich Carl da. Wir tanzten, er machte mir an diesem Abend einen Heiratsantrag. Er war meine Rettung. Ich fühlte mich ihm sofort zugetan, so fein, wie er war. Er war doch fein, findest du nicht? Carl war durch und durch fein und anständig.«

Friedrich räusperte sich. »Da gebe ich dir recht. Nun ist Carl bedauerlicherweise an der verdammten Lungenentzündung gestorben und das ist traurig, aber du gehörst doch jetzt zu uns, mit deiner Tochter.«

»Vielleicht, ich hoffe, dass es so ist, denn nach Ungarn führt kein Weg für mich zurück, dazu bin ich zu stolz«, erwiderte Sarolta. »Du musst verstehen, die Juden bezeichnen sich als auserwähltes Volk Gottes. Trotz Vertreibung und Verfolgung haben sie, über die ganze Welt verteilt, überlebt und sind immer noch da, weil sie sich nicht mit anderen Völkern vermischt haben. Als Jüdin heiratet man einen Juden, so befielt es das Gesetz. Ich bin ausgebrochen aus meinem Clan, ich habe ihnen Leid zugefügt. Das belastet mich. Auch die Familie von meiner Mutter, die es im Dienste der k. u. k. Monarchie zu Reichtum, sogar zum Adelstitel gebracht hat, versteht sich in erster Linie als jüdisch. Ich habe mich in ihren Augen gegen sie entschieden, ich bin mit einem Goj, so nennt man Nichtjuden bei uns, bis ans andere Ende der Welt gegangen. Carls Familie schulde ich Dank, dass ich nach seinem Tod mit meiner Tochter bleiben konnte, aber ich fühle mich schutzlos und alleine, seit Carl nicht mehr ist. Ernst und Marie wissen nichts über meine Herkunft.«

»Jetzt findest du Schutz in meinem Herzen und bald auch in meinem Hause«, sagte Friedrich schlicht und drückte sie fest.

»Ich danke dir, Liebster, aber noch ist es nicht so weit«, antwortete sie zärtlich und strich durch seine Haare. Dabei bemerkte sie eine dicke Wulst auf der rechten Seite des Hinterkopfes. »Was ist das?«, fragte sie.

»Was wohl, eine Narbe«, erwiderte Friedrich unwirsch.

»Woher stammt die?«, wollte Sarolta wissen.

»Aus dem Krieg. Gegen den, wie sagt man, gegen den Franzmann, den Franzosen. Hat sich gelohnt, der Einsatz, wir waren die Sieger, Hurra! Aber das ist eine lange Geschichte, meine Söte, jetzt darf ich dich doch so nennen, ja? Eine lange Geschichte, ich erzähle sie ein andermal.«

»Aber mich interessiert das«, beharrte Sarolta. »Ist es das, wovon Emma sprach? Nimmst du deshalb Tabletten?«

»Die sind meine kleinen weißen Freunde.« Weiter ging Friedrich nicht darauf ein.

Sarolta gab nicht auf und fragte: »Deine Schwester Marie erwähnte, wie tapfer du im Krieg 1870 gegen die Franzosen gekämpft hast und dass du verwundert wurdest?«

»Ich musste kämpfen. Das ist ein Unterschied. Gerade war ich mitten in meinem Studium, da fingen diese Franzosen, dieser Napoleon III., einen Krieg gegen uns an. Denen haben wir es aber gezeigt. Die Franzosen sind nun ohne Kaiser, dafür besitzt Deutschland jetzt einen. Hurra! Schluss jetzt mit dem Thema.« Er stand auf und schaute aus dem Fenster. Sturm und Regen hatten merklich nachgelassen.

»So ein Glück, mein Schatz. Wir saufen doch nicht ab. Obwohl, selbst das wäre mit dir zusammen eine Freude für mich. Ich bringe dich mit der Droschke bis zum Hansaplatz, sonst geben die dort noch eine Vermisstenanzeige für dich auf.« Er zog sich rasch an und drehte die Luftzufuhr für den Ofen ab. »So, liebste Sari, knüpfe dich ins Korsett, ich schüre hinten zu.«

Er machte es gekonnt und sie wollte wissen, woher er diese Fähigkeit habe.

»Naturbegabung!«, lenkte er ab und betrachtete sie. Dann schüttelte er den Kopf. »Deine Strümpfe sehen aber schlimm aus, trägt eine junge Dame so etwas?«

»Heute Morgen waren sie noch ganz«, erwiderte Sarolta spitz. Als sie dann in ihrem schwarzen Kostüm vor ihm stand, kam sie ihm fast ein wenig fremd vor und er konnte es kaum fassen, dass er sie, im wahrsten Sinne des Wortes, im Sturm erobert hatte.

»Wo bitte, sind denn meine Schuhe«, rief Sarolta und lief suchend auf Zehenspitzen über den kalten Steinboden.

»Können nur da sein!« Friedrich tauchte unter den Tisch und angelte ihre Schnürstiefel hervor. »Setz dich, ich helfe dir.«

Er kniete sich vor sie und küsste ihre Füße, bevor er ihr die Stiefel anzog. Sarolta holte ihr Hütchen aus der Tasche und steckte es mit einer Nadel im dichten Haar fest.

»Bist du fertig, mein Schatz?«, fragte er. Sie nickte. Er gab ihr die Dose mit den Plätzchen.

»Kannst du die in deine Tasche stecken? Für unterwegs!«

Bevor sie die Hütte abschlossen, sahen sie noch nach den Pferden. Friedrich gab ihnen frisches Wasser und schüttete ein wenig Hafer in ihren Trog.

»Sonne ist meine beste Freundin, sie hat mir das Leben gerettet, damals im Krieg, als ich bei Beaumont während der Schlacht den Streifschuss am Kopf abbekam. Ich saß auf ihr, als es passierte, wurde ohnmächtig und ab da fehlt mir die Erinnerung. Aber irgendwie klammerte ich mich wohl fest und sie hat mich in die richtige Richtung, zurück, hinter die deutschen Linien getragen. Dort wurde ich rasch erstversorgt. Ohne Sonne gäbe es Fritz nicht mehr!« Er streichelte ihre Mähne. »Mond habe ich ihr geschenkt, damit sie nicht so alleine ist, wenn ich nicht da bin.«

Sarolta lächelte. »Es ist doch seltsam«, meinte sie, »dass deine Pferde Sonne und Mond heißen, meins hingegen auf Deutsch übersetzt Stern.« Friedrich lächelte und nickte.

Die Luft draußen war frisch, windig und kühl. Friedrich holte noch schnell einen dicken Schal aus der Hütte und legte ihn um Saroltas Schultern.

Wie oll, kam ihr in den Sinn, trotzdem war sie dankbar dafür. Sie gingen den sandigen Weg bis zum Droschkenplatz von Blankenese, hielten sich an den Händen und sprangen über die Pfützen, die noch vom Unwetter da waren. Über eine besonders große hob Friedrich sie hinüber, damit sie ihre Schuhe nicht ruinierte. Was für ein Glück! Eine Pferdedroschke stand noch bereit.

»Nach Hamburg zum Hansaplatz, St. Georg«, gab Friedrich als Adresse an.

Der Kutscher freute sich. »Ist aber ne ordentliche Fahrstrecke, das kostet ‘n büschen, aber wenn auf der Fahrt noch andere Herrschaften mitwollen, wird es günstiger«, erklärte er.

»Alles gut, wir wollen alleine bleiben, denn man tau«, rief Friedrich und die Pferde setzten sich sogleich in Gang. Friedrich schlang den Arm um Sarolta, sie legte den Kopf auf seine Schulter und so genossen sie diese Fahrt, auf der sie nochmal eng beieinander sein konnten.

Der Nachmittag war nun bereits weit fortgeschritten. Friedrich zog die kleine goldene Uhr, die an einer Kette am Gürtel befestigt war, aus der Hosentasche.

»Wenn wir Glück haben, bist du gegen 8 Uhr zu Hause. Ist doch noch eine anständige Zeit für eine junge Lady, oder?« Er lachte. »Ich komme mit und erzähle denen eine großartige Geschichte, da fällt mir schon was ein. Auf alle Fälle habe ich dich vor den Fluten gerettet, genau.«

»Du kannst richtig gut flunkern, das ist mir aufgefallen. Beängstigend, mein liebster Fritz«, bemerkte Sarolta lächelnd.

»Dich, mein kleiner Liebling, dich würde ich niemals anlügen«, antwortete er mit dem Brustton der Überzeugung. Die Pferde trabten gleichmäßig dahin und bald würden sie Nienstädten erreichen.

»Würde dich zu gerne zu Jacobs zum Essen einladen. Ich habe nämlich Hunger, du auch?« Friedrich wartete die Antwort nicht ab und fuhr fort, »aber erstens kommst du dann nicht mehr zu anständiger Zeit zu deiner Tochter und zweitens wäre es nicht auszudenken, wenn Tantchen Trude uns erwischt. Wenn der Teufel es will, trinkt sie gerade englischen Tee dort. Nah, obwohl bei dem Wetter wird sie eher zu Hause sein«, murmelte er.

»Der Heidesand von Emma schlummert in meiner Tasche, soll ich ihn rausholen?«, fragte Sarolta.

So mussten sie wenigstens nicht ganz verhungern. Durch das schlechte Wetter war es schon früh düster und dämmrig geworden. Rechts und links der Straße zogen die eleganten Häuser und Villen mit ihren Gartenanlagen und Parks an ihnen vorüber. Von den riesigen Bäumen hörte man immer noch Wasser auf das Droschkendach tropfen.

»Du bis also Ungarin, Österreicherin, Jüdin und Adelige«, bemerkte Friedrich nach einer Weile. »Tu mir einen Gefallen, liebste Sari, erzähle keinem Menschen hier in Hamburg, dass du adelig bist. Die Hamburger sind stolze Bürger und Patrizier und haben mit Adelsgesocks nichts am Hut. Adel mögen die hier gar nicht«, kicherte er.

»Ich bin nicht adelig, Großvater Simon Schoßberg bekam den Titel von Tornja verliehen, da war er schon ein alter Mann«, meinte sie ernst.

»Ich mach mich doch lustig, Schätzchen. Wer, glaubst du, waren während meiner Studentenzeit in Göttingen meine Freunde? Lauter prima Adelige und ein Hamburger Jung, also ich, kamen dort bei der Studentenverbindung Saxonia zusammen. Die wunderbare Zeit meines Ingenieurstudiums wurde ja dann jäh unterbrochen durch den verdammten Krieg. Mit Albrecht von Sachsen in die Schlacht! Bei Beaumont hat es mich erwischt, wie gesagt. Zum Glück bin ich dem Tod nochmal von der Schippe gesprungen, aber leicht war es nicht. Lazarett in Beaumont, Marinekrankenhaus in Wilhelmshaven, wo ich unters Messer kam und zum Schluss nochmal vier Monate Klinikaufenthalt. So lange hat es gedauert, bis ich halbwegs hergestellt war und weiterstudieren konnte. Mein engster Freund war dann übrigens Conrad von Popp.«

»Ist das ein Sohn des berühmten Generals Popp aus der Armee von Kaiser Franz Joseph?«, fragte Sarolta.

»Genau, das ist er, du solltest ihn kennenlernen. Du siehst, ich habe früher schon Bande zur k. u. k. Donaumonarchie geknüpft, mein Schatzerl!«

»Mach dich nicht lustig über unsere Sprache, sonst tue ich es umgekehrt auch!«, entgegnete Sarolta.

»Das liebe ich an dir, du lässt dir nichts von mir gefallen, großartig!«, spaßte Friedrich. Sarolta schlang beide Arme um ihn.

»Ach du Lieber, was hast du alles durchmachen müssen! Ich begreife, dass du nicht mehr darüber sprechen magst!« Sie streichelte seinen Bart. Er sagte nichts. Dann nach einer Weile: »Du hast dich sicher gewundert, dass ich dir so sehr den Hof gemacht habe, obwohl es sich noch gar nicht gehört. Eigentlich hätte ich damit warten müssen. Aber während der Zeit im Krieg und in den Monaten im Krankenhaus, als es um Leben und Tod ging, habe ich eines gelernt. Wenn du etwas unbedingt willst im Leben, tue es sofort, sonst kann es zu spät sein. Damals, auf deiner Hochzeit, als ich mit dir tanzte und du wie eine Feder in meinen Armen lagst, wusste ich, dass wir zusammengehören.«

Sarolta schwieg. Friedrichs Worte berührten sie so tief, dass ihr Tränen in die Augen traten.

Allmählich kam Altona in Sicht. Man spürte den Geruch des Fischmarktes in der Luft.

»Schnuppere mal, ist das nicht herrlich? So riecht es nur in Hamburg, min Deern! Ich habe ordentlich Hunger, du auch, Liebes?«, fragte Friedrich. »Man kann nicht den ganzen Tag nur Süßes futtern, wir brauchen etwas Kräftiges. Kutscher, biegen sie doch nach der Palmaille in die Brauerstraße ab, da gibt es eine gute Kneipe, halten sie dort, ich schmeiße eine Runde Aalsuppe für uns drei.« Friedrich war so begeistert von dem Gedanken, dass weder der Kutscher noch Sarolta etwas dagegen einwenden konnten. So machten sie Station im »Blauen Eck« und bestellten Hamburger Aalsuppe. »Möchtest du Aalsuppe mit oder ohne Aal, Sari?«, fragte Friedrich.

»Bitte mit Aal, Fritz. Du kannst mich nicht hinters Licht führen. Ich habe in meiner Zeit hier schon gelernt, dass in diesem Gericht meistens kein Aal ist, sondern sie besteht aus Knochenbrühe, Essig, Wurzelgemüse, Zwiebel und ganz vielen Kräutern. Und Backobst! Aber ich finde, wenn sie Aalsuppe heißt, sollte der Fisch auch drin sein. Bei uns in Szegedin ist die Fischsuppe voller Fisch! Fisch ist drin und Paprika, mmh«, schwärmte Sarolta.

»Du hast recht«, sagte Friedrich, »nein, was du alles weißt! Dann bestelle ich dreimal das Gleiche, ja?«

Der Kutscher nickte und meinte: »Aal kommt von alles, eben alles drin in der Suppe.« Das dampfende, deftige Gericht mundete jedenfalls vorzüglich. Sie beeilten sich mit dem Essen, Friedrich zahlte und die Fahrt wurde zügig fortgesetzt. Der Kutscher war zufrieden. So nette Fahrgäste hatte er selten.

Weiter ging es, an der St. Pauli-Kirche vorbei, über den Zirkusweg zum Schaarmarkt, dann in Richtung Hopfenmarkt zur St. Nicolai-Kirche. »Wenn du mit mir kommen könntest, wären wir gleich zu Hause. Dann müsste die Droschke von hier zur St. Katharinen-Kirche, siehst du sie, da vorne gleich, dann über die St. Annenbrücke und schwupps, wären wir da!«, meinte Friedrich bedauernd.

»Bald, bald wird es so sein. Dann heiraten wir und du lebst mit deiner kleinen Tochter bei uns in der Holländischen Zeile 11«, flüsterte er Sarolta zärtlich ins Ohr.

»Ich kenne dein schönes Zuhause, stell dir vor! Aber Marika muss auch mit«, gab sie zurück.

»Alles, was du willst, mein Herz!«, gab er zur Antwort.

Der Kutscher hatte die Laternen angezündet, lenkte sein Gefährt über eine Brücke in die Große Reichenstraße, um dann die Kleine Reichenstraße zu passieren.

»Wie im richtigen Leben«, ulkte Friedrich. »Zuerst besitzt man großen Reichtum, aber dann muss man mit dem kleinen auch zufrieden sein. Hauptsache, man landet nicht auf dem Armenweg.«

»Ich finde, auch der kleine Reichtum ist genug«, stimmte Sarolta zu.

Nach einer Weile kamen sie zum Steintor, der Grenze zwischen der Altstadt und dem neu gebauten und frisch eingemeindeten Viertel St. Georg. Von hier war es nicht mehr weit bis zum Hansaplatz. Erst vor ein paar Tagen waren Linden und Ahornbäume kreisrund um den Brunnen herum gepflanzt worden.

Als die Droschke 15 Minuten nach 8 Uhr abends auf den Platz einbog, sagte Friedrich: »Ist das ein schöner, weiter, heller, luftiger Platz geworden. Da habe ich Angst, dass du hierbleibst und doch nicht zu mir ziehst. In schönem Bariton begann er zu singen:

»Stadt Hamburg an der Elbe Auen,
wie bist du lieblich anzuschauen,
mit deiner Türme hoch Gestalt
und deiner Schiffe Mastenwald.
Heil über dir Hammonia,
Oh, wie so herrlich stehst du da.«

Aus der Kutsche heraus winkte er der mächtigen Hansa-Statue huldvoll zu. »Fritz«, kam es leise über Saroltas Lippen, »jetzt sind wir gleich angekommen. Ich möchte dir sagen, dass dieser Tag zu den kostbarsten Tagen in meinem Leben gehört.«

Friedrich küsste sie auf die Wange. »Ich möchte nicht ankommen. Ich will mit dir reisen, lieben und lachen, bis in alle Ewigkeit!«, antwortete er kaum hörbar.

»Welche Hausnummer?«, fragte der Kutscher vernehmlich. Friedrich entlohnte ihn großzügig vor dem Haus mit der Nummer 8. Sarolta schloss die reich verzierte Haustür auf und Fritz drückte den Klingelknopf für die zweite Etage. Marie, seine Schwester, öffnete die Tür. Sie war außer sich. »Mein Gott!«, rief sie. »Sarolta, ist dir etwas passiert? Wir haben uns solche Sorgen gemacht! Fritz, warum hast du sie gebracht, ist sie krank? Kommt rein und erzählt, was passiert ist!«

Sie traten in das geräumige Wohnzimmer mit den dunklen, schweren Möbeln. Schwager Ernst sprang vom Schreibtisch auf, an dem er gerade die Einnahmen des Tages durchgesehen hatte, und eilte zu den Ankömmlingen.

»Kind«, sagte er, »wo bleibst du denn? Tach, Fritz. Ist so ein Schietwetter heute. Konnte man ja morgens nicht ahnen, sonst hätte ich dich nie im Leben heute mit den Sachen zu Tante Gertrud geschickt.«

Friedrich unterbrach seinen Redefluss. »Wir setzen uns erst einmal, trinken gerne einen Schluck und dann erzählen wir alles.« Er zwinkerte Sarolta mit einem Auge zu.

»Natürlich!« Marie war immer noch aufgeregt. »Was wollt ihr trinken? Habt ihr Hunger?«

»Nein, danke, wir haben gegessen, aber vielleicht habt ihr einen Schluck Bier«, sagte Friedrich. Marie klingelte nach dem Mädchen.

»Tja, es war so«, begann Friedrich und wartete, bis alle saßen, die Damen auf dem Ledersofa und die Herren in tiefen Sesseln. Wieder schaute er Sarolta an und fuhr fort, »ich schaue doch alle zwei Tage nach meinen Rössern, obwohl sich jemand um sie kümmert, aber auf dem Weg dahin beschloss ich, mal bei Tante Trudchen vorbeizugehen. Ich weiß, dass sie sich immer sehr freut, wenn sie Besuch bekommt, nicht Marie?«

»Stimmt, lieber Fritz, sie ist wirklich ein wenig einsam, da draußen.«

»Richtig«, bestätigte Friedrich und fuhr fort, »zu meiner Überraschung war Sarolta gerade bei ihr. Ich hatte sie ewig nicht gesehen. Leider war ich bei Carls Beerdigung verhindert. Mein Gott, ja! Wir sprachen darüber, verplauderten uns und kamen vom Hölzchen aufs Stöckchen und die Trude bereitete eigenhändig Rührei mit Krabben. Doch dann benötigte Tantchen ihr Mittagsschläfchen. Was aber anfangen mit diesem sonnigen Frühlingstag. Sarolta wollte den Zug zurück nach Hamburg nehmen, ich hingegen überredete sie zu einem Spaziergang entlang der Elbe. Es war so schön, die Schiffe über den Strom gleiten zu sehen und nach dem langen Winter Sonne und Wärme zu genießen.« Er suchte Bestätigung bei Sarolta. Sie lächelte aber nur und hörte gebannt seiner Erzählung zu.

»Plötzlich!« Friedrichs Gesicht nahm einen dramatischen Ausdruck an: »Förmlich aus dem Nichts kam ein Sturm auf, der schwarze Wolkengebirge vor sich herschob. Ich weiß, es ist unschicklich, aber, uns blieb keine andere Wahl! Wir mussten uns im Laufschritt in meine alte Kate flüchten. Auf den letzten Metern fing es schon an zu regnen, aber dann ging ein Unwetter los, so etwas habe ich noch nicht erlebt. Mit anderen Worten, wir waren gefangen in der Hütte. Wir konnten nicht raus und hatten große Angst, das Elbwasser würde den Unterschlupf erreichen und ihn gar wegschwemmen. Sarolta zeigte sich sehr tapfer. So wie das Wetter gekommen war, zog es wieder ab. Wir eilten durch die Pfützen zum Droschkenplatz, aber da gab es keine. Die Züge waren ja auch schon alle weg. So warteten wir im Unterstand mindestens eine halbe Stunde. Dann kam eine Droschke, endlich. Unterwegs mussten wir anhalten und schnell ein Aalsüppchen essen. Wir waren total ausgehungert! Aber nun sind wir da! Gottlob! Ich bin mitgekommen, weil ich Sarolta in der Dunkelheit nicht allein fahren lassen wollte. So, jetzt wisst ihr alles und ich mache mich auf den Heimweg.«

Sarolta hatte es innerlich fast zerrissen vor Lachen. Was war ihr Liebster doch für ein Schauspieler. Dieses treuherzige Gesicht, das er aufgesetzt hatte, einfach köstlich. Sie machte aber trotzdem ein ernstes Gesicht, erhob sich und sagte: »Ich bin dir zutiefst zu Dank verpflichtet, lieber Friedrich. Komm gut nach Hause.«

Marie wollte ihren Bruder unbedingt zum Bleiben bewegen, aber der verabschiedete sich rasch, indem er Ernst auf die Schulter schlug und den Damen galant die Hand küsste. Weg war er. Sarolta fühlte Stiche im Herzen. Wann würde sie ihn wiedersehen.

»Mein Kind«, sagte die zwölf Jahre ältere Marie, »ich bin so froh, dass du heile wieder da bist.«

»Ach, Marie, wenn ich euch nicht hätte!«, erwiderte Sarolta aus ehrlichstem Herzen.

Sie hatte Sehnsucht nach ihrer kleinen Ada und eilte die Treppe zu ihrer Wohnung hinauf. Ada würde sicher schon schlafen, aber ihre gute Marika war noch wach. Als sie die Tür zur Wohnung öffnete, klang ihr Adas Weinen entgegen.

»Ada«, rief sie, »mein Schatz, was ist mit dir?«

Sie öffnete die Tür zum Kinderzimmer. Da saß Marika am Kinderbett. Sie schaute auf. »Sarolta!«, sagte sie mit verhaltener Stimme. »Ich bin krank vor Sorge, vor Sorge um dich und um Ada. Wo warst du denn mein Mädl, bei dem garstigen Wetter?«

»Mir geht es so gut, wie schon lange nicht mehr, aber was ist mit Ada?« Sie beugte sich über das Bettchen.

»Mama«, sagte das Kind und lächelte unter Tränen.

Marika berichtete: »Wir haben gespielt, plötzlich fängt des Spatzerl an zu weinen. Sie wollte auch ihre Schokolade nicht trinken und da dachte ich schon, oh je! Ich hab Fieber gemessen. Sie hatte 37,8 Grad. Ich hab sie gleich ins Bett gepackt, heiße Zitrone mit viel Honig zubereitet und gerade haben wir Wadenwickel gemacht. Schlafen ist das Beste für sie. Jetzt kann sie auch schlafen, weil die Mama wieder da ist. Gell? Na, na Mädel, wo warst denn?«

Sarolta streichelte ihren kleinen Liebling, der auch prompt erschöpft einschlief. »Mein kleiner Schatz«, flüsterte sie, »bitte werde schnell wieder gesund!«

Das schlechte Gewissen plagte sie. Ein wunderbarer, ein ganz besonderer Tag lag hinter ihr. Dieser Tag hatte ihr und Friedrich gehört. Nun fühlte sie sich wie eine Rabenmutter, die ihr krankes Kind im Stich lässt.

»Du schaust blass und müde aus, Herzerl. Leg dich schlafen, ich bleibe bei Ada im Kinderzimmer. Wenn was ist, weck ich dich, versprochen!« Mit diesen Worten schob Marika Sarolta zur Tür.

»Marika, wenn ich dich nicht hätte!«, sagte Sarolta. Sie umarmte die kleine rundliche Frau und flüsterte ihr ins Ohr, »ich war sehr glücklich heute, Marika!«

Damit eilte sie in ihr Schlafzimmer und nach Zähneputzen und Katzenwäsche schlüpfte sie schnell aus den Kleidern. Sie steifte die kaputten Strümpfe ab, ließ alles auf dem Teppich liegen und zog ihr Nachthemd an. Kaum unter der Decke schlief sie schon tief und fest.

Sie träumte, sie würde mit Fritz über eine weite ungarische Steppe reiten. Es war Hochsommer und die Luft flimmerte vor Hitze. Sie hielten auf eine Baumgruppe zu. Plötzlich brach zwischen den Bäumen eine Meute von Jagdhunden hervor, die bellend und zähnefletschend auf sie losschossen. Sie wendeten die Pferde, flohen, aber die Hunde holten immer mehr auf.

»Wir schaffen es nicht, Fritz«, rief sie.

»Ich lenke die Hunde ab und reite in die andere Richtung!«, schrie er zurück. Daraufhin machte er kehrt, galoppierte an der Meute vorbei in Richtung Baumgruppe und die kläffenden Hunde folgten ihm, bis alle verschwunden waren. Sarolta saß auf ihrem Pferd Eszter, vor ihr auf dem Sattel befand sich plötzlich Ada …

Da wachte sie auf. Es war noch dunkel.

Ada, dachte sie in Panik, sprang auf und lief, ohne Licht zu machen, zum Kinderzimmer. Vorsichtig öffnete sie die Tür. Drinnen brannte eine kleine Öllampe. »Marika?«, flüsterte sie.

»Alles gut«, kam die beruhigende Antwort. »Unser Kinderl schläft wie ein Engerl.«

Sarolta störte nicht weiter und ging in ihr Bett zurück.

Samuel Holländer

Szegedin

Es war schon später Vormittag, als sie erwachte. Hastig kleidete sie sich an. Adas Fieber war weg, aber sie schnupfte. Marika hatte Kamillentee in einem Topf gekocht. Ada saß mit einem Handtuch über den Kopf gestülpt davor und inhalierte. Sie machte das, ohne zu quengeln, weil Marika ihr dabei ein Märchen aus ihrer mährischen Heimat erzählte. Eigentlich hätte Sarolta schon längst unten im Geschäft sein müssen, deshalb beeilte sie sich und sprang in Windeseile die drei Treppen zum Laden hinunter. Heute gab es nicht viel Betrieb wegen des Wetters, das Ernst als »Schietwetter« bezeichnete.

»Entschuldigung, dass ich zu spät bin, aber Ada ist krank!«, erklärte Sarolta atemlos.

»Ist es was Schlimmes?«, fragte Marie besorgt.

»Nein, es geht schon wieder, sie ist verkühlt!«

Sarolta machte sich an die Arbeit und räumte einen Stoffballen vom edlen Zuschneidetisch aus Nussbaumholz zurück in die große Regalwand.

»Wir brauchen dich heute hier nicht, geh ruhig zu Ada, meine Liebe«, sagte Marie bestimmt.

»Ich glaube, ich störe oben bloß, weil Marika gerade eine spannende Geschichte erzählt. Mir hat sie dieses Märchen aus ihrer Heimat, die gleichzeitig die Heimat von Mamans Großeltern war, gar nicht oft genug erzählen können. Meine Schwestern und ich hingen an Marikas Lippen, als wir klein waren. Wie Du weißt, kam sie als Amme meiner ältesten Schwester Adèl ins Haus. Nach Mamans Tod war sie der Halt unserer Familie. Es ist so lieb von Papa gewesen, dass er sie gefragt hat, ob sie mich in die Fremde begleiten wolle. Jetzt, nach dem Verlust von meinem Mann«, sie unterbrach ihren Redefluss, da Kundschaft in Gestalt von Frau Isa Reimers, Senatorengattin, den Laden betrat. Gezielt steuerte sie auf Sarolta zu.

»Wie schön, dass Sie da sind, Sie müssen mich beraten, meine Beste!«

Marie überließ ihrer jungen Schwägerin gerne den Vortritt und ging hinauf in die Nähstube, um dort nach dem Rechten zu sehen. Die Kundin wollte sich ein Kostüm für den Sommer schneidern lassen. Sarolta holte die verschiedensten Stoffballen aus den Regalen, stellte Farben zusammen, zeigte Knöpfe, Bänder und Spitzen. Wie immer gab sie sich unendliche Mühe, auf den Geschmack und die Wünsche der älteren Dame einzugehen.

Der Tag verging und Sarolta dachte immer wieder an Fritz. Abends saß sie mit Marika im gemütlich eingerichteten Wohnzimmer. Da Ada auf Grund ihres Schnupfens schlechte Laune hatte, beschloss sie, das Kind selbst zu Bett zu bringen. Sie summte ihr ein ungarisches Kinderlied vor. Prompt schlummerte die Kleine ein. Sarolta holte für sich und Marika aus der Küche Apfelsaft, der noch aus der Ernte der Äpfel der Spinnerei stammte, ließ sich gähnend auf das Biedermeiersofa fallen und sagte: »Eigentlich, liebe Marika, habe ich doch alles richtig gemacht. Ich bin jetzt 19 Jahre alt. Mir geht es gut, alle sind freundlich zu mir, ich habe so ein süßes Kind. Traurig, dass ich Carl verloren habe. Das schon! Er hat mir auch kein Geld hinterlassen, trotzdem, ich besitze eine Existenz und ein schönes Zuhause!« Sie blickte Marika in die Augen. »Hab ich recht?«

»Du hast recht, mein Spatzerl, daheim in Szegedin war es wirklich nicht immer leicht für dich und deine Schwestern. Die Katalin hat den Tod eurer Mutter nie verwunden, das arme Mädel. An sie muss ich oft denken,« seufzte Marika.

»Ich auch,« gab Sarolta zu, »aber auch an Papa, den Guten, Adèl und an alle anderen. Wie es wohl den Balints geht, der Tante Ilona, dem Onkel Sandor und meinem Kinderfreund Sandor, ›Schani‹, in Szegedin?«

Bevor sie zu Bett gingen, sahen sie nochmal nach Ada. Alles war ruhig. Sarolta bemerkte noch: »Aber ein bisschen Heimat habe ich auch hier in Hamburg, du bist bei mir! Gute Nacht, Jò ejszokàt, du Liebe!«

»Ihr mit euren vielen Sprachen!«, brummelte Marika und strahlte dabei über ihr ganzes rundes, liebes Gesicht. »Deine Mama, sie sprach nur Französisch und ich musste immer bitten, dass die gnä' Frau Deutsch mit mir redet, der Papa spricht dafür meistens Ungarisch. Aber schlaf gut, Sari!«

Auch diese Nacht träumte Sarolta von Friedrich.

Am nächsten Morgen war Markttag auf dem großen Hansaplatz. Es gab dort an Lebensmitteln alles, was das Herz begehrte, und Sarolta hatte sich eine ganze Liste gemacht, für Sachen, die sie benötigte. Da die Sonne schien, begleiteten sie Marika und Ada, die schon wieder fröhlich war.

Sarolta genoss dieses lebendige Treiben direkt vor ihrer Haustür. Die Milch- und Butterbauern von Altenwärder und anderen Elbinseln, die auf Ruderbooten ihre Milcheimer und Butterballen in die Stadt transportierten, hatten ebenso ihre Stände wie Vierlander Bauern, die Obst, Gemüse und Blumen anboten. Ihre Frauen bewunderte Sarolta besonders. Voll Stolz trugen sie ihre schöne Tracht, sie erinnerten sie an die Bauersfrauen in Ungarn. Auch Klein Ada starrte die Frauen und Mädchen mit offenem Munde an. Auf dem Kopf hatten sie Strohhüte, die wie umgestülpte Teller aussahen, die langen Zöpfe wurden von mächtigen schwarzen Schleifen gehalten, das Gewand bestand aus einem Mieder mit Metallschnüren, einer weißen Bluse und einem tonnenartigen, kniekurzen Rock mit blauer Schürze. Dazu trugen sie rote Strümpfe. Sie präsentierten sich so bunt wie ihr Warenangebot, obwohl das jetzt, Ende März, nicht allzu üppig ausfiel. Der Korb, den Marika trug, weil Sarolta Ada auf dem Arm hatte, war schon fast voll. Eier fehlten noch.

Als sie in der Schlange beim Eiermann anstanden, hörten sie plötzlich eine wohl bekannte, fröhliche Stimme.

»Guten Morgen, meine Damen!«

Beinahe hätte Sarolta Ada fallen lassen. Friedrich stand hinter ihnen.

»Naa, du söter Fratz, willst du zu Onkel Fritz auf den Arm? Du bist doch schon ein bisschen schwer für deine zarte Mama.« Friedrich grinste breit und schaute Ada auffordernd an. Das ließ die Kleine sich nicht zweimal sagen. Sie lachte und streckte ihre Ärmchen nach ihm aus. Friedrich nahm sie und Ada streichelte seinen Bart.

»Papa«, sagte sie schüchtern.

»Dir kann keine Frau widerstehen, mein Lieber«, flüsterte Sarolta kaum hörbar.

Marika hatte den Satz aber trotzdem mitbekommen und es fiel ihr wie Schuppen von den Augen. Jetzt wusste sie, wo ihr Mädel, ihr Kinderl, gestern gewesen war. »Ihr bringt eure Waren ins Haus und ich spiele in der Zwischenzeit Schiffchenfahren mit Ada.«

Mit der freien Hand holte er ein kleines Holzboot aus seiner geräumigen Hosentasche und schlenderte mit Ada zum Hansabrunnen.

»Mama kommt gleich wieder«, bemerkte er zu Ada, weil er sah, wie sie weinerlich den Mund verzog.

»Ja, ja, ich beeile mich«, rief Sarolta fröhlich und lief hinter Marika her, die vorausgegangen war. Sie gingen hinauf in die Wohnung und verstauten die mitgebrachten Sachen in der Speisekammer.

Leichtfüßig eilte Sarolta die Treppen hinunter. Am liebsten hätte sie laut gesungen, egal in welcher Sprache. Nur noch schnell das frische Brot abgeben, das sie für ihre Schwägerin besorgt hatte, und dann zu Fritz und Ada.

Marie war im Stofflager. »Danke, Sarolta für das Brot«, sagte sie. »Übrigens ist heute ein Brief für dich aus Ungarn angekommen. Ich glaube, er ist von deiner Schwester. Adèl Hollan, Pest, heißt es auf dem Absender. Komm mit in den Laden, da liegt er.«

Was für ein glücklicher Tag, dachte Sarolta. Jetzt auch noch Post von meiner Familie! Als sie unten waren, reichte ihr Marie den Brief, Sarolta öffnete ihn hastig und las die ersten Zeilen. Sie erstarrte. Sie konnte nicht glauben, was da geschrieben stand. Der Inhalt war kurz:

Liebe Schwester,
es fällt mir nicht leicht, Dir diese Zeilen zu schreiben, aber Du musst es erfahren. Szegedin, unsere Heimatstadt, existiert nicht

mehr. Vor drei Tagen trat nach tagelangen Regenfällen die Theiß über die Ufer, die Dämme brachen und eine gewaltige Flutwelle hat die Häuser, die Menschen der Stadt mit sich gerissen. Es passierte nachts. Mehr weiß ich leider auch noch nicht. Das Schlimmste ist, dass sich unser Vater immer noch in Szegedin befindet, obwohl er gestern zurück sein wollte. Er wohnt jetzt immer bei Balints und geht von dort aus in sein Büro. Das Haus der Balints liegt ja auf einer Anhöhe, sodass ich denke, unserem Vater ist nichts passiert. Aber wir haben weder von ihm noch von Balints bislang etwas gehört. Wahrscheinlich kann man von dort keine Post mehr senden im Augenblick. Katalin und ich beten den ganzen Tag und bitten Gott um Hilfe für Vater, Familie Balint und unsere schöne, stolze Stadt Szegedin. Liebste Schwester, hoffentlich seid ihr, Du, Marika und Ada wohlauf.
Katalin und ich umarmen Dich in Liebe und Sorge um Vater, die wir nun mit Dir teilen. Leider dauert die Post so viele Tage, aber ich schreibe, sobald es Neues gibt.

Bete mit uns
Deine Adèl

Sarolta nahm den Brief und lief die Treppe wieder hoch zu Marika. Wortlos gab sie ihn ihr zu lesen. Marika nahm sie in den Arm. »Papa ist bestimmt am Leben«, sagte sie im Brustton, der Überzeugung.

»Ich habe solche Angst«, weinte Sarolta. »Ich muss Ada holen!« Mit diesen Worten und dem offenen Brief in der Hand lief sie die Treppe wieder hinunter, aus der Haustüre heraus und an den vielen Menschen vorbei, zum Hansabrunnen. Friedrich und Ada saßen auf dem Brunnenrand und die Kleine quietschte vor Freude. Das Holzschiffchen drehte sich und kreiselte auf den Wellen des aus den Löwenköpfen sprudelnden Wassers.

»Friedrich«, sagte Sarolta mit beherrschter Stimme. Er drehte den Kopf und sah sofort, dass eine völlige Veränderung mit ihr vor sich gegangen war. Er nahm Ada und sprang auf, worauf Ada heftig protestierte.

»Was ist?«, fragte Friedrich ebenso verhalten wie Sarolta. Sie reichte ihm wortlos den Brief. Er überflog ihn hastig und reichte ihn zurück. »Komm«, sagte er tonlos, »wir gehen ins Haus.«

Oben in der Wohnung hatte Marika, weil sie irgendetwas tun wollte, heiße Schokolade gekocht. »Wir können nur warten, Schokolade beruhigt«, meinte sie sachlich und Ada nickte, obwohl sie nicht wusste, worum es eigentlich ging. Friedrich hätte seine Geliebte so gerne in die Arme geschlossen, aber das war nicht möglich. So hielt er ihre Hand und sagte: »Deine Schwester hat recht. Lasst uns ein Vaterunser für deinen Vater sprechen. Mehr können wir nicht tun.«

Sarolta zündete eine Kerze an. Dann beteten sie. Ada hatte ihre Händchen auch gefaltet. Marie, die voller Sorge zur Türe hereinkam, sprach die letzten Worte mit.

»Denn dein ist das Reich und die Kraft und die Herrlichkeit, in Ewigkeit. Amen.«

Sarolta konnte sich nicht beruhigen. Szegedin, die Sonnenstadt Ungarns, wie man sie nennt, würde nie mehr so sein wie zu ihrer Kindheit. Wahrscheinlich war auch das hübsche gelbe Barockhaus, in dem sie geboren wurde, ein Opfer der Fluten geworden. Es lag nahe am Wasser und aus den Fenstern sah man auf die imposante Flusslandschaft. Zuletzt hatte Vater ja nur noch sein Büro in dem Haus. Die meiste Zeit verbrachte er jetzt bei seinen Töchtern in Pest.

»Ganz sicher hielt er sich bei Tante Ilona und Onkel Sandor auf, es muss einfach so sein«, versuchte Sarolta sich und den anderen Mut zu zusprechen.

Balints' großes Anwesen mit der Paprikafabrikation befand sich gleich hinter dem Franziskanerkloster in Alsòvaros, der Unterstadt, die aber trotz dieser Bezeichnung höher lag als die anderen Gebiete.

»Ganz bestimmt!«, antwortete Marika im Brustton der Überzeugung. »Die Flut kam nachts, da war Herr Hollàn sicher nicht im Büro, sondern bei Balints!«

Friedrich musste sich verabschieden, weil er einen Geschäftstermin hatte, aber er beschwor Sarolta, ihm einen Boten zu senden, falls sie ihn brauche.

Die nächsten zwei Tage verliefen ereignislos, es waren Stunden von Blei für alle. Die ganze Familie Götte litt und Ernst kaufte alle möglichen Zeitungen, um irgendetwas über die Katastrophe zu erfahren. Nur in einer Zeitung gab es eine kleine Notiz:

Szegedin, die Perle unter den ungarischen Städten, von den Fluten der Theiß hinweggerissen.

Die Post kam, aber es war kein Brief aus Ungarn dabei. Sarolta arbeitete von morgens bis abends im Geschäft.

»Bitte, bitte lasst mich. Wenn ich im Laden stehe, muss ich mich zusammennehmen. Das hilft mir«, bat sie Ernst und Marie flehentlich.

Voller Sorge schaute Friedrich vorbei, aber Sarolta hatte Kundschaft und so ging er wieder.

Papa lebt! Es muss so sein! Ich glaube fest daran!, betete Sarolta sich innerlich immer wieder vor. Um die Mittagszeit des dritten Tages erschien der Briefträger später als sonst. Sarolta hatte schon seit einer Stunde ungeduldig durch die großen Sprossenfenster in den dichten Nebel draußen gestarrt. »Haben Sie einen Brief für mich?«, fragte sie mit angehaltenem Atem.

»Ich glaube, ja.« Er griff in die Tasche und zog umständlich ein Kuvert heraus. »Für Frau Sarolta Götte, das sind Sie doch! Aus Ungarn«, strahlte er.

»Geben Sie her, danke!« Sie entriss ihm förmlich den Brief und las den Absender. Ilona Balint, Szegedin, stand da. In ihre Wohnung wollte sie, zu Marika. Zum Glück waren keine Kunden im Laden. Sie drückte den Brief an die Brust und eilte nach oben. Marika saß mit Ada am Küchentisch. »Marika, Tante Ilona hat geschrieben«, schluchzte Sarolta.

»Setz dich zu mir, Kind, wir lesen es gemeinsam«, antwortete Marika leise. Voller Hast riss Sarolta den Umschlag auf:

Szegedin, den 17. März 1879

Meine, geliebte Sarolta!
Es fällt mir unendlich schwer, Dir diese Zeilen zu schreiben. Ich bin sicher, Du hast schon erfahren, dass wir am 11. März von einer

schrecklichen Katastrophe heimgesucht worden sind. Unser Haus und auch das Kloster gehören zu den wenigen Gebäuden, die nicht durch die Flutwelle vernichtet wurden.
Sandor, Sani und ich sind wohlauf. Das wäre Dein Vater auch, wenn er auf unseren Rat gehört hätte. Leider ließ er sich nicht davon abhalten, zu seinem Kontor zu laufen, um die wichtigsten Geschäftsunterlagen zu retten. Wir haben alles getan, um ihn zurückzuhalten. Leider ohne Erfolg.
Ach, mein liebes Kind, wie soll ich es schreiben, aber ich muss es tun! Euer armer Papa, unser guter Samuel, ist vermisst. Er stürmte aus dem Haus und rief: »Bin in 15 Minuten zurück! Ich packe nur die wichtigsten Unterlagen zusammen!«
Dann lief er die Szent-Ferenc-Straße hinunter zu eurem Haus und verschwand in der Finsternis. Da sahen wir ihn das letzte Mal. Es stürmte, es regnete, ein Donnern und Rauschen erfüllte die Luft. Wir hatten große Angst. Sandor wollte hinter Samuel herlaufen, aber ich hielt ihn davon ab. Vielleicht würde es ja nicht zu spät sein, um die paar Sachen zu retten. Sani und Sandor hatten mit fast allen Männern der Stadt den ganzen Tag Sandsäcke gefüllt, um die Ufer zu befestigen. Auch die Franziskanerbrüder halfen mit. Drei Tage davor hatte es angefangen zu regnen und dann schüttete es ohne Unterlass und die Flüsse schwollen bedrohlich an. Alle waren beruhigt am Abend, weil sie dachten, sie hätten die Ufer gesichert. Aber man glaubt nicht, welche Kraft das Wasser hat. Wo Theiß und Maros zusammenfließen, entstand die gewaltige Flutwelle, die alles mit sich riss und vernichtete. Es war tiefe Nacht, man sah nichts, man hörte es nur. Es klang so unbeschreiblich unheimlich! Ein Gurgeln und Donnern erfüllte die Luft. Dann plötzlich läuteten über die Geräusche hinweg alle Kirchenglocken der Stadt, so als ob sie den Bürgern der Stadt verkünden sollten, dass ihre letzte Stunde geschlagen habe.
Am nächsten Tag wurde das ganze Ausmaß der Verwüstung sichtbar. Von 6.800 Häusern sind nur etwa 265 erhalten geblieben. Darunter eben unser Heim. Tausende von Menschen sind ertrunken, Tausende haben mittlerweile die Stadt verlassen. Das Kloster ist

überfüllt mit Obdachlosen und auch unser Haus ist voll. Aber das Schlimmste ist, dass wir nicht wissen, was mit Samuel geschehen ist. Euer schönes Haus ist ein Trümmerhaufen. Es wurde darunter ohne Erfolg nach Deinem Vater gesucht. Ehrlich gesagt, geliebte Sari, die Chance, dass wir ihn jemals wiedersehen werden, ist wohl gleich null. Fünf Tage habe ich gezögert, Dir zu schreiben. Das ist furchtbar für euch drei Mädchen. Du musst so kurz nach dem Tod Deines Ehemanns schon wieder einen schrecklichen Verlust verkraften. Aber Du bist stark und hast Ada und die liebe Marika bei dir. Große Sorgen mache ich mir um Katalin. Sie ist doch seelisch ganz labil und Adèl musste sich sowieso immer um sie kümmern und ist deshalb noch nicht verheiratet, obwohl es einen respektablen Verehrer gebe. Ich bin so unendlich betrübt und traurig, dass ich Dir diese Zeilen schreiben muss. Ich sehe Dich vor mir, wie Du den Brief liest, und kann nur heiße Tränen weinen mit Dir.
Mein Mann, unser Sohn, der wie ein Bruder für Dich ist, es immer sein wird, und ich umarmen Dich in tiefster Trauer.

Deine Tante Ilona

Marika schluchzte, die Tränen liefen über ihr Gesicht. Sarolta saß da wie erstarrt. Dann sagte sie hart und tonlos: »Ich darf Friedrich nicht mehr sehen. Es ist Gottes Strafe, Gott hat mich bestraft.«

Bleierne Zeit

Als Friedrich am nächsten Tag während seiner Mittagspause voller Sorge zum Hansaplatz eilte, um nach seiner Liebsten zu schauen, fand er im Laden nur Marie und Ernst vor. »Wo ist Sarolta?«, fragte er mit leicht heiserer Stimme.

»Oben in ihrer Wohnung«, erwiderte seine Schwester mit verhaltener Stimme und zog ihn in einen kleinen Nebenraum, da Kundschaft anwesend war. »Fritz, ach Fritz, es ist so furchtbar! Die arme Kleine! Ihre Heimatstadt scheint in den Fluten untergegangen zu sein. Ihr Papa wird vermisst! Die Befürchtung ist groß, dass er von den Wassermassen mitgerissen wurde, als er Unterlagen aus seinem Kontor retten wollte. Sarolta ist außer sich und erwägt, nach Ungarn zu reisen, aber wir und auch Marika haben dringend davon abgeraten!« Marie traten Tränen des Mitgefühls in die Augen. »So jung ist sie und muss bereits diese Schicksalsschläge verkraften. Zuerst Carl und ein paar Monate später der Vater.« Sie machte eine kurze Pause, dann flüsterte sie: »Weißt du, dass sie nach Carls Beerdigung eine Fehlgeburt erleiden musste?«

Friedrich starrte seine Schwester an. Er schüttelte den Kopf und musste schlucken. »Oh Gott, oh Gott, mein armer, äh, meine arme Sarolta, ich muss sofort zu ihr«, stammelte er.

Marie schob ihr Mitleid beiseite und sah den heiß geliebten jüngeren Bruder prüfend an. »Friedrich«, sagte sie streng, »Friedrich, du hast dich doch nicht etwa in Frau Götte verliebt?« Ein Blick auf ihn bestätigte ihre Vermutung. »Nein, mein Lieber, schlag sie dir aus dem Kopf. Zugegeben, sie ist eine reizende Person, sie ist etwas Besonderes. Leider besitzt sie keinerlei Vermögen, was schon für Carl ein Problem darstellte, aber er baute sich mit großem Elan etwas Neues auf, während auf dir, lieber Bruder, die Verantwortung lastet, eine alteingesessene Hamburger Firma vor dem Ruin zu retten. Das wird dir nur gelingen durch eine gehörige Finanzspritze in Form einer hohen Mitgift.« Sie legte den Kopf schief und lächelte ihn an. »Wirst schon eine finden, die vielleicht auch dir zusagt, so hübsch, wie du bist!«

Friedrich antwortete nicht. Eine unbändige Wut auf seinen Bruder stieg in ihm hoch. Er wusste, dass seine Schwester im Grunde recht hatte. Aber er sah nicht ein, dass er sich opfern sollte. Mit den Worten, »dies ist nicht der Zeitpunkt, darüber zu reden!«, ließ er Marie abrupt stehen, um nach oben zu eilen. Er betätigte den Türklopfer in Form eines Löwenkopfs. Einmal, zweimal, keiner öffnete die Tür. »Ich weiß doch, dass du da bist, Liebste, bitte mach auf!«, rief er verhalten.

Ganz leise glaubte er zu verstehen, wie Marika in ihrer resoluten Art sagte: »Ich öffne jetzt, mein Kind!« Gleich darauf vernahm er Schritte und die kleine, runde, schwarz gekleidete Frau lugte mit sorgenvollem Gesicht durch den Türspalt. »Dachte ich mir, dass Sie es sind, lieber, guter Herr. Meine Kleine ist in schlechter Verfassung und will sie jetzt nicht sehen, sie will niemanden sehen.« Friedrich drängte sich an ihr vorbei in den Flur. »Sarolta«, rief er. »Mein Herz, wo bist du?«

Da stand sie in der Tür ihres Schlafzimmers. Sie hatte Ada auf dem Arm. Sie wirkte wie nicht von dieser Welt. In schwarzem Kleid, zart und schmal, die wilden offenen rotblonden Locken umrahmten ihr bleiches Gesicht. Wie schön sie ist, durchfuhr es Friedrich. »Es tut mir so leid. Ich bin für dich, für euch da!«, kam es von seinen Lippen.

Sarolta übergab Ada an Marika und ging wortlos durch die offene Wohnzimmertür zu ihrem Biedermeiersekretär. Dort zog sie aus einer Schublade einen hellblauen Briefumschlag und steckte drei beschriebene Seiten, die sie mit zitternden Fingern sorgfältig faltete, hinein. Sie reichte ihm das Schreiben, während Tränen über ihr Gesicht stürzten. »Der ist für dich bestimmt. Es steht alles drin, was ich dir nicht sagen kann. Lies ihn und vernichte ihn anschließend, ich beschwöre dich. Ich möchte nicht, dass er in falsche Hände gerät, nicht jetzt und nicht irgendwann später.«

Bei den letzten Worten versagte ihr die Stimme. Friedrich ergriff den Brief und versuchte, sie in die Arme zu schließen. Sie entzog sich. »Ich fahre nach Ungarn, bitte geh«, flüsterte sie kaum hörbar.

Friedrich begriff, dass es keinen Sinn machte, länger zu bleiben. Auf dem Heimweg pochte sein Herz gegen den Brief, den er in die linke Brusttasche gesteckt hatte. Er musste sich beherrschen, mit dem Öffnen warten, bis er im heimischen Kontor angekommen war.

»Bin für niemanden zu sprechen«, rief er laut und vernehmlich, nachdem er die Eingangshalle, von der nach der rechten Seite sein Kontor abging, betreten hatte. Er schloss sich ein und nahm nicht am behäbigen, barocken Schreibtisch Platz, sondern ließ sich stöhnend in den Besuchersessel neben dem hohen Sprossenfenster fallen. Dann riss er ungeduldig den Umschlag auf.

Friedrich, geliebter Fritz!
Ich flehe Dich an, vernichte diesen Brief, nachdem Du ihn gelesen hast. Ich hoffe, dass auch Dir nach einiger Zeit diese Zeilen hier nicht mehr präsent sein werden, denn was ich Dir schreibe, gehört sich nicht für eine junge Witwe, die ihren Ehemann durchaus gerne hatte und um ihn trauert. Ja, ich mochte Carl. Aber durch Dich habe ich gelernt, was es heißt, zu lieben. Ich gestehe, dass ich Dir mit jeder Faser meines Körpers, meines Geistes, meiner Seele verfallen bin. Nie im Leben würde ich das zugeben, wenn ich wüsste, es bestünde eine Chance für uns. Nein, Fritz, wir haben keine Zukunft.
Schon einmal handelte ich selbstsüchtig, weil ich meine Familie verlassen habe, dem Vater, den geliebten Schwestern das Dasein erschwerte, in dem ich sie, die im Schoßberg-Clan als die armen Verwandten bezeichnet werden, durch die Heirat mit Carl der Kritik und der Häme aussetzte. Dafür schäme ich mich.
Papa war so liebevoll und großzügig und hat zu mir gehalten, obwohl er wusste, dass ich hier in Deutschland aus Bequemlichkeit und Feigheit meine Herkunft verleugne, was allerdings in Absprache mit Carl und auf seine Bitte hin geschah. Gott hat mich gestraft und hat ihn mir genommen. Ich war blind und begriff es nicht. Aber nun, nachdem diese grauenvolle, diese unfassbare Katastrophe in Szegedin geschehen ist, habe ich die

Zeichen erkannt. Gott hat mir nun auch Papa genommen. Warum ist er bei dem schrecklichen Unwetter nicht im Hause der Balints geblieben?
Ach Friedrich, ich fühle mich so schlecht und schuldig. Aber ich kann nicht anders. Ich liebe Dich, Friedrich, aber trotzdem dürfen wir uns nicht mehr wiedersehen und wenn, dann als flüchtige Verwandte. Das müssen wir schaffen! Du sollst die Frau heiraten, durch deren Mitgift Du die Firma retten wirst, das bist Du Deinen lieben Eltern schuldig. Ich werde wohl mit Ada und Marika nach Ungarn zurückkehren müssen. Da ist jetzt mein Platz. Ich kann Adèl nicht mit Katalin alleine lassen. Ich begreife nicht, dass ich meinen wunderbaren, weisen Papusch nicht mehr wiedersehen werde, dass ich ihn nie mehr mit seiner samtig tiefen Stimme Gedichte von Schiller oder seinem Lieblingsdichter Sandor Kisfaludy rezitieren höre. Ich bin von rasender Angst erfüllt, dass er nie gefunden werden wird. Bei Onkel Baron Schoßberg werde ich mich in Demut entschuldigen müssen. Es wird mir schwerfallen.
Ach, Fritz, Geliebter, vergiss mich, aber träume zuweilen von mir, so wie ich mir wünsche, dass Du mir manchmal im Traum erscheinst. Das Leben wäre dann leichter zu ertragen. Ich bräuchte Seiten, um Dir zu schreiben, was ich Dir alles für die Zukunft wünschen möchte: Glück, Gesundheit, Erfolg und Freude mit Sonne und Mond in Sturm und Regen, eine fröhliche Kinderschar, und dass Du mal wieder eine Brücke bauen kannst, zum Beispiel über die Donau, und so weiter und so weiter, aber eine neue Liebe wünsche ich Dir nicht, das schaffe ich nicht.
Es ist jetzt 3 Uhr in der Früh und mein Licht fängt an zu erlöschen, deshalb schließe ich. Ich bin von unendlicher Trauer erfüllt, nur Ada hält mich noch am Leben.

Deine Sarolta

P.S. Bitte, bitte vernichte diesen Brief jetzt!!

Friedrich fühlte sich wie vom Donner gerührt. Ein rasender Schmerz durchzuckte seinen Kopf, dort, wo sich die Narbe befand. Mühsam erhob er sich, knüllte die zartblauen Papierseiten in wütender Verzweiflung in seinen Händen zusammen und schmiss sie auf den Boden. Er schleppte sich zum Schreibtisch und zog aus einer Schublade ein Glas mit weißen Tabletten, von denen er hastig eine auf seine Hand schüttete, um sie mit einer ruckartigen Kopfbewegung nach hinten zu schlucken. Danach setzte er sich wieder in den Sessel, starrte ungläubig auf die gekräuselten Papiere. Er war fassungslos. Sarolta hatte ihm den Laufpass gegeben. Ihm, dem Liebling der Frauen. Ihm, der gebrochene Herzen hinterließ, weil er noch niemals wirklich verliebt gewesen war, passierte es, dass ihn die Frau, für die er zum ersten Mal ein echtes Gefühl empfand, stehen ließ. Allerdings kam er bei näherer Betrachtung nicht umhin, ihr in gewisser Weise recht zu geben. Nachdem die Tablette ihre Wirkung zeigte, war Friedrich imstande, die Papiere aufzulesen. Er überflog die Zeilen ein zweites Mal.

»Was ist sie doch für ein Teufelsmädchen, diese süße Jüdin aus Ungarn! Wie gerne würde ich sie trösten. Aber noch ist nicht aller Tage Abend«, murmelte er zwischen den Zähnen vor sich hin und er fühlte eine so starke Liebe in sich wie noch niemals davor in seinem Leben.

»Ich verbrenne den Brief, aber nicht aus den Gründen, wie du denkst, meine Sari, du gehörst mir, da führt kein Weg daran vorbei!«

Als er die Ofentür des runden weißen Kachelofens geöffnet hatte und die Papiere in die glimmende Glut schob, überkamen ihn jedoch Zweifel, ob es gelingen würde, einer Eheschließung im Sinne seiner Familie zu entgehen.

»Fritz, Fritz bist du da?«

Friedrich schloss hastig den Ofen und sah durch die milchigen Scheiben des Fensters, durch das man vom Kontor die Eingangshalle überblicken konnte, das Gesicht seines Vaters. Er schloss ihm die Tür auf.

»Mein Sohn, warum hast du dich eingesperrt?«, wollte der wissen. Die Antwort wartete er nicht ab, sondern fuhr fort: »Ich habe dich heute Morgen vermisst, als im Hafen der Weizen aus Missouri gelöscht wurde. Die Säcke lagern jetzt drüben im Speicherhaus. Wir sollten gleich hinübergehen, um die Qualität der Ware zu prüfen und uns unsern Anteil sichern, wenn wir zufrieden sind. Schnell, bevor andere da sind.«

»Natürlich, Vater, Entschuldigung, dass mir dieser Termin entfallen war, ich komme sofort mit!«, rief Friedrich. »Wenn du nicht wärst! Hast nur Ärger mit dem unzuverlässigen Nachwuchs. Zum Glück bessert Albert seine Kaufmannslehre in England auf, ich könnte ihn hier nicht ertragen und ich bin froh, dass ich seine Frau und den faden Sohn nicht um mich haben muss, da Mutter die beiden bei euch einquartiert hat, um ein wenig in die Erziehung des Enkels einzugreifen«, äußerte Friedrich süffisant.

Voller Hochachtung betrachtete er seinen Vater. Groß und schlank, kämpferisch und ungebrochen stand der weißhaarige alte Herr vor ihm. Der Blick aus seinen wissenden blitzblauen Augen traf ihn ins Herz und vermittelte ihm einen Augenblick der Entspannung. Der Druck in seinem Kopf ließ nach. Schnellen Schrittes eilten sie zum zentralen Kornspeicher der Stadt, der nur zwei Straßen entfernt von ihnen am Zollkanal lag. Nikolaus Grawert hatte seinen Sohn bei der Hand genommen. Etwas außer Atem fragte er: »Wo warst du heute Morgen?«

»Ich habe Marie besucht und mich nach dem Befinden von Sarolta Götte erkundigt, die soeben erfahren hat, dass ihre Heimatstadt den Fluten zum Opfer fiel, wobei ihr Vater wohl ums Leben kam. Er gilt zumindest als vermisst.«

»Wie schrecklich, die arme Deern, gerade erst musste sie doch den Tod von Carl verkraften. Mir kommt es vor wie gestern, als ich die Ehre hatte, sie zum Traualtar zu begleiten. Und, wie geht es ihr? Sie ist eine bezaubernde Person und so gescheit! Diese bewundernswerte Haltung, die sie bei Carls Beerdigung an den Tag legte!«

»Es geht ihr nicht gut, sie ist am Boden zerstört und will mit ihrer kleinen Tochter zurück nach Ungarn«, brach es aus Friedrich heraus.

Die Verzweiflung in seiner Stimme veranlasste Nikolaus, stehen zu bleiben. »Min Jung«, sagte er, »du bist verliebt!« Friedrich schüttelte den Kopf.

»Doch, doch, gib es zu, ich versteh es ja!«, insistierte der Vater.

»Nun ja, ich verehre sie, sie ist etwas Besonderes.« Er machte eine Pause, dann atmete er tief. Sein Vater kannte ihn zu genau. »Ich gebe es zu, Vater, ich fühle mich ihr so verbunden. Ich liebe sie und möchte sie heiraten. Verstehst du das?« Er sah Nikolaus flehentlich an.

»Mein lieber Sohn, natürlich verstehe ich dich. Du hast den richtigen Instinkt, was diese außergewöhnliche junge Frau anbelangt.« Nikolaus sah plötzlich alt aus. Er seufzte tief, bevor er fortfuhr: »Mein Sohn, mein Fritz, so gerne würde ich dich in deiner Wahl unterstützen, aber es geht nicht. Du kennst meinen alten Freund Senator Ferber, der trotz unserer misslichen Lage im Senat eisern zu uns gehalten hat. Nun hat er eine reizende Enkelin und ich bin bei ihm im Wort, eine Heirat mit dir und diesem Fräulein in die Wege zu leiten. Ihre Mitgift wird uns von allen Sorgen, die unsere Firma betreffen, befreien. Übrigens, du hast sie auf dem Sommerfest letzten Jahres bei Senator Dieseking kennengelernt.«

Friedrich erinnerte sich flüchtig an ein unscheinbares blondes Wesen in blassrosa Seide, welches ihn angehimmelt hatte.

»Oh Gott, Vater«, murmelte er, »Das ist nicht dein Ernst! Oh Gott! Wie hasse ich Albert, ich mag den Namen meines Bruders nicht mehr aussprechen!«

»Dein Bruder, mein Junge, hat gar nicht so viel damit zu tun. In unseren Kreisen ist eine Heirat ein Geschäft. Das Wichtigste ist, dass man trotz der Mitgift eine Deern mit Charakter erwischt. Was habe ich für ein Glück mit deiner Mutter gehabt. Sie war eine hervorragende Partie für mich, sie ist mir mit ihrer direkten und ehrlichen Art im Laufe der Jahre so ans Herz gewachsen, dass ich behaupten möchte, ich liebe sie. Außerdem schätze ich ihren Verstand. Den besitzt sie, darum hat ihr Vater, Gott hab ihn selig, auch uns als Erben der Firma ›Blanck und Söhne‹ eingesetzt, damals, als der jüngere Bruder es vorzog, nach Übersee zugehen. Ja, damals war alles noch überschaubar, vom Marschland hinauf in den eigenen Speicher und nach Bedarf weiter zur Mühle meines alten Herrn, unten im Sachsenwald. Heutzutage, wo man praktisch als Unternehmer gezwungen wird, sich am Überseehandel zu beteiligen, ist alles unübersichtlich geworden. Ach Jung, deiner Mutter würde es das Herz brechen, wenn ihre Firma den Bach runtergehen würde. Wir hatten übrigens eine große Auseinandersetzung, weil sie von Anfang an dich präferierte, ich hingegen Albert eine Chance einräumen wollte. Ging gründlich schief.«

Der Vater umarmte den Sohn. Beide hatten Tränen in den Augen. »Männer weinen nicht. Lass uns die Arbeit tun«, sagte Nikolaus und schob seinen Sohn durch das Portal des gewaltigen Kornspeichers.

Sarolta indessen war mit hektischen Vorbereitungen für Ihre Abreise nach Ungarn befasst. Sie hatte lange Briefe an Ilona Balint und an Adèl geschrieben und darin ihre Heimkehr angekündigt.

... reise sofort, ... mein Platz ist jetzt an eurer Seite!

Friedrich schien ihr in dem Augenblick fern. Diszipliniert, wie sie war, bediente sie dennoch einige Kunden unten im Laden, wenn nach ihr verlangt wurde. Sowohl Marika als auch Ernst und Marie beknieten sie, nichts zu überstürzen. Tatsächlich überbrachte der Bote vom Telegrafenamt eine Botschaft, die Adèl sofort nach Erhalt des Briefes aus Onkel Zsigmonds Büro in Pest abgeschickt hatte.

Bitte warte noch ein wenig Stop Alles drunter und drüber Stop Müssen das Finanzielle mit Onkel regeln Stop Adèl.

Auch Tante Ilona riet in ihrer Antwort auf Saroltas Brief dringend von der Reise nach Szegedin ab. Es herrsche immer noch das reine Chaos, ihr Haus sei überfüllt mit Obdachlosen und vom geliebten Vater Samuel fehle leider jede Spur.

Sarolta war wie verbohrt. »Trotzdem, trotzdem, ich muss dorthin. Ich werde meinen Schwestern mein letztes Geld bringen, Marika, verstehst du?«

Marika nickte traurig. »Wart noch a wengerl, mein Kind«, riet sie ihr.

»Warten worauf?«, schrie Sarolta und schloss sich weinend in ihr Schlafzimmer ein.

»Komm, Ada, mein Schatzl, mir brauchen Alsterluft!«

Marika zog dem kleinen Mädchen, das mit ängstlichen Augen seine Mutter beobachtet hatte, einen rosa Wollmantel über und trug sie die Treppe hinunter. Als sie am Laden vorbeikam, trat Friedrich aus der Tür.

»Frau Marika, kann ich mit Ihnen reden, darf ich Sie ein Stück begleiten?«

Ada streckte begeistert die Ärmchen nach ihm aus.

»Natürlich, Herr Grawert, es ist mir eine Ehre«, gab Marika zurück. Sie bemerkte, dass er blass aussah. Sein Bart wirkte ungepflegt, seine weinrote Schleife saß schief. Sie betrachtete ihn von der Seite. Oh jemine, dachte sie.

Er scherzte mit Ada, die er auf den Arm genommen hatte, zog Grimassen, über die sie laut lachen musste. Als sie an der Alster angekommen waren, schlug Friedrich vor, sich dort auf eine Bank zu setzen. Sie betrachteten die zahlreichen Schiffe.

Dann fragte Friedrich: »Wie geht es Frau Götte?«

»Den Umständen entsprechend, schlecht,« lautete die trockene Antwort.

»Dachte ich mir. Was hilft das Drumherumreden, Sie haben natürlich mitgekriegt, dass ich Frau Götte sehr verehre. Mehr als das! Nun hat sie aber, aus mir unerklärlichen Gründen, Schuldgefühle entwickelt, die es ihr nicht erlauben, mich zu sehen und ihre Zuneigung, mir gegenüber so zu erwidern, wie auch sie es vielleicht möchte. Ich empfinde das als großes Unglück für uns beide. Vielleicht, liebe Frau Marika, haben Sie eine Idee. Vielleicht könnten Sie mit ihr reden?«

»Sarolta hat ihren Dickschädel, den hatte sie immer schon, da kann auch ich nichts tun. Das Einzige, was mir im Augenblick am Herzen liegt, ist, sie von einer überstürzten Abreise nach Ungarn abzuhalten. Habe schon an Frau Dessen in Dresden geschrieben. Das Beste wäre, Sarolta würde dorthin fahren, ohne Ada, ohne Sie, ohne mich, um ein wenig Abstand zu gewinnen«, seufzte Marika.

»Sie sind eine kluge Frau, ich muss mich wohl gedulden«, sagte Fritz resigniert.

Sie starrten auf das sich kräuselnde Alsterwasser, während Ada Barthaare bündelte und zu Spiralen drehte.

»Ich stehe unter Druck«, brach es abrupt aus Friedrich heraus. »Die Familie, einschließlich Marie, ja selbst Schwester Helene aus Braunschweig hat mir geschrieben, verlangt, dass ich ein gewisses Fräulein so und so einzig und alleine wegen ihrer beträchtlichen Mitgift ehelichen soll. Alles, um die Firma zu sanieren. Jahrzehnte führte der Vater die Geschäfte mit höchster Sorgfalt, ein halbes Jahr sitzt der Bruder am Ruder und schon droht das Schiff zu sinken. Ich, der Bauingenieur mit Abschluss summa cum laude, musste Hals über Kopf auf Kornumstecher umsatteln!«

Marika nickte stumm und nahm ihm Ada ab. Dann sagte sie seufzend: »Ja, Herr Fritz, das Leben ist nicht leicht, es ist, wie es ist, und man muss versuchen, den besten Weg zu finden. Ach, Sie Armer!«

»Danke, dass Sie mir zugehört haben. Danke«, sagte Friedrich leise. »Viel Glück für Sarolta und auch für Sie!«

Er stand auf, verbeugte sich leicht und ging. Marika kehrte mit Ada zum Hansaplatz zurück, wo sie Sarolta mit einem Brief aus Dresden vorfand.

»Else hat geschrieben! Sie schlägt mir vor, für ein paar Tage zu ihnen zu kommen, die Entwicklung abzuwarten, um gegebenenfalls von da nach Hause zu fahren, was natürlich viel näher wäre! Ach, Marika, kann ich dir Ada eine Weile überlassen?« Sie wusste die Antwort. Marika lächelte. Ihr Schachzug war geglückt.

So reiste Sarolta nach Dresden und der Aufenthalt dort wirkte wie Balsam auf ihre Seele. Heini umschmeichelte seine Lieblingstante. Er genoss es, dass sie so hingebungsvoll seinem Klavierspiel folgte. Außerdem übten sie vierhändig die »Ungarischen Tänze« von Brahms. Sarolta wusste Ada bei Marika gut aufgehoben und so verlängerte sie den Aufenthalt. Else war wie eine Mutter für sie. Noch immer wagte sie nicht, über den eigentlichen Grund ihrer Schuldgefühle zu sprechen. Eines Tages, sie saßen bei Frühlingswetter im blühenden Garten auf der Bank unter dem üppigen Kirschbaum, sagte Sarolta leise: »Der Grund, warum ich mich so schlecht fühle, ist, dass ich meine Herkunft verraten und euch nicht die Wahrheit gesagt habe. Ich komme aus einer jüdischen Familie.«

»Das ist doch unerheblich, mein liebes Kind, du scheinst aus einer großartigen Familie zu kommen!« Mit diesen Worten umarmte Else Sarolta. »Aber vielleicht solltest du doch nach Budapest zu deinen Schwestern reisen. Ich schenke dir die Reise als verfrühtes Geburtstagsgeschenk.« So geschah es, dass Sarolta am Freitag, den 9. Mai 1879, morgens um 7 Uhr vom Bahnhof in Dresden, die Reise über Prag und Wien nach Budapest antrat. Was war in den vier Jahren, seit sie die Strecke mit Carl in entgegengesetzter Richtung gefahren war, nicht alles geschehen. In den Stunden, bis sie tief in der Nacht in Budapest ankam, fand sie Muße, darüber nachzudenken.

Onkel Schoßberg hatte eine Kutsche zum Bahnhof schicken lassen, die sie zum Ferenc-Joszef-Platz brachte. Mit klopfendem Herzen lief sie die Stufen der prächtigen Treppe in die zweite Etage hinauf und hatte Panik davor, die Wohnung zu betreten, in der Papa so präsent gewesen war. Sie klingelte an der hohen, glänzend polierten Eingangstür. Adèl, ein wenig rundlich geworden, öffnete.

Sie ähnelt immer mehr Großmutter Regina, fiel Sarolta spontan auf. Katalin, klein und zart, stürzte weinend auf sie zu. Sieht aus, wie zum Umpusten, dachte Sarolta erschrocken. Sie betrat die Räume. Groß und leer erschienen sie ihr, wie klein und hilflos wirkten die Schwestern, die gar nicht mehr aufhören konnten, sie zu herzen und zu umarmen.

Eine Woche blieb Sarolta in der herrschaftlichen Sieben-Zimmer-Wohnung mit Blick auf die Kettenbrücke. Sie schlief kaum in diesen Tagen. Bis tief in die Nacht saßen die Schwestern zusammen. Sie entzündeten die sieben Kerzen des wertvollen alten Menoraleuchters aus Papas Besitz. Adèl sprach das Kaddisch für die Waisen, aber danach sprachen sie ein Vaterunser. Sie redeten und weinten. Besonders Katalin machte Sarolta Sorgen. Jeder

Lebensmut schien sie verlassen zu haben. Onkel Zsigmond hatte zum Glück ärztliche Behandlung angeordnet und klärte sich außerdem bereit, für die verwaisten Töchter seiner Schwester Sorge zu tragen.

»Schön, dass ich dich in Hamburg gut versorgt weiß«, bemerkte er süffisant zu Sarolta, als sie ihm einen kurzen Besuch abstattete. Dann ließ er sich aber dennoch herab, ihr voller Stolz Zeichnungen und Pläne seines neu erbauten Schlosses in Tura zu präsentieren. »Mein alter Freund und Fürsprecher bei Hofe, Nikolaus Esterházy, brauchte wieder einmal Geld und bot mir ein Areal direkt neben Gödöllö an. Neben Kaisers! Da konnte ich nicht nein sagen und beauftragte den besten Architekten von ganz Budapest, Miklós Ybl. Deine Tante Therés ist übrigens vor Ort, sie wird bedauern, dass sie dich nicht …«

In diesem Moment wurde ohne vorheriges Anklopfen stürmisch die Tür aufgerissen. Eugenia, genannt Jenny, rauschte herein. »Papa, warum erfahre ich nicht, dass Sari uns besucht. Ich habe es durch Zufall vom Hausdiener gehört!« Sie warf Herrn von Schoßberg einen vorwurfsvollen Blick zu, bevor sie sich auf Sarolta stürzte und sie herzlich umarmte.

»Lass dich anschauen, meine liebste Cousine, wir haben uns ewig nicht mehr gesehen. Elegant siehst du aus. Das schwarze Kostüm ist trés chic. Der schlichte Haarknoten steht dir ausgezeichnet! Nur ein wenig blass erscheinst du mir«. Sie schlug sich mit der Hand auf den Mund und unterbrach den Redefluss. »Gott, entschuldige, dass ich vor Freude so daherplappere, du musstest in letzter Zeit ja Schreckliches durchmachen, ach, du tust mir so leid, meine Süße!« Mit diesen Worten umarmte sie die Cousine erneut.

»Ja, Jenny, es sind schlimme Zeiten für mich, erst mein guter Ehemann Carl und jetzt der heiß geliebte Papa.« Sarolta konnte nicht weitersprechen, sie kämpfte mit ihrer Fassung. Sie schluckte. »Aber wie geht es dir, meine Jenny? Ich freue mich sehr, dich zusehen!«

»Je suis fiancée, ma chérie, ich werde im Herbst Lajos Bischitz de Heves heiraten! Ich hoffe, du kommst zur Hochzeit!«

Sarolta schüttelte lächelnd den Kopf: »Non, je regrette, ma chère cousine, da bin ich längst wieder in Hamburg bei meiner Tochter Ada, die zwei Jahre alt ist. Ich muss jetzt leider auch zurück zu meinen Schwestern.«

»Ich begleite dich, du musst mir unbedingt von dir erzählen!« Einerseits freute sich Sarolta über diesen Vorschlag, war Jenny doch eine Lieblingscousine, schon weil sie rein äußerlich Maman ähnelte, andererseits empfand sie es im Augenblick belastend, Dinge von sich preiszugeben. Bei ihrer Verabschiedung vom Onkel versicherte ihr dieser auf ihre Nachfrage hin, dass ihre Stute Eszter zurzeit munter über die sanft hügligen Weiden seines Gutes Kanja galoppieren würde. Sie wog ihre Worte genau ab, als sie gemeinsam mit Jenny die Nador-Straße hinunterging, um dann nach links zur Donau zum Ferenc-Joszef-Platz abzubiegen. Vor der Haustür verabschiedeten sie sich und beide wünschten sich Glück, »Masseltov«. Auf dem Hinweg zum Stadtpalais der Familie hatte Sarolta für einen winzigen Augenblick die Atmosphäre der wunderbaren Stadt genossen und den Geruch des Donauwassers eingesogen, der so anders schmeckte, als der des Elbstroms und mit Erinnerungen an ihre Kindheit verbunden war. Ich gehöre nicht mehr hierher, dachte sie. Obwohl es sich unendlich schmerzlich anfühlte, die Schwestern zu verlassen, spürte sie ein Gefühl von Erleichterung, als sie zwei Tage später im Zug zurück nach Deutschland saß.

In Dresden angekommen, überfiel Sarolta vehement die Sehnsucht nach ihrer Tochter in Hamburg. Der gute alte Wilm kutschierte sie zum Bahnhof und wie immer begleitete sie Heini, der mit seinen fast dreizehn Jahren schon fast auf sie heruntersah. »Papa besteht darauf, dass ich mal die Fabrik übernehme, aber ich werde Pianist!«, erklärte ihr Heini.

»Ach, Heini, et kömmt, wie et kömmt«, entgegnete ihm Sarolta spontan auf gut Hamburgisch und fühlte sich von sich selbst überrumpelt. Seit Budapest wusste sie plötzlich, wo sie hingehörte.

»Ada, Marika!« War das Kind gewachsen, in dem Monat! Sarolta war einfach nur glücklich, als sie am Berliner Bahnhof in Hamburg aus dem Zug stieg und die beiden sie mit strahlenden Gesichtern in Empfang nahmen.

»Mama, Mama, Mama!«, rief Ada aufgeregt. Sie hatte ganz rote Bäckchen von der frischen Mailuft. Entschlossen packte Sarolta ihr Gepäck in den englischen Kinderwagen, der aus einem ovalen Korb auf vier hohen Rädern bestand, und trug ihr kleines Mädchen fest an sich gedrückt auf dem Arm den ganzen Weg bis zum Hansaplatz.

»Sie ist zu schwer für dich«, tadelte Maria, aber Sarolta lachte nur. »Endlich habe ich dich wieder, mein süßer Fratz! Stellt euch vor, ich war tatsächlich für eine Woche in Budapest!«

»Nein, Kind, wenn du dir etwas vornimmst, du alter Dickkopf!« Marika schüttelte ihren nun vollends ergrauten Kopf.

»Tausend Grüße von allen soll ich dir ausrichten. Ach Marika, es war so deprimierend und traurig in der schönen Wohnung ohne Papa. Du hast recht wie immer, Liebe, man muss nach vorne schauen und nicht zurück. Mein Platz ist hier.«

Ernst und Marie beeilten sich gerade, den Laden zu schließen, als sie vor dem Haus ankamen. Auch bei ihnen war die Freude groß.

»Könnt ihr mich denn brauchen, darf ich wieder bei euch arbeiten?«, fragte Sarolta, etwas außer Atem. Ada hatte doch schon ein ordentliches Gewicht. Die Antwort war klar.

Der 15. Juli 1879, Saroltas 20. Geburtstag, fiel auf einen Dienstag und war somit ein ganz normaler Arbeitstag. Ihr kam das sehr gelegen, denn feiern wollte sie wahrlich nicht. Schon Tage vorher kamen in ihr die Ereignisse des vergangenen Jahres wieder hoch, die sie nach der Rückkehr von ihrer Reise in den Hintergrund geschoben hatte. Mag sein, es hing mit der Post aus Ungarn zusammen, die sich auf dem Abstelltisch unter dem silbernen Barockspiegel im Entree häufte. Zwei Päckchen aus Szegedin, ein Paket von den Schwestern und sechs Briefe mit

Absendern von Freundinnen aus dem Pensionat und Mitgliedern der Familie Schoßberg.

»Immerhin«, meinte Sarolta gerührt zu Marika, die ihr verboten hatte, die Post vor dem Geburtstag zu öffnen, »immerhin hat mir der ein oder andere wohl ein wenig verziehen, dass ich ausgebüxt bin.«

Marie hortete indessen die Geschenke von Dessens und von den Mayers. Sie überlegte, wie man den Tag doch noch festlich gestalten könne und plante als Überraschung ein kleines Abendessen bei sich in der Wohnung. Ihre beiden Kinder mussten vier Strophen des schönen Eichendorff-Liedes »Wem Gott will rechte Gunst erweisen, den schickt er in die weite Welt, zweistimmig üben. Zum Glück befand sich Peter noch nicht im Stimmbruch. Anne hatte seit vier Monaten Klavierstunden und lernte das Stück im Unterricht. Marie überlegte, ob sie ihre Eltern dazu bitten sollte, natürlich ohne Fritz, und entschied sich dafür. Von ihrem Bruder hatte sie lange nichts mehr gehört. Er war wohl sehr beschäftigt. Vater hatte sich vor Kurzem lobend über ihn geäußert. »Er tut sein Bestes und das wohl überlegt. Er ist ein guter Junge!«

Sarolta indessen dachte oft an ihn. Zweifel nagten an ihr, ob sie ihn nicht doch zu abrupt und voreilig abgewiesen hatte. Seit ihrer Rückkehr war er nicht mehr im Laden vorbeigekommen. Mit Marie sprach sie nie über ihn, aber immer, wenn sie Tante Gertrud in Blankenese Sachen lieferte und selbstverständlich zum Tee eingeladen wurde, fragte sie beiläufig nach Fritz.

»So ein schöner Junge«, pflegte Trude zu sagen, »und kricht keine ab! Aber er is wohl zu anspruchsvoll! Soll ich ihn denn mal grüßen?«

»Nein, nein!« Sarolta schüttelte vehement den Kopf. Innerlich fiel ihr ein Stein vom Herzen, er hatte sich wohl noch nicht anderweitig gebunden.

Frühmorgens an ihrem Geburtstag stand sie auf, zog die schweren Schlafzimmervorhänge beiseite und ließ die Strahlen der eben aufgegangenen Sonne herein. Ich bin stark, dachte sie. Ich schaffe es, für Ada, für mich, mithilfe meiner Marika. Papa, es war eine

Eingebung, die du hattest, sie zu bitten, mich zu begleiten, ach Papusch. Immer wenn sie an ihn dachte, hatte sie feuchte Augen. Zaghaft pochte es an der Tür.

»Hab gehört, dass du wach bist, dürfen wir gratulieren?« Sarolta öffnete die Tür. Marika stand mit der völlig verschlafenen Ada vor ihr.

»Alles Gute zu deinem 20. Geburtstag, lang sollst du leben und alles möge, so Gott will, besser werden! Des letzte Johr is net guat gwesen! Nah!« Sie seufzte tief. »Aber kimm ins Wohnzimmer, do is a Überraschung für dich.«

Sarolta folgte ihr barfuß im Nachthemd. »Wie schön!« Sie klatschte vor Freude in die Hände und Ada tat es ihr gleich. Auf dem weiß gedeckten ovalen Tisch brannten auf einer Schokoladentorte 20 bunte Kerzen und daneben stand der üppigste Sommerblumenstrauß, den Sarolta je gesehen hatte. In der Mitte steckte eine dunkelrote Rose. Eine goldumrandete Karte lag dabei. Sarolta ergriff sie. Es war ihr sofort klar, von wem die Blumen stammten. Sie las den schlichten Satz:

Alles Gute zum Geburtstag!
Fritz

»Blas die Kerzen aus, mein Kind, bevor das Wachs auf den Kuchen tropft«, sagt Marika, um die Situation zu retten. All die Päckchen und Briefe mussten geöffnet werden. Sarolta hatte dafür noch eine Stunde Zeit, bevor das Geschäft öffnete.

Fritz, Fritz! Er ging ihr nicht aus dem Sinn, während sie ihre Geschenke auspackte. Balints hatten einen wertvollen, handbestickten schwarzen Schal mit bunten Blumen geschickt und natürlich frisches Paprikapulver, von Dessens erhielt sie einen prächtigen Bildband mit Widmung des Fotografen Bähr, der ja Ada und sie abgelichtet hatte. Die größte Freude aber bereitete ihr eine lange rustikale Korallenkette, die Tante Helene für sie, wie sie schrieb, von einer Reise aus Ostasien mitgebracht hatte. Die Schwestern überraschten sie wie immer mit einer gemeinsam gestickten Tischdecke. Danach verlief der Tag ganz normal bis zum Überraschungsdinée.

Sarolta freute sich über den Besuch von Nikolaus und Luise und war begeistert über den musikalischen Vortrag von Peter und Anne. Später, nach dem Essen, stieß man mit Holunderlikör ein letztes Mal auf das Geburtstagskind an.

»Ach«, bemerkte Luise, »bevor ich es vergesse, eine freudige Nachricht, Fritz hat sich mit dem Töchterchen von Senator Ferber verlobt!«

Diese Nacht weinte Sarolta heiße Tränen in ihr Kopfkissen.

Eugénia

Friedrich

Um die Mittagszeit des 10. November 1884 saß Sarolta mit ihrer Freundin Inge, der Tochter des bekannten Arztes Dr. von Doring, im Nebenzimmer des Ladens bei einem Tässchen Tee aus dem Samowar. Er war eine Neuanschaffung des Geschäfts, um den Kunden eine kleine Erfrischung anzubieten.

Die lustige 22-jährige Inge, eigentlich hieß sie Ingeborg, wusste immer amüsanten Klatsch und Tratsch aus der Hansestadt zu berichten. Gerade hatte ihre Verlobung mit einem Reederssohn stattgefunden. Sarolta war mit ihren nun schon 25 Jahren ihre erfahrene Ratgeberin in Liebesangelegenheiten. Im Gespräch erwähnte Inge, dass Friedrich auf Grund seiner Verletzung aus dem Krieg als Patient im Hause Doring ein- und ausging. Sarolta fasste sich ein Herz und gestand der Freundin, dass sie Gefühle für ihn hege.

»Mein Gott, wärt ihr ein schönes Paar«, begeisterte sich Inge.

»Nein, nein, daran ist nicht zu denken, außerdem wird er Fräulein Ferber heiraten«, wiegelte Sarolta ab.

»Aber weiß du denn nicht, meine Liebste, dass die Ferber nach zwei verschobenen Hochzeitsterminen die Nase voll hatte und nach einer Blitzhochzeit mit Rude Junior in die Südsee nach, wie heißt das, nach Samoa entschwunden ist. Nun steckt ihre Mitgift wohl in der dortigen Handelsniederlassung!« Inge kicherte.

Friedrich wieder frei? Marie hat mir natürlich absichtlich nichts davon erzählt, dachte Sarolta. Es wurde ihr warm ums Herz. »Wo Ada und Marika wohl bleiben«, meinte sie laut, und tat, als ob die Neuigkeit uninteressant für sie sei.

»Wenn ich Marika nicht hätte. Sie bringt meine Tochter Ada jeden Tag in der Früh in die nette Privatschule in der Großen Allee und holt sie mittags wieder ab. Eigentlich müssten sie schon hier sein. Entschuldige bitte!« Sie stand auf, eilte zur Eingangstür und schaute hinaus auf den Hansaplatz mit seinem trotz des Nieselregens geschäftigen Treiben.

»Muss dann auch weiter«, antwortete Inge von hinten und ging zu Ernst an die Kasse, um ihre Einkäufe, ein blau kariertes

Kostüm und eine weiße Bluse, die in der Schneiderei fertiggeworden waren, zu begleichen.

Mit einem Kuss auf die Wange verabschiedete sie sich von Sarolta. Die sorgte sich mittlerweile ernstlich um ihre beiden.

Doch was erspähte sie dort hinten durch die schon entlaubten Bäume im Nebel aus Richtung Pulverteich kommend? Sollte es etwa Friedrich sein, mit einer Frau auf den Armen und neben ihm ein wandelnder dunkelroter Regenschirm? Marikas Schirm? Rasch erkannte sie: Es handelte sich tatsächlich um Friedrich mit Marika, der sich schweren Schrittes auf den Laden zubewegte. Unter dem aufgespannten Schirm vermutete Sarolta Ada, dem war auch so.

»Alles nicht schlimm, Sari, brauche nur sofort einen Stuhl für Frau Marika«, keuchte Friedrich, sobald er Sarolta erkannte.

»Schnell, einen Stuhl zum Eingang«, rief Sarolta jemandem vom Personal zu. Ada versuchte, mit dem aufgespannten Schirm die Türe zu erreichen. Sarolta entwand ihn ihr, um ihn zu schließen. Als Sitzmöglichkeit geschaffen war, entledigte Fritz sich seiner Last. Er zog ein Taschentuch hervor und wischte sich den Schweiß von der Stirn. Marika schluchzte mit schmerzverzerrtem Gesicht.

»Mamamama«, brüllte Ada.

»Schscht, mein Liebling, nicht so laut, die Kunden«, flüsterte Sarolta.

Sogleich fuhr auch das Kind im Flüsterton fort: »Marika hat mich abgeholt und dann, kurz bevor man zum Pulverteich einbiegt, ist ein Pferdefuhrwerk so gemein nah an uns vorbeigedonnert. Sie wollte mich schützen, aber ganz plötzlich lag sie am Boden und konnte nicht mehr aufstehen. Ich rief um Hilfe und da stand Onkel Fritz vor uns!«

»Kam gerade von Muttern und Vattern, sah ein schreiendes Kind und am Boden, im Schmutz der Straße, erkannte ich die werte Frau Marika!«, erzählte Friedrich immer noch leicht atemlos.

»Ihn schickte der Himmel. Mit seiner Hilfe versuchte ich, auf die Beine zu kommen. Es war aussichtslos. Ich kann auf dem linken Fuß nicht auftreten. Ich hab dann versucht, auf einem Bein hüpfend vorwärtszukommen«, stöhnte Marika.

»Sie wären dann aber erst so gegen Mitternacht hier gewesen, deshalb hab ich mir erlaubt, sie auf den Arm zu nehmen und Ada war einfach vorbildlich und hat sich um den Schirm gekümmert«, grinste Friedrich.

Ada lächelte geschmeichelt. Sarolta untersuchte währenddessen den Fuß. Er war stark angeschwollen, sie vermutete eine Bänderzerrung. Ernst und Friedrich gelang es, Marika in die Wohnung im dritten Stock zu hieven, wo Sarolta sogleich einen kühlenden Wickel mit Arnikatinktur anlegte und zur Sicherheit für den morgigen Tag den Arzt bestellen ließ. Ernst musste zu seiner Kasse zurückeilen, und weil Friedrich unschlüssig im Flur stand, bat Sarolta ihn ins Wohnzimmer.

»Hast es wirklich kommod und gemütlich hier«, bemerkte er und nahm auf dem geschwungenen Biedermeiersofa Platz. Sarolta brachte Apfelsaft.

»Kannst du dich ein wenig um Marika kümmern, meine Große?«

»Wenn Onkel Fritz weg ist, ja?«, bettelte Ada, folgte dann aber doch der Bitte ihrer Mutter.

»Lang ist's her, seit wir uns zuletzt gesehen haben. Wie geht's dir so?«, fragte Friedrich

»Danke, danke, alles gut. Aber was ist mit dir? Nicht verheiratet?«

»Ich wollte nicht!«, war die lapidare Antwort. »Leider schmiedet Mutter schon wieder Heiratspläne für mich. Ich kann sie nicht davon abhalten, du weißt ja, wie sie ist. Soll sie! Heiraten tu ich nur eine.« Friedrich lächelte sie von der Seite an. »Und«, fuhr er fort, »gab es bei dir keine Anwärter?«

Jetzt schmunzelte sie. »Doch, den ein oder anderen.«

»Den ein oder anderen, so viele?« Friedrich tat empört.

Sarolta wurde ernst. »Ich bin dem Schöpfer dankbar, dass wir drei, Ada, Marika und ich, ein Zuhause gefunden haben und ein Auskommen zum Leben. Ich bin ein freier Mensch, dank Ernst und Marie, das wurde mir bei meinem kurzen Aufenthalt in Ungarn, kurz nach Papas Tod, plötzlich klar.«

Friedrich nickte und betrachtete sie versonnen. »Du bist noch schöner geworden, ein wenig fraulicher. Der Jungmädchenlack ist ab! Steht dir gut, mein Kind!« Liebevoll sah er sie an. Dann stand er abrupt auf. »So, jetzt geht der alte Fritz! Dank für den Trank!«

»Danke im Namen von Marika!«

Kurz vor der Wohnungstür drehte er sich nochmal um. »Bevor ich es vergesse, ich hab morgen Geburtstag! Die allergrößte Freude wäre, wenn du am Abend mit mir speisen würdest!«

Sarolta schüttelte den Kopf. »Geht nicht!«

»Warum denn nicht?«

»Weil ... weil morgen Dienstag ist und ich bis um 7 Uhr im Laden sein muss.«

»Das ist mir wohl bekannt, Frau Götte, und deshalb hole ich Sie nach dem Besuch bei den Eltern am Nachmittag abends ab und bringe Sie vor Mitternacht brav wieder nach Hause. Mit der Droschke, keiner merkt was!« Friedrich setzte seinen blauen Dackelblick auf. »Bitte, bitte!!«

Sarolta seufzte. »Aber ich muss Ada noch zu Bett bringen.«

»Klar doch! Gewonnen!«, lachte Fritz.

»Ich begleite dich runter, muss eh in den Laden«, lächelte Sarolta. Sie gab Marika Bescheid, die sich mit Adas Hilfe der schmutzigen Kleidung entledigt hatte, nun im grün samtenen Hausmantel auf dem Bett lag und der an sie gekuschelten Ada mit leiser, eindringlicher Stimme eine Geschichte erzählte.

»Unser Ada-Kinderl ist eine richtige kleine Krankenschwester. Mir geht's schon besser, aber auftreten kann ich nicht«, brummelte sie.

»Bin auch gleich wieder oben bei euch!«, versicherte Sarolta rasch.

»Lass dir Zeit, Mama, ich bin ja da!«, meinte Ada voller Stolz.

»Noch was«, fügte Sarolta hastig hinzu, »ich habe mit Inge ausgemacht, dass ich sie morgen besuche, geht das?«

»Freilich, Mäderl!« Friedrich lehnte im Türrahmen der geöffneten Wohnungstür.

»Und?«

»Ja ja, es wird klappen«, flüsterte Sarolta und konnte ein Lächeln nicht unterdrücken. Sie begleitete ihn nach unten.

»Fritz, mein lieber Bruder und Held, da bist du ja! Großartig, trägt er die bedauernswerte Marika einfach so auf seinen Armen über den gesamten Hansaplatz. Ich meine, sie ist klein, aber man sieht an ihrer Figur, dass sie grandios kocht.« Marie war ganz aufgedreht, wie immer, wenn der Lieblingsbruder in Erscheinung trat. »Ach, Sarolta, bevor ich es vergesse, morgen ab vier bist du alleinige Herrin im Geschäft. Fritz hat nämlich Geburtstag und deshalb müssen wir drüben bei Muttern Geburtstagstorte verspeisen und bringen dir selbstverständlich ein Stück mit, aber einer sollte im Laden bleiben, oder?« Marie lächelte Sarolta fragend an.

»Natürlich.«

Marie hörte gar nicht hin. Ihre Augen leuchteten.

»Eigentlich sollte ich es nicht verraten, weil es eine Überraschung ist, aber Mutter hat auch deine zukünftige Verlobte dazu gebeten. Damit ihr euch im kleinen Kreise mal beschnuppern könnt. Sagt man doch so, oder?«, kichernd blickte sie zu Sarolta, die bemerkte, wie Friedrichs Gesicht zur Maske erstarrte.

»Sie ist ein richtig nettes Ding, so zum Pferdestehlen, nicht eingebildet, wie die Ferber-Tochter. Geld wie Heu wird sie mitbringen. Ja, Mutter hat da einen Instinkt, das muss man ihr lassen, ach ich freu mich so!« Sie umarmte ihren Bruder herzhaft.

Sarolta wunderte sich. Normalerweise war es bei Hanseaten verpönt, dermaßen aus sich herauszugehen, Sarolta selbst hatte an sich gearbeitet, ihre Emotionen in der Öffentlichkeit zu zügeln. Auch Fritz wurde es jetzt zu viel. Er löste sich abrupt von der Schwester, warf Sarolta einen Blick zu, der Bände sprach, und verschwand mit einem: »Tschöö dann auch, die Damen.«

Als Sarolta nach einer halben Stunde wieder zu ihrer Wohnung hinaufstieg, traute sie ihren Augen kaum. Friedrich saß am Boden vor der Eingangstür.

»Hu, jetzt bin ich aber erschrocken! Was machst du denn da? Ich dachte, du bist dich schon längst wieder in deinem Kontor in der Holländischen Reihe und arbeitest!« Sarolta schnaufte ein wenig.

»Da sitzt mein dämlicher Bruder gerade über den Oktoberbilanzen. Ich muss meine Geschäfte an der Börse tätigen. Nein Sari, im Ernst, so konnte ich nicht gehen. Was ist denn das nun wieder für ein Schwachsinn von meiner hochverehrten Frau Mutter. Morgen werde ich wohl gute Miene zu bösem Spiel machen, aber danach kann sie was hören. Sarolta, ich habe so einen Bammel, dass du jetzt einen Rückzieher machst und ich alleine in dem feinen Lokal an der Esplanade speisen muss.«

Sarolta betrachtete ihn keck und ließ ihn kurz schmoren, bevor sie antwortete: »Wieso? Wir gehen doch bloß essen? Ohne jeglichen Hintergedanken, oder? So gesehen kannst du dich ruhig verloben, mich stört es nicht.«

»Ach, Liebste, da fällt mir ein Stein vom Herzen, aber ...«, er starrte sie verzweifelt an, »Mist, Schiet! Verdammich, ich will mich nicht verloben!«, stieß er mit unterdrückter Stimme hervor.

»Pst, bis morgen Abend, komm rauf, vor Marika gibt es keine Geheimnisse.« Damit entschwand Sarolta durch die Eingangstür. Das habe ich gut gemacht, dachte sie und es schüttelte sie ein wenig vor Lachen. Ausnahmsweise war sie mal richtig stolz auf sich.

Am nächsten Morgen erschien in aller Früh der Doktor. »Kein Anlass zur Sorge. Es ist weder etwas gebrochen noch gerissen. Frau Götte hat die Zerrung schon professionell behandelt, weiter so, nur noch ein wenig Geduld.« Mit diesen Worten eilte er auch schon wieder aus der Wohnung.

Sarolta legte rasch einen neuen Arnikawickel an und gestand Marika dabei die kleine gestrige Notlüge. Danach war es Zeit, Ada aufzuwecken und zur Schule zu bringen.

»Sag mal, Liebe, wäre es nicht eine gute Idee, Ada zur Geburtstagsfeier mitzunehmen. Marika ist doch behindert und du stehst hier im Geschäft!«, machte Marie den Vorschlag, als Sarolta anschließend in den Laden kam.

»Das ist eine liebe Idee von dir, Ada wird sich freuen«, stimmte Sarolta zu, während sie an der Tür den Schirm ausschüttelte.

Da es draußen den ganzen Tag nass war, verlief der Nachmittag ruhig. Sarolta fand Muße, sich ein wenig hübsch zu machen.

Ganz hinten im Kleiderschrank hatte sie ein helles Wollkostüm wiederentdeckt, das sie nach Carls und Papas Tod nicht mehr tragen wollte. In einer Umkleidekabine im ersten Stock probierte sie es heimlich.

Très chic! Auch nicht übertrieben, fand sie und behielt es an. Die Haare zum Zopf geflochten, den Knoten daraus etwas verspielter gedreht als sonst, die Nase gepudert, einen Hauch Rouge auf die Wangen und Bienenbalsam auf die Lippen. Sarolta war mit ihrem Aussehen zufrieden, als die Geburtstagsgesellschaft fröhlich lärmend gegen 6 Uhr den Laden betrat. Friedrich war auch dabei, verabschiedete sich trotz Protest sogleich wieder, auch von Sarolta, die ihm alles Gute wünschte, da sie ihn heute noch nicht gesehen hatte.

»In einer Stunde hole ich einen Freund ab«, bemerkte er vielsagend und entschwand in der Dunkelheit.

»Das war lustig und der Kuchen hat geschmeckt und wir haben laut gesungen«, lautete Adas Resümee, als sie mit ihrer Mutter die Treppe hinaufstieg. Zum Glück war sie hundemüde.

»Der Onkel Fritz ist so nett«, bemerkte sie noch, bevor ihr nach der kurzen Gutenachtgeschichte die Augen zufielen. Jetzt aber schnell den Umhang und das Täschchen und die Treppe hinunter. Vor dem Haus stand ein diskreter Herr mit Zylinder. »Frau Götte?«, sprach er sie an, »ich soll Sie abholen, dort steht meine Kutsche.«

Sarolta nickte und folgte dem Herrn ein paar Meter. Da stand lächelnd Fritz. »Meine Holde, steigen Sie ein!«

Wie großartig er aussieht, wie gut ihn der schwarze Anzug und der hohe Zylinder kleidet, dachte Sarolta.

»Wie großartig Sie aussehen«, sagte Friedrich, während er ihr in die Kutsche half.

Das Restaurant an der Esplanade war ein kleines, feines Lokal, in dem die Tische zum Teil durch mit goldenen Blumen bemalte Paravents abgetrennt wurden. »Damit wir keine unliebsame Überraschung erleben«, meinte Friedrich, als er ihr den Stuhl zurechtschob. »Ich hoffe, du magst Austern, ich finde, sie passen am besten zu Champagner!«

»Alles Gute zum Geburtstag, Gesundheit, Kraft, all die Last und damit meine ich nicht, die schweren Kornsäcke zu tragen und viel, viel Freude am Leben. Auf dich!«, sagte Sarolta und hob den elegant geschliffenen Kelch, nachdem der Ober die schäumende Flüssigkeit eingeschenkt hatte. Fritz hob ebenfalls sein Glas.

»Auf uns, auf uns! Ich bin so glücklich, ab jetzt wird alles gut!« Als sie miteinander anstießen, entstand ein sphärengleicher Klang. Die Austern waren ein Genuss. »Ich habe verschiedene Fischspezialitäten vorbestellt, ist es dir recht? Sari?«

»Ich liebe Fisch!« Sarolta war noch nie in so einem edlen Restaurant gewesen. Nicht mit Papa und auch nicht mit dem eher bodenständigen Carl. »Es ist schön hier!«

»Gefällt es dir? Das freut mich! Warum warst du eigentlich nie im Laden, wenn ich mal vorbeigekommen bin? Immer wenn ich nach dir gefragt habe, bist du gerade unabkömmlich oben in der Schneiderei mit irgendwelchen Ladys beschäftigt gewesen. Es wurde mir dann zu bunt, habe nicht mehr nachgefragt, aber trotzdem insgeheim gehofft, dich mal zu erwischen. Marika ist ein Schatz, so lieb, dass sie sich den Knöchel verstaucht hat!«

»Es ist eine Zerrung und sie tut weh«, antwortete Sarolta sanft.

»Du warst verlobt mit einer Reichen, ich habe nichts zu bieten.«

»Du hast mehr zu bieten als alle, mein Schatz. Du bist klug, intelligent, anmutig und du hast Gefühl.«

»Ach ja«, seufzte Sarolta und nahm einen großen Schluck von dem prickelnden Champagner, »ich bin aber auch selbstsüchtig.«

»Das braucht man, um zu überleben, mein Kind. Nach allem, was du so über dich erzählt hast, warst du nie auf Rosen gebettet.«

»Ich fühlte mich eher auf Paprika gebettet, dort in Szegedin. Nach Mamans Tod lebte ich mehr bei Balints in ihrem Haus neben der Paprikafabrik und strolchte mit Sani und den Buben durch die Auen der Theiß und dann, die Ferien bei den liebevollsten Großeltern der Welt auf ihrem riesigen Gut mit all den Tieren, den Enten, Gänsen, Schwänen, den Pferden, Kühen und Schweinen, ich fühlte mich geschützt und geborgen. Und du?«

»Über meine Kindheit kann ich nicht klagen. Sie war voller Fantasie, Geheimnis, dort in dem alten Holländerhaus.«

»Holländerhaus«, kicherte Sarolta, aber Fritz begriff den Witz nicht und fuhr fort, »zwischen gefüllten Jutesäcken, Kähnen und Katzen lebten Klabautermänner. Schulzeit, Studienzeit in Göttingen, alles ein großer Spaß, bis der elende Krieg kam. Danach begann für mich der Ernst des Lebens und er dauert an. Heute ist allerdings ein Glückstag, Prost! Herr Ober, Sie können den nächsten Gang bringen!«

»Aber wie läuft es zurzeit mit der Firma? Seid ihr wieder in sicherem Fahrwasser?«, insistierte Sarolta.

»Bist schon eine richtige Hanseatin, von deiner Ausdrucksweise«, grinste Fritz. »Jetzt genießen wir erst mal den vorzüglichen Schellfisch.« Nach einer Weile sagte er: »Wenn du es genau wissen willst, aber dann ist auch Schluss damit, es soll ja ein vergnüglicher Abend sein, es läuft mal so, mal so! Heutzutage werden Geschäfte an der Börse gemacht und da haben unsolide Spekulanten manchmal die Nase vorn und manchmal hinten. Das kann ich mir nicht leisten, meine Abnehmer müssen wissen, dass sie sich auf mich verlassen können, und so kauft man dann zu teuer ein, damit die Qualität stimmt und oft ist die Gewinnspanne danach zu gering. Aber jetzt die gute Nachricht, ich bekam vor zwei Jahren vom Senat der Stadt die Lizenz als Kornumstecher, gehöre wieder, genau wie Vattern, zur Gilde der ehrbaren Kaufleute. Sieh her, mein Siegelring!, und nun kann ich endlich den armen, alten Papa entlasten. Mein Bruder, dieser Nichtsnutz, sitzt mir leider im Nacken. Wir können ihn und seine Familie nicht auf die Straße setzen, er ist immerhin der Erstgeborene. Mein Gott, ich hätte ihm so gegönnt, dass er alles richtig macht. Wozu bezahlten mir die Eltern jahrelang dies ausgezeichnete Studium. Ich schöre dir, Liebste, ich hätte jetzt tatsächlich schon die Brücke über die Donau gebaut und du könntest stolz sein auf mich. Stattdessen wühle ich in Kornsäcken.«

»Ich bin stolz auf dich, Fritz, du hast den Inhalt meines ernst gemeinten Briefs all die Jahre im Kopf behalten«, strahlte Sarolta ihn an, um ernst hinzuzufügen: »Obwohl du ihn doch aus deinem Gedächtnis streichen solltest.«

»Widme dich deinem Teller, Sari, Variationen von Lachs und Zander erscheinen mir heute köstlich.«

»Weißt du, was seltsam ist, Fritz? Diese dummen Jahre, diese grauen Jahre, in denen wir uns nicht gesehen haben, erscheinen mir wie weggeblasen. Oh, ich glaube, ich habe etwas viel getrunken, Fritz, und ich muss morgen früh aufstehen.«

»Es kommt noch Rote Grütze und danach der Mokka, dann bist du wieder hellwach, aber selbstverständlich begleite ich dich nach Hause, wenn du es wünschst.«

»Es hat schon noch ein wenig Zeit, mein Gott, ist das schön hier. Ach, Fritz, alles wird gut, ich fühle es.«

»Ja, mein Schatz, ab jetzt wird alles gut!«

Nachdem sie das Etablissement verlassen hatten, standen sie noch einen Augenblick am Alsterufer und schauten in das schwarze Wasser. Friedrich legte wärmend seinen Mantel um sie. Plötzlich sagte er unvermittelt: »Weißt du noch, Aalsuppe ohne Aal?«

»Aber mit Backpflaumen«, prustete sie los und beide kriegten sich nicht mehr ein vor Lachen.

Als Sarolta knappe zwei Stunden später in ihrem Bett lag und sich wohlig streckte, war sie einfach nur von Glück erfüllt.

Friedrich hingegen eilte, kaum dass er in der Holländischen Reihe angekommen war, zu seinem Arzneischrank.

»Morphin, oh du mein Freund«, murmelte er und schluckte drei Tabletten gegen die unerträglichen Schmerzen, die zum Glück erst wieder eingesetzt hatten, nachdem er Sarolta mit der Kutsche nach Hause gebracht hatte.

Am Nachmittag des 13. Novembers erfüllten Schwaden von Tabakrauch die Luft des Kontors der Firma »Blanck und Söhne«.

Nikolaus, der in aller Eile von der Großen Allee herübergekommen war, saß auf seinem angestammten, mit geschnitzten Löwenköpfen verzierten Schreibtischstuhl, seine beiden Söhne rechts und links schräg vis à vis. Albert paffte Zigarre, Friedrich und Nikolaus zogen erregt an ihren Pfeifen. Vor ihnen lag auf der dunkel polierten Tischplatte ein Schreiben, geschmückt mit dem großen Wappen das Hamburger Senats.

»So, Jungs, jetzt haben wir es schwarz auf weiß, wir werden der Spitzhacke zum Opfer fallen und daran ist nicht mehr zu rütteln! Zuerst hieß es, es handele sich nur um die Armenviertel da hinten, um die es nicht schade ist. Seit einem Jahr wehen ja schon Abrisslärm und Staub zu uns herüber, wenn Westwind herrscht.« Nikolaus schnaubte vor Wut. »Aber ich habe es kommen sehen. Ich weiß gar nicht, wie ich es Muttern beibringen soll. Dies hier«, er machte eine große Geste mit seinen Armen, »dies hier ist doch ihr Elternhaus, seit Generationen in der Familie und jetzt schwupp die wupp soll es weichen, weil dieser Mistkerl, dieser Bismarck, sich Hamburg einverleibt hat!«

»Und ich Idiot habe fast mein Leben verloren, weil ich für Preußen in den Krieg gezogen bin. Ich habe dadurch indirekt dazu beigetragen, dass wir enteignet werden«, kam es sarkastisch über Friedrichs Lippen.

Der Vater fiel ihm ins Wort. »Du musstest ja nur in den Krieg, weil unsere Freie Hansestadt in den Norddeutschen Bund gezwungen wurde«, echauffierte er sich.

»Na ja, wir sollten schauen, dass eine entsprechende Entschädigung für uns dabei herausspringt«, äußerte sich Albert und zog an seiner dicken Havanna.

»Da hast du wohl recht, min Jung, aber dies hier ist unersetzlich, auch wenn's bei Ebbe manchmal ordentlich modderich riecht und man die Fenster zum Fleet geschlossen halten sollte. Das sind doch alles Gauner, diese Gosslers, Robbinows, Krassmanns und all die andern, die das große Geld mit dem Überseehandel wittern. Dabei erschwert der Freihafen den kleinen Händlern, die ihre Geschäfte im Inland machen, das Leben. So viele brave Leute sind schon nach Lübeck gezogen. Es hat auch nichts geholfen, dass es einen Sturm der Entrüstung gab, bei dem weit mehr als 1.700 Hamburger Bürger, auch wir, eine

Petition gegen die neuen Pläne unterschrieben haben, nachdem von den »Hamburger Nachrichten« ein geheimer Briefwechsel zwischen Bankier John Gossler und Bismarck publik gemacht wurde, in dem die zollfreie Zone schon festgelegt worden war.«

»Hast wohl recht, Vater! Beschiss und Betrug! Neulich traf ich auf der Straße übrigens meinen alten Kommilitonen und Freund Zinnow, mit dem ich in Göttingen studiert habe. Er ist jetzt Assistent vom Baudirektor Meyer und er wollte mich sogleich anheuern für das Mammutprojekt, die neue Speicherstadt, er wollte mich auch gerne empfehlen. Ich hab ihm gesagt, meine Mission sei Bauen, aber nicht das eigene Grab schaufeln. Ich glaube, damit konnte ich ihn richtig schockieren.«

»Hast du gut gemacht, min Jung, ich hole uns jetzt mal den alten Whisky aus dem Wandschrank, ihr wisst doch, den ganz guten, macht ihr mit?«

»Jou, Vatter, gerne«, nickte Albert, »ich bring Gläser aus der Küche!«

»Ich nur einen kleinen, wegen meiner Medikamente, ihr wisst schon.«

»Wie du willst, Fritz, ist auch bloß zum Anstoßen, meine Söhne, auf dass die Familie immer zusammenhalten möge.« Nikolaus schenkte ein: »Proust, meine Söhne! Auf uns!«

»Proust, Vattern! Auf uns!«

»Proust, meine Kinder, haltet immer zusammen und kümmert euch um Muttern, wenn ich nicht mehr bin, versprecht mir das.«

»Jou, Vattern, versprochen, aber du überlebst uns alle, sogar Muttern!«

Der alte Whisky rann ihnen wie Öl durch die Kehlen und entspannte ein wenig die Gemüter.

»Tja«, resümierte Nikolaus, nachdem er den ordentlichen Schluck richtig genossen hatte, »dieser Bismarck, der Teufelsbraten, enteignet uns jetzt praktisch zum zweiten Mal. Als er auf Grund seiner Meriten für die preußische Politik vom Kaiser den Sachsenwald geschenkt bekommen hat, war da mittendrin die Grawertsche Mühle, seit Jahrhunderten in Familienbesitz, obwohl es eine Auflage gab, dass jeder Dorfbewohner dort sein persönliches Korn malen durfte. Bismarck bestand darauf, die Mühle zu kaufen, bot einen fairen Preis, und da mein älterer Bruder Johann, euer Onkel Hannes, vom Rheuma geplagt war und keine Kinder hatte, wie ihr wisst, wurde man sich handelseinig. Wir fuhren dann zu einem Abschiedsbesuch hinaus, siehe da, wer kommt mir entgegen, mein alter Freund, Förster Lang, der Herrscher über den Sachsenwald und in seinem Schlepptau, der Kanzler, groß und mächtig. ›Das ist der Bruder von Müller Grawert und sein Sohn Albert, Durchlaucht‹, stellte Lang uns vor.«

»Vatter hatte natürlich nichts Eiligeres zu tun, als zu berichten, dass sein zweiter Sohn, schwer verwundet, durch einen Streifschuss am Kopf in der Schlacht vom 30. August 70 in Beaumont noch im Hospital liegen würde«, fiel Albert ihm ins Wort.

»Daraufhin war der Fürst aber äußerst aufgeschlossen und erzählte, dass sein Sohn Herbert am 16. August bei der Schlacht von Mars la Tour einen glatten Durchschuss durchs Bein erhalten hatte«, fuhr Nikolaus fort, um wiederum von Albert unterbrochen zu werden. »Bismarck war voll des Lobes für dich, mein Bruder, schien erleichtert, dass du überlebt hattest, und fragte nach meiner Tätigkeit und da fand er es wichtig und gut, dass ich in der Nachhut für Brotlieferung eingesetzt worden war.«

»Genau, ohne Essen, keine Kraft zu schießen und dann erklärtest du ihm, Vater, dass du Getreidehändler plus Getreidekontrolleur bist, ihr habt die Geschichte schon einmal erzählt!«, meinte Friedrich gedehnt.

»Was heiß einmal? Hundertmal!«, entgegnete Nikolaus, »aber sie ist immer wieder schön, nicht Albert?«

»Außer, dass Fritz natürlich immer Persona grata ist«, murmelte Albert kaum hörbar. »Gut, erzählt weiter, Vatter!«

»Wir inspizierten die Bäume selbander und mir wurde weh ums Herz. Hier im Sachsenwald ist meine Heimat, auch wenn ich seit vielen Jahren mitten in Hamburg zu Hause bin, erklärte ich dem Fürsten. Er erwiderte: ›Da ergeht es Ihnen wie mir, ich bin auch kein Stadtmensch, im tiefsten Inneren bin ich Junker und Holzwirt. Obwohl‹, Bismarck lachte, ›Politik ist die ärgste Holzerei!‹ Er zeigte uns noch seine mehr als bescheidene Bleibe, meinte aber, seiner Frau zuliebe müsse er ein bisschen mehr Luxus schaffen, gleichzeitig beunruhigten ihn die Kosten. ›Der Kauf Ihrer Mühle hat ja schon ein Vermögen verschlungen und nun noch der Umbau des Hauses, aber zum Glück gibt es meinen Bankier Bleichröder‹, scherzte Bismarck, bevor er sich verabschiedete.

Die ganze Zeit hegte ich Bewunderung für den Mann, er wirkte so bescheiden und sympathisch, aber ab heute ist das vorbei! Wie kann er uns so behandeln! Prost, Jungs! Das brauche ich jetzt!«

Nikolaus genehmigte sich noch einen ordentlichen Schluck.

»Et kömmt wie et kömmt!«, meinte Albert.

»Is wat Wahres dran«, gab Fritz seinem Bruder ausnahmsweise recht. »Ich lüfte mal 'n büschen!«

Er öffnete das hohe Fenster zur Straße und atmete tief. Sari, dachte er zärtlich. Mit dir zusammen fängt vielleicht ein anderes Leben, irgendwo, weit weg, an. Gleichzeitig wurde ihm klar, dass er seine Eltern nie im Stich lassen würde.

Nikolaus erhob sich leicht schwankend. »Ich muss jetzt heim zu Muttern, aber ich sach noch nix!«

»Da tust du gut dran, Vattern, ich bring dich mit der Droschke, muss dann sowieso noch zum Hansaplatz.«

»Sach Marie auch noch nix, sonst landet es gleich bei Muttern«, meinte Nikolaus, als sie in der Kutsche saßen. »Warum musst du zum Hansaplatz? Spukt dir die Götte wieder im Kopf herum? Ist das der Grund, warum du an deinem Geburtstag so abscheulich zu der armen Kleinen warst, die Muttern für dich eingeladen hatte. Sie hat dir eine simple Frage gestellt und du hast sie angebellt! Pfui, Junge, so was tut man nicht, wusste gar nicht, wie ich es ihrem Vater, meinem Freund Söhle, erklären sollte!«

»Das, Vater, war ein Appell an euch, sich nicht mehr einzumischen. Das junge Fräulein tat mir leid! Ich habe schweren Herzens mein Berufsziel aufgegeben, um die Firma zu retten! Aber Einmischung in mein Privatleben verbitte ich mir ab jetzt!«

Nikolaus sah seinen Sohn verstohlen von der Seite an. »Soll ik dir wat verraten, min Jung, ick versteh dich!« Sie waren in der Großen Allee angekommen.

»Gruß an Mutter!«

»Dank dir, Fritz! Werde ich ausrichten!«

Wie befreit fühlte sich Friedrich, als er am Hansaplatz 8 die Treppen in die dritte Etage hinaufeilte. Er schellte. Einmal, zweimal, nichts. Dann hörte er ein Kinderstimmchen hinter der Tür. »Wer ist da? Marika hat gesagt, ich muss fragen, bevor ich aufmachen darf!«

»Ada?«, fragte Friedrich.

»Jaa!«

»Ich bin es, der Onkel Fritz!«

»Marika, es ist Onkel Fritz!« Es dauerte wieder einen Moment, bis sich von innen der Schlüssel drehte und die Tür geöffnet wurde. »Danke, Ada, das hast du gut gemacht, immer erst fragen.«

Ada war ganz aus dem Häuschen. »Marika kann doch noch nicht richtig laufen, aber sie sitzt in der Küche und bereitet mit dem Hausmädchen das Abendessen vor. Ich laufe jetzt fix mal runter zu Mama und sage, dass du da bist, Onkel Fritz!« Sie strahlte über beide Wangen.

»Das wirst du hübsch sein lassen«, erwiderte Friedrich hastig. »Ich warte bei euch in der Küche auf sie, es ist ja bald Geschäftsschluss.«

»Na gut. Marika! Der Onkel Fritz ist da!« Ada eilte geschäftig in die Küche, Friedrich schloss die Eingangstür und folgte.

»Herr Grawert, was für eine Freude! Vielen Dank nochmal für die Rettungsaktion! Sarolta wird gleichkommen. Sie müssen mit uns zu Abend speisen, es ist genug da!«

Marika saß, auf einen Stock gestützt, auf einem Stuhl am blankgescheuerten langen Küchentisch und gab dem Mädchen, das am Herd stand, Anweisungen.

»Sehr begabt, das Mädel, wird amal eine gute Köchin!«

»Riecht verführerisch, was gibt's denn?« Fritz setzte sich auf die Küchenbank, sprang aber sofort wieder auf, denn Sarolta betrat den Raum.

»Fritz, nein so etwas! Was verschafft mir die Ehre?«

Friedrich küsste ihr die Hand. »Heute war ein Schiettag und da war mir einfach danach, hier vorbeizukommen, hat mich auch keiner im Treppenhaus gesehen«, sagte er und setzte einen unschuldigen Blick auf, über den Sarolta kichern musste.

»Ich habe ihn übrigens gerade zum Essen eingeladen. Es gibt Kalbsbraten mit Nòketty, eh, Spatzerln, ist des recht?«

»Vielen Dank, liebe Frau Marika, ich liebe Spatzerln und bleibe gerne, wenn es der Hausherrin recht ist!«

»Es ist ihr recht«, krähte Ada und lehnte sich an Friedrich. Da konnte Sarolta nicht nein sagen. Bald nach dem Essen, als Ada ins Bett gebracht wurde, verabschiedete er sich höflich. Er hatte es vermieden, über seine neuen Sorgen zu berichten. Er beschloss, diesmal das wieder zum Leben erweckte Pflänzchen Liebe behutsam zu behandeln.

»Kommen Sie recht bald wieder, Herr Grawert! Mir haben immer was zum Essen da, gell Sari?«

»Marika hat recht, du bist immer willkommen in unserm Zuhause!«, bekräftigte Sarolta Marikas Einladung.

»Vielen Dank, es war wieder vorzüglich, es wäre mir eine Ehre, wenn ich kommen dürfte, zumal ich es bei mir mit meinem Bruder am Tisch nicht aushalte und immer auswärts esse. Sein Sohn besucht seit Kurzem die Kadettenanstalt in Berlin und seine Frau Mine ist meistens bei ihren Eltern in Lüneburg, weil sie angeblich krank sind, wer es glaubt! Da fällt mir mit ihm alleine die Decke auf den Kopf!«

»Also dann, bis Morgen!«, bemerkte Marika resolut.

»Gerne, bis Morgen!«, erwiderte Friedrich und Sarolta konnte nichts dagegen einwenden. Sie war froh, dass keiner bemerkte, wie ihr vor Freude Gänsehaut über den Rücken lief.

Von da an war Friedrich fast jeden Abend zu Gast bei Sarolta. Immer schlich er sich kurz vor Ladenschluss durch das Treppenhaus. Einmal begegnete ihm tatsächlich Ernst, der gerade seine Wohnung in der zweiten Etage verließ.

»Fritz, was machst du denn hier, willst du nicht Marie begrüßen?«

»Hab gar keine Zeit, wollte nur kurz nach Frau Marika sehen wegen ihrem Fuß!«

Ernst lächelte. »Du bist wegen unserer bezaubernden Sarolta hier, stimmt's? Meinen Segen hast du. Du brauchst keine Mitgift, sondern eine patente Frau wie sie! Das ist meine Meinung, auch wenn wir sie dann verlieren würden. Sie ist ein Segen für unser Geschäft!«

Friedrich sah ihn an. »Gut, ich sage Marie nichts, d'accord?«, fuhr er fort.

»Es ist etwas Schlimmes passiert«, brach es aus Friedrich heraus. »Bitte, sag Marie noch nichts. Es steht jetzt fest, wir werden nächstes Jahr enteignet. Vor zehn Tagen kam der Bescheid vom Senat!«

»Gott, wie schrecklich und es ist nichts mehr zu machen? Ich dachte, nur die Arbeiterviertel würden abgerissen werden!«

»Das dachten wir bis vor zehn Tagen auch!«

»Nein, Marie erfährt aus meinem Munde nichts, kannst dich darauf verlassen.«

»Dank dir, Schwager! Das Herz ist mir schwer, wegen Mutter und Vater!«

»So 'n Schietkram! Ihr müsst sehen, dass ihr entschädigt werdet. Ich muss in den Laden und schweige wie ein Grab!« Ernst umarmte seinen Schwager und eilte die Treppe hinunter.

Marika konnte nun schon wieder ohne Stock humpeln. Sie wusste um Saroltas tiefstes Geheimnis, über das sie auch mit ihr nicht sprach und deshalb ergriff sie die Initiative. Sie servierte Götterspeise mit Schlagsahne und kippte beim Verteilen ein wenig davon über Ada. Die schrie und Marika hatte einen Grund, mit ihr in den Waschraum zu verschwinden, wo es Wasserhahn mit Becken, Ofen und Badewanne gab. Jetzt saßen sich Fritz und Sari am ovalen Biedermeieresstisch alleine gegenüber.

»Götterspeise schmeckt fulminant«, bemerkte Friedrich.

»Du siehst blass aus, mein Lieber, was machen die Schmerzen?« Sarolta wollte die Zeit zu zweit nützen, für Fragen, die ihr auf der Seele brannten.

»Die Schmerzen sind es nicht, dagegen gibt es Tabletten.« Er machte eine lange Pause, weil er sich sammeln musste, um weiterzureden. Mit Tränen in den Augen fuhr er fort: »Seit ein paar Tagen haben wir den Bescheid, dass unser barockes Anwesen, eines der schönsten und ältesten Häuser Hamburgs, dass dieses Juwel Ende nächsten Jahres abgerissen werden wird. Aber wir sind nicht alleine, nicht nur die Holländische Reihe, nein, auch der Alte Wandrahm mit seinen Palais ist betroffen. Muttern weiß noch nix.«

Sarolta war außer sich vor Entsetzen. »Aber das ist ja schrecklich, kann man nichts mehr tun?«

»Es gab heftigen Widerstand dagegen, aber die großen Händler wollen den Freihafen, das sind diejenigen, die auch im Senat sitzen. Die kleinen und mittleren wie wir gehen dabei vor die Hunde.«

»Immer, wenn man mal wieder etwas aufatmen kann, kommt ein neues Problem«, sagte Sarolta leise, setzte sich neben Friedrich und legte den Arm um ihn.

»Apropos atmen, meine Pferde Sonne, die mittlerweile bannig alt ist, und Mond haben schon so oft nach dir gewiehert und ich habe versprochen, dass du mal vorbeischaust. Passt es, wenn du Gertrude Blanck das nächste Mal besuchst?«

»Tante Trudchen kann kaum mehr laufen, aber im Kopf ist sie noch hell. Nächsten Mittwoch gegen 12 Uhr bringe ich ihr Sachen vorbei.«

»Da werde ich unvermittelt aufkreuzen!«

»Unter einer Bedingung, wir besuchen die Pferde«, Sarolta sah Friedrich eindringlich an, »mehr, nicht!«

»Versprochen, mehr …«, Friedrich machte eine längere Pause als Sarolta, »mehr nicht!«

»Versprochen?«

»Versprochen!«

Tante Gertrud freute sich immer, wenn Sarolta bei ihr vorbeikam, um Sachen aus dem Laden zu liefern. Sie orderte Dinge, die sie nicht wirklich brauchte, und die sie anschließend an Saroltas Besuch in die hinterste Ecke des Kleiderschranks verbannte. »Fritz, min Jung, was für eine Überraschung, Sarolta Götte sitzt gerade im Wohnzimmer, ihr kennt euch doch, oder?«, strahlte die zierliche alte Dame, als Friedrich pünktlich gegen halb eins bei ihr klingelte. »Komm rein, habe Frikadellen und Bratkartoffeln gemacht!«

Dieser 10. Dezember war ein ungewöhnlich milder und klarer Tag für die Jahreszeit. Von Gertruds Stube hatte man einen einmaligen Blick über die Elbe, auf der die großen und kleinen Schiffe in beiden Richtungen unterwegs waren.

»Ist spannend hier bei dir, Tante, hast immer was zum Gucken!«

»Wird auf die Dauer aber auch langweilig, Fritz, nein, wie bin ich froh über euren Besuch! Mein Gott«, bemerkte sie unvermittelt und betrachtete die beiden durch ihr Lorgnon, »was wärt ihr für ein schönes Paar!«

»Wir sind ein schönes Paar, da hast du recht, Tante, und ich liebe diese Frau hier«, kam es spontan über Friedrichs Lippen.

»Bravo«, rief Gertrud, »ich wusste immer, dass du ein Junge mit Instinkt und Geschmack bist! Und du, mein Kind?«

»Ich, ich …«, stammelte Sarolta.

»Ist gut, meine Liebe, als Frau hält man sich vornehm zurück, das machst du richtig, aber ich sehe dir an, dass du diesen bezaubernden Kerl hier, meinen Neffen, der zum Glück nicht das biestige Wesen meiner Schwester Luise geerbt hat, sondern nach seinem Vater gerät, auch liebst. Luise ist mit Sicherheit gegen eure Verbindung, weil sie immer nur den Mammon im Auge hat, aber ich werde euch helfen.« Sie kicherte. »Gott ist das ein Spaß! Besucht mich, so oft ihr wollt!«

»Ist gut, liebe Tante, herzlichen Dank für das Angebot, wir kommen darauf zurück, aber nun ruft die Pflicht in Hamburg, deine Frikadellen haben köstlich geschmeckt!«

»Dank dir, Fritz. Kinder, ich wünsche euch alles Gute!«

»Puh«, stöhnte Friedrich, als sie wenig später die Stufen zur Elbe hinabstiegen, »ganz schön anstrengend, die Tante, hätte nicht gedacht, dass sie mich so durchschaut.«

»Oh doch«, entgegnete Sarolta, »vor Jahren hat sie mir gegenüber schon mal so eine Andeutung gemacht!«

»Ist aber einfühlsam von ihr, oder?«

»Sehr!«

Mittlerweile hatten sie die Fischerkate erreicht. Sonne und Mond wieherten vor Freude.

»Siehst du, sie erkennen dich, Sari!«

Sarolta schüttelte lachend den Kopf. »Umgekehrt, ich bin froh, sie wiederzusehen!«

»Unterschätze Pferde nicht!«, sagte Friedrich ernst. »Das Wetter würde einen Ausritt erlauben und ich habe, juhu, einen Damensattel besorgt, was sagst du?«

Sarolta sagte nichts mehr, sie war sprachlos. Kurze Zeit später ritten sie nebeneinander in leichtem Trab die Elbe entlang und sogen die klare, feuchte Dezemberluft ein. Gut, dass sie Handschuhe trugen.

»Ich überlege, ob man nicht nochmal ein Weihnachtsfest mit der gesamten Familie organisieren sollte, wo einfach alle dabei sind. Und Gänseessen am 25.! Sozusagen ein Gänse-, nein, Schwanengesang«, äußerte Friedrich etwas außer Atem.

»Schöne Idee, Fritz, aber glaubst du nicht, dass es ein sehr trauriges Fest werden wird?«

»Das schon, aber Trauer hilft, wenn man Abschied nimmt. Man muss die Trauer zulassen!«

»Du hast recht, Fritz, und man sollte nach vorne blicken!«

»Leichter gesagt als getan!« Er wechselte mit Sonne in Galopp über und Sarolta folgte ihm auf Mond. Nach einer Stunde reiten in der frischen Luft fühlten sich beide wie befreit. Nachdem die Tiere versorgt waren, ließen sie sich bis zur Gaststätte »Jacob« kutschieren, tranken dort schwarzen Tee mit viel Zucker, ohne Rum, und waren gegen Abend zurück in Hamburg. Friedrich hatte anschließend eine Verabredung mit Senator Melk, der um die Ecke am Alten Wandrahm 16 wohnte, und dessen Palais ebenso vom Abriss bedroht war.

Sarolta war mit der Hochzeitsrobe ihrer Freundin Ingeborg von Doring beschäftigt.

»Du bist so zart und schön, hast einen Schwanenhals und eine lange Taille, das Oberteil sollte aus Spitze sein, mit einem elegant geschwungenen Stehkragen und einem schmalen, spitzen Ausschnitt. Gepuffte Ärmel! Der Rock aus Atlasseide fällt oben schmal, um dann ab den Knien auszuladen und hinten in einer dezenten Schleppe zu enden!« Sarolta erklärte der Freundin ihren akkurat gezeichneten Entwurf.

»Grandios, Liebste, das ist perfekt!« Inge umarmte ihre Freundin.

»Sag mal, Inge, warum heiratet ihr eigentlich in dieser grausigen Jahreszeit, kurz vor Weihnachten?«, wollte Sarolta wissen.

»Weil wir anschließend«, Inge bekam rote Backen, »auf Hochzeitsreise nach Madeira gehen und dort im Hotel ›Reids‹ Weihnachten verbringen werden. Ist das nicht herrlich?«

So kurz vor Weihnachten, am 20. Dezember zu heiraten, war in den Augen der geladenen Gäste schon ungewöhnlich, obwohl die Hochzeit in Hamburg zu den wichtigen Ereignissen der Hamburger Gesellschaft des Jahres 1884 gehörte. Friedrich und Sarolta schwebten im Glanz der tausend Kerzen durch den Ballsaal. »Die nächste Hochzeit wird unsere sein«, flüsterte Friedrich ihr ins Ohr, »wir werden ein Fest veranstalten, welches dieses hier in den Schatten stellt!«

Sarolta lächelte. »Gut, aber dann gönn' dir und den deinen nochmal ein stilles, besinnliches Fest und sacht Muttern noch nix!«

»Wie klug du bist, meine Schöne, du findest immer die richtigen Worte. Übrigens kommen übermorgen schon die Mayers aus Braunschweig und zum Gänseessen am 25. musst du mit Ada unbedingt Ernst, Marie und die Kinder begleiten. Ich zähle übrigens auf die Hilfe von Marika, sicher macht niemand einen besseren Gänsebraten als sie!«

»Ich weiß auch, wie es geht, aber natürlich von Marika«, lachte Sarolta. »Sieht Inge nicht bezaubernd aus? Ich wünsche ihr alles Glück der Welt!«

Sarolta fand es angemessen, den Heiligen Abend mit Ada und Marika in ihrer Wohnung zu verbringen. Sie hatte einen kleinen Tannenbaum mit Kerzen, Kugeln und in buntem Stanniolpapier verpackten ›Szaloncukor‹ geschmückt.

Während Marika die Tage davor Unmengen von Vanillekipferl gebacken hatte, fabrizierte Sarolta abends Szaloncukor, kandierte, mit Schokolade überzogene Früchte, die, bunt eingewickelt, traditionell an jedem ungarischen Weihnachtsbaum hängen. Nachdem die Schokolade getrocknet war, hatte Ada die Aufgabe, die Köstlichkeiten zu verpacken, was ihr großen Spaß bereitete, zumal sie zwischendrin immer mal wieder eine Kostprobe stibitzte. Als Marika erfahren hatte, dass sie die Verantwortung für den weihnachtlichen Gänsebraten übernehmen sollte, war sie sofort in heller Aufregung zu Heimerdingers gefahren, um die Bestellung aufzugeben.

»Küss die Hand! Kaa Problem, Frau Marika, i liefer Ihnen zwei wunderschöne Hafermastgänse, picobello gerupft und ausgenommen, mit dem Leberl separat, aber«, Herr Heimerdinger zwinkerte, »des mach ich nicht für an jeden! Nur für meine Landsleut.«

»Mei, ich bin Ihnen so dankbar! Wenn ich Sie nicht hätt! So, dann bräucht ich noch Beifuß, Äpfel und Maronen für die Füllung! Und natürlich mehlige Erdäpfel für die Knödel. Das Blaukraut, ich meine«, Marika spitzte die Lippen, »Rotkohl, nimm i glei mit, den mach ich immer zwei Tage früher, damit er durchzieht. Ach übrigens, Lieferung diesmal zur Holländischen Reihe 11, Grawert!«

»Wann kommt denn endlich das Christkind. Es hat mich doch hoffentlich nicht vergessen!«, fragte Ada aufgeregt, als am Weihnachtsabend die Dämmerung einsetze.

»Nein, mein Schatz, es wartet nur noch auf unsere Marika, die drüben bei Onkel Fritz hilft, den Ganserlbraten für morgen Mittag vorzubereiten!«, erklärte Sarolta. In dem Moment öffnete sich die Wohnungstür.

»Marika!«, rief Ada, »jetzt kann das Christkind kommen!«

»Muss mich nur noch umziehen, mei des war was, da drüben, ich sag nur Chaos, mehr sag ich net«, schnaufte Marika.

»Ich schau, ob ich dem Christkind helfen kann«, flüsterte Sarolta und schlüpfte durch einen Türspalt ins seit dem Morgen verschlossene Wohnzimmer. Sie zündete die Kerzen an und betrachtete ihr Werk. Festlich!, kam ihr in den Sinn. Sie läutete eine kleine Silberglocke und wand sich durch die Tür zurück in die Diele. »Habt ihr es eben gehört? Was war denn das?«, tat sie erstaunt.

Marika schaute Ada an. »Hab nix gehört und du?«

»Es, es hat gebimmelt.« Ada starrte erwartungsvoll auf die geschlossene Tür, die Sarolta im gleichen Augenblick schwungvoll öffnete. Das Fenster stand offen, das Christkind musste gerade in dem Augenblick den Raum verlassen haben. Die Bienenwachskerzen des bescheidenen Bäumchens, das zwischen den beiden hohen Fenstern in sicherer Entfernung der Vorhänge platziert war, tauchten den Raum in goldenes Licht.

»Schön!«, sagte Ada, dann deutete sie auf die zahlreichen Gegenstände, die unter dem Baum lagen. »Meine Geschenke?«

»Nicht alle, aber bevor du schaust, singen wir noch ein Lied und gedenken der Geburt Jesu Christi!«

Mit diesen Worten setzte sich Sarolta an ihr Klavier, dass sie vor drei Jahren günstig erstanden hatte und intonierte »Stille Nacht, Heilige Nacht«, danach sangen sie voller Inbrunst auf Ungarisch, »Csendes èj, szentséges ej ...«, und anschließend folgte »Mennyböl az angyal ...«, »Aus dem Himmelreich ein Engel ist zu Euch gekommen ...«

»Frohe Weihnachten! Und nun schau, was dir das Christkind beschert hat, liebes Kind!« Unter dem Baum lagen Geschenke für Ada, eine Stoffpuppe im Puppenbett aus weiß lackiertem Eisen, Puppenumhang und Mütze, ein blauer Wollmantel für Ada, den Marika genäht hatte, und ein dickes Märchenbuch mit bunten Bildern von Onkel Fritz. Ada hatte in der Schule für Mama und Marika Gedichte in Schönschrift gemalt. Sarolta bekam von Marika einen gestrickten Wollschal und Sarolta überraschte Marika mit einem silbergrauen Wollkostüm.

»Für die Hochzeit mit Fritz«, flüsterte Sarolta der Kinderfrau ins Ohr.

»Mein Gott muss ich brav gewesen sein«, rief Ada und hielt sich beide Ohren zu, was sie immer tat, wenn sie höchste Freude empfand. Behutsam nahm sie die blonde Puppe aus dem Bettchen und streichelte sie.

»Brav?«, fragte Sarolta.

»Klar, ihr behauptet doch immer, ich bekäme keine Geschenke, wenn ich nicht folgen würde!«

»Mei, Kinderl, ich weiß gar nicht, was ich sagen soll, in dem Gewand bin ich ja eine richtige Gnää' Frau!«

»Genau so passt es«, strahlte Sarolta, »aber wie bin ich reich beschenkt worden. Ada, das hast wirklich du alles so wunderschön geschrieben? Es sind großartige Gedichte!«

»Von Eichendorff, hat Fräulein Lehrerin gesagt«, bemerkte Ada.

»Was für ein herrlich warmer Schal, Marika! – A la soup, und passt auf die Kerzen auf!« Damit entschwand Sarolta in die Küche, um ihre selbst gemachte Fischsuppe noch mit einem Schuss Sherry zu verfeinern, bevor sie in einer mit blauen Fischen verzierten Steingutterrine serviert wurde. Ada meckerte etwas, sie hatte Angst vor Gräten.

»Wenn du die Suppe brav aufisst, gibt es zum Nachtisch Mohnbeigli! Adèl und Katalin essen gerade das Gleiche. Schade, dass wir nicht an einem Tisch zusammensitzen«, sagte Sarolta sehnsüchtig.

»Wäre schön!«, gab Marika ihr recht.

Lange dauerte dieser Abend nicht mehr, denn am nächsten Tag sollte ja das große Festessen drüben bei Fritz stattfinden und Marika wollte wegen der Ganserln unbedingt ab 7 Uhr in der Früh dort nach dem Rechten sehen. Die Kartoffelknödel mussten auch noch zubereitet werden. Marika hatte zwar die langjährige Köchin der Grawerts, die mittlerweile bei den Herrschaften in der Großen Allee arbeitete, an ihrer Seite, doch der Guten ging auf Grund ihres Alters alles etwas langsam von der Hand.

»Mei, die Frau Mine vom Herrn Albert hat gar keine Ahnung, aber die Frau Mayer ist da und wird schon den Tisch decken, oder willst du vielleicht vor der Kirch vorbeischaun, Mädel?«

»Den Teufel werde ich tun, ich mische mich gar nicht ein«, erwiderte Sarolta kategorisch. Nachdem Ada im Bett war und ihr die Mutter vor dem Schlafen noch aus dem neuen Buch von Onkel Fritz vorgelesen hatte, verpackte sie liebevoll die von ihr mit der Hand genähte rotweiße Seidenkrawatte mit Einstecktuch für Friedrich in rotes Seidenpapier mit goldener Schleife.

Am Morgen des 25. Dezembers fielen dicke Schneeflocken sacht vom Himmel. Sarolta hatte Marika überredet, doch erst mit allen zusammen in der Pferdedroschke um 9 Uhr in die Holländische Reihe zu fahren.

»Du hast gestern schließlich alles vorbereitet und die Gänse gefüllt, die werden wohl im Stand sein, die Vögel rechtzeitig und von der richtigen Seite ins Rohr zu schieben!«, meinte Sarolta am Morgen.

»Sie brauchen aber sechs Stunden, das weißt du schon?«

»Ja, mindestens, das weiß ich. Du siehst übrigens prächtig aus in dem neuen Kostüm!«

»Jessas, die ganz große Schürze darf ich net vergessen, sonst …, oh je!« Aufgeregt eilte Marika in ihr Zimmer, während Sarolta mit einer großen Blechdose, gefüllt mit Marikas duftenden Vanillekipferln und kleinen, selbst gefertigten Geschenken für Marie, Ernst, Anne und Peter eine Etage hinunterstieg.

»Frohe Weihnachten!«, rief sie fröhlich, als Marie, noch im Schlafrock, die Tür öffnete.

»Euch auch, meine Liebe. Ich kann dich gar nicht hereinbitten, wir haben verschlafen, weil es gestern drüben so spät geworden ist und wir anschließend mit den Kindern zusammensaßen.«

»Will auch überhaupt nicht stören, wir sehen uns in einer Stunde. Schön, dass Peter in London für Weihnachten frei bekommen hat!« Mit diesen Worten war Sarolta schon wieder nach oben entschwunden.

»Ada, du Langschläferin, aufstehen!« Mit diesen Worten öffnete sie die rosa Vorhänge im Kinderzimmer. Ada rieb sich die Augen.

»Es schneit!« Sie hüpfte aus dem Bett und rannte ans Fenster. »Darf ich meinen neuen Wintermantel anziehen? Mama, bist du schön, heute!« Mit beiden Händen streichelte die Kleine über den Rock des rostbraunen Seidenkleids ihrer Mutter, das farblich perfekt mit ihrer Haarfarbe harmonierte.

Zur Feier des Tages trug Sarolta die Geschenke ihres verstorbenen Mannes, Perlenohrringe und die Halskette, die er ihr damals zu Adas Taufe umgelegt hatte.

Pünktlich um fünf vor 9 stiegen die drei Damen aus der dritten Etage in die schon bereitstehende Kutsche. Von den Bewohnern der zweiten Etage keine Spur! »Soll ich raufgehen und läuten«, rief Ada eifrig, aber schon vernahm man durch die geöffnete Haustür heftiges Gepolter im Treppenhaus. Als Erster erschien Peter, gefolgt von seiner Schwester, dann Marie und als Letzter schloss Ernst die Haustür ab.

»Frohe Weihnacht!!«

»Fröhliche Weihnachten! Ada und Frau Marika«, wünschte Marie, nachdem die Droschke sich in Gang gesetzt hatte.

»Fröhliche Weihnachten, Ihnen allen, wie schön, dass ihr beide da seid, Kinder!«, antwortete Marika.

»Kinder ist gut«, kicherte Marie, »wo Peter doch seit fast einem Jahr eine Kaufmannslehre in London begonnen hat und Anne bald die Schule für Höhere Töchter in Dresden beendet.«

»Viele Grüße von Onkel und Tante!«, fiel Anne ein. Sie wohnte seit zwei Jahren im Hause Dessen.

»Wie geht es den Lieben und was macht Heini?«, wollte Sarolta begierig wissen.

»Heinrich Dessen war bis vorgestern noch auf Konzertreise durch die Schweiz, Tante Else ist schrecklich stolz auf ihn, aber Onkel hätte es natürlich lieber, wenn er ihn im Zementwerk unterstützen würde, doch wenn Heini da ist, geht er seinem Vater zur Hand.«

»Er ist ein begabter Bub! Ich bin stolz auf ihn«, lächelte Sarolta.

Peter verspürte bei ihren Worten eine gewisse Eifersucht. Die Droschke hielt direkt vor der Kirche St. Katharinen und just im gleichen Augenblick kam auch unter großen schwarzen Schirmen die übrige Gesellschaft von der Holländischen Reihe über die St. Annenbrücke daher.

»Sarolta, welche Freude, euch alle zu sehen!«, rief Helene. Fritz verbeugte sich artig unter seinem Schirm: »Frohe Weihnachten, liebes Fräulein Ada und liebe Frau Mama.«

Wie immer begrüßte Pastor Schoost im Eingangsbereich seine Schäflein, bevor er in beeindruckender Weise aus einer großen, in Schweinsleder gebundenen Bibel die Weihnachtsgeschichte vorlas.

»Diese Bibel stammt aus dem Verlagshaus Mayer«, flüsterte Stephan beinahe etwas andächtig.

Marika, die wegen ihres Kücheneinsatzes nicht am Gottesdienst teilnehmen konnte, erlebte eine angenehme Überraschung, als sie die Halle durch den barocken Vordereingang betrat. Frischer Tannenduft schlug ihr entgegen. Mitten im Raum, hinten, gleich neben dem großzügigen blaugrau gestrichenen Treppenaufgang stand ein prächtiger Tannenbaum, geschmückt mit roten Kugeln und Kerzen, Bändern und Schleifen. Gekrönt wurde er von einer goldfarbenen Pickelhaube, wie es seit Gründung des Kaiserreiches üblich war. Auch die Glasfenster, durch die man vom Kontor aus die Halle überblicken konnte, trugen Efeugirlanden mit Schmuck aus Papiersternen. Zwei dreiarmige Standkandelaber davor sowie die gleiche Anzahl davon auf der gegenüberliegenden Seite der Halle tauchten den gesamten Raum in festliches Licht. Quer vor dem Christbaum stand der zur Tafel für 15 Personen ausgezogene Esstisch, gedeckt mit weiß glänzenden, gestärkten Damasttischdecken, goldumrandetem Porzellan, Kristallgläsern und Silberbesteck. Steckginstersträußchen schmückten als Glücksbringer die weißen Servietten, Efeuranken, üppig auf dem Tisch verteilt, brachten einen schönen Farbkontrast.

»Donnerwetter!«, entfuhr es Marika, als sie die Pracht sah. Gestern hatte sie das Haus rasch durch den Kücheneingang zum Fleet verlassen, um bei den Vorbereitungen zur Bescherung nicht zu stören.

»Den Tisch haben heute Früh Frau Mayer zusammen mit Frau Grawert und der alten Frau Blanck, die heute hier übernachtet hatte, eingedeckt. Herr Nikolaus und Herr Albert mit Albert Junior haben am Tag zuvor den Baum aufgestellt, Herr Fritz lag darunter und hat ihn festgeschraubt und unsere Patronin, Frau Luise, hat bestimmt, wo der Baumschmuck hingehört«, erklärte Antje, das friesische Dienstmädchen so hochdeutsch, wie es ihr möglich war, denn Marika verstand kein Platt. Sie eilte sofort in die schmale, lang gestreckte Küche, deren Eingangstür unterhalb der Treppe im hinteren Teil des Hauses lag.

»Gott sei Dank, ihr habt die Kartoffel schon gerieben, jetzt müss ma Brotwürfel rösten!« Sie fertigte den Teig, aus dem 43 Knödel entstanden, das Personal sollte auch nicht zu kurz kommen. Am gestrigen Tag hatte so ganz nebenbei ein ungarischer Paprikabraten im Herd vor sich hin geschmurgelt. Fröhlich schwatzend, mit roten Wangen von der frischen Schneeluft, traf die Großfamilie gegen 12 Uhr unter dem Glockengeläut der verschiedenen Kirchen im Haus Nummer 11 ein.

»Es tut gut, mine Deern, mal wieder im Elternhaus zu sein, ich fühle mich, wie ein junges Mädchen!« Gertrud Blanck hatte sich fest bei Sarolta eingehängt und stützte sich auf der anderen Seite auf einen Mahagonistock, mit dem sie übermütig, jetzt, da sie ihn nicht mehr brauchte, Fritz, der neben ihr ging, einen leichten Schlag auf sein Hinterteil versetzte.

»Stell ihn mir ab, min Jung. Gott, seid ihr ein schönes Paar!«, murmelte sie. Bei einem gereiften trockenen englischen Sherry, den Peter als Weihnachtsgeschenk aus London mitgebracht hatte, wärmte man sich am mächtigen alten Niederländischen Kachelofen erst mal gehörig auf, bevor jeder seinen Platz an der Tafel einnahm. Die Tischordnung hatte Luise bestimmt, aber ihre Tochter Helene stellte bewusst die Tischkärtchen etwas um und so saß Sarolta nun zwischen Friedrich und Stephan und anschließend kam sie selbst. Die Jugend, mit Ada, war gegenüber platziert, geschickterweise so, dass Sarolta ihrer Tochter bei der Gans behilflich sein konnte.

»Lass es, wie es ist!«, befahl Friedrich seiner Mutter, als er bemerkte, dass sie auf ihrer Tischordnung beharren wollte. Gleichzeitig warf er Helene einen dankbaren Blick zu.

Marika hatte sich mit dem Gänsebraten selbst übertroffen und auch der krönende Abschluss, Mohnparfait mit Holundergelee, war ein Gedicht. Das Gesprächsthema drehte sich in erster Linie um die abenteuerliche Schiffsreise von Helene und Stephan nach Batavia. Dort, in Jakarta, hatten sie alte Freunde aus den Niederlanden besucht. Erst kürzlich waren sie zurückgekommen.

»Heute in der Kirche habe ich Gott gedankt, dass wir heil wieder da sind. Unsere Freunde leben dort prächtig in einer prunkvollen Villa, umgeben von jeder Menge Personal, aber das brauchst du auch. Man kann sich dort nicht rühren vor lauter feuchter Hitze. Zuletzt, vor dem Ärmelkanal, geriet unser Schiff auf der Rückreise noch in einen Sturm, wir dachten, unser letztes Stündchen hätte geschlagen.« Die Jungen ihr gegenüber lauschten mit großen Ohren.

»So etwas möchte ich auch mal erleben«, meinte Albert J. und die anderen nickten eifrig.

»Ja, aber jetzt genießen wir die frische, kalte Schneeluft der Nordsee, eine Wohltat, nicht Helenchen?«, meinte Stephan.

»Du hast recht, Lieber, ich glaube, es war unsere letzte große Fahrt!«

»Wer es glaubt, wird selig!«, lachte Fritz und alle stimmten ihm bei.

»Darf ich aufstehen und Peter meine Zinnsoldatensammlung, die ich von Großvater zu Weihnachten erhalten habe, zeigen?«, fragte Albert Junior höflich.

»Gerne, Junge!«, freute sich seine Mutter. Ihr Vater, Oberst von Heid, hatte sich zu Gunsten seines Enkels schweren Herzens von seiner Bleisoldatenarmee getrennt und dem Jungen damit eine wirkliche Weihnachtsüberraschung bereitet. »Weil du so brav in die Kadettenanstalt nach Berlin gehst! Ich hoffe, du machst mir keine Schande und wirst ein tüchtiger Offizier!«, hatte er ihm geschrieben. Er zahlte auch den nicht geringen Betrag von neunhundert Mark, die die Kadettenanstalt im Jahr kostete.

Peter, der schon 18 war, hatte überhaupt keine Lust, mit einem 12-jährigen Kind Krieg zu spielen. Die Abenteuer der Mayers interessierten ihn viel mehr.

»Ich, ich würde deine Zinnsoldaten gerne sehen«, meldete sich Ada.

»Nein, die sind doch nichts für Mädchen! Na gut, gehe ich eben alleine in mein Zimmer!« Beleidigt verschwand er. Marie sah ihren Sohn tadelnd an. »Du hättest doch …«

»Nein, hätte ich nicht, Mutter!«, fiel Peter ihr streng ins Wort. Damit war das Thema erledigt.

Sarolta überlegte die ganze Zeit, wie sie ihr Geschenk für Fritz loswerden konnte. Nachdem die Tafel aufgehoben worden war, stand sie auf, um den Christbaum zu bewundern. Friedrich trat neben sie.

»Schade, dass du ihn gestern nicht in vollem Lichterglanz sehen konntest!« Nikolaus gesellte sich dazu.

»Ist wohl das letzte Mal, dass wir hier zusammen feiern, gut, dass es Muttern noch nicht weiß!« Er seufzte.

»Was weiß Muttern noch nicht?« Helene hatte Vaters letzten Satz mitbekommen. »Oh Gott, also stimmen die Gerüchte, nicht nur die Arbeiterviertel werden abgerissen? Nein, wie schrecklich! Vater, Mutter ist doch mit der Schwiegermutter von Bürgermeister Weber seit ihrer Kindheit vertraut!«

»Schon, wir sprechen ein anderes Mal darüber! Mutter weiß es nicht, bitte, sach Muttern noch nix!«

»Klar, Vattern, kannst dich auf mich verlassen!«, sagte sie fast tonlos und musste sich auf den Schreck erst einmal setzen.

Friedrich suchte Saroltas Hand. »So traurig«, flüsterte sie ihm kaum hörbar zu, um laut und vernehmlich zu bemerken: »Dieser Baum ist prachtvoll! So schön geschmückt! Wer ist dafür zuständig im Hause Grawert, du, Mine?«

»Das bin immer noch ich«, rief Luise voller Stolz.

»Aber ich habe dich beraten, gib's zu, Schwester!«

»Klar, Trudchen musste sich wieder einmischen!«

Nikolaus sprach ein Machtwort. »Schluss mit dem Schwesternstreit, heute feiern wir das Fest der Liebe! Schon vergessen?«

»Richtig, Vatter«, stimmte Fritz ihm aus vollem Herzen zu.

»Kennst du eigentlich unseren schönen Barocksaal im Hause?«, fragte er und zwinkerte Sarolta zu. Schon hatte er ihre

Hand ergriffen und zog sie die breite Treppe hinauf. »Das ist gut, Fritz, ich habe nämlich eine Kleinigkeit für dich!«, flüsterte sie.

»Und ich habe nämlich eine Kleinigkeit für dich, mein großer Schatz«, antwortete er kaum hörbar.

Im barocken, in Lindgrün gehaltenen sogenannten Landschaftszimmer standen sie sich im bleichen Licht des Winters, das durch die hohen Fenster den Raum in Dämmerlicht getaucht hatte, gegenüber. Sarolta holte ihr edel verpacktes Geschenk aus dem Beutel, den sie bei sich trug, hervor und Friedrich zog ebenfalls ein weihnachtlich geschmücktes Schächtelchen aus der Hosentasche.

»Du musst es zuerst öffnen, aber es ist noch kein Verlobungsring«, sagte er etwas atemlos.

Sarolta zog die Schleife auf und schaute in die Schachtel. »Oh, wie wunderschön, danke Fritz!« Es war eine zarte goldene Kette mit einem Anhänger aus Rubinsplittern, der aus den verschlungenen Buchstaben S und F bestand.

»Leg sie mir an, ich stecke sie unter mein Kleid!«, bat Sarolta. Nachdem Friedrich sein Geschenk geöffnet hatte, umarmten sie sich und standen so, ohne ein Wort zu sagen, bis plötzlich Luises Stimme von unten vernehmbar war: »Kommt nach oben, wir servieren den Kaffee im Landschaftszimmer!«

Friedrich

Frau Grawert

Am Nachmittag des 30. Dezember, es war ein Dienstag, platzte die Bombe. Luise Grawert hatte an diesem Tag ihren Mann in die Holländische Reihe begleitet. Er wollte, da er Albert nicht so recht traute, zum Jahresende einige Schriftsachen im Kontor überprüfen. Luise machte, wie sie es nannte »klar Schiff« in der Küche.

»Mine ist schon wieder mit dem Junior bei ihren Eltern und einer muss hier nach dem Rechten sehen!«, erklärte sie energisch.

Sie stellte fest, dass das Salz ausging und beschloss, entgegen ihrer üblichen Gewohnheit, im kleinen Kramerladen drei Häuser weiter welches zu holen. Draußen war es arg glatt und vor allem die drei Stufen hinauf zu Ladentür bereiteten Luise Schwierigkeit. Von innen öffnete sich die Tür. »Luise, wie schön, dass du auch mal wieder im Lande bist. Hast uns ja hier verlassen und lebst jetzt bequem im Neubau in der Großen Allee, du Untreue, komm, reich mir die Hand, damit du nicht ausrutschst. Es ist lebensgefährlich hier!«

Es war die hagere schwarz gekleidete Witwe vom Weinhändler Zoller gleich um die Ecke. Schon der alte Blanck, Luises Vater, hatte sich dort mit französischem Burgunder eingedeckt. Mittlerweile führte ein Neffe den Laden.

»Freue mich auch, dich zu sehen, Magda, danke«, antwortete Luise hanseatisch reserviert, wie es ihre Art war, nahm aber die Hilfe gerne an. Kaum im Laden, umarmte Magda sie und schluchzte.

»Ist das nicht grauenvoll, Luise, wir wissen gar nicht, wo wir mit unserem Geschäft hinsollen! Wir haben doch seit über 70 Jahren hier unsere Stammkundschaft.«

»Wem sagen Sie das, werte Frau Zoller!«, schnaubte Herr Kohl, der hinter der Theke Mehl abwog.

»Oh, mein Gott, habe ich es doch geahnt, dass sie uns übers Ohr hauen werden, diese Bande. Dich trifft es ja mann nich so arch, ihr seid schon wechgezogen! Wo habe ich bloß mein Taschentuch.« Sie fand es und schnäuzte sich ausgiebig, sodass

Luise, die im Moment nichts verstand, nachhaken konnte. »Wovon sprichst du, Magda?«

Die holte tief Luft. »Luise!!! Sag nicht, dass du es noch nicht weißt! Dein Mann hat doch sicher auch im November den Brief vom Senat erhalten, in dem der Beschluss mitgeteilt wurde, dass nicht nur das dreckige Arbeiterviertel, wogegen wir nichts einzuwenden hatten, sondern auch Wandrahm, Holländische Reihe und Brook dem neuen Freihandelshafen weichen müssen.«

So schnell es das Glatteis erlaubte, eilte Luise zurück zu ihrem Haus, beinahe hätte sie das Salz vergessen. Schnaubend vor Wut riss sie die Glastür zum Kontor auf, wo Nikolaus über den Bilanzen brütete.

»Warum erfahre ich nichts!« Noch nie in den 43 Jahren Ehe hatte Luise ihren Mann derart angeschrien.

Nikolaus hob den Kopf, er wirkte müde und alt. »Ach, mein Luischen, Entschuldigung, wir konnten es dir nicht sagen, du solltest nochmal ein richtig schönes Fest erleben. Wie hast du es herausgekriegt?«

»Wir?«, fragte Luise scharf. Sie hatte einen hochroten Kopf.

»Die Zoller hat es mir gesteckt. Sie war fassungslos über meine Ahnungslosigkeit!«

»Unsere Jungs wussten es, aber wir sind übereingekommen, dich noch ein bisschen zu schonen. Es ist wohl leider unumgänglich, obwohl es knapp ausging, der Senat hat den Beschluss mit acht zu sieben Stimmen gefasst. Natürlich sind die Befürworter diejenigen, die an der Alster wohnen und ausschließlich Handel mit Übersee treiben. Jetzt setze dich erst mal, Luischen, und trink einen Schluck.« Nikolaus standen die Tränen in den Augen.

»Ach, Nikolaus, wo sollen wir denn hin mit unserem Betrieb?« Luise ließ sich verzweifelt in den Ohrenbackensessel am Fenster fallen. Ihr Blick fiel nach draußen. »Da kommt mein Junge!«, bemerkte sie. Friedrich kam von der Börse, wo er heute, am letzten Arbeitstag des Jahres, noch ein passables Geschäft eingefädelt hatte.

»Mutter, Vater, wie schön!«, begrüßte er sie, merkte aber sofort, dass etwas passiert sein musste.

»Deine Mutter weiß es«, sagte Nikolaus trocken.

»Oh jemine, ach Mudder! Es tut mir leid!«

»Mir auch, Fritz, mir auch, was seid ihr doch für feige Bengel, dass ihr euch nicht traut, mir die Wahrheit zu sagen, schämt euch!« Luise schimpfte wie ein Rohrspatz.

»Wo sollen wir hin? Sagt mir das?«

Nikolaus räusperte sich, bevor er leise antwortete: »Vorgestern ist ein Brief gekommen mit dem Vorschlag, dass wir als Äquivalent ein neues Haus in der Rebsoldstraße erhalten sollen.«

Friedrich hob erstaunt die Augenbrauen. »Hast du mir gar nicht gesagt, Vatter!«

»Rebsoldstraße!«, erregte sich Luise, »wo ist denn das? Dort, wo Hase und Fuchs sich Gute Nacht sagen, dahin will man uns abschieben? Die sind wohl nicht richtig im Kopf. Gleich Anfang des Jahres geh ich zu meiner alten Freundin Christine Vorwerk, Schwiegermutter von Bürgermeister Weber, und dann werden wir sehen!«

»Gute Idee, Mutter, obwohl – die Vorwerks sitzen auf hohem Ross, seit sie eine Handelsniederlassung in Valparaiso betreiben.«

»Christine steht immer noch mit beiden Beinen auf dem Boden, aber du, Fritz, leider nicht, sonst hättest du dich an deinem Geburtstag nicht so abscheulich gegenüber der reizenden Annemarie Söhle benommen. Mein Gott war das peinlich. Du könntest heute schon dort in der weißen Villa an der Alster sitzen, du dummer Lausebengel!«

»Und ich?« Unbemerkt war Albert nach Hause gekommen und hatte die letzten Worte mitgekriegt. Das hätte er besser nicht fragen sollen, denn Luise holte zum Rundumschlag aus.

»Du? Du folgst am besten deiner Mine nach Lüneburg, da richtest du keinen Schaden an!«, zischte sie.

»Immer die alte Leier«, murmelte Albert.

»Beinahe hättest du uns in den Ruin getrieben!«

»Jetzt lass es aber gut sein, Luise!«, mischte Nikolaus sich ein.

»Ich lass es nicht gut sein! Zum Glück ist Fritz trotz seines hervorragenden Studiums, das übrigens eine Stange Geld gekostet hat, in der Firma eingesprungen. Danke, Junge!«

»War eine Selbstverständlichkeit für mich, Mudder!«

Albert reichte es. Abrupt stand er auf, verließ das Kontor und schlug die Türe so hinter sich zu, dass die bleiverglasten Scheiben klirrten.

»Musste mal gesagt werden«, schnaufte Luise.

»Du hast es ihm schon zu oft gesagt«, rügte Nikolaus.

»Ihr braucht mir übrigens keine Heiratskandidatin mehr anzuschleppen, ich habe seit langer Zeit meine Wahl getroffen«, verkündete Friedrich, nachdem er aufgestanden war. Sein Vater zog den Kopf ein. Das jetzt nicht auch noch!, dachte er, da er wusste, was kommen würde.

»Ja, ich höre?« Luise sah ihren Sohn fragend an. »Nein, mein geliebter Sohn, du wirst mir doch nicht mit dieser Sarolta Götte kommen! Da bin ich strikt dagegen, auch wenn sie eine angenehme und gescheite Person ist!« Luise schüttelte entsetzt den Kopf.

»Warum bist du gegen sie, wenn du sie akzeptabel findest?«

»Weil du eine Frau brauchst, durch die du gesellschaftlichen Aufstieg erfährst, keine Witwe mit Kind, die ihren Lebensunterhalt im Laden deiner Schwester verdient. Aus Ungarn kommt sie. Was weiß man über sie, aus welcher Familie stammt sie?«

»Sprich leise, Mutter, nicht so laut, bitte! Sie kommt aus einer achtbaren Familie. Der Großvater mütterlicherseits besaß Ländereien und Fabriken und ihr Vater war so etwas wie ein Gelehrter. Leider starb die Mutter, als sie klein war, deshalb zog Marika sie groß. Der Vater kam bei der Flutkatastrophe von Szegedin ums Leben«, erklärte Friedrich sachlich.

»Trotzdem, Fritz, du findest eine bessere«, murrte Luise. »Wo lebst du eigentlich, man heiratet doch nicht aus Liebe!«

»Doch, Mutter, ich werde aus Liebe heiraten! Daran ist nicht zu rütteln!« Fritz setzte das Lächeln auf, bei dem seine Mutter regelmäßig dahinschmolz.

»Der Junge hat den richtigen Instinkt, es gibt keine bessere als Sarolta«, sagte Nikolaus schlicht.

»Jetzt fällt er mir auch noch in den Rücken! Diese Männer! Ich nehme eine Droschke, ich muss mich zu Hause ins Bett legen! Ihr könnt machen, was ihr wollt! Ach, das Salz!« Sie brachte das Salz in die Küche, und als sie zurückkam, stand Nikolaus schon in Zylinder und Mantel bereit und hielt ihr das Cape hin.

»Ich lasse meine Frau doch nicht alleine fahren«, meinte er galant.

»Ich komme ein Stück mit und steige unterwegs aus«, sagte Friedrich rasch. Der Vater blinzelte ihm zu, er kannte das Ziel seines Sohnes an diesem Abend.

»War das ein Tag heute«, stöhnte Friedrich, als ihm Sarolta eine halbe Stunde später Tee mit Honig und Rum zum Aufwärmen reichte. Er berichtete in groben Zügen von den Ereignissen des Nachmittags, ließ aber die abfälligen Äußerungen seiner Mutter dabei aus.

»Gut«, stellte Sarolta fest, »endlich weiß sie Bescheid, dann musst du es aber auch Marie erzählen!«

»Morgen ist Silvester! Da würde ich gerne um Mitternacht auf unsere gemeinsame Zukunft anstoßen«, lenkte Friedrich ab.

»Ich wäre gerne hier bei Ada und Marika, wenn es dir recht ist!«

»Einverstanden, Liebste, aber davor gehen wir eine Klitzekleinigkeit essen, nur wir beide, ja?«, flüsterte er zärtlich in ihr Ohr.

Sarolta lachte: »Dein Bart kitzelt!«

Später, nach dem Abendessen, spielte Sarolta am Klavier noch ein wenig Schubert, und nachdem sie Ada ins Bett gebracht hatte, überlegte sie, ob sie Fritz nicht bitten sollte zu bleiben, denn draußen herrschte eisige Winternacht, aber dann sagte sie doch nichts.

Hamburg, den 8. Jan. 1885

Geliebte Schwestern!
Bitte verzeih, liebste Adèl, dass ich erst heute auf Deine ausführlichen Zeilen und die Wünsche zur Weihnachtszeit und zum neuen Jahr antworte.

Ich hoffe doch, die beiden Pelzmufftaschen und Marikas Vanillekipferl haben Euch noch rechtzeitig vor dem Fest erreicht. Die Spitzenkrägen, die das Christkind in Eurem Auftrag bei uns in Hamburg unter den Baum legte, haben uns begeistert. Ada trug den ihren prompt über ihr blaues Samtkleidchen beim Familienfest am 1. Weihnachtsfeiertag. Marika, die bei der Zubereitung der Gänsebraten – ihr kennt ihn ja – mal wieder sich selbst übertroffen hatte, sich aber danach einen Tag hinlegen musste, dankt euch tausend Mal. Sie meinte, der Kragen sei viel zu fein für sie, aber Ada und ich widersprachen heftig. Es gibt keine feinere Person als unsere Marika und sie verdient so einen Kragen, oder?
Manchmal habe ich ein schlechtes Gewissen, Ihr Lieben, dass wir hier das Privileg ihrer fürsorglichen Betreuung genießen. Ich denke, liebste Adèl, das Leben wäre leichter für Euch mit Marika an der Seite. Ach, Ihr Lieben, ich vermisse Euch und bete jeden Tag, dass es Euch gut gehen möge. Adèl, Du erzählst so wenig über Dich! Ich bin Gott froh, wenn ich lese, dass Du, liebste Katalin, mit der ganzen Familie die Operette ›Die Fledermaus‹ besucht hast, und dann zu Hause vergnügt die Melodien nachgesummt hast. Warum musste ich mich 1.500 Kilometer von Budapest entfernt verheiraten? Gut, Ihr wisst warum. Ich bin froh, dass die Schoßberg-Sippe den Groll, den sie gegen mich hegt, nicht an Euch auslässt. Nur Eugenia, Jenny, war immer reizend zu mir, aber wir beide haben eine Wellenlänge und sind eben Freigeister. Ich freue mich so sehr, dass sie, wie Du schreibst, glücklich ist, mit ihrem Mann und dem kleinen Paul und dass sie ab jetzt die Sommer in der neuen Familienresidenz neben Gödöllö verbringen werden. Ihr denkt wirklich, es könnte die Kaiserin Elisabeth am Schloss vorbeireiten? Hoffentlich seid Ihr bald eingeladen, dann müsst Ihr aber sofort davon berichten, ja?
Um nun auf meinen Spitzenkragen zurückzukommen, ich trug ihn Silvester über einem schwarzen Kleid, zusammen mit einer Kette, die ich am 1. Weihnachtsfeiertag geschenkt bekommen habe. Sie ist aus Rotgold, mittellang und hat einen Anhänger aus Rubinsplittern, die zu zwei verschlungenen Buchstaben geformt sind, F

und S, Fritz und Sarolta. Ach, liebste süße Schwestern, ich muss Euch gestehen, jahrelang habe ich meine tiefen Gefühle für diesen Mann verdrängt. Er ist der Bruder meiner Schwägerin Marie, schon auf der Hochzeit mit meinem guten armen Carl habe ich mit ihm getanzt und war fasziniert von ihm. Wenige Monate nach Carls schrecklichem Tod kam es zwischen Fritz und mir zu einem, wie soll ich sagen, intimen Moment. Das bereitete mir ein äußerst schlechtes Gewissen wegen Carl. Er war ein lieber Ehemann gewesen und ehrlich, ich trauere immer noch um ihn, der so große Pläne hatte.
Aber dann passierte die Tragödie in unserer Heimatstadt, bei der unser heiß geliebter Vater, unser Papusch, sein Leben verlor. Da bildete ich mir ein, dieses Unglück sei die Strafe Gottes für meine Leichtfertigkeit. Ich war wie besessen von dem Gedanken. Fünf lange Jahre ging ich Fritz aus dem Weg, obwohl er alles tat, um meine Nähe zu suchen. Er verweigerte meinetwegen die Heirat mit einer Frau, die gutes Geld in die Firma gebracht hätte. Fünf Jahre hatte er die Geduld zu warten. Plötzlich fiel es mir eines Nachts wie Schuppen von den Augen. War es nicht schrecklich überheblich und anmaßend zu glauben, Gott hätte solch schreckliches Unglück heraufbeschworen, allein, um mich zu strafen? Welch absurder Gedanke verfolgte mich all die Jahre.
Um es kurz zu machen, liebste Schwestern, Friedrich fragte mich am Silvesterabend, als wir nach einem Dinée in einem kleinen, feinen Restaurant wieder bei mir zu Hause waren, ob ich seine Frau werden will, nein, falsch, er fragte Ada, ob er mich heiraten dürfe. Ihr hättet das Strahlen auf dem Gesicht meiner Tochter sehen solle. ›Jaa!! ‹, schrie sie. Fritz mochte es geahnt haben, er zog einen bezaubernden Verlobungsring aus der Tasche und steckte ihn mir an. Auch Marika ist sehr zufrieden. Fritz hat bei ihr einen Stein im Brett, nachdem er sie neulich, nach einer schlimmen Fußverletzung, auf seinen Armen nach Hause getragen hat. Fritz ist ein Charmeur, er sieht gut aus und immer fällt ihm etwas Originelles ein. Ach, ich gestehe es, ich schwebe seit acht Tagen auf Wolken, ich bin unendlich glücklich. Ich habe die Fotografien unserer Eltern

befragt, ich glaube, sie haben mir zugenickt. Ich hoffe zu Gott, Ihr könnt Euch mit mir freuen. Vielleicht seht Ihr sogar die Möglichkeit, zur Hochzeit zukommen. Das wäre wunderschön!
Ich umarme Euch beide in tiefster Verbundenheit und großer Liebe. Grüßt, wen Ihr wollt, von Herzen von mir und Marika, die Euch genauso vermisst wie ich.

Immer Eure (sehr glückliche)
Sari

Sarolta beschriftete ein Couvert mit der Adresse:

Miss Adèl Hollàn
Ferenc-Joszef-Pl. 15
Budapest

Nachdem sie die Zeilen noch einmal überflogen hatte, versah sie den Brief mit einem angedeuteten Kuss und steckte ihn in ein Couvert. »Marika, bist du so lieb und bringst den hier zum Postamt, ich muss leider gleich wieder in den Laden, da Marie mit Migräne im Bett liegt.« Ada war zu einer Geburtstagsfeier eingeladen und Sarolta hatte ihre Mittagspause zum Briefschreiben genutzt.

»Hast gar nichts gegessen, Kinderl«, rügte Marika und nahm den Brief. »Hast hoffentlich an Gruß ausgerichtet!«

»Natürlich, meine Liebe!«

»Nachher, wenn ich die Ada abhole, geb ich ihn ab.«

»Dann hat das Postamt geschlossen, bitte gleich! Tut mir leid, ich muss nach unten, Frau Konsul soll nicht warten!«, rief Sarolta, schon halb im Treppenhaus.

»Gut, dass du kommst, ich wollte mal eben nach Marie sehen«, bemerkte Ernst nervös, als er sie sah.

»Je regrette, ich denke, sie ist bedauerlicherweise meinetwegen krank!«

»Du kannst nichts dafür, da kommt Frau Reimers schon!«

Seit zwei Tagen lag Marie mit Migräne im verdunkelten Schlafzimmer. Vorsichtig öffnete Ernst die Tür und betrat den Raum. »Wie geht es dir, kann ich etwas für dich tun?«, fragte Ernst.

»Leise, bitte sei leise, nein, ich brauche nichts, nur Ruhe«, flüsterte Marie mit geschlossenen Augen.

Ernst setzte sich aufs Bett und nahm ihre Hand. »Alles bisschen viel für dich, oder?«

Marie stöhnte, dann blinzelte sie und öffnete die Augen. »Warum habe ich als Letzte erfahren, was mit meinem Elternhaus passiert? Das ist demütigend!«

»Einzig und alleine deshalb, damit Mutter nichts davon hört!«

»Haltet ihr mich für dusselig, nie hätte ick Muddern wat vertellt!«

»Wir kennen dich, liebe Marie, du steckst immer mit Mutter unter einer Decke, aber nun hat sie die Wahrheit beim Kaufmann um die Ecke erfahren, so war es nicht gemeint.«

»Dabei ist Mutter die Einzige, die helfen kann. Sie kennt viele wichtige Leute!«

»Wenn es um Geld geht, ist sich jeder der Nächste«, seufzte Ernst.

»Ich leide mit Mutter, weil Friedrich Sarolta heiraten will«, brach es plötzlich aus Marie heraus.

»Warum?«, fragte Ernst, »ich denke, selbst Luise hat sich mittlerweile damit abgefunden.«

»Aber«, Marie setzte sich ein wenig auf, »was machen wir ohne Sarolta? Das frage ich dich, Ernst! Oh, aua, mein Kopf!«

Ernst lächelte. »Seltsam, ich hatte immer die Vermutung, du seist ein wenig eifersüchtig, weil Sarolta bei den Kunden beliebt ist.«

»Das stimmt so nicht«, protestierte Marie mit schmerzverzerrtem Gesicht. »Ich habe sofort begriffen, dass Sarolta gut für das Geschäft ist!«

»Und sie hat dich all die Jahre enorm entlastet«, fiel Ernst ihr ins Wort. »Du konntest dich um die Kinder kümmern. Aber die sind doch nun aus dem Haus und du hast Zeit, dich wieder verstärkt im Geschäft einzubringen!«

»Sei mir nicht böse, Lieber, mir tut der Kopf entsetzlich weh, ich wäre froh, wenn du mich wieder alleine lassen würdest.«

»Wie du willst, gute Besserung«, wünschte Ernst und verließ den Raum.

Pest, den 8. Jan. 1885

Liebste Sarolta!
Soeben haben wir Deinen Brief geöffnet und postwendend muss ich Dir antworten. (Verzeih, ich schreibe aus Versehen immer noch Pest, obwohl seit einiger Zeit Budapest korrekt wäre.) Unser lieber Sandor Balint, der, wie Du weißt, hier studiert und erfreulicherweise bei uns zur Untermiete wohnt, war auch gerade da, als der Postbote bei uns läutete. Ich habe den Brief sofort laut vorgelesen. Liebste, wir freuen uns unendlich mit Dir! Nach all den schweren Jahren hast Du dieses Glück verdient! Wie gut, dass auch die kleine Ada den neuen Vater, der, neben allen anderen Vorzügen, sehr einfühlsam zu sein scheint, so begeistert akzeptiert.
Es ist eine bezaubernde Idee von Dir, dass wir zu Deiner Hochzeit nach Hamburg reisen sollen, vielleicht gelingt es uns, zusammen mit Sandor, der sich unendlich freuen würde, Dich nach so vielen Jahren wiederzusehen. In Szegedin war er doch wie der kleine Bruder, den wir nicht hatten. Ich bin nur im Zweifel, ob Katalin solch eine lange Reise nicht überfordern würde. Wann, in welchem Monat habt ihr die Hochzeit überhaupt geplant? Doch sicher erst, wenn es wärmer wird? Ach, Kishùga, kleine Schwester, Fragen über Fragen und immer dauert die Antwort etwa zwanzig Tage. Nochmal, Dein Glück ist unser Glück. Übrigens, tausend Grüße und Küsse von Eugenia, sie erwartet im August wieder ein Baby, auch eine frohe Botschaft, oder?
Jetzt seid aber innigst umarmt, Ihr drei Mädels in Hamburg, von zwei Mädels und einem Buben aus Budapest.

Deine Adèl, Katalin ès Sandor

Als Sarolta am 30. Januar diesen Brief Marika vorlas, freute sie sich unendlich über die herzliche Zustimmung ihrer ungarischen Familie, zu der natürlich auch der Sohn von Tante Ilona gehörte.

»Wie gut, dass der Bub – Wie alt ist er, genau ein Jahr jünger als du? –, dass er bei den Mädels untergekommen ist, er verkörpert für sie doch die Heimat«, bemerkte Marika auf ihre unnachahmlich trockene, analytische Art.

»Ach Szegedin!«, seufzte Sarolta, »was war das für eine andere Welt.«

Friedrich erschien jetzt ganz offiziell täglich zum Abendessen, außer er hatte noch Geschäftstermine. Vorher schaute er immer noch einen kleinen Sprung bei Göttes vorbei. Marie hatte sich einigermaßen beruhigt und freute sich über den abendlichen Kuss ihres Bruders auf die Wange. Manchmal kochte Marika auch für alle, das bedeutete, Luise und Nikolaus kamen von der Großen Allee herüber. Auch die alte Dame hatte sich innerlich damit abgefunden, dass ihr Lieblingssohn, dieser schöne Junge, partout aus Liebe zu heiraten gedachte. Wie hätte sie sich gefreut, ihn in diesen unsicheren Zeiten in einer der prächtigen Alstervillen zu wissen. Doch auch sie konnte sich der warmen und herzlichen Atmosphäre, die in Saroltas hellem Biedermeieresszimmer herrschte, nicht entziehen.

Ein klein wenig irritierte es Sarolta, dass Fritz immer so gegen 10 Uhr aufstand, um nach Hause zu fahren.

»Küss die Hand, Marika, es war wieder vorzüglich! Gute Nacht, meine Schöne und träum von mir! Meine ganze Freude nach einem harten Tag an der Börse und zwischen staubigen Kornsäcken ist es, den Abend hier in dieser gemütlichen Atmosphäre zu verbringen! Danke! Wünscht mir Glück für Morgen, dass ich die Partie Roggen, die ich günstig ersteigert habe, sinnvoll an den Mann bringe. Ich glaube, der harte Winter wird mir zu einem guten Geschäft verhelfen. Dann bin ich reich und wir feiern unsere Hochzeit in Saus und Braus!« Er strahlte seine Braut an und küsste sie auf die Wange. »So, jetzt muss ich aber, die Droschke wartet!«

»Viel Glück für Morgen!«, rief Sarolta ihm hinterher.

»Ein feiner Herr, dieser Fritz, so anständig und großzügig«, bemerkte Marika, als sie das Geschirr in die Schüssel mit heißem

Wasser stellte. Sarolta ergriff ein Handtuch, um abzutrocknen. Sie nickte. »Sehr großzügig! Aber, wie kommst du darauf?«

»Mei, ich lass jetzt immer beim Heimerdinger anschreiben und der Herr Grawert zahlt die Rechnung.«

»Marika!«, rief Sarolta entsetzt.

»Des hat seine Ordnung, des wär noch schöner, wenn wir ihn verpflegen täten. Der Herr Fritz ist ein stolzer Mann.«

»Hast, wie immer recht, du Liebe! Könntest du vielleicht am Sonntag etwas mit Ada unternehmen? Fritz hat Tante Gertrud versprochen, auf einen Tee vorbeizuschauen und ich will mit. Anschließend wollen wir zu den alten Pferden schauen und sie trotz Kälte im Freien bewegen. Das bedeutet, ein sanfter Ritt an der Elbe entlang. Die Geschenke für Adas Geburtstag am Montag liegen schon gut versteckt in der Truhe und den Kuchen werden wir Sonntag in der Früh zaubern, wenn sie noch schlaft.«

»Geht klar, mein Kindchen. Ada hat übrigens vier Freundinnen eingeladen, die nach der Schule mit zu uns kommen.«

»Sehr schön«, freute sich Sarolta. »Was hatten wir doch für eine freie Kindheit in Szegedin. Stadtkinder wie Ada tun mir manchmal leid!«

»Wie man es gewohnt ist«, meinte Marika nüchtern. »Über den Geburtstagskuchen müssen wir uns noch unterhalten.«

»Den mit viel Schokolade«, entschied Sarolta.

Zum Glück strahlte am Sonntag, den 15. Februar, die Sonne vom Himmel. Warm verpackt in feste Wollmäntel, Schaffelle über den Knien und Pelzmützen auf dem Kopf, saßen Sarolta und Friedrich aneinandergeschmiegt im Pferdeomnibus nach Blankenese, um Tante Gertrud zu besuchen.

»Wie herrlich, deine Nähe zu spüren, nichts zu tun und die gute Winterluft zu atmen«, meinte Friedrich.

»Ich sollte heute Abend pünktlich zurück sein, Ada hat Morgen Geburtstag.«

»Ach wirklich? Deshalb hat es so verführerisch nach Schokoladenkuchen gerochen. Ich dachte, der sei für mich? Aber da ich morgen nicht Geburtstag habe, dachte ich mir fast, er muss für Adachen sein!«

»Mach dich nur lustig über mich«, schmollte Sarolta.

»Du bist die liebste Mama der Welt, ich mache mich nicht lustig, aber Marika ist doch da und wird alles richten!«

»Aber mein Kind wird jetzt schon acht!«

»Und bald wird sie erwachsen sein und braucht dich nicht mehr!«, lachte Friedrich.

»Du bist gemein!«

»Bin ich nicht, denk doch an dich!«

»Das war etwas anderes, ach, lassen wir das, Fritz.«

Bei Tante Gertrud war es warm und gemütlich. Der ostfriesische Tee duftete und die Wintersonne schickte ihre Strahlen über die Elbe in die Stube. Die Tante wirkte, erstaunlich wach und wie immer guter Laune.

»Schön, dass meine Schwester, das alte Krokodil, es endlich eingesehen hat, dass ihr beide gut zueinanderpasst. Ich weiß nicht, wie Nikolaus es all die Jahre mit dieser Frau ausgehalten hat!« Sie konnte sich Spitzen gegen ihre Schwester nie verkneifen. »Ihr müsst recht bald Hochzeit feiern, damit ich es noch erlebe! Habe ich euch schon gesagt, welch wunderschönes Paar ihr seid?«, bemerkte sie zu Abschied.

»Die Tante hat ein großes Herz. Seit ich denken kann, war sie auf meiner Seite. Auch als ich den Wunsch äußerte, Bauingenieur zu studieren lag sie meinen Eltern in den Ohren, mir das beste Studium zu ermöglichen. Nur, was habe ich jetzt davon«, meinte Friedrich zu Sarolta, als sie die Stufen zur Elbe hinabstiegen.

»Alles, was man lernt, ist nützlich, sagte Papa immer«, antwortete Sarolta.

Eine gute halbe Stunde brauchten sie zu Fuß, um die kleine Kate mit den Pferden zu erreichen. Mond und Sonne wieherten vor Freude. Schnell waren sie gesattelt und im gemütlichen Trab ging es durch den niedrigen Schnee den Elbstrand entlang und wieder zurück. Sarolta ritt, wie es sich gehörte, im neuen Damensattel. In der Hütte selber war es eiskalt, trotz des kleinen Feuers, das täglich im Winter vom Mann, der die Pferde versorgte, angezündet wurde. So hielten sie sich nicht lange auf, sondern traten den Heimweg an.

»Was für ein schöner Ausflug«, bemerkte Sarolta, als sie wieder unter Felldecken in einer Pferdedroschke saßen.

Friedrich nickte. »Ich hab so viel um die Ohren, aber heute war ich mit dir nur im Hier und Jetzt. Ich muss dir übrigens danken, Sari, seit wir so eng zusammen sind, brauche ich meine Schmerzmittel kaum mehr.«

»Das ist großartig, Fritz!«, freute sich Sarolta.

»Wenn wir verheiratet sind, kann ich sie wegschmeißen, nein, halt, ein paar brauche ich noch, wegen meines Bruders. Wenn ich den sehe …« Friedrich schüttelte sich. »Übrigens, Liebste, wartet heute eine Überraschung auf dich!«

»Da bin ich aber mal gespannt!« Sarolta kuschelte sich noch enger an Friedrich. Sie betrachtete ihn von der Seite.

»Du hast eine rote Nase!«

»Du auch, mein Liebes, das wird sich bald ändern.«

Sarolta machte große Augen, als die Droschke bei der Börse nicht rechts abbog, sondern ihren Weg den Neuen Wall entlang in Richtung Jungfernstieg nahm. »Willst du mich noch auf einen Tee in den Alsterpavillon entführen? Dafür hätte ich gerade noch Zeit, aber dann muss ich schleunigst nach Hause.«

»Ja, ja, natürlich«, meinte Friedrich und lächelte. Endstation war aber nicht der Alsterpavillon, sondern das vor zwei Jahren eröffnete Luxushotel »Hamburger Hof«.

»Fritz, das ist so fein, dafür sind wir doch gar nicht angezogen«, meinte Sarolta erschrocken, als Friedrich ihr seinen Arm bot, um sie durch das Eingangsportal zu führen.

»Für unser Hotelzimmer sind wir bestens gekleidet!« Friedrich strahlte sie an, seine weißen Zähne blitzten. Nun war es raus.

»Ich glaube, die Überraschung ist mir gelungen«, bemerkte er, als er Saroltas verdutztes Gesicht sah.

»Aber, aber das geht wirklich nicht, schon wegen Ada! Und Marika …!«

»Marika ist eingeweiht, mine Deern«, unterbrach Friedrich ihr hilfloses Gestammel. »Ich verspreche auch hoch und heilig, dass wir das Geburtstagskind morgen gemeinsam in die Schule fahren!«

»Weißt du was, du bist ein Scheusal«, flüsterte Sarolta perplex.

»Das darfst du nochmal wiederholen, wenn du die Suite besichtigt hast. Herr Portier, bitte den Schlüssel! Mein Name ist Grawert.«

»Sehr wohl, der Herr, das Zimmer liegt im 5. Stock, mit Blick auf die Alster. Es ist alles, wie gewünscht, vorbereitet. Brauchen Sie den Pagen für Ihr Gepäck? Zimmernummer ist die 511.«

Da sie außer Saroltas Tasche kein Gepäck hatten, benötigten sie den Pagen nicht. Oben angekommen öffnete Friedrich mit dem schweren Schlüssel die Tür.

»Bitte, eintreten, Madame, hoffe sehr, alles ist zu Ihrer Zufriedenheit.«

»Oh!!!«, staunte Sarolta. Was sie da sah, war Luxus pur. Durch die hohen Sprossenfenster, eingerahmt von zartgelben Portieren aus schwerer Moiréseide, fielen die letzten Strahlen der abendlichen Februarsonne und tauchten den in blaugrauen Farben gehaltenen Raum in märchenhaftes Licht. Die vergoldeten Möbel glänzten wie echt.

»Wie in einem Schloss«, sagte Sarolta andachtsvoll und trat ans Fenster, um den Blick zu genießen.

»Was für ein einmaliger Blick, von hier oben, schau mal, all die Boote, die da unten liegen! Du musst verrückt sein, Fritz. Was das wohl kostet?«

»Noch sind Sie nicht meine Ehefrau, Liebste, also brauchen Sie sich um die Kosten nicht zu kümmern! Ich bin ja auch ein, wie sagten Sie, verrücktes Scheusal, oder?« Bevor sie antworten konnte, nahm er sie in die Arme und küsste sie zärtlich auf den Mund. Er löste sich von ihr, nahm sie wie ein kleines Mädchen an der Hand und führte sie zum Glaserker, wo ein stilvoll dekorierter Tisch stand mit zwei Gedecken aus weißem Porzellan, Silberbesteck, Kristallgläsern, bestickten Servietten und unter silbernen Abdeckhauben versteckten Tellern, dazu Butter und ein Körbchen mit verschiedenem Brot.

Friedrich hob die silbernen Abdeckungen. »Hummersalat, Geflügelsalat, Lachspastete, Terrine vom Wild mit Preiselbeeren, Roastbeef und Meerrettichsahne, dazu ein gut gekühlter, leichter Entre-Deux-Mers. Ich habe es vorausbestellt, damit uns keiner stört, aber jetzt zeige ich dir noch etwas.«

Er öffnete eine unscheinbare Tapetentür. Dahinter versteckt lag ein neumodisches Badezimmer mit Waschtisch, Porzellanbadewanne und Wasserklosett.

»Wenn schon, denn schon! Diese Suite ist eigentlich ausländischen Staatsgästen vorbehalten, aber zum Glück war sie heute nicht gebucht. Ich sagte, ich erwarte eine sehr wichtige Handelspartnerin aus Szegedin, das klang doch plausibel, oder?«

Sarolta kicherte, sie zwickte sich in den Arm. »Das gibt es nicht, ich glaube, ich träume!«

»Wir prüfen mal, ob aus dem Boiler heißes Wasser sprudelt.« Er drehte den Hahn auf und wohl temperiertes Wasser lief in die kleine, geschwungene Porzellanwanne. Ich denke, ein warmes Bad wird uns guttun. Ich, für meinen Teil, fühle mich immer noch durchgefroren.«

»Ich auch, aber dieses Badezimmer erinnert mich an meinen 16. Geburtstag bei Dessens in Dresden. Es wurde eigens für mich angeschürt, ich lag im heißen Wasser und rätselte, was die Zukunft mir bringen würde!«

»Des Rätsels Lösung wieder ein Bad zehn Jahre später! Ich lass dich, mach es dir gemütlich.«

»Und du?«, wagte Sarolta zu fragen.

»Ich komme dann.« Er verließ den Raum und lehnte die Tür an. Sarolta verteilte Fichtennadelessenz, die in einem Schälchen bereitstand, auf das Wasser, entkleidete sich, legte ihre Sachen sorgfältig auf einen Hocker und stieg in die Badewanne. Sie tauchte bis zu den Schultern unter. Ein herrlich wohliges Gefühl von Wärme durchdrang sie. Die Zwischentür zum Schlafzimmer öffnete sich. »Mich friert es auch, mein Schatz, ich steige zu dir in die Wanne!« Da stand er splitternackt vor ihr, groß, schlank und muskulös. Sarolta betrachtete ihn bewundernd. Carl und ich haben uns nie so gesehen, kam es ihr blitzartig in den Sinn.

»Gefalle ich dir?«, fragte er und ohne die Antwort abzuwarten, sagte er, »dann komme ich zu dir!« Das Ansinnen stellte sich als etwas problematisch dar, weil gerade mal einer mit angezogenen Beinen Platz in der Wanne fand.

»Ich steige aus und du kannst baden«, schlug Sarolta vor. Sie stand auf.

»Immer noch dieselbe schlanke Figur wie vor fünf Jahren, immer noch der gleiche Alabasterkörper. Wie machst du das, wo Marika so vortrefflich kocht?«

»Immer nur wenig von allem«, lächelte Sarolta.

Beide standen sich in der Wanne gegenüber. Saroltas Herz pochte bis zum Hals. Hoffentlich merkt er das nicht, dachte sie.

»Ist es zu viel verlangt, wenn du mich einseifst?« Friedrich griff nach einer Fichtennadelseife, die in einem Schälchen an der Badewanne hing und die Sarolta noch nicht entdeckt hatte. Sie tauchte sie ins Wasser, seifte ihre Hände damit ein und strich langsam über Friedrichs Körper, vom Hals beginnend über Brust und Rücken, Arme und Hüften und Pobacken.

»Das fehlt noch«, sagte Fritz, fast ein wenig schüchtern und deutete auf seine untere Mitte. Sarolta sah ihn an, seifte Ihre Hände erneut ein und bemerkte: »Ich war noch nicht so weit.«

»Jetzt kommst du!« Genussvoll hüllte er sie am ganzen Körper in den Duft der kostbaren Seife ein. Er legte sich in die Wanne, tauchte unter und zog sie auf sich herab. Sie spürte sein steifes Glied und hatte ein heftiges Verlangen, dass er in sie eindringen möge. Aber Friedrich drehte sich, sodass nun sie wieder mit dem Rücken im Wasser lag und stieg aus der Wanne. Auf einer Stange neben dem Ofen hingen zwei riesige weiße Badetücher. Friedrich wickelte sich in eines davon, das andere hielt er für Sarolta bereit.

»Komm heraus, mein Schatz, ich habe Hunger!« Er hüllte Sarolta in das Tuch, das zweimal um sie herumging. Sarolta löste die Spangen aus ihrem Haar und bürstete es. Die rotblonden Locken fielen über ihren Rücken, fast bis zur Taille. Friedrich hatte in der Zwischenzeit die Kerzen des fünfarmigen Leuchters entzündet. »Ich habe mir erzählen lassen, in der Südsee sind die Einheimischen immer so gekleidet wie wir jetzt«, meinte er, als sie auf den zierlichen, mit blauem Samt bezogenen Stühlen am gedeckten Tisch Platz nahmen. Sie tranken Wein, aßen, lachten und machten Pläne für die Zukunft.

»Glück ist ein Haus, in dem man manchmal eine Stunde zu Gast sein darf, sagt ein großer Dichter, der Name fällt mir nicht ein. Jetzt gerade ist so eine Stunde«, sagte Friedrich.

»Ich würde am liebsten die Zeit anhalten, aber morgen hat meine Tochter Geburtstag«, erwiderte Sarolta.

»Immer holt die Realität uns ein, mein Schatz. Lass uns schlafen gehen, ich dir habe versprochen, dass wir morgen für Ada da sein werden.«

Sarolta wollte die Kerzen auspusten. »Lass sie noch ein wenig«, bat Friedrich. Er legte das Badetuch ab und schlüpfte nackt unter die dicke Daunendecke des pomposen Betts. Nach kurzem Zögern tat Sarolta es ihm gleich. Ihr Verlangen nach ihm hatte sich seit Wochen aufgestaut.

»Endlich«, murmelte Friedrich, als er ihren schlanken Körper fühlte. Sie liebten sich so begierig und heftig, als gäbe es kein Morgen.

»Ich hatte die ganze Zeit Sehnsucht nach dir, aber du warst so zurückhaltend«, flüsterte Sarolta in seinen Arm. Friedrich nahm ihr Gesicht in beide Hände.

»Ich bin lernfähig, meine Süße, und wollte die Fehler, die ich bei unserer ersten Begegnung gemacht hatte, nicht wiederholen.«

»Du hast keine Fehler gemacht, Lieber, ich hatte mich in eine absurde Idee verrannt. Danke, dass du so große Geduld mit mir hattest.«

»Es blieb mir nichts anderes übrig, denn du bist die Frau meines Lebens!«

»Als ich dich zum ersten Mal sah, durchfuhr es mich wie ein Blitzschlag, aber gleichzeitig habe ich mich, wie eine Verräterin Carl gegenüber gefühlt«, gestand Sarolta.

»Carl war ein guter Junge. Schön, dass er in seinem kurzen Leben einer Frau wie dir begegnet ist!«, meinte Friedrich lapidar.

Irgendwann schliefen sie ineinander verschlungen ein und wurden unsanft um 6 Uhr morgens durch dezentes Klopfen an der Tür geweckt. Im Raum glühten noch die Stummel in den Kerzenleuchtern.

»Ich will nicht aufstehen«, brummelte Sarolta tief verschlafen.

»Ich auch nicht, aber hat unsere Ada nicht heute Geburtstag?«, gähnte Fritz.

»Gott, ja!« Sarolta sprang aus dem Bett und hüpfte ins Bad. Kurz tauchte sie im immer noch duftenden, aber kalten Wasser unter. Sie frottierte sich ab.

»Leg dich nochmal kurz zu mir«, bat Friedrich. »Nur so, um einen Augenblick die Zeit anzuhalten. Wenn ich nicht mehr bin, sollst du dich immer an diesen Moment erinnern.«

»Sag so etwas nicht«, bat Sarolta mit Tränen in den Augen. Um halb sieben klopfte ein Ober mit heißem Kaffee und Wiener Kipferl an der Tür und um 7 Uhr 20 saßen sie in einer Droschke in Richtung Hansaplatz.

Ada war eben wach geworden, trank ihre Schokolade und überlegte aufgeregt, was der Tag heute bringen würde. Gerade noch im richtigen Moment schlüpfte ihre Mutter zur Wohnungstür herein, Ada hatte ihre Abwesenheit nicht bemerkt. Im Wohnzimmer stand der Geburtstagstisch, den Marika liebevoll vorbereitet hatte.

Sarolta zündete die Kerzen an, öffnete die Tür und rief: »Alles Liebe und Gute zum Geburtstag! Acht Jahre bist du nun alt, ich kann es kaum glauben!«

Ada hatte ja Schule, deshalb musste sie sich, nachdem sie die Kerzen ausgepustet hatte, schnell anziehen.

»Onkel Fritz!«, rief sie voll Begeisterung, als sie mit ihrer Mutter die Treppe herunterkam. Friedrich hatte so lange geduldig in der Droschke gewartet.

»Ich gratuliere dir zum Geburtstag, mein liebes Kind«, sagte er, zog ein in grünes Seidenpapier gewickeltes Buch aus der Tasche und überreichte es Ada.

»Darf ich es aufmachen?«, fragte Ada gespannt.

»Natürlich«, lächelte Friedrich.

»Ein Poesiealbum, das habe ich mir immer schon gewünscht, da dürfen all meine Freundinnen hineinschreiben, vielen Dank, Onkel Fritz!«

Friedrich räusperte sich. »Meine kleine Ada«, sagte er sanft, »du wirst dich daran gewöhnen müssen, dass ich in Kürze dein Papa und nicht mehr dein Onkel sein werde. Erinnerst du dich, ich fragte dich, ob ich deine Mutter heiraten dürfe.«

»Aber, Onkel Fritz, ich habe doch schon einen Papa!«, meinte sie verwirrt.

»Das stimmt, er ist im Himmel. Er schaut von oben auf dich herab und passt auf dich auf. Aber es ist doch sinnvoll auch einen Papa hier auf Erden zu besitzen. Man kann auch zwei Väter haben, findest du nicht? Zumal dein Papa mein bester Freund war«, fügte Friedrich noch schnell hinzu und warf Sarolta einen Blick zu. Beide wussten, dass dies nicht ganz den Tatsachen entsprach. Adas Gesicht jedenfalls erhellte sich. Sie nickte ernst, bevor sie sagte: »Wenn es so ist, dass man zwei Papas haben kann, möchte ich am liebsten dich zum zweiten Papa haben!« Sarolta fiel ein Stein vom Herzen.

Sechs Wochen später hatte Sarolta keinen Zweifel mehr, sie war schwanger. Als Erste wurde natürlich Marika eingeweiht.

»Du musst es sofort Herrn Grawert erzählen, ach komm her, kincsem!« Liebevoll drückte sie Sarolta an ihre üppige Brust.

»Hülyeség«, brach es aus Sarolta heraus.

»Was ist blöd, mein Schatz«, fragte Marika so sanft, wie es sonst nicht ihre Art war.

»Hülyeség, dass ich schwanger bin, ohne verheiratet zu sein«, meinte Sarolta kleinlaut.

»Gyerek, Kinderl, da habe ich jetzt aber keinerlei Bedenken, der Herr Fritz liebt dich über alles, das sicht ma doch! Wenn du es ihm nicht sagst, tu ich es!«, erklärte sie resolut.

Sarolta musste lachen. »Nein, Marika, das schaffe ich alleine!«

»Heute Abend?«

»Heute Abend, nach dem Abendessen, wenn Ada im Bett ist. Was gibt es heute Gutes? Ich habe mich schon gewundert, dass ich in letzter Zeit immer Hunger habe!«

Friedrich war, nachdem die Börse geschlossen hatte, noch im Clublokal hängengeblieben. Es machte Sinn, dort zu verkehren, weil man Insiderinformationen erhielt. Nach dem ersten Whiskey wurde man vertraulicher und nach dem dritten verbrüderte man sich gegen die nicht Anwesenden. Friedrich, dem Anfang des Jahres tatsächlich mal ein richtig guter Deal gelungen war, wollte das Gewonnene nicht gleich wieder verlieren und agierte vorsichtig. Trotzdem hatte er sich heute entschlossen, eine Partie Roggen aus Maryland für einen akzeptablen Preis zu ersteigern. Mit der Ware aus dieser Region hatte es noch nie Ärger gegeben. So gesehen war Friedrich bester Stimmung und scherzte mit Ada.

»Morgen wechsele ich wieder mal die Seiten und bin als Kornumstecher gefragt. Gestatten, Professor Kornumstecher mit Abschlussdiplom summa cum laude, als Bauingenieur!«

Er war aufgestanden und verbeugte sich dermaßen übertrieben vor Ada, dass die vor Vergnügen laut quietschte, ebenfalls aufstand und einen Knicks vollführte.

»Ist was, Liebe? Trinkst gar keinen Wein heute, ist dir nicht gut?« Friedrich fiel auf, dass Sarolta merkwürdig verhalten an diesem Abend war.

»Alles gut, Fritz, ich finde nur, Ada muss jetzt ins Bett. Die Fleischpflanzerl schmeckten übrigens ausgezeichnet, Marika!«, erwiderte Sarolta so hastig, dass Friedrich sie irritiert ansah.

»Ganz zu schweigen vom Kartoffelsalat, wie sagt ihr, Erdäpfelsalat, einfach großartig, liebe Frau Marika«, beeilte er sich hinzuzufügen. Marika lächelte geschmeichelt.

»Iss jo guat, bleibts sitzen, ich bring die Ada ins Bett, gell Schatzerl? Gib dem Herrn Papa Friedrich schön die Hand und sag Gute Nacht!«

»Gute Nacht, Papa Fritz, gute Nacht, Mama!« Ada schlang beide Arme um ihre Mutter.

»Schlaf gut, Schatz, ich schau nachher bei dir vorbei!«

Kaum allein fragte Friedrich: »Was ist mit dir, mein Liebling, du bist doch hoffentlich nicht krank?«

»Nein, Fritz, aber schwanger!« Sarolta lächelte ihn leicht hilflos an.

Friedrich sprang auf. »Juhu!«, schrie er so laut, dass er sich selbst erschrocken den Mund zuhielt. »Liebste«, flüsterte er, »Du machst mich zum glücklichsten Mann, der Welt! Jetzt müssen wir aber sofort heiraten, erst mal standesamtlich. Nur für uns, nur mit den Trauzeugen und dann wird in aller Ruhe die schönste Hochzeit, die unser Viertel jemals gesehen hat, geplant. Komm, meine Geliebte!«

Er schloss Sarolta in die Arme, streichelte ihre Haare und bedeckte ihr Gesicht mit Küssen. Sarolta kamen die Tränen vor Freude über die Reaktion, die ihr Bekenntnis bei Fritz ausgelöst hatte.

Es klopfte sachte an der Tür. »Die Kleine fragt, ob du ihr vor dem Einschlafen noch einen Gutenachtkuss geben kannst, Sarolta?«

»Mach ich natürlich, Marika, ich komme!«, schniefte Sarolta und löste sich sanft von Friedrich.

»Hob ich's doch gesogt, der wird sich narrisch freuen«, flüsterte Marika hastig, bevor Sarolta die Tür zum Kinderzimmer öffnete.

Der nächstmögliche Termin beim Standesamt 1 in Hamburg fiel auf Donnerstag, den 16. April, um 11 Uhr vormittags. Friedrich und Sarolta erschienen mit Ada und Marika pünktlich. Die Trauzeugen Inge, Saroltas beste Freundin, jetzt schon sichtbar in anderen Umständen, und Friedrichs Freund, der Architekt Hinrich Zinnow waren schon vor Ort. Außer den Anwesenden war keiner in den Termin eingeweiht worden.

Friedrich hatte schon einen diebischen Spaß gehabt, sich die Gesichter seiner Eltern und von Tante Gertrud vorzustellen, die er zum Mittagessen in das feine Restaurant des Hotels »Hamburger Hof« eingeladen hatte, wenn sie auf dem Tischkärtchen »Frau Sarolta Grawert« lesen würden.

Nach Klärung der Formalitäten fragte der Standesbeamte Wigger zuerst Sarolta und dann Friedrich, ob beide ihren Lebensweg gemeinsam gehen wollten, »bis dass der Tod Sie scheidet?«

»Ja, ich will!«, antwortete Sarolta aus vollem Herzen und genauso Friedrich: »Ja, ich will!« Danach küsste er die Braut.

»Du siehst mal wieder bezaubernd aus. Diese Kombination von dem rostbraunen Seidenkleid mit dieser wunderschön bestickten Wollstola und dem eleganten Hütchen, einfach perfekt. Ich hingegen fühle mich wie eine Tonne, da hilft das schönste Kleid nichts!«, flüsterte Inge auf der Fahrt zum Hotel der neben ihr sitzenden frischgebackenen Frau Grawert ins Ohr.

»Das Kleid hatte ich Weihnachten schon an, der Umhang war ein Geschenk meiner Schwestern aus Ungarn, nur der Hut ist neu. Er stammt aus Braunschweig, dort besitzt der Neffe von Friedrichs Schwager Mayer einen Salon, beziehungsweise nicht er, sondern seine Frau Bertha. Übrigens«, Sarolta kam mit dem Mund ganz nah an das Ohr ihrer Freundin, »bald sehe ich aus wie du.« Inge schnappte nach Luft. »Nein, wie wunderbar!«

»Psst«, flüsterte Sarolta und legte lachend den Arm um Inge.

»Was hast du Tante Inge erzählt, Mama?«, fragte Ada.

»War wohl nicht für deine Ohren bestimmt, sei nicht so neugierig«, wurde sie von der Kinderfrau gerügt. Die schwarze Droschke erreichte den pompösen roten Backsteinbau des Hotels zehn Minuten vor der verabredeten Zeit. Trotzdem saß Tante Gertrud schon im Restaurant am edel gedeckten Tisch für zehn Personen.

»Da seid ihr ja, ihr kommt 20 Minuten zu spät! Ich war pünktlich um 12 Uhr hier!«

»Die Verabredung hieß 12 Uhr 30, liebe Tante Trude!«, sagte Friedrich und küsste ihr die Hand. »Aber du sitzt falsch, schau mal, es gibt Tischkarten.«

»Mein Gott, ich vertrotteltes altes Weiblein!« Sie schüttelte entsetzt über sich selbst den Kopf. In dem Augenblick kamen Friedrichs Eltern zur Türe herein und wurden vom Ober im Frack zum Tisch geleitet.

»Ist ja man bannig fein hier, Junge, was verschafft uns die Ehre, dass du uns zu dieser Tafel bittest?«, schnaufte Nikolaus etwas außer Atem.

»Wusste ich es doch, nein so eine Freude, großartig!«, rief Tante Gertrud, die mithilfe eines Lorgnons nach ihrer Tischkarte gesucht hatte, plötzlich so laut, dass die Gäste an den anderen Tischen aufmerksam wurden. »Ich sagte doch immer, ihr beide gehört zusammen!« Triumphierend hielt sie eine Karte in die Höhe und las laut: »Frau Sarolta Grawert.«

»Ne, nicht?« Luise ließ sich auf den nächsten Stuhl sinken. »Fritz, min Jung, du hast doch wohl nicht ohne uns geheiratet, ne, oder?« Sie stand wieder auf, Friedrich umarmte sie.

»Doch, Mutter, ich bin seit einer Stunde der glücklichste Mann auf der Welt, ich hoffe, Vatter, Mutter, ihr freut euch mit mir, darf ich euch Frau Sarolta Grawert vorstellen!«

Spontan nahm Nikolaus sie in den Arm. »Willkommen im Hause Grawert, meine Tochter!« Er zwinkerte mit einem Auge. »Ich erinnere mich, vor zehn Jahren durfte ich an deines Vaters Stelle treten, wer hätte gedacht, dass das Schicksal dich nun tatsächlich zu meiner Schwiegertochter bestimmt!«

Luise hatte sich gefangen und hieß Sarolta ebenfalls in der Familie willkommen. »Hauptsache, ihr seid glücklich, Kinder«, sagte sie kühl, doch von Herzen.

»Typisch weißt du, Mütter sind in ihre Söhne verliebt und eifersüchtig! Habe ich schon gesagt, dass ihr ein schönes Paar seid?« Gertrud tätschelte Sarolta die Hand.

»Wie wäre es, wenn wir uns endlich setzen würden?«, schlug Friedrich vor und hob den Zeigefinger. Sofort eilte der Ober herbei.

»Den Champagner, bitte!«

»Mama?«

»Mein Schatz, was ist?« Sarolta ergriff die kleine, kalte, feuchte Hand ihrer Tochter Ada, die links an ihrer Seite saß.

»Darf ich etwas sagen?«

»Natürlich, mein Liebling!«

Ada stand auf und sagte nur einen Satz, bevor sie sich auf den Schoß ihrer Mutter setzte: »Ich bin so froh, Onkel Fritz, dass du mein Papa bist.« Ein schelmisches Grinsen erschien auf ihrem Gesicht. »Und dass ich heute schulfrei habe!«

»Bravo«, rief Frau Zinnow und alle applaudierten. Nach der Claire de Tortue au Sterlet, einer speziellen Art von Schildkrötensuppe, klopfte Luise an ihr Glas. »Alle bitte mal herhören, auch ich habe eine Überraschung für euch! Wie ihr wisst, werden wir ja nun in allernächster Zeit brutal enteignet. Zur Entschädigung für unser stolzes Barockpalais hatte man ein schäbiges Reihenhaus im Stadtteil Hammerbrook vorgesehen. Hammerbrook? Wo ist denn das? Ich hab mich noch nie in meinem Leben in dieses Viertel verirrt, das könnt ihr mir glauben! In meiner Not fiel mir die Gattin unseres Bürgermeisters Weber ein, die Tochter meiner alten Freundin Vorwerk, aus der Katharinenstraße, die mit mir in einer Schulbank saß. Nachdem ihre Mutter vermittelt hatte, empfing sie mich mit offenen Armen. Sie persönlich würde den Abriss des Gebäudes auch nicht befürworten. Sie versprach mir, mit ihrem Mann zu sprechen und siehe da, Kinder, sie hat sich für uns eingesetzt, wir erhalten als Entschädigung für unser historisches Barockpalais, zwei neue Häuser, direkt am Wasser. Ein Haus für Friedrich und das andere für Albert. Damit ihr Streithähne euch nicht in die Quere kommt! Mehr kann man in dieser Situation nicht erwarten.«

Betretenes Schweigen herrschte, dann sagte Nikolaus: »Hat Mutter gut gemacht! Danke, liebe Frau!«

»Hast du wirklich gut gemacht, Mutter!«, bestätigte Friedrich. »Sarolta und ich haben uns in den letzten Tagen überlegt, wie unsere Zukunft aussehen könnte.

Es gibt ein Problem: Mir stehen, genau wie Albert, zwei Schlafzimmer bei uns in der Holländischen Reihe zu. Mit anderen Worten, ein Zimmer für uns, ein Zimmer für Ada. In der Etage darüber steht, seitdem die Köchin zu euch in die Große Allee gezogen ist, ein Personalraum leer.«

Sarolta mischte sich ein. »Versteht mich recht, Marika ist keine Bedienstete, sie kann unmöglich in dieser kleinen Kammer zusammen mit dem Personal hausen!«

»Was regst du dich auf, mein Kind, Ada und ich werden es uns in dem hübschen Zimmer schon gemütlich machen, gell Schatzerl?«

Friedrich fiel ihr ins Wort. »Sarolta lebt seit fast zehn Jahren im Haus Götte und soll nun wegen der Heirat diese komfortable Wohnung aufgeben. Das ist nicht gerecht. Deshalb habe ich vorgeschlagen, dass sie erst einmal am Hansaplatz bleibt, auch wegen Ada, deren Schule um die Ecke ist.«

»Schade, dass Ernst und Marie heute nicht dabei sind, weil sie arbeiten müssen«, meinte Sarolta. »Ich hoffe, es wird ihnen recht sein. Aber«, fügte sie hinzu, »ich stehe ihnen dann natürlich noch im Laden zur Verfügung.«

»Und ich darf als Ehemann bei dir übernachten und zu euch, liebe Eltern, ist es von dort ein Katzensprung! Prost und lasst es euch schmecken!«

Wie einfühlsam und liebevoll dieser Mann ist, dachte Sarolta und trank wie ihre Freundin Inge Wasser statt Wein. Friedrich hingegen fühlte sich erleichtert, nicht mehr die dumpfe Atmosphäre mit seinem Bruder teilen zu müssen. Trotzdem werde ich schauen, wie ich die Holländische Reihe in ihren letzten Monaten wieder ein wenig zum Leben erwecken kann, nahm Sarolta sich insgeheim vor.

»Dieser Kalbsbraten ist zart wie Butter«, bemerkte Trude.

Drei Stunden später wanderten Friedrich und Sarolta mit Marika und Ada gemächlich den Alsterdamm entlang, um bei Brandsende nach rechts in Richtung Hansaplatz abzubiegen. Sarolta hatte sich gewünscht, zu Fuß zu gehen, die frische Brise um die Nase würde allen guttun nach diesem aufregenden Tag und dem üppigen Mahl, das noch mit halbgefrorener Schokoladentorte und Kaffee gekrönt worden war. Marika hätte gerne auf den Spaziergang verzichtet, die Eltern Grawert boten ihr an, sie in der Droschke ein Stück mitzunehmen, aber das wollte sie dann doch nicht.

»Wie sagen wir es jetzt Marie und Ernst?«, fragte Sarolta, die sich bei ihrem Ehemann eingehakt hatte, etwas bange.

»Ganz einfach«, äußerte Friedrich fröhlich, »wir schicken Ada vor. Ada, mein Schatz, wir hatten dich doch gebeten, kein

Sterbenswörtchen darüber zu verlieren, dass deine Mama und ich heute heiraten!«

Ada schlug die Hand vor den Mund, schüttelte den Kopf und flüsterte: »Habe ich nicht.«

»Ganz recht, du warst eine hervorragende Geheimnisträgerin! Aber nun ist Schluss mit dem Versteckspiel! Wenn du willst, darfst du zu Tante Marie gehen und ihr verraten, was du heute erlebt hast.«

»Wirklich, Onkel, Papa?«, strahlte Ada und kam sich sehr wichtig vor.

»Wisst ihr was, wir bleiben vor dem Geschäft stehen und warten, was passiert!«, lachte Fritz. Gesagt, getan. Zum Glück befand sich gerade keine Kundschaft im Laden, als Ada hineinstolzierte. »Tante Marie«, flüsterte sie aufgeregt, »rate mal, wo ich war?«

»Du bist hübsch angezogen, vielleicht auf einem Geburtstagsfest?«

»Falsch, auf der Hochzeit von Mama und Onkel Fritz, ich meine, Papa Fritz!«, rief sie triumphierend.

Marie klappte der Unterkiefer runter. »Kind«, sagte sie gütig, »du hast eine blühende Fantasie, gewiss kein Erbe der Göttes.« Sie blickte zur gläsernen, verschlossenen Eingangstür, vor der in dicke Mäntel verpackt ihr Bruder und Sarolta standen. Beide strahlten sie an und winkten heftig. Marie eilte zur Tür und riss sie auf. »Ist es denn zu fassen, habt ihr wirklich heute klammheimlich geheiratet?« Sie gab sich einen Ruck und umarmte erst Sarolta, dann Fritz. »Ernst«, rief sie laut, »komm doch mal!«

»Ja, was soll man sagen, es bleibt in der Familie«, meinte er lapidar. »Ich wünsche euch alles Gute für den gemeinsamen Lebensweg, meine Lieben!«

»Wir hätten euch schrecklich gerne zum gemeinschaftlichen Überraschungsessen gebeten, aber ihr musstet ja im Geschäft sein!«, bedauerte Sarolta.

»Nach Ladenschluss werden wir dann auch auf das neue Ehepaar gehörig anstoßen, ich habe da ein feines Fläschchen für besondere Gelegenheiten!«, freute sich Ernst. »Ach, Kundschaft!«

Die ältere Dame, die hereinkam, steuerte sofort auf Sarolta zu. »Schön, liebe Frau Götte, dass ich Sie heute antreffe, Sie müssen mich unbedingt beraten, ich gedenke nämlich zu verreisen …«

»Liebe gnädige Frau, die Dame heißt ab heute Frau Grawert und hat aus diesem Grunde frei«, unterbrach Fritz den Redefluss.

Hamburg, den 17. April 1885

Geliebte Schwestern!
Nun ist ein Traum wahr geworden. Seit gestern heiße ich laut amtlichem Papier Sarolta Franziska Caroline Grawert.
Ich glaube, mein guter Carl freut sich im Himmel für mich, dass ich nach so vielen Jahren nicht mehr alleine bin.
Friedrich und ich hatten einen großen Spaß, weil wir davor niemandem von der Heirat erzählt hatten, nur die Trauzeugen waren eingeweiht. Ganz ehrlich, Ihr Lieben, es hat auch ein wenig pressiert, da ich ein Kind erwarte. Fritz freut sich schrecklich auf den kleinen Friedrich, ich aber glaube, es könnte eher eine Friederike sein, bei uns werden doch immer nur Mädchen geboren. Auch egal, meint Fritz.
Die richtig große kirchliche Hochzeit wollen wir dann, wie sagt man so schön, im Wonnemonat Mai feiern. Ich hoffe sehr auf Sani und Euch, Ihr könntet prima hier in meiner Wohnung wohnen und euch außerdem im wilden Hamburg umsehen. Die Elbe riecht anders als die Donau. Um es kurz zu schildern, wir haben einiges geplant. Das große, prächtige, alte Kontor- und Wohnhaus, seit Generationen in Friedrichs Familie, soll demnächst abgerissen werden. Wir haben nun gestern beschlossen, gleich nach der Trauung in St. Katharinen, im Barocksaal des Hauses, (den müsst ihr euch ansehen mit seinen bezaubernden Landschaftsmalereien an den Wänden) ein wunderschönes, elegantes Mittagessen nur für Familienmitglieder und enge Freunde zu geben. Am Abend aber soll unten in der Halle Tanz für alle, die gesamte Nachbarschaft sein. Alle können nochmal glücklich feiern, bevor es auseinandergeht. Das ist die Idee von meinem Friedrich. Wie Ihr seht, steht Arbeit an!

Ich umarme Euch in der Hoffnung, euch hier in die Arme schließen zu dürfen und Euch meine neue Heimat zu zeigen. Ganz liebe Grüße von der tapferen Marika, die so treu an unserer Seite steht, von Ada, die ein liebes und verständiges Mädchen ist und, unbekannterweise, von Eurem neuen Schwager Fritz Theodor Grawert.

In Liebe
Eure Schwester Sarolta

Adèls postwendende Antwort lautete:

Budapest, am 27. April 1885

Geliebte Schwester!
Wir, Sandor, Katalin und ich gratulieren Dir von ganzem Herzen und das nicht nur zur Hochzeit. Wie klug von Euch, niemandem etwas zu sagen und so dem ganzen Trubel zu entkommen. Aber Ihr habt ja noch Gewaltiges vor. Nicht nur ein Hochzeitsfest, sondern auch im gleichen Zuge sozusagen einen Schwanengesang für Euer bedauernswertes Viertel zu veranstalten. Ich hoffe, liebste Schwester, es wird Dir in Deinem Zustand nicht zu viel. Aber wenn Du Dir etwas in den Kopf gesetzt hast, kann man es Dir schwer ausreden. Wir bewundern Dich für die Tapferkeit, mit der Du Dein Leben meisterst.
Da kann ich aber jetzt nicht umhin, Dir von einem unglaublichen Skandal, der den Schoßberger-Clan betrifft, zu berichten. Die Gazetten sind voll davon und ganz Budapest spricht darüber! Es handelt sich um unsere Cousine Ilona, die Tochter von Onkel Henrik. Sie hat sich in den Anwalt Dr. Rosenthal verliebt, aber der Mann ihrer Schwester Helene, Baron Bornemisza, war strikt dagegen. Damit diese Ehe zustande kam, konvertierte die ach so jüdische Familie zum Katholizismus, alle, außer unserem guten Rezsö. Wie auch immer. Der Baron hatte mit Onkel Henrik ausgemacht, dass sein verschuldeter Freund, der mit dem

Grafentitel Ballvany, Ilona heiraten solle, im Gegenzug würde der Onkel die Schulden bezahlen. Ilona flüchtete mit Rosenthal nach Marienbad, wo sie nach jüdischem Ritual die Ehe schlossen. Onkel Henrik aber ließ sie nach Baden-Baden entführen, wo sie, unter Zwang, eine katholische Ehe mit Graf Ballvany eingehen musste. Rosenthal, der nach Baden-Baden nachgereist war, forderte den Grafen daraufhin zum Duell auf, was dieser ablehnte. Mit einem Juden duelliere man sich nicht, meinte er verächtlich.

Ein Jahr später, in Budapest, provozierte Gyula Rosenthal ihn aber derart, dass er auf das Duell einging. Gyula zielte einmal und traf den Grafen mit einem glatten Durchschuss durch den Kopf. Nun wurde Rosenthal gerade zu neun Jahren Gefängnis verurteilt und unsere arme Ilona hat sich weinend in ihr Zimmer in der Nador-Straße eingeschlossen. Sie tut mir leid. Sie liebt Gyula, doch ihr Vater hatte nur den Grafentitel im Sinn. Ich denke daran, was unser verehrter kluger Papa über aschkenasische Juden und ihren Stolz gesagt hat und wie man auf Dich, meine Liebe, herabgeblickt hat, weil Du einen Goj geheiratet hast. So turbulent geht es hoffentlich bei Dir gerade nicht zu.

Um aber auf die liebe Einladung zurückzukommen, ich fürchte, wir werden das nicht schaffen, da Katalin zurzeit wieder sehr labil ist. Aber könnte es nicht sein, dass Du mit Deinem Friedrich mal Wien besucht? Dann könnten wir uns sehen. Wir hatten ja das Vergnügen mit Carl, als Papa noch lebte, und jetzt würden wir, an seiner statt, Dir gerne den Segen für Fritz – welch lustiger Name – geben. Liebste Schwester, so sind die Verhältnisse in Ungarn, turbulent, oder? Verursache Du keine Duelle, bitte!

Szeretünk tèget, von ganzem Herzen
Deine Adèl ès Katalin ès Sani

Sarolta las Friedrich am Abend, als sie gemütlich auf dem bequemen Biedermeiersofa saßen, den Brief vor. »Ich kann mich dunkel erinnern, dass ich vor einiger Zeit über dieses Duell eine kleine Notiz in der Zeitung gelesen habe, aber dass dies mit deiner Familie zu tun hat, wäre mir im Traum nicht eingefallen.«

Er musste von Herzen lachen, aber Sarolta ärgerte sich. »Was haben die sich aufgeregt, weil ich einen nicht jüdischen Mann heiraten wollte und jetzt dieser Sinneswandel, nur weil man der Aristokratie angehören will! Wie lächerlich. Die arme Ilona, was muss sie durchmachen. Sie ist so eine hübsche, liebe Person. Warum durfte sie nicht mit dem Gyula glücklich werden. Noch vor wenigen Jahren wäre er ein Mann, comme il faut, für sie gewesen. Ach, Fritz, ich liebe dich so!« Mit diesen Worten kuschelte sie sich in seine Arme.

»Das Glück währt nicht nur eine Stunde, manchmal währt es Tage und Nächte«, flüsterte sie.

»Weißt du was?« Friedrich löste sich ein wenig von Sarolta.

»Wir machen unsere Hochzeitsreise nach Ungarn! Noch bevor du einen dicken Bauch bekommst, nehme ich mir zwei Wochen Zeit – länger ist es nicht möglich – und wir fahren in deine Heimat. Ich will deine Familie kennenlernen und die sollen mal sehen, was du für einen großartigen Hamburger Jung ergattert hast, mein goldener Augenstern!«

»Danke!«, flüsterte Sarolta. Vor Müdigkeit fielen ihr fast die Augen zu. In den letzten Tagen war sie im Laden beurlaubt und sehr fleißig drüben im alten Kontorhaus zugange gewesen. Seit Luises Auszug war alles dort arg vernachlässigt worden, und deshalb hatte sie beschlossen, einen Großputz zu veranstalten. Fenster wurden aufgerissen, Möbel und Teppiche vom Staub befreit, Kerzenleuchter, Vasen, Gläser, Geschirr und Besteck inspiziert, gewaschen und neu geordnet. Gegen muffigen Geruch verteilte sie in allen Räumen Säckchen mit getrocknetem Lavendel. Sie hatte Mine eingespannt, und die beiden Dienstmädchen stöhnten unter der Last der Arbeit. »Du bist kein Dienstbote«, hatte Albert seine Frau angeknurrt, als er das geschäftige Treiben bemerkte.

»Es macht mir Spaß«, antwortete Mine auf ihre schüchterne Art. Fritz hingegen hatte sich gesorgt, dass Sarolta sich in ihrem Zustand übernehmen würde. Aber heute, als Mutter zu Besuch in ihr altes Zuhause kam, war er wahrhaftig stolz auf seine junge Frau gewesen. Luise dachte, ein Wunder sei geschehen.

»Wie habt ihr denn das angestellt, es sieht hier aus wie zu unseren besten Zeiten, nein, ich glaub es nicht, mein Gott, wie schön!« Sie fing an zu schluchzen. »Sarolta, warst du das?«

»Mine, Mine und ich und das Personal, die braven Burschen von Fritz haben sogar die Teppiche geklopft.« Mine Grawert bekam einen roten Kopf vor Freude darüber, dass Sarolta sie so herausstellte. Nie im Leben wäre es ihr früher in den Sinn gekommen, irgendetwas im Hause zu verändern. Die Hausmädchen hatten es gemütlich bei ihr gehabt.

»Wie Mutter heute Nachmittag geguckt hat, es war beeindruckend! Du hast in den letzten Tagen Großes vollbracht, ich glaube, jetzt gehen wir schlafen, dir fallen ja die Augen zu, meine liebe kleine Gemahlin.« Friedrich drückte sie zärtlich.

»Soll doch alles proper sein, wenn die Gäste kommen«, meinte Sarolta und gähnte. »Morgen muss ich mich dringend um mein Kleid kümmern. Ich habe vor drei Tagen mein altes, wunderschönes Hochzeitskleid aus dem Leinenbeutel hinten im Schrank gezogen.«

»Du sahst himmlisch darin aus, ich erinnere mich«, fiel Fritz ihr ins Wort.

»Aber ich kann es am Samstag unmöglich anziehen!«

»Du sollst auf alle Fälle ein neues Kleid haben!«

»Nein Fritz, ich dachte, ich lasse es umarbeiten. Davon abgesehen, ich kriege es in der Taille nicht mehr zu, Marika hat es probiert. Daraufhin haben wir den Rock abgetrennt. In dem befindet sich aber so viel Stoff, dass man bequem noch ein Oberteil herausbekommt, wenn man die Spitze verwendet und den Rock schmäler schneidert, so wie es die aktuelle Mode zurzeit vorschreibt. Meine Güte, szar, Mist, was rede ich, du als Bräutigam darfst gar nicht wissen, wie ich aussehe, oh je, das bringt Unglück!«

»Deshalb Schluss jetzt, morgen ist auch noch ein Tag.« Fritz stand energisch auf und pustete die Kerzen aus.

»Morgen ist der Heimerdinger dran.«

»Richtig, morgen! Gute Nacht, Sari, schlaf gut.« Sie wünschte ihm das Gleiche und kuschelte sich an ihn.

Herr Heimerdinger war schon vor zwei Wochen eingeweiht worden, damit er langfristig planen konnte. Da er das Tagesgeschäft seit einem halben Jahr Heimerdinger Junior und seiner holländischen Gemahlin überlassen hatte, konnten er und seine Frau sich mit vollem Einsatz den Gaumenfreuden für die Hochzeit widmen.

»Frau Sarolta und Frau Marika, überlossens des alles uns! Sie ham eh genug zu tun, mit die gonzen Vorbereitungen!«, hatte er gemeint und Sarolta konnte dies nur bestätigen. Es stand ja auch noch der abendliche Ball an, bei dem es, ganz rustikal, nur Marikas unvergleichliche Gulaschsuppe geben sollte und zusätzlich Butterkuchen vom Blech. So ließ Fritz am nächsten Morgen, Dienstag, den 5. Mai, auf dem Weg zu seinem Kontor die beiden Damen in Höhe vom Neuen Wall aus der Droschke.

»Handkuss, die Damen!«, rief Herr Heimerdinger, der vor seinem Delikatessenreich stand, und riss mit einer Verbeugung die Ladentür auf. »Ein Wiener Kaffetscherl, gefällig?«

Da konnten Sarolta und Marika nicht nein sagen, obwohl Sarolta den Genuss sogleich bereute, da anschließend eine leichte Übelkeit in ihr aufstieg.

»Also, ich hab mir Gedanken über die Speisenfolge gemacht, hab mit meiner Frau überlegt, was kriegen wir frisch, und so weiter.« Er setzte eine Brille auf seine Nasenspitze und kramte einen Zettel hervor. »Gut«, sagte er, »des is der richtige«, und daraufhin las er vor:

»Bouillon mit Eierstich, Körbchen mit Schweser, also Kalbsbries usw., Ochsenbraten mit Trüffelsauce und Kartoffelbällchen, Steinbutt mit Butter und Petersilie, Poularden mit Champignons, Spargel, Spinat mit Beilagen, erste Qualität«, warf er ein, »der Spargel, mei so guat! Hummer au naturel, Mayonaise, Ente gebraten, Salat und Compot, nachert Butter, Käse und jetzert kommt's, ich bin nämlich stolzer Besitzer einer Eismaschine von Linde, Eistorte und Confect, Früchte.«

»Gigantisch, so wird es Fritz gefallen!«, begeisterte sich Sarolta.

Marika fragte: »Sie sind Besitzer einer Eismaschine, wir haben neulich halbgefrorene Eistorte im Restaurant vom ›Hamburgischen Hof‹ gehabt?«

»Liefere alles ich, gell, da schaun's, werte Marika! Jetzt müsste ich bloß wissen, für wie viel Personen? Die Karterl sind schon bei meinem Freund Ernst Gravenhorst zum Druck vorbereitet, denn so schnell schießen selbst die Preußen nicht, wie ma sogt!« Er lachte.

Marika zog die Liste hervor, Sarolta las: »Es haben zugesagt: Meine Schwiegereltern, Nikolaus und Luise Grawert, Gertrud Blanck, Albert und Wilhelmina Grawert, ohne Albert Junior, der auf der Kadettenschule ist, Peter aus London wird leider auch nicht kommen, Marie und Ernst Götte, Stephan und Helene Mayer, sie bringen den Neffen Willi Lehmann, Frau Berta und den kleinen Sohn Bruno mit. Berta modelliert mir ein weißes Hütchen mit Schleier«, unterbrach Sarolta kurz die Aufzählung und fuhr dann fort: »Dann kommen die lieben Dessens aus Dresden und bringen Anne Götte mit und natürlich meinen Liebling, ihren Sohn Heinrich, der uns zu Ehren ein Klavierkonzert geben wird. Nie werde ich vergessen, wie ich, die kleine Ungarin, voller Herzlichkeit in dieser Familie aufgenommen wurde. Dazu kommen noch Ingeborg und Hinrich Larsen, ihre Eltern Dr. Werner von Doring und seine Frau Hilde, Dr. Otto Jolasse und seine Frau Anna, Hinrich und Ilse Zinnow, Friedrich und Sarolta Grawert mit Ada Götte und Marika Ederling. Das sind zusammengerechnet …«, sie machte eine Pause, »es sind 28 Personen. Rechnen wir mit 30, ich überlasse Ihnen die Namensliste für die Tischkarten und ich hätte gerne Goldschrift, geht das?«, fragte Sarolta und lächelte süß.

»Bitte sehr, bitte gleich, natürlich wird es gehen, kostet a bissl mehr!«

»Wir sind Ihnen wirklich zu Dank verpflichtet, werter Herr Heimerdinger!«

»Für mich und meine Frau ist es eine Ehre, meinen Landsleuten in dieser kalten Welt hier im Norden dienlich zu sein. Bald werden wir übrigens nach langen Jahren das erste Mal in die Heimat reisen, unser Sohn führt jetzt das Geschäft, so dürfen wir uns diesen Luxus endlich erlauben.«

»Und wir gehen auf Hochzeitsreise zu meiner Familie nach Ungarn!«

»Darauf trinken wir jetzt einen Marillenlikör!«

Sarolta lehnte dankend ab, aber Marika konnte nicht widerstehen.

»Prost, Frau Marika, auf die Heimat!«

»Auf unsere Heimat, Herr Heimerdinger!«

»Oh Gott!«, fiel Sarolta ein, »ich habe auf der Liste Pastor Schoost vergessen!«

Der Himmel meinte es genau wie vor fast zehn Jahren gut mit Sarolta, als sie ein zweites Mal vor den Traualtar trat. Wieder war Nikolaus ihr Begleiter in der Kutsche, aber diesmal saß ihre Tochter Ada daneben. Sie trug ein weißes Spitzenkleid mit einer Schärpe, die zu einer riesigen Schleife auf dem Rücken gebunden war, deshalb durfte sie sich in der Kutsche nicht anlehnen. Friedrich wartete mit den Hochzeitsgästen und Pastor Schoost vor dem Portal von St. Katharinen. Er nahm Sarolta von Nikolaus, welcher der großen und der kleinen Dame galant aus der Kutsche half, in Empfang.

»Wie schön du bist«, flüsterte er und reichte ihr den Arm. In der anderen Hand trug Sarolta ein Bukett aus duftenden Maiglöckchen.

»Wie elegant du bist, in diesem grauen Cut«, wisperte sie.

»Vom besten Schneider, hat eine Stange Geld gekostet«, kam es kaum hörbar zurück. Fritz hatte die Nacht in der Holländischen Reihe verbracht, wo gestern auch die Verwandten aus Braunschweig eingetroffen waren.

Die Kreation aus dem alten Brautkleid war gelungen und nichts erinnerte an die alte Robe, zumal ein weißer Brokatbolero neu dazugekommen war. Berta hatte gestern noch in aller Eile das bezaubernde Hütchen mit dem weißen Schleier bei Göttes abgegeben, das jetzt auf den Locken der Braut festgesteckt schwebte.

Der Pastor begrüßte in alter Herzlichkeit das Paar und geleitete es in die mit weißen Margeriten geschmückte so vertraute Kirche, die fast bis auf den letzten Platz gefüllt war. Er fand in seiner Rede rührende, bewegende Worte und ließ auch die Erinnerung an Carl nicht aus.

»Ich glaube fest, er steht in diesem Augenblick neben uns und nimmt dich in die Verantwortung, lieber Friedrich Theodor, und sicher setzt er vollstes Vertrauen in dich, seinen Freund aus Kindertagen. Ich weiß, meine liebe Gemeinde, die kommenden Zeiten werden uns einiges abverlangen und ihr, meine Schäfchen, werdet zerstreut in verschiedene Stadtteile. Bitte denkt immer daran, dass dies hier eure Heimat ist und euer alter Pastor weiter für euch da sein wird. Amen.«

Fast alle, einschließlich des Pastors, hatten Tränen in den Augen, spürten aber gleichzeitig eine tröstliche Verbundenheit. Sarolta hingegen musste weinen vor Glück. Als sie und Friedrich sich vor Gott das Jawort gaben, empfand sie nur noch Seligkeit. Der Duft des Maiglöckchenstraußes sollte ab jetzt ein Leben lang bei ihr diese Assoziation hervorrufen.

Nach der Trauung wanderte die ganze Gesellschaft über die Annenbrücke hinüber zum Haus, vor dem zahlreiche Nachbarn Beifall klatschten und dem Paar gratulierten. Weinhändler Zoller schüttelte beiden die Hände. »Wir freuen uns alle bannig auf die Festivität heute Abend. Wenn es euch recht ist, Fritz, erlaube ich mir, sechs Kisten von meinem französischen Landwein mitzubringen.«

»Großartig, alter Kumpel, wir hatten nämlich nur an Bier und Apfelsaft gedacht, oder Sarolta?«

»So ist es«, nickte diese, »aber geben Sie bitte allen Bescheid, sie sollen Glas, Suppenteller und Löffel mitbringen, sonst reicht das Geschirr nicht. Denn bei der Gulaschsuppe haben wir an etwa hundert Personen gedacht.«

»Dann werden wir nicht verhungern«, lachte Weinhändler Zoller. Nun ging es durch die große Halle, in der alles für das abendliche Ereignis vorbereitet war. Stühle und Bänke standen ringsum an den Wänden und der ausgezogene Esstisch, mit fünf Rechauds, die auf die Suppenkessel warteten, war unterhalb des prächtigen Treppenaufgangs platziert, über den die Hochzeitsgesellschaft nun den

Weg in die obere Etage nahm. Heinrich Dessen, inzwischen ein junger Mann von 18 Jahren, ein gefragter Konzertpianist, hatte Ada an die Hand genommen. Sie wirkte neben ihm wie eine kleine Schwester. Die Dessens wohnten wie immer bei Marie und Ernst, und als sie gestern mit Anne eintrafen, hatte es Sarolta tief berührt, den erwachsenen Heini zu sehen. Er blickte sie mit den gleichen grauen Augen an wie Carl. Sarolta freute sich wie ein Kind auf sein Hochzeitsgeschenk. Ein kleines Konzert nach dem Kaffee. »Bitte Chopin«, hatte sie ihn auf seine Anfrage gebeten. »Aber vielleicht auch à la Turka?«, hatte er geantwortet und sie mussten schrecklich lachen bei der Erinnerung.

»Ist es denn die Möglichkeit! Gott, wie schön! Es sieht aus wie zu unserer Kindheit! Wer hat das so grandios hergerichtet!«

Alle sprachen gleichzeitig, nachdem die Flügeltür geöffnet und der Blick in den mit weißen Rosen und Kerzen geschmückten Festsaal frei geworden war. Gertrud Blanck ließ sich weinend auf den nächstbesten Stuhl fallen. Ihre Schwester setzte sich neben sie. Beide umarmten sich.

»Ach, Luise, wenn Vadder und Mudder jetzt vom Himmel auf uns herabschauen, freuen sie sich«, schniefte sie in ihr Spitzentaschentuch.

»Hast man recht, meine Ollsche«, erwiderte Luise gerührt. Nikolaus hatte die Szene beobachtet.

»Dass ich das nochmal erleben darf, Fritz, guck, Muttern und Trudchen ein Herz und eine Seele!«

»Es ist schier unmöglich, all diese Köstlichkeiten zu essen«, seufzte Inge, als sie die Speisenfolge auf der Tischkarte überflog. Sie saß schräg gegenüber von Sarolta, die mit Fritz in der Mitte der mit Spitzendecken und weißem Porzellan mit Goldrand gedeckten Tafel Platz genommen hatte.

»Probiere einfach von jedem eine Kleinigkeit, sonst entgeht dir etwas! Ich handhabe es ebenso!«, meinte Sarolta lebhaft.

»Herr Heimerdinger, Sie sind ein Zauberer, was sage ich, ein Magier mit dem Kochlöffel!«, rief Friedrich laut, als der Chef persönlich den Steinbutt servierte.

»Das Lob gilt meiner Mannschaft, soll heißen, meiner Frau und den vier Damen, die mir zur Seite stehen«, antwortete Herr Heimerdinger bescheiden und wischte sich dezent mit einem Tuch die kleinen Schweißperlchen von der Stirn.

Die Krönung des Festmahls stellte allerdings die Eistorte mit Nüssen, Schokolade und kandierten Südfrüchten dar. Wer schon, in der ganzen Hansestadt, besaß eine Eismaschine von der Firma »Linde«, wer außer Herr Heimerdinger?

»Sündhaft teuer, aber eine Investition in die Zukunft, Frau Marika!«, hatte er erklärt.

Nach dem starken Kaffee und einem kleinen Verdauungslikör erhob sich Heini, der mittlerweile nur noch Heinrich genannt werden wollte oder noch besser Henrik, und begab sich zum Klavier. Die Schäfchen und die leicht bekleideten Rokokodamen auf dem anmutigen Wandgemälde darüber blickten auffforderungsvoll auf den Pianisten. Nach drei Tönen unterbrach Heinrich sein Spiel.

»Tut mir leid, ich fürchte, das hier ist zu verstimmt, da geht nichts!«

»Ach, Heinilein, den Missklang hörst doch nur du!« Seine Mutter war aufgestanden und auch Sarolta bekräftigte: »Ich habe mich so sehr, einfach narrisch, auf dein Konzert gefreut!«

Alle stimmten zu und so spielte Heinrich, obwohl er innerlich litt, fulminant die verschiedensten Stücke von Chopin und setzte zum Schluss, zu Saroltas größtem Vergnügen, noch »Rondo à la Turka« von Mozart darauf. Die Begeisterung war grenzenlos.

»Tja«, bemerkte sein Vater Georg konsterniert zu Schwager Ernst, »da hat man mit Mühen ein Zementwerk erfolgreich aufgebaut und der Nachwuchs schlägt aus der Art.«

»Es kommt im Leben immer anders, als man denkt, man sollte das Beste daraus machen. Schau uns an. Aufgrund zahlreicher Fehlgeburten haben Stephan und ich keine direkten Nachkommen. Bedauerlich. Aber wir mussten uns damit abfinden, haben den Verlag abgegeben und reisen um die Welt. Unbelastet und frei. Es hat gedauert, umzudenken, das schwöre ich dir, lieber Georg!«, mischte sich Helene, die in der Mitte von beiden saß, ein. Else hatte aufmerksam zugehört.

»Was ich dir immer sage, Georg, kommt Zeit, kommt Rat, der Junge hat nun mal diese Begabung!« Sie verdrehte die Augen. »Ich weiß auch nicht von wem!«

Währenddessen hatte sich Sarolta mit Freundin Inge, die ein schwaches Ziehen in der Bauchgegend verspürte – immerhin war sie im 5. Monat – in den kleinen roten Salon auf ein bequemes Samtsofa zurückgezogen. Auch Sarolta bemerkte ein leichtes Gefühl von Übelkeit, obwohl sie bei dieser Schwangerschaft längst nicht so geplagt war wie bei Ada. Das auf einem Tisch fein gestapelte, abgeräumte Geschirr, welches auf den Abtransport nach unten, in die Küche wartete, störte die Freundinnen nicht.

»Ach, wir!«, seufzte Inge und lehnte ihren Kopf an den ihrer Freundin. »Hoffentlich geht alles gut. Aber«, fügte sie lebhaft hinzu, »war ich nicht die Erste, die bemerkt hat, dass der schöne Friedrich der Richtige für dich sein könnte?« Sarolta ließ sie gerne in dem Glauben.

»Ich fürchte, ich muss jetzt doch heim«, meinte sie dann und gab damit den Anlass, dass der Teil der Gäste, welcher nicht zur Familie gehörte, sich langsam verabschiedete.

Nicht allzu lange und die Nachbarn würden unten in der Halle erscheinen. Sarolta sah nach Marika, die in der Küche eifrig in ihren Gulaschtöpfen rührte. Bleche voll duftendem Butterkuchen wurden von Friedrichs Burschen gerade in die Halle transportiert.

»Ist es dir nicht zu viel, Marika«, fragte Sarolta besorgt.

»Na, Schatzerl, es geht schon, hab ja so gute, freiwillige Helfer.« Tatsächlich, da waren doch einige Damen aus der Nachbarschaft und packten mit an.

Friedrich stand plötzlich in der Küche. »Lege dich bitte ein wenig auf mein Bett und ruh dich aus, bevor es weitergeht!«

»Meine Worte, Herr Fritz«, rief Marika. Sarolta folgte dem Rat und genoss den Augenblick der Stille um sich.

Albert hatte währenddessen die Idee, nachzusehen, ob der Kontorraum auch verschlossen war, nicht, dass etwa ein Fremder, der dort nichts zu suchen hätte, hineingehen würde.

»Wusste ich doch«, brummelte er, als er die Türklinke herunterdrückte. Sein Blick fiel auf den aufgeräumten Schreibtisch, auf dem ein einziges Formular lag.

»Die Heiratsurkunde meines geschätzten Bruders, sieh an.« Der Pastor hatte sie wohl mitgebracht, als er verspätet zum Essen kam. Neugierig betrachtete Albert das Dokument. Plötzlich weiteten sich seine Augen.

»Hab ich es mir doch gedacht, dass was faul ist, im Staate Dänemark! Vater, Samuel Holländer! Ein jüdischer Name, jüdischer geht es ja gar nicht! Oh, da werden Mutter und Vater und die Familie staunen, wer meinem Bruder da ins Netz gegangen ist«, murmelte er vor sich hin. Eilfertig schloss er die Türe ab und machte sich auf die Suche nach seiner Frau Mine, die mit ihren Eltern, die im allerletzten Moment doch noch zugesagt hatten, im mittlerweile aufgeräumten roten Zimmer saß, wo der Oberst noch eine Zigarre rauchte, bevor er sich mit seiner Frau per Zug auf den Weg zurück nach Lüneburg machen wollte.

»Entschuldigt, darf ich euch Mine einen Augenblick entführen?« Sie betrachtete ihn ungehalten.

»Was willst du?«, fragte sie und stand auf. Albert zog sie in den Saal.

»Diese Ungarin ist eine Jüdin, auf der Heiratsurkunde habe ich es schwarz auf weiß! Wenn meine Eltern das erfahren, dass ihr geliebter Sohn so eine geehelicht hat!«

Mine blickte ihn verständnislos an. »Von wem sprichst du, Albert? Ach so, von Sarolta. Was ist sie, Jüdin? Na, so ein Pech. Aber dein Bruder hat sie geheiratet, dich geht es gar nichts an und abgesehen davon, finde ich sie nett. Sie hat das gewisse Etwas.«

»Frech ist sie, einfach frech, wie sie sich hier eingenistet hat!«

»So, findest du? Sie hat im Gegensatz zu mir alles richtig gemacht. Ich fürchtete mich von Anfang an in diesen Gemäuern, aber sie ist wie ein erfrischender Luftzug hier durchgefahren und hat das Haus zum Leben erweckt. So, nun muss ich mich wieder den Eltern widmen, die gleich abfahren.« Damit ließ sie ihn stehen. Albert gab nicht auf, seine nächste Anlaufstelle war Helene, eine schlechte Adresse. »Weiß ich doch längst, du Döskopp!« Damit wendete sie sich von ihm ab und suchte das Gespräch mit Berta Lehmann, die mit dem kleinen Bruno, der auf ihrem Schoß eingenickt war, im Grünen Sessel am Kachelofen saß. »Berta ist auch Jüdin, du tapst wohl immer ins Fettnäpfchen!«, zischte sie ihn noch an.

Fritz saß mit den Eltern unten auf einer Bank in der Halle, die ersten Nachbarn würden wohl bald eintreffen.

Albert setzte sich dazu. »Hab unser Kontor verschlossen, Vadder, hat keiner was darin zu suchen«, bemerkte er wichtigtuerisch.

»Gut, min Jung!«

»Ach, übrigens«, fuhr er fort, »hast du bemerkt, Fritz, dass dein ungarischer Schwiegervater Samuel«, er sprach den Namen betont gedehnt, »Holländer hieß, ja? Klingt jüdisch, oder?« Luise schnappte nach Luft. Friedrich wollte antworten, da kam ihm sein Vater zuvor. »Jetzt mach mal einen Punkt, Junge! Sarolta ist eine bemerkenswerte, hübsche und vor allem kluge junge Frau. Mutter und ich freuen uns, dass sie in unserer Familie ist! Nicht Mutter?« Er schaute seine Else mit solcher Strenge an, dass diese nur nickte und entschlossen äußerte: »Ja, Vatter hat recht!«

Friedrich wäre am liebsten aufgestanden und hätte seinen Bruder verprügelt, aber er beschränkte sich darauf, ihn mit fast geschlossenen Lippen anzuzischen: »Du hast Probleme!«

Sarolta, die glücklicherweise von all dem nichts mitbekommen hatte, kam ein wenig ausgeruht, lächelnd die Treppe herunter. »Was für ein wunderbarer Tag, heute«, rief sie. »Oh, ich glaube, die Musikanten treffen gerade ein.« Tatsächlich drängten sich vier Männer in Matrosenanzügen mit verschiedenen Instrumenten wie Ziehharmonika, Flöte, Maultrommel und Gitarre durch das Eingangsportal. Friedrich sprang auf.

»Willkommen, meine Herren. Hello, Mr. O'Neill, schön, dass Sie da sind, wir haben hier in der Ecke schon alles für Sie vorbereitet!« Er nahm Sarolta bei der Hand. »Darf ich dir Mr. O'Neill aus Irland vorstellen, zum Glück ist er in Hamburg auf St. Pauli gestrandet. Er und seine Jungs sind großartig! Sie spielen Pipe-Dance, der hat einen Rhythmus, wo jeder mit muss. Ich schwöre dir, Muddern, du wirst mit Vaddern herumhopsen«, meinte er lachend.

»Ick un Vaddern? Nu vertell kein Tüttelkram, min Jung!«, kicherte sie.

»Ick un dansen? Ne, ne!« Nikolaus schüttelte den Kopf.

»So, da wäre ich mit dem Karren und den Weinkisten«, rief Herr Zoller von draußen.

Friedrich eilte zum Portal. »Ich habe übrigens Rotwein dabei, der muss nicht kalt sein.«

»Gute Idee, wir stellen die Flaschen unter die Tafel mit den Esssachen und nehmen sie nach Bedarf hervor. Ah, da kommen Gröningers mit dem Bierfass, ausgezeichnet!« Alle Männer halfen und bugsierten das Fünfzigliterfass ins Haus. Herr Gröninger zapfte an und Nikolaus durfte den ersten Schluck probieren. »Gröninger, dein Bier ist das Beste der Stadt!« Brauerei Gröninger war nicht vom Abriss betroffen, sie lagen gerade noch außen vor, fühlten sich aber solidarisch mit den Nachbarn.

»Ist natürlich eine Spende, das Fass, famose Idee, nochmal alle hier zusammenzutrommeln, bevor Schluss ist. Fritz, mein Freund, wo ist sich denn die Frau Gemahlin. Ick und mine Olsche möchten doch unsere Gratulation loswerden, nich, Frau?«

»Darf ich vorstellen, das ist meine Frau, Sarolta Grawert!« Stolz legte Fritz den Arm um sie.

»Gratulation! Schön, dass unser Fritz nun endlich sein Deckelchen gefunden hat, so jung ist er ja auch nicht mehr!« Die runde, blondhaarige Frau besten Alters schüttelte Saroltas Hand, strahlte sie an und stutzte dann.

»Kennen wir uns nicht?«, fragte sie, um im selben Moment fortzufahren, »aber ja, erst neulich haben Sie mich doch so hervorragend beraten, als ich dieses«, sie drehte sich einmal im Kreis, »Kostüm anfertigen ließ, Sie sind die Witwe Götte! Mein Gott, welche Tragödie, damals mit dem guten Carl, wir waren alle auf der Beerdigung!«

»Lass es gut sein, Olsche, nun heißt sie Frau Grawert, heute ist ein Festtag und wir wollen fröhlich sein, Prost!«, unterbrach Herr Gröninger den Redefluss seiner Gemahlin.

Die ließ sich nicht beirren. »Wo ist denn das Töchterchen?«

»Ich weiß nicht, ich habe sie seit einiger Zeit nicht gesehen, ich glaube, sie und Anne helfen Marika in der Küche, Frau Gröninger«, lächelte Sarolta.

Die große Wanduhr in der Halle schlug 6 Uhr und pünktlich, wie Hanseaten sind, erschienen die Nachbarn in Scharen. Da jeder jeden kannte, war das Stimmgewirr sogleich enorm, obwohl sich ein kleines Grüppchen, zu dem auch Anne, Marie, Helene und Heini gehörten, um die Musiker geschart hatte, welche Shantys und Seemannslieder auf Deutsch und Englisch zum Besten gaben. Friedrich, der sein Jackett abgelegt hatte, nahm Sarolta bei der Hand und zog sie die Treppe hinauf, bis zum ersten Absatz. Gestützt auf die Balustrade, rief er: »Ruhe, darf ich um Ruhe bitten? Ich möchte etwas sagen!« Er zog Sarolta an seine Seite. Es dauerte einen Augenblick, bis unten im Saal Stille herrschte und alles nach oben blickte.

»Meine lieben Freunde und Nachbarn, ich freue mich, dass ihr alle so zahlreich erschienen seid«, begann Friedrich. »Ich habe euch aus zwei Gründen hierhergebeten. Einmal, um euch meine wundervolle Ehefrau Sarolta vorzustellen, um die ich lange Jahre kämpfen musste. Ihr hattet alle schon gemunkelt, dass aus mir nie ein Ehemann würde, ja, ich weiß das, meine Freunde! Aber nun habe ich mein Ziel erreicht, bin der glücklichste Mann der Welt und darf auch noch Vater für die Tochter meines lang verstorbenen Freunds Carl sein. Carl, wenn du vom Himmel auf uns blickst, gib uns deinen Segen. Ada, magst du zu uns raufkommen?«

Ada, die gerade einen Kopf höher war als das Treppengeländer, stand neben ihrer Mutter und winkte zaghaft. Da zeigten die Hamburger ihr Temperament. »Bravo!«, riefen sie und klatschten voller Begeisterung. Friedrich wartete, bis der Beifall abebbte.

»Nun kommt der zweite Grund, warum ich euch hierhergebeten habe. Der Gedanke, dass wir alle, die im Viertel aufgewachsen sind und ihre Heimat nun unter dem Zwang der Politik verlassen müssen, zum Teil nicht wissen, ob die Umsiedlung nicht den neuen Anfang, sondern den Ruin bedeutet, so sang- und klanglos auseinandergehen werden, gefiel mir überhaupt nicht. Anderseits ist wohl keiner von uns in Feierlaune, wenn wir an die Zukunft denken. Nun war meine Idee, euch, meine lieben Nachbarn und Freunde, die wir uns zum Teil von Kindesbeinen an kennen, an unserer speziellen Freude teilhaben zu lassen und euch aufzufordern, einfach nicht an Morgen zu denken, miteinander zu reden, zu lachen, zu essen, zu trinken, zu tanzen und zu fühlen, dass wir eine Gemeinschaft sind. In diesem Sinne, lasst euch die Gulaschsuppe aus der Heimat meiner Frau recht gut schmecken. Mr. O'Neill, darf ich Sie bitten, einen speziellen Pipe-Dance für Sarolta und mich zu spielen, wir würden den Ball gerne eröffnen!«

Friedrich nahm Sarolta und Ada bei der Hand und unter abermaligem Applaus schritten sie die Treppe herunter. Vor der Kapelle wurde Platz gemacht, Friedrich umfasste Saroltas Taille, sie legte die Hände auf seine Schultern, Mr. O'Neill gab den Einsatz und das frisch getraute Ehepaar hüpfte von dem Rhythmus der schnellen Musik getragen leichtfüßig im Kreise umher. Es wirkte so ansteckend, dass sich in kürzester Zeit fast alle auf der Tanzfläche befanden. Friedrich hatte recht behalten, selbst Nikolaus schwenkte seine Luise herum.

»War eine glänzende Idee, diesen Iren mit seinen Jungs zu engagieren, lieber Fritz, das ist eine Musik, die fröhlich macht. Ich war vor Jahren mit Stephan in einem Pub in Dublin, diese Leute haben Musik im Blut!«, brachte Helene außer Atem hervor, während sie mit ihrem Bruder tanzte.

Sarolta hatte plötzlich das Gefühl, es wäre besser, sich auszuruhen. Schließlich war sie, bis auf die kurze Ruhepause, seit dem frühen Morgen auf den Beinen. Sie sagte Fritz Bescheid und ging nach oben in den kleinen Salon. Dort, auf dem roten Sofa, traf sie zu ihrer Freude auf Marika, die ihre geschwollenen Füße auf ein Schemelchen gelegt hatte.

»Schön, dich hier zu treffen, liebste Marika, was für ein Tag!«

»Bist du glücklich, mein Kind?«

»So glücklich wie noch nie in meinem Leben!« Seufzend ließ sich Sarolta auf das Sofa fallen. »Bald geht es nach Ungarn, in die

Heimat. Ach Marika, wie stellen wir es an, dass du mitkommen kannst?«

»Das wird nicht gehen, Kindele, erstens muss Ada in die Schule und zweitens solltest du deinem Mann nicht zumuten, mit einer alten Schachtel und einem Kind auf Hochzeitsreise zu gehen.« Sie machte eine kleine Pause und sagte leise: »So gerne ich mitkommen täte.« Beide schwiegen eine Weile. Von unten drang die Musik herauf.

»Wahrscheinlich hast du recht, wie immer«, ließ Sarolta verlauten und ging zum Fenster.

»Natürlich habe ich recht!«

»Draußen zünden sie gerade Laternen an und es werden immer mehr Menschen, wie schön, sie tanzen schon auf der Straße, im lauen Maienlüftchen, das musst du dir ansehen«, rief Sarolta begeistert und öffnete einen Fensterflügel.

»Dann wird die Suppe nicht reichen, wenn es so viele sind«, meinte Marika trocken.

»Typisch du!« Sarolta lachte hell.

Die Tür ging auf und Luise kam mit Helene, Marie und Else zur Tür herein.

»Da seid ihr, wie klug!« Sie trat auch zum Fenster.

»Von hier oben hat man den besten Logenplatz! Gerade ist Trude mit der Kutsche fortgefahren. Sie hat dich noch gesucht, Sarolta. Du hast bei ihr ja einen Stein im Brett. Dass sie so lange durchgehalten hat?« Luise schüttelte den Kopf mit dem vollen grauen Haar, das zur Festtagsfrisur aufgetürmt war.

»Setzt euch, meine Kinder. Was soll ich sagen, das ist ein durch und durch gelungener Tag heute! Und wir sind, dank Fritz, noch einmal die Könige der Gegend!« Huldvoll winkte sie nach unten.

»Wo ist Ada?«, sorgte sich Sarolta plötzlich.

»Die hüpft fröhlich mit allen herum, Anne und Heini, ich meine Heinrich, haben ein Auge auf sie«, gähnte Else.

»Ich muss, glaube ich, ins Bett«, bemerkte Marika. Sie schlief heute doch oben in der leeren Gesindekammer. Sarolta wurde unruhig wegen Ada und ging wieder hinunter. Friedrich tänzelte ihr aufgekratzt entgegen.

»Da sind Sie ja, schönste aller Frauen! Alles gut bei euch beiden?«, flüsterte er ihr ins Ohr. Laut rief er: »Na, ist das ein Fest!«

Mittlerweile ging es auf 10 Uhr zu und Sarolta schätzte, dass die Zahl der Gäste auf etwa hundert Personen angewachsen war. Alles lachte, tanzte und umarmte sich. Nur hinten in einer Ecke saß ein alter bärtiger Mann, der weinte. Sarolta ging zu ihm und setzte sich neben ihn.

»Dass die Leute hier so fröhlich sind, verstehe ich nicht! Mir gehört der Tabakladen um die Ecke, in meinem Alter öffne ich doch kein neues Geschäft mehr. Aber wovon soll ich leben? Mir bleibt nur das Armenhaus!«

Sarolta drückte seine Hand. Sie hatte keine Antwort für ihn.

Fritz kam mit Ada. »Sie ist noch gar nicht müde!«

»Ich bin noch gar nicht müde, Mama!«, strahlte sie.

»Im Gegensatz zu mir«, entgegnete die Mutter.

»Ich spreche mit der Kapelle«, meinte Friedrich.

Wenig später machte die Musik eine Pause, Mr. O'Neill erhob sich und sprach laut, sodass ihn alle verstehen konnten: »Well, it is time to say farewell now, aber nicht ohne ein Lied, das Sie alle kennen und mitsingen sollen, es heißt, ›Der Hamborger Veerrmaster‹!«

»How, how, bravo!«, riefen alle und los ging es:

»Ick hew mol en Hamborger Veermaster sehn,
to my hoodah, to my hoodah,
der Masten so scheef, as den Schipper sin Been,
to my hoodah, to my hoodah, how,
Blow, boys, blow for Californio,
There is plenty of Gold on the banks of Sacramento …«

Das Lied hatte noch viele weitere Strophen. Zum Ende lagen sich alle lachend und weinend in den Armen. Erst gegen 1 Uhr in der Nacht kehrte Ruhe in die Holländische Reihe ein.

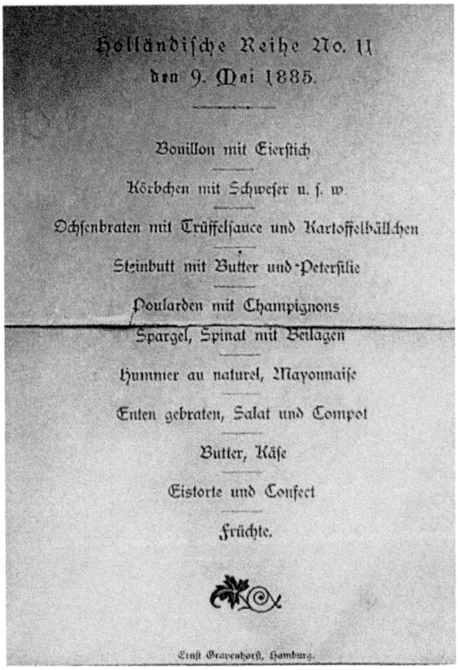

Holländische Reihe No. 11
den 9. Mai 1885.

Bouillon mit Eierstich

Körbchen mit Schweser u. s. w

Ochsenbraten mit Trüffelsauce und Kartoffelbällchen

Steinbutt mit Butter und Petersilie

Poularden mit Champignons

Spargel, Spinat mit Beilagen

Hummer au naturel, Mayonnaise

Enten gebraten, Salat und Compot

Butter, Käse

Eistorte und Confect

Früchte.

Ernst Gravenhorst, Hamburg.

Die Speisekarte

Die Hochzeitsreise

Gute drei Wochen später, am Montag, den 1. Juni, saßen Sarolta und Friedrich zum Abendessen im Hotel »Imperial« in Wien. Tatsächlich hatte er sein Versprechen mit der Hochzeitsreise nach Ungarn wahrgemacht. Auf der einen Seite, weil er wusste, es gab für seine Frau keine größere Freude als die Reise in die Heimat, zum anderen, weil er selber eine gewisse Neugier verspürte, mehr über ihr früheres Leben zu erfahren. Am Samstag waren sie von Hamburg aus mit der Bahn bis Dresden gefahren. Der Morgen der Abreise war voller Dramatik gewesen, weil Ada partout nicht einsehen wollte, warum sie und Marika nicht mitfahren konnten, und auch in Marikas Augen bemerkte Sarolta eine Traurigkeit, die sie schmerzte. »Du kannst nicht einfach von der Schule wegbleiben, wir sind bald wieder da, das nächste Mal fahren wir zusammen, versprochen!«, versuchte Sarolta zu trösten.

Als rettender Engel erschien Anne, die nach erfolgreichem Schulabschluss in Dresden, zurück im Elternhaus war und als ausgebildete Pädagogin die richtige Ablenkung erfand.

Kaum im Zug, beruhigte sich Sarolta. Fritz hatte recht, ihre Süße war in besten Händen und deshalb wollte sie sich ab jetzt auch keine Gedanken mehr machen. Sie freute sich auf die zwei Übernachtungen bei Else und Georg, leider gab Heini an diesem Wochenende ein Konzert in Breslau. Ein besonderes Anliegen war es ihr jedoch, Fritz dann in Ungarn mit ihrer Familie bekannt zu machen.

Wilm, der gute alte Wilm, stand in Dresden mit seiner Kutsche am Bahnhof, um sie in die Jägerstraße zu fahren. Sarolta fragte sofort nach Hannes, den sie aus den Augen verloren hatte, nachdem er zum Glück Arbeit bei Carls ehemaliger Spinnerei gefunden hatte, und war beruhigt zu hören, er habe mittlerweile den Bauernhof der Familie übernommen. Friedrich, der zum ersten Mal Gast im Hause Dessen war, verstand jetzt, warum Sarolta immer behauptet hatte, sie sei durch ihren ersten Aufenthalt bei Else und Georg für ihr Leben geprägt worden. Hier herrschten Großzügigkeit, Gastlichkeit und Wärme. Sonntäglicher Gottesdienst in der Kreuzkirche, Stadtrundgang am Zwinger vorbei zur Elbe, Kutschfahrt, mit anschließendem Mittagessen im Waldhäuschen, High Tea auf der Terrasse und am Abend Richard Wagners »Tannhäuser« in der neuen Semperoper. So sah das Programm aus. Else hatte über Beziehungen Logenkarten in der ersten Reihe ergattern können und selbst Friedrich, der sich für Oper normalerweise wenig begeisterte, war zutiefst beeindruckt von der einmaligen Atmosphäre des Hauses, dem prunkvollen Theaterraum und dem Feuerwerk der musikalischen Darbietung. Viel zu kurz war dieser eine Tag und noch kürzer die Nacht, denn der Zug nach Wien fuhr zeitig in der Früh los.

Jetzt saßen sie also im palmengeschmückten Restaurant des Hotels »Imperial«, das einem riesigen Wintergarten glich, warteten auf Cajetan von Popp, Friedrichs bestem Freund aus Hannoverschen Studententagen und nippten an einem Glas Wermut, beziehungsweise Apfelsaft.

Sarolta war sprachlos gewesen, als Fritz ihr eröffnete, sie würden im »Imperial« logieren.

»Ist das nicht zu teuer?«, hatte sie erschrocken gefragt. »Ich weiß, dass meine beiden Onkel, der Henrik und der Zsigmond, manchmal dort absteigen, drum tun wir es auch«, hatte Fritz fröhlich erklärt.

»Typisch Cajetan, immer unpünktlich, ist halt ein Österreicher. Hast du auch schon solchen Hunger, Liebes? Ah, da ist er ja!« Friedrich sprang auf. »Popp, alter Junge, hier sind wir!«

Cajetan von Popp war der Sohn eines bedeutenden österreichischen Generals. Er selber hatte aber keinerlei militärischen Ambitionen. Sein Interesse galt der Baukunst. »Fritz, altes Haus, was für eine Freude, dich zu sehen!«, rief er und schlängelte sich an den zahlreichen besetzten Tischen im Saal vorbei.

»Darf ich dir meine Frau Sarolta vorstellen?«, sagte Fritz voller Stolz.

»Sarolta? Eine Ungarin und noch dazu so eine charmante? Da gratuliere ich von ganzem Herzen«, erwiderte Cajetan, strahlte

Sarolta aus runden blauen Kinderaugen an und küsste ihr galant die Hand.

»Und, du, nicht verheiratet?«, fragte Fritz.

»Verlobt!«, meinte Cajetan, während er sich setzte.

»Kennt man, war ich auch lange«, grinste Fritz.

»Nicht so einfach, die Richtige zu finden. Aber ist es wahr, ihr reist morgen weiter? Wie unerhört schade! Ihr seid heute Abend meine Gäste. Herr Ober, Sie können servieren.« Der Abend wurde lang und lustig. Die beiden überschlugen sich dabei, Erinnerungen auszutauschen.

»Weißt du noch, wie wir beschlossen hatten, zu diesem gewissen Professor, wie heißt er noch?, nach Karlsruhe zu pilgern und dabei in Stuttgart hängengeblieben sind, und als wir schrecklich besoffen waren, haben wir uns in voller Montur mit einem Riesenköter fotografieren lassen.«

»Am nächsten Tag wussten wir nicht mehr, warum wir das getan hatten. Ich muss dir das bescheuerte Foto mal zeigen, Liebste!«, lachte Friedrich.

Cajetan erzählte von seinem neusten Bauprojekt im III. Bezirk und bedauerte, dass Friedrich, bedingt durch die familiären Umstände, seine Ambitionen an den Nagel hängen musste.

»Der Not gehorchend«, seufzte Friedrich. Nach einer kurzen Pause holte er tief Luft und sagte: »Zweimal hat man bei mir schon angefragt, ob ich beim Aufbau des neuen Freihafens mitmachen wolle, aber das kann ich mit meinem Gewissen nicht vereinbaren.«

»Aber warum denn nicht? An der Situation wirst du nichts mehr ändern, also mach für euch das Beste daraus! Du bist von Beruf ein, wenn ich das sagen darf, außergewöhnlicher Bauingenieur, mit besten Abschlüssen! Kein Kornhändler!«

»Koornumsstecher!«, mokierte Fritz sich.

»Wenn wir zurück in Hamburg sind, solltest du dir alles mal gründlich durch den Kopf gehen lassen«, äußerte sich Sarolta, die bis jetzt zugehört hatte.

»Herr Ober, noch eine Flasche Veltliner«, rief Cajetan.

»Ich glaube, das wird zu viel«, meinte Friedrich, »wir müssen morgen früh aus dem Bett, das Schiff geht um 11 Uhr und ich will vorher mit meiner Frau noch zum, wie heißt es, Liebes?«

»Wir wollen meine alte Schule, das k. u. k. Civil-Mädchen-Pensionat im Bezirk Josephsstadt besuchen und uns sonst noch umsehen«, erklärte Sarolta.

»Mein Gott«, rief Cajetan, »in dem alten Schuppen waren meine Schwestern auch und ich musste deshalb zweimal auf diesen Ball, grauenvoll, wo ich so ein schlechter Tänzer bin!« Er sah immer noch verzweifelt aus. Sarolta lachte.

»Ich hingegen habe eine herrliche Erinnerung an den krönenden Abschluss meiner Schulzeit. Er hat mein ganzes Leben verändert. Wann waren Ihre Schwestern denn auf der Schule?«

Es stellte sich heraus, dass beide lange vor Sarolta, aber auch vor Adèl dort die Schulbank gedrückt hatten. Der Ober hatte doch noch eine weitere Flasche vom kühlen, frischen Veltliner gebracht, und als auch der von den Herren ausgetrunken war und man Abschied nehmen musste, versprach man sich hoch und heilig, sich recht bald, irgendwo auf dieser Welt wiederzusehen.

Sarolta konnte kaum mehr die Augen offenhalten, als sie ihr nobles Zimmer mit den weichen, satinbezogenen Betten betraten, während Fritz, beseelt vom guten Wein, von dem Sarolta nur gekostet hatte, fröhlich vor sich hin trällerte: »An der schönen blauen Donau ...«

Vierzehn Stunden später dösten sie auf dem Oberdeck des Dampfers »Sophie« der DDSG auf komfortablen Stühlen nebeneinander in der Frühlingssonne und blickten auf die bewaldeten Donauauen, die ruhig an ihnen vorüberzogen. Soeben hatte man Pressburg mit seiner gewaltigen Burg, die seit einem Brand 1811 während der Napoleonischen Kriege hoch über der Stadt als Ruine thronte, passiert. Als Kind war Sarolta einige Male mit den Großeltern dort gewesen, da ihr ehemaliges Gut, unweit von Mistelbach, etwa zwei Stunden mit der Kutsche entfernt lag. Marikas Familie stammte ja auch von hier. Aufgeregt hatte Sarolta an der Reling gestanden und hinübergestarrt. So viele Erinnerungen kamen ihr hoch, dann aber lag die Stadt hinter ihnen und Sarolta nahm wieder neben Fritz Platz.

»So ist das Leben«, meinte sie zu ihm und blinzelte unter ihrem beigen Strohhut in die Sonne. »Alles geht vorbei, alles zieht vorüber.«

Friedrich, der am Morgen nach dem gestrigen Weingenuss zwei seiner weißen Tabletten gebraucht hatte, ergriff ihre Hand.

»Alles geht vorbei, nur unsere Liebe nicht!«, gähnte er.

»Es war doch wirklich lustig, dass uns heute Früh der Hoteldirektor Froner über den Weg gelaufen ist«, meinte Sarolta.

»Das war vor allem großartig für unser Portemonnaie, mein Schätzchen, ich musste nur die Hälfte für das Zimmer berappen, hast du noch mehr solche Verbindungen hier?«

»Ich fürchte, einige, wenn ich den Namen Schoßberg erwähne«, antwortete sie lachend. »Ich durfte als Kind Großvater Simon manchmal begleiten, wenn er in Pest den Pferdestall des ›Capitain Violet‹, so war der Spitzname des Rennstallbesitzers und Budapester Hoteliers Froner, besuchte ...«,

»... und als du ihn in der Hotellobby erkanntest und ihn mit Capitain ansprachst, kippte er förmlich aus den Pantinen vor Überraschung, das war wirklich lustig!«, fiel Fritz ihr ins Wort. »Nah, die hübsche Nichte vom Baron Zsigmond!! Wie geht es ihm und der Frau Baronin? Was? Wo leben Sie jetzt, in Hamburg und das ist der Herr Gemahl? Sehr fesch! Gratulation! Das waren schöne Zeiten in Ungarn, aber sehn Sie, ich bin jetzt hier in Wien und Sie in Hamburg, so spielt das Leben!« Fritz versuchte, Herrn Froner zu persiflieren, indem er durch die Nase näselte.

»Du bist wirklich beeindruckend, Liebster, du hast viele, viele Begabungen, aber den Wiener Dialekt wirst du, glaube ich, nie erlernen!«

Sarolta kriegte sich kaum mehr ein vor Lachen. Friedrich tat ein wenig beleidigt.

»Hamburgisch is auch nich dein Ding«, bemerkte er spitz, aber nach einer Weile fuhr er fort, »sind auch noch mit der hoteleigenen

Staatskarosse zum Anliegeplatz kutschiert worden, war schon ausgesprochen nobel! Ich habe Hunger und Durst, darf ich Gnädigste ganz profan zu Limonade und Würstchen einladen?«

Sarolta stand auf und zupfte ihr entzückendes beiges Wollkostüm zurecht. »Mit Vergnügen, der Herr!« Es klang perfekt weanerisch aus ihrem Munde.

Die Sonne stand schon tief am Himmel, als die »Sophie« sich Esztergom näherte. »Da vorne, das ist der Dom Mariä Himmelfahrt!« Sarolta deutete mit ausgestreckter Hand auf die riesige, klassizistische Kuppel einer Kirche, die in einiger Entfernung hoch auf einem Hügel die Landschaft um das Donauknie beherrschte.

»Ab jetzert gehts pfeilgerad nach Budapest, mein Hehrr!«, alberte Sarolta, küsste Fritz die Hand und freute sich wie ein Kind darüber, dass er sichtlich beeindruckt war von ihrem Heimatland.

Überall an den Ufern brannten schon zahlreiche Laternen, als sie eine gute Stunde später die große Stadt erreichten.

»Schade, dass es schon dunkel ist und man kaum mehr etwas sieht, hier zum Beispiel, auf der Buda-Seite, liegt der Gellérthügel mit den Thermalquellen und weiter hinten würde die Burg erscheinen. Das siehst du alles morgen bei Helligkeit. Wir jedenfalls werden in Kürze bei der Lánchid, der Kettenbrücke, Halt machen, das ist unsere Endstation!«, erklärte Sarolta und hatte rote Bäckchen vor Aufregung.

Praktisch, wie sie veranlagt war, reiste sie mit leichtem Gepäck. In ihrer großen Reisetasche befand sich nicht mehr als Unterwäsche, Nachtwäsche, fünf Blusen, zwei davon in Seide, ein eleganter Rock mit Bolero für sommerliche Temperaturen und ein Reisenecessaire. Alle Teile waren farblich miteinander kombinierbar. Sie hatte sich erlaubt, Friedrichs Koffer ebenso sinnvoll zu packen, und als sie wenig später mit dem Gepäck an der Anlegestelle das Schiff verließen, konnten sie ohne große Last auf dem Platz bis zur Hausnummer 15 laufen, wo oben, im zweiten Stock, Adèl und Katalin schon sehnsüchtig warteten. Sie hatten eine ganz besondere Überraschung für Sarolta parat.

»Szia Sarolta!«, rief Katalin, die vertraute Wohnungstür öffnend. Sie trug ein weißes Spitzenkleid, dahinter erschien Adèl in dunkelblauer Seide.

»Herzlich willkommen, liebe Sarolta und darf ich sagen, lieber Schwager Friedrich!«, begrüßte Adèl die Ankömmlinge.

»Ach, ihr beiden Süßen, lasst euch drücken! Ihr habt euch so schön gemacht für uns!« Sarolta umarmte die beiden voller Herzlichkeit, wobei ihr auffiel, dass Adèl noch etwas runder geworden war, Katalin hingegen sich wie Haut und Knochen anfühlte.

»Darf ich euch Friedrich vorstellen?« Adèl schüttelte ihm die Hand.

»Es ist mir eine große Freude, Sie hier empfangen zu dürfen! Kommen Sie doch bitte herein, nicht erschrecken, es wartet eine Überraschung«, sagte sie.

»Nicht so förmlich Adèl, das ist Fritz, dein neuer Schwager!«, rief Sarolta, nahm ihren Mann bei der Hand und machte einen großen Schritt in die herrschaftliche Wohnung.

»Egy gyönyörü ember«, flüsterte Katalin.

»Was meint sie?«, fragte Friedrich.

»Du bist ein schöner Mann!«, übersetzte Sarolta lachend.

»Schluss jetzt, Katalin, es wird Deutsch gesprochen«, tadelte Adèl. In dem Moment kam Sandor Balint aus der Küche.

»Sani!! Du bist da? So viele Jahre haben wir uns nicht mehr gesehen. Aus einem Buben ist ein Mann geworden!« Sarolta war außer sich vor Freude und flog ihm an den Hals.

»Nicht nur ich bin da«, antwortete Sandor, indem er seine Kinderfreundin auf beide Wangen küsste, »sondern auch …« Die Tür zum Esszimmer öffnete sich …

»Ilona, Tante Ilona, Onkel Sandor, ich glaub es nicht!«, rief Sarolta völlig fassungslos. »Fritz, da steht meine Familie aus Szegedin, die ich seit zehn Jahren nicht mehr gesehen habe!« Schluchzend umarmte sie die beiden.

»Wir hatten so große Sehnsucht, dich wiederzusehen und als wir von Deiner Hochzeitsreise hörten, mussten wir einfach kommen!«

Ilona konnte vor Rührung kaum sprechen. Vater Balint rettete die Situation, indem er Fritz auf das Herzlichste in Budapest willkommen hieß. Nachdem sich alle etwas beruhigt hatten, bat Adèl zu Tisch und das Mädchen brachte eine dampfende Schüssel mit Pörkölt, Kalbsgulasch, aus der Küche, dazu gab es roten Tokajer.

»Unser Nationalgericht«, erklärte Ilona Friedrich.

Sarolta lachte. »Tante Ilona, Marika, die Gute, kocht das einmal pro Woche für uns! Ach, wenn sie wüsste, dass ihr auch da seid! Ihr seht gut aus, ihr Lieben. Aber jetzt kommt die dringende Frage, was macht unsere Stadt, unser Szegedin?«

»Du würdest es nicht wiedererkennen, Sari, es ist unglaublich, was in diesen wenigen Jahren dort an Wiederaufbau geschehen ist, sozusagen auf dem Reißbrett entstanden. Großzügige Plätze, Straßen und schöne Häuser im Stil des Art nouveau. Ihr solltet uns unbedingt besuchen!«

»Gerne, wenn es nicht so weit wäre«, sagte Friedrich.

»Ach, mein Szegedin«, seufzte Sarolta. »Eigentlich möchte ich nie im Leben mehr dahin, weil dort der geliebte Papusch in den Fluten versunken ist.«

Das hätte sie besser nicht erwähnen sollen, denn sofort fing Katalin an zu schluchzen.

»Ich habe euch in Papas Zimmer einquartiert, wenn ihr einverstanden seid. Wir haben dort nichts verändert.« Auch Adèl hatte Tränen in den Augen.

»Eine große Ehre für uns, nicht Sari?«, meinte Fritz.

»Weil Sani doch jetzt Saroltas Zimmer bewohnt«, erklärte Adèl etwas verlegen.

»Und wir haben Adèls Zimmer bekommen und sie schläft bei Katalin, das nennt man Logistik«, lachte Ilona.

»Übrigens hat Onkel Zsigmond uns für Donnerstag alle auf sein Schloss eingeladen«, erzählte Katalin plötzlich stolz, nachdem ihre Tränen wieder versiegt waren. »Er hat ein ganz wundervolles Schloss, nicht Adèl, wir waren schon dreimal dort.«

»Das Schloss ist märchenhaft, unbeschreiblich, man muss es gesehen haben«, bestätigte Adèl. »Die Familie weilt zurzeit da, der Lärm in der Nador utca ist nämlich unerträglich geworden, seit ganz in der Nähe das neue Parlament gebaut wird. Die Fertigstellung steht in den Sternen, sage ich euch.« Sie drehte die Augen gen Himmel.

»Wir sind so gespannt, morgen alles zu besichtigen, nicht Fritz, aber jetzt sind wir hundemüde, und ich sollte mich vielleicht hinlegen, weil ich ...«, sie machte eine Pause und sah ihren Mann an, der sich räusperte und den Satz beendete: »Sari und ich erwarten Nachwuchs«, sagte er schlicht.

»Wie großartig, meine Kinder, ich darf doch so sagen, da gratulieren wir aber!«, rief Ilona unter allgemeinem Jubel.

»Dann musst du aber jetzt tatsächlich schnell ins Bettchen, geliebte Schwester«, sorgte sich Adèl.

»Papas Zimmer«, sagte Sarolta andächtig und betrat den hohen Raum, der mit seinen Bücherregalen bis zur Decke eher einem Antiquariat glich. Auf dem Schreibtisch aus dunkelgebeiztem Nussbaumholz, dessen schwere Platte rechts und links von Schubladenelementen getragen wurde, lagen noch fein säuberlich Papas Schreibutensilien und Rechnungsbücher. Neben einer Öllampe stand ein Medaillon von Maman und davor, in einer schlichten weißen Vase eine rote Rose. Gerührt strich Sarolta mit den Händen über die Gegenstände. Adèl schickte sich an, die schweren Samtportieren vor den zwei hohen Fenstern, durch die man die Lichter vom Fluss schimmern sah, zuzuziehen.

»Bitte, lass sie offen, der Blick auf Donau und Kettenbrücke ist so schön, nicht, Fritz?«

»Einmalig!«, antwortete der andächtig. Adèl nickte zustimmend.

»Es kann hier auch keiner hereinschauen, außer jemand sitzt auf der alten Linde gegenüber. So, also, wir haben Papas Bett hier in der Ecke bezogen und zusätzlich das große Ledersofa. Ich hoffe, es ist recht so und nicht zu unbequem«, meinte sie mit leicht unsicherer Stimme.

»Es ist alles wunderbar, vielen herzlichen Dank, wir arrangieren uns, nicht Sari?«, antwortete Friedrich.

»Na dann gute Nacht, hier ist übrigens der Waschkrug und heißes Wasser steht in der Küche im Herd bereit. Du kennst dich ja aus, liebste Schwester.«

»Köszönöm szépen, mein Adèlchen, ach ich freue mich so sehr bei euch zu sein, und dass Balints aus Szegedin angereist sind, macht mich so froh, dass ich es nicht beschreiben kann!«

Wenig später kuschelte sie sich auf der leicht durchgelegenen Matratze in Papas altem massiven Bett mit den hölzernen Löwenfüßen unter der dicken Überdecke aus echt ungarischen Gänsedaunen an Friedrichs Brust, murmelte: »Ich bin glücklich, igen boldog vagyok«, und schon war sie eingeschlafen.

»Ich bin es auch«, flüsterte Fritz und strich zart über ihre Locken.

Nach tiefem, traumlosem Schlaf erwachte Sarolta in aller Herrgottsfrühe. Die Sonnenstrahlen, die über die Donau direkt ins Zimmer fielen, hatten sie geweckt. Schnell schlüpfte sie in ihre bestickten Pantoffeln, die noch aus Szegedin stammten. Adèl hatte sie aufbewahrt und als Willkommensgruß vor das Bett gestellt. Fast lautlos, um Fritz, der noch tief schlief, nicht zu wecken, verließ sie das Zimmer und huschte in die Küche schräg gegenüber, wo es verführerisch nach türkischem Kaffee duftete. Adèl stand am Küchenherd und war eben dabei, ihn aufzubrühen, während das Dienstmädchen einen ausgewellten Teig zu Kipferln formte.

»Schon auf, Schwesterl? Magst einen Großen Braunen mit Schlagobers?«

»Mhm, gern«, sagte Sarolta und setzte sich auf die Küchenbank. »Kann ich helfen? Es ist schön, zu Hause zu sein, obwohl ich hier nie richtig gewohnt habe.«

»Richtig, als wir von Szegedin hierherzogen, kamst du nach Wien in das Pensionat. Nein, du kannst nicht helfen.«

Sarolta schlürfte genüsslich den heißen Kaffee aus der großen Tasse. »Ilona und Sandor haben sich kaum verändert. Sie ist a bissel grauer und er a bissel runder geworden, aber beide strahlen noch die gleiche Herzlichkeit aus. Sani hätte ich kaum wiedererkannt. Ein fesches Mannsbild ist aus ihm geworden.«

Adèl nahm sich auch einen Kaffee und setzte sich zu ihrer Schwester an den Tisch. »Dein neuer Mann ist aber auch trés chic, mein Herzerl, und er schaut dich so verliebt an«, meinte Adèl. Nach einer kurzen Pause fuhr sie fort, »genau, wie dein erster, der Carl. Das war auch ein sympathischer und feiner Mensch. Das hat auch der Papa gemeint.«

»Ein sehr feiner Mensch war er, mein lieber, armer Carl. Hab lange um ihn getrauert, aber jetzt verrat ich dir was, Adèl. Der Friedrich war vom ersten Augenblick des Kennenlernens, meine große Liebe, und ich glaube es immer noch nicht, dass ich jetzt mit ihm verheiratet bin und wir bald ein Kind haben werden!«

»Ich freue mich für dich«, meinte Adèl und legte den Arm um ihre Schwester.

Später, beim Frühstück, als alle um den ovalen Esstisch herumsaßen, wurde heftig diskutiert, welche Sehenswürdigkeiten man Friedrich unbedingt präsentieren müsse. Schließlich einigte man sich auf die nächste Umgebung. Man brauchte von der Wohnung, ja bloß über den Platz zur Kettenbrücke zu gehen, um, mit schönstem Ausblick von dort über den Fluss hin zur Margareteninsel und über die Stadt gemächlich nach Buda hinüberzuschlendern.

»Merkst du es, Fritz, die Donau riecht anders, anders als die Elbe. Mit geschlossenen Augen könnte ich dir sagen, hier stehe ich an der Donau«, sagte Sarolta und hakte sich auf der einen Seite bei Fritz, auf der anderen Seite bei Sani unter.

»So, voilà, unsere Attraktion!«, erklärte der. »Seit einiger Zeit setzt man sich ganz gemütlich in eine Standseilbahn und fährt damit hinauf auf den Hügel. Ein genialer Engländer, namens Clarke, hat das Ding gebaut.«

»Bitte alle einsteigen!«, rief sein Vater, nachdem er die Fahrkarten besorgt hatte.

»Leider ist ganz Budapest zurzeit eine Baustelle«, bedauerte Ilona, als sie wenig später oben auf dem Berg, wo ehemals die alte Burg war, vor dem Barockschloss standen, das sich seit Jahren im Umbau befand, da es im Stil des Historismus um mehr als das Doppelte vergrößert werden sollte.

»Schaut, da drüben über der Donau entsteht unser neues Parlament, angeblich nach Londoner Vorbild. Man sagt, tausend Menschen arbeiten dort und es wird sich über dreihundert Meter entlang der Donau erstrecken. Aber jetzt gehen wir durch die Tàrnokgasse, wo in früheren Zeiten die deutschen Kaufleute wohnten, zu einer himmlischen Konditorei, die ein gewisser Ruszwurm seit einem Jahr betreibt.«

Dort verbrachten sie einige Zeit, dann schlenderten sie gemächlich wieder zurück in den Stadtteil Pest. Die Besichtigung der neu erbauten Basilika St. Stephan bot einen Vorgeschmack auf den Ausflug am nächsten Tag. »Der Architekt dieser Kirche hat auch das Schloss des Onkels entworfen«, erklärte Katalin. Nun war der Weg nicht mehr weit zur Nador-Straße und dem Stadtpalais der Schoßberg-Familie, dessen Pracht im venezianischen Rot allerdings nur von außen bewundert werden konnte, da die Bewohner ja ausgeflogen waren.

»Aber jetzt lade ich euch noch auf einen russischen Tee und Mignons zu Herrn Kugler am Theaterplatz ein. Der hat seit Kurzem einen Schweizer Bäcker als Kompagnon. Ich glaube, er stammt aus Genf und heißt Emil Gerbeaud. Die beiden haben mit Sicherheit das schönste Kaffeehaus der Welt erschaffen«, meinte Sandor Balint und Friedrich konnte ihm anschließend, auf dem Heimweg, nur recht geben. Nachdem man sich in der Konditorei »Ruszwurm« in gemütlicher, biedermeierlicher Atmosphäre befunden hatte, verströmte das »Caffee Gerbeaud« Grandezza und Prunk der Gründerjahre. Sarolta und Fritz besorgten noch eine Auswahl elegant verpackter, erlesener Schweizer Patisserie, die sie zusammen mit einer Imperialtorte aus Wien morgen als Gastgeschenk mitbringen wollten.

Nach dem Abendessen, als man gemütlich in der Bibliothek zusammensaß und über Gott, die Welt und alte Bekannte plauderte, wechselte Friedrich plötzlich das Thema und bemerkte: »Und Sie, Herr Balint, produzieren also dieses Paprikapulver, mit dem unsere Marika zu Hause in Hamburg die leckersten Gerichte zaubert, Gulasch, Hühnchen, Braten!«

»Sandor und du, bitte sehr, ich bin der Ältere!«

»Richtig«, fiel Ilona ihrem Mann ins Wort, »ich versorge unsere Marika immer ausreichend mit Rosenpaprika und Paprika edelsüß, mit dem Erfolg, dass wir seit einiger Zeit unser Produkt an das Feinkostgeschäft Heimerdinger in Hamburg liefern. Bis dahin befand sich unsere Kundschaft nur in Paris und München. Ich glaube, der Laden dort heißt Kathreiner.«

»Aber wer einmal dieses Pulver aus den sonnenverwöhnten, kleinen roten Schoten zum Kochen benützt hat, möchte es nicht mehr missen. In Szegedin, wo sie auf weiten Feldern wachsen, strahlt nämlich fast immer die Sonne vom Himmel, die vermisse ich manchmal in Hamburg, Fritz.« Sarolta blickte ihren Mann entschuldigend an. Bevor der sich äußern konnte, meldete sich Sani zu Wort.

»Waren das nicht glückliche Sommer, als wir Kinder unten bei eurem Haus an der Theiß Feenreich spielten. Ihr ward die Prinzessinnen und ich der Zwerg, weil ich so klein war!«

Die Erinnerung überforderte Katalin so sehr, dass sie weinen musste und deshalb lenkte Sandor schnell ab, indem er Friedrich fragte: »Und du handelst mit Korn?«

Der nickte. »Mit Getreide aus Übersee, aber nicht nur. Seit Generationen arbeitet meine Familie als Kornumstecher, das sind vom Senat der Stadt autorisierte Kontrolleure für Getreidelieferungen.«

»Ein verantwortungsvoller Posten«, meinte Sandor anerkennend.

»Aber eigentlich ist er studierter Architekt und Bauingenieur und ist nur eingesprungen, um die Firma zu retten!«, warf Sarolta temperamentvoll ein.

»Lassen wir das«, meinte Friedrich bescheiden. »Wir sollten zu Bett gehen, denn morgen müssen wir zeitig aufbrechen.«

Der Zug nach Gödöllö fuhr vom entfernt liegenden Franzstädter Bahnhof ab. Zum Glück strahlte die Sonne, als man sich auf den Weg machte. Zuerst mit zwei Droschken, dann mit besagtem Zug. Er schob sich stampfend und schnaubend, dicke Rauchwolken ausstoßend durch die ebene, teils bewaldete Landschaft, um nach einer Stunde und dreiunddreißig Minuten in die Station von

Gödöllö einzufahren. Gleich gegenüber lag das U-förmig gebaute Barockschloss mit der bekrönenden Mittelkuppel, das seit achtzehn Jahren als ungarische Sommerresidenz des österreichischen Kaisers und gleichzeitig ungarischen Königs Franz Joseph und seiner Gemahlin, liebevoll »Sisi« genannt, fungierte. Sarolta lief ein Schauer über den Rücken, als sie die hohen Stufen vom Abteil hinunterstieg und sich ihrem heiß verehrten Idol, der Kaiserin und Königin von Ungarn, so nah fühlen durfte. Vor dem kleinen Bahnhofsgebäude wartete schon die schwarze Kutsche mit dem Wappen des Baron Schoßberg, um die Gesellschaft zur 18 Kilometer entfernten Residenz zu bringen.

»Gestatten, Istvan, ich soll Sie auf das Schloss bringen«, stellte der Kutscher sich vor, indem er seinen hohen Zylinder abnahm.

»Welch prachtvolle Apfelschimmel«, stellte Sarolta bewundernd fest, als sie in die Karosse stieg, in der alle sieben Personen bequem Platz fanden.

»Sie sind der ganze Stolz vom Herrn Baron«, strahlte Istvan und deutete auf einen Mast, an dem eine habsburgische Fahne wehte. »Übrigens, Kronprinz Rudolph weilt gerade zu Besuch. Ihre Majestät, die Königin, ist leider nicht mehr so oft anwesend.«

Die Fahrt ging eine ganze Weile durch hügeliges, dicht bewaldetes Gebiet. »Ab jetzt befinden wir uns nicht mehr auf königlichem Jagdgebiet, sondern auf dem Schoßberg Besitz«, erklärte Istvan laut, kurz, nachdem sie einen Weg gekreuzt hatten. Plötzlich aber öffnete sich der Wald und von einer Anhöhe herab weitete sich der Blick über endlose Felder in zarten Schattierungen von Grün.

»Ist das nicht einmalig«, rief Katalin begeistert. »Schaut mal, da, ganz in der Ferne ist das Schloss zu erkennen, oder Adèl?«

»Natürlich, dort hinten sehe ich Türme«, meinte Sani. Bald verschwand diese Sicht aber, da die Pferde nun bergab trabten und der gut ausgebaute Weg durch Bäume gesäumt war.

So tauchte nach einer ganzen Weile das Schloss plötzlich unvermittelt wieder vor ihnen auf. »Das ist gigantisch«, brachte Fritz atemlos hervor. Die hohen Kutschenräder verursachten ein knirschendes Geräusch, als die Schimmel von der Straße nach

Tura durch das große, steinerne Tor in die Auffahrt zum Schloss abbogen.

»Ich brauche gar nichts zu tun, sie halten von selbst am Eingangsportal«, rief Istvan fröhlich, »da steht ja auch schon unser Herr Baron mit dem Gärtner!«

»Bienvenue au château, ihr Lieben!«, hieß der ältere Herr mit schütterem weißem Haar und gepflegtem Schnurrbart seine Gäste willkommen und begrüßte sie in der Reihenfolge, in der sie aus der Kutsche stiegen. »Ilona und Sandor, schön, dass ihr und Sani endlich auch mal Gast in meinem bescheidenen Hause seid, wo sonst doch immer nur ich bei euch in eurem entzückenden Gutshaus logiere, wenn ich in Szegedin zu tun habe!«

»Das ist leider viel zu selten, aber danke für die Einladung! Von wegen bescheiden! Es verschlägt mir die Sprache beim Anblick dieser Pracht! Nicht Ilona?«, antwortete Sandor und umarmte den Baron.

Adèl und Katalin waren ja nicht zum ersten Mal hier, aber immer wieder beeindruckte sie das zweigeschossige Gebäude mit den verspielten Türmen, hohen Kaminen, die aus dem steilen schwarzen, mit vorgebauten Gaubenfenstern bestückten Schieferdach emporragten. Das Schloss wies eine mannigfache Vielfalt von runden und eckigen Elementen auf, die zu einem perfekten Kubus zusammengesetzt waren. Der Onkel begrüßte die Damen galant mit Handkuss. Sarolta und Friedrich standen mittlerweile auch auf dem gepflegten Kiesplatz, vor dem mit dem Schoßberg-Wappen geschmückten Vorbau zum Eingangsportal.

»Sarolta, mon cher enfant, dis-moi, comment ça va«, fragte Zsigmond von Schoßberg und breitete beide Arme aus.

»Danke der Nachfrage, lieber Onkel, es geht mir ausgezeichnet, vor allem bin ich glücklich, dass ich dir meinen Ehemann Friedrich Theodor Grawert vorstellen darf«, strahlte Sarolta.

»Da hast du dir aber ein fesches Mannsbild ausgesucht, mein Mädel. Bonjour und ein herzliches Willkommen«, lächelte Zsigmond und schüttelte Friedrich kräftig die Hand.

»Herzlichen Dank, Baron«, erwiderte der höflich.

»Ah, nix Baron, ich bin der Onkel Zsigi!« Er lachte jovial.

Bin ich jetzt doch wieder in Gnaden aufgenommen?, überlegte Sarolta und fühlte, wie ihr Herz pochte.

»Darf ich dir das Kompliment machen, dass dieser Bau es mit den schönsten Loire-Schlössern in Frankreich aufnehmen kann? Allein die Eleganz, mit der dieser Rundturm mit den sieben Fenstern übereinander und dem grazilen Absatz in der obersten Etage gestaltet ist, ist meisterlich«, äußerte Friedrich andächtig.

»Er kennt sich aus, er hat Bauwesen studiert«, warf Sarolta dazwischen.

»Ein Fachmann, wie schön! Also, meine Frau Therese liebt den Stil der Renaissance und da hab ich den Miclós Ybl gefragt und dann hat der gesagt, ka Problem. Die eigentliche Schwierigkeit war, dass der Bau so lange gedauert hat, dass Theres und ich darüber alt und grau geworden sind. Der Turm ist übrigens unser »Scheißheisl-Turm«. Wir nennen ihn so«, lachte Zsigmond, »weil sich die Klosetts darin befinden. Gleich daneben sind die Badezimmer, alles ist mit fließendem Wasser und mit Heißwasserboiler für die Badewannen ausgerüstet. Unser ganzer Stolz steht dahinten, ein Heizhaus, eine Zentrale, von der aus das ganze Gebäude mit Wärme versorgt wird. Elektrischen Strom besitzen wir auch.«

»Kann ich mir das Heizhaus mal ansehen«, fragte Fritz begierig.

»Natürlich, Herr Architekt, unsere Anlage ist, auch technisch gesehen, etwas Besonderes. Ich glaube, wir sind hier unserer Zeit ein wenig voraus«, erklärte der Baron voller Stolz. »Eigentlich wollte ich euch gleich auf einen Aperitif in den Palmengarten bitten, aber, wenns woits moch ma davor no an kleinen Rundgang.«

Der Vorschlag wurde gerne angenommen. »Der Park ist natürlich relativ neu angelegt und muss noch zusammenwachsen. Was man da hinten sieht, ist ein Hain aus importierten Akazienbäumen, die müssen noch a bissl wachsen, wie gesagt. Meine Philosophie ist, das Angenehme mit dem Nützlichen zu verbinden. Ich habe Bienenstöcke und produziere echten Akazienhonig, eine Rarität, mit der ich unter anderem besonders unsere verehrte Majestät und Nachbarin erfreuen darf!«

»Außerdem duften diese Bäume herrlich!«, wusste Ilona.

»Aus den Grund haben wir unseren Sitzplatz auch zum Hain hin verlegt.«

»Dann hat man von dort den Ausblick auf das Märchenschloss«, überlegte Sani.

»Wo sind eigentlich die Pferde?«, wollte Sarolta wissen.

Der Onkel lachte. »Da kenne ich doch ma petite nièce! Ja, dein Pferdchen springt immer noch auf unseren saftigen grünen Weiden am Plattensee herum. Die Stallungen hier sind übrigens dort hinten, wollt ihr euch den Weg antun?«

»Natürlich, es ist so schön, durch den Park zu wandern.« Da war sich die Gesellschaft einig.

»Fritz pflegt auch noch zwei alte Pferde aus dem Siebziger Krieg«, erzählte Sarolta.

»So«, meinte der Baron, »da hast du tapfer gekämpft?«

»Sagen wir so, ich hatte das Glück, zu überleben, aber was soll man tun, wenn der Kaiser für eine halbe Stunde in Göttingen, wo ich damals studierte, aus dem Zug steigt und ›Hurra‹ schreit?«, entgegnete Fritz zynisch.

»Und dieser schreckliche Bismarck!«, fügte Zsigmond hinzu.

»Der ist gerade dabei, meine Familie zum zweiten Mal zu enteignen.«

»Was macht die Familie?«, wollte Zsigmond wissen.

»Wir sind Kornhändler und betreiben Getreidehandel mit Übersee.« Der Baron wiegte bedenklich den Kopf.

»Ein riskantes Geschäft. Man hat wenig Kontrolle und muss sich auf andere verlassen, etwas, was wir bei unseren Geschäften tunlichst vermeiden. Wir bauen Zuckerrüben an, haben die eigene Fabrik, um sie zu verarbeiten und backen anschließend aus Zucker und eigenem Mehl Zwieback für die Armee, eine sichere Sache.«

»Und mit dem erwirtschafteten Geld kauft ihr den Esterházys immer noch mehr Grund ab«, kicherte Sarolta. Der Onkel ging weiter nicht darauf ein.

»Hier wäre ich gerne Pferd«, begeisterte sich Sandor, als sie den sauberen, hellen Stall betraten. In der einen Abteilung standen die Kutsch- und Arbeitspferde, darunter zwei Kaltblüter, die andere Seite war für die edlen Reit- und Jagdpferde reserviert, die im Augenblick aber allesamt auf der Weide waren.

Auf dem Weg zurück zum Schloss bemerkte der Baron: »Ich werde sicher gleich Ärger bekommen, weil wir jetzt so spät kommen, das Essen ist mittlerweile wohl verkocht.«

Er lachte. »Ja, Sarolta, meine Tochter Eugenia, unsere Jenny, erwartet dich sehnsüchtig. Sie hat außerdem die arme Cousine Ilona eingeladen, heute werden sozusagen zwei Ilonas am Tisch sitzen. Habt ihr den Skandal um das Mädchen mitbekommen?«

»Ich habe Sarolta darüber berichtet«, warf Adèl ein.

»Mein Bruder Henrik ist einfach unmöglich«, fuhr Zsigmond fort. »Weil seine Tochter Helene nun so einen Bornemisza geheiratet hat, wurden sie kalte Christen, wie wir zu sagen pflegen, alle, außer Sohn Rezsö. Die arme Ilona! Als frisch konvertierte Katholikin war sie verliebt in den Juden Dr. Rosenthal, aber mittlerweile hatte der Mann von Ilonas Schwester, der Bornemisza, seinem Freund, dem Grafen Ballvany, die Ilona schmackhaft gemacht und der wollte sie tatsächlich, wohl in Hinblick auf die erhebliche Mitgift, ehelichen. Mein Bruder Henrik sprang im Kreis! Die zweite Tochter Gräfin! Doch Ilona interessiert einzig und alleine der geliebte Dr. Rosenthal, aber alles andere wisst ihr ja. Jedenfalls ist der Ballvany jetzt mausetot und der Doktor schmort noch acht Jahre im Gefängnis. So, jetzt kommt es, mein Bruder hat es tatsächlich fertiggebracht, einen neuen, standesgemäßen Ehemann für sie zu ergattern, ich meine, einen, der sie nach all den Skandalen noch genommen hat. Muss teuer gewesen sein. Aber da sitzt sie nun, das arme Hascherl, die Ilona, und ist genauso schwanger wie meine Tochter Jenny. Da wären wir, hereinspaziert.«

»Ach, ihr kommt auch schon«, bemerkte Therese von Schoßberg ziemlich spitz, nachdem ihr Mann die Ankömmlinge hereingebeten hatte. Sie saß im Wintergarten mit Jenny, deren Mann Lajos, Enkelchen Paul, dem siebzehnjährigen Sohn Viktor und besagter Ilona, jetzt verheiratete von Ossmann. War die säulengetragene Eingangshalle, von der aus man das gewaltige Treppenhaus mit steinernen Brüstungen bewundern konnte, schon eindrucksvoll, so blieb den Besuchern beim Anblick des sogenannten Palmengartens förmlich die Spucke weg.

»Das hier gleicht ja der Basilika, die wir gestern in Budapest besucht haben, aufs Haar!«, sprach Sani aus, was alle dachten.

»Erst mal ebenso von mir ein herzliches Willkommen, hier auf unserem Chateau. Es stimmt, der Architekt, der die Basilika St. Istvan baute, ist auch für dieses Haus verantwortlich.« Therese erhob sich, um ihre Nichte Sarolta als Erste zu umarmen.

»Danke, für die Einladung, merci, Tante Theres! Darf ich euch allen Friedrich, meinen Ehemann, vorstellen?«, sagte Sarolta mit klopfendem Herzen.

»Il est adorable, anbetungswürdig«, zwinkerte Jenny ihrer Cousine zu. Die Tante reichte Friedrich die Hand zum Kuss: »Enchantèe, mein lieber Friedrich! Nun aber zu Tisch, sonst vertrocknet der Hasenbraten«, fuhr sie resolut fort.

Therese war eine eindrucksvolle, herbe, aber immer noch schöne schwarzhaarige Dame. Sie führte den Besuch an den Palmen und einem Marmorspringbrunnen vorbei in ein imposantes Esszimmer, aus dem man durch hohe Fenster den Blick in den Park hatte.

»Leider ist unser ältester Sohn Nador in Wien und unsere Tochter Anna in Pressburg. Sie heißt jetzt Deutsch.«

»Sie würde zu uns passen, sie ist auch gerade wohl gerundet, nicht Ilona?«, bemerkte Jenny. Die nickte müde und antwortete nicht.

Sie gleicht einer zarten Blume, der es an Wasser fehlt, dachte Sarolta bei sich.

»Den Braten habe ich selber geschossen«, erklärte der Baron stolz, »wir sind hier reine Selbstversorger.«

»Außer, wenn Gäste Köstlichkeiten aus der Stadt mitbringen!«, lächelte die Tante charmant. »Ach wie deliziös! Vielen Dank für die Mitbringsel, liebe Sarolta und – darf ich sagen – lieber Friedrich?«

»Wir sollten die Imperial Torte unbedingt zusammen mit einem guten Kaffee kosten, wenn es recht ist!«, schlug Zsigmond vor.

»Bevor ich es vergesse, die allerherzlichsten Grüße von Capitain Violet sollen wir ausrichten«, rief Sarolta.

»Ach, der Schlawiner, gibt es den auch noch?«, fragte Therese trocken.

»Aber klar, der ist doch recht erfolgreich mit seinem Hotel ›Imperial‹, die Prominenz geht ein und aus beim alten Froner«, antwortete ihr Mann.

»Wer weiß, wie lang noch! Zum Wetten hat er ihn verführt! Hast ganz schön Geld verloren, durch ihn.«

»Ach, meine liebe Frau, so schlimm war es auch nicht. Pech im Spiel, Glück in der Liebe, gell?«

»Auf dem Weg vom Esszimmer zurück in den Wintergarten legte Sarolta die Arme rechts und links um ihre beiden Cousinen und flüsterte: »Hier schieben sich drei dicke Bäuche vorwärts!«

Beinahe hätte Jenny aufgeschrien, aber dann beherrschte sie sich und sagte, kaum hörbar: »Tu es également enceinte, quel mois?« Sarolta zeigte die vier Finger ihrer linken Hand, ohne Daumen.

»Im vierten Monat? Ich wünsche dir viel Glück!«

»Ich wünsche uns dreien Glück«, sagte Sarolta lächelnd.

Bald war es Zeit, wieder die Kutsche nach Gödöllö zu besteigen, von wo aus der Zug zurück nach Budapest ging.

Dort, wo immer noch nach all den Jahren ohne Erkenntnis, wie er zu Tode gekommen sein könnte, SAMUEL HOLLÀN auf dem Klingelschild an der Eingangstür stand, wurde es eine kurze Nacht. Es gab doch so viel noch zu bereden. Die Rückreise war für den nächsten Tag vorgesehen, und wann man sich wiedersehen würde, stand in den Sternen.

Wieder wurde eine Nacht in Dresden Station gemacht. »Ich bin froh über diese Reise mit Sarolta. Ich sehe sie jetzt mit ganz anderen Augen und liebe sie umso mehr«, vertraute Friedrich Georg an.

Zurück in Hamburg gegen Mitternacht, führte der erste Weg zum Hansaplatz, zu Ada und Marika in die vertraute Umgebung.

»Marika, liebste, da sind wir wieder!«, rief Sarolta, nachdem ihr die völlig verschlafene Frau nach mehrmaligem Klingeln die Tür geöffnet hatte.

»Geht es euch gut, alles in Ordnung? Schau, Mignons vom Cafe ›Gerbeaud‹! Und viele, viele Grüße von allen!«, mit diesen Worten küsste Sarolta sie und eilte zum Kinderzimmer, wo Ada schlief. Sarolta streichelte sie sanft. Die Kleine schlug die Augen auf.

»Mama? Mama!« Sie setzte sich auf und umschlang mit beiden Ärmchen ihre Mutter. Tränen kullerten über ihr zartes Gesicht. Sarolta musste auch weinen.

»Das ist das letzte Mal gewesen, dass ich ohne dich gereist bin, Schatzerl«, flüsterte sie ihrer Tochter ins Ohr.

Als sie am nächsten Morgen Fritz, der voller Sorge war, was ihn im Kontor erwarten würde, verabschiedet und Ada in die Schule gebracht hatte, führte ihr nächster Weg sie in den Laden.

»Da bist du ja wieder, war es schön?«, fragte Marie etwas verhalten, so kam es jedenfalls Sarolta vor.

»Ah, die Flitterwöchnerin!«, rief Ernst und es klang übertrieben.

»Alles gut bei euch?«

»Ja, ja, sehr gut!«, sagte Marie ein wenig atemlos. Ernst nickte.

»Also, was ist los?«, fragte Sarolta sachlich.

»Anne hat sich verlobt mit dem 1. Offizier der ›Moravia‹, die auf der Hamburg-New York-Linie als Auswandererschiff eingesetzt ist. Er hat gute Aussicht, dem Kapitän nachzufolgen«, sprudelte Marie hervor.

»Das ist wundervoll, da gratuliere ich aber! Obwohl das Dasein einer Kapitänsgattin nicht leicht sein wird und viel Geduld erfordert«, sagte Sarolta.

»Genau, das ist der springende Punkt. Anne wird zwangsläufig viel allein sein und da dachten wir uns Folgendes«, Marie stockte und sah ihren Mann hilfesuchend an.

»Also, es wäre gut, wenn Anne hier im Haus bleiben könnte und da du doch jetzt sowieso mit Fritz verheiratet bist, dachten wir, Anne und Klaus könnten deine Wohnung haben«, erklärte Ernst kurz entschlossen.

Sarolta musste erst einmal schlucken. »Ja sicher«, meinte sie gedehnt, »dagegen wäre nichts einzuwenden. Die Sache ist nur, Ada und Marika haben drüben bei Fritz keinen richtigen Platz, das heißt, für Marika gibt es kein annehmbares Zimmer und Adas Schule ist hier um die Ecke. Aber lasst uns über eine Lösung nachdenken. Wann soll die Hochzeit sein?«

Die Hochzeit war auf Ende Juli angesetzt. Am Abend wurde Anne befragt, sie meinte, vorerst sei es überhaupt kein Problem, wenn Ada und Marika weiter ihre Zimmer bewohnen würden, im Gegenteil, dann hätte sie Gesellschaft, wenn Klaus zur See sei. Wehmütig dachte Sarolta daran, dass sie nun bald nicht mehr Herrin in ihrem kleinen Reich sein würde.

Aber was soll es, sagte sie sich, ich heiße nicht mehr Götte, sondern bin die glückliche Frau Grawert und mein Leben ist an der Seite von Fritz!

»Wir müssen sowieso bald umziehen, dann lösen sich die Probleme von alleine. Ich freue mich schon auf diese entzückenden hellen und freundlichen Biedermeiermöbel von dir«, tröstete sie Fritz und schloss sie in die Arme. Er verbrachte zurzeit fast jeden Nachmittag an der Börse. Da er morgens oft gerufen wurde, um die Qualität von neu eingetroffenem Korn aus Übersee zu bestimmen, fiel er abends meistens erschöpft und müde ins Bett. Sarolta war es nur recht in ihrem Zustand.

Szegedin, den 23. 6. 1885

Meine liebste Sarolta!
Nun sind auch wir seit einigen Tagen wieder zu Hause und schwelgen in der Erinnerung an die viel zu kurze Zeit, die wir gemeinsam mit Dir und Deinem Mann, Adèl, Katalin und mit unserm Sani, den wir auch viel zu selten zu Gesicht bekommen, verbringen durften. Adèl ist wirklich ein wahrer Engel. Sie hat in bewunderungswürdiger Pflichterfüllung ihr Leben der kleinen Schwester gewidmet. Ohne sie müsste Katalin sicher in einem Heim untergebracht werden.

Aber jetzt zu Dir, mein Schatz! Für Sandor und mich bedeutete es eine große Freude, Dir nach so langer Zeit des gegenseitigen Briefwechsels endlich mal wieder persönlich zu begegnen. Mit Beruhigung konnten wir feststellen, was für eine schöne, elegante, selbstbewusste Madame aus der wachen, kleinen Sarolta geworden ist, und wir bewundern die Entschlusskraft, mit der Du Dein Leben selbst in die Hand genommen hast. Zu Deinem Ehemann Fritz kann man Dir nur gratulieren. Ich ahnte gar nicht, dass es im Norden von Deutschland so charmante, edle, blendend aussehende Kavaliere gibt, abgesehen davon, dass er mit einer hohen Intelligenz ausgestattet zu sein scheint. Und er liebt Dich und Du ihn auch, was kann einem Schöneres passieren?
Gehab dich wohl, liebes Kind, das bist und bleibst Du für uns! Grüße von Sandor, der gerade über die Felder streicht und seine Paprikapflanzen begutachtet. Unsere Ware ist mehr und mehr gefragt, wir haben sogar Bestellungen aus Rom und Venedig.
Grüße an den lieben Friedrich. Wirklich so eine Freude, ihn kennengelernt zu haben. Umarmung an Marika und ein Busserl für die kleine Ada.

Deine Tante Ilona

P.S. Sind noch ganz erschlagen von den Eindrücken unseres Ausflugs nach Tura.

Hamburg, den 2. August 1885

Allerliebste Lieblingstante!
Fritz, Marika, Ada und ich bedanken uns von ganzem Herzen für Deine lieben Zeilen. Verzeih, dass ich erst heute antworte, aber ich kam früher nicht dazu, da meine Nichte Anne vor ein paar Tagen unter die Haube gebracht werden wollte und es entsetzlich viel vorzubereiten gab. Die Feier fand, wie bei meiner Hochzeit mit Carl, in den Räumen der Schneiderei statt. Wir waren an die 40 Personen. Heimerdinger hat das Essen geliefert. Stell

Dir vor, er und seine Frau sind uns doch tatsächlich im Zug begegnet. Auch sie befanden sich auf der Rückreise von ihrer alten Heimat. Peter, extra aus London angereist, und ich waren Trauzeugen. Anne hatte mich spontan gebeten, als ich ihr einen Entwurf für ihr Brautkleid zeigte. Es war leicht, sich etwas Passendes für sie auszudenken, da sie äußerlich der Familie Grawert nachschlägt. Groß, schlank, dunkelhaarig. Ihr Mann Klaus überragt sie um einen halben Kopf und ist, wie man hier sagt, ›'n richtiger, blonder Hamburger Jung‹. Für meinen Geschmack aber ein bisschen zu strikt. Anne muss damit klarkommen. Beide sind außerdem in meine schöne Wohnung eingezogen. Ich habe mich unter der Bedingung, dass Marika und Ada, deren Schule dort in der Nähe liegt, Wohnrecht behalten, darauf eingelassen. Ich gestehe es, mit wehem Herzen, da das Zuhause bei Fritz nur noch eine Frage der Zeit sein kann. Man fühlt sich dort wie im Krieg. Die Abrissfront rückt täglich näher und näher. Das Ganze hat etwas gespenstisch Unheimliches. Das Haus, welches wir als Äquivalent erhalten sollen, liegt in einer Gegend weit draußen und ist angeblich noch nicht mal im Bau. Liebe Ilona, da hilft nur Gottvertrauen!
Auch ich habe mich unendlich gefreut, Euch wiederzusehen. All die vielen Jahre habe ich mich danach gesehnt, Euch mal wieder zu umarmen. Ihr habt Euch kein bisschen verändert und seid immer noch dieselben herzlichen Menschen. Aus Sani ist ein hübscher junger Herr geworden.
Ich werde allmählich rund und gemütlich. Fritz und ich freuen uns so sehr auf unser erstes gemeinsames Kind, auf unser ›Fritzchen‹, wie Friedrich zu sagen pflegt. Obwohl, wenn ich es recht bedenke, sind Mädchen wohl Tradition bei uns. Dann, das habe ich mir ausbedungen, wird es eine Elisabeth werden. Friedrich meint, egal, ob Junge oder Mädchen, Hauptsache gesund!
Dass die Schoßbergs doch so ein Märchenschloss gleich neben meinem Idol errichtet haben, unglaublich! Mir kommt es vor, als hätte ich den Besuch bei ihnen geträumt!

Jetzt aber, liebe Tante Ilona, sende ich Dir und Onkel Sandor die herzlichsten Grüße und Gedanken von Fritz und mir, von Marika und Ada! Passt auf euch auf! Vigyázz magadra!

Szeretlek
Deine ›Tochter‹ Sari

Fritzchen und Elisabeth und Gertrud

Am Dienstag, den 10. November 1885, gegen 5 Uhr 30 tat Friedrich Wilhelm seinen ersten, durchdringenden Schrei.

»Herr Grawert, Sie können hereinkommen, ich gratuliere Ihnen zu einem gesunden Sohn!« Dr. Jolasse, der junge Assistent von Dr. von Doring, war um 5 Uhr morgens aus dem Bett geklingelt worden, Frau Sarolta Grawert brauchte Hilfe. Ihr Mann hatte nach ihm schicken lassen, es gab Probleme bei der Geburt. Doch nun war alles gut gegangen. Marika hielt das neugeborene, in frische Tücher gewickelte Kind in ihren runden Armen und überreichte es voller Stolz dem frischgebackenen Vater. Friedrich zögerte, blickte auf das rote verhutzelte Gesichtchen.

»Wie wunderschön er ist«, flüsterte er andächtig und wagte es, ihn behutsam zu übernehmen. Vorsichtig setzte er sich mit ihm auf die Kante des Biedermeierbetts, das erst vor drei Wochen vom Hansaplatz hinüber in die großzügige Wohnung am Münzplatz 9 geliefert worden war.

»Sari, Liebste, schau, wir haben ein Fritzchen!« Sarolta öffnete ein wenig die Augen. Der Doktor hatte ihr, um die Qualen zu lindern, Lachgas verabreicht. Acht Stunden verzweifelter Kampf lagen hinter ihr. Wehen, Schmerzen, Krämpfe, dann die Einsicht, nichts ging vorwärts.

»Maman, Lajos, wir sind bald bei euch«, hatte sie gebrüllt und Fritz hielt sich im Nebenraum panisch die Ohren zu.

»Wir brauchen einen Arzt, Herr Friedrich, ich bin mit meinem Latein am Ende«, entschied Marika. Schweißperlen standen auf ihrer Stirn.

»Es hat die Nabelschnur um den Hals, wir müssen uns beeilen, damit das Kind keinen Sauerstoffmangel bekommt, wenn ich die Schnur abtrenne«, stellte Dr. Jolasse dann fest.

»Manchmal stößt man an seine Grenzen«, sagte Marika, nachdem der Doktor das Kind mit der Zange herausgezogen hatte.

Aber nun war er da. Friedrich legte ihn sanft neben seine Mutter. Sarolta drehte den Kopf zu ihm und trotz aller Schmerzen, die noch in ihr tobten, durchströmte sie ein Glücksgefühl. Bleich war sie wie die Wand, die rotblonden Locken klebten um ihr Gesicht, aber sie lächelte.

»Ein Bub, kein Mädchen, wirklich?«, fragte sie staunend.

»Ich wusste von Anfang an, es wird ein Fritzchen!«, strahlte der übernächtigte Friedrich.

»Friedrich Wilhelm, du hast gewonnen, Liebster, welch scheußlich preußischer Name. Ein Mädchen wäre nach der ungarischen Königin Erzsebet benannt worden.« Das Reden strengte sie an.

»Friedrich Wilhelm, im Andenken an die preußischen Könige, als Protest gegen Bismarcks Kaisergrößenwahn, so ist der Name zu verstehen, aber das spielt alles keine Rolle, wir haben ein gesundes Fritzchen«, jubelte Friedrich. »Doch du, mein Liebes, wie geht es dir?«

»Sie hat Schweres durchgemacht bei der Geburt, aber sie wird sich bald erholen, kein Grund zur Besorgnis«, beruhigte der junge Arzt, der seit einem Jahr in die Praxis von Dr. von Doring eingestiegen war.

»Ich danke Ihnen von Herzen, lieber Herr Doktor. Als Sie kamen, war ich beruhigt. Meine Freundin Ingeborg hatte vor nicht drei Monaten ihre kleine Tochter ja auch mit Ihrer Hilfe auf die Welt gebracht«, sagte Sarolta und konnte ihren Blick nicht von Fritzchen abwenden.

»Man tut, was man kann«, lächelte der Arzt und empfahl sich. Marika hatte Ada geweckt, die staunend das neue Brüderchen begutachtete.

»Ein wenig rot im Gesicht ist er, aber sonst ganz nett«, meinte sie. Zwei Stunden später saß Sarolta frisch gewaschen in ihrem mit blütenreiner weißer Damastbettwäsche frischbezogenen Bett und schaute Fritzchen beim Trinken zu. Gerade hatte sie ihn von der linken an die rechte Brust angelegt.

»Es ist wie ein Wunder«, bemerkte Friedrich, der vom gemütlichen Ohrenbackensessel aus, die Szene beobachtete.

»Es ist ein Wunder, diesen kleinen, properen Kerl nun im Arm zu halten. Schade, dass er die Augen noch geschlossen hält, ich wüsste zu gerne, ob er deine wunderschönen blauen Augen geerbt hat.«

»Du hast doch auch wunderschöne blaue Augen, liebste Sari.«

»Aber nicht so strahlend blaue, wie du, mein verehrter Gemahl! Jedenfalls bin ich froh, dass er deine braunen Haare geerbt hat. Rotblond finde ich für einen Buben nicht so prickelnd!«

Friedrich lachte. »Hör mal, wie er schmatzt, das musst du ihm später aber abgewöhnen!«

»Das, liebster Fritz, ist ein Zeichen dafür, dass er gesund und voller Freude auf das Leben ist«, antwortete Sarolta ernsthaft. »Ich wünsche ihm ein gutes, langes Leben!«

»Ohne Kriege!«, fügte Fritz hinzu. Auch er hatte sich frischgemacht und umgekleidet, aber man sah ihm die Anstrengung der letzten Nacht deutlich an. Er musste gegen starke Kopfschmerzen so viele Tabletten einnehmen wie schon lange nicht mehr.

»Gut, dass Marika nun ein wenig schläft, die Arme hat wieder Heldenhaftes geleistet. Und danke, Fritz, dass du kurzentschlossen diese Wohnung hier angemietet hast«, flüsterte Sarolta.

»Die Situation drüben war mit all dem Abrisskrach, dem Schmutz und Staub, für eine werdende Mutter unerträglich geworden. Ich bewunderte dich, dass du diese Situation so lange ohne zu klagen hingenommen hast. Obwohl ich alle drei Tage bei dem Bau unserer neuen Häuser in der Repsoldstraße vorbeischaue, geht dort alles viel zu langsam vorwärts. Zum Glück wurde ich dann auf diese Wohnung aufmerksam gemacht«, seufzte Friedrich.

»Sie ist wunderschön, hell und geräumig, und wir sind alle wieder vereint. Ada braucht von hier bis zur Schule nur zehn Minuten länger als früher. Gut, dass unser Friesenmädel, die Antje, sie bringen und abholen kann und Marika damit entlastet. Ich glaube, Ada spricht jetzt schon prima Plattdütsch, wahrscheinlich besser als Ungarisch«, gab Sarolta zur Antwort. »Weißt du, Liebster, es war ein unhaltbarer Zustand geworden, da drüben am Hansaplatz, mit Annes Ehemann. Die Arme! Aber zum Glück ist er ja viel auf dem Ozean unterwegs. Wie der sich Marika gegenüber benommen hat. Unmöglich! Er behandelte sie doch glatt wie seinen Dienstboten. Kommandierte sie herum und meckerte, dass sie ein

Zimmer in der Wohnung belege und nicht oben unter dem Dach schlafe. Dabei befindet er sich, genau genommen, in meiner Wohnung und hat außerdem nur eingeheiratet. Ich weiß, dass Anne alles sehr peinlich war, aber sie ist nicht imstande, sich gegen ihn zu wehren, zumal sie wohl auch schwanger zu sein scheint!«

»Bitte, Sari, Schatz, rege dich nicht so auf, das tut euch beiden nicht gut! Tempi passati, würde ich behaupten, oder?«

»Wie recht du hast, wir schauen lieber in die Zukunft und genießen das unbeschreibliche Glück des Augenblicks! Oh, Fritzchen ist satt, es fehlt nur noch ein Bäuerchen, nicht?«, lachte Sarolta.

»Alles Gute zum Geburtstag, Liebster, schau mal, mein Geschenk liegt genau zwischen uns«, flüsterte Sarolta, als sie den neben ihr Schlafenden zart auf Stirn, Wange und Nasenspitze küsste. Um 9 Uhr morgens war der Tag noch in Dämmerlicht getaucht. Sarolta dachte mit Bedauern daran, dass sich Ada bereits auf dem Weg in die Schule befand. Friedrich war total erschöpft gewesen, hatte die ganze Nacht geschlafen, wie ein Stein und noch nicht mal bemerkt, dass Sarolta zwischendrin aufgestanden war, um Fritzchen neu zu wickeln und zu stillen. Friedrich öffnete benommen die Augen.

»Wo bin ich«, stammelte er.

»Hier bist du, bei mir! Heute ist dein 38. Geburtstag und gestern hat der Storch uns mit einem wunderbaren Geschenk für deinen Geburtstag überrascht und uns Fritzchen vor die Tür gelegt«, flüsterte Sarolta ihm ins Ohr.

»Fritzchen? Oh ja, ich erinnere mich, Fritzchen, mein Herzenskind, wie sööt du bist!«, scherzte Friedrich und wagte nicht, das Kind zu streicheln, wie es so dalag und selig schlief.

»Nimm ihn ruhig, er ist nicht aus Zucker«, sagte Sarolta energisch. Sie hatte sich nach einem Tag schon merklich erholt, was bei der Schwere der Geburt einem Wunder gleichkam. Marika war bereits in aller Herrgottsfrühe auf den Beinen gewesen und hatte beim Schein von Petroleumlampen ihren berühmten Schokoladenkuchen gebacken. Außerdem war es ihr gelungen, einen Strauß mit Astern und Rosen liefern zu lassen.

»Sie sind ein Schatz Marika!«, rief Friedrich. Sarolta und er waren mit Fritzchen auf dem Arm im Morgenrock in die Küche geschlichen, auf der Suche nach heißem Kaffee oder einer heißen Schokolade. Die Tür zum angrenzenden Esszimmer stand offen, und dort, mitten auf dem ovalen Tisch, bedeckt mit einer der wertvoll bestickten Decken von Saroltas Schwestern, standen Torte, Blumenstrauß und eine hohe brennende Bienenwachskerze.

»Wie hast du das denn geschafft, Marika«, wollte Sarolta wissen.

»Och, den Kuchen kann ich blind backen und ich dachte, wo heute Nachmittag doch die Schwiegereltern kommen ...«

»Danke, tausendmal«, rief Friedrich, »aber ich habe gleich die schönste Aufgabe der Welt. Ich gehe zum Standesamt Hamburg 1 und lasse unseren Sohn dort eintragen!«

Am Nachmittag, pünktlich um 3 Uhr, erschienen Nikolaus und Luise. Das Wetter war einigermaßen angenehm und so hatten die beiden alten Leute einen halbstündigen Spaziergang gemacht, um die Veränderungen des Stadtbilds, die selbst auf dem kurzen Weg von der Großen Allee bis zum Münzplatz eklatant zu bemerken waren, in Augenschein zu nehmen. Vom imposanten roten Backsteingebäude, gleich neben der Münze gelegen, waren sie äußerst angetan, und nachdem sie auch noch die Treppen bis in die dritte Etage geschafft hatten und ihnen das durchdringende Geschrei von Fritzchen entgegenschallte, sagte Nikolaus, stark atmend: »Ich muss schon sagen, die Gegend hat sich rausgemacht.«

Luise gratulierte ihrem Sohn nur flüchtig, sie hatte einzig und allein Augen für Fritzchen, der sich mittlerweile wieder beruhigt hatte.

»Mein Gott, is datn strammer Jung, ick freu mich so, du auch Vadder?«

»Dat kannste woll laut sagen, Mudder!«

»Er sieht aus wie du, Fritz!«

»Deshalb heißt er auch Fritzchen, Mutter!«, lachte Friedrich.

Luises sonst oft hart wirkenden, spitzen Gesichtszüge hatten einen weichen, gütigen Gesichtsausdruck bekommen, als sie sich ihrer Schwiegertochter zuwandte: »Sarolta, ich danke dir für diesen Enkel. Ich muss gestehen, ich habe Unrecht getan, indem ich versuchte, mich in Friedrichs Leben einzumischen, aber er ist ein kluger Jung und hat mit dir die richtige Wahl getroffen.«

»Endlich siehst du es ein, Luise«, knurrte Nikolaus, kaum vernehmlich.

»Nun aber zu Tisch und zu Marikas Schokoladentorte«, rief Friedrich.

»Gott, wie ist das hübsch gedeckt«, bemerkte Luise, als sie sich setzten.

»Echt schöne Wohnung hier, aber wohl nicht ganz billig?«, fragte Nikolaus nach einer Weile.

»Schon, Vater, aber es ging nicht anders. Es war uns ja versprochen worden, dass die Repsoldstraße rechtzeitig vor dem Abriss unseres alten Besitzes fertig sein würde, aber da ist der Rohbau noch nicht mal geschafft. Ich bin ständig hinterher, dass die Häuer technisch auf dem höchsten Stand sein werden und dass nicht geschludert wird. Ich meine, wenn wir schon in diese gottverlassene, hinterste Gegend ziehen werden, soll der Bau auch anständig ausgeführt sein. Ich bin ja Fachmann.« Er seufzte. »Leider ist es mir nicht gelungen, unser durch Albert verspekuliertes Kapital wieder hereinzuholen. Das ist heutzutage wirklich schwer, es sei denn, man geht auf hohes Risiko, aber das liegt mir nicht. So laufen die Geschäfte mal mehr, mal weniger gut. Leider mussten wir dadurch auf den Handel mit der Stadt eingehen und können uns keinen Palast an der Außenalster oder desgleichen leisten. Ich hätte Sarolta wirklich gerne in solch ein Ambiente entführt.«

»Es ist alles gut, lieber Fritz, wir haben uns und wir sind nicht verschuldet«, beeilte sich Sarolta zu sagen.

»Hast recht, min Jung, noch vor ein paar Jahren, bevor dein Bruder diesen Blödsinn gemacht hat, wärt ihr natürlich hinaus an die Elbe oder an die Alster gezogen, aber jetzt?« Nikolaus zuckte bedauernd mit den Schultern.

»Immerhin hat jetzt jeder Sohn ein eigenes Haus. Das habt ihr meiner Freundschaft zur Schwiegermutter von Bürgermeister Weber zu verdanken«, mischte Luise sich ins Gespräch. Einen Moment herrschte Schweigen.

»Wir mussten natürlich auch Kapital aus der Firma ziehen, um unser Alter zu sichern«, bedauerte Nikolaus.

»Aber Vadder, das ist doch euer gutes Recht, so weit kommt es noch!«, rief Friedrich.

In dem Moment kam Ada zur Tür herein. Sie war noch bei einer Freundin gewesen und jede hatte ein Söckchen in Blau für Fritzchen gestrickt. Nach der Begrüßung stellte sie sich in Positur und sang mutig und laut: »Zum Geburtstag viel Glück, zum Geburtstag viel Glück! Lieber Papa! Viel Glück, viel Glück!« Alle klatschten.

»Danke, liebe Ada, mein großes Mädchen!« Friedrich war gerührt.

»Komm, setz dich zu mir und probiere Marikas köstlichen Schokoladenkuchen«, sagte Luise freundlich.

»Gleich, wenn ich nach Fritzchen geschaut habe«, erwiderte Ada bestimmt. »Er schläft«, meinte sie, nachdem sie einen Blick in die Wiege getan hatte, und setzte sich auf den freien Stuhl neben Luise.

»Was soll's«, rief Friedrich, »heute ist ein Freudentag und deshalb steige ich jetzt in die tiefsten Tiefen des Kellers und hole eine Flasche vom französischen Champagner herauf.«

Zwei Wochen später kam Helene Mayer zu Besuch nach Hamburg. Ihr Mann Stephan war in Braunschweig geblieben.

»Es ist etwas ganz Persönliches, Abschied von seinem Elternhaus zu nehmen«, hatte sie ihm erklärt. Natürlich wollte sie auch den neuen, kleinen Neffen besichtigen.

»Das ist ja ein entzückender kleiner Racker, er hat deine blauen Augen, liebe Sarolta, aber die Haarfarbe von Fritz«, äußerte sie begeistert, nachdem sie ihn in Augenschein genommen hatte.

Sie logierte in der Alten Allee bei den Eltern und war zum Tee herübergekommen.

Friedrich grinste breit und sah seine Frau an. »Er hat Saroltas schöne, blaue Augen, da hast du recht, liebe Schwester!« Ernst fuhr er fort: »Wollen wir uns morgen um die Mittagszeit drüben in der Holländischen Reihe treffen? Du darfst nicht erschrecken, dahinter haben sie schon alles plattgemacht, nur die alte Pracht wie auch der Wandrahm stehen noch. Im Haus ist fast alles ausgeräumt, nur das Kontor existiert noch und Albert hält die Stellung, Mine ist bei ihren Eltern!«

»Gut, wenn man Eltern hat«, äußerte Helene süffisant.

Am nächsten Tag standen sie wie verabredet zu acht im Novembernebel vor dem Barockgebäude. Nikolaus und Luise, Friedrich und Sarolta, Albert, Marie, Helene und Gertrud Blanck hatten sich an den Händen gefasst und starrten schweigend auf die düstere graue Fassade mit den reich verzierten Fenstern, die jetzt wie traurige trübe Augen feindlich auf die ehemaligen Bewohner herabzublicken schienen. Dies war seit Generationen der Hort der Familie gewesen. Luise und Gertrud fielen sich schluchzend in die Arme.

»Lasst uns ins Haus gehen, da ist es wärmer«, schlug Albert vor, indem er die zwei Stufen zum Portal nach oben stieg. Tatsächlich, die Halle und das Kontor wirkten noch wie früher und der mächtige, runde holländische Kachelofen strahlte angenehme Wärme aus.

»Damit ihr es wisst«, äußerte Albert, »die Möbel übernehme ich, habe ich mit Vaddern so ausgemacht, ich bin schließlich der Erstgeborene.«

»Du hast was vergessen, Jung, es war besprochen, dass jeder sich von den Sachen ein Lieblingsstück auswählen darf«, entgegnete Luise ärgerlich.

Langsam stiegen sie die Treppen empor, aber in den oberen Räumen, die, außer dem Schlafzimmer von Albert, nicht mehr beheizt wurden, schlug ihnen gruftartige Kälte entgegen. Friedrich hatte glücklicherweise seine Mitarbeiter in Dachgeschossräumen am Münzplatz unterbringen können. Andächtig standen sie im Festsaal des Hauses und bestaunten dessen morbide Pracht. Jeder hing für sich seinen Gedanken nach. Glanzvolle Ereignisse hatten hier stattgefunden.

»Übrigens«, unterbrach Albert die eisige Stille, »gestern erschien unten plötzlich ein Mann mit einem Fotografenapparat.

Er behauptete, er sei von der Stadt geschickt worden, um die Räumlichkeiten zu dokumentieren. Ich führte ihn dann in diesen Saal, das war doch richtig, oder?«

»Aber natürlich«, rief Helene, »weißt du, wer der Mann war? Vielleicht könnte er uns einen Abzug machen.«

»Habe ich leider vergessen«, bedauerte Albert.

»Unten, im Kontor, steht noch eine Flasche mit sehr gutem, altem irischem Whisky. Ich glaube, den brauchen wir jetzt«, meinte Friedrich spontan. So saß man im Büro und der Alkohol, trug dazu bei, Erinnerungen an vergangene, fröhliche Zeiten zu wecken.

Als Trude sich vor Lachen kaum mehr halten konnte, weil sie sich an einen Streich erinnerte, den sie Luise gespielt hatte, meinte Nikolaus trocken: »Es ist wie bei einer Beerdigung, beim Leichenschmaus wird auch immer gelacht.«

»Apropos«, ergriff Helene das Wort, »Stephan und ich laden euch alle für Weihnachten und Silvester nach Braunschweig ein. Wir finden, ein wenig Abstand tut allen gut. Wir haben in unserer bescheidenen Hütte Platz für alle, was meint ihr?«

Friedrich war sofort einverstanden und Nikolaus sagte nach kurzer Überlegung: »Das ist eine gute Idee von dir, liebe Tochter. Ich hoffe nur, es wird deinem Mann nicht zu viel, wenn die ganze Bagage antanzt.«

»Ob ich die Reise bis Braunschweig schaffe?«, gab Gertrud zu bedenken.

Sarolta lachte. »Du kommst zu uns, übernachtest und am nächsten Morgen geht es gemeinsam los. Marika müsste aber auch mitkommen?«

»Aber selbstverständlich. Wir haben Platz für alle. Vielleicht laden wir auch Stephans Nichte Grete aus Berlin mit ihrem Mann, Professor Lange, und den kleinen Walter ein, der könnte dann mit seinem Cousin Bruno, dem Sohn von Bertha und Willi Lehmann, unter dem Weihnachtsbaum spielen«, überlegte Helene.«

»Vielleicht kommt Peter aus London?«, meinte Marie hoffnungsvoll.

»Alle sollen dabei sein, die ganze Familie!«, rief Helene.

»Sehr lieb von dir, mein Kind! Schenk uns noch einen ein, Friedrich, lasst uns auf die Familie anstoßen!« Nikolaus erhob sich von seinem Stuhl am Schreibtisch. »Prost! Kinder, Prost, auf uns!«

Der erste heftige Wintereinbruch des Jahres 1886 kam am 12. Januar. Sturm trieb dichte Wolken vor sich her, aus denen es heftig schneite. Der Schnee legte sich wie ein Leichentuch über den Schutt der niedergelegten Gebäude der Holländischen Reihe. Noch im Dezember hatte man begonnen, die Dächer abzudecken und dann ging alles ganz schnell.

»Man denkt, man sei in einem schlechten Traum und wacht gleich auf«, sagte Fritz fassungslos zu Albert, als sie am Tag darauf, als das Wetter sich etwas gebessert hatte, in ihrer alten Umgebung standen. Albert wohnte jetzt vorübergehend bei den Eltern. Die Häuser in der Rebsoldstraße würden erst im Frühjahr bezugsfertig werden.

»Ich pass auf, dass Mutter und Vater nicht hierherkommen«, sagte Albert.

»Tu das, Alter, tu das!« Fritz fühlte einen Kloß im Hals und konnte nicht weitersprechen.

Er schüttelte seinem Bruder die Hand. Für einen winzigen Moment waren die beiden eng verbunden.

»So, jetzt muss ich aber zum Bahnhof, um die Damen, Vater und meinen kleinen Schisser abzuholen, tschüss!«

Er und Albert waren am Dreikönigstag aus Braunschweig zurückgekehrt, während die übrige Gesellschaft beschlossen hatte, den Aufenthalt um ein paar Tage zu verlängern.

»Papa!«, rief Ada und sprang als Erste aus dem Abteil. Fritzchen strahlte übers ganze Gesicht, als er seinem Vater als in dicke Wolltücher verpacktes Bündel aus der geöffneten Zug Tür von Sarolta entgegengereicht wurde.

»Nehmt bei der Kälte mit Fritzchen ruhig gleich eine Droschke direkt zum Münzplatz, wir beide kommen schon zurecht, nicht Vadder? Schnell in die Wärme! Tschö, alle, Tschö«, rief Luise eilig.

Fritz winkte zwei Kutschern, die das Gepäck auf ihre Fahrzeuge luden. »Die beiden Herrschaften zur Großen Allee und wir sechs«, er hatte Fritzchen mitgerechnet, »zum Münzplatz!«

»Schön, wieder zu Hause zu sein. Ich habe dich schrecklich vermisst, Liebster«, sagte Sarolta, nachdem sie die Wohnung betreten hatten.

»Und ich euch erst«, erwiderte Friedrich und verdrehte in gespielter Verzweiflung die Augen.

»Herrlich warm ist es bei euch und alles so neu und sauber«, schnaufte Gertrud, die erst am nächsten Tag nach Blankenese zurückkehren wollte. »Waren aber wirklich wunderbaren Tage in Braunschweig. Alle mal wieder vereint und es gab keinen Streit. Helene hat sich solche Mühe gemacht, die Liebe, aber, Gott, sie besitzt auch genügend Personal. Waren Walter und Bruno nicht süß, wie sie mit den Steckenpferden, die das Christkind gebracht hatte, um den Tannenbaum jagten?«

»Du meinst, der pfiffige, kleine Walter jagte das pummelige Brunochen«, lachte Friedrich, während er Trude aus dem Mantel half.

»Bald bekommst du auch ein Steckenpferd, mein Fritzchen. Ihr entschuldigt mich? Hört ihr, der Kleine hat Hunger«, lächelte Sarolta und zog sich mit dem quengelnden Baby ins Schlafzimmer zurück. Aber auch nachdem er getrunken hatte, beruhigte Fritzchen sich nicht. Er schrie immer wieder und wurde erst ruhig, nachdem er von Marika durch die Wohnung getragen wurde. Zuerst hatte sie vorgeschlagen, ihn brüllen zu lassen: »Sonst verzieht man ihn.«

Aber auf Friedrichs inständige Bitte, etwas gegen den Lärm zu unternehmen, ließ sie sich dann doch erweichen, ihn aus der Wiege zu nehmen. Das Schreien seines Sohns hatte bei Friedrich ganz plötzlich schier unerträgliches Kopfweh ausgelöst. Vor Tante Gertrud wollte er sich nichts anmerken lassen. Zum Glück hatte er aber seine Pillen.

»Er sieht blass aus, findest du nicht, Sarolta?«, bemerkte Gertrud beim Nachtessen. Die nickte.

»Es war ein anstrengender Tag, lass uns bald schlafen gehen.« Später, im Bett, machte Sarolta sich ernstlich Sorgen um ihren Mann. Er hatte die Decke bis ans Kinn gezogen und zitterte.

»Ist dir kalt, mein Schatz?«

»Es ist eine innere Kälte! Bitte komm unter meine Decke und wärme mich«, bat er fast flehentlich.

Sein Körper entspannte sich, nachdem sie eine Weile ruhig aneinander gekuschelt dalagen.

»Heute Mittag stand ich in der Holländischen Reihe und schaute über verschneite Haufen, über den vereisten Fleet, direkt hinüber zu St. Katharinen. Ich dachte, ich würde gleich aus dem Alptraum erwachen und vor unserem Haus stehen, aber ich befand mich in der Realität. Jetzt wissen unsere Kunden nicht mehr, wo wir zu finden sind und die Geschäfte werden wegbrechen, du wirst es sehen!«, flüsterte Friedrich heiser.

»Wenn es dir möglich ist, geh gleich morgen Nachmittag zur Börse und zeige dich, damit man nicht denkt, wir wären verschollen. Das wird schon wieder, Fritz, glaub mir! Alles wird gut, Liebster, jetzt schlafen wir einfach, ja?«

Friedrich sollte rechtbehalten. Nur seine Stammkunden hielten ihm die Treue, er war, »ab vom Schuss«, wie Nikolaus es treffend formulierte. Einige Bestände von Roggen, die im Herbst günstig ersteigert worden waren, konnten aber noch mit Gewinn verkauft werden.

Ende Februar erschien ein Bote, den Tante Gertrud geschickt hatte. Der Fischer, der sich um die Pferde kümmerte, war voller Aufregung bei ihr erschienen. Sonne ging es schlecht. Friedrichs Gewissen schlug, weil er die Tiere in letzter Zeit sträflich vernachlässigt hatte. Er ließ alles stehen und liegen und machte sich auf den Weg. Aus der Schublade des Schreibtischs im kleinen Salon hatte er von ganz hinten seinen Revolver genommen und ihn, fein säuberlich in ein Leintuch verpackt, in die Tasche gesteckt. Sarolta bedauerte, ihn nicht begleiten zu können, da sie Fritzchen stillte und es für den Kleinen draußen an der Elbe zu kalt sein würde.

Fritz fuhr den langen Weg in einer Kutsche. Er dachte daran, wie Sonne ihm das Leben gerettet hatte. Damals war Sonne sechs Jahre alt gewesen. Tränen liefen über Friedrichs Gesicht, seine Tabletten hatte er vorsorglich schon eingenommen. Im Stall angekommen, wusste er, was er zu tun hatte. Er sattelte die Stute Mond, führte sie hinaus in die fast frühlingshafte Luft und band sie unten am Ufer der Elbe an eine Ulme. Dann ging er mit schweren Schritten zurück zu Sonne, die zusammengebrochen auf dem Stroh lag. Friedrich setzte sich zu ihr, umarmte ihren Hals und flüsterte ihr leise ein Dankeschön ins Ohr. Die Stute schien ihn zu verstehen. Sie schnaubte und atmete schwer. Friedrich stand auf, setzte seine Pistole auf den Kopf des Tieres und drückte ab. Sie war erlöst. Friedrich steckte die Pistole ein, ging zu Mond, stieg auf und ritt sie zu seiner alten Emma. Er traf ihren Mann im Stall an.

»Natürlich findet sich ein Platz in unserem Stall für das Tier. Mein Gott, Herr Fritz, jetzt kommen Sie aber in die Stube und wärmen sich bei einem Grog!«

Emma war außer sich vor Freude, als sie erfuhr, dass ihr Fritz nicht nur geheiratet hatte, sondern auch Vater geworden war. Sie schloss ihn in ihre dicken, runden Arme und tröstete ihn.

»Ach, min Jung, min kleener, großer Fritz, die Vergangenheit ist in uns, aber man muss in die Zukunft sehen. Das Haus ist weg, na und? Es war bloß ein Steinhaufen. Du wirst neue Häuser bauen. Das Pferd war alt. Aber du hast eine junge Familie, ist das nicht großartig?«

»Du hast recht, meine gute alte Emma!«, sagte Fritz und trank den heißen Tee mit Kluntjes und Rum und natürlich gab es dazu Emmas Heidesand.

Seit Fritz die Wohnung verlassen hatte, war Sarolta voller Unruhe. Für sie wäre es eine Herzenssache gewesen, ihn zu begleiten. Erinnerungen an ihre erste intime Begegnung mit Friedrich vor fast sieben Jahren stiegen in ihr hoch.

Wenn ich daran denke, bin ich doch ein Glückskind, dass ich heute tatsächlich Friedrich Wilhelm stillen darf! Gleichzeitig traten ihr Tränen in die Augen, weil ihr bewusst war, wie schwer Friedrich der Abschied von Sonne fallen musste.

»So ist das Leben, mein Kindele«, meinte Marika in ihrer trockenen Art, kochte Hühnersuppe und backte einen Kuchen aus den letzten verschrumpelten Äpfeln. Ada, seit Kurzem neun Jahre alt, half ihr dabei.

Kurz vor 7 Uhr abends stand Friedrich in der rabenschwarzen Neumondnacht total erschöpft vor der Haustür und fingerte mit halb erfrorenen Händen den Schlüssel aus der Jackentasche. Nur noch ein paar Treppenstufen und er war zu Hause. Sarolta stillte gerade Fritzchen, als er den Salon betrat. Marika servierte ihm einen großen Teller heißer Hühnerbouillon mit Sherry und ganz viel Inhalt gleich am Küchentisch. Ada schmiegte sich an ihn. »Ich habe dich lieb, Papa, wir haben Apfelkuchen für dich gebacken!«

Sarolta hatte sich beeilt, Fritzchen ins Bett zu legen und nun kümmerte sich Marika um ihn. Sie kam in die Küche. »Fritz!« Sie umarmte ihn.

»Mond ist bei Emma, ich soll dich von beiden grüßen! Schön, wieder bei euch zu sein. Die Suppe tut gut!«, sagte Friedrich.

»Und Sonne?«, wagte Sarolta zu fragen. Friedrich war nicht imstande zu antworten. »Später«, bat er sie. Als sie dann zu zweit im Salon mit den Möbeln aus Saroltas alter Wohnung saßen, erzählte ihr Friedrich, wie der Tag verlaufen war.

Sarolta sagte: »Was haben wir doch für kluge Kinderfrauen, du und ich. Das macht mich fast ein wenig verzagt. Ich glaube, als Mutter ist man mit dem Herzen dabei, aber nicht mit dem Verstand.«

»Wenn jemand Verstand hat, dann bist du es«, antwortete Friedrich. Er betrachtete sie und bewunderte, welche Kraft und Zuversicht diese zarte 26-jährige Frau ausstrahlte.

»Weißt du was? Diesen Sommer fahren wir ans Meer!«, sagte er spontan.

»Ans Meer?« Sarolta bekam große Augen. »Da war ich noch nie!«

»Dann wird es aber Zeit. Die Frage ist: Nordsee oder Ostsee?«

Man entschied sich für Cuxhaven, an der Elbmündung, weil es mit dem Raddampfer hin und der Eisenbahn zurück praktisch zu erreichen war. Am 1. August, in aller Früh, bestiegen Friedrich, Sarolta, Ada und Marika mit dem fast neun Monate alten Fritzchen den Dampfer nach Cuxhaven. Sonnenschirme und Strohhüte waren im Gepäck und Fritzchen trug luftige, gehäkelte Baumwollkleidung. »Ans Meer! Ans Meer!«, rief Ada voller Aufregung. Zwei ihrer Schulfreundinnen waren schon mal dort gewesen und hatten erzählt, dass die Wasserfläche mit den hohen Wellen plötzlich verschwindet und dann wieder da ist.

»Ebbe und Flut heißt das«, erklärte Friedrich.

»Wo Inge wohl bleibt?«, sorgte sich Sarolta. Die Freundin hatte beschlossen, mit der elf Monate alten Hilde und dem Kindermädchen ebenfalls an die See zu fahren. Ihr Mann, Hinrich Larsen, konnte sich in der Zeit leider wieder einmal nicht von seinen Geschäften freimachen.

»Da kommt sie mit der Kutsche«, rief Ada.

»Das war knapp, wir sind zu spät losgefahren. Ich habe die Strecke von der Außenalster bis hierher unterschätzt«, stöhnte Inge völlig aufgelöst, nachdem sie und das Kindermädchen mit der quengelnden Hilde Platz genommen hatten.

»Dein Hut sitzt komplett schief, mein Herz«, kicherte Sarolta und stand auf, ihn geradezurücken.

»Der ist von Bertha Lehmann aus Braunschweig, habe ihn schicken lassen. Übrigens müssen wir uns sofort nach unserer Ankunft Badekostüme besorgen!« Inge wirkte schon wieder unternehmenslustig.

Am Nachmittag erreichten sie bei herrlichem Wetter Cuxhaven und bestiegen dort das Pferdefuhrwerk, das sie nach Sahlenburg zur offenen Seeseite bringen sollte. Friedrich hatte mehrere Zimmer in einer neu erbauten, hübschen Pension gebucht.

»Das ist ein Traum, nicht, Marika?«, rief Sarolta, als sie mit ihr und Fritzchen auf dem Arm aus der offenen Tür ihres Zimmers auf den Balkon trat. Gerade war die Sonne dabei, sich zu verabschieden und zauberte ein gleißendes Licht auf das Meer bei Flut.

»Schöner kann ein erster Eindruck kaum sein«, bestätigte Friedrich lächelnd und streckte den Arm in Richtung Westen.

»Sieh mal, dort über dem Meer liegt direkt mein Wilhelmshaven. Eines Tages darfst du da die von mir entworfene Brücke bewundern!«

Sie hatten Glück mit dem Wetter. Ein Tag war besser als der andere und auch der Wind blies nicht zu kräftig, sondern verschaffte bei der sommerlichen Hitze angenehme Kühlung. Unten am Sandstrand hatte man ein zur See hin geöffnetes Zelt mit bequemen Korbstühlen gemietet. Sarolta und Inge lagen mit Ada und den Kindern jedoch meistens auf großen gewebten Baumwolltüchern im Sand und Ada backte mit ihren Förmchen Sandkuchen für alle.

»Ich komme mir vor, wie ein Pascha«, lachte Fritz, der in leichter, heller Leinenbekleidung im Schatten saß.

»Du bist ein Pascha! Los, fang mich!« Fritz kam der Aufforderung seiner Frau nicht nach, aber Inge lief hinter ihrer Freundin her in Richtung Wasser. Dort standen ordentlich aufgereiht Badekarren, rechts für Damen, links für Herren.

»Komm, Inge, wir nehmen einen davon und lassen uns ins Wasser ziehen!« Gesagt, getan. Von den Blicken der Strandbesucher abgeschirmt, stiegen die Freundinnen ins frische Meer.

»Brr, ist das kalt«, ließ Inge verlauten. Sarolta hingegen warf sich in die Fluten und schwamm wie ein Fisch davon. Fritz beobachtete es vom Ufer aus.

»Was macht sie denn da!«, rief er besorgt.

»Sie schwimmt! Des hat sie schon als kleines Mädel in Szegedin gelernt, da gibt es nämlich viele warme Seen und da ist sie mit dem Sani um die Wette geschwommen«, erklärte Marika.

»Also so etwas, Fritzchen, deine Mama ist immer für eine Überraschung gut«, bemerkte Friedrich zu seinem Sohn, den er auf dem Arm trug. Fritzchen strahlte vergnügt mit fast zahnlosem Mund und strampelte begeistert, als sein Vater ihn mit den Füßchen ins Wasser hielt.

Wie jung sie sind, dachte Friedrich gerührt, als Sarolta und Inge nach einiger Zeit umgekleidet, mit nassen Sachen in der

Hand und feuchten Locken um die Stirn, den Karren, der zurück an den Strand gezogen worden war, verließen. Wie Kinder hüpften sie über den warmen Sand.

Die sechs sonnenreichen Tage vergingen wie im Flug. Vor dem Abendessen flanierten sie weiß gekleidet über die Seepromenade und danach wurde auf der verglasten Veranda noch eine Partie Whist gespielt, bevor frühe Bettruhe angesagt war.

»Sarolta, wäre es euch recht, wenn wir auf der Rückreise für eine Nacht Station bei Emma auf dem Bauernhof machten und Mond besuchen?«, fragte Fritz einen Tag vor der Abreise.

»Nichts lieber als das!«, stimmte Sarolta zu.

Die beiderseitige Wiedersehensfreude war groß. Mond, die auf einer mit sattem Grün bewachsenen Koppel stand, hob den Kopf, wieherte und als Friedrich sie rief, setzte sie sich sofort in Galopp und kam herbei. Mit gespitzten Ohren und geblähten Nüstern drehte sie den Kopf zwischen Friedrich und Sarolta hin und her.

»Sie kennt mich!« Sarolta strich ihr gerührt über Nüstern und Hals.

»Darf ich sie auch streicheln?«, fragte Ada. Friedrich gab ihr ein Stück Brot.

»Das kannst du ihr geben, aber immer schön auf der flachen Hand«, erklärte er.

»Sie hat es gefressen. Huh, wie das gekitzelt hat!« Ada strahlte.

»Wie ihr seht, geht es eurem Pferd gut bei uns. Jetzt kommt aber rein, das Nachtmahl steht bereit!«, lachte Emma, die im Hintergrund stand.

In dieser Nacht schliefen alle tief in den hohen Bauernbetten, auch wenn es unter den schweren Federdecken reichlich warm war.

»Bauernhof bleibt Bauernhof, egal, wo man ist auf der Welt. Ich habe mich wie bei uns zu Hause gefühlt«, sagte Marika am nächsten Tag, nachdem Emmas jüngster Sohn sie im Fuhrwerk nach Blankenese gebracht hatte und sie in eine Pferdedroschke nach Hamburg umgestiegen waren.

»Tante Trudchen besuchen wir ein andermal!«, bedauerte Sarolta.

Am Mittwoch, den 21. April 1887, gegen 8 Uhr vormittags, zehn Tage nach Ostern, saß Sarolta gebadet, in frischer Wäsche in ihrem Biedermeierbett in der Repsoldstraße 99 und betrachtete voller Glück mit Friedrich, Ada und dem staunenden Fritzchen, das schrumpelige rote Gesicht von Elisabeth Margeretha, die sie im Arm hielt. Sie war vor drei Stunden ohne Komplikationen auf die Welt gekommen. Um 2 Uhr hatte sie sich angekündigt und dann war alles ganz schnell gegangen.

»Erzsebet, willkommen auf dieser Welt!«, flüsterte Sarolta.

»Möge dir ein langes, gutes Leben beschieden sein«, fügte Marika hinzu.

»Du muss dich jetzt wirklich hinlegen, Liebe. Du hast Außergewöhnliches geleistet, diese Nacht!«, bemerkte Sarolta streng.

»Was heißt ich, du!« Typisch Marika.

»Wir sind Ihnen wieder einmal zu größtem Dank verpflichtet, liebe Frau Marika«, fügte Friedrich hinzu.

»Schön ist sie nicht, sieht aus, wie ein Hutzelzwerg«, ließ sich Ada vernehmen.

»Das kommt schon noch, alle Neugeborenen schauen erst mal so aus«, erklärte ihre Mutter. Fritzchen wollte unbedingt zu ihr auf das Bett. Wer war denn eigentlich dieses Wesen, das bei Mama seinen Platz einnahm? Er verzog weinerlich den Mund.

»Nicht schreien, mein Sohn, schau mal, das ist dein neues Geschwisterchen.«

Fritzchen schüttelte den Kopf. »Nein«, sagte er bestimmt. »Nein!« Jetzt aber öffnete Erzsebet ihren kleinen Mund und brüllte so laut, dass alle sich die Ohren zuhalten mussten.

Erstaunlich, wie kann ein so kleines Wesen solche Töne produzieren?, fragte sich der stolze Vater. »Aber sie ist natürlich eine ungarische Königin.«

»Sie hat vor allem Hunger. Raus alle, ich muss sie stillen.«

Angesichts dieses Gebrülls ließen die sich das nicht zweimal sagen. Kurze Zeit später war wieder Ruhe eingekehrt.

»Du heißt natürlich Elisabeth, aber ich werde dich Erzsebet nennen«, flüsterte Sarolta zärtlich.

Erst kurz vor Ostern waren sie vom Münzplatz in das neu gebaute Haus hier in die Repsoldstraße gezogen. Albert, Mine und ihre Mutter, ihr Vater war vor einiger Zeit verstorben, wohnten schon seit letztem September im Nachbarhaus, das zuerst fertiggeworden war. Dort fand auch der mächtige Schreibtisch aus dem Kontor wieder seinen Platz im Parterre.

Friedrich und Sarolta warteten bis Ostern mit dem Umzug. Der Grund war Ada. Sie hatte vor den Ferien die Privatschule beendet und nun überlegte man, auf welche weiterführende Schule sie gehen sollte. Else Dessen machte den Vorschlag, Ada bei sich in Dresden aufzunehmen. Gleich in ihrer Nachbarschaft gab es das hervorragende höhere Töchterinstitut, welches auch schon Anne besucht hatte. Sarolta tat sich schwer bei dem Gedanken, ihre Tochter wegzugeben, aber sie musste einsehen, dass es die beste Lösung war. Ada liebte Tante Else und nach gründlicher Überlegung willigte sie ein.

»Aber die Tante darf mich erst holen, nachdem ich mein neues Geschwisterchen angeschaut habe«, war ihre Bedingung gewesen.

Die Schule hatte schon vor zehn Tagen, gleich nach dem Osterfest begonnen, aber für Else war es ein Leichtes gewesen, die Schulleiterin von der Notwendigkeit des verspäteten Eintritts ins Institut zu überzeugen. Wie immer wohnte sie bei ihrem Bruder Ernst am Hansaplatz.

»Ist ein ordentlich langer Weg von dort zu eurem neuen Domizil. Aber nett habt ihr es. Ein wenig ländlich«, strahlte sie, nachdem Sarolta ihr die dunkelblau lackierte Haustür geöffnet hatte.

»Ländlich und übersichtlich«, lächelte Sarolta maliziös, indem sie Elses Mantel in der kleinen Garderobe aufhängte. »Aber jeder besitzt sein eigenes Zimmerchen, es gibt ein Wasserklosett und einen Badewannenraum, ein Luxus, den das alte Barockpalais nicht bieten konnte!«

»Recht so, Kind, man sollte immer die positiven Aspekte im Auge haben. Aber nun bin ich so gespannt auf euren Nachwuchs. Kompliment, meine Liebe, wie du fünf Tage nach der Geburt schon wieder auf den Beinen bist. Ach, da stehen ja auch die entzückenden Möbel aus Carls Wohnung«, rief Else aus, nachdem Sarolta sie in die Wohnstube gebeten hatte.

Sarolta fühlte sich insgeheim erleichtert, dass Friedrich, der aus der Stadt noch nicht zurück war, diese Bemerkung nicht hörte.

»Gemütlich«, seufzte Else und ließ sich auf das Kanapee fallen. »Hübsch, der Blick aus dem Fenster ins Grüne.«

»Zu Marikas Freude wollen wir einen kleinen Nutzgarten anlegen, und ein Hühnerstall ist auch schon gebaut. Im Kanal vor der Haustür kann Friedrich Fritzchen später angeln beibringen. Aber jetzt rufe ich Marika, sie soll die Kinder bringen«, sagte Sarolta und ging zur Tür.

»Bevor die anderen kommen, muss ich noch schnell loswerden, dass Ernst mir überhaupt nicht gefallen hat. Grau und dick ist er geworden, müde wirkt er auf mich«, berichtete Else hastig.

Sarolta entgegnete: »Wahrscheinlich kränkt es ihn, dass Peter unwiederbringlich beschlossen hat, in London zu bleiben. Leider fand ich in letzter Zeit keine Möglichkeit, zum Hansaplatz zu kommen. Der Umzug und dann die Geburt und ehrlich, es macht mich auch wehmütig, den Kapitän von Anne in meiner Wohnung zu erleben.«

»Verstehe ich gut, meine Liebe!«

In diesem Moment hörte man schnelles Getrappel aus dem Treppenhaus. »Tante Else, bist du es?« Ada lugte durch die geöffnete Tür.

Else erhob sich und umarmte das zierliche Mädchen. »Mein Gott, wie groß du geworden bist und wie sehr du Carl gleichst«, meinte sie gerührt.

»Und wie ähnlich sie dir sieht«, fiel Sarolta ihr ins Wort und verspürte dabei einen Stich in der Brust. »Ich gehe und hole die Kleinen.« Rasch verließ sie den Raum, um die Tränen, die ihr in die Augen traten, vor der Tochter, die sie nun mit Else gehen lassen würde, zu verbergen. Aber als sie fünf Minuten später mit Elisabeth auf dem Arm, gefolgt von Marika, die Fritzchen vorsichtig die steile Treppe hinunterführte, ins Wohnzimmer zurückkam, hatte sie sich wieder im Griff.

Hamburg, den 12. November 1887

Meine geliebten Schwestern!
Bitte verzeiht mir, dass ich außer der Geburtsanzeige unserer süßen Erzsebet, Ende April, nur mit wenigen Zeilen versehen, nicht geschrieben habe. Kérlek bocsass meg nekem, Adèl, dass ich Dir die Antwort auf Deine reizenden Zeilen so lange schuldig bleiben musste. Danke für die Grüße von Jenny, es freut mich, dass sie mit Paul und dem kleinen Georg genauso glücklich ist, wie ich es mit Fritzchen und Erzsebet bin. Die Kinder sind unsere ganze Wonne. Fritzchen ist schon ein richtiger kleiner Kavalier. Nachdem Ada mich aus ihren grauen Augen seinerzeit immer verständnislos anblickte, wenn ich Ungarisch mit ihr redete, beschränke ich mich bei diesen beiden Kindern auf die französische Sprache. Deutsch lernen sie sowieso.
Als wir nun neulich das Photographenatelier von Messieur Benque in der Innenstadt aufsuchten, um die Kinder als Überraschung für Friedrichs Geburtstag fotografieren zu lassen, parlierte mein Fritzchen mit seinen noch nicht mal zwei Jahren plötzlich auf Französisch mit dem Meister, was diesen außerordentlich erstaunte, und, frei *heraus gesagt, Marika und mich auch. Für Friedrich habe ich einen Elfenbeinrahmen zum Aufklappen, in dem sich zwei in Seidenfutter eingelassene Medaillons mit den Kinderportraits befinden, anfertigen lassen, worüber er sich vorgestern, an seinem Geburtstag, ganz verrückt vor Freude gezeigt hatte. Und so, denke ich, mache ich auch euch ein wenig Pläsier, indem ich zwei Lichtbilder von Nichte und Neffe beifüge. Bei Erzsebet hatten wir schon Befürchtungen, sie würde überhaupt keine Haare mehr kriegen, aber seit Kurzem wächst ein zarter Flaum. Sie ist ein wunderbares, in sich ruhendes Geschöpf. Wenn man mit ihr spricht, schaut sie einen an, so als ob sie alles verstehen würde. Seit ich sie nicht mehr stille, isst sie mit großem Vergnügen Marikas Gemüsebrei. Schon für uns kochte sie doch immer diese Brühe aus Kalbsfuß mit allerlei Wurzeln und Rüben. Fritzchen fühlt sich ganz als großer Bruder und Friedrich und ich schenken ihm viel Beachtung. Nur meine Ada*

vermisse ich so sehr. Aber sie hat sich gut eingelebt in Dresden, wo sie natürlich Elses verwöhntes Einzelkind ist, da Heini sich meistens auf Konzertreisen befindet. Als sie in den Sommerferien bei uns war, hatte ich fast das Gefühl, sie sehne sich nach Dresden. Besser als umgekehrt habe ich zu Friedrich gesagt, der mir manchmal gar nicht zuhört, weil er in Gedanken bei seinen Geschäften ist.

Alles ist schwieriger geworden, seit wir, um mit Friedrichs Worten zu reden, fernab vom Schuss sind. Früher schlenderte er mittags zu Fuß zur Börse, heute muss er die Droschke bestellen. Ich hatte ihm geraten, nach einer kleinen, feinen Nische zu suchen. Darauf kam er tatsächlich auf Braugerste. Sommergerste aus der Gegend von Hannover. Die Ware findet hervorragenden Absatz, vor allem bei einer neuen Brauerei in Altona und dem alten Freund Gröninger. Leider kämpft Fritz mit der zu geringen Gewinnspanne, da die Ware mit Zoll belastet ist, weil sie aus dem Inland kommt. Es ist absurd.

Zu allem Überfluss geraten Fritz und Albert sich ständig in die Haare und übertrumpfen sich mit Schuldzuweisungen, sodass auch ich wenig Bedürfnis nach Kontakt mit Mine und ihrer Mutter habe. Albert J. hat vor Kurzem sein Studium auf der Kadettenanstalt mit Ach und Krach abgeschlossen und dient jetzt irgendwo. Wenn Friedrich statt mir eine reiche Partie gemacht hätte, besäße er eine feinere Adresse. Schaut er traurig, sage ich ihm dies, worauf er mir sofort beteuert, er sei durch mich und die Kinder zum glücklichsten Mann geworden und dann liegen wir uns in den Armen und danken Gott, dass wir zusammen sein dürfen und so bezaubernde Kinder geschenkt bekommen haben. Ich vermute aber doch insgeheim, dass Friedrich seinen eigentlichen Beruf vermisst. Ich sehe es ihm an, wenn sein alter Freund Hinrich Zinnow regelmäßig bei ihm vorbeischaut, um ihm Angebote des Senats zu unterbreiten, beim Bau der neuen Speicherstadt mitzumachen. Jedes Mal rate ich ernstlich dazu, so eine Offerte zu prüfen, aber da kann er nicht aus seiner Haut, er will die Eltern nicht enttäuschen. Er besitzt einen zu guten Charakter, der Liebe. Welch großes Glück, so einen feinen Ehemann zu haben.

Während ich schreibe, sitze ich hier am Biedermeiersekretär und blicke hinaus in den kleinen Garten, wo unsere fünf Hühner und der Hahn wie Farbtupfer im grauen Nebel herumstolzieren. Wenn Ihr gerade den Brief lest, hat der Baum vor Eurem Fenster schon die Blätter abgeworfen und fällt der Blick jetzt ungehindert auf den Fluss, über dem die Nebelschwaden ziehen? Ihr Lieben, ich denke so oft an Euch. Schön, dass Sani sein Studium erfolgreich beendet hat, wie schade, dass er nun wieder zurück nach Szegedin gezogen ist. Sicher vermisst Ihr den ›Mann im Hause‹.
Im Augenblick betritt Marika den Raum, sie umarmt Euch von ganzem Herzen, genauso wie ich es tue. Grüßt mir die Schoßberg-Sippe. So allmählich müssten sie doch für den Winter nach Budapest zurückgekehrt sein, oder?

Liebste Katalin, liebste Adèl, Ihr wohnt in meinem Herzen.
Eure Sarolta

PS. Grüßt mir vor allem Jenny! Und seit tapfer und passt auf Euch auf und geht auch mal ins Theater und in die Oper, ja?

»Mein lieber Freund und Kupferstecher, es gefällt mir gar nicht, dass ich Ihnen schon wieder ein neues Rezept für die Morphiumtabletten ausstellen soll. Am liebsten würde ich sie Ihnen verweigern, aber ich bin mir bewusst, es geht nicht. Eine Zeitlang kamen Sie mal fast ohne die Dinger aus, was ist geschehen? Sind Sie nicht glücklich in Ihrer Ehe? Meine Tochter Inge schwärmt in höchsten Tönen von Ihrer reizenden Gemahlin und den entzückenden Kindern.«

Dr. von Doring schob seine runde Brille auf die äußerste Nasenspitze und betrachtete Friedrich besorgt.

Der schüttelte den Kopf, seufzte tief und ließ sich Zeit, bevor er Antwort gab.

»Lieber guter Herr Doktor, was Frau und Kinder anbelangt, kann ich mich unglaublich glücklich schätzen, aber die Verpflichtung, die ich Mutter und Vater gegenüber fühle, die Firma einigermaßen erfolgreich zu führen, die Doppelbelastung mit der verantwortungsvollen Aufgabe als Kornumstecher, lieber wäre ich Kupferstecher«, versuchte er zu scherzen, fuhr aber ernst fort, »die ewigen Sticheleien von Albert, dem ich täglich sein Unvermögen vor Augen halten muss, all das bringt mich schier um.«

»Ich verstehe«, nickte der weißhaarige, vornehme, alte Arzt und beugte sich zu Friedrich über den Schreibtisch.

»Kann es sein, mein junger Freund, dass Sie im falschen Beruf sind? Wie ich weiß, haben sie hervorragende Studienabschlüsse als Architekt und Bauingenieur hingelegt. Kann es sein, dass das Verantwortungsgefühl den Eltern gegenüber Sie krank macht? Sie sollten vielleicht darüber nachdenken, dass Luise und Nikolaus Ihr Studium bezahlt haben. Ich erinnere mich, wie stolz die beiden immer auf Sie waren. Früher habe ich des Öfteren ein gutes Glas Portwein mit Ihrem Vater getrunken. Ach ja, es waren schöne Zeiten.« Dr. von Doring hielt kurz inne. »Sie liegen mir am Herzen, mein lieber Fritz, sagen Sie mir bitte, was los ist, die Wahrheit möchte ich hören!«

Friedrich erhob sich von dem Stuhl auf der anderen Seite des Schreibtischs, trat ans Fenster des Praxisraums, von dem aus man auf den Alten Wall blickte, und als er sich umdrehte, bemerkte der Arzt Tränen in den Augen seines Patienten. »Friedrich, was ist los?«, wiederholte Dr. von Doring eindringlich und trat zu seinem Patienten.

»Ich habe seit einiger Zeit nicht nur Schübe von Schmerzen im Kopf, sondern auch Lähmungserscheinungen im linken Arm. Das beginnt mit einem Kribbeln und einem Taubheitsgefühl in der Hand, der Kopf schmerzt, dann die Schulter, dann kann ich für Minuten den Arm nicht mehr bewegen, dann nehme ich die Tabletten, dann normalisiert sich alles wieder. Alles, außer der Panik, der Angst, die in mir sitzt, die Angst, ob der Splitter in meinem Hirn gewandert ist und mich vernichten wird. Wie soll ich meinen Beruf weiter ausführen, wenn ich gelähmt sein werde? Wie kann ich dann für meine Kinder sorgen? Sarolta darf nichts erfahren.«

Friedrich stand der Schweiß auf der Stirn. Er fühlte die Welle der Pein, die gerade wieder von seinem Körper Besitz ergriff.

»Legen Sie sich auf die Liege, ich gebe Ihnen eine Spritze, die wird Sie beruhigen. Das Ganze ist sicher vorübergehend. Überlegen Sie, Ihre Verletzung liegt bereits fast 18 Jahre zurück! Seien Sie guten Muts, aber ich rate Ihnen, arbeiten Sie in Zukunft als Baumeister, ja?«, sagte Dr. von Doring sanft.

Nachdem Friedrich eine Viertelstunde später die Praxis mit dem neuen Rezept verlassen hatte, ging der Arzt zu einem in die Wand eingelassenen Schränkchen, öffnete es, holte ein Glas und eine Flasche mit sehr altem Cognac hervor, goss sich ein und trank einen kräftigen Schluck.

»So lange bin ich nun schon Doktor, so viele Schicksale habe ich begleitet, aber immer wieder steht man machtlos da, wo man doch helfen möchte«, murmelte er.

Aus der Schublade des Schreibtischs fischte er ein Anisbonbon und steckte es in den Mund, bevor er zur Tür des Wartezimmers ging, um den nächsten Patienten hereinzubitten.

»Endlich bist du da, mein Schatz, wir haben heute so viele Überraschungen für dich«, rief Sarolta, als Friedrich an diesem Abend sein Zuhause betrat.

Fritzchen spielte mit einem neuen Kreisel, Marika hatte mit dem ersten Spargel im Mai und den Eiern der eigenen Hühner Spargel in Palatschinken zubereitet und Elisabeth stand auf ihren festen Beinchen neben ihrer Mutter. »Papa!«, sagte sie und strahlte über ihr rundes Gesicht, als sie den Vater erblickte.

Friedrich wurde warm ums Herz. Er betrachtete seine rotbackigen Kinder und seine anmutige Frau, wie sie in einem selbst genähten blauen Wollkleid und mit schlichter Knotenfrisur, die sie weniger mädchenhaft erscheinen ließ, lächelnd vor ihm standen. Er küsste Sarolta zärtlich auf die Wange und nahm behutsam seine kleine Tochter auf den Arm.

»Meine Elsbeth!«

»Erschschebeth heißt sie«, rief Sarolta temperamentvoll.

Fritzchen klammerte sich an sein Hosenbein. »Papa, Papa!«, machte er auf sich aufmerksam, weil er der kleinen Schwester in Nichts nachstehen wollte.

»Ich kann euch nicht beide auf den Arm nehmen, aber du kommst auch noch dran, min Jung!«

Vor lauter Rührung verspürte er einen ordentlichen Kloß im Hals und beschloss sogleich, seiner Absicht treu zu bleiben und seine Frau nicht in das Gespräch mit Dr. von Doring einzuweihen.

Nach dem Zubettgehen, als sie wie immer aneinander gekuschelt im Dunklen auf das Einschlafen warteten, richtete sich Friedrich plötzlich ein wenig auf, um den linken Arm zu bewegen, in dem es wieder verdächtig kribbelte, was aber zum Glück diesmal schnell vorüberging.

»Alles gut?«, murmelte Sarolta im Einschlafen.

»Heute habe ich einen Entschluss gefasst, mein Liebling. Ich werde die Tätigkeit als Kornumstecher an den Nagel hängen. Ständig mit schweren Säcken hantieren, auch wenn ich meine beiden Gehilfen habe, tut mir auf Dauer nicht gut. Ich bewundere Vater, dass er so lange durchgehalten hat, aber er ist auch nicht mit einer Blessur aus dem Krieg gesegnet. Wir werden natürlich weniger Einkommen haben, auf der anderen Seite bin ich mit einer weiteren Brauerei wegen der Sommergerste im Gespräch, Gröninger hat das vermittelt. Vielleicht ist Albert dann doch mal fähig, dieses Geschäft zu deichseln und ich kann mich tatsächlich als Bauleiter für den zweiten Abschnitt der neuen Speicherstadt verdingen.«

Friedrich hatte alles im schnellen Flüsterton vorgebracht. Sämtliche Müdigkeit war bei Sarolta wie weggeblasen. »Das sind großartige Aspekte, mein Liebster, endlich kommst du zur Vernunft! Mach dir bloß keine Sorgen um das Geld, wir haben Hühner, Eier, Kartoffeln, gelbe Rüben, Bohnen, Erbsen, Salat und einen Apfelbaum im Garten«, lachte sie.

»Einen Apfelbaum, der noch nicht trägt«, schmunzelte er. »Jetzt aber gute Nacht und träume von mir!«

»Wie immer, Fritz, wie immer!«

Eine Reise ans Meer war in diesem Jahr aus Kostengründen nicht geplant. Aber Friedrich wollte Anfang Juli die Felder der Bauern, von denen er die Gerste bezog, begutachten. Die Güter lagen östlich von Hannover und somit entschloss man sich, endlich einmal der Einladung von Helene zu folgen und mit den drei Kindern, einschließlich Ada, die während dieser Zeit Ferien hatte, für zwei Wochen nach Braunschweig zu fahren. In dem riesigen Haus mit den 18 Zimmern, von denen Mayers acht bewohnten, fand sich Platz für alle, natürlich auch für Marika. Nur Antje, das Mädchen, musste in Hamburg bleiben, um Garten und Hühner zu versorgen.

»In der Beziehung misstraue ich Mine«, hatte Sarolta erklärt.

»Nur in der Beziehung?«, stichelte Friedrich.

Statt einer Antwort schlug sie ihm auf die Hand, was einen unerwarteten Schmerz bei ihm verursachte. »Aua!«, schrie er laut und schaute sie einen Moment wütend an.

»Du machst Spaß, oder?«, fragte Sarolta irritiert und erschrocken.

»Natürlich, natürlich«, murmelte Friedrich mit einem gequälten Lächeln.

»Endlich seid ihr wieder einmal da«, begrüßte sie Helene, als alle, samt Sack und Pack, der verlagseigenen geräumigen Pferdekutsche, die sie vom Bahnhof abgeholt hatte, entstiegen waren. Kleine Lachfältchen umkränzten ihre strahlend blauen Augen. Wie immer war sie in ein Gewand aus grauer indischer Seide gehüllt. Auch Stephan schien sich über den Besuch aufrichtig zu freuen.

»Gnädigste«, formvollendet küsste er Sarolta die Hand. »Fritz, alter Kumpel, lass dich drücken. Siehst etwas müde aus und bekommst graue Schläfen, du junger Spund! Verehrung Frau Marika!«

Nun aber kriegte Helene sich nicht mehr ein vor Begeisterung über die Kinder. »Ada, wie bist du groß und hübsch geworden! Ach Gott, die kleene Sööte, du bist die Elisabeth, nicht wahr? Und dieser außerordentlich gutaussehende junge Mann muss Friedrich Wilhelm sein! Kommt alle ins Haus, es gibt Kirschkuchen mit Sahne und Tee! Übrigens werden Willi und Bertha Lehmann heute Abend unsere Gäste sein. Ich denke, das freut vor allem dich, meine liebe Sarolta.«

»Endlich wieder herrschaftliches Leben, das tut gut«, bemerkte Friedrich am nächsten Morgen zu seiner Frau, die ihn in frühsommerlicher Kühle zur Remise begleitete, wo der Kutscher schon bereitstand, um ihn zu den Gerstenfeldern zu fahren. Einen ganzen Tag lang würde er heute auf Tour sein.

»Weißt du was?«, sagte Friedrich, als er seine Frau umarmte, bevor er in die Kutsche stieg, »wir sollten während dieser Zeit hier für zwei Tage mit dem Zug nach Wilhelmshaven, nur wir beide, die Kinder sind bei Helene bestens versorgt, ich möchte dir unbedingt mal zeigen, welche Bauten ich dort ›verbrochen‹ habe, wie man so schön sagt.« Er lachte heiser.

»Oh ja, Fritz, eine wunderbare Idee! Vielleicht gleich nach meinem Geburtstag? Den möchte ich doch gerne mit den Kindern verbringen! Pass auf dich auf, ja, Liebster?«

Drei Tage nach ihrem 29. Geburtstag nahmen Fritz und Sarolta, er im hellen Anzug, sie im weißen Kleid und mit blauweißem Strohhut, einer Kreation von Bertha zum Geburtstag, in der Früh, kurz nach 6 Uhr den Zug nach Hannover und stiegen dort in die Bimmelbahn nach Wilhelmshaven um. Gegen Mittag erreichten sie ihr Ziel. Friedrich kannte eine kleine Pension, die zum Glück ein Zimmer frei hatte.

»Gut, dass ich noch meinen alten Militärausweis bei mir trage, es könnte sonst Schwierigkeiten geben, den Hafen zu betreten«, meinte Friedrich ein wenig nervös, als sie sich zu Fuß den kaiserlichen Werftanlagen näherten.

Prompt liefen sie einer Kontrolle in die Hände, aber nachdem Friedrich sich ausgewiesen hatte, durften sie passieren.

»Sieh mal, mein Mädchen, diese Eisenbrücke über den kleinen Kanal, das ist mein Werk. Meister Hagen hat mir jungem Spund diesen Entwurf zugetraut. Und schau mal, an dem Gebäude durfte ich mitarbeiten und dort, dieses Tor, mein Entwurf! Außerdem habe ich bei der Berechnung von Wassergräben mitgeholfen!« Friedrich war atemlos und aufgeregt. Er schien Sarolta um Jahre verjüngt. Sie begriff einmal mehr, welch ungeheures Opfer er für seine Mutter und seinen Vater gebracht hatte.

»Es ist beeindruckend, was du in jungen Jahren schon geschaffen hast, du bist so talentiert, ich wusste es immer! Danke, dass ich das alles sehen durfte! Du musst wieder in deinem Beruf arbeiten, Fritz, versprich es mir!«, insistierte Sarolta wenig später, als sie in einer Kneipe am Wasser Fischsuppe aßen. Sie sah ihrem Mann ernst ins Gesicht. Der nickte stumm. »Du hast wirklich recht, Sari, wie immer!«, gab er schwach zur Antwort.

Zurück in Braunschweig, beschrieb Sarolta ihren Kindern die wunderbare Brücke, die sich filigran und doch kraftvoll über das Wasser spanne. »Ihr könnt stolz auf euren Vater sein!«

Viel zu schnell verflogen die unbeschwerten Tage in Braunschweig und Sarolta hatte größten Spaß, Bertha in ihrem Laden aufzusuchen und ihre fantasievollen Kreationen zu bewundern und zu probieren. Helene in ihrer gescheiten, herzlichen, trockenen, aber witzigen Art war für sie zum Vorbild geworden.

»Sie ist eine welterfahrene, echte Lady, deine Schwester«, bemerkte sie zu Friedrich, als sie im Zug nach Hamburg saßen. Sie kramte in ihrer Handtasche und fischte ein in Seidenpapier verpacktes, ovales Bildchen hervor.

»So lieb, dass Helene für mich zum Geburtstag die Kinder gezeichnet hat!«

»Darf ich mal sehen?«, fragte Ada und studierte mit gerunzelter Stirn die feinen Gesichtchen.

»Ich kann Fritzchen und Elsbeth darauf nicht erkennen!«, verkündete sie energisch.

»Ich auch nicht!«, prustete Friedrich los.

»Ihr Banausen!«, rief Sarolta. Aber insgeheim war sie glücklich, ihren Mann mal wieder lachen zu sehen.

»Ich denke, diesmal wird euer Vater Fritz ein gutes Geschäft machen mit der Gerste. Ich habe meinen Bauern das Geld schon jetzt, ›Auf Halm‹ gegeben und dadurch weniger bezahlt. Es kann dabei kaum etwas schiefgehen, die Ernte beginnt in neun Tagen und es ist Hochwetterlage. Dieses Jahr wird die Gewinnspanne

Sinn machen, Sari!« Zufrieden lehnte er sich im roten Samtfauteuil der Eisenbahn zurück.

Leider kam es anders. Am Sonntag, den 29. Juli 1888, fegte ein gewaltiges Unwetter mit vereinzelten Hagelkörnern von der Nordsee kommend über das östliche Niedersachsen. Etwa die Hälfte der voll tragenden Halme waren danach geknickt und der Ernteertrag um ein Viertel gemindert. Den ganzen schönen Gewinn würde man nun in Zukauf von teurer Ware stecken müssen, um den Aufträgen der mittlerweile drei Brauhäuser gerecht zu werden. Zumindest Freund Gröninger, der Friedrich zu Gefallen schon beide langjährigen Mitarbeiter übernommen hatte, versprach, sich an dem Schaden, soweit es ihm möglich war, zu beteiligen.

»Mein werter Bruder, Brückenbauer und Alleskönner ist nun auch mal reingerasselt!«, höhnte Albert, als Nikolaus, mittlerweile über siebzig, seinen wöchentlichen Besuch im Kontor absolvierte. Geflissentlich übersah er, dass sein Bruder in keinem guten Zustand war. Doch seinem Vater fiel es auf.

»Was ist denn, Jungchen? Hast du wieder Schmerzen? Dein Arm hängt so seltsam?«, fragte er besorgt.

»Alles gut, Vatter!«, erwiderte Friedrich hastig.

»Eiapopeia! Der kleine Prinz ist nur ein wenig müde«, spottete Albert.

Auch Sarolta wirkte besorgt um ihren Mann, aber sie traute sich nicht, ihn zu fragen.

»Er gibt mir eh keine Antwort, lässt nur das heraus, was er sagen will!«, äußerte sie zu Marika. Die schwieg. »Der Apfelbaum wird dieses Jahr doch schon a bisserl tragen«, meinte sie stattdessen.

Sie sollte recht behalten. Ende August hingen neun Früchte am Baum.

»Drei für jedes Kind!«, stellte Marika fest.

»Noch!«, lächelte Sarolta, »aber bald wird alles durch vier geteilt!«

»Na, Herzerl, kriegst wieder a Kindl? Mei, wie schön! Weiß es dein Mann schon?« Marika strahlte über ihr glattes, rundes Gesicht. »Jetzt Herrschaft, Fritzerl, tu nicht die ganze Zeit mit deiner

Peitschen die Viecherl verschrecken«, tadelte sie den Buben, der seine Schwester mit dem Aufscheuchen der Hühner zum Lachen brachte.

»Heute Abend wird er es erfahren.« Sarolta lächelte verschmitzt.

Es kam nicht dazu. Etwas Furchtbares war geschehen an diesem heißen Augusttag. Nachmittags um 3 Uhr war Ernst plötzlich hinter der Kasse seines Ladens zusammengebrochen und ohne das Bewusstsein wieder erlangt zu haben, trotz aller Bemühung des Arztes, zwei Stunden später in den Armen von Marie verstorben.

Friedrich hatte sich, nach kurzem Besuch an der Börse, ein wenig auf die große, mit Kissenkreationen von Sarolta versehene Bank im Garten gelegt, um auf das Abendessen zu warten, da brachte ein Bote die Nachricht.

»Ich nehme sofort eine Droschke zum Hansaplatz und sehe nach, ob ich helfen und Marie beistehen kann. Du bleibst hier, Fritz, du würdest nur im Weg herumstehen«, verkündete Sarolta energisch, da sie sah, wie erschöpft er wieder wirkte. »Marika wird dir Gesellschaft leisten und die Kinder ins Bett bringen!« Mit diesen Worten stürmte sie auch schon die Treppe hinauf, um die Handtasche zu holen und anschließend zum nicht weit entfernten Droschkenplatz zu laufen. Mein Gott, die arme Marie und die arme Anne, die doch gerade ihr zweites Kind erwartet!, dachte sie während der halbstündigen Fahrt und musste schluchzen. Aber schnell beherrschte sie sich, da andere Fahrgäste sie fragend anblickten. Am Hansaplatz angekommen, eilte sie sofort die vertraute Treppe hinauf in den zweiten Stock. Das Hausmädchen öffnete mit verweintem Gesicht. Dort im Schlafzimmer lag Ernst auf dem Ehebett, bleich wie Wachs. Völlig aufgelöst neben ihm, saßen Marie und Anne.

»Es tut Fritz, Marika und mir so unendlich leid, er war ein so feiner, anständiger Mensch, genau wie Carl!«

In Tränen ausbrechend, umarmte Sarolta Marie und ihre Tochter. Der Kapitän befand sich, wie fast immer, auf hoher See, irgendwo bei Neufundland.

»Danke, meine Gute, dass du gekommen bist«, schluchzte Marie und schlug vor, ins Wohnzimmer zu gehen. Sie, die nie Alkohol trank, holte eine angebrochene Flasche Rotwein.

»Das ist der gute Bordeaux. Genau jetzt würde Ernst ein Glas davon trinken, tun wir es für ihn! Prost!«

Fast trotzig erhob Marie ihr Glas und trank es in einem Zuge aus, während Anne und Sarolta nur nippten. Sie waren ja beide in anderen Umständen, mit dem Unterschied, dass es bei Sarolta noch geheim sein sollte. Der Wein tat seine Wirkung.

»So ein guter Kerl, so ein lieber Gatte! Nur 44 Jahre ist er alt geworden! Das habe ich nicht verdient! Vaddern ist über 70!«, heulte sie, während Anne vor sich hinstarrte.

»Wir müssen Peter benachrichtigen«, kam es fast tonlos über ihre Lippen.

»Das wird ein Schock für den armen Jungen sein!«, rief Marie.

»Das schon, aber deshalb wird er sich trotzdem nicht umstimmen lassen und zurückkommen. Er fühlt sich mittlerweile als der Engländer, Mister Pit. Ihm sind alle Chancen dort geboten«, meinte Anne.

»Dann sind wir gezwungen, das Geschäft zu verpachten! Oh Gott!«, weinte Marie.

Sarolta blieb die ganze Nacht bei den beiden. Am nächsten Morgen befestigte sie ein Schild an der Ladentür: WEGEN FAMILIÄRER ANGELEGENHEITEN GESCHLOSSEN.

Die Öffentlichkeit würde es früh genug erfahren. Danach leitete sie notwendige Vorkehrungen ein, so wie es Ernst nach dem Tode von Carl getan hatte. Schweren Herzens kehrte sie gegen Nachmittag in die Repsoldstraße zurück, wo sie voller Aufregung von ihrer Familie erwartet wurde. Für sich beschloss sie, Friedrich erst nach der Beerdigung die frohe Botschaft der erneuten Schwangerschaft zu verkünden. Das Herz war ihr doppelt schwer. Wegen Ernst und weil sie ihren früher so temperamentvollen, vor Lebensfreude sprühenden Fritz nicht mehr wiedererkannte.

»Heute, gegen 11 war Hinrich da. Ich teilte ihm mit, dass ich nun doch als Baumeister zur Verfügung stünde. Er schien sich zu freuen, druckste aber so komisch herum. ›Was ist?‹, fragte ich direkt. Beim ersten Bauabschnitt seien alle Posten zurzeit besetzt, aber ich könne beim zweiten dabei sein! Ich antwortete, ich hätte nichts anderes erwartet.«

»Das ist ein guter Anfang«, flüsterte Sarolta und umarmte ihn voller Zärtlichkeit.

Fünf Tage war es nun schon her, dass Ernst unter großer Anteilnahme seiner Kundschaft und der Bevölkerung im Viertel, genau wie zehn Jahre zuvor sein Bruder Carl, im Grab der Eltern auf dem idyllischen Jakobifriedhof beigesetzt worden war.

Ein Déjà-vu-Erlebnis ist es heute, nur dass mir die Beerdigung von Carl immer noch wie ein Alptraum im Gedächtnis ist, hatte Sarolta im Pferdewagen gedacht, als sie mit den Verwandten Else, Georg, Helene, Stephan und ihrem Ehemann im Schritttempo hinter dem Sarg die Wandsbeker Chaussee hinausfuhren. Damals war sie auch schwanger gewesen. Instinktiv legte sie eine Hand auf ihren Bauch. Else, Georg und Fritz fehlten damals, überlegte sie weiter, aber schön, dass Peter sogleich aus London anreisen konnte, obwohl die arme Marie wohl verkraften muss, dass er in Kürze nach Manchester geht.

Später, auf dem Weg zur Kirche und anschließend zur Grabstätte, war ihr voller Schrecken aufgefallen, wie unsicher sich Fritz auf den Beinen hielt und nach ihrer Hand fasste. Nun waren die Verwandten nach tränenreichem Abschied abgereist, Friedrich wirkte ein wenig erholt auf sie. Sie hatte nach dem Abendbrot die Kinder ins Bett gebracht und noch mit ihnen gebetet und gesungen. Danach kehrte sie ins Wohnzimmer zurück, wo Fritz bei Kerzenschein mit einem Glas Rotwein im Lehnstuhl auf sie wartete. Sie schloss die Tür und stellte sich vor ihn.

»Fritz«, sagte sie sanft, »wir werden im Frühjahr zu fünft sein, ich hoffe, du freust dich genauso wie ich?« Erwartungsvoll lächelte sie ihn an. Er reagierte erst einmal nicht und stierte einen Augenblick vor sich hin. »Ein Maul mehr zu stopfen«, zischte er zwischen seinen Zähnen hervor.

Ungläubig starrte seine Frau ihn an. Dann ergriff sie seine Schultern und schüttelte ihn. »Fritz!«, schrie sie ihn an, »Fritz, was ist mit dir, sprich endlich!!« Sie war außer sich. Friedrich senkte den Kopf und Tränen rannen über sein Gesicht.

»Entschuldige, was habe ich gesagt? Nein, das stimmt nicht, ich freue mich so!«, stammelte er.

»Aber was ist mit dir?« Sarolta ließ nicht locker. Friedrich schluchzte.

»Bald werdet ihr mich wie Ernst auf dem Acker verscharren müssen. Die Lähmung im linken Arm wird immer schlimmer, obwohl ich nicht mehr als Kornumstecher arbeite. Dr. von Doring versprach sich dadurch Besserung, aber seit einiger Zeit ist auch das linke Bein betroffen. Ich habe solche Angst und bin im Kopf wirr davon! Entschuldige Liebes!« Er umklammerte sie, und sie wusste vor Schrecken nicht, was sie sagen sollte.

»Lass uns zu Bett gehen und morgen weiterreden, ja, Liebster?« Vorsichtig machte sie sich von ihm frei, um ihn die steile Treppe hinauf ins Schlafzimmer zu führen. Sie half ihm, sich zu entkleiden, deckte ihn mit der Bettdecke zu, und nachdem sie selber im Nachthemd war, legte sie sich zu ihm, kuschelte sich, wie gewohnt, an ihn. Leise und beschwörend redete sie auf ihn ein.

»Fritz, Liebster, lass dich nicht unterkriegen, wir schaffen das. Ein neues Leben wird beginnen, wenn du erst einmal hier in der Stadt als Bauleiter arbeitest. Dann werden alle Menschen auch wieder den Hut vor dir ziehen. Ich weiß, wie du dich fühlst, armer Liebling. Die Menschheit besteht aus Schadenfreude, und wenn du heute zur Börse gehst, fühlst du, wie sie reden hinter deinem Rücken. Die Grawerts sind die bedauernswerten Opfer, aber es lief ja schon lange nicht mehr gut, wispern die Leute. Das ist es, was dich fertigmacht, oder? Deshalb beginnen wir nun einen neuen Lebensabschnitt, Fritz!«

Zuerst dachte Sarolta, Fritz hätte ihre Worte nicht mitbekommen. Er lag da wie tot. Doch plötzlich schlug er die Augen auf und seine Stimme klang normal, als er sagte: »Ich bin so betrübt, dass aus mir ein schwacher Kerl geworden ist! Kannst du mir verzeihen,

Liebste? Ich weiß, du bist stark und wirst diese Stärke in Zukunft brauchen. Versprich mir, dass du unsere Kinder wie eine Wölfin, nein entschuldige, wie eine jüdische Mama beschützen wirst? Liebste, ja?«

»Ich bin eine jüdische Mama! Ab jetzt wird alles besser. Deine linke Hand ist gelähmt, nicht deine rechte! Du wirst wundervolle Bauten entwerfen, die uns alle, auch deine Kinder überleben werden! Genauso sieht die Zukunft aus!«

»Du hast recht, mein Schatz, alles wird gut. Danke, Liebes!« Mit einem Lächeln auf den Lippen schlief er ein. Sarolta lag die ganze Nacht wach und gleich am nächsten Morgen nahm sie von der Amsiekstraße eine Droschke zum Büro von Hinrich Zinnow. »Ihr müsst Fritz irgendwie beschäftigen«, bat sie inständig und er begriff sofort.

In den nächsten Wochen fertigte Fritz Zeichnungen und Berechnungen an, den zweiten Bauabschnitt der neuen Speicherstadt betreffend, dabei ging es vor allem um den Plan, den Fleet der ehemaligen Holländischen Reihe zuzuschütten und neben dem geplanten Hauptzollamt neue Bauten zu errichten. Friedrich war mit Eifer dabei, und was er ablieferte, erntete Anerkennung. Sarolta wunderte sich, dass er sich plötzlich so von seiner Vergangenheit losgelöst hatte. Die Firma war wieder in Alberts Hände übergegangen, für Nikolaus und Luise schwer zu ertragen. Die Sorge um ihren Sohn Friedrich war aber größer. Der Schaden bei der Sommergerste hatte sich als gering erwiesen und sofort verbuchte Albert den Gewinn für sich.

»Nicht schlimm!«, bemerkte Sarolta zu Marika. »Das Wichtigste ist, dass es Fritz besser geht, was für ein Glück, dass der linke Arm gelähmt ist und nicht der rechte!«

»Ist es nicht bezaubernd zu sehen, wie die beiden Kleinen all die Schwierigkeiten ihres Papas zu bemerken scheinen und versuchen, lieb mit ihm zu sein und ihn aufzuheitern?«, fragte Marika.

»Genau, so ist es und deshalb möchte ich auch unbedingt neue Fotografien von den Kindern machen lassen!«

Zum Doppelgeburtstag am 10. und 11. November reisten Helene und Stephan, gerade aus Boston zurückgekehrt, an.

Marie, die hochschwangere Anne, ihr Kapitän, Luise und Nikolaus, alle fanden Platz am ovalen Biedermeiertisch. Marika hatte gekocht, so, wie nur sie es vermochte. Fritzchen wurde reich beschenkt mit Indianerschmuck, aber auch Elisabeth strahlte über eine wunderschöne Puppe mit dunkler Hautfarbe. »So sehen die meisten Menschen auf dieser Erde aus«, erklärte Helene.

Die Bilder der Kinder waren diesmal besonders gelungen. Fritzchen mit forschem Blick, wie ein kleiner Herr gekleidet, und Elisabeth im Spitzenkleid, stolz auf einem Geschenkkorb sitzend. Sarolta hatte sie groß aufziehen und wie ovale Gemälde rahmen lassen.

»Danke, was jammere ich über ein wenig Lähmung im Arm, wenn das Leben einen so beschenkt«, sagte Friedrich und betrachtete eingehend die Portraits seiner Kinder.

Helene beobachtete ihren Bruder voller Sorge. Sie besaß gesunden Menschenverstand. »Wenn du Hilfe brauchst, wir sind immer für dich da, Sarolta«, sagte sie schlicht.

Marie nahm Sarolta beiseite. »Unser Geschäft ist verpachtet, die Wohnung im zweiten Stock auch, ich bin zu Anne gezogen, aber da das eigentlich deine Wohnung ist, biete ich dir an, 20 Mark im Monat zu bezahlen.«

Sarolta lag es auf der Zunge, zu sagen, sie wolle nichts, aber dann besann sie sich. Zumindest Marika kann ich von dem Geld bezahlen, dachte sie. »Zehn Mark, gib mir zehn Mark, Marie!«

Marie seufzte erleichtert.

Am 26. April 1889 gegen 6 Uhr in der Früh setzten eine Woche vor dem errechneten Termin bei Sarolta heftige Wehen ein. Vorsorglich schickte man Antje, um Dr. Jolasse zu holen. Kurz vor 11 konnte er Sarolta, »nach einem harten Stück Arbeit«, wie er sich ausdrückte, zu einer gesunden Tochter gratulieren. Das war nicht so selbstverständlich, denn kurz vorher war es zu einem schrecklichen Ereignis gekommen.

Am 21. April wurde in kleinem Kreis Elisabeths zweiter Geburtstag bei Tee und einem mit zwei Kerzen gekrönten Kuchen gefeiert.

Gerade hatte Sarolta Mine und Marie an der Haustür verabschiedet, da vernahm sie Friedrichs wütende Stimme aus dem Esszimmer.

»Wo ist Sarolta!«, brüllte er. Sie rannte zu ihm.

»Hier bin ich, Fritz, ich habe nur …«, er ließ sie nicht zu Wort kommen, bäumte sich aus dem Lehnstuhl auf und schrie: »Wo ist meine Frau?«

»Ich bin doch deine Frau, ich bin Sarolta!« Sie machte einen Schritt auf ihn zu.

Er ergriff mit der rechten Hand die silberne Teekanne, die noch mit einem Rest von Inhalt dastand, und schleuderte sie nach ihr. »Sie lügen, meine Sarolta ist schlank und schön und nicht so fett, wie Sie! Sie hat mich verlassen. Die Ratten verlassen das sinkende Schiff!« Er lachte dröhnend und es folgten Tasse und Teller vom noch nicht abgeräumten Esstisch.

»Ich bin doch nur rund, weil bald unser Kind zur Welt kommt! Ich bin es, Sarolta!!«, rief sie verzweifelt und wich den auf sie geschleuderten Gegenständen aus.

Marika kam herbeigeeilt. »Raus hier, sofort!!« Sie packte Sarolta, zog sie aus dem Raum und verschloss die Tür. »Du gefährdest dich und das Kleine! Schnell, Antje, hole Dr. von Doring!«

Friedrich tobte wie ein Wahnsinniger und zertrümmerte das gesamte gute Porzellan. Sarolta hielt sich verzweifelt die Ohren zu. Nach etwa zehn Minuten vernahm man einen dumpfen Fall und dann herrschte gespenstische Stille. Angstvoll lugte Sarolta durch den Türspalt. Friedrich lag inmitten des Chaos, welches er angerichtet hatte, regungslos am Boden und blutete an der Stirn und der linken Hand. Sarolta kämpfte sich durch die Scherben, drehte ihn in die Seitenlage und Marika holte Wundverband. Nach einer gefühlten Ewigkeit erschien der Arzt. Er schlug die Hände über dem Kopf zusammen, als er die Katastrophe sah. Friedrich hatte mittlerweile die Augen geöffnet, reagierte aber auf nichts.

»Wir können ihn nicht hierlassen. Ich fürchte, der Splitter im Hirn ist so ungünstig gewandert, dass er nicht mehr aufstehen kann. Mein Freund, Dr. Offerding hat vor zwei Jahren in

Rellingen das Haus des berühmten Theaterdirektors Schröder gekauft und in der Villa eine kleine Heilanstalt mit bester, individueller Betreuung aufgemacht. Ich werde sogleich einen Transport veranlassen«, bestimmte Dr. von Doring, während er Friedrich eine Beruhigungsspritze verabreichte. »Sie legen sich jetzt hin, Frau Grawert!«

»Was das für Kosten verursachen wird, aber bei dem Prinzen muss immer alles vom Besten sein, ich höre Muttern schon«, flüsterte Albert, der auf Drängen von Mine zur Hilfe geeilt war.

Zwei Tage später löste sich das Problem. Sarolta hatte in Rellingen ihren Mann besucht und mit Dr. Offerding ausführlich gesprochen. Er konnte ihr dabei leider keine Hoffnung machen. Auf dem Rückweg war sie bei Tante Gertrud in Blankenese gewesen. Wie ein Häuflein Elend saß die Hochschwangere vor der wachen, alten Dame.

»Fritz schien so glücklich heute, als er mich sah. Er erkannte mich sofort und das Erste, was er äußerte, war: ›Endlich wohnen wir wieder standesgemäß, mein Liebling!‹ Das Haus wirkt im Inneren nämlich wie ein altes Renaissanceschloss, mit Holzschnitzereien an Decken, Wänden und Türen und behäbigem dunklem Mobiliar!« Sie schluchzte wie ein kleines Mädchen.

»Ach Kind, es tut mir alles in der Seele weh, ihr seid so ein schönes Paar, aber über das Finanzielle mach dir nu man keine Gedanken. Die olle Tante hat was auf der hohen Kante und das gebe ich gerne für meinen Lieblingsneffen.«

Als Sarolta nun vier Tage später der kleinen Tochter zum ersten Mal die Brust gab, flüsterte sie zärtlich: »Gertrud Franziska sollst du heißen

Fritzchen

Elisabeth

Gertrud

Apokalypse

Alle zwei Tage machte sich Sarolta auf und fuhr mit dem Zug nach Pinneberg, um anschließend in die Pferdetrambahn nach Rellingen umzusteigen. Das Neugeborene trug sie jedes Mal in einem großen Schultertuch aus Wolle mit sich, da es alle vier Stunden gestillt werden wollte. Marika mit Fritzchen und Elisabeth kamen nur mit, wenn das Wetter sich von seiner freundlichen Seite zeigte. Die kleine Reise dauerte etwa drei Stunden. Wenn man also gegen 8 Uhr in der Früh aufbrach, war man um 11 Uhr mittags bei Friedrich. So tragisch die Ereignisse auch waren, Sarolta fühlte sich in gewisser Weise beruhigt. Trotz der außergewöhnlichen seelischen und körperlichen Belastung vor der Geburt war Gertrud gesund auf die Welt gekommen. Friedrich, dessen Gemütszustand sich dank der Medikamente des Dr. Offerdings und der Umgebung, die ihm behagte, wesentlich gebessert hatte, lächelte freudig, als Sarolta klopfenden Herzens heute sechs Tage nach der Geburt sein schmales, langes Zimmer betrat, das an eine Klosterzelle erinnerte. Marika und die drei Kinder waren im Park geblieben. Sie blickte sich rasch um. Ein hohes Bogenfenster zum Park, durch das Tageslicht auf das glänzende Parkett fiel, ein schweres Eichenholzbett, ein Schreibtisch, der einer geschnitzten Truhe glich, ein lederbezogener Stuhl davor, ein schmaler Kleiderschrank zum Aufhängen der wenigen Kleidungsstücke, Waschschüssel und Krug.

»Guten Tag, Sarolta, lieb, dass du mich besuchst. Die Leute hier im Sanatorium sind reizend zu mir. Der Doktor erklärte mir, ich hätte einen kleinen Zusammenbruch aufgrund von meiner Überarbeitung gehabt. Aber bald wird es mir besser gehen und ich werde dann wieder in der Lage sein, meine Entwürfe zu berechnen und fertigzustellen. Es eilt ja. Schrecklich, dass die halbe Stadt abgebrannt ist! Wie geht's den Kindern?«

»Sie spielen mit Marika im Park. Komm doch auch nach draußen, das Wetter ist heute so angenehm!«

»Gute Idee, liebe Frau, warum nicht?«

Sarolta hatte zuvor mit dem Arzt besprochen, Friedrich in der heiteren Atmosphäre des mit Frühlingsblumen übersäten Parks mit seiner neugeborenen Tochter bekannt zu machen. Im Krankenfahrstuhl rollte ein Pfleger ihn auf die weitläufige Terrasse. Sarolta hatte unterdessen Gertrud, Elisabeth und Fritzchen von Marika geholt, die auf einer Bank, versteckt unter einer Trauerbuche saß. Sobald Fritzchen den Vater entdeckte, riss er sich von der Hand der Mutter los und sprang begeistert auf ihn zu.

»Papa, Papa, wir haben dir ein neues Kind mitgebracht!«

»Ganz vorsichtig, der Papa ist krank«, rief Sarolta hinterher.

»Fritzchen und Elisabeth, kommt zu mir!«, flüsterte Friedrich mit rauer Stimme. Behutsam wie eine kostbare Gabe hielt Sarolta das Baby in Händen.

»Das ist deine Tochter Gertrud, gesund und munter, lieber Fritz«, sagte sie feierlich und legte die Kleine auf seine rechte Seite. »Halte sie gut fest!«

Friedrich wusste nicht, was er sagen sollte. Er drückte das Kind an sich. Tränen traten aus seinen Augen.

»Wie wunderschön sie ist«, sagte er leise.

»Sie gleicht Ihnen wie aus dem Gesicht geschnitten, Herr Friedrich«, bemerkte Marika, als sie die Terrassenstufen erklomm.

»Gertrud? Warum Gertrud, der Name gefällt mir nicht. Habe ich nicht eine Tante, die so heißt?«, murrte Friedrich.

»Genau, aus diesem Grund trägt unsere Tochter den Namen, ich hoffe, sie besitzt ein ebenso großes Herz, wie diese liebe Frau«, meinte Sarolta energisch.

Die nächsten zwei Monate blieb Friedrichs Zustand einigermaßen stabil. Man hatte ihm Papier und Material zum Zeichnen auf den Schreibtisch gelegt und da saß er und entwarf voller Begeisterung Bauten für die Erneuerung der Stadt.

»Gleich wird er Ihnen einen Entwurf für ein Gebäude mit 20 Stockwerken präsentieren«, lachte der rundliche, vertrauenerweckende Dr. Offerding, als sie Friedrich mit den Kindern am 15. Juli, ihrem 30. Geburtstag, besuchte. Ausgerechnet an diesen Tag benahm er sich abweisend.

»Mama hat Geburtstag!«, sagte Fritzchen.

»Wir haben ihr Blumen gepflückt und ein Lied gesungen!«, krähte Elisabeth. »Alle Vöglein sind schohon da, alle Vöglein alle …«

»Amsel, Drossel, Fink und Star …«, fiel Fritzchen mit ein. Friedrich hielt sich die Ohren zu. »Hört auf, das ist unerträglich, ich muss arbeiten, Geburtstag wird später gefeiert, geht!« In dieser Nacht schluchzte Sarolta in ihr Kopfkissen.

Ab Mitte August verschlechterte sich Friedrichs Zustand zusehend. Die Lähmung hatte nun auf die linke Gesichtshälfte übergegriffen und er konnte kaum mehr artikulieren, geschweige denn normale Nahrung zu sich nehmen.

Am 26. August, um 7 Uhr morgens, schaute der Pfleger nach ihm. Doch als er den Patienten sah, drehte er sich auf dem Absatz um.

»Dr. Offerding, bitte kommen Sie schnell!«

Als Sarolta gegen 12 Uhr in der Klinik eintraf und ihr der Arzt mit gefasster Miene entgegentrat, wusste sie sogleich, dass Friedrich gestorben war. »Kann ich zu ihm?«, fragte sie.

»Natürlich, gnädige Frau, es tut mir sehr leid. Aber bedenken Sie, er ist erlöst!«

»Wirklich, mein großer Liebling, du bist erlöst«, flüsterte sie, als sie sein bleiches, eingefallenes, aber immer noch schönes Gesicht mit Küssen bedeckte. Sie konnte nicht weinen. Sie fühlte sich wie aus Eis an diesem heißen Augusttag. Zwei Stunden saß sie regungslos in seinem Zimmer und starrte auf ihn. Wie im Schnelldurchgang spulte das gemeinsame Leben vor ihrem inneren Auge ab. Dann stand sie auf. Sie musste zu Tante Gertrud, wo Marika und die Kinder warteten.

Friedrich wurde im engsten Freundes- und Familienkreis auf dem idyllischen Friedhof bei der schönen Barockkirche von Rellingen beigesetzt. Immer, wenn sie bei Friedrich gewesen war, hatte Sarolta dort einen Besuch abgestattet und für ihren Mann gebetet.

»Er ist erlöst, aber er sieht seine Kinder nicht aufwachsen, warum tut Gott ihm das an? Warum tut er uns das an, Marika?«, sagte Sarolta bitter, als sie am Abend nach der Beerdigung zusammensaßen. Marika war nicht dabei gewesen, sie musste die Kinder hüten.

»Wen die Götter lieben …!«, antwortete sie.

Sarolta brach in Tränen aus. Sie weinte, bis sie keine Tränen mehr hatte. Fritzchen war im Schlafanzug die Treppe heruntergekommen.

»Weinst du, weil Papa jetzt im Himmel ist?«, fragte er und streichelte ihr Gesicht.

Dresden, den 26. Sept. 1889

Geliebte Schwestern,
wieder einmal zwingt mich das Schicksal dazu, Euch einen traurigen Brief zu schreiben. Um es gleich zu sagen: Friedrich ist tot! Mein heiß geliebter Fritz, mein wunderbarer Ehemann und Vater meiner vier Kinder, ja, auch der von Ada, starb vor exakt einem Monat in einem Privatsanatorium bei Hamburg. Dort, in Rellingen, fand er seine letzte Ruhestätte. Seine betagten Eltern und ich hätten eine Beerdigung im großen Stil, bei der die halbe Hansestadt auf den Beinen gewesen wäre und uns Anteilnahme ausgesprochen hätte, nicht überstehen, nicht ertragen können. So waren am 29. August nur meine Schwiegereltern, Tante Gertrud, sein Bruder mit Frau, seine Schwester Marie, die vor Kurzem ebenfalls ihren Mann verloren hat, ihre Tochter, Freund Hinrich, meine liebe Inge, ihr Vater, Dr. von Doring und auch der Arzt, Dr. Offerding, an seinem Grab. Die Zeremonie verlief still und würdevoll. Ich bin mir sicher, Fritz hätte es so gewünscht. Nun liegt er auf diesem idyllischen Friedhof und nicht auf der großen, neuen, anonymen Gräberstätte in Ohlsdorf, wo seit Kurzem alle Hamburger begraben werden.
Wie Ihr seht, schreibe ich aus Dresden, wo uns die Sehnsucht nach Ada hinführte, die ich, der Umstände wegen, seit den letzten Weihnachtstagen nicht mehr gesehen hatte und die nicht fassen kann, dass

ihr geliebter Vater nicht mehr da ist. Fritz hatte seinerzeit ja bei ihr um meine Hand angehalten. Welch bezaubernde Idee, aber so war er! Hier bin ich nicht den ständigen Anfechtungen von Friedrichs Bruder ausgesetzt. Wenn Mine nicht ab und zu Partei für mich ergriffe, wäre es schier unerträglich. Er wollte mir auch kein Geld geben, deshalb musste ich per Rechtsanwalt mein Recht erkämpfen. 250 Mark im Monat, davon werden 30 Mark für Miete abgezogen, weil das Haus Firmeneigentum ist. Fritz hat kein Testament hinterlassen.
Verzeiht, Adèl und Katalin, dass ich erst heute schreibe, aber ich war davor schlicht nicht in der Lage. Ich hoffe, Ihr versteht es! Bitte sagt auch in Szegedin Bescheid, natürlich werde ich mich irgendwann dort melden. Ich muss ja stark bleiben, schon wegen der vier Kinder. Meine Schwiegermutter Luise ist mir ein leuchtendes Vorbild mit ihrer Haltung. Fritz war doch auch ihr Liebstes.
Nun sind wir also alle, Marika, ich und die Kinder, seit einer Woche bei Else und Georg. Seit zwei Tagen ist auch Heini, ich meine Henrik, wieder im Hause. Er schaffte es doch gestern wahrlich, uns ein wenig durch die Musik auf andere Gedanken zu bringen. Deshalb finde ich heute die Kraft zu diesem Brief.
Wir werden wohl noch eine ganze Weile die großzügige Gastfreundschaft der Dessens in Anspruch nehmen.
Von Herzen soll ich euch von allen grüßen. Marika, die gute, treue Seele ist mir eine Stütze wie immer! Hoffentlich seid ihr wohlauf! Das wäre mein größter Wunsch!

Eure Sarolta, mit Marika und den Kindern.

P.S. Gertrud gleicht ihrem Papa so sehr! Fritzchen und Erzsebet sind die süßesten, bravsten Kinder der Welt!

Inge Larsen hatte ein Billett geschickt. Sie wollte am 6. Dezember den Nikolaus zu Tochter Hilde in ihre weiße Villa an der Alster kommen lassen und hatte zu diesem Event die Kinder aus der Umgebung eingeladen.

»Natürlich dürfen Fritzchen und Elsbeth dabei nicht fehlen«, schrieb sie. Sarolta zögerte. Erst vor einer Woche war sie schweren Herzens in die Repsoldstraße zurückgekehrt. So viele bittere Erinnerungen überkamen sie, als sie die Schwelle ihres Hauses betrat. Zu ihrer Verwunderung hatten Mine und Albert sie freundlich begrüßt. Sie ahnte nicht, dass Mines Mutter ihrem Schwiegersohn zuvor ernstlich ins Gewissen geredet hatte, nachdem ihr seine Äußerung zu Ohren gekommen war, Fritz mache sich vom Acker und hinterließe ihnen die jüdische Zigeunerin mit ihrer Brut.

»Das ist nicht die feine Art, ich schäme mich für dich!«, hatte sie ihn abgekanzelt.

Sarolta beschlich Misstrauen. Warum plötzlich so nett? Es irritierte sie ein wenig. Wie anders war es in Dresden gewesen. In der großzügigen, warmen Atmosphäre des Hauses Dessen konnte sie sich ein wenig stabilisieren, was wichtig war.

»Allein um der Kinder willen, Sarolta!«, hatte Marika ihr ins Gewissen geredet. Aber sie konnte nicht ewig bleiben und so verabschiedete man sich kurz nach Fritzchens viertem Geburtstag. »Ada, meine Große, bis Weihnachten«, hatte Sarolta geschluchzt.

Der Rückweg führte zunächst nur bis Braunschweig. Helene Mayer, der es schmerzlich gewesen war, nicht zur Beerdigung des Bruders kommen zu können, hatte insistiert, sie sollten Zwischenstation bei ihnen machen. »So ein schönes Haus! Ist das ein Palast, Mama?«, staunte Fritzchen, als sie durch das Säulenportal ins Innere traten. Bruno war mit der Kinderfrau als Empfangskomitee anwesend. Er strahlte über sein ganzes rundes Gesicht.

»Seine Eltern müssen ja im Hutsalon arbeiten und deshalb ist er oft bei uns. Leider hat Bertha ständig ein schlechtes Gewissen ihm gegenüber und verwöhnt ihn mit ungesunden Süßigkeiten und ihrem köstlichen Backwerk«, meinte Helene in Anspielung auf Brunos Figur.

»Ich pass da auf bei den Kindern und schimpfe manchmal mit Marika. Was man mal auf den Rippen hat, kriegt man später nicht mehr runter!«, antwortete Sarolta.

»Wem sagst du das«, seufzte Helene, obwohl bei ihrer Figur kein Anlass zur Klage bestand.

Der Aufenthalt dauerte drei Tage länger als geplant, da es den Anschein hatte, als sei Gertrud ein wenig verkühlt. Das sieben Monate alte Kind sollte in diesem Zustand nicht der kalten, zugigen Luft in der Bahn ausgesetzt werden. Zum Glück ging es ihr bald wieder besser und so verabschiedete man sich mit dem Versprechen, sich bald wiederzusehen.

»Was meinst du Marika, Inge schreibt, wir könnten auch bei ihr übernachten«, bemerkte Sarolta zögerlich und reichte das kurze Schreiben an sie weiter.

»Auf alle Fälle mach mer des, die Kinder wern a Freud haben!«, bestimmte Marika.

»Von drauß' vom Walde komm' ich her,
ich muss euch sagen, es weihnachtet sehr.«

Acht kleine Kinder, im Alter zwischen sieben und zwei Jahren, starrten mit ängstlichem Ausdruck und glänzenden Augen auf die riesige Gestalt mit weißem Bart, gehüllt in einen schweren, pelzbesetzten Mantel aus dunkelrotem Samt. Darunter verbarg sich Onkel Alfred, der mit tiefer, verstellter Stimme sprach. Als er zur Stelle kam:

»Hast die Rute auch bei Dir?
Ich sprach, die Rute, die ist hier«

und mit schwungvoller Geste eine Weidenrute aus seinem Gürtel zog, klammerten sich die Kleinen angstvoll an ihre Mütter. Aber siehe da, der Nikolaus machte eine Pause, blickte in die Runde und steckte das furchterregende Teil dahin zurück, von wo er es genommen hatte.

»Ich sprach, oh lieber Herre Christ,
meine Reise fast zu Ende ist,
ich muss nur noch in diese Stadt, wo's eitel gute Kinder hat.«

Mit diesen Worten zog er einen gewaltigen Jutesack hinter sich hervor, und nachdem die Kinder zusammen ein kleines Gebet gesprochen hatten, durfte jedes seine Gaben, Äpfel, Nüsse,

Mandarinen, Zuckerzeug und in buntes Papier verpackte Süßigkeiten in Empfang nehmen. Alle hatten vor Aufregung rote Backen und strahlten mit dem Lichterglanz um die Wette. Hilde kümmerte sich wie eine große Schwester um die kleine Elisabeth.

»Ich heirate dich, Hilde, dann werden wir Vater, Mutter, Kind spielen«, schlug Fritzchen vor.

»Tante Sarolta, könnt ihr nicht für immer bei uns wohnen bleiben? Dann hätte ich Geschwisterchen!«, Hilde blickte Sarolta mit so bettelnden Augen an, dass die hellauf lachen musste.

»Wie schön, dass du dich heute ein bisschen freuen kannst.« Inge umarmte die in tiefes Schwarz gekleidete Freundin.

Am 9. Dezember brachte ein Bote von Dr. von Doring die Hiobsbotschaft. Hilde und ein Nachbarskind von ihr waren erkrankt und alle Symptome wiesen auf Diphterie hin. Marika war kaum imstande, Sarolta zu beruhigen.

»Wir müssen etwas tun!«, schrie sie. Vorbeugend! Bitte, Marika, Du kennst doch so viele Mittel! Milch mit Honig! Schnell!«

Aber nichts half. Zwei Tage später weinte die kleine Elisabeth vor Schmerzen im Hals und einen Tag darauf zeigte auch Fritzchen erste Anzeichen von Fieber und Halsweh. Marika floh mit Gertrud zu Tante Trude. Sarolta wachte Tag und Nacht bei ihren Kindern. Dr. Jolasse kam täglich vorbei und versuchte, was in seiner Macht stand. Er wagte es sogar, Fritzchen mit Schlangengift zu behandeln. Nichts schlug an.

Der Arzt vermied tunlichst, Sarolta zu berichten, dass Hilde, Dr. von Dorings Enkelin, am 16. Dezember verstorben war. Sarolta zerriss es das Herz, wenn sie ihre beiden fiebernden, röchelnden Kinder betrachtete. Ihr Herz schlug bis zum Hals.

»Bitte, Gott, nicht auch noch die Kinder! Bitte, nimm sie mir nicht!«, weinte sie. »Kann man denn nichts tun?«, bettelte sie.

Dr. Jolasse schüttelte traurig den Kopf. »Nichts, gnädige Frau, ein Luftröhrenschnitt bei so kleinen Kindern würde nur zusätzliche Qual bedeuten. Es hilft nur beten.«

Am 19. Dezember hatte Elisabeth den Kampf gegen die Krankheit verloren und als am 24. Dezember alle Kirchenglocken das Weihnachtsfest einläuteten, folgte ihr Fritzchen in den Tod.

»Wie gut«, sagte Sarolta, »sie sind bei ihrem lieben Papa!« Danach brach sie bewusstlos zusammen.

Das Schloss von Tura und die Königin

Ein Glockenschlag weckte Sarolta aus ihrem Traum, in dem sie mit Friedrich, Fritzchen, Erzsebet und Gertrud in einer hellblauen Kutsche durch einen Winterwald fuhren. Sarolta mit Gertrud im Arm, war wohl verpackt in Decken und Felle, im Gegensatz zu Friedrich und den größeren Kindern, die ihr gegenübersaßen und in weißer sommerlicher Bekleidung vor Kälte zitterten. Sarolta war gerade im Begriff, die Decke von ihren Knien hinüberzureichen, da wachte sie auf. Sogleich spürte sie den schweren Druck, der ihr fast den Atem nahm, wie jeden Morgen nach dem 24. Dezember des letzten Jahres. Sie drehte den Kopf. Da lag Gertrud friedlich schlafend neben ihr im weißen Kinderbettchen. Mit Tränen in den Augen betrachtete sie die kleine Tochter, die am morgigen Tag, dem 26. April, ein Jahr alt werden würde. Es war 7 Uhr morgens und die ersten Sonnenstrahlen fielen durch die halb geöffneten schweren Samtvorhänge auf den großen Schreibtisch, an dem einst Samuel Holländer gearbeitet hatte, und beleuchteten das hübsche Portrait von Maman, vor dem wie immer eine Rose stand.

Seit dem 10. April, seit zwei Wochen wohnte Sarolta bei ihren Schwestern in der väterlichen Wohnung in Budapest, mit Blick auf Donau und Kettenbrücke. Für die Rückkehr in die Heimat hatte es Gründe gegeben. Schwerwiegende, wie vor allem Alberts untragbares Verhalten ihr gegenüber. Nachdem er und Mine sie noch gestützt hatten, als die zwei kleinen weißen Kindersärge in Rellingen an der Seite von Friedrich in die gefrorene Erde hinabgelassen worden waren, verkündete er ihr eine Woche später, sie habe das Haus binnen drei Monaten zu verlassen, da es zum Firmeneigentum gehöre. Albert Junior, der im Begriff sei, sich zu verehelichen, werde in Kürze in die Firma einsteigen. Fassungslos nahm Sarolta diese Unverfrorenheit zur Kenntnis. Zum zweiten Mal sollte ihr nun ihre Wohnung, ihr Zuhause genommen werden. Ausgebrannt und leer fühlte sie sich, unfähig, sich zu wehren. Wie ein kleines Mädchen hatte sie in Marikas runden Armen gelegen und leise vor sich hin geschluchzt. »Warum darf ich nicht sterben?«

»Jetzt sei aber stad, Sari, mein Mädel! Hast die Ada und die Gertrud, was täten die sagen, wenn sie keine Mama mehr hätten, was glaubst du?«, antwortete Marika zärtlich und doch streng.

»Hast recht. Aber was mach mer dann?« Noch nie in ihrem Leben fühlte sie solche Angst und Hilflosigkeit.

Als Helene von dem Vorfall erfuhr, kochte sie vor Wut. Sie nahm sich ihren Bruder gehörig zur Brust, doch es half wenig, die Situation zu verbessern.

Für Sarolta war diese Nachbarschaft schießlich unerträglich geworden. Sie schrieb an Adèl, untertrieb bei der Schilderung der Vorkommnisse allerdings gewaltig. Postwendend kam ein Brief zurück, in dem Adèl ihre Schwester inständig bat, nach Hause zu kommen. Sogar Onkel Zsigmond würde so einen Entschluss begrüßen. Helene machte den Vorschlag, Sarolta sollte zusammen mit Marika und der kleinen Trude zu ihnen in das große Haus mit den vielen leerstehenden Zimmern ziehen.

Sarolta zögerte. Sie dachte an Ada. Sie saß am Sekretär und starrte auf den kahlen Apfelbaum vor dem Fenster. Die vielen unterschwelligen kleinen Sticheleien in Bezug auf ihre jüdische Herkunft kamen ihr in den Sinn. Nein, hier wollte sie ihre Gertrud nicht aufwachsen lassen. Nein, auch die Biedermeiermöbel konnte sie nicht mehr um sich ertragen. Sie musste Hamburg hinter sich lassen, um zu überleben. Das spürte sie plötzlich ganz deutlich. Es gab zwei Möglichkeiten. Sie entschied sich für Braunschweig, mit dem Hintergedanken, zu Adas 13. Geburtstag am 16. Februar nach Dresden zu reisen. So wurde alles mobile Hab und Gut wie Bücher, Bilder, Tisch und Bettwäsche, Geschirr und Besteck in Kisten verpackt und nach Braunschweig geschickt. Liebevoll nahm Sarolta die Portraits ihrer Eltern von der Wand zwischen den Schlafzimmerfenstern, packte sie in Seidenpapier und steckte sie in ihre Handtasche. Ohne sich über Albert groß zu beklagen, machte sie am 28. Januar zusammen mit ihrer kleinen Tochter kurze Abschiedsbesuche bei Marie und Nikolaus und Luise, die beide sehr alt geworden wirkten und in Gertrud Züge ihres verstorbenen Sohnes erkannten. Stumm, im Schmerz verbunden, umarmten sie Sarolta zum Abschied.

»Gott, Kind, an dir ist ja gar nichts mehr dran! Wir müssen dich schnellstens aufpäppeln!« Helene hatte die Hände über dem Kopf zusammengeschlagen, als sie Sarolta samt Anhang am 29. abends vor dem Portal der Villa in Empfang nahm.

Aber aus den kräftigen Mahlzeiten wurde nichts. In der Nacht bekam Sarolta heftigen Schüttelfrost und Fieber. Der sofort herbeigerufene Arzt diagnostizierte hochgradigen Erschöpfungszustand. Baldrianpillen, Ruhe, Hühnersuppe und Eidotter mit Honig und Rotwein verordnete er. In ihrem Zustand fühlte Sarolta eine tiefe Dankbarkeit, von dem zahlreichen Personal im Hause umsorgt zu werden. Nur Klein-Trudchen hütete sie, sobald es ihr wieder möglich war, persönlich.

Bis zum 14. Februar muss ich ganz gesund sein, nahm Sarolta sich fest vor. Es war ihr das größte Anliegen, zum Geburtstag bei Ada in Dresden zu sein. Doch der Winter erwies sich dieses Jahr als rau und nach Besserung sah es nicht aus. Helene telegrafierte an Else, sie würde es nicht verantworten, Sarolta und das zehn Monate alte Kind auf die Reise zu schicken. Aber warum könne Else Ada wegen einer Familienangelegenheit nicht für eine Woche aus der Schule nehmen? Das war die Lösung. Am Freitag, dem 14. Februar, um 5 Uhr nachmittags wurden Else und Ada vom Kutscher am Bahnhof in Braunschweig abgeholt und über den Petritorwall zum Mayerschen Anwesen gebracht. Sarolta hatte die Krise überwunden und war, wenngleich auch wacklig, schon wieder auf den Beinen. Zum ersten Mal seit Monaten regte sich so etwas wie ein Gefühl der Freude in ihr.

»Ada, mein Schatz, mein Liebling!«, rief sie und umarmte ihre große Tochter. »Danke, Else, dass du sie begleitet hast!«

Wenig später, nachdem es friesischen Tee und Marmorkuchen gegeben hatte, betrachtete Sarolta mit Wehmut ihre Töchter. Ada hielt voller Begeisterung Trudchen auf dem Schoß.

Jeder meiner verstorbenen Ehemänner hat mir eine Tochter, die ihm gleicht, als Geschenk zurückgelassen, aber auch als Erinnerung, verbunden mit großer Verantwortung, dachte sie.

Ada wird allmählich eine kleine Dame. Hübsch, patent, gescheit, nicht besonders auffällig, wie Carl eben. Ohne Mitgift. Das

Beste, was ich ihr bieten kann, ist eine hervorragende Ausbildung, damit sie eines Tages als Lehrerin oder Gouvernante auf eigenen Beinen steht, überlegte sie, während Else, Stephan und Helene sich angeregt unterhielten. Für Adas Geburtstag hatte ihre Tante sich etwas Besonderes einfallen lassen. In der Halle des Hauses war eine Bühne aufgebaut worden und eine Puppenspielertruppe führte am Nachmittag ein Singspiel von Michael Haydn mit Klavierbegleitung auf. Unter den Gästen waren natürlich Bruno Lehmann und seine Eltern, aber auch andere Jugendliche aus der Nachbarschaft.

»Hochzeit auf der Alm« hieß das Stück und endete wie im Märchen gut. Am Ende gab es großen Applaus.

Ada war begeistert und umarmte Tante Helene mit geröteten Wangen: »Danke, liebe Tante! Ach, und auch für das Kleid!«

Helene lächelte. »Es ist aus chinesischer Seide, das Blau steht dir! Ich beneide dich ein wenig um Ada«, bemerkte sie zur neben ihr stehenden Else.

»Lass das nicht Sarolta hören«, entgegnete die leise.

Ada tat Sarolta wohl, aber als sie nach einer Woche Abschied nehmen mussten, fiel sie erneut in ein schwarzes Loch. Nichts und niemand vermochte es, sie ein wenig aufzuheitern. Sie besuchte noch nicht einmal Bertha Lehmann im Hutsalon. Wenigstens aß sie wieder regelmäßig. Was tue ich hier! Alle sind lieb und nett, ich werde vom Personal umhegt, aber es ist nicht mein Leben! Ich vergehe vor Untätigkeit! Sie beschloss, etwas an diesem Zustand zu ändern.

Onkel Zsigmond hatte ihr einen langen Brief geschrieben. Als sie ihn las, liefen ihr die Tränen herunter. Er endete mit den Worten: *»Komm nach Hause, mein Kind. Die Fremde hat Dich lange genug umgeben.«*

Wie sollte sie nun Stephan und Helene beibringen, dass sie in die Heimat zurückging, wie, ohne undankbar zu erscheinen?

Alles lief problemlos. Die beiden welterfahrenen Menschen brachten größtes Verständnis für sie auf und versprachen einen baldigen Besuch in Budapest. Man hatte sich auf den Umzug zu Ostern geeinigt. Onkel Zsigmond hatte sich bereiterklärt, für Ada die Kosten zu übernehmen, wenn sie auf das k. u. k. Mädchenpensionat nach Wien wechseln wollte, und Sarolta nahm dieses Angebot zum Entsetzen von Else an. Ada fand die Idee spannend und so betrat Sarolta 15 Jahre, nachdem sie das Institut im ehemaligen Palais der Gräfin Strozzi verlassen hatte, mit ihrer Tochter an der Hand die vertrauten Räumlichkeiten. Einige Lehrerinnen kannte sie noch, nur die Direktorin war jetzt eine junge Frau.

»Wir konnten Ihre Tochter im Neubau unterbringen, Frau Grawert, die Zimmer sind dort freundlicher«, erklärte das Fräulein aus dem Büro, welches sie die verschlungenen Pfade zu Adas künftiger Bleibe führte.

Ada, an den gemütlichen eigenen Raum im Hause Götte gewöhnt, zog die Nase kraus, als sie das helle Zimmer mit zwei Eisenbetten, zwei Schreibpulten und zwei Schränken begutachtete, aber sie sagte nichts.

»Großartig, Ada, wir waren seinerzeit zu viert! Wie geschmackvoll, diese geblümten Vorhänge!«, begeisterte sich Sarolta. Beruhigt hatte sie ihre Tochter zurückgelassen.

»Papusch, Maman, schaut ihr vom Himmel herab? Ich bin wieder zurück in Budapest«, murmelte sie, während sie aus dem großen Bett kletterte, um die Vorhänge vollends aufzuziehen. Sie öffnete einen Flügel des hohen Fensters und lehnte sich hinaus, um die ruhig dahinfließende Donau zu betrachten. Der Blick fiel noch frei durch die mächtige Linde, deren pralle Knospen aber schon den Frühling ankündigten. Sie sog die frische, feuchte Luft ein und fühlte sich besser. Heute würde ja Marika aus Pressburg eintreffen. Sie hatte dort Station gemacht, um nach 15 Jahren ihren einzig noch lebenden Verwandten, ihren Bruder, zu besuchen.

Meine Entscheidung war richtig. Nur hier gewinne ich Abstand, dachte Sarolta.

»Hallo, jo reggelt, guten Morgen, meine Süße, bist du wach?«, sagte sie und drehte sich um, weil sie ein Geräusch aus dem

Kinderbett vernommen hatte, wo sich Gertrud tatsächlich die Äuglein rieb. In dem Moment klopfte es sacht an der Tür.

»Jo reggelt, guten Morgen, Schwester, das Frühstück ist fertig!«

Als sie wenig später am gemütlichen, blank gescheuerten Küchentisch saßen und Lori, das Dienstmädchen, ihnen Milchkaffee in großen Tassen mit Nusskipferl servierte, schlug Katalin vor, am nächsten Tag nach einem Spaziergang an der Donau alle zusammen ins Café »Gerbeaud« zu gehen, um dort Gertruds Geburtstag zu feiern.

»Eine famose Idee, Kati«, pflichtete Adèl ihr bei. »Du musst wissen, Sari, die haben da so einen herzigen kleinen Gugelhupf aus Schokolade. Da machen wir dann ein Kerzerl drauf. Wenn du einverstanden bist, reserviere ich einen Tisch. Schade, dass die Schoßberg-Familie schon wieder auf ihrem Schloss ist, aber wir besuchen sie ja bald.«

Sarolta nickte gerührt. Seit sie angekommen war, hatten sich die Schwestern bemüht, ihr und dem Kind Gutes zu tun.

Gertrud, das Geburtstagskind, saß wie eine kleine Prinzessin im geflochtenen Kinderwagen auf hohen Rädern, den die schwarz gekleidete Sarolta über den großen Theaterplatz vom »Gerbeaud« nach Hause schob. Rechts ging Adèl, links Katalin, die sich bei Marika untergehakt hatte. Sie waren mit dem fröhlichen kleinen Mädchen beschäftigt, das die Aufmerksamkeit, die es im prunkvollen Café auf sich gezogen hatte, sichtlich genossen hatte.

»Servus, die Damen!«

Sarolta sah auf und erkannte den kleinen, kugelrunden, elegant gekleideten Herrn mit dem angegrauten Bart sofort. »Ah, sehe ich recht, die Cousine ist wieder zurück aus Deitschland«! Er machte eine Pause und entblößte seine gelben Zähne, bevor er fortfuhr, »hab schon gehört, dass du bedauerlicherweise auch den zweiten Gatten unter die Erde gebracht hast. Da bin ich echt froh, ein anderes Weiberl gefunden zu haben. Schön ist sie nicht, aber tüchtig und solide!« Er beugte sich zu Gertrud, die ihn angstvoll ansah. »Is des a Mäderl? Ich hab zwei Buben!«

Adèl versuchte die Situation zu retten. »Wie geht es der Tante Lara?«, fragte sie hastig.

»Nah, wie schon, gut! Sie weilt mal wieder in Meran! Aber ich muss weiter, die Pflicht ruft. Handkuss!« Er zog seinen Hut und verschwand. Sarolta starrte ihm nach.

»Vetter Joschi, Josef Gold de Buda«, sagte sie tonlos und in Gedanken erschien Schwager Albert vor ihren Augen. »Egal, in welche Richtung ich fliehe, immer werde ich eingeholt«, setzte sie hinzu.

An einem heißen Spätnachmittag im August des Jahres 1892 lagen Sarolta und ihre Cousine Jenny im Park von Schloss Tura nebeneinander in geflochtenen Liegestühlen mit grünen Polstern auf einem mit hellen Sandsteinplatten gepflasterten Sitzplatz. Er wurde beschattet von einem Akazienhain. Sie hatten ein Auge auf die zahlreiche Kinderschar, die in leichter Bekleidung auf dem dichten, gepflegten Rasen herumtollte. Gertrud war mit ihren zweieinhalb Jahren die jüngste der gesamten Rasselbande, aber Schwester Ada, die wegen der großen Sommerferien auch dabei sein durfte, kümmerte sich mütterlich um sie. Marika hatte es vorgezogen, zum Bruder nach Pressburg zu fahren.

»San eh genug Kindermadel dorten«, hatte sie verlauten lassen, womit sie recht behalten sollte, drei Kinderfrauen waren um das Wohl der Kleinen besorgt.

»Ich muss dir ein Kompliment zu deinen Buben machen, liebste Jenny. Der György und der Paul sind so gescheite Burschen und so gewandt und frei, gar nicht verdruckt, wunderbar! Sie gleichen dir!«, bemerkte Sarolta und lugte unter ihrem naturfarbenen Strohhut mit schwarzer Garnitur zu der Cousine.

»Ach, liebste Sari, dies Kompliment gebe ich nur allzu gerne zurück. Es macht Spaß, sich mit Ada auf Französisch zu unterhalten, sie ist aber auch schon eine kleine Dame. Lieb, wie sie sich der süßen Schwester annimmt.«

»Wenn du Fritzchen und Erzsebet hättest sehen können ...« Sarolta vermochte einen Augenblick nicht weiterzusprechen. »Weißt, Jenny, warum ich im letzten Jahr die Einladung nach Tura ausgeschlagen habe und stattdessen zu meiner Familie

Balint nach Szegedin gefahren bin? Ich habe es noch nicht fertiggebracht, den Georg, den György, ständig vor Augen zu haben. Schließlich ist er bloß drei Monate älter als mein Bub und die beiden hätten sich glänzend verstanden!« Eugenia legte ihre Hand auf die von Sarolta.

»Brauchst mir gar nix zu erklären, wäre mir umgekehrt genauso gegangen. Aber sag, wie hast du denn deine Heimatstadt jetzt empfunden. Bist ja nie mehr dort gewesen, seit der Katastrophe. Mei, Cousine, du bist arg gebeutelt vom Leben.«

Sarolta nickte stumm. Sie atmete tief durch, bevor sie antwortete. »Grauenvoll war es! Außer dem Anwesen von Balints, dem Franziskanerkloster und dem Karasz-Haus konnte ich nichts mehr wiedererkennen. Ich bin während der drei Wochen dort nur einmal durch diese Baustellen der Stadt gefahren. Trotzdem ist es beeindruckend, wie mit den Fördergeldern zahlreicher europäischer Städte – ich habe gehört, aus Berlin, Paris, London und Brüssel kamen Spendengelder der Solidarität – so schnell all die neuen Gebäude hochgezogen werden. Schöner, geordneter und größer soll es werden, aber mit der Heimat verbindet mich da jetzt gar nichts mehr.« Sie machte eine kurze Pause. »Außer natürlich die tiefe Freundschaft mit den Balints. Mein Sani führt übrigens die Geschäfte zur Zufriedenheit seiner Eltern. Ich liebe die Familie von Herzen. Und dann hat es mir auch gutgetan, täglich in der Klosterkirche zu beten. Da waren alle, um die ich trauere, plötzlich so nah.« Sie machte wieder eine Pause und schniefte in ein Spitzentaschentuch. »Noch etwas konnte ich erledigen, was mir wichtig war. Mit Sanis Hilfe habe ich dort, wo einst unser Haus stand, einen riesengroßen Kranz dunkelroter Rosen in die Theiß gelegt. Auf einer schwarzen Schleife stand in goldenen Buchstaben: »Neked Papa, szeretettel, Adèl, Katalin, Sarolta, Ada ès Gertrud«. Das hat mir ein gutes Gefühl gegeben, Papa noch einmal zu sagen, wie sehr wir ihn lieben.«

In diesem Augenblick kam Ada mit Gertrud angelaufen. »Mama, ich wollte bloß sehen, ob du da bist! Es ist so sön hier, liebe Mama!«, rief Gertrud und kuschelte sich in ihrem weißen Leinenkleidchen für einen Moment auf den Schoß ihrer Mutter.

Aber schon stand sie wieder auf ihren festen Beinchen. Sie sah die Mutter prüfend an.

»Mama, warum trägst du immer swarz? Das weiße Kleid von Tante ist viel söner!« »Sch« konnte sie noch nicht aussprechen.

»Das erkläre ich dir später!«, ergriff Ada das Wort. »Komm, spielen, die anderen warten.«

»Willst du wirklich in Zukunft Schwarz tragen?«, fragte Jenny behutsam.

»Ja, das will ich. Alles andere käme mir wie Verrat vor«, entgegnete Sarolta bestimmt. Jenny seufzte.

»Hast eh eine bewundernswerte Haltung, Sari!«

Therese von Schoßberg gesellte sich zu ihnen.

»Nah, ihr Hübschen, so ernste Gesichter? Heute erwarten wir übrigens den Attaché vom Franz Joseph zum Dinée. Zurzeit weilt das Herrscherpaar nach langer Zeit mal wieder gemeinsam auf Gödöllö. Schau mer, ob sie auch diesmal den Weg nach Tura finden.«

Sarolta machte große Augen. »Die kommen hier vorbei?«

»Freilich, Kinderl, jedes Mal hoch zu Ross, aber auch immer ohne Anmeldung«, sagte die Tante bedauernd.

Bevor Sarolta ins Haus ging, machte sie eine schnelle Runde, um bei ihrem alten Pferdchen Etoile vorbeizuschauen. Onkel Zsigmond hatte die außerordentliche Güte besessen, es von seinem Gut Irek nach Tura bringen zu lassen. Voller Rührung glaubte Sarolta bemerkt zu haben, dass das Tier sich an sie erinnerte. Reiten wollte sie es nicht mehr. Dazu war es doch schon zu alt.

»Ach, Etoile, wie tut es mir gut, dich zu streicheln«, wisperte sie. Ihre Kinder waren auf dem Weg vor dem weitläufigen Fasanen- und Pfauengehege zurückgeblieben, wo Trudchen sich immer gar nicht sattsehen konnte an den bunten Vögeln mit den königsblauen Hälsen. Als plötzlich ein Pfauenmännchen sich dazu herabließ, mit den riesigen Schwanzfedern ein Rad zu schlagen, quietschte sie vor Freude und streckte die Fingerchen nach ihm aus. »Augen!«, rief sie.

»Richtig!«, bestätigte Ada, »die Spitzen der Federn tragen alle eine Zeichnung, die an Augen erinnert. Wie bist du klug, Trudchen, das erzähle ich sofort unserer Mutter.«

An dem Tisch im lichtblauen Esszimmer fanden um die 30 Personen Platz. In der sommerlich-heiteren Atmosphäre auf Schloss Tura durften am Abendessen auch die Kinder teilnehmen, was in Budapest undenkbar gewesen wäre. Die weit geöffneten Flügel des mittleren der drei hohen Fenster zum Park ließen die laue Abendluft sowie die Schreie der Fasane und das entfernte Wiehern der Pferde herein. Die letzten Sonnenstrahlen fielen auf die mit zartgelber Damasttischdecke, poliertem Silber, Kristallgläsern und dem edlen Service der Marke Herend festlich gedeckte Tafel. Zusätzlich glänzten aber an die 60 kleine, gemalte goldene Sonnen, inmitten von dunkelblauen Oktogonen, in quadratischen, hell gestrichenen Holzrahmen von der vier Meter hohen Kassettendecke herab.

»Mama, wie sieht das prachtvoll aus«, flüsterte Ada beeindruckt. Sarolta nickte. Der Festsaal des Hauses in der Holländischen Reihe in Hamburg kam ihr in den Sinn.

»Noch schöner als bei uns in Hamburg«, gab sie zurück. Gerade war sie mit den Kindern die Treppen von der obersten Etage herabgestiegen. Trudchen trug sie auf dem Arm, obwohl sie ihr langsam zu schwer wurde. Sie hatten sich ein wenig ausgeruht, sich frischgemacht und fein angezogen. Nach langer Zeit trug Sarolta wieder den Perlenschmuck von Carl. Er harmonierte zur zarten, leicht dekolletierten schwarzen Seidenbluse.

Ich darf ja nicht wie eine Trauerweide zwischen der heiteren Gesellschaft hocken, hatte sie überlegt. Der gemütliche Raum mit den geblümten Möbelüberzügen und dem Dachfenster gefiel Sarolta. Von hier aus hatte man einen weiten Blick über die hügelige Landschaft mit den Sonnenblumenfeldern und dem Korn, das mit praller Frucht auf die Ernte wartete. Eigentlich befanden sich hier oben Personal- und Kinderzimmer, aber im ersten Stock war alles belegt gewesen und eine Übernachtungsmöglichkeit behielt man sich für spontane Gäste wie heute für Herrn von Nagy vor. Sarolta sah kein Problem darin, mit ihren Kindern unter dem schrägen Dach zu logieren, und Ada fand es kuschelig, endlich wieder so eng mit der Mama zusammen zu sein.

Gerade rechtzeitig zum Abendessen fuhr nun auch die Kutsche von Onkel Henrik von Schoßberg vor, der von seinem zwölf Kilometer entfernten Wohnsitz kam und seine Frau Zsofia und Sohn Rezsö samt Gemahlin Terez mitbrachte. Rezsös Schwester Ilona wohnte mit ihrem Mann Victor, genannt Vic, und den beiden Kindern schon seit einer Weile im Schloss. Nach einem Glas Muscadelle aus eigenem Weinanbau und feinen Häppchen auf der Terrasse, wo jeder mit jedem sprechen konnte, freute sich Henrik besonders über die Begegnung mit Herrn von Nagy, den er aus der Schulzeit kannte. Mittlerweile waren auch der Sohn des Hauses, Nàndor, mit Frau Adelaide und seine älteste Schwester Anna mit Ehemann Sandor von Deutsch dazugekommen. Dieser freute sich, seine Cousine Adelaide wiederzusehen. Der jüngere Sohn, der 22-jährige Nachkömmling Victor, fehlte. Er hatte es zum Bedauern seiner Eltern vorgezogen, den Sommer in der Bretagne zu verbringen.

»À table, s'il vous plaît!« Baronin Therese wies allen die Plätze zu, wobei die Kinder mit den Gouvernanten am Ende des Tisches sitzen sollten. Sarolta hatte glücklicherweise das Ehepaar de Heves zu ihrer Rechten und Ada und Gertrud im Kinderstuhl zur Linken.

»Herend«, bemerkte Lajos erfreut. Sein Großvater war Besitzer der berühmten ungarischen Manufaktur gewesen. Ganz oben an der Tafel saß der Herr Attaché zwischen Gastgeberin und Baronin Zsofia, deren Ehemänner jeweils daneben.

»Hier darf man sich endlich mal sattessen«, freute sich Herr von Nagy. »Ihr wisst doch, wie es bei Majestät zugeht. Ihm wird als Erster der Tafelspitz serviert, dann schlingt er ihn runter, bevor der Letzte am Tisch etwas bekommen hat. Aber wenn der Kaiser fertig ist, müssen alle anderen die Gabeln fallen lassen. Was habt ihr für herrliche Braten und die Salate und die Knödel!«

»Kalbsbraten, Rinderbraten, Schweinsbraten, alles aus eigener Produktion!«, erklärte Zsigmond stolz.

»Was?«, regte Rezsö sich auf, »Schwein? Aber Onkel!«

Der zwinkerte ihm zu. »Du musst den Fisch doch nicht beim Namen nennen!«, lachte er.

»Ich kenne den Witz, Onkel. Kommt ein Jude in eine Metzgerei und sagt: 200 Gramm von dem da! Das ist Schweineschinken, antwortet der Fleischer. Darauf der Jude: Habe ich Sie gefragt, wie der Fisch heißt?« Alle lachten.

»Habe ich nicht verstanden«, flüsterte Ada ihrer Mutter ins Ohr.

»Später, Kind«, gab sie zurück. Als sie jedoch sehr viel später wegen der quengeligen Gertrud die Gesellschaft frühzeitig verlassen mussten und oben auf ihrem Zimmer waren, überfiel sie so große Müdigkeit, dass sie nach dem fröhlichen, opulenten Abend sofort einschliefen.

Der nächste Tag brachte eine große Überraschung für Sarolta. Sie wusste zwar, dass ihre Schwestern zum Mittagessen aus Budapest anreisen würden, aber selbst in den kühnsten Träumen hätte sie sich nicht vorstellen können, wen Adèl und Katalin mitbrachten. Heinrich Dessen! Sarolta und Ada blieb der Mund offenstehen, als er vergnügt aus der Kutsche sprang, um den Schwestern darauf beim Aussteigen galant die Hand zu reichen.

»Mama, das ist Heini«, stammelte Ada und zupfte die Mutter am Ärmel.

»Ich glaube, ich träume, Heini, was machst du denn hier???«, mit diesen Worten fiel Sarolta ihrem Neffen um den Hals.

Er löste sich sanft von ihr und grinste. »Du bist die Einzige, die Heini zu mir sagen darf, Lieblingstante, ich gebe heute Nachmittag hier ein Konzert. Dein Onkel hat mich engagiert und wünscht sich Liszt und Chopin. Ich bat meinen Agenten zuzusagen, unter der Bedingung, dass du nichts vorher erfahren darfst, und stellte mir die ganze Zeit voller Freude dieses Gesicht, das du im Augenblick machst, vor.« Er lachte lauthals und alle Umstehenden fielen mit ein. Als er sich etwas gefangen hatte, fügte er hinzu: »Ich wohne übrigens schon seit vier Tagen bei Tante Adèl und Tante Katalin. Budapest ist wundervoll!«

»Onkel Zsigmond, du bist doch ...« Sarolta fehlten die Worte. Sie umarmte ihn und gleichzeitig drohte sie ihren Schwestern mit dem Finger.

»Jenny ist schuld. Du hattest ihr von Dresden erzählt, und als wir im Frühjahr die Konzerte für Tura planten, fiel ihr bei einer Agentur der Name auf. Die Welt ist eben klein«, erklärte der Onkel.

Heinrich Dessen war hingerissen vom Wintergarten, in dem schon vierzig zierliche Stühle auf dem Schachbrettmuster des Steinbodens in Reih und Glied aufgestellt waren.

»Der perfekte Konzertsaal! Mit einer Akustik wie in einer italienischen Basilika«, staunte er.

»Eine Basilika diente als Vorbild für diesen Raum«, erklärte Baron Schoßberg. »Ich hoffe, der Steinway-Flügel steht an der richtigen Position, zwei Stufen erhöht, hier vor dem Mittelfenster!«

»Ein echter Steinway«, flüsterte Heinrich Dessen ehrfurchtsvoll. »Ich hatte erst dreimal die Ehre, auf so einem Instrument zu spielen!«

»Erst einmal stärken Sie sich beim Mittagsmahl und danach bleibt Ihnen bis 5 Uhr Zeit, sich einzuspielen«, schlug der Baron vor. Sarolta und Ada wichen ab jetzt nicht mehr von Heinis Seite. Um Trude kümmerte sich trotz deren Protest eine der Kinderfrauen. Während draußen nach und nach weitere Gäste in Kutschen eintrafen und zum Kaffee auf die Terrasse gebeten wurden, probierte Heinrich mit Lust das exzellente Instrument aus. Sarolta und Ada lauschten hingebungsvoll seinem gefühlvollen, präzisen Spiel, welches er aber ganz plötzlich unterbrach, um aufzustehen. Er kramte in seiner geräumigen Tasche und zog Noten hervor.

»Brahms, ›Ungarische Tänze‹ Nr.1! Erinnerst du dich, Tante Sarolta, wir haben sie in Dresden vierhändig gespielt und das machen wir heute beim Konzert als Überraschung für deine Familie auch!« Triumphierend hielt er die Noten in die Höhe.

»Bist du verrückt! Nie und nimmer, Heini! Das kann ich nicht! Da blamiere ich mich bist auf die Knochen!«, protestierte Sarolta.

»Einen Versuch, komm, einen Versuch! Ohne dich wäre ich nie Pianist geworden!« Henrik ließ nicht locker und Ada bestärkte ihn.

»Komm, Mama, es bin doch nur ich, die zuhört!«

»Also gut.« Sarolta gab nach und setzte sich zögerlich neben ihn.

Beim ersten Versuch verspielte sie sich nach den ersten Takten, beim zweiten Mal lief es besser und beim dritten Mal gelang das Stück fehlerlos.

»Bravo!«, rief Ada.

»Jetzt noch ein paar Mal, damit du sicher wirst, aber wir sind ein grandioses Duo, Lieblingstante!«

Der Meinung war auch das illustre Publikum, als sich am Ende der fulminanten Darbietung von Heinrich Dessen, als Zugabe zum Konzert und zur Überraschung der ganzen Gesellschaft, Sarolta neben ihren Neffen setzte und voller Temperament »à quatre mains« mit ihm Brahms zum Besten gab. Die Bravorufe wollten nicht enden.

Beim Abschied am nächsten Tag flossen Tränen, ganz besonders bei Ada, die in Wien Heimweh nach Dresden spürte. Sarolta wollte bis zum Schulbeginn in zwei Wochen noch auf Tura bleiben.

Nachdem die Kutsche, in der Adèl, Katalin und der junge Herr Dessen zum Bahnhof nach Gödöllö fuhren, aus dem Blick verschwunden war, eilte Sarolta durch den Säulenaufgang und nahm rasch die Marmorstufen hinauf in den zweiten Stock. Sie wollte sich frisch machen und das Kleid wechseln, da der Tag drückend heiß zu werden schien. Sie öffnete das Dachfenster und gönnte sich den Blick über die weiten Felder, auf denen seit ein paar Tagen die Ernte begonnen hatte. Seit den tragischen Ereignissen des Jahres 1889 hatte sie sich nicht mehr so frei gefühlt wie nach dem geglückten Klaviervortrag zusammen mit Heini beim gestrigen Konzert. Für einen Moment war diese Bedrückung, die ihre ständige Begleiterin geworden war, von ihr abgefallen. Es kam ihr eine Idee. Sie ging zum Badezimmer auf der Etage und ließ kaltes Wasser in die frischpolierte Wanne. Nachdem sie sich entkleidet hatte, glitt sie nach kurzer Überwindung in das kühle Nass und genoss das prickelnde Gefühl. Gehüllt in eines der Badetücher, die auf einem Gestell bereitlagen, ging sie, ihre abgelegte Kleidung unter dem Arm, vergnügt zurück in ihr Zimmer.

Gestern kam ich mir endlich mal nicht mehr wie das letzte Glied am Ende der Kette dieser illustren, wohlhabenden Gesellschaft vor, resümierte sie. Frisch angekleidet in das leichte schwarze Baumwollkleid, fiel ihr Blick auf einen noch ungeöffneten Brief, den Adèl ihr gestern mitgebracht hatte.

Prof. Gustav Lange, Berlin, Gartenstraße 25, stand auf dem Absender. Post von Bertha und Willi Lehmanns Schwager. Neugierig öffnete Sarolta das Schreiben. Schnell überflog sie die geschwungene Handschrift.

Berlin den 28. Juli 1892

Hochverehrte Sarolta!
Zu meinem größten Bedauern musste ich vor einiger Zeit von den unsäglichen Schicksalsschlägen erfahren, die Dich heimgesucht haben. Als hättest Du nicht schon genug Leid durch den tragischen Tod des lieben Carl erfahren. Noch sehr genau erinnere ich mich an die gelungene Hochzeitsfeier damals, als auch ich eine Walzerrunde mit Dir drehen durfte. Aber gegen Gottes Willen ist man machtlos.
Geblieben sind Dir zwei Töchter, für die Du nun allein die Verantwortung trägst, so wie ich seit April dieses Jahres nun die alleinige Verantwortung für meinen Sohn Walter habe.
Ja, auch mich hat das Schicksal ereilt und mir nach langem Leidensweg meine Grete genommen. Es war die Lunge, so viel sei gesagt.
Nun zielt meine Überlegung darauf ab, dass Du, verehrte Sarolta, Mutter zweier vaterloser Töchter bist, mein armer Walter aber keine Mutter mehr hat. Da ich durch meine Tätigkeit als Direktor des Humanistischen Gymnasiums äußerst eingespannt bin, bleibt mir kaum Zeit für die Erziehung des Burschen und ich fürchte, er entgleitet mir allmählich.
Werte Sarolta, bitte verachte mich nicht für den kühnen Gedanken, aber bei einer Weihnachtsfeier im Hause Mayer in Braunschweig führten wir einst ein tiefes Gespräch, bei dem Du mich durch Wissen und Klugheit tief beeindruckt hast und deshalb unterbreite ich Dir folgenden Vorschlag: Was hältst Du davon, zu uns nach Berlin zu ziehen, mit mir den Bund der Ehe zu schließen und

Walter eine Mutter zu sein, so wie ich Vater für Deine Töchter werden könnte.
Ich weiß, dieser Vorschlag wird erst einmal Verwirrung bei Dir auslösen, aber bitte, denke darüber nach und lass Dir ruhig Zeit mit der Antwort.

Mit hochachtungsvollen Grüßen und größter Verehrung
Gustav Lange

Sarolta ließ den Brief sinken und bekam einen Lachanfall. »Welch absurder Gedanke! Was denkt er sich, dieser spießige Professor, nie im Leben gehe ich nach Berlin«, sagte sie laut. Dann kam ihr der aufgeweckte, flachsköpfige Junge, der den gemütlichen Cousin Bruno um den Christbaum gejagt hatte, in den Sinn. »Er müsste zwei Jahre älter sein als Fritzchen.«

»Ihre Majestät, votre Majesté, a Fenséged!!!« Wie ein Lauffeuer verbreitete sich die Nachricht.

Elisabeth, Kaiserin von Österreich und Königin von Ungarn, war in Begleitung des Grafen Esterházy in leichtem Trab in die zum Schloss führende Allee eingebogen. Baron Zsigmond eilte sogleich zu den Stallungen. Es war zu erwarten, dass Ihre Majestät dort zuerst ihr Pferd abgab, damit es getränkt und versorgt würde.

»Mon Dieux, aujourd' hui, ausgerechnet heute, wo wegen der Ernte hier solcher Trubel herrscht, kommt sie!«, rief Baronin Schoßberg völlig konsterniert. »Meine Haare, ich muss sie richten! Für ein besseres Kleid bleibt keine Zeit!«

Jenny, die sich zufällig bei ihrer Mutter im kleinen Salon befand, versuchte, sie zu beruhigen. »Du kennst doch die Sisi, Maman. Sie liebt spontanen Besuch und hat es gar nicht gern, wenn man sich ihretwegen ›aufschneckelt‹. Das Wichtigste ist, dass ich die Sarolta finde. Wir treffen uns im Wintergarten. Unsere Königin hat ein Faible für diesen Raum!«

Sarolta und Anna schnitten gerade Rosen im Garten für die Vasen im Esszimmer.

»Kommt schnell in den Wintergarten! Lasst alles liegen und stehen, wascht die Hände, zieh den Schurz aus, Sarolta. Gleich wirst du deinem Idol Sisi begegnen!«, rief Jenny aus dem Fenster.

Sarolta wurde heiß und kalt, zum Glück trug sie unter der Schürze ihr hübsches Sommerkleid. Mit Anna zusammen lief sie durch Vorzimmer und die geöffneten Portale in den sonnendurchfluteten Wintergarten, wo es erstaunlicherweise angenehm kühl war. Dort hatte man schon aufgeräumt. Die Palmen standen am Platz, der Springbrunnen in der Mitte des Raums sprudelte, die Stühle waren verschwunden. Wo vorher der Flügel gestanden hatte, konnte man sich auf Sofas und bequemen Fauteuils niederlassen, das schwarzglänzende Instrument stand wieder an seinem angestammten Ort. Therese schüttelte aufgeregt noch einige Kissen und ordnete die Kerzenleuchter auf dem niedrigen Tisch.

»Wo bleibt sie denn, die Kaiserin«, murmelte sie zu Sarolta und Jenny, die meinte: »Sie wird sich mit den Männern unterhalten, Lajos und Sandor sind auch zum Stall.«

»Dann hätte ich doch noch das Kleid wechseln können«, bedauerte die Baronin, doch im selben Augenblick hörte man eine dunkle Stimme: »Danke, ich kenne den Weg!« und gleich darauf betrat eine hochgewachsene schwarzgekleidete Dame mit Hut und Schleier den Raum.

»Schön habt ihrs hier! Immer wieder bin ich begeistert von dem leuchtenden Ockergelb der Wände, perfekt kombiniert mit den bayerisch-blauen Ornamenten! Grüß Gott, Baronin!«

Huldvoll reichte sie zuerst dieser die Hand, die in einen tiefen Hofknicks versank. Danach nahm sie den Zylinder ab und legte ihn schwungvoll auf einen Beistelltisch.

»Ah, die Töchter!«, bemerkte sie.

»Eugénia de Heves und Anna von Deutsch sind unsere Mädel, die kennen Sie ja, Sarolta Grawert ist unsere Nichte. Sie hat lange in Deutschland gewohnt«, stellte Therese die jungen Frauen, die ebenfalls nacheinander in den Hofknicks fielen, vor.

»Prenez place, Majesté! Was darf ich servieren lassen?«

»Kaffee avec peu de sucre und ein Glaserl Quellwasser wie fürs Pferdl«, antwortete Elisabeth und ließ sich in den tiefsten Sessel fallen.

Das ist sie also! Auf Grund der Abbildungen, die ich von ihr gesehen habe, hätte ich sie nie erkannt, dachte Sarolta und blickte auf eine hagere Frau im eleganten schwarzen Reitkostüm, mit strengen, edlen Zügen und hohen Backenknochen. Ein immer noch schönes Gesicht, aber einzig die Haarpracht, die kunstvoll geflochtene Frisur erinnerte an die Fotografien von früher, die von der Kaiserin im Umlauf waren.

»So luftig haben Sie es hier!«, lobte Elisabeth.

»Ja, weil die runden Fenster ganz oben in der Kuppel offenstehen. Man kann das von hier unten bewerkstelligen«, erklärte die Baronin.

»Der Ybl hat es entworfen? Er baut schon meisterlich. Ganz kurz habe ich mit dem Gedanken gespielt, ihn mit meinem neuen Schloss auf Korfu zu beauftragen, aber ich wollte, wenngleich so hell und eben luftig wie hier, ein griechisches Ambiente. Doch des is net dem Ybl seins, bei ihm werds allaweil Renaissance oder wie hier römisch. Na ja, seit letztem Jahr ist er fertig gestellt, mein griechischer Tempel über dem Meer, mein Achillion!«

Andächtig lauschten die vier Damen, aufgereiht auf dem dunkelblauen Samtsofa, den temperamentvollen Ausführungen des hohen Gastes. Auf silbernem Tablett wurde jetzt der Kaffee mit kleinen, süßen Köstlichkeiten auf einer Ètagère, serviert.

»Was haben's denn da, Baronin? Sie wollen mich doch wohl nicht in Versuchung führen?«

»Frisch geliefert vom ›Gerbeaud‹ in Budapest«, antwortete die.

»Sie kennen meine schwache Stelle, hat sich herumgesprochen, oder?«, lächelte Elisabeth, während sie mit spitzen Fingern nach einer dunkelbraunen Praline griff. »Wo war ich stehengeblieben? Ach ja, bei meinem geliebten Korfu«, fuhr sie fort, »im Oktober geht es, nach kurzem Verwandtenbesuch am Tegernsee, von Triest aus mit meinem Schiff wieder dorthin, wo ich mich frei wie ein Vogel in der Luft fühle! Was gibt es Überwältigenderes, als am Abend auf der Terrasse die untergehende Sonne zu betrachten, den seidigen Abendwind, vom tiefblauen Meer herkommend, zu spüren und einem begabten Menschen zuzuhören, wie er die Revolutionsetüde von Frederic Chopin intoniert!«

»Merveilleux, Majesté, das klingt herrlich«, begeisterte sich die Baronin, und die drei jungen Frauen an ihrer Seite nickten voller Ehrfurcht. Elisabeth griff zu einem weißen Schokoladentrüffel.

»Das Fräulein steht am Meer
Und seufzte lang und bang,
es rührte sie so sehr
der Sonnenuntergang«,
rezitierte sie lächelnd, und schob die Schokolade in den Mund.
»Mein Fräulein, sein Sie munter,
das ist ein altes Stück,
hier vorne geht sie unter
und kehrt von hinten z'rück!«,
entfuhr es Sarolta, die sogleich rot anlief.

Ihre Majestät hob sanft die Augenbrauen. »Sie kennen den Heine, mein Kind? Bravo! Großartig! Ich liebe und verehre sein Werk!«

»Übrigens hatten wir vor drei Tagen hier im Wintergarten ein Konzert mit Liszt und Chopin. Der Pianist war ein Neffe von Sarolta aus Dresden. Er hat die Revolutionsetüde einfach göttlich gespielt, mit so viel Verve, wie man es einem Deutschen gar net zutraut!«, mischte die Baronin sich ein.

»Sagen Sie mir gelegentlich den Namen von dem jungen Mann, werte Baronin! Ich bedanke mich für die Gastfreundschaft, aber ich sollte jetzt doch heimreiten, bevor es an diesem Vormittag zu heiß für das Pferd, den Grafen und mich wird«, lächelte Elisabeth maliziös. »Ich will net neugierig sein, aber warum trägt eine junge Frau wie Sie Schwarz wie ich?«, fragte sie, als sie Sarolta, die wieder in einen Knicks versank, zum Abschied die Hand reichte.

»Aus dem gleichen Grund, wie Eure Majestät, ich trage Schwarz seit 1889, welches auch mein Schicksalsjahr war«, erklärte Sarolta schlicht.

»Mein Sohn Rudolph starb in diesem Jahr, seit der Zeit kann ich nichts Fröhliches anziehen. Kommen Sie, helfen Sie mir, den Hut festzustecken und danach begleiten Sie mich zu meinem Pferd. Ich bin neugierig auf Ihre G'schicht!«

Um 10 Uhr 43, 17 Minuten nachdem die Monarchin den Wintergarten betreten hatte, verließ sie ihn wieder mit Sarolta an ihrer Seite.

Draußen im gepflegten Park trafen sie auf den Schlossherrn, der mit dem Grafen Esterházy und seinen beiden Schwiegersöhnen fachsimpelte. Das Thema war die Landwirtschaft. Die Art der Bewirtschaftung aller Güter der Schoßbergs galt für ganz Ungarn als mustergültig. Einen besonders hohen Stellenwert genoss dabei Tura mit seinen schmucken Katen für die Bauern.

»Mir san fleißige Leut, deshalb führen wir die Biene in unserem Wappen, lieber Esterházy, aber nicht immer läuft es, wie man es sich vorstellt und so mussten wir das Gut bei Mistelbach veräußern, obwohl der hochverehrte Papa dort in die Bahnlinie investiert hatte. Der Boden eignete sich nicht optimal für Zuckerrüben«, erklärte Zsigmond gerade.

»Hoheit!«, rief der Graf, als er der beiden Damen ansichtig wurde, »kennen Sie den Spruch, wenn einer leichtfertig mit seinem Sach umgeht: Das hier ist nicht das Stroh der Csakys!?« Elisabeth schüttelte den Kopf.

»Also: Die Csakys, Pächter der Eszterházy-Liegenschaften, erfreuten sich großer Beliebtheit bei ihren Bauern, sie achteten nicht darauf, wie das Getreide ausgewalzt wurde, und da die Herrschaft dem Landvolk das Stroh überließ, blieb immer noch eine Menge Korn zum Herausdreschen übrig. Das erwies sich als unrentables Geschäft für die Esterházys und aus diesem Grund suchten sie eines Tages nach neuen Vögten wie den Schoßbergs. Die nahmen den Bauern das schlecht ausgewalzte Korn nicht mehr ab. Ab dieser Zeit machten die Esterházys Gewinn. Mein

Vorfahre war sogar in der Lage, das Burgtheater in Wien zu finanzieren.«

»Die Csakys sind uns sympathisch, nicht, Frau Sarolta?«, bemerkte Ihre Majestät.

»Darf ich die Pferde bringen lassen und Eure Hoheit nehmen noch kurz Platz auf dem Bankerl im Schatten der Rotbuche?«, fragte Zsigmond, indem er sich verbeugte. Elisabeth verneinte dankend.

»Ich mache lieber ein paar Schritte hinüber zum Stall und will mich mit der jungen Dame hier kurz unterhalten. Dank Ihnen, lieber Baron, übrigens nochmal für die großzügige Lieferung von Akazienhonig.«

»Ich fühle mich geehrt, Majestät, dass Sie meine geringe Gabe erfreut. Die Bäume kommen tatsächlich in Mitteleuropa sonst nicht vor. Ich ließ sie importieren, denn nur aus diesen Blüten gewinnt man einen so aromatischen, feinflüssigen grünlichen Honig. Darf ich Ihnen ein Pfauenpaar verehren?«

»Nicht für Gödöllö, ich reise übermorgen auf unbestimmte Zeit ab, aber wenn ich die Tiere auf Korfu haben könnte? Kommen Sie, mein Kind!« Die Königin von Ungarn nahm Sarolta am Arm und stolzen Schrittes ging sie in Richtung Stall.

»Werde mich umgehend darum kümmern«, rief Zsigmond hinterher.

»So ist sie, Servus und Ba-ba, Baron«, kicherte Graf Esterházy und setzte sich in gebührendem Abstand in Bewegung.

»Akazienhonig, Eigelb und Cognac, alles tüchtig verquirlt, das ist das Beste für die Haarpracht«, raunte Elisabeth und beugte sich zu der einen halben Kopf kleineren Sarolta. »So, mein Kind, jetzt sagen's, warum Sie heute an diesem wunderbaren Sommertag Schwarz tragen.«

Sarolta schluckte. Wie sollte sie antworten? Sie konnte kaum fassen, dass Sisi, das Idol, sich für die kleine Sarolta interessierte. »Im August des Jahres 1889 verlor ich durch Spätfolgen einer Schussverletzung aus dem Krieg 70/71 meinen Ehemann und fünf Monate später folgten ihm zur Weihnachtszeit meine Kinder Friedrich und Erzsebet, die nach Eurer Hoheit benannt worden war. Es war Diphterie. Ich trage Verantwortung für meine anderen Töchter und so muss es eben weitergehen«, sagte Sarolta und schluckte.

»Ja, es geht weiter! Aus diesem Grund flüchte ich aber nach Korfu, wo ich manchmal das schwarze Sach ablege«, antwortete Elisabeth ernst. »Wie alt sind denn die Töchter?«, wollte sie weiterwissen.

»Meine kleine Gertrud ist zweieinhalb. Ich konnte sie ihrem Vater noch zeigen, bevor er ..., aber dann habe ich noch Ada, sie ist fünfzehn und besucht das k. u. k. Civil-Mädchenpensionat in Wien, ein sehr gescheites Kind. Sie stammt aus der ersten Ehe. Ich hab die Freiheit besessen, mit sechzehn Jahren nach Hamburg zu heiraten. Leider starb mein erster Mann drei Jahre danach an Lungenentzündung.«

»Haben's was mitgemacht! So jung sind's ausgebüxt, Respekt! Aber wir Frauen dürfen uns nicht unterkriegen lassen, auch wenn es schwerfällt. Denken Sie an meine Worte, Mädel. Übrigens, Ihre Figur mit so viel Kindern, Chapeau! Die meisten Frauen gehen nach den Schwangerschaften auseinander wie Dampfnudeln, schrecklich!« Sie schüttelte sich und blickte Sarolta mitfühlend an. Sie waren beim Stall angekommen. Der edle Rappe Ihrer Majestät stand bereit. Mit Schwung saß Sisi auf und beugte sich nochmal herab. »Hat mich gefreut!«

»Danke Majestät! Vielleicht gehe ich nach Berlin. Ein Schuldirektor will mich heiraten!«

»Überlegen Sie sich es! Aber wenn, grüßen Sie mir dort meinen Neffen Willi, obwohl, ich mag ihn nicht!«, rief Elisabeth im Davonreiten.

Am folgenden Tag brachte ein Bote von Schloss Gödöllö ein Geschenk für Sarolta. Ein Medaillon mit dem Portrait der Kaiserin aus jüngeren Jahren.

Schoßberger Schloss in Tura

Frau Professor Lange

»Ja!«, antwortete Professor Dr. Gustav Lange mit fester Stimme auf die Frage des Standesbeamten vom Standesamt Berlin Mitte, ob er Sarolta, geborene Hollán, verwitwete Götte, verwitwete Grawert zu seiner Frau nehmen wolle.

»Und Sie, liebe Frau Sarolta Caroline Franziska Grawert, sind Sie gewillt, den hier anwesenden Gustav August Lange in guten, wie in schlechten Tagen zu Ihrem Gemahl zu nehmen, bis dass der Tod euch scheidet?«

Während dieses Satzes hatte Sarolta für einen Augenblick die Augen geschlossen. Im nächsten Moment würde sie freiwillig den Namen ihres geliebten Friedrichs abgeben. Es kam ihr vor wie Verrat. Ein drittes Mal hörte sie nun diesen Satz, »bis dass der Tod …«, ein drittes Mal würde ihr sogleich ein goldener Ring an den Finger gesteckt werden. Nein!, schrie es in ihr, nein!, wollte sie sagen.

»Frau Grawert, Sie müssen antworten.« Der Standesbeamte räusperte sich.

Sarolta riss die Augen auf und ihr Blick fiel auf den 13-jährigen blassen, hochaufgeschossenen flachsblonden Walter, der links neben ihrem zukünftigen Ehemann stand, und sie erwartungsvoll aus hellblauen Augen anstarrte. Die sechsjährige Gertrud im rosa Kleidchen hielt er angestrengt an der Hand.

Sarolta erwiderte seinen Blick. »Ja.« Sie wandte sich dem Standesbeamten zu. »Entschuldigung, ja!«, sagte sie bestimmt.

Der Professor wie auch die gesamte kleine Hochzeitsgesellschaft seufzten erleichtert. Willi Lehmann, der Bruder von Gustavs verstorbener Ehefrau Grete, fungierte neben Helene Mayer als Trauzeuge und öffnete die kleine braune Schachtel mit den schlichten rotgoldenen Ringen.

An diesem Samstagmorgen, am 23. März des Jahres 1895, hatte Sarolta unter Tränen Friedrichs Ring abgestreift und ihn an die Kette zu den verschlungenen Buchstaben S und F aus Rubinen gehängt, die sie immer unter ihrer Kleidung trug. Heute würde sie zur Feier des Tages eine weiße Bluse mit Spitzenjabot unter dem schlichten, schlankgeschnittenen schwarzen Kostüm anziehen. Bertha Lehmann hatte ihr für die Hochzeit einen schwarzen Hut mit grauer, vorne asymmetrisch aufgebogener Krempe und Reiherfeder kreiert.

Nun aber wurde ihr ein neuer Ring angesteckt. Sie steckte ihrerseits einen Ring auf den Finger des Professors, der ihr daraufhin einen Kuss auf die Wange hauchte. Der gepflegte Spitzbart kitzelte sie so, dass sie die Lippen zu einem Lächeln verzog.

»Dann wollen wir mal! Frau Lange reiche mir deinen Arm!«, rief der Professor aufmunternd, nachdem die kurze Zeremonie beendet war. Draußen goss es, der Wind pfiff und so war man erleichtert, dass Droschken bereitstanden, in denen es zu dem nicht weit entfernt gelegenen Lieblingsrestaurant von Gustav Lange, »Zur letzten Instanz« ging.

»Habe extra für dich, meine Liebe, Hamburger Wetter bestellt«, flachste der Professor während der Fahrt.

»Budapester Wetter wäre mir lieber gewesen«, antwortete Sarolta schlagfertig zum Vergnügen von Gertrud, Walter und Bruno, der ebenfalls mit seinen Eltern in der Hochzeitsdroschke mitfuhr. Leider nahm der Professor den rundlichen 14-Jährigen durch seine Brille ins Visier und bemerkte: »Bruno, mein lieber Junge, mir ist zu Ohren gekommen, dass du eine ganze Klasse, auf Grund deiner Leistungen überspringen wirst. Bravo, kann ich nur sagen! Du solltest deinem Cousin Walter verraten, wie das geht, nämlich durch Fleiß. Unser Walter ist der Ansicht, es reiche ein Sonntagskind zu sein, aber das ist ein Irrtum!« Die Stimmung geriet merklich ins Kippen.

»Gustav, lass das doch bitte! Heute ist unser Hochzeitstag und nichts soll die Freude trüben« schritt Sarolta energisch ein.

»Natürlich, meine Liebe, wie recht du hast«, beeilte sich der Professor zu erwidern und küsste seiner frisch Angetrauten die Hand.

»Brunochen macht uns wirklich Freude, nicht Willi?«, flüsterte Bertha, die in den letzten Jahren erstaunlich zugelegt hatte. Bruno blickte verlegen auf Walter, der aber nur mit den Schultern zuckte.

»Wir sind trotzdem Kumpel«, bemerkte der mit leichtem Grinsen.

Nun hatte man das Ziel erreicht, und auch die zweite Droschke mit Helene und Stephan Mayer, Else und Georg Dessen mit Ada sowie Lehrer Dr. Kruse und Frau war angekommen. Die Damen mussten ihre Kapotthüte festhalten, so brauste der Wind durch die Waisenhausgasse. Schnell flüchtete man vor dem Wetter ins Lokal. Dort wartete ein hübsch gedeckter Tisch für zwölf Personen auf sie. Der Platz des Hochzeitspaares in der Mitte war, jahreszeitlich angepasst, mit gelben Narzissen umkränzt, ansonsten bestand keine Sitzordnung. Nach einem Glas Sekt, bei dem man das frisch getraute Paar hochleben ließ, verkündete Gustav Lange:

»Jeder soll sich bestellen, was ihm schmeckt. Ich persönlich plädiere für Königsberger Klopse, die sind superb, aber auch Eisbein ist zu empfehlen!« Sarolta entschied sich für Kalbsleber, Berliner Art, und musste dabei an Marika denken. Wie ich sie vermisse, dachte sie.

Während Sarolta Ostern 1893 beschlossen hatte, Ada, die nach ihrem Schulabschluss in Wien mit der Note gut nicht nach Budapest, sondern zurück nach Dresden wollte, für eine Weile dorthin zu begleiten, entschied sich Marika schweren Herzens dafür, ihren Lebensabend bei der kinderreichen Familie des Bruders nahe Pressburg zu verbringen. Als der Zug mit Sarolta und Ada von Budapest nach Dresden dort auf dem Bahnhof Zwischenstation machte, kam es zu einem kurzen, tränenreichen Abschied mit Beteuerungen, sich recht bald wiederzusehen.

Doch nun waren seitdem schon zwei Jahre ins Land gegangen, in denen das Leben einen anderen Verlauf genommen hatte als geplant.

»Ist das wahr, Mama, alle, die hier sitzen, haben schon an der Hochzeit damals mit meinem Vater teilgenommen?«, fragte Ada, mittlerweile eine energische, zierliche, 18-jährige junge Dame, die seit einem Jahr auf Vermittlung von Tante Else bei der vornehmen Familie von Schelling in Meißen als »Französisches Fräulein« für die sieben und neun Jahre alten Töchter angestellt war.

»Na ja, alle, außer euch Kindern!«, lachte Georg Dessen und bearbeitete mit dem Messer sein Eisbein. »So etwas bekommt man in Dresden nicht!«

»Bei mir kriegst du es nicht, weil es schlecht für deinen hohen Blutdruck ist«, bemerkte Else.

»Auch wir konnten damals nicht dabei sein, wir waren nämlich gerade auf Hochzeitsreise nach Brüssel, nicht, mein Berthale?«

»Dort haben wir einen Hutsalon bestaunt und da wusste ich, in diesem Stil würde ich den bescheidenen Laden der Eltern umgestalten«, beantwortete Bertha Lehmann die Frage ihres Gatten.

»Was dir vorzüglich gelungen ist, meine Liebe. Sieh, wir alle tragen deine Kreationen«, äußerte Helene, die zu einem turbanähnlichen Gebilde auf dem Kopf wie immer in ein asiatisch angehauchtes Kostüm in silbergrauer Seide gekleidet war.

»Und ich verschicke Hüte bis nach München, Frankfurt, Berlin und sogar nach Budapest!«, ergänzte Willi Lehmann voller Stolz.

»Richtig, meine Cousine Jenny de Heves hat dich dort richtig populär gemacht, liebe Bertha, zumal du auch angenehme Preise hast«, lächelte Sarolta.

»Nun, die Damen müssen die Chapeaus während des Mahls auf dem Kopf balancieren, uns Gentlemen ist es erlaubt, den Zylinder abzusetzen und unser weißes Haar zu zeigen. Ja, auch du Freund Georg hast dich Stephan und mir endlich angeglichen. Prost, wohl bekomm's, der Nahewein mundet vorzüglich! Ein Hoch auf die wunderbare Frau an meiner Seite! Es ist mir gelungen, sie mit List und Tücke zu erobern und Gott im Himmel hat mir dabei geholfen! Nimmst du täglich deinen Tropfen, wird dein Herz stets freudig klopfen, wirst im Alter wie der Wein, stets begehrt und heiter sein, sagte schon Euripides, vierhundert Jahre vor Christus.« Euphorisch hob der Professor das Glas.

»Danke dir, lieber Gustav, dass du mich aufgenommen hast und fortan mir und meinen Töchtern Schutz bietest«, bedankte sich

Sarolta, nachdem alle auf ihr Wohl getrunken hatten. »Und dass ich mich um Walter kümmern darf! Er ist mir im letzten Jahr ans Herz gewachsen und ich empfinde ihn als kleines Gottesgeschenk, weil mein Fritzchen und die Elsbeth doch für mich unerreichbar bei Friedrich im Himmel sind«, fügte sie ernst hinzu.

»Ich ahne es, sie hat mich nur deinetwegen geehelicht, mein Sohn!« Gustav stieß Walter, der auf seiner linken Seite Platz genommen hatte, wohlwollend in die Rippen. Gertrud, die sich mit ihren sechs Jahren bis jetzt den ganzen Tag vorbildlich verhalten hatte, flüstert ihrer Mutter zu: »Ich bin satt, Mama, darf ich mich zu Walter setzten?«

»Es wird aufgegessen, Trudchen, Du hast doch nur noch einen halben Klops«, gab Sarolta leise zurück. »Na komm«, seufzte sie und befreite Gertruds Teller mit der Gabel vom letzten Rest. »Kein Wunder, dass ich zunehme«, meinte sie. »Gustav, wäre es dir recht, nach rechts zu rücken, Trudchen will neben Walter!«

Bald vernahm man ein Tuscheln und Gekicher, denn Walter und Bruno erzählten der Kleinen die lustigsten Späße, auf die sie alle reinfiel. »Treibt es nicht zu dolle«, mahnte Gustav Lange.

In Ada regte sich eine leise Eifersucht. Aber ich gehöre natürlich zu den Erwachsenen und bin ein berufstätiges Fräulein, dachte sie. Dabei hatte sie einen jungen Mann vor Augen, der sich erdreistet hatte, ihr unlängst ein Schälchen aus Meißner Porzellan, welches er persönlich mit einer rosa Rose bemalt hatte, zu verehren. Frau von Schilling meinte, sie dürfe das Geschenk des sehr talentierten, bei der Manufaktur in Meißen angestellten Malers ohne Bedenken annehmen, aber mit Mama hatte sie wohlweislich noch nicht über diesen Vorfall gesprochen und auch Tante Else war nicht eingeweiht. In diesem Moment wurde der Nachtisch aufgetragen, der auf Wunsch von Gustav Lange aus einer Apfeltarte in Wagenradgröße, garniert mit halbgefrorener Vanillesahne bestand. Der Clou des Ganzen waren aber zwei Wunderkerzen, die, nachdem der Kuchen auf dem Tisch stand, angezündet wurden und Funken sprühend, unter Applaus der Tischrunde, abbrannten.

»Keen Blümchenkaffee«, meinte Georg anerkennend, als der Ober seine Tasse eingoss. »Sacht man doch so, oder? Wenn der Kaffee so stark ist, dass man das Blümchen im Tassenboden nicht erkennen kann.«

»Man lernt nicht aus, auch als Schulmeister nicht«, bemerkte Dr. Kruse, der den Spruch noch nie gehört hatte, lachend zu seiner Frau.

Sarolta blickte in die Runde. Ein spontaner Entschluss reifte in ihr. Sie wollte eine kleine Rede halten. Entschlossen erhob sie sich und klopfte mit dem Kaffeelöffel an das Weinglas. »Ihr Lieben, die ihr heute in dieser Runde sitzt, ich möchte diesen Tag zum Anlass nehmen, ein paar bescheidene Worte an euch zu richten. Worte des Dankes! Leider konnte meine liebe Schwägerin Marie mit Tochter Anne und ihren zwei Enkeln nicht aus Hamburg anreisen. Sie ist bedauerlicherweise vom Rheuma geplagt und Annes Kinder haben Keuchhusten. Fange ich aber trotzdem mit Marie an. Als ich damals vor 20 Jahren im Alter von 16 als ungarisches Mädel in diese zutiefst im Hanseatischen verwurzelte Gesellschaft einbrach, ihnen sozusagen als Ehefrau des Bruders vor die Nase gesetzt wurde, nahmen sie und Ernst mich mit einer selbstverständlichen Herzlichkeit auf. Es ging noch viel weiter, ich durfte mich in ihr Geschäft einbringen und nach dem tragischen Tod meines Carls kümmerte sich Ernst um alles. Ich hatte bis zu meiner Wiederverheiratung für mich, meine Ada und nicht zu vergessen für Marika, eine Existenz und ein Heim. Nach wie vor erhalte ich einen kleinen Geldbetrag für meine ehemalige Wohnung, den Marie, da sie auch durch ihren Sohn Peter in England finanziell gut dasteht, erheblich aufgestockt hat. Dies nun wieder ermöglicht mir den Luxus meiner eigenen kleinen Bleibe hier in Berlin.«

»Zu Schade!«, warf der Professor ein und alle lachten.

»Aber auch meinen Schwiegereltern Nikolaus und Luise möchte ich in Abwesenheit danken, sie haben mich stets fair behandelt, so sagt man doch auf Englisch. Dann erinnere ich an den größten Schatz, unser Tantchen Gertrud, ohne die es wohl nicht dazu gekommen wäre, dass ich meinen Fritz hätte ehelichen können. Unser ganzes Leid trug sie tapfer mit und bemühte sich, die

Not zu lindern. Liebe Tante Trude, ich schicke meinen Dank, dass du Friedrichs Aufenthalt in dem Privatsanatorium beglichen hast, hinauf zu dir in den Himmel, wo du hoffentlich fröhlich mit deinem Neffen und meinen beiden Süßen auf uns herabblickst ...« Sarolta versagte für einen Moment die Stimme, bevor sie fortfuhr: »Doch nun zu den Anwesenden! Else und Georg, wisst ihr noch, wie ich im Alter von 15 Jahren mit klopfendem Herzen vor eurer Eingangspforte stand? Schon tags darauf fühlte ich mich bei euch wie zu Hause. Welche Freude, mit Heini, diesem außergewöhnlichen Jungen, am Klavier zu sitzen ...!«

»Das nehme ich dir etwas übel! Ohne dich hätte ich einen Nachfolger für meine Fabrik!«, warf Georg dazwischen.

»Höre nicht auf ihn, er scherzt! Lass Dich nicht unterbrechen!«, rief Else temperamentvoll.

»Ich glaube tatsächlich, mein Anteil an Heinis Musikerkarriere ist eher gering. Sein Talent wies ihm den Weg. Der schönste Geburtstag meines Lebens war der 16. ...«

»Unvergessen, wie du voller Anmut, mit deinen offen getragenen goldenen Locken im geblümten Kleid die Treppe herunterschwebtest!«

»Danke dir, liebe Else!«, lachte Sarolta, bevor sie ernst fortfuhr, »aber am meisten habe ich euch zu danken, dass ihr meine Ada in schweren Zeiten aufgenommen und wie ein eigenes Kind geliebt, erzogen und gefördert habt. Ich wäre nicht imstande gewesen, ihr Ähnliches zu bieten. Aber ich gestehe offen, ich habe sie damals vermisst und manchmal musste ich eine klitzekleine Eifersucht unterdrücken. Marika hat mir dann ins Gewissen geredet.«

»Du hast uns dieses große Geschenk gemacht, Sarolta! Nachdem Heini ständig in der ganzen Welt unterwegs ist, wären wir ohne Ada vereinsamt gewesen. Außerdem gleicht sie Heini wie eine jüngere Schwester!«

»Genau so ist es!«, pflichtete Georg dem abermaligen Einwurf seiner Frau bei.

»Ihr seid lieb«, seufzte Sarolta, »danke, Else, dass Ada durch deine Bekanntschaft mit Frau Direktor von Schelling in Meißen diese fabelhafte Stelle im Hause des Sohns erhalten hat! Nun zu euch, Helene! Stephan! Erst einmal muss ich mit euch schimpfen! Es passt mir überhaupt nicht, dass ich so tief in eurer Schuld stehe! Was ihr für mich getan habt in den drei Jahren, die ich in Ungarn verbrachte! Netterweise hattest du, lieber Stephan, dich ja bereiterklärt, die Vormundschaft für die Kinder und die Finanzen einer armen Witwe zu übernehmen und mir das vom Gericht zugesprochene Salär der Firma ›Blanck & Söhne‹ auf die Bank in Budapest, an der Onkel Schoßberg beteiligt ist, zu überweisen. Was ihr mir verheimlicht habt, war, dass Albert seine Zahlungen nach anderthalb Jahren fast zur Gänze eingestellt hatte und du, lieber Stephan, die fehlende Summe jedes Mal draufgelegt hast. Als ich Albert durch Zufall vor zwei Jahren auf die Schliche kam und sofort nach Hamburg reiste, um ihn zur Rede zu stellen, log er mir frech ins Gesicht, er sei pleite und müsse in Kürze die Eltern ins Haus nehmen, da seine Mutter tüdelig werde, was allerdings stimmt. Als ich die beiden in der Großen Allee besuchte, drückte mir Luise eine Einladung zur goldenen Hochzeitsfeier, die im Jahr zuvor stattgefunden hatte, in die Hand mit den Worten: Du kommst doch, Sarolta.«

»Und als ich bei Onkel Albert vor der Küchentür stand, hörte ich, wie dieser drinnen sagte, tut den Kuchen weg, da ist die Jüdin mit ihrem Kind!«, fiel Gertrud ihr lebhaft ins Wort.

»Was ist das, eine Jüdin, Mama? Ist das etwas Schlechtes?« Ihre Mutter bekam einen roten Kopf. »Erkläre ich dir später, mein Kind«, sagte sie hastig.

»Nun aber Schluss mit dem Gerede über Geld beim Essen!«, erklärte Helene energisch. »All das haben wir gerne für dich getan. Ich fühle mich ja gewissermaßen verantwortlich für die Unregelmäßigkeiten meines Bruders. Wir werden ihn wohl nicht mehr ändern können. Leider wurden die guten Gaben bei meinen Brüdern ungerecht verteilt. Fritz hatte alles, was dem anderen vorenthalten blieb!« Sie seufzte.

»Wie auch immer!«, setzte Sarolta fort, »ich bin euch allen zu größtem Dank verpflichtet, auch euch, Bertha und Willi, mit denen mich seit heute ein neuer Verwandtschaftsgrad verbindet.«

»Per aspera ad astra, nicht glatt ist der Weg von der Erde zu den Sternen! Deine Rede war beeindruckend, meine Liebe!«, ergriff Gustav Lange das Wort. »Summa summarum, nolens volens, sit venia verbo, wenn das Wort erlaubt ist, darf ich mich als tertius gaudens bezeichnen.« In sein Lachen stimmte aber nur Kollege Dr. Kruse ein.

»Wenn man die edle Gemahlin betrachtet, bist du wirklich ein lachender Dritter, werter Freund. Du hast es aber verdient, so aufopfernd, wie du dich zusammen mit meiner Frau um deine arme Grete gekümmert hast.«

»Ja, mein gutes Weib. Den Tod von Gustav Junior, kurz vor Walters Geburt, hat sie nie verkraftet. Von da an kränkelte sie. Apropos, habe nun endlich eine Ehefrau, die nicht mehr auf mich herabblickt!«

»Aber nur, weil ich ein Stück kleiner bin, während Grete dich einen halben Kopf überragte«, bemerkte Sarolta schlagfertig.

»Richtig, meine stolze Egeria!« Die gute Laune des Professors war nicht zu bremsen.

»Mama heißt Sarolta!«, rief Gertrud naseweis.

»Ich weiß es, mein Kind! Egeria ist eine Nymphe aus der Antike, die dem König Numa des Nachts gute Ratschläge erteilte«, erklärte der Professor mit erhobenem Zeigefinger. Willi Lehmann räusperte sich.

»Ich will nicht ungemütlich sein, aber es ist bald 3 Uhr und der Zug nach Braunschweig geht kurz vor 4.«

»Kein Grund zur Hast, mein Guter. Mit der Droschke sind wir in zehn Minuten am Bahnhof, wir haben doch bereits die Billetts«, beruhigte ihn Helene.

»Ach, beinahe habe ich es vergessen, mein Vater schrieb mir vom Rittergut im Brandenburgischen, wo er und Mutter seinen Lebensabend verbringen, er wünscht dem Paar Gottes Segen, auch für Enkelchen Walter. Er bietet euch eine kirchliche Trauung in der dortigen Dorfkirche an, in der er jeden Sonntag als Pastor predigt. Obwohl es die beiden schmerzt, dass Gott ihre Tochter zu sich befohlen hat, empfinden sie es als Segen, dass du, lieber Gustav, im stattlichen Alter von sechsundfünfzig Jahren nochmal eine sorgende Gefährtin und Mutter für Walter gefunden hast. Es ist nicht gut, dass der Mensch alleine sei, schreibt er.«

»Was für ein weiser und gütiger Kirchenmann unser Pastor Lehmann doch ist! Ja, wir werden darüber nachdenken, was meinst du, Sarolta?«, antwortete der Professor.

Sarolta nickte. »Vielleicht im Sommer? Aber ihr müsst dann wieder alle dabei sein«, lächelte sie.

»Gut! Dann soll der Wirt doch allmählich nach einer Droschke klingeln«, sagte Stephan ein wenig nervös und erhob sich. Die anderen taten es ihm gleich.

»Ein eindrucksvolles Paar seid ihr. Was trägst du für einen edlen grauen Anzug, Gustav! Besonders diese doppelreihige Weste gefällt mir kolossal!«, lobte Helene den Professor.

»Der ist sonst den Maturafeiern vorbehalten. Ich besitze ihn seit Jahren und deshalb spannt er ein wenig. Aber wenn ich die Jacke offenlasse, geht es!«

»Ich werde mal sehen, ob ich seitlich ein wenig herauslassen kann«, bemerkte Sarolta und umarmte die Braunschweiger zum Abschied.

Else und Georg hatten Ada versprochen, noch bis Sonntagabend zu bleiben. Der Professor hatte den Dessens sein bescheidenes Gästezimmer angeboten, aber die zogen es vor, in der kleinen, gemütlichen Pension »Flora«, Gartenstraße 15, fünf Häuser entfernt vom Lehrerhaus des Humboldt-Gymnasiums zu logieren. Ada wohnte natürlich bei ihrer Mutter und Schwester Trudchen in der gemütlichen Vier-Zimmer-Wohnung im Dachgeschoss der Gartenstraße 29, die Sarolta im Spätherbst 1893 bezogen hatte. Aus Hamburg zurückgekehrt, hatte sie auf Grund ihrer prekären Lebensumstände beschlossen, nicht nach Ungarn zurückzukehren. Als Tochter ihres Vaters war sie zu stolz, um Almosen vom Baron Schoßberg anzunehmen. Lieber führte sie Gustav den Haushalt, zudem der mit der Erziehung seines Knaben restlos überfordert schien. Die Wohnung kostete 20 Mark, und da Marie die Miete vom Hansaplatz auf 30 Mark aufgestockt hatte, passte es. Wenn sie ganz ehrlich war, musste sie sich außerdem eingestehen, dass sie das Zusammenleben mit den im Grunde heiß geliebten Schwestern auf Dauer nicht ertragen hätte. Drei alte Jungfern blicken auf die Donau und langweilen sich, kam ihr dann und wann in den Sinn. Nein, sie war es gewohnt, Ehefrau, Mutter und vor allem eigenständig zu sein.

»Kommt herein in die gute Stube!« Sarolta war dankbar über die kurze Zeit, die sie an diesem Tag allein mit ihren Töchtern verbringen konnte. »Lasst uns ein wenig ausruhen, dann gehen wir hinüber zu Gustav, wo wir mit Else und Georg den Tag gemütlich ausklingen lassen werden, ja?«

Kurz darauf kuschelten alle drei zusammen in Saroltas neuem Bett und redeten und lachten miteinander. »Warum haben wir in Hamburg keinen Kuchen bekommen?«, fragte Gertrud wieder.

»Weil der Onkel ein dummer Mensch ist!«, sagte Ada bestimmt. Vom Bett aus blickte sie auf die Portraits ihrer Großeltern. Sie hingen neben dem Fenster, unter dem das einzige Möbelstück aus vergangenen Tagen, auf dessen Herausgabe Sarolta in Hamburg gedrungen hatte, der zierliche Biedermeierschreibtisch, stand.

»Schade, dass ich meine Großeltern nicht kennenlernen durfte«, bedauerte sie.

»Fritzchen und Elisabeth habe ich im Elfenbeinrahmen auf den Sekretär gestellt und neben dem getrockneten Sträußchen aus Rosen und Lavendel von Tura liegt das Medaillon unserer verehrten Sisi. Ich kann bis heute nicht fassen, dass sie es an mich überbringen ließ. Aber ich habe ihre Botschaft verstanden, die hieß: Lass dich nicht unterkriegen!«, sagte Sarolta mit geschlossenen Augen. Dann richtete sie sich ein wenig auf und wandte den Kopf zu ihrer Jüngsten. »Gertrud, du bist doch jetzt schon ein großes Mädchen und gehst seit Ostern zur Schule. Versprich mir, dass du die Geschichte mit dem Kuchen dort niemandem erzählst? Sprich nicht darüber und erwähne auch nicht das Wort ›Jüdin‹, ja?«

»Versprochen, Mama«, murmelte Gertrud schläfrig.

Vor einigen Tagen war Sarolta mit dem Professor an der neu errichteten Synagoge mit der gewaltigen Goldkuppel in der

Oranienburger Straße vorbeigekommen. Sie hatten kurz hineingesehen.

»Hier hat sich das auserwählte Volk sein himmlisches Jerusalem in Berlin geschaffen«, drückte sich Gustav wie immer hochtrabend aus, während Sarolta die orientalische Pracht befremdlich fand.

»Einerseits wollen wir doch immer in die Gesellschaft der jeweiligen Länder, in denen wir leben, integriert sein, aber dieser grandiose Tempel im maurischen Stil impliziert die Andersartigkeit von uns Juden«, meinte sie nachdenklich.

Eibsee, am 16. Sept. 1898

Liebe Schwestern,
ich sitze mit Gertrud und ihrer Puppe in der wärmenden Herbstsonne auf der Veranda unserer Pension am Eibsee, während Gustav sich, bewaffnet mit einer Botanisiertrommel und grünem Strohhut gegen die Sonne, mit Walter zu einer Wanderung durch die Höllentalschlucht aufgemacht hat. Hier auf der Bank vor dem Haus scheint es mir wie im Bilderbuch. Der Blick schweift hinauf bis zum Zugspitzgipfel und wandert von dort gemächlich hinab über den smaragdgrünen Gebirgssee. Ich atme die würzige Luft. Wir hatten eine angenehme Reise mit der Bahn von Berlin nach München, einer gemütlichen Stadt, in der wir in einem Hotel am ›Platzl‹ übernachtet haben, um am nächsten Tag über Murnau in die Berge zu fahren. Alles hier im schönen Bayern kannte ich nicht und ich fühle Begeisterung und Freude für die prächtige Natur dieser Gegend. Aber ach, nun ist mein Herz weh vor Schmerz! Ich bin betrübter als vor einem Jahr, wo ich erfahren musste, dass kurz hintereinander zuerst Luise und danach Nikolaus Grawert verstorben sind. Sie mit 74, er sage und schreibe mit 84. Die beiden waren, so nannte sie Gustav, Philemon und Baucis. Liebe Schwestern, ist es wirklich wahr, was mir hier in der Wildnis zu Ohren kam? Unsere geliebte, verehrte Kaiserin und Königin Elisabeth wurde in Genf Opfer eines heimtückischen Attentats. Ich kann es nicht glauben,

will es nicht glauben! Für mich ist diese Frau unsterblich in ihrer Hoheit und Größe. Alle sprechen von Unnahbarkeit. Ich habe sie als eine höchst sensible Erscheinung erlebt. Sie sah mich an und durchleuchtete mich in Sekundenschnelle mit Röntgenblick. Es war, als ob sie alles von mir wusste!

Ich musste das Schreiben gerade für einen Moment unterbrechen, da Trudchen fragte, warum ich weine. Sie ist selig hier und füttert mit den Bauernkindern, die sie kaum versteht, die Ziegen. Ich glaube, mit ihren hellen Augen, dem dunklen Haar und den fein geschnittenen Gesichtszügen, verspricht sie, eine Schönheit zu werden. Sie gleicht ihrem Papa so sehr. Erleichtert bin ich, weil Gustav während der Ferien sich endlich wie ein Vater Walter gegenüber zeigt, normal mit ihm spricht und auch mal mit ihm scherzt, anstatt sich dauernd über sein vermeintliches Versagen in der Schule lustig zu machen.

In Berlin muss ich immer und immer einschreiten, sonst drischt er bei jeder Gelegenheit mit seinem Stock auf ihn ein. Er will damit einen besseren Schüler aus dem Jungen machen. Das Gegenteil scheint dadurch leider der Fall zu sein. Aber der Schulmeister begreift es nicht. Er versteht dieses kluge, sensible Kind nicht, das sich allerdings auch immer etwas einfallen lässt, um seinen Vater zur Weißglut zu bringen. Neulich schob er doch glatt die von Lehrer Kruse zu korrigierenden Griechischproben auf einen Aschenbecher mit glimmender Zigarre. Zum Glück wurde das bald entdeckt, sodass der Schaden sich alleine auf die Prüfungsarbeit bezog. Walter wurde als Täter schnell ermittelt und wanderte für drei Stunden in den Karzer. Zu Hause setzte es zusätzlich noch eine Tracht Prügel. ›Ständig machst Du mir absichtlich Schande‹, brüllte Gustav und ich befürchtete, die Aufregung würde zu viel für sein angegriffenes Herz werden. Dieser Vorfall ist nur ein Beispiel von mehreren. Da verzweifele ich zuweilen. Ich muss aber doch betonen, dass Gustav sich Gertrud und mir gegenüber tadellos benimmt. Wir gehen sogar öfter in hervorragende Konzerte und nehmen am reichen Berliner Kulturleben teil, welches so viel mehr zu bieten hat als das in Hamburg bei den Pfeffersäcken. In

drei Tagen sind die Ferien zu Ende und morgen geht es zurück nach Berlin. Ich habe schon mit dem Gedanken gespielt, meine eigene Wohnung aufzugeben, aber nun hat sich mein Neffe Bruno, der Jura an der Friedrich-Wilhelm-Universität studieren will, als Untermieter angemeldet. Darauf freue ich mich. Er durfte auf Grund seiner Leistungen eine Schulklasse überspringen und wird mit seiner besonnenen Art einen guten Einfluss auf Walter ausüben, da bin ich mir sicher!
Was machen Sandor Balint und die Schoßberg-Familie?
Ich vermisse euch alle und schicke euch eine weiße Wolke vom Eibsee, auf der ein Schutzengel für euch Platz genommen hat!

Szeretlek
Sarolta

P.S. Einen Kuss von Trude! Walter solltet ihr kennenlernen!

Budapest, den 8. 10. 1898

Liebste Sarolta,
heute bin ausnahmsweise ich es, die sich für Deine lieben Zeilen, denen wir schon so lange entgegengefiebert hatten, bedankt. Adèl hat sich vor drei Wochen die rechte Hand verstaucht und dadurch fällt ihr das Schreiben immer noch schwer. Da hast Du Dir im fernen Berlin aber wieder ganz schön viel aufgeladen. Nun, Du wolltest es nicht anders, hier mit uns empfandest Du es wohl zu eintönig, umtriebig, wie Du nun mal bist. Wir haben es verstanden und sind Dir, geliebte Schwester, nicht gram. Du hast für uns mitgeheiratet, ist es nicht so? Dreimal hast Du Dich trauen lassen! Bei unserem guten Sandor ist es nun hoffentlich im nächsten Frühjahr endlich so weit. Er bewegt sich in zwei Jahren auf die 40 zu, der Bub, wie Adèl immer sagt. Seit dem Tod seines Vaters vor drei Jahren kümmert er sich rührend um Tante Ilona. Bei der Schoßberg-Familie ist alles im Lot, die Kinder werden immer mehr, Du kriegst sicher zuweilen eine Anzeige. Ach ja, Onkel Henrik scheint

es leider nicht gut zu gehen, aber so ist das Leben! Auch uns hat die Ermordung unserer Königin erschüttert. Ein Trost ist, sie selber hat es wohl nicht wahrgenommen, so etwas wünscht man sich im Grunde!

Tausend Umarmungen und Küsschen für Trude!
Katalin und Adèl

P.S. Endlich ist unser Országház, unser Parlament, bezogen! Du solltest es besichtigen, habe ein Bild beigelegt!

Sarolta sollte recht behalten. Der Entschluss Brunos, sein vierjähriges juristisches Grundstudium in Berlin zu absolvieren, erwies sich für Walter als Glücksfall. Endlich besaß er in Bruno einen Freund und Verbündeten an seiner Seite, der ihm zeigte, wie man mit Ruhe, Gelassenheit und Fleiß sein Lernziel erreicht. Natürlich gehört auch eine Portion Intelligenz dazu, an der es Walter aber nicht mangelte. Zudem verhinderte Bruno den ein oder anderen Streich, den Walter im Kopf hatte, und somit gab er keinen Anlass mehr für väterliche Wutausbrüche. Dafür ertrug es der humorvolle, gutmütige Bruno gerne, dass er als Zielscheibe für Walters Spott herhalten musste, wenn sie gemeinsam Sport trieben. In dieser Beziehung war Walter seinem Cousin haushoch überlegen. Besonders beim Rudern auf dem Wannsee. Aber selbst beim Kegeln machte Bruno keine gute Figur. Stattdessen bewegte er sich scheinbar schwerelos durch die Jurisprudenz und das Erlernen der Paragrafen machte ihm auch noch Spaß. Walter konnte es nicht begreifen und dennoch dachte er ernsthaft darüber nach, es beim Studium Bruno gleichzutun.

Als Bruno nach seinen Ferien für das 2. Semester von Braunschweig nach Berlin zurückkam, staunte er. Im Zimmer der kleinen Gertrud wohnte jetzt Walter.

Sarolta hatte im Sommer 1899, an ihrem 40. Geburtstag, zwei Entschlüsse gefasst. Erstens, die schwarze Kleidung in den hinteren Winkel des Kleiderschranks zu verbannen und zur Feier des Tages ein kornblumenblaues Seidenkleid anzuziehen, zweitens, mit Gertrud in Gustav Langes Wohnung einzuziehen. Alle waren glücklich über diese Entscheidung, alle, außer Sarolta. Wieder hatte sie ein Stückchen der selbst erkämpften Freiheit freiwillig aufgegeben. Gut, es war ein Möbeltausch vorgenommen worden und so standen in Walters ehemaligem Zimmer nun ihr Bett und der Sekretär und wie in jeder Wohnung blickten Maman und Papusch von der Wand auf sie herab. Bald mangelte es ihr an Schlaf, da der Professor, den besonders während der Nacht Herzprobleme plagten, ihr manchmal bis nach Mitternacht Texte aus dem Altgriechischen vortrug, von denen sie kein Wort verstand. Aber sie hörte geduldig zu und beschwerte sich nicht. Für gewöhnlich erledigte sie Näharbeiten dabei.

Meine Königin Sisi hätte an so einem Vortrag Pläsier gehabt, ich bin zu ungebildet dafür, dachte Sarolta und gähnte verstohlen. Gustav Lange jedenfalls war dankbar, dass sie ihm Gehör schenkte und versuchte, ihr durch Bücher und Einladungen ins Theater Freude zu bereiten.

Neuerdings war der Professor fasziniert von einer bahnbrechenden Erfindung, einem Fahrzeug, welches durch einen Motor betrieben wurde, genannt Automobil. Statt größerer Reisen ins Gebirge, wovon der Arzt wegen Gustavs schwachem Herz abriet, wurden Ausflugsfahrten mit der Benzindroschke unternommen, vorzugsweise zu den Seen und Schlössern um Potsdam oder zum Tiergarten.

Am 5. Januar des Jahres 1902 sprang Professor Gustav Lange über seinen Schatten. Er, der im Theater ausschließlich Stücke der Antike und vielleicht am Rande mal einen Goethe akzeptierte, lud seine Frau doch tatsächlich in ein bis dato nicht gespieltes Drama von Georg Büchner, »Dantons Tod«, ein. Sie fuhren mit der Benzindroschke vor die Volksbühne, soupierten im kleinen Lokal daneben und nahmen anschließend Plätze in der 3. Reihe des Zuschauerraums ein.

»Alles in allem nicht so uninteressant. Was ist deine Meinung, Sarolta?«, resümierte der Professor danach.

»Ich fand das Stück äußerst beeindruckend!«

Aus zweierlei Gründen hatte Ada beschlossen, dem langjährigen Werben ihres Verehrers Arthur Göhler nachzugeben und ihn zu heiraten. Erstens musste dringend eine geeignete, vertrauenswürdige Person gefunden werden, die Georg Dessen, der sich im 61. Lebensjahr befand, bei seiner Arbeit als Direktor der Zementfabrik unterstützen konnte und zweitens stand in Kürze die Entscheidung vor der Tür, sich eine neue Stelle als Gouvernante zu suchen. Die Schelling-Mädchen waren flügge geworden. Ada wusste, sie würde nie mehr eine gleichwertige Anstellung erhalten, da sie im Hause Schelling wie eine eigene Tochter behandelt worden war. So stellte sie Arthur auf die Probe.

»Wenn du mich von Herzen liebst und heiraten willst, dann hänge den Beruf des Porzellanmalers an den Nagel und wechsle über zu Onkel Georg Dessen in seine Fabrik. Da mit seinem Sohn Heinrich als Nachfolger nicht mehr zu rechnen sein wird, sucht er einen Nachfolger!«, schlug sie vor und blickte Arthur erwartungsvoll lächelnd an. Der schluckte erst einmal.

»Ja, Ada, wenn du mich dann wirklich zum Mann nimmst, würde ich diesen Schritt für dich wagen«, antwortete er ernsthaft. Ada spürte, wie ehrlich er es meinte. Man einigte sich auf ein halbes Jahr zur Probe, aber schon nach einigen Wochen stand fest, Arthur hatte das Richtige getan.

»Er ist ein Glücksfall für mich«, strahlte Georg, der um Jahre verjüngt wirkte. Eine im wahrsten Sinne des Wortes »Zementlast« war von seinen Schultern geplumpst.

»Was bist du für ein kluges Mädchen, wir können dir gar nicht genug danken für diese geniale Idee!« Else umarmte ihre Nichte gerührt.

»Ich habe zu danken, liebste Tante. Ich stehe schwer in eurer Schuld«, entgegnete Ada in ihrer kühlen, aber herzlichen Art. »Weißt du, Arthur ist nicht der Traum meiner schlaflosen Nächte, aber seine kluge, ausgeglichene und doch bestimmte Art und der Humor, der erst zum Ausdruck kommt, wenn man ihn besser kennt, haben mich von ihm überzeugt. Ich bin schließlich auch keine Schönheit«, fügte sie selbstkritisch hinzu.

Da Adas Anstellung bei Familie von Schelling am Ostersonntag, den 30. März, endete, einigte man sich auf den 12. April 1902 als Hochzeitsdatum. Auf Wunsch des Brautpaares sollte die Feier im kleinen Rahmen stattfinden, da Arthur nicht mit Verwandtschaft aufwarten konnte. Seine Eltern waren früh gestorben, und weil sich keiner fand, der sich um ihn kümmerte, hatte er einen Teil seiner Jugend im Waisenhaus verbringen müssen.

Am Freitag, den 11., holte Sarolta Gertrud von ihrer Schule in der Rosenstraße ab, um mit ihr – der Professor war durch eine wichtige Sitzung verhindert – den Zug nach Dresden zu nehmen. Gerade hatte an der renommierten jüdischen Mädchenschule nach den Osterferien ein neues Schuljahr begonnen. Jeden Tag stöhnte Trude über den weiten Schulweg, auf dem sie vom Dienstmädchen begleitet wurde. Eigentlich wollte Sarolta sie nicht auf die sehr strenge jüdische Schule gehen lassen, aber die Ausbildung war exzellent und die Alternative wäre ein Institut in Charlottenburg gewesen in nicht zumutbarer Entfernung. Gertrud, als evangelisch getauftes Kind, musste allerdings nicht am Hebräischunterricht teilnehmen.

»Es ist wie immer, nichts hat sich verändert«, strahlte Sarolta, als sie von Else und Georg in der Eingangstür der Jägerstraße empfangen wurde. »Ihr beiden seht prächtig aus!«

»Das ist, weil wir glücklich sind! Wie groß und hübsch Gertrud geworden ist!«, entgegnete Else voller Freude.

»Heini, ich meine Heinrich, Henrik, welch eine Überraschung!«, rief Sarolta.

»Auch ich bin froh«, erwiderte Henrik, »dich und Trude nach so langer Zeit wiederzusehen. Morgen werde ich zur Feier des Tages spielen. Eine große Sorge und mein schlechtes Gewissen sind mir durch diese Hochzeit von der Seele genommen! Ich konnte ein Intermezzo zwischen den Tourneen einlegen und will euch gleichzeitig meine Zukünftige vorstellen, die Geigerin Julie Levin.«

Hinter ihm, aus dem Esszimmer, wo man schon angefangen hatte zu speisen, erschienen jetzt Ada und Arthur, gefolgt von einer zierlichen, anmutigen jungen Frau mit schwarzen Locken.

»Julie ist Belgierin und freut sich, dass sie mit Ada Französisch parlieren darf«, erklärte Henrik.

»Je suis enchantée! Gratulation zur bezaubernden Braut! Eine Freude jagt die nächste!«, rief Sarolta. Als sie wenig später Arthur, der ihr gegenübersaß, genauer in Augenschein nahm, erinnerte er sie an Adas Vater.

»Er hat Ähnlichkeit mit Carl«, flüsterte sie der neben ihr sitzenden Else zu. »Carl war aber doch hübscher!«, lautete deren prompte Antwort.

Der nächste Tag brachte Regen und Wind!

»Ihr werdet zu Reichtum kommen«, prophezeite Georg, der sich diebisch über die Überraschung freute, die er für das Brautpaar in petto hatte. Seit Kurzem war er stolzer Besitzer eines Automobils und nur seine Frau wusste Bescheid. Nun standen die beiden mit dieser neumodischen, edlen schwarzen Benzinkutsche, deren Modell öffentlich erst in einem Monat bei einer Autoschau in Berlin vorgestellt werden sollte, vor dem Portal seines Hauses, um das Brautpaar zu Kreuzkirche zu fahren. Ada und Arthur sowie die übrige Familie trauten ihren Augen nicht.

»Was ist denn das!«, rief Arthur, der mit schwarzem Anzug und Zylinder nobel aussah.

»Das ist der neue Mercedes Symplex! Ich glaube es nicht! Vater, du bist immer für eine Überraschung gut!«, lachte Henrik, der allerdings mit seiner Zukünftigen und allen anderen mit einer althergebrachten Pferdedroschke vorliebnehmen musste. Zum Glück trug Ada ein schmales, schlichtes cremefarbenes Hochzeitskleid, welches beim Ein- und Ausstieg kein Problem bereitete. Bei der würdevollen Trauung, bei der Henrik Trauzeuge und Gertrud Brautjungfer waren, musste Sarolta diesmal ein paar Tränen der Rührung weinen.

Um Ada brauche ich mir keine Sorgen mehr zu machen, dachte sie dankbar.

Eigentlich wollte sie mit Gertrud tags darauf, am Sonntag, den Heimweg antreten, doch heftiger Regen hatte auf der Strecke die

Bahngleise unter Wasser gesetzt und deshalb fuhr kein Zug. Sarolta und Gertrud genossen es, noch einen weiteren Tag mit ihren Lieben verbringen zu dürfen, zumal Henrik immer wieder mit Julie, die sich als eine ihm ebenbürtige Musikerin erwies, Lieblingsstücke spielte. Diesmal lehnte Sarolta kategorisch ab, sich einzubringen, sie hatte zu lange nicht mehr geübt.

»Berlin unter Wasser!« titelten am Montag die Gazetten. Vom Büro aus konnte Georg mit dem Bahnhof telefonieren. Gegen 15 Uhr fuhr der Zug wieder.

»Bleib noch einen Tag, bis die Lage sich vollends beruhigt hat«, schlug Else vor.

»Gertrud hat Schule! Ich muss zu Gustav«, antwortete Sarolta. Irgendein ungutes Gefühl spürte sie in der Magengrube. Der Zug kam aufgrund der Wetterschäden nur sehr langsam voran. Als sie gegen 9 Uhr abends nach fünfstündiger Reise in Berlin einfuhren, konnte man trotz Dunkelheit die immensen Schäden erkennen, die das Unwetter, das die ganze Nacht bis in die Morgenstunden über der Stadt getobt hatte, hinterlassen hatte. Das Wasser war zum Teil wieder abgelaufen, aber die Droschke gelang nur über Umwege in die Gartenstraße.

Sarolta läutete an der Wohnungstür. »Gustav, wir sind wieder zurück!« Da niemand öffnete, kramte sie den Hausschlüssel aus ihrer Tasche. »Gustav?«

Walter stand vor ihr, groß, dünn, bleich wie die Wand. »Vater ist tot«, sagte er tonlos. »Heute in den Morgenstunden muss er hinüber zur Schule gelaufen sein. Wahrscheinlich befürchtete er einen Wassereinbruch in den Kellerräumen und wollte Unterlagen retten. Auf dem Weg dorthin brach er zusammen. Herzanfall. Er stürzte dabei mit dem Gesicht so unglücklich in eine Wasserlache, dass er wohl ertrunken ist. Der Pedell entdeckte ihn gegen 8 Uhr. Er wurde noch zur Charité gebracht, aber es war zu spät …«

Sarolta und Gertrud standen da wie erstarrt.

»Nein«, flüsterte Sarolta und schloss instinktiv Walter und Trude in die Arme. Walter fing an, hemmungslos zu schluchzen.

»Ich bin schuld!! Gestern hatten wir eine Auseinandersetzung, weil ich ihm gesagt habe, dass ich in München studieren will!«

»Kommt herein, setzen wir uns erst mal. Was ist geschehen, Walter? Du bist doch gestern erst von der Landpartie zurückgekommen, für die ihr euch nach der Maturafeier verabredet hattet?«, sagte Sarolta mit schwacher Stimme und schob Walter und Gertrud ins Esszimmer.

Walter ließ sich auf einen Stuhl fallen.

»Richtig. Ich war so guter Dinge, weil ich mit einem Freund ausgemacht hatte, dass wir gemeinsam nach München gehen, um Jura zu studieren. Klatschnass, wie ich war, gestern Mittag hatte es schon wie aus Eimern geschüttet, lief ich sofort zu meinem alten Herrn, um ihm den Entschluss mitzuteilen, aber der brüllte mich bloß an. München sei viel zu teuer, ein Jurastudium zu lang für einen, der erst im Alter von 20 mit Ach und Krach und einer schlechten Griechischnote sein Abitur geschafft hat. Dann sah ich, wie er von unten ausholte, um mir eine Ohrfeige zu geben. Da habe ich ihm im Reflex den Arm umgedreht und bin gegangen. Er schrie vor Schmerz und Wut, aber ich bin gegangen und nun ist er …«, Walter konnte nicht weitersprechen, ein Weinkrampf schüttelte ihn.

Sarolta trat hinter ihn und umarmte seine Schultern. »Du bist nicht schuld, Walter. Dein Vater hat es sich selbst zuzuschreiben. Gertrud, holst du bitte Taschentücher aus der Schublade und Wasser für uns?«

Gertrud hatte bis jetzt das ganze Geschehen wortlos beobachtet. »Ja, Mama«, flüsterte sie.

Sarolta setzte sich Walter gegenüber. »Wenn du in München Jura studieren willst und es wirklich ernst damit meinst, sollst du es tun, mein Junge!« Sarolta machte eine kurze Pause, bevor sie fortfuhr: »Als mein Onkel Zsigmond Baron Schoßberg bedauerlicherweise im Oktober 1900 starb, hatte er mich und meine Schwestern tatsächlich in seinem Testament bedacht. Er hat mir umgerechnet 3000 Mark hinterlassen. Davon erfuhr nur Onkel Stephan Mayer, der, wie du weißt, meine Finanzen verwaltet. Wohlweislich habe ich auch deinem Vater nichts davon gesagt.

Walter, du kannst das Geld für dein Studium haben, aber vertue es nicht.« Sarolta sah diesen großen, schlaksigen jungen Mann, der ihr wie ein eigener Sohn ans Herz gewachsen war, mit ernstem Ausdruck ins Gesicht.

»Das willst du für mich tun?«, stammelte der, fiel vor seiner Stiefmutter auf die Knie und küsste ihre Hände.

»Ich werde es dir hundertfach zurückzahlen, das verspreche ich dir, liebe Mama! Danke, danke Mamachen!«

Die Beerdigung von Professor Dr. Gustav Lange auf dem Friedhof der Sophiengemeinde wurde zum großen Ereignis. Das gesamte Lehrerkollegium war anwesend, aber auch die Dresdner Familie, wo soeben noch fröhlich Hochzeit gefeiert worden war, ließ es sich nicht nehmen, anzureisen und Bruno kam mit seinem Vater. In der Berliner Presse war über den spektakulären und tragischen Tod des Direktors vom Humboldt-Gymnasium ausführlich berichtet worden.

»Sehr verehrte, liebe Frau Professor! Natürlich können Sie solange Sie wollen in der Rektorwohnung bleiben!« Mit Tränen in den Augen schüttelte Professor Dr. Kruse, Freund und Nachfolger von Gustav Lange, Sarolta die Hand.

Helene Mayer schrieb aus Bern einen rührenden Brief, in dem sie Sarolta anbot, mit ihrer Tochter in ihr neu gebautes Feriendomizil in Blanckenburg im Harz umzuziehen. Sie selber würden das Haus zu wenig nützen, die Gegend und die Luft seien prima und direkt um die Ecke könne Trudchen eine hervorragende höhere Töchterschule besuchen. Eigentlich sei es ein Internat, aber sie nähmen auch Externe.

Wie lieb von Helene, aber erst sollte Bruno hier noch sein 7. Semester beenden und Gertrud hatte in der Schule, zusätzlich zu Französisch soeben mit Englisch begonnen, eine Sprache, die sie ihr nicht beibringen konnte. Anschließend an diese erstklassige Ausbildung wäre eine höhere Töchterschule für Trudchen durchaus sinnvoll, da sie durch ihr vorteilhaftes Äußeres prädestiniert ist, mal eine ausgezeichnete Partie zu machen, ging es Sarolta durch den Kopf.

Ihren dritten Mann hatte sie soeben zu Grabe getragen, nicht ohne Bedauern, aber mit erstaunlicher Gelassenheit.

In letzter Zeit habe ich begonnen, ihn wirklich gern zu haben, überlegte sie. Aber mein Herz besitzt dieser Schlingel Walter!

Gertrud und Walter

Walter

Da standen sie, die Schwestern Sarolta und Adèl, unter der pompösen 35 Meter hohen Kuppel des Anhalter Bahnhofs von Berlin und lagen sich im Abschiedsschmerz in den Armen. Gleich würde Adèl die hohen Stufen des Eisenbahnwaggons erklimmen und der Zug abfahren. Es war der 16. Juli des Jahres 1914, ein Tag nach Saroltas 55. Geburtstag.

Dieses Ereignis hatte Adèl noch abwarten wollen, um sich aber danach schleunigst auf die Heimreise nach Budapest zu begeben, denn es drohte Krieg und niemand wusste, ob nicht über Nacht Grenzen geschlossen würden. Eigentlich hatte sie vorgehabt, einen ganzen Monat in Berlin zu verbringen, aber drei Tage nach ihrer Ankunft, am 25. Juni, erschoss der Attentäter Gavrilo Princip, ein Mitglied des serbischen Geheimbundes »Schwarze Hand«, in Sarajevo den österreichisch-ungarischen Thronfolger Franz Ferdinand und seine Gemahlin Sophie.

»Um den ist es nicht schad, keiner mag ihn in Ungarn«, war der abfällige Kommentar von Adèl zu diesem Ereignis gewesen. Plötzlich konnte man spüren, wie es anfing, in verschiedenen Ländern und Himmelsrichtungen zu brodeln. Dieser Mord schien ein willkommener Anlass zu sein, längst vorhandene Konflikte explodieren zu lassen. Seltsamerweise zogen diesmal der österreichische und der deutsche Kaiser an einem Strang.

»Bleib, bitte, Adèlchen, es erwartet dich doch niemand in der großen Wohnung in Pest«, hatte Sarolta an ihrem Geburtstagsessen ins Gasthaus »Paulsborn« am Grunewaldsee gebeten.

»Kèrlek maradj, Tante!«, meinte auch Gertrud und Walter nickte zustimmend. »Ich weiß, seit, ach ich kann immer noch nicht darüber sprechen, seit Katalin mich verlassen und auf die, ach, wie soll ich es beschreiben, bessere Seite hinübergewechselt ist, bin ich frei. Wie die Vögel hier, die fröhlich in den hohen Bäumen herumfliegen, zwitschern und den Sommertag genießen. Aber ich will vorsichtshalber zurück, sonst sitze ich vielleicht Monate bei euch fest!«, sagte Adèl und versuchte tapfer, Tränen zu unterdrücken.

Auch Sarolta kramte in ihrem Täschchen nach ihrem Spitzentaschentuch. »Katalin, die arme Katalin, drei Jahre ist es her«, flüsterte Sarolta. »Nein, reden wir nicht darüber.«

»Carpe diem, lasst uns den heutigen Tag genießen, so schön und friedlich wie hier, umgeben von den alten Linden des Forsthauses »Paulsborn«, werden wir uns wohl in nächster Zeit nicht mehr zusammenfinden. Prost, auf das Geburtstagskind!« Walter hob sein Glas, in dem das Berliner Nationalgetränk Weiße mit Schuss perlte, und Adèl, Gertrud und Sarolta taten es ihm gleich.

»Prost, meine Lieben, ich danke dir, mein Walter«, antwortete Sarolta, »und ich danke dir und Trude für die Freude, die ihr mir immer bereitet; aber das schönste Geschenk ist doch deine Anwesenheit, Adelchen, mein Schatz. Ich weiß es zu schätzen, dass du dich in deinem 61. Lebensjahr nochmal auf die Socken zu deiner Schwester gemacht hast.« Sarolta quirlte mit einem Strohhalm den Tropfen Waldmeistersirup in ihrem Glas und führte die grün gefärbte, eiskalte, prickelnde Flüssigkeit zu Mund.

»So etwas kennt man in Budapest nicht, ich finde Himbeere aber noch etwas besser«, meinte Adèl. »Doch ich bin es, die zu danken hat. Was ist euch nicht alles eingefallen, um mir den Aufenthalt hier so interessant wie möglich zu gestalten. Ich glaube, ich kenne Berlin jetzt schon besser als mein Budapest. Ich bin bezaubert von den Alleen, den breiten Straßen mit den elegant gekleideten Leuten, dem Tiergarten, dem Schloss Charlottenburg, den prächtigen Museen. Aber die Krönung war natürlich der Besuch der Staatsoper Unter den Linden mit der Aufführung des neuen Werks von Richard Strauss. Dieser ›Rosenkavalier‹ hat mich begeistert! Was für außergewöhnliche Sänger standen da auf der Bühne!«

»Die Oper ist immer ein besonderes Erlebnis. Dank meinem lieben Sohn bekommen wir manchmal gute Karten«, lächelte Sarolta.

»Ich lasse meine Sekretärin aus dem Büro anrufen und dann klappt das. Diesmal war bei der Bestellung aber zufällig mein Chef, der Geheimrat Aust aus München, zugegen, der unbedingt mitkommen wollte, da er mit dem Komponisten bestens bekannt ist«, erklärte Walter und wischte sich mit dem Taschentuch die Schweißperlen unter seinem Strohhut ab.

»Wenn ich das daheim der Jenny und den anderen erzähle, dass ich nach der Oper zusammen mit dem Richard Strauss von einem Geheimrat in ein wunderschönes Lokal ... Wie hieß es gleich?«

»Luther und Wegner!«

»Genau, muss ich mir merken, zu ›Luther und Wegner‹ eingeladen wurde, dann werden die staunen, was so ein altes Fräulein im fernen Preußen erlebt hat!« Sie musste kichern.

»Es herrschte gestern Abend wirklich eine Bombenstimmung dort! Oh, Gott!« Walter schlug sich auf den Mund, »Verzeihung, das ist im Augenblick wohl eine verfehlte Ausdrucksweise!«

»Aber es war lustig«, bestätigte Gertrud, »der Strauss, so ein charmanter Bayer und sie, seine Gemahlin, so temperamentvoll. Wie sie erzählte, dass sie die Bauern in Garmisch manchmal besticht, damit sie ihn beim Karteln gewinnen lassen und er sich über sie lustig machte, die würden sie nur ausnützen, da er eh der bessere Spieler sei, einfach köstlich!«

»Erstaunlicherweise trug Geheimrat Aust ja gestern Schuhe. In München läuft er, selbst wenn er elegant gekleidet das Theater besucht, in Gesundheitslatschen. Er ist ein großer Anhänger unseres Pfarrers Kneipp aus Bad Wörishofen, mein guter Aust! Den Malzkaffee, basierend auf einem Rezept des berühmten Naturapostels, mit dem er ein Vermögen verdient, verkauft er aus tiefster Überzeugung.«

»Du verdankst ihm alles, mein Lieber!«, fiel Sarolta Walter lebhaft ins Wort.

»Da hast du recht, Mamachen! Als ich während meiner Studentenzeit im Büro seiner Firma ›Franz Kathreiners Nachfolger‹ Schreibarbeiten erledigte, um mir während des Jurastudiums etwas dazu zu verdienen, entdeckte er mich und von da an behandelte er mich wie einen Ziehsohn!«, erklärte er Adèl.

»Ein Glücksfall war das, mein Lieber, aber er erkannte wohl den Vorteil, einen selbst gebackenen Volljuristen in der Firma zu haben!« Sarolta lehnte sich zurück. »Und darum bist du seit letztem Jahr Direktor der Berliner Niederlassung! Mir war immer klar, Walterchen, aus dir wird etwas!«

»Ich weiß es Mama! Vertrauen ehrt! Deshalb fühlte ich mich auch dir gegenüber verpflichtet, das Studium so schnell wie möglich hinter mich zu bringen …«

»… und hast dabei Brunochen fast überflügelt!«, strahlte Sarolta.

»Wer waren eigentlich die beiden glatzköpfigen Herrn, die zu später Stunde auch noch an den Tisch kamen?«, wollte Adèl nun wissen.

»Das«, erklärte Walter, »das war der berühmte Ludwig Roselius! Du kennst doch sicher diesen koffeinfreien Bohnenkaffee? Den Kaffee Hag? Er hatte die Idee, dem Kaffee die schädlichen Stoffe zu entziehen und verkauft dieses Produkt mittlerweile auf der ganzen Welt.«

»Ich trinke ihn in Budapest auch!«, bestätigte Adèl.

Walter fuhr fort: »Zudem verkauft er das Abfallprodukt, das Koffein, dann an die Pharmaindustrie. Das Geld, welches er damit verdient, legt er in Kunst an. Wunderbar, wie er junge begabte Künstler fördert! Ich verehre ihn sehr! Der etwas jüngere Herr mit Bärtchen, der Gertrud so entzückt betrachtet hat, war Peter Ruge, Compagnon von Ludwigs Bruder Friedrich, auch im Kaffeegeschäft. Diese beiden Herrn versorgen die reiche Klientel, während wir dem Arbeiter ein gesundes, schmackhaftes Getränk zum Frühstück zu günstigem Preis anbieten, wie es Hermann Aust gestern treffend formulierte!«

»Also der Peter Ruge guckte ganz enttäuscht, nachdem er erfahren musste, dass unser Trudchen demnächst, und zwar im September, heiraten und Frau von Brinke heißen wird. Kam es nur mir so vor, was meinst du Trude?« Adèl hatte einen spitzbübischen Gesichtsausdruck.

»Kann sein, Tante, aber mein Fall wäre er nicht«, antwortete Gertrud.

»Meiner wohl auch nicht, obwohl er durchaus seriös und angenehm wirkte«, meinte Sarolta.

Walter lachte. »Ich sehe schon, wenn die Familie beisammensitzt, dann wird mal wieder gelästert! Schmeckt euch eigentlich das Essen, Kinder?«

»Na, die Suppe war leicht versalzen, aber sonst? Alles gut, Walter.«

Viel später, Walter hatte sich verabschiedet und war schlafen gegangen, saßen die drei Frauen noch bei Kerzenlicht auf der überdachten Veranda im ersten Stock der Villa Unger in Nikolassee. Vor zehn Jahren wurde diese Villenkolonie mit prachtvollen Gärten, breiten, bequemen Wegen, einem kleinen See, aber vor allem mit einer Zuganbindung an die Innenstadt von Berlin gegründet. Erst vor einem guten Jahr, nachdem Walter von Hermann Aust zum Leiter der Berliner Niederlassung bestimmt worden war, hatte Sarolta beschlossen, mit Gertrud aus dem hübschen Wochenendhaus der Mayers in Blanckenburg im Harz hierher in die großzügige, von Walter gemietete Wohnung zu ziehen. Nahe bei Berlin und doch ländlich, Mutter und Tochter genossen den Wechsel sehr. Fast zehn Jahre Blanckenburg im Harz waren den beiden genug, obwohl Gertrud dort eine außerordentlich angenehme Schulzeit verbracht und der strengen jüdischen Schule in Berlin nicht nachgetrauert hatte. Was man so unter Bildung versteht, war ihr dort vermittelt worden. Auf dem höheren Töchterinstitut lernte man vor allem »Frauenkram«, wie Sarolta und Helene sich spöttisch äußerten.

»Schön habt ihr es hier, so viel Platz«, bemerkte Adèl und wickelte sich enger in eine Baumwolldecke. Ein leichter Nachtwind war aufgekommen.

»Deshalb solltest du noch ruhig bleiben. Ich bin mit der Einrichtung leider noch nicht fertig, die letzten Jahre wohnten wir möbliert bei Helene und Stephan. Im Ernst, Liebe, was willst du in Budapest? In der Wohnung hast du doch immer diese schreckliche Erinnerung vor Augen!«

»Richtig, Sarolta, immer wenn ich die Küche betrete, sehe ich Katalin, wie sie dasteht wie eine brennende Fackel. Sie hatte sich am Herd zu schaffen gemacht, über ihrem Seidenkleid trug sie eine

Schürze, sie war dabei für Sani, seine Frau und ihren siebenjährigen Sandor zu kochen, da muss die Schürze mit dem Herdfeuer in Berührung gekommen sein. Ich war nicht dabei, aber ich hörte sie rufen: ›Adèl, Adèl‹. Ganz zart stand sie da, mit großen, erschrockenen Augen. ›Ich brenne‹, sagte sie und hob die Arme. Sandor stürzte sich auf sie, warf Decken über sie, aber es war zu spät.« Adèl machte eine Pause und schluchzte. »Dabei ging es ihr davor so gut wie nie in ihrem Leben. Sie wirkte fröhlich und stabil.«

»Als ich deinen Brief damals bekam, konnte ich es nicht fassen. Immer wieder schlägt das Schicksal grausam zu und man kann nichts dagegen tun, man muss sich damit abfinden«, antwortete Sarolta.

»Ach«, sagte Adèl traurig, »Ich wollte dir deinen Geburtstag nicht verderben.«

»Das tust du nur, wenn du morgen schon fährst!«

Adèl schüttelte den Kopf. »Ich habe Angst, dass es Krieg gibt!«

»Und ich habe solche Sorge um Theo. Wenn er als Offizier jetzt eingezogen wird, müssen wir die Hochzeit wieder verschieben. Was passiert, wenn er fällt?« Gertrud seufzte und drehte an ihrem Verlobungsring, der aus dem Familienschmuck der von Brinkes stammte.

»Daran darfst du nicht denken, Liebes«, erklärte Sarolta energisch.

»Aber wenn ihr doch dauernd vom Krieg redet?«

»Ich glaube, es wird kalt, wir gehen zu Bett«, meinte Adèl.

Sarolta konnte lange nicht einschlafen. Wasser und Feuer, ging ihr durch den Kopf. Papa versank in den Fluten, Katalin starb durch die Flammen! Wann würde sie die Schwester wiedersehen? Vielleicht nie mehr?

Am nächsten Tag musste Walter früh aus dem Haus, aber er schickte den Wagen mit Chauffeur, der die Damen zum Anhalter Bahnhof fuhr. Adèl war stur geblieben.

»Grüße mir vor allem Jenny und ihre Familie. Schade, dass ich zu der Zeit, als ihr Sohn Georg in Berlin Chemie studiert hat, in

Blanckenburg war«, rief Sarolta ihrer Schwester noch zu, als die das Abteilfenster für einen letzten Abschiedsgruß öffnete.

»Ich erzähle allen, dass deine Tochter Baronin wird!«

Meine Adèl, dachte Sarolta gerührt, sie gleicht immer mehr unserer geliebten Großmutter Rachel Regina, genauso, wie ich sie in Erinnerung behalten habe, klein, rund, aufrecht und bestimmt in ihrer Haltung!

Nikolassee, den 17.Juli 1914

Meine liebste Marika!
Dank Dir für die lieben Geburtstagsgrüße!
Ich bin so froh, dass Du wohlauf bist und Dich Deiner Großneffen und Nichten erfreust! Gestern habe ich schweren Herzens von Adèl Abschied genommen. Wegen der drohenden Kriegsgefahr ist sie eine Woche früher als geplant nach Ungarn zurückgefahren. Der Tod von Katalin war für uns alle ein harter Schlag, aber Adèl muss am meisten darunter leiden. Mein Walter, den Du ja nur als Zwergerl erlebt hattest, jetzt steht ein stattlicher Herr mit einer Größe von 1,90 Metern vor einem, hatte sich kolossal, so sagt man in Berlin, viel ausgedacht, um meiner Schwester einen vergnüglichen und abwechslungsreichen Aufenthalt zu bereiten. Ich habe davon auch profitiert, denn ich war zuvor zum Beispiel noch nie auf der bezaubernden Pfaueninsel. Überall wurden wir mit dem Auto hin chauffiert, aber ab und an musste ich Walters Unternehmungslustigkeit bremsen, sonst wäre es uns betagten Damen zu viel geworden.
Jetzt aber zu Deinen Fragen! Vorab, den Kinderln könnte es nicht besser gehen. Ada hat mit ihrem Arthur die richtige Wahl getroffen. Seit Georgs Tod vor, wie Du weißt, vier Jahren, ist Arthur Göhler nun Direktor der Fabrik, die offiziell natürlich unserem Heini gehört. Der hat auf Wunsch seiner Frau, die sich in Dresden nie heimisch fühlte, seinen Wohnsitz nach Paris verlegt. Daraufhin beschloss man, die Villa in der Jägerstraße zu veräußern. Ada geht ja auf die 40 zu, deshalb ist mit Kindersegen nicht mehr zu rechnen

und somit war das Haus einfach zu groß für drei Leute. Göhlers bewohnen jetzt eine großzügige Villenetage mit herrlichem Blick auf die Elbe und haben Else, die in letzter Zeit recht tüdelig geworden ist, samt Betreuerin zu sich genommen. Arthur ist ein so netter Mensch und liest Ada jeden Wunsch von den Augen ab. Auch der Hansaplatz existiert seit drei Monaten nicht mehr. Marie entschloss sich schließlich doch, auf ihre alten Tage zu Peter nach London zu ziehen. Sie hat Anne, die ihrem Kapitän nicht nachtrauert, mitgenommen.

Aber jetzt zu unserer Augenweide, zu Trude. Gottlob heiratet sie in sechs Wochen! Lange genug ist sie schon mit Theo verlobt, für den sie sich, trotz der Schar von Verehrer, dann doch entschieden hat. Er ist ein netter, wohlgestalteter Junge von 28 Jahren, Offizier und stammt aus einer alten Adelsfamilie. Sie besitzen ein Gut im Baltikum, wo Theos Eltern, die wir im Mai in Warnemünde kennenlernen durften, den Hauptteil des Jahres verbringen. Ich hatte sogleich ein gutes Verhältnis zu ihnen, als ich über meine Kindheit auf dem Hof der Großeltern erzählte. Das Jüdische habe ich vorsichtshalber, wie immer, ausgeklammert. Walters neue Flamme, eine emanzipierte, sehr junge Schriftstellerin, ebenfalls adeligen Geblüts, Hildegard von Podelitz, war auch dabei. Sie ist recht amüsant. Zum Glück verfügt Trude dank des Erbes von Tante Gertrud über eine zugegebenermaßen kleine Mitgift. Was Verwandtschaft anbelangt, hat es das Schicksal gut mit mir gemeint, den unsäglichen Bruder meines geliebten Friedrichs mal ausgeklammert. Auch von Helene und ihrem Mann erfuhren wir nur Liebes. Wenn sie ab und zu für fünf oder sechs Tage in der hübschen, kleinen Villa in Blanckenburg am Harz vorbeischauten, herrschten immer eitel Harmonie und Fröhlichkeit. Trudchen liebt Tante Helene, die ihr Malunterricht in freier Natur gab.

Walter, mein Sonnenschein, an ihn habe ich immer geglaubt und ihm mein Vertrauen geschenkt, hat mich nicht enttäuscht. Sein Jurastudium hat er, wie du weißt, mit Bravur absolviert! Dann hatte er in München das unverschämte Glück, dem alten Geheimrat Aust zu begegnen. Der muss sofort Walters außergewöhnliche Fähigkeiten, vor

allem sein Organisationstalent erkannt haben und fördert ihn nach Kräften. Er bezahlte sogar seinen Dienst beim Militär, sodass er jetzt den Titel ›Hauptmann der Reserve‹ trägt. Für ein Jahr war Walter in den bayerischen Bergen stationiert und wir besuchten ihn dort und kraxelten auf den Felsen herum. Ein Heidenspaß! Aber das hab ich Dir, glaube ich, auch schon geschrieben.
Hier, in Nikolassee, haben wir nun das große Los gezogen mit der komfortablen Wohnung im Grünen und der Zuganbindung an die Metropole Berlin, in der das Leben pulsiert. Bruno, unser lieber Junge, ist bereits in Staatsdiensten am Landgericht Münster. Sehr erfreulich.
Nun, Marika, mein Schatz, hoffe ich nur von ganzem Herzen, dass die Oberen sich doch noch besinnen mögen und kein Krieg ausbricht! Das wäre einfach schrecklich! Wir müssen zu Gott beten, dass er uns den Frieden erhält, meine Marika! Schreibe mir nächstens bitte ganz viel darüber, was die Jugend um Dich herum so treibt und grüße Deinen Bruder und seine Frau!
Trude und ich umarmen Dich voller Liebe, oft sind wir in Gedanken bei Dir. Alles Gute auch von Walter! Ich könnte ewig weiterschreiben, aber gleich kommt Theo aus Braunschweig, wo er stationiert ist, zu Besuch.

In Liebe und Dankbarkeit
Deine Sari (die Dich vermisst!!)

Diese Nachrichten sollten Marika nicht mehr erreichen. Am Vortag des Ersten Weltkriegs, einen Tag, bevor der Brief in Pressburg eintraf, war Marika im Kreise ihrer Familie im Alter von 76 Jahren sanft entschlafen.

Am Dienstag, den 28. Juli 1914, war es so weit. Man tauschte die Verhandlungen an den Schreibtischen gegen Kämpfe aus Schützengräben. Der Krieg war ausgebrochen.

Schon fünf Tage zuvor wurde Theo von Berlin zurück zu seiner Kompanie nach Braunschweig beordert, die dort in Bereitschaft lag. Einem Gerücht nach sollten sie nach Belgien gehen. Theo hatte bei seinen Verwandten in Berlin erfahren müssen, dass die Vermögen der deutschen Grundbesitzer im Baltikum auf Befehl des Zaren eingezogen worden waren, um den Krieg zu finanzieren und dass sich seine Eltern und die jüngere Schwester in letzter Sekunde auf den Weg nach Blanckenburg gemacht hätten. Dort besaßen die von Brinkes noch ein kleines, bescheidenes Anwesen. Theo wirkte trotz seiner gesunden Bräune blass, als er einen Tag vor seinem Abschied in Nikolassee beichten musste, dass seine Familie schon im Vorfeld des Krieges fast ihr ganzes Vermögen verloren hatte.

Gertrud schwieg. Dann werde ich die Frau an der Seite eines verarmten Adeligen, dachte sie und musste schlucken.

Walter, der nachmittags wegen des Besuchs früher aus der Firma gekommen war, meinte gespielt fröhlich: »Das schaffen wir schon! Ich hoffe, dass dieser ganze Spuk bis zum Jahresende beseitigt ist. Dann sehen wir weiter. Es gibt immer eine Lösung, nicht Mamachen? Du kannst ein Lied davon singen!«

Trotz des Besuchs von Theo hatten heftige Aktivitäten stattgefunden. Im geräumigen, kühlen Kellerraum, der zur Wohnung gehörte, standen neue Regale, die nun mit Lebensmitteln aller Art gefüllt wurden.

Im Dixi-Lieferwagen der Firma »Kathreiner« ließ Walter Mehl, Zucker, Salz, Trocken- und Hülsenfrüchte sowie zwei Zentner Kartoffeln, Wurzelgemüse, Zwiebeln und Fleisch in die Prinz-Friedrich-Leopold-Straße 30 transportieren. Sarolta, die Köchin und Trude kochten daraus Gulasch. An die 25 große Weckgläser wurden gefüllt. Fünf Gläser wurden an die Mitbewohner im Haus verschenkt, der Besitzer, Kunstmaler und Architekt Unger erhielt auch zwei. Saroltas ungarisches Pörkölt liebten alle. Außerdem bereitete Gertrud in einem riesigen Topf Beerenmarmelade zu. Eine Aufgabe, die sie gerne übernahm und die sie ein wenig von ihren Sorgen um Theo ablenkte.

Einen Tag nach Ausbruch des Krieges stand unvermutet Peter Ruge vor der Tür. »Ich komme als Bote von Ludwig Roselius, der mir den Auftrag gegeben hat, Ihnen ein wenig Kaffee vorbeizubringen, solange wir selbst darüber verfügen können, denn ich denke, diese Ersatzplörre, die Walter produziert, entspricht nicht Ihrem Geschmack, werte Frau Professor!« Mit diesen Worten verbeugte er sich höflich. Sein Chauffeur holte einen Sack mit fünf Pfund bestem Bohnenkaffee aus dem neuen dunkelgrünen Auto der Marke Opel.

Sarolta musste lachen. »Dann kommen Sie doch herein und trinken ein Tässchen mit uns, es gibt auch frischgebackenen Himbeerkuchen, ganz wie zu Friedenszeiten. Leider ist Walter nicht da, Sie müssen mit mir und meiner Tochter vorliebnehmen!«

»Nichts lieber als das, ich habe da allerdings noch eine Kleinigkeit aus eigenen Beständen. Max!« Er winkte seinem Fahrer, der daraufhin eine Kiste mit zwölf Rotweinflaschen vom Rücksitz des Autos holte. Oben auf den Flaschen lagen ein dicker, geräucherter Schweineschinken und eine geräucherte Leberwurst.

»Darf ich mir erlauben, Bordeaux aus Frankreich, den gibt es sicher nicht mehr lange, und Wurst und Schinken von meinem Bruder aus Itzehoe, beste Schlachterware!« Er strahlte.

Sarolta war überrascht: »Walter wird sich sehr über diesen edlen Tropfen freuen.«

Später, beim Kaffeetrinken, betrachtete sie Peter Ruge genauer. Alles an ihm schien wohl gerundet, nur seine Nase war gut geformt und schmal. Mit seiner polierten Glatze, dem kleinen Bärtchen und dem eleganten grauen Anzug wirkte er außerordentlich gepflegt. Der Schalk blitzte aus seinen graugrünen Augen, mit denen er Gertrud, die sich in ihrem dunkelblau und weiß gepunkteten Sommerkleid dazugesellt hatte, nicht aus den Augen ließ.

»Der Kuchen ist vorzüglich! Lassen Sie uns jede frohe Stunde genießen. Wer weiß, was dieser schreckliche Krieg bringen wird und wie lange das Ganze dauert. Da muss man sich geschickt heraushalten.«

»Ich verstehe die hunderttausend Menschen nicht, die vor vierzehn Tagen voller Begeisterung auf der Straße gejubelt haben …«

»Ich will Sie nicht unterbrechen, wertes Fräulein Lange, aber kurz darauf waren es doch dreißigtausend, die gegen einen Krieg demonstrierten.«

»Lieber Herr Ruge, ich heiße Gertrud Grawert, mein Vater verstarb leider in Hamburg kurz nach meiner Geburt«, erklärte Gertrud ernsthaft. »Aber Sie haben recht, viele, deren Angehörige ins Gefecht ziehen, sind überhaupt nicht in ›Hurra‹-Stimmung. Ich, zum Beispiel, bange um meinen Verlobten, den Baron Brinke, der als Major mit seiner Division schon marschbereit ist, wohin auch immer.« Sie tupfte sich verstohlen mit einem Taschentuch die Nase.

»Ich verstehe Ihre Sorge, wertes Fräulein Grawert, aber sagen Sie, dann sind Sie ja eine Hamburger Deern und damit sind wir fast Landsleute, meine Heimat liegt in Schleswig!« Peter Ruge zwinkerte ihr fröhlich zu und fühlte sich anscheinend so wohl, dass er immer noch dasaß, als Walter Lange nach Hause kam. Natürlich war er daraufhin herzlichst eingeladen, Saroltas Gulasch zu probieren.

»Wir beide, Sie und ich, lieber Walter, sind ja zum Glück wegen der Versorgung der Truppen und der Bevölkerung unabkömmlich, außerdem habe ich ein steifes Knie«, bemerkte Peter.

»Ich tue auch alles, dass niemand auf die Idee kommt, mich in einen Schützengraben zu stecken«, antwortete Walter.

»Sorge habe ich nur, weil Walter doch den Rang eines Hauptmanns der Reserve besitzt. Hoffentlich kommt keiner auf die Idee, auf ihn zurückzugreifen, wenn die Verluste an Soldaten zu groß werden«, meinte Sarolta mit gerunzelter Stirn.

Zunächst lief in Berlin das Leben weiter wie zuvor. Große Begeisterung löste die für die Deutschen siegreiche Schlacht von Tannenberg am 30. August 1914, gegen die Russen aus, während die Strategie von Generalfeldmarschall von Schlieffen, Frankreich nach der Kriegserklärung vom 3. August 1914 in einem Blitzkrieg zu besiegen, fehlgeschlagen war. Beide Seiten gruben sich in Schützengräben ein und hunderttausende Soldaten starben im Artilleriefeuer.

Auch Theo war mit seinen Kameraden gleich nach der Kriegserklärung über Luxemburg und Belgien nach Frankreich marschiert, wo er im September die für die Deutschen verlorene Schlacht an der Marne unter Befehlshaber von Kluck ohne Blessur überlebte und ein paar Zeilen an seine Eltern und seine Verlobte senden konnte. Inständig hoffte man auf baldige Beendung des Krieges, in dem nichts vorwärtsging.

Dem war leider nicht so. Bald wurden tatsächlich auch in Berlin die Lebensmittel knapp und jeder, der vorgesorgt hatte, war froh, auf die gehorteten Schätze zurückgreifen zu können. Der kleinen Familie in Nikolassee ging es gut. Walter konnte immer noch Malzkaffee produzieren, da er kaum auf Ware aus dem Ausland angewiesen war, denn Gerstenmalz war ein einheimisches Produkt. Ludwig Roselius, sein Bruder Friedrich und dessen Kompagnon Peter Ruge mussten über verschwiegene Kanäle an ihren Rohstoff gelangen. Ludwig besaß Verbindungen in alle Welt, aber seine geheime Mission, als Botschafter Rumänien davon abzuhalten, gegen Deutschland an der Seite der Entente in den Krieg einzutreten, scheiterte. Ende August 1916 schloss sich Rumänien der Entente an. Zu dieser Zeit wurde Saroltas schlimmste Befürchtung wahr, Walter erhielt einen Einberufungsbefehl an die Ostfront. Vier Wochen vorher hatte der Postbote die Todesnachricht von Theo gebracht.

»Für Volk und Vaterland starb er den Heldentod.« Gertrud weinte keine Träne, aber sie fühlte unendliche Trauer um diesen geradlinigen, künstlerisch ausgerichteten jungen Mann, der nur auf Grund seiner Abstammung für die Offizierslaufbahn bestimmt worden war. Jedes Mal, wenn der Postbote kam, hatte ihr Herz gepocht, aber nun hatte sie Gewissheit. Nun war es passiert und das eingetreten, was sie befürchtet hatte. Später erfuhr sie, er sei bei einem Giftgasanschlag im Kampf mit Engländern während der Schlacht an der Somme ums Leben gekommen. So musste er wenigstens nicht allzu lange leiden.

Dass Walter am Schluss doch noch eingezogen wurde, schien unerträglich. Doch in Anbetracht der hohen Verluste an Offizieren und da die Versorgung mit Malzkaffee für die Truppen über das Mutterhaus von »Kathreiner« Ludwigsburg lief, blieb dem 32-jährigen

Walter, trotz Intervention von Geheimrat Aust, nichts anderes übrig, als am 19. September 1916 den Zug in Richtung russische Front zu besteigen. Sarolta, Gertrud und seine Freundin Hildegard brachten ihn zum Bahnhof.

»Sorgt euch nicht, ich komme zurück!«, rief er aus dem abfahrenden Zug in das stampfende Geräusch der rollenden Räder. Er hinterließ drei schluchzende Frauen.

»Nun muss er auf's Ross, wo er doch so einen Heidenrespekt vor Pferden hat«, schluchzte Hildegard und Tränen liefen über ihr Gesicht.

Gertrud kicherte fast hysterisch: »Das Pferd ist ein Wesen, das dem Menschen nach dem Leben trachtet, ist sein ständiger Spruch!«

»Das sagt er so im Spaß. Aber eigentlich ist er ein guter Reiter, ich kann das beurteilen«, sagte Sarolta, wischte sich die Tränen ab und reichte Hildegard ein weiteres sauberes Taschentuch aus ihrem Beutel.

Die Tage im friedlichen Nikolassee bestanden ab jetzt aus Hoffen, Warten und der Trauer um den gerade einmal 28 Jahre alt gewordenen Theo. Gertrud war nicht übermäßig in ihn verliebt gewesen, aber sie hatte ihn sehr gemocht, auch wenn sie sich ein wenig mehr Temperament bei ihm gewünscht hätte. Er hatte zum Beispiel nie äußern können, wie hübsch und attraktiv er sie fand. Doch damit war sie klargekommen. Jetzt, nachdem er tot war, schämte sie sich sogar für ihre negativen Gedanken in Bezug auf das verlorene Vermögen der Familie von Brinke.

Unverhofft war ein beeindruckender Beschützer aufgetaucht. Immer, wenn Ludwig Roselius in Berlin weilte, führte sein Weg in die Prinz-Friedrich-Karl-Straße und er brachte Lebensmittel mit. Vor allem die Zutaten, aus denen Sarolta ihr berühmtes ungarisches Gulasch zubereiten konnte.

Seinen Bruder Friedrich, genannt Friedel, und Peter Ruge, immer bewaffnet mit Wurst und Wein, hatte er meistens im Schlepptau. Er liebte es, sich mit Sarolta über moderne Kunst zu unterhalten und schwärmte von der jungen Malerin Paula Becker-

Moderson. Manchmal sang Gertrud Lieder aus Operetten von Emmerich Kálmàn und Sarolta begleitete sie am jüngst erworbenen Klavier. Für kurze Zeit vergaß man an solchen Abenden, dass weltweit der Krieg tobte.

Wo, an dieser schrecklich langen Ostfront, die von Riga bis ans Schwarze Meer reichte, war Walter stationiert? Über Warschau war seine Fahrt ins Ungewisse gegangen, am Ende landete er in Gomel, wo ihn schon die Kameraden empfingen. Sie hatten einen braunen Hengst für ihn bereitgestellt, aber als Erstes musste er Wodka mit ihnen trinken.

Weiter geschah nicht wirklich etwas. Ab und zu gab es kurze Zwischenfälle, die nur einem Geplänkel glichen. Walter war der festen Überzeugung, Weihnachten wieder in Berlin zu sein und schrieb das auch in einem Brief an Hildegard. Es sollte anders kommen.

Am 18. Dezember setzte leichter Schneeregen ein, aber Walter ritt trotzdem mit seinem Pferd, mit dem er vorsichtig Freundschaft geschlossen hatte, hinunter zum Fluss, an den Dnepr, und geriet dort in eine Gruppe russischer Soldaten, gegen die er keine Chance besaß. Sie erschossen den Hengst, schlugen ihn bewusstlos und nahmen ihn in Gefangenschaft. Wohin er verschleppt wurde, wusste er nicht. Irgendwann landete er irgendwo in einem Lager, in dem ausschließlich Gefangene aus der österreichisch-ungarischen Armee waren. Es gab nichts zu essen und nur schmutziges Wasser zu trinken. Reihenweise starben die Mitgefangenen.

Weihnachten, dachte Walter und fror in seiner zerlumpten Uniform auf der harten Pritsche. War Weihnachten schon oder kommt es noch?

Weihnachten hatte diesmal für Sarolta und Gertrud nicht stattgefunden. Es kam ihnen nicht in den Sinn, dieses Fest ohne Walter zu begehen. Die einzige Herzensangelegenheit war, in die nahe gelegene Kirche zu gehen, um zu beten. Arm in Arm in der Dunkelheit auf dem

Heimweg sagte Gertrud plötzlich: »Ich weiß es ganz sicher, Walter kommt zurück!«

Jeden Tag, wenn der Postbote vorbeiging, hofften sie auf einen Brief. Mitte Februar dann mussten sie die schreckliche Nachricht lesen:

»Mit großem Bedauern ... Hauptmann Lange ... auf dem Felde der Ehre ... Volk ... Vaterland ... zum Ruhme gefallen ... oberste Heeresleitung ... gefallen ...« Die Buchstaben verschwammen, die Worte wurden unleserlich, die Botschaft war klar, Walter würde aus dem Krieg nicht zurückkommen.

Wie eine alte Brandwunde brach es in Sarolta auf. »Walter, Fritzchen, Friedrich«, stammelte sie und faltete die Hände.

»Mama, Mamachen, er ist nicht tot, irgendetwas sagt mir, er ist nicht tot. Theo ist tot, aber Walter nicht!«, rief Gertrud beschwörend.

»Oh doch, er ist tot, ich kenne mich aus mit dem Tod, er ist mein Begleiter. Schade, dass er niemals mich nimmt«, erwiderte Sarolta kaum hörbar.

»Mamachen, so etwas darfst du nicht sagen«, weinte Gertrud.

»Entschuldige, mein Kind, das war dumm von mir, nein, so etwas darf man nicht sagen!« Sarolta umarmte ihre Jüngste. Zwei Tage später ging Sarolta zwei Etagen höher zu Herrn Unger, der mit seiner Frau die Dachwohnung bewohnte, in der er als Maler ein Atelier besaß.

»Herr Unger, mein Sohn ist gefallen und deshalb werden wir in Kürze ausziehen, sobald wir eine günstigere Wohnung gefunden haben«, erklärte Sarolta schlicht.

»Aber gnädige Frau, kommen Sie erst mal rinn! Nein, wie schrecklich traurig! Aber wo denken Sie hin! Ausziehen kommt nicht infrage, wir regeln das schon mit der Miete!« Herr Unger war ganz durcheinander. Die Brüder Roselius und Peter Ruge nahmen ebenfalls tiefen Anteil und boten jegliche Unterstützung an. Das Leben beschränkte sich ab jetzt auf das Nötigste. Manchmal sprach Sarolta auf Ungarisch mit ihren Eltern, die auch in dieser Wohnung wieder über ihrem Schreibtisch an der Wand hingen.

Neben den Bildern ihrer verstorbenen Kinder und der Miniatur der Kaiserin stand nun ein Portrait von Walter in einem runden Rahmen aus Ebenholz.

Peter Ruge machte den Versuch, Gertrud zum Essen auszuführen, aber sie blieb lieber bei Mama. Es war ein milder Winter, die Schneeglöckchen spitzten früh hervor. Man hörte von Aufständen gegen die Obrigkeit in Russland. Was bahnte sich an? Sarolta und Gertrud interessierten sich nicht mehr für Politik. Eine seltsame Teilnahmslosigkeit hatte sie ergriffen.

Der 1. April fiel auf den Sonntag vor Ostern. Gerade waren Sarolta und Gertrud aus der Kirche zurück, da klingelte es an der Wohnungstür.

»Trudchen, schaust du nach, wer es sein könnte?«, rief Sarolta. Gertrud öffnete. Vor ihr stand ein hochgewachsener magerer, zerlumpter Kerl mit schlohweißen Haaren und einem gerollten Teppich unter dem Arm. Gertrud schlug die Hand vor den Mund.

»Nah, Trude, kennst du mich nicht mehr, willst du mich nicht hereinbitten? Warum bist du so schwarz gekleidet?«, kam es heiser aus seinem Mund.

»Walter!!«, schrie Gertrud, »Mama!! Es ist Walter!«

Es war Walter. Er hatte es geschafft, aus seinem russischen Lager bei Rostow zu entkommen und sich in tagelangem Fußmarsch bis zu den deutschen Linien durchzuschlagen. Aber jetzt war er erst einmal da und nicht imstande, nähere Details zu berichten. Er musste schlafen und essen und seinen geschundenen Körper sanieren.

»Ein Kosake half mir, als ich lebend bei den Toten lag. Er brachte mir zivile Kleider, ein Stück Brot und einen Teppich, in den ich mich nachts zum Schlafen einwickelte. ›Du deutsch, du gegen Franzosen, du gut‹«, erzählte er dann sehr viel später.

Wie schlimm Walters Erlebnisse gewesen sein mussten, erahnte seine Familie daran, dass seine Haare schlohweiß geworden waren.

Eine Woche später rollte ein versiegeltes Zugabteil mit einem Mann, der sich Lenin nannte, mit Wissen der deutschen Regierung von Zürich nach Rügen. Von dort ging es per Schiff nach St. Petersburg. Die Deutschen schleusten den Mann mit dem revolutionären Gedankengut nach Russland ein, weil sie spekulierten, er würde das feindliche Zarenreich zu Fall bringen. Das gelang, aber der Schuss ging nach hinten los.

Walter

Das Haus am See

Sarolta saß in ihrem gemütlichen Ohrenbackensessel am Erkerfenster. Sie war vor zwei Monaten 67 Jahre alt geworden, aber ihre straff zurückgekämmten und im Nacken zum Knoten verschlungenen Haare zeigten immer noch keine Spuren von Grau. Eine Packung mit Henna, alle vier Wochen, gehörte zu ihrem gut gehüteten Geheimnis, von dem nur ihre Töchter wussten. Das Leben hatte Furchen in ihr einst so zartes Gesicht gegraben. Immer noch kleidete sie sich Tag für Tag jeden Morgen sorgfältig und stilvoll in bedeckten Farben. Ihr ausgeprägtes Modebewusstsein hingegen kam nun ausschließlich Trude zugute. Eine elegante, bewunderte Dame der ersten Berliner Gesellschaft war aus ihr geworden. Mit Stolz und Freude blickte Sarolta mit ihren wachen blauen Augen hinaus in den Garten. Die sechsjährige Gerda und die vierjährige Ella spielten dort, unter Aufsicht von Kindermädchen Inge, mit ihren Puppen und dem großen Teddybären. Sie trugen weiße Baumwollkleider und einen identischen Haarschnitt in Form eines exakten Bubikopfs, der der neuesten Moderichtung entsprach. Die kleinen Ruge-Mädchen waren Saroltas ganze Wonne. Jedes Wochenende kamen sie mit roten Wangen voller Vorfreude hinaus zu Walter und ihr nach Nikolassee. Manchmal begleiteten sie Peter und Trude, aber meistens Trude und Inge, weil Peter arbeiten musste.

1918, gleich nach Kriegsende, hatte Gertrud auf den guten Rat von Ludwig Roselius gehört, dem Werben von Peter Ruge nachgegeben und ihn geheiratet. Zur gleichen Zeit erwarb Peter Ruge die marode Berliner Kaffeerösterei »Hinz & Küster«. Er verfolgte große Pläne. An allen belebten Straßen und Plätzen sollte es in Zukunft eine kleine Verkaufsstätte für sein Kaffeeprodukt geben. Die Geschäftsidee war, als Anreiz den Kunden eine Tasse Kaffee samt einem süßen Teilchen zu sehr günstigem Preis zu bieten. Ab dem Kauf eines Pfundes gab es die Tasse gratis. Dieses Konzept war ein Renner. Schon 1926 existierten über 40 gutgehende Filialen und weitere sollten folgen. Außerdem hatte Peter Ruge vor, Läden in Hamburg, Leipzig, Dresden, Frankfurt, Stuttgart und

München zu eröffnen. Dennoch behielt er die Oberaufsicht über den Einkauf der Rohware für die Firma »Roselius«, die Friedrich leitete. Ludwig hatte sich mit seinem auf dem Weltmarkt vertriebenen Kaffee Hag ausgeklinkt, trotzdem bestand ein enges Netzwerk unter den drei Betrieben.

An diesem Wochenende war Inge ausnahmsweise ganz alleine mit den Kindern gekommen, denn Gertrud und Peter gaben am Abend ein großes Geschäftsessen in ihrer Gründerzeitvilla. Das Anwesen stand auf dem Gelände der Rösterei, Berliner Straße 13. Peter hatte das Haus mit großem Aufwand und dem erstklassigen Geschmack von Gertrud 1923 umbauen lassen.

Sarolta seufzte. Auch Walter trug sich seit einiger Zeit mit dem Gedanken, die urgemütliche Wohnung in der Prinz-Friedrich-Leopold-Straße einzutauschen in eine Direktorenvilla auf einem zugegebenermaßen traumschönen, großen Areal mit Blick auf den unterhalb gelegenen Nikolassee. Ein Architekt und Bekannter aus Walters Münchner Tagen, ein gewisser Bruno Paul, sollte sie entwerfen.

Abends wollte er Walter ein paar Pläne vorbeibringen, aber noch war Zeit für Sarolta, einen Brief zu schreiben. Die Mädels waren draußen in Obhut ihrer geliebten Inge und Sarolta konnte beobachten, mit welchem Feuereifer sie in ihr Spiel vertieft waren.

Nikolassee, den 11. 9. 1926

Adèl, liebste Schwester!
Hier kommt mal wieder ein kurzer Brief aus meiner Feder. Ich sitze an diesem sommerlichen Samstagnachmittag im September an meinem vertrauten Biedermeierschreibtisch und sehe unten im Garten meine Enkelinnen spielen. Diese Kinder sind mein Stolz und die große Freude meines Alters. Sie schauen so entzückend aus in den handbestickten, weiten Kleidchen, die Du aus Szegedin geschickt hast. Trude legt immer größten Wert darauf, dass die beiden wie Zwillinge gekleidet sind, was natürlich bezaubernd aussieht. Ich schickte Euch ja einige Fotos von Gertrud mit den Mädeln. Die

wunderbare ungarische Tracht, für die wir uns herzlich bei Sandor bedanken, ist noch zu groß, aber keine Angst, bald sind Gerda und Ella in die Kleider hineingewachsen. Die Kronen mit den Bändern tragen sie schon voller Vergnügen und hüpfen damit herum, wenn ungarische Operettenklänge aus dem Radio schallen. Die Zeiten ändern sich, man muss heutzutage nicht mehr selbst zum Piano schreiten, die schönsten Konzerte bekommt man frei Haus.

Vor wenigen Tagen wurde nicht weit von uns der Berliner Funkturm mit einer Höhe von über 140 Metern eröffnet. Walter will mit mir das Restaurant in luftiger Höhe, von dem aus man Großberlin überblicken kann, besuchen. Aber ich befürchte, oben schwindelig zu werden. Die Einzigen, die mich überreden könnten, wären Gerda und Ella.

Ach, liebe Adèl, ich bin stolz auf Dich, dass Du es geschafft hast, im Alter von 70 Jahren nochmal einen neuen Anfang zu wagen, dass Du Dich dazu durchgerungen hast, die Wohnung mit den schrecklichen Erinnerungen zu verkaufen und zu unseren Balints nach Szegedin gezogen bist. Für Sani Nummer drei bist Du nach Ilonas Tod sicher eine wunderbare Ersatzomi, Nagymama. Ich hoffe nur, meine Zeilen erreichen Dich dort noch, bevor Du wieder für sechs Wochen ans schöne blaue Meer zur Familie Ernö wechselst. Ich bin mir sicher, Deine angespannten Nerven werden sich dort beruhigen. Seit Jahren verbringst Du den Herbst ja in Abbazia und jedes Mal tat es Dir gut. Vielleicht unternimmst Du wieder mal eine Schiffsreise auf der ›Daniel Ernö‹ nach Venedig? Ich persönlich kenne nur die raue Nordsee und die frische Ostsee.

Dieses Jahr waren wir über meinen Geburtstag hinaus mit der ganzen Familie vier Wochen ausnahmsweise mal statt in Warnemünde oder in Heiligendamm auf Usedom in einem gemütlichen, komfortablen Hotel an der Strandpromenade. Unter der Woche mussten wir ›Weiber‹, Trude, ihre Töchter, Kindermädchen Inge und ich, uns alleine vergnügen, Peter und Walter kamen Samstag und Sonntag dazu. Zu meiner Freude erschienen zu meinem Geburtstag für ein paar Tage Ada und Arthur. Seit Elses Tod

können sie jetzt frei über ihre Zeit bestimmen, haben sich aber vor Kurzem einen Dackel angeschafft. Da ist Ada beschäftigt!
Schade, dass Du nur noch wenig Kontakt zum Clan hast, aber Onkel Zsigmond war eben die zentrale Gestalt der Familie. Er hielt alles zusammen. Nun ist Rezsö, der Sohn von Onkel Henrik, den ich kaum kenne, Deiner Meinung nach derjenige, der die Geschäfte tätigt? Aber welch ein Glück, dass Viktor, unser Küken, trotz herber Verluste zumindest das Schloss in Tura für die Familie retten konnte, nachdem Bruder Nàndor sich bös verspekuliert hatte. Da fällt mir gleich der unsägliche Albert Grawert ein. Der Aufenthalt dort bei unseren Verwandten ist mir aber unvergessen. Welche Pracht, welcher Luxus! Mein Trudchen hat das alles als ganz kleines Kind wohl in sich aufgesogen und strebt deshalb unbewusst nach jenem Lebensstil. Reine Theorie von mir! Jedenfalls ist sie in den letzten Jahren in die allererste Berliner Gesellschaft aufgestiegen. Ihr Mann Peter hat die Möglichkeit, ihr den passenden finanziellen Rahmen zu bieten. Vor vier Jahren bezogen sie nach einer Umbauzeit von einem Jahr die zu ›Hinz & Küster‹ gehörende Direktorenvilla. Peter erlaubte Trude, all ihre Luxusträume zu erfüllen. Ich hatte natürlich einen Heidenspaß, sie bei der Dekoration der vierzehn Räume zu beraten. Vier Bäder gibt es im Haus. Wenn ich mir vorstelle, wie ich seinerzeit diesen einen Baderaum im Hause Dessen bewundert hatte. Die Zeiten ändern sich. Auto, Flugzeug, Telefon, Radio, Film, alles erfunden zu unserer Zeit, liebste Schwester. Wir sind Glückskinder, all diese Erfindungen miterleben zu dürfen!
Aber zurück zu Ruges Palast … Ich muss ihn Dir noch ein wenig schildern. Über breite Treppenstufen gelangt man in die von Säulen getragene Halle, von der eine Freitreppe in die oberen Räume führt. Rechts und links befinden sich Flügeltüren. Auf der einen Seite geht es zum Esszimmer mit einer ausziehbaren Tafel für etwa 30 Personen, dahinter Vorraum zur Küche mit Schränken, Gästetoilette, dann Küche usw. Auf der anderen Seite gelangt man durch einen eleganten Salon mit gelben Wänden und tiefen flaschengrünen Sofas durch eine gläserne Schiebetür ins Herrenzimmer, und gegenüber davon durch ein chinesisches Zimmer, bestückt mit Gertruds Erbe,

Möbeln und Kunstgegenständen aus der Mayerschen Villa, in einen Damensalon, gehalten in Blau und Gold. Die Schlaf- und Kinderzimmer liegen im ersten Stock. Gerda und Ella haben ein geräumiges Spielzimmer, ein eigenes Bad und jeweils einen Schlafraum. Sie wollen aber unbedingt immer zusammen schlafen und albern bis in die Nacht. Inge wohnt direkt daneben und muss manchmal gehörig einschreiten. Durch ein Schrankzimmer, das einem Flur gleicht, gelangt man in den Elterntrakt. Gertrud und Peter schlafen getrennt, die Zimmer sind durch ein Bad verbunden. Peter hat es aus Rücksichtnahme auf Trude so beschlossen, da er früh aufsteht und zum Teil bis in die Nachtstunden im Büro sitzt. Unter der Woche unterbricht Peter seine Arbeit nur manchmal, um mit Trude in das kleine, exklusive Lokal ›Horcher‹ zum Essen zu gehen. ›Ich bin ein fleißiger Bauernsohn aus Itzehoe, ich kann nicht anders‹, ist seine ständige Rede. Gertrud hat bezaubernde helle graublaue Schleiflackmöbel und altrosa Polster in ihrem Privée. Sie genießt es, nachdem sie im Morgenrock nach den Mädels geschaut hat, im Bett zu frühstücken und mit mir zu telefonieren. Wenn Du uns mal wieder besuchst, kannst Du das Gästezimmer auswählen. Ocker, blau oder dunkelrot? Die vier Personalräume unterm Dach, plus der kleinen Wohnung für Max, den Chauffeur, haben nochmal ein eigenes Bad.

So, Adèlchen, nun weißt Du alles. Heute Abend wird der Tisch dort wieder elegant gedeckt sein, mit Silber, Porzellan und Kristall. Bei der Speisefolge darf ich Ratschläge geben. Du weißt, wegen unserer unvergessenen Marika! Ich bin nun gespannt auf die Pläne für unsere neue Bleibe, die dieser Bruno Paul, Bauhausarchitekt und Vertreter der »Neuen Sachlichkeit«, heute Abend mitbringt. Walter ist Feuer und Flamme für ihn. Er liebt die Sachlichkeit, während ich die Ordnung schätze. Walter darf sich nun ja bald Generaldirektor nennen, da der alte Herr Aust die Absicht hat, sich in die Schweiz zurückzuziehen und aus der Firma »Kathreiners Malzkaffee« eine Aktiengesellschaft machen wird, dessen Chef dann Walter Lange heißt. Wunderbar, nicht?

Liebes Schwesterlein, wenn ich dann mal beim Schreiben bin, wird es immer zu lang für Deine kranken, schwachen Augen.

Verzeih! Jetzt kommen gleich die Kinder herein und wollen Kakao, auch ein Produkt von Walter!
Grüße mir nun von ganzem Herzen meine Balint-Familie. Ich bin so stolz auf Sandor den Dritten, dass er Religionsphilosophie studiert, seiner Großmutter Ilona hätte es gefallen. Beste Grüße auch an die Ernö-Sippe in Abbazia und fall mir nicht von einem ihrer schönen Schiffe!

Ich umarme Dich und grüße Dich von meiner Sippe.
Deine Sarolta

P.S. Hast Du auch das Gefühl, dass es wieder gegen die Juden geht, seit unser Mentor und Beschützer, der Kaiser Franz Joseph, bedauerlicherweise 1916 das Zeitliche gesegnet hat? Juden gleich Freimaurer, das ist absurd.

Gegen 6 Uhr abends, es dämmerte schon fast, erschien Walter in bester Laune, scherzte mit Gerda und Ella, die gerade ihr Abendbrot bekamen, und holte eine Flasche Moselwein aus dem kühlen Keller.

»Das Stangeneis geht schon wieder zur Neige, im neuen Haus werde ich so einen neumodischen Eisschrank anschaffen, Mamachen! Was hast du zum Abendessen vorbereiten lassen?«

»Ich dachte, nichts Großes, da es heute Abend in erster Linie um die Pläne für das Haus geht. Ist dir Roastbeef mit Remoulade, Bratkartoffeln und Gurkensalat recht?«

»Mama, du Schelm, du weißt doch genau, dies ist mein Lieblingsessen«, lachte Walter. »Sei bitte nicht erschrocken, wenn Bruno Paul die Wohnung betritt, er ähnelt jemandem ganz frappierend.«

Sarolta hob erstaunt die Augenbrauen, aber schon klingelte es. Als der Architekt mit Papierrollen unter dem Arm durch die Wohnungstür trat, wusste Sarolta, was Walter gemeint hatte.

Theodor von Brinke, schoss es ihr durch den Kopf, er sieht aus, wie mein armer gefallener Fastschwiegersohn, das gleiche volle, dunkle Haar und das schmale Gesicht! Nur die Nase von Herrn

Paul war länger und leicht hakenartig. Auch schien er einige Zentimeter kleiner als Theo zu sein.

»Schön, dass Sie heute Zeit gefunden haben, hierherzukommen, lieber Herr Paul, treten Sie ein. Erst mal eine kleine Stärkung und dann die Überraschung. Meine Mutter, Frau Professor Lange, und ich sind wahnsinnig gespannt auf Ihren Entwurf!«

Bruno Paul lächelte gewinnend. »Zu unseren Studentenzeiten in München, dort im ›Simpl‹ bei Kathi Kobus, war ich der Bruno!«

»Natürlich, wir haben uns geduzt, Bruno, entschuldige!«

Bei Moselwein und Roastbeef erläuterte der Architekt seine Vorstellungen, bevor er die Pläne ausrollte. »Wir haben es bei diesem wunderschönen Bauplatz nicht mit bravem, ebenem Gelände zu tun. Dieses Eckgrundstück steigt von der Straße in unregelmäßigen Wellen an und fällt zur Seeseite ziemlich schroff ab. Ich habe mir nun überlegt, wie ich das Gebäude so platziere, dass man einen optimalen Blick aus den Fenstern über den See hat. Deshalb schwebt mir vor, den Bau auf den obersten Wall zu setzen. Das würde bedeuten, einen Eingangshof auf Straßenniveau, und gleich dort, links unter einem zusätzlich aufgeschütteten Erdwall, die Garagen. Geradeaus gelangt man durch den Hintereingang ins Haus. Da wäre dann, gewissermaßen im Souterrain, Chauffeurwohnung, Waschküche, Heizungskeller, Küche und Weinkeller, der allerdings ohne Tageslicht. Über eine breite, bequeme Steintreppe würde man rechts hinauf zum Haupteingang des breitgelagerten, einstöckigen Hauses kommen.«

»Soll ich dann die Herrenspeise, geschlagene Sahne mit geriebener Bitterschokolade, später servieren lassen, Walter?«

»Genau, Mama, ich bin so gespannt auf die Pläne!«

Bruno Paul entrollte seine Zeichnungen. »Ich stelle mir hier als Zentrum des Hauses eine langgestreckte Halle mit breiten vierflügeligen Fenstern, einem offenen Kamin und holzgetäfelten Wänden vor. Daran schließen sich weitere Räume an, zur einen Seite das Esszimmer mit Treppe und Küchenaufzug, dann zur anderen Seite ein ›Zuckerl‹! Ein Gartenzimmer, wo man an schönen Tagen das riesige Fenster in ganzer Wandbreite in den Boden versenkt, somit eine tiefe Loggia hat, und das Gleiche habe ich auch mit dem an das Schlafzimmer von Frau Professor angrenzenden Boudoir vor, eine in die Wand verschiebbare Scheibe! Wie Sie hier sehen, mein Konzept für die obere Etage: Wenn man das Treppenhaus, geprägt durch eine schlichte Linienführung, hinaufsteigt, befindet sich linkerhand das Refugium von Frau Professor, in der Mitte ein geräumiges Gästezimmer und rechts dein Reich, Walter, mit Schlafraum, Arbeitszimmer und dem Bad, welches von der Größe identisch mit dem des anderen Trakts ist. Hier, im Eingangsbereich, haben wir natürlich das Gästeklosett.«

»Großartig, wirklich großartig, was meinst du, Mama?« Walter sah Sarolta dermaßen begeistert an, dass sie ihre Einwände für sich behielt, bis auf die Frage, ob man in ihrem Bereich nicht einen Schlafraum für Gerda und Ella einrichten könne. »Wenn wir das Ankleidezimmer halbieren, dann schon«, bekam sie zur Antwort.

Am folgenden Tag kamen gegen 12 Uhr Gertrud und Peter in ihrer dunkelgrünen Mercedes-Benz-Limousine vorgefahren.

»Sie sind da! Vati! Mutti!« Aufgeregt liefen die Kinder den Eltern entgegen und umarmten sie.

»Da seid ihr ja, meine großen Mädels! Wie bin ich stolz auf euch beide! Zum Glück gleicht ihr eurer schönen Mutter und nicht mir!«, stellte Peter Ruge vergnügt fest.

Man beschloss, nach Besichtigung des Areals am Libellenweg, wo die Kinder mit Inge Verstecken hinter den Bäumen spielten, am Nikolassee vorbei zu einem Ausflugslokal am Wannsee zu wandern. Peter wollte lieber das Auto benutzen, folgte dann aber doch zu Fuß der übrigen sportlich eingestellten Familie.

»Wie lief es denn gestern mit dem Herrn Architekten«, wollte er wissen und schnaufte etwas, gehen war er nicht gewohnt.

»Der Mann ist grandios, ein Genie! Nicht Mamachen?«, entgegnete Walter begeistert.

»Nun ja«, kommentierte Sarolta nüchtern, »sehr interessant, was er entworfen hat, außergewöhnlich, er wird auch noch die Möbel, das Geschirr und Besteck kreieren, aber hoffentlich darf ich meine Kleider und die Frisur behalten, wenn wir dort einziehen.« Alle lachten.

»Versprochen, Mama«, sagte Walter mit treuherzigem Augenaufschlag.

»Was wird dann aber aus der alten Wohnung und den gemütlichen Möbeln dort?«, wollte Gertrud wissen.

»Alles geregelt! Die Wohnung geht, so wie sie ist, komplett an Ludwigs Bruder, Georg Roselius, und seinen Filius, den Komponisten«, antwortete Walter.

»Aber meinen Schreibtisch lasse ich mir nicht nehmen!«, erklärte Sarolta resolut.

»Roselius war gestern Abend auch unter unseren Gästen und berichtete voller Enthusiasmus von seinem Lieblingsprojekt, der ›Böttcher Straße‹ mit einem Museum für seine verstorbene Muse Becker-Moderson in Bremen. Eine ganze Straße als Kunstobjekt schwebt ihm vor! Schön, dass er uns wieder einmal beehrt hat. Zurzeit haben wir eher nüchterne Geschäftspartner zu Gast, seit Peter vor zwei Wochen in einem Wutanfall meine Gäste aus dem Haus warf! Das war abscheulich, Peter! Ich weiß gar nicht, wie ich das bei meinen Freunden wiedergutmachen soll!«, brach es aus Gertrud heraus.

»Ja, Schätzchen, es war etwas übertrieben von mir. Ich hatte einen harten Arbeitstag, Ärger in der Firma, ich komme nach Hause, die ganze Bude ist voll und ich höre, wie vor mir einer, er gehörte zu diesem verarmten Adelsgesocks, welches du so präferierst, sagt: ›Hier kann man saufen und fressen, der Koofmich hat genug Kohle!‹ Damit meinte er mich! ›Raus!!!!‹, habe ich geschrien, nachdem ich tief Luft geholt hatte. ›Raus, alle!‹ Es war übertrieben, ich entschuldige mich, Trude, aber ich bereue nichts. Diese deine Gäste wissen nicht, was Arbeit ist! Sie sind Schmarotzer!«

»Also, meine Tochter, ich finde, du hast einen Ehemann, der mir imponiert, und vor dem ich Achtung habe«, sagte Sarolta und Walter, der sein Lachen nicht unterdrücken konnte, nickte zustimmend.

»Berliner Tageblatt!!! Der Kaffeekönig von Berlin ist tot!« Es war das Erste, was zwei blasse Herren, die am Freitag, den 11. November 1927, gerade aus dem Zug von Bremen kommend stiegen, zwischen all den Bahnhofsgeräuschen hörten. Der größere, schlankere von beiden eilte auf den kleinen Zeitungsjungen mit Schiebermütze zu und wechselte ein Geldstück gegen die Zeitung.

»Kein Rückgeld!«

»Besten Dank, der Herr!«

»Schau, Ludwig, da steht es! ›Auf plötzliche, mysteriöse Weise starb am 9. November der Kaffeekönig Peter Ruge.

Vor sechs Tagen erst hatte er in Schöneberg seine fünfzigste Filiale höchstpersönlich eröffnet. Als besondere Attraktion brachte er seine süße, siebenjährige Tochter mit (Siehe Foto).‹ Ich kann es nicht fassen und will es nicht glauben, was mache ich jetzt mit der Firma ›Hinz & Küster‹? Was mit meinem Unternehmen? Er hatte doch alle Fäden in der Hand und war mein bester Einkäufer?«

»… und loyaler Freund, Frieder!«, fiel Ludwig Roselius seinem Bruder ins Wort.

Am Nachmittag zuvor hatten sie in Bremen von dem schrecklichen Ereignis erfahren und waren sofort am nächsten Morgen in den Zug gestiegen. Sie nahmen in Berlin als Erstes ein Taxi zum Firmensitz an der Berliner Straße 13 zwischen Stern und Landwehrkanal. Sie läuteten an der Haustür. Ein Hausmädchen mit Häubchen und weißer Schürze öffnete.

»Es ist keiner zu Hause. Gnä' Frau sind mit den Töchtern nach Nikolassee, die Herren, aber vor einer Stunde ist Direktor Lange beim Büro vorgefahren«, stammelte sie mit Tränen in den Augen.

Ludwig und Friedrich eilten über den Hof hinüber zur Rösterei und fanden tatsächlich Walter Lange in Peter Ruges Arbeitsräumen. Er war dabei, einigen wissbegierigen Journalisten Auskunft zu geben. Als er die Brüder Roselius eintreten sah, sprang er vom Schreibtisch auf.

»So, meine Herren, das war alles, was ich weiß und was ich berichten kann«, beendete er eilig das Gespräch und wartete ungeduldig, bis er mit Friedrich und Ludwig alleine war. »Gottlob sind Sie jetzt da, ich fuhr nur schnell vom Kathreiner Büro hierher, um nach dem Rechten zu schauen. Ach, so eine Tragödie! Meine arme Schwester und die Kinder habe ich sofort zu unserer Mutter bringen lassen, nachdem man den armen Peter abgeholt hatte. Aber erst einmal, guten Tag. Bitte nehmen Sie Platz, meine Herren Roselius, darf ich Ihnen etwas zu trinken anbieten?« Erschöpft ließ sich Walter auf Peter Ruges Schreibtischstuhl fallen.

»Nein, nein, spannen Sie uns nicht auf die Folter, erzählen Sie, verehrter Lange, wie ist es passiert?«, wollte Ludwig wissen und sein Bruder nickte heftig.

»So genau wissen wir es noch nicht, das Einzige, was klar zu sein scheint, ist, dass er an einer Milzruptur, einem Riss, innerlich verblutet sein muss. Das Organ war durch eine geschädigte Leber wohl stark vergrößert. Am Abend vor dem Unglück saßen wir alle zusammen noch im Wintergarten an der Friedrichstraße und amüsierten uns famos über die freche Claire Waldorff und den Otto Reutter, auch Mama war dabei. Mit ihr fuhr ich anschließend nach Hause, aber Peter, in Feierstimmung, wollte unbedingt noch zu ›Horcher‹, in sein Stammlokal, ›Fasan essen und einen schönen Rotwein trinken‹, wie er mir verriet. Mehr weiß ich auch nicht, meine Schwester steht unter Schock, ich konnte sie noch nicht befragen. Zum Glück ist Mama eine starke Frau, sie kümmert sich mit Inge um die Kinder.

Ja, also, die Herren, hier liegen die Geschäftsbücher. Wenn Sie juristische Hilfe brauchen …?« Die Lage schien tatsächlich verzwickt. Peter hatte kein Testament hinterlassen, dafür aber mehrere Expansionsprojekte. Man beschloss, alle zu stornieren, da sie auf Krediten beruhten.

»Wir machen nicht lange herum!«, entschied Ludwig. Die Töchter erben zu gleichen Teilen zwei Drittel des Vermögens und für die arme, verehrte Frau Witwe vereinbaren wir eine angemessene Pension auf Lebenszeit, damit sie ihren Standard halten kann. Dafür verbürge ich mich höchstpersönlich!« Ludwig räusperte sich vor Rührung und Frieder liefen die Tränen über die Wangen.

»Im Namen meiner Schwester danke ich Ihnen beiden von Herzen!« Walter konnte den Satz kaum hervorbringen.

Als der Chauffeur ihn zwei Stunden später über den Umweg in sein eigenes Büro, wo er kurz nach dem Rechten schaute, nach Nikolassee brachte, dachte er etwas erleichtert, wenigstens muss Trude keine finanziellen Sorgen befürchten.

Seit dem 1. November wohnte Walter jetzt offiziell in seinem neuen Haus, aber da im Damenflügel die eigens entworfenen Teppiche noch nicht geliefert worden waren, lebte Mama bislang in der alten Wohnung. Glück im Unglück. Die gemütliche, altväterliche Villenetage war wie ein warmes Nest für Gerda und Ella. Ihre Mutter litt anscheinend wegen Vatis langer Reise, wie es ihnen erzählt worden war, unter Migräne und lag im Bett.

»Das wird schon wieder mit Mutti«, versuchten die Mädchen sich gegenseitig zu trösten. Glücklicherweise zeigten Beruhigungsmittel und sanfte Worte von Sarolta ihre Wirkung. Gertrud verließ am Abend ihr Zimmer, um das Gespräch zu suchen.

Weil sie sich bei Mama trafen, verzichtete Walter auf seine abendliche Zigarre. Er drehte den Schreibtischstuhl so, dass er Sarolta und Trude, die auf dem grünen zweisitzigen Samtsofa Platz genommen hatten, gegenübersaß. »Ich erzähle euch, was gestern passiert ist«, sagte Gertrud mit wackliger Stimme.

»Nachdem der Sternenhimmel im Wintergarten über Claire Waldorff und Otto Reutter, ihrem Überraschungsgast, erloschen war und wir uns verabschiedet hatten, fuhren wir mit der Taxe zu Otto Horcher in die Lutherstraße. Ich plädierte für ein kleines Dessert, doch Peter orderte Fasan und Vorspeise und Nachspeise und eine Flasche Rotwein, bei der ich kräftig mittrank, damit es für Peter nicht zu viel werden würde, worauf er aber eine zweite Flasche bestellte. Es geht ja immer herzlich zu in dem kleinen Lokal, jeder kennt jeden, gestern Abend allerdings ausnahmsweise nicht. Peter legte sich ein wenig mit einem Herrn vom Nebentisch an, weshalb ich ein Taxi bestellen ließ. Otto umarmte uns noch und gab mir eine Rose mit. Dann, auf den Stufen zu unserer Haustür, stürzte Peter, hatte sich aber anscheinend nicht wehgetan. Als er sich wenig später doch noch ein Glas Rotwein gönnte, mit der Bemerkung, es sei ein außergewöhnlicher Abend gewesen, krümmte er sich ganz plötzlich. Ich konnte ihn gerade noch auf ein Sofa betten, da verlor er schon das Bewusstsein. Ich telefonierte Dr. Löwenthal nachts aus dem Bett. Er kam sofort und bestellte einen Krankenwagen. Als der endlich erschien, gab es schon kein Lebenszeichen mehr in Peter.« Gertrud hatte alles ruhig, wie mechanisch, vorgetragen, nun aber schüttelte sie ein Weinkrampf.

»Es ist schrecklich, was du gerade durchmachst, glaube mir, mein Kind, ich weiß aus eigener Erfahrung, wie du leidest. Aber denk an Gerda und Ella, so wie ich in ähnlichen Situationen immer an Ada und dich gedacht habe.«

Walter ergänzte: »Frieder und Ludwig Roselius kamen heute aus Bremen. Sie wirken zutiefst betroffen. Ludwig sorgt für deine finanzielle Absicherung bis an dein Lebensende.«

Gertrud richtete sich ein wenig auf und nickte. Ihre Mutter legte liebevoll den Arm um sie. »Damit bist du jetzt eine unabhängige Frau.«

Die Beerdigung fand in Nikolassee auf dem erst seit Kurzem angelegten Friedhof in kleinem familiärem Kreis statt, aber um die geöffnete Grabstelle leuchtete an diesem trüben Novembertag ein Meer von Blumenkränzen. Der junge Pfarrer der neuen Gemeinde, der öfters bei Sarolta auf eine Tasse Tee vorbeikam, hielt eine bewegende Rede auf den Bauernsohn aus Itzehoe, der von dort aufgebrochen war, um mit Fleiß die Welt zu erobern. Er habe die Begabung genutzt, die er in die Wiege gelegt bekommen hatte, den absoluten Geschmack. Er roch die Qualität der rohen Kaffeebohne, er konnte Alter und Herkunft von französischem Bordeaux exakt bestimmen. Er glich einer an zwei Seiten angezündeten Kerze.

Gerda und Ella waren unter der Obhut von Inge zu Hause geblieben. Man hatte ihnen erzählt, Vati sei auf einer langen Reise. Gerda beschlich ein mulmiges Gefühl.

Eine lange Reise, wohin?, dachte sie. Die letzte Fahrt mit ihm in der grünen Limousine mit dem grün gekleideten Max am Steuer würde sie nie vergessen. Sie waren zur Eröffnung der 50. Filiale gefahren, in der es wohlriechenden Kaffee, Gebäck und Luftballons gab. Ihr Vater hatte sie auf den Arm genommen und gemeint, er erkläre ihr alles, weil sie mal seine Nachfolgerin werden sollte.

Im Dezember hatte nun auch Sarolta die Räume im Haus am See bezogen und sich schnell mit der neuen Sachlichkeit ausgesöhnt. Ihr Sekretär mit den Bildern von Fritzchen und Elisabeth und der Sisi stand in ihrem Boudoir. Die Bilder von Papa und Mama hingen darüber an der Wand. Die verschiedenen Tönungen von Weinrot im Schlafzimmer gefielen ihr, der Blick aus den Fenstern hinüber zum See begeisterte sie. Gertrud war schweren Herzens zurück in ihre Villa gezogen, schon weil Gerda ja wieder in ihre Privatschule musste. Sie war überrascht über die Menge an Post, die sie vorfand. Vor allem die Bekannten, die Peter in seinem spontanen Wutanfall aus dem Haus geworfen hatte, meldeten sich unter großer Anteilnahme zurück.

Für den Weihnachtsabend ließ Walter den größten und schönsten Tannenbaum, der zu haben war, aufstellen. Kugeln und Lametta in Gold glänzten im Kerzenlicht um die Wette. Man sang: »*Stille Nacht, Heilige Nacht …*«

»Wo ist Vati?«, fragten die Kinder, wurden aber immer wieder durch zahlreiche Geschenke abgelenkt.

»So geht es nicht weiter«, sagte Sarolta zu ihrer Tochter, »Du musst dich zusammenreißen wegen der Kinder. Ich war dreimal im Leben in deiner Situation, aber im Gegensatz zu dir, wusste ich nie, wie es weitergeht, denn ich hatte nie Geld. Es steht dir übrigens gut, dass du abgenommen hast. Das Wohlleben mit Peter sah man deiner Figur allmählich an.«

»Du hast recht, Mama. Vielleicht sollten wir mal wegfahren, aber nur, wenn du mitkommst.«

Man beschloss, nach Adelboden im Berner Oberland zu fahren. Walter ließ über das Schweizer Büro ein Zimmer und eine Suite im besten Hotel vor Ort buchen. Es handelte sich um das »Nevada«, in dem auch Kaiser und Könige logierten. Walter kannte seine Schwester, dieser Aufenthalt würde sie auf andere Gedanken bringen. Außerdem gab es einen großen Eisplatz vor dem Hotel. Gerda und Ella liebten Schlittschuhlauf. Da es unmöglich war, den Schweizer Ort an einem Tag zu erreichen, griff man gerne auf das Angebot zurück, in der Baseler Villa von Hermann Aust für eine Nacht Zwischenstation zu machen, obwohl der Geheimrat gerade nicht anwesend war.

Imposante Bergwelt, blauer Himmel, ein Hotel wie ein Palast, davor die Eisbahn mit dezenter Musik, auf der sich viele Kinder tummelten. Das war Adelboden. Gerda, der Siebenjährigen, fiel es nicht schwer, Kontakt zu knüpfen, während die fünfjährige Ella sich lieber in der Nähe ihrer Mutter hielt. Sarolta saß in Pelz gehüllt auf einer Bank und beobachtete das muntere Treiben. Gerda waren zwei etwas größere Mädchen aufgefallen, die sich schüchtern abseits hielten. Sie lief auf die kleinere mit Brille zu. »Komm, lass uns Walzer tanzen«, rief sie.

»Dann muss meine Schwester Alexandrine aber auch mitmachen, darf sie?«

»Natürlich, Cecilie«, lächelte eine junge Frau, die Gerda erst jetzt bemerkte.

»Wir müssen langsam machen mit meiner Schwester«, sagte Cecilie und Gerda verstand, dass dieses hübsche, große Mädchen behindert war. Bis zum Nachmittag spielten die Kinder miteinander. Dann holte das Kindermädchen Inge die Kinder, um sie zu waschen und für das Abendessen in blaue Kleider mit weißen Krägen zu stecken. Sie teilte sich ein Zimmer mit Gerda und Ella, während Gertrud und Mama gemeinsam eine Suite bewohnten. Gertrud hatte sich extra zum Trauerjahr ein schwarzes Samtkleid schneidern lassen, und Sarolta trug eine graue Spitzenbluse zu einem anthrazitfarbenen Wollgeorgetterock.

Beim Abendessen erwartete sie eine Überraschung. Die Mädel, mit denen sich Gerda und schließlich auch Ella so fröhlich auf der Eisbahn getummelt hatten, waren die Töchter des deutschen Kronprinzenpaars, das schräg gegenüber im Speisesaal an einer großen Tafel Platz genommen hatte. Verstohlen winkten die Kinder sich zu. Es dauerte nicht lange, Sarolta hatte gerade die Rüblisuppe gelobt, da kam ein junger Herr an den Tisch und verbeugte sich höflich.

»Verzeihung, die Kronprinzessin lässt auf Bitten ihrer Töchter anfragen, ob sich die Damen nicht nach drüben an ihren Tisch setzen wollen?« So geschah es, dass Gertrud für die nächsten zwei Tage, so lange dauerte der Aufenthalt der kaiserlichen Familie noch, Tischherrin des Kronprinzen wurde.

»Na, Wilhelm, da bist du doch in deinem Element mit so viel hübschen Damen an deinem Tisch«, scherzte die Kronprinzessin. »Und woher kommen Sie?«

»Aus Berlin!«, antwortete Gertrud.

»Berlin, wie schön, dann sind wir aus derselben Stadt. Kommt der Gemahl nach?« Gertrud zögerte mit der Antwort, da sagte Gerda mit klarer Stimme: »Vati ist bei den Sternen, er ist tot, aber er passt immer auf uns auf!«

»Bst, Gerda, nur sprechen, wenn du gefragt wirst«, rügte ihre Mutter. Woher hatte das Kind das? Das Wort ›Tod‹ war nie in den Mund genommen worden.

»Der Kaffeekaufmann Peter Ruge, ›Hinz & Küster‹, war mein Mann ...«,

»Oh Gott, ja, ich habe es in der Presse gelesen, das tut mir leid«, fiel Cecilie Gertrud ins Wort.

»Dann heben wir das Glas auf den Gemahl, einen wackeren Deutschen!«, rief Wilhelm. Ab da führte er das Wort. Gerade hatte er in Italien den Diktator Mussolini getroffen und berichtete begeistert über diese Begegnung.

»Dieser Mann ist der Retter seiner Nation! Genauso einer fehlt uns Deutschen. Was herrscht bei uns für ein Durcheinander mit all diesen Parteien! Weg damit! Weg mit diesem demokratischen

Getue. Wenn wir schon keine Monarchie haben können, die immer noch die höchste aller Staatsformen ist, scheint mir die Diktatur die beste Lösung zu sein. Dieser famose Mussolini machte Schluss mit dem verfluchten roten Pöbel und er bekämpft das Weltjudentum, welches wie ein Krake das Geldwesen im Griff hat. Die sind doch schuld an der Weltwirtschaftskrise!«

Prinzessin Cecilie gähnte verstohlen. Sarolta schluckte, dann fasste sie sich ein Herz. »Mit Verlaub, kaiserliche Hoheit, denken Sie nicht, die verheerenden Kriege sind schuld an der wirtschaftlichen Misere?«

»Natürlich, gnädige Frau, da gebe ich Ihnen vollkommen recht, aber das Finanzwesen haben die Juden in der Hand und die gewinnen zu guter Letzt immer!«

Dem wollte Sarolta nun nichts mehr entgegensetzen, auch wenn es ihr schwerfiel. Später, als sie neben ihrer Tochter im Bett lag, bemerkte sie: »Du warst doch heute in deinem Element, Liebes, nicht? Am Tisch des Kronprinzen? Gut, dass du Peter nie von deinen jüdischen Wurzeln berichtet hattest.«

»Ich hätte es tun können, Peter war nicht so, Mamachen. Gute Nacht, du Liebe!«

»Sag aber den Kindern nichts, ich bitte dich! Also dann schlaf schön, Trude.«

Zwei Tage später wollten Gerda und Ella unbedingt Cecilie und Alexandrine zum Zug begleiten. Bei der Abreise der kaiserlichen Familie gab es einen großen Bahnhof mit Fotografen. Abends dann, in kleiner Runde, lachte Trude plötzlich laut.

»Großartig, Mama, wie du gestern Ihre Hoheit enorm verblüfft hast, indem du postum die Grüße der Kaiserin Sisi an Vetter Willi, seinen Vater, ausgerichtet hast!«

Gerda und Ella vor dem Haus von Bruno Paul

Die Kronprinzenfamilie mit Gertrud

Und wieder auf der Flucht

Fröhlich sprang die 14-jährige Gerda die hundert Meter von ihrer Westend-Schule, wo sie die 4. Klasse mit Latein als zweiter Fremdsprache besuchte, nach Hause zum weißen herrschaftlichen Neubau am Fürstenplatz 2. Gertrud Ruge bewohnte dort mit ihren Töchtern die zweite Etage, seit sie 1929 aus der Villa, die Eigentum der Firma »Hinz & Küster« war, ausziehen musste. Es war bitter für sie gewesen und ein schwerwiegendes Problem dabei, dass sie nicht wusste, wohin mit der Hinterlassenschaft ihres Mannes, den 4000 Flaschen kostbarsten Rotwein im Keller. In Walters mit Ziegeln gemauerten Weinkeller passten maximal 500 der edlen Tropfen. Man einigte sich, dass 2000 Flaschen weiterhin den angestammten Platz im abgeschlossenen Kellerraum behalten dürften. Daraufhin willigte Gertrud ein, ins gerade frisch fertiggestellte noble Mehrfamilienhaus im Westend zu ziehen. Ausschlaggebend dafür war auch die unmittelbare Nähe der hochmodernen Mädchenschule, an der man Hochschulreife erwerben konnte.

Die Sommerferien 1934, die die Familie dieses Mal in Rottach-Egern am Tegernsee verbringen wollte, standen bevor. Eilig rannte Gerda die breiten Treppen zur Wohnung hinauf. Den Lift benutze sie natürlich nicht. Mit Schwung landete der Schulranzen auf einem Stuhl im Eingangsbereich. »Mutti!«, jubelte sie, »es ist etwas Grandioses passiert! Weil ich so einen schönen Sopran habe und die beste Note im Sport, bin ich beim BDM aufgenommen worden! Famos, nicht?«

Freudig umarmte sie die Mutter und bemerkte in ihrem Überschwang gar nicht deren versteinerte Miene. Gertrud rang nach Fassung, bevor ihr ein, »großartig, mein Kind, ganz großartig. Aber jetzt wasch dir die Hände, Ella ist schon zu Hause und Anna hat das Essen fertig«, über die Lippen kam. Gerda kramte in der Schultasche.

»Schau, Mutti, das sind die Formulare, in die man die arischen Ahnen eintragen muss, aber unsere Lehrerin, Fräulein Ipsen, meinte, es hätte Zeit bis nach den großen Ferien und länger.«

Beim Essen brachte Gertrud kaum einen Bissen herunter. Sie wartete sehnsüchtig auf den Moment, wo die Uhr ihr anzeigte, dass Mama den Mittagsschlaf beendet hatte. Sie eilte zum Apparat in ihrem Schlafzimmer und griff zum Telefonhörer.

»Hallo, Mama? Es ist etwas Schreckliches passiert! Gerda ist in den ›Bund Deutscher Mädchen‹ aufgenommen worden. In diese nationalsozialistische Organisation! Mama, die verlangen Ahnenforschung! Mama? Hörst du mich?«

»Oh Gott, ja! Aber reden wir bloß nicht am Telefon darüber, sondern am Wochenende, wenn ihr zu uns kommt. Ich spreche mit Walter.«

Zwei Tage später, am sonnigen Samstagmittag, stand nach Schulschluss der vertraute Chauffeur Max vor dem Fürstenplatz Nr. 2. Walter hatte ihn nach Peters Tod in seine Dienste genommen. Er hatte den Auftrag, mit der geräumigen, altmodischen, hochgebauten Limousine, die Walter extra wegen Mama behalten hatte, damit sie mit ihrem Rheuma leichter einsteigen konnte, Gertrud und die Töchter abzuholen.

»Ach, Fräulein Gertchen, wenn ich bedenke, die letzte Fahrt mit dem Vater und Ihnen …!« Dieser Satz kam jedes Mal, wenn Max Gerda begegnete.

Als die Mutter mit den Kindern durch das schwere Portal über den Teppich, der Walter in Russland das Leben gerettet hatte und der nun auf dem Fußboden in der Diele seinen Ehrenplatz besaß, die Halle betrat, wurden sie bereits von Sarolta und Walter erwartet. Schäferhund Rex begrüßte sie freudig.

»Bevor wir zur Sache kommen, lasst uns zu Mittag essen«, schlug Walter vor. »Bruno wird auch gleich da sein.«

Als die Nationalsozialisten 1933 ans Ruder kamen, wurden als Erste alle Nichtarier aus den öffentlichen Ämtern entfernt. So verlor auch Dr. Bruno Lehmann wegen seiner jüdischen Mutter Bertha den Direktorenposten am Landesgericht Münster. Seit einem Jahr nun kümmerte er sich um die juristischen Belange von

»Kathreiner« und entlastete damit Walter. Seine Verlobte Elli musste er in Münster, wo sie soeben begonnen hatte, als Kinderärztin zu arbeiten, zurücklassen und deshalb brauchte er zum Wohnen auch nicht mehr als die zwei freien der vier hübschen Dachzimmer fürs Personal in Walters Haus. So wütend Sarolta über Brunos Entlassung war, so sehr freute sie sich, ihn wieder in der Nähe zu haben.

Während des Essens wollten Gerda und die 12-jährige Ella unbedingt wissen, was es denn so Wichtiges zu besprechen gab. Gerda ahnte, dass es mit der Ehre zu tun haben musste, die ihr, übrigens zusammen mit ihrer besten Freundin Gesine, zuteilgeworden war. Nach dem Schokoladenpudding schlug Walter vor, in das Gartenzimmer zu gehen. Nachdem alle auf den hellgrünen Polstern der weißlich-grünen Rohrgeflechtstuhle aus Schleiflack Platz genommen und Walter sich versichert hatte, dass es keine unerwünschten Lauscher gab, kam er zur Sache.

»Gerda, mein Kind, ich weiß, du freust dich über die Anerkennung, beim BDM aufgenommen worden zu sein.« Er räusperte sich, bevor er fortfuhr. »Also, hier sitzt Onkel Bruno, ihr wisst, was mit ihm passiert ist, nicht? Er hat seinen Posten verloren, weil ein Elternteil jüdisch ist. Das Gleiche«, Walter räusperte sich erneut und Sarolta fiel ihm ins Wort: »Das Gleiche ist bei eurer Mutter der Fall, ich bin nämlich Jüdin!

Ihre Enkelinnen sahen sie zunächst sprachlos an, dann fasste sich Gerda als Erste: »Warum wissen wir das nicht?«

»Weil es eigentlich belanglos war«, ergriff Walter wieder das Wort. »Aber jetzt, nachdem jeder diese Ahnenforschung betreiben muss, müssen wir es euch sagen. Auch ich habe es schon hinter mir – bin natürlich ›lupenreiner Arier‹ wegen meiner leiblichen Mutter. ›Ahnenforschung‹ kommt nicht infrage. Ich habe vor ein paar Monaten Vorsorge getroffen und über einen ungarischen Anwalt – Sandor Balint gab uns eine integre Adresse – sämtliche Dokumente, die Mama belasten könnten, vernichten lassen. Offiziell sind alle Unterlagen bei der Flutkatastrophe 1875 in der Theiß untergegangen. Hat mich eine Stange Geld gekostet.«

»Walter ist immer vorausschauend«, bemerkte Bruno auf seine stille Art.

»Und jetzt?«, fragte Gerda ziemlich verängstigt.

»Gar nichts, jetzt! Du nimmst ganz normal an allen Aktivitäten teil, nur das Forschen zögern wir hinaus. Zunächst fahren wir über Dresden mit einem Besuch bei den Göhlers an den schönen Tegernsee, gehen schwimmen und wandern und schlagen uns den Bauch mit Schweinebraten im Gasthof ›Bachmaier‹ voll. Danach überlegen wir«, beruhigte Walter die Gemüter.

»Er findet immer eine Lösung!«, bemerkte Mama voller Zuversicht.

»Wer einmal aus einem russischen Gefangenenlager geflohen ist, den kann so leicht nichts erschüttern«, meinte Walter sarkastisch.

Dresden war himmlisch. Sarolta freute sich so sehr, ihre große Kleine Ada, sie war einen halben Kopf kleiner als Trude, wiederzusehen. Wieder einmal durch die barocke Pracht und die Gärten des Zwingers streifen, andächtig vor Raffaels Sixtinischer Madonna stehen, Semperoper mit »Meistersinger« genießen. Am nächsten Morgen stattet sie dem schönsten Milchladen der Welt, »Pfunds Molkerei«, dessen Decken und Wände mit handgemalten Fliesenbildern von Villeroy und Boch gekachelt waren, einen Besuch ab. Gerda und Ella konnten sich, wie schon seit der Kleinkinderzeit, kaum sattsehen an den Putten und farbigen Ornamenten. Diese zwei Tage mit den lieben Göhlers vergingen wie im Flug. Noch eine Übernachtung im Hotel »Bayerischer Hof« in München, wo Walter abends eine Besprechung hatte, dann war man in der Bilderbuchlandschaft des Tegernsees angekommen.

Sarolta, Walter und Bruno logierten in der Villa »Adolphine«, einst erbaut von einer russischen Fürstin, jetzt im Besitz von Max Bachmaier, in dessen Gasthof sich Gertrud mit den Töchtern eingemietet hatte. Gleich am Morgen nach der Ankunft ging sie mit den Mädchen zum Kaufhaus »Greif«, wo »Waschdirndl« angemessen wurden. Drei Tage mussten sie auf die Anfertigung warten, dann waren sie der Gegend angemessen gekleidet. Auch Sarolta kaufte sich bei Kathi Pohlmann in der Seestraße eine weiße Trachtenbluse und liebäugelte mit einem runden Strohhut, entschied sich aber dagegen, weil sie ausschließlich Hüte von Brunos Mutter trug. Bertha und Willi, beide fast 80, hatten erst vor Kurzem schweren Herzens, auch wegen Repressalien der neuen Machthaber, das Hutgeschäft an eine langjährige Mitarbeiterin abgegeben. Walter passte tatsächlich noch in die Lederhosen aus Studententagen.

»Hier schließt sich der Kreis! Wir bewegen uns auf Kindheitspfaden meiner verehrten ungarischen Königin, die von ihren Geschwistern ›Sisi‹ gerufen wurde«, erklärte Sarolta beeindruckt, als sie eingehängt bei Trude den Weg vom Parkplatz zur Kapelle vom Alten Bad im romantischen Wildbad Kreuth, einem Sitz der Wittelsbacher, entlangwanderten.

»Das heutige Rathaus von Rottach gehörte früher ihrer Nichte, der Gräfin Larisch, über die im Zusammenhang mit dem Selbstmord des Kronprinzen Rudolph so einiges gemunkelt wurde«, wusste Walter. »Mamachen sieht selbst aus, wie eine russische Großfürstin auf Urlaub in Bayern«, scherzte er, als sich die Familie am späten Nachmittag nach dem Ausflug im schattigen Garten der Villa »Adolphine« zum Tee traf.

»Sollen wir es wagen?«, flüsterte Ella ihrer Schwester ins Ohr. Gerda nickte. Seit jenem Gespräch in Nikolassee hatten sie sich beide Gedanken gemacht.

»Willst du fragen?«

»Ich trau mich nicht, frag du!«

»Was wollt ihr fragen?« Onkel Bruno, der neben Ella saß, hatte das Getuschel mitbekommen.

Gerda gab sich einen Ruck. »Großmama, wir wollen wissen, warum du Jüdin bist.«

Nach kurzem betretenem Schweigen sagte Sarolta kühl: »Warum? Weil meine Vorfahren in Ungarn jüdischer Herkunft waren.«

»Aber warum wussten wir es nicht?« Ella ließ nicht locker.

Sarolta seufzte. »Weil es unerheblich war. Bis vor Kurzem. Außerdem bekannten sich Eltern und Familienangehörige längst zum

Christentum. Ihr wisst, Tante Adèl, die letztes Jahr verstarb, und nun, Gott sei Lob und Dank, nicht mehr Repressalien dieser braunen Machthaber ausgesetzt sein wird, war gläubige Katholikin.«

»Und wie habt ihr in deiner Kindheit gelebt?«, wollte Gerda wissen.

»Nun, meine schöne, liebe Maman – du ähnelst ihr übrigens – war ja früh gestorben und der verehrte Papa kümmerte sich um Philosophie – er las Abhandlungen in sieben Sprachen – da mussten wir drei Schwestern zusammenhalten. Zum Glück gab es Marika, von der ich euch schon ausführlich erzählt habe, und die geliebten Eltern von Maman, auf deren Gut, nicht weit von Wien entfernt, wir alle Ferien verbringen durften. Sie waren die besten Großeltern der Welt und bereiteten uns drei Schwestern unbeschwerte Kindertage. Einer ihrer Söhne brachte es zu einem Ministerposten. Über ›Jüdisch‹ wurde nicht geredet. Später, als ich in Deutschland verheiratet war, spielte es auch keine Rolle.«

Saroltas sonst so gütiges Gesicht wirkte wie versteinert, und alle begriffen, dass es Zeit war, das Thema zu wechseln.

Obwohl angeblich Nazigrößen Sommerhäuser am See besaßen, merkte man in dieser Idylle nichts davon. »Der Bayer ist rau, aber herzlich und von Natur aus anarchisch, das gefällt mir«, pflegte es Walter zu formulieren.

Ihm war an der südlichen Hauptstraße ein Grundstück vom Prinzen Wittgenstein angeboten worden und da griff er zu. Durch Zufall lief ihm zwei Tage später, als er mit Hildegard, die für eine Woche dazugekommen war, in Gmund im Biergarten des »Maximilian« saß, Architekt Paul über den Weg.

»Salve, Bruno! Hock dich her!«, rief Walter ausgelassen, denn er hatte schon eine Halbe Bier getrunken. »Stoßen wir an, auf das neue Grundstück, dass ich erworben habe, aber diesmal wirst du nicht der Architekt sein. Nach der ultramodernen Villa und dem von allen bewunderten und bestaunten Kathreiner Hochhaus in Berlin mit unglaublichen zwölf Stockwerken schwebt mir hier endlich mal etwas Bayerisches, Urgemütliches vor!«

Bruno Paul lachte. »Hast recht, Walter, dafür bin ich nicht der richtige Mann. Nimmst den Architekten Rummel!«

»Vielfältiger als die Ferien an der Ostsee«, lautete das allgemeine Urteil der Familie. Man konnte an Tagen, wo die Sonne nicht zum Schwimmen einlud, wunderschöne Bergwanderungen unternehmen oder sich im Reitstall Tomaschek Pferde mieten.

Am 5. August, in der letzten Woche ihres Aufenthalts, erschien Geheimrat Hermann Aust. Er nutzte seinen Besuch in München – aktuell hatte er es vorgezogen, in der Schweiz zu bleiben –, um sich für ein vertrauliches Gespräch zu Walter an den Tegernsee fahren zu lassen. Man traf sich im »Mesner Gütl«, beim Wirt Reinhart am See.

»Unumwunden, lieber Walter, wir leben in schwierigen Zeiten. Um unsere führende Position auf dem Weltmarkt, was den Malzkaffee angeht, zu halten, sollten wir fusionieren. Ich denke da an die Gebrüder Frank!«

»Ich bin vollkommen Ihrer Meinung, verehrter Herr Geheimrat, das sind integre Leute, mit denen wir, nach anfänglichen Schwierigkeiten, schon ewig im Geschäft sind. Muss mal die Fühler ausstrecken, ich glaube, sie besitzen ein Haus in Tegernsee.«

»Großartig, lieber Junge, das machst du gut. Darf ich dich und deine Damen heute Abend zum Essen und zu einem bäuerlichen Schwank mit den wunderbaren Schultes-Brüdern in die ›Überfahrt‹ einladen? Ich habe die famose Frau Mama so lange nicht gesehen?«

»Vielen herzlichen Dank, Herr Geheimrat, da wäre bloß noch etwas ... Privates ...«

»Immer frei von der Leber weg!«

»Meine Nichte, die Gerda, wurde im Bund Deutscher Mädchen aufgenommen und nun sitzen wir in der Klemme, Sie wissen schon, wegen Mama ...«

»... die nicht rein arisch ist, ich verstehe!«, fiel Hermann Aust Walter ins Wort, der hinzufügte: »Das Beste wäre ein Internatsaufenthalt in der Schweiz, aber das ist heutzutage nicht leicht zu bewerkstelligen!«

»Für mich schon, Walter«, lächelte der Geheimrat. »Lass mich nur machen. Ich wüsste da auch schon ein Institut im Engadin, in

Ftan, da kommt bestimmt kein Nazi-Bonze hin. Aber die kleine Ella sollten wir auch aus der Schusslinie nehmen, am Starnberger See gibt es in der Nähe von meiner Jagd eine reizende Schule mit Seegrund.«

Trübselig blickte Sarolta durch die knospenden Zweige der hohen Birken von ihrem Boudoir auf den gegenüberliegenden Nikolassee. Sie hatte sich im gemütlichen Sessel aus dunkelrotem Samt zurückgelehnt und streichelte mit einer Hand den neben ihr sitzenden Schäferhund.

»Ach, Rex, jetzt sind sie weg, unsere Mädel und ich tragen die Schuld daran. Ob ich sie überhaupt wiedersehe in meinem hohen Alter von bald 76 Jahren?« Ihr Rücken straffte sich. »Aber natürlich, Rex, ich halte durch!«

Ihr Blick erfasste die Portraits der Eltern, die dieses Mal rechts vom Biedermeiersekretär, der vor dem versenkbaren, breiten Fenster stand, an der Wand hingen, und blieb an den Bildchen ihrer verstorbenen Kinder hängen. Was wäre gewesen, wenn sie Friedrich, Fritzchen und Elisabeth nicht so früh verloren hätte? Sarolta lächelte wehmütig. Friedrich war auf dem besten Wege gewesen, die Fronten zu wechseln und als Stadtplaner für Hamburg zu arbeiten. Sie hätte ein gutbürgerliches Leben an seiner Seite gehabt. Vielleicht noch ein oder zwei weitere Kinder? Nie wäre sie Walters Mutter geworden, den sie über alles in ihr Herz geschlossen hatte und der ihr auf ihre alten Tage ein großbürgerliches Leben, umgeben von Personal, ermöglichte. Auf der einen Seite bedauerte sie, dass Hildegard – sie war jetzt Chefredakteurin – und Walter nicht heiraten wollten und er zusätzlich seit Jahren ein geheimes Verhältnis hatte, aber andererseits kam ihr der Zustand entgegen.

Nun allerdings saß sie hier wie eine Gefangene, seit diese Juden vernichtenden Nazis am Ruder waren. Um sich selber machte sie sich wenig Gedanken. Ihre Sorge galt den Kindern. Gertrud, die Leichtlebige, die ein geselliges Leben führte und in der Berliner Gesellschaft berühmt für ihre stilvollen Abendeinladungen war, müsste heute von Starnberg zurück sein.

»Ach, hoffentlich fiel der Abschied nicht allzu schwer. Ella ist doch erst 13!«, sagte Sarolta zu Rex. Der Hund gab einen Laut von sich, als ob er Sarolta verstehen würde, und legte sich zu ihren Füßen. Im selben Augenblick klingelte das Telefon auf dem Schreibtisch.

»Trude! Bist du es?«

»Ja, Mama, vor einer Stunde bin ich angekommen und jetzt liege ich erst einmal auf dem Bett, habe Schuhe und Jacke ausgezogen. Mamachen, ich bin fix und fertig! Ella hat so schrecklich geweint und sich an mich geklammert, bevor ich ging! Obwohl das Institut ganz bezaubernd am See liegt und sie sich ein hübsches, helles Zimmer mit einer gewissen Colette Dorant, einer Halbfranzösin, sehr lustig und sympathisch, teilt. Die Familie Aust, bei der wir reizend aufgenommen worden waren, will sich auch um Ellachen kümmern. Was hilft's, wir sind auseinandergerissen. Ich hoffe nur inständig, Gerda gefällt es einigermaßen in Graubünden.« Gertrud fing an zu schluchzen. »Wenigstens sind sie jetzt außer Gefahr und keiner verlangt mehr Ariernachweise.«

»Es tut mir von Herzen leid, diese Kalamitäten habt ihr mir zu verdanken. Walter erwarte ich morgen aus Basel zurück, dann wird er berichten, ob in Ftan vielleicht sogar noch Schnee liegt! Ich melde mich dann gleich bei dir! Aber jetzt ruh dich aus von der anstrengenden Bahnfahrt!«

»Ja, Mama! – Ach, Mama, Gerda war so tapfer, als sie von ihren Freundinnen Abschied nahm, die sie zum Teil sogar ein wenig beneideten. Sie hat ja trotz des Kummers, Berlin verlassen zu müssen, eingesehen, dass das mit diesem BDM nicht geht. Am Anfang, im Sommer, fand sie die Ausflüge noch lustig trotz des schweren Tornisters auf dem Rücken. Aber als sie dann bei einer Temperatur von vier Grad im Heu übernachten mussten und sie völlig zerstochen, mit durch den Gewaltmarsch zu früh einsetzender Periode und dazu noch nachfolgender Bronchitis wieder in ihrem weichen Bett lag, war sie doch froh. Sie dankte dem lieben Gott, dass der junge Arzt, der pro forma die Praxis unseres lieben jüdischen Dr. Löwenthal übernehmen musste, ihr ein Attest über Keuchhusten ausstellte. Bei Ella verhinderte ja sogenannte Blasenschwäche das Jungmädeltum, welches ihr gedroht hatte. Ach, Mama, alles wird gut. Walter ist einzigartig!« Gertrud klang erschöpft, aber sie hatte sich beruhigt.

»Wir haben zwei mächtige Schutzengel, Trude! Den alten Aust und den guten, lieben Roselius!«

»Und die liebe, gute, alte Mama!«, schmeichelte Gertrud. »Ich muss mich tatsächlich jetzt ausruhen, am Abend gehe ich mit Kapitän Krüger in die Operette.«

Drei Tage nach dem Osterfest, welches im Jahre 1935 spät lag, waren sowohl Walter als auch Gertrud aufgebrochen, die beiden Mädchen in die jeweiligen Internate zu begleiten. Wie ein gütiger Großvater hatte der Geheimrat Hermann Aust durch seine Verbindungen alles in die Wege geleitet. Die Erlaubnis für Gerda zu erhalten, eine Schule in der Schweiz zu besuchen, bedurfte einiger Finten und Anstrengungen.

Der Geheimrat war bekannt mit Rudolf Hess, dem Stellvertreter des Führers. In München hatte er in seinem Palais in der Leopoldstraße bei einem Abendessen in engem Kreis eine Begegnung zwischen ihm und Walter Lange arrangiert.

»Zurzeit ist dieser seltsame Mensch besessen darauf, einem zugegeben äußerst interessanten Maler unter die Arme zu greifen, der allerdings durch seine frühere Nähe zum Kommunismus Repressalien ausgesetzt ist. Es wäre zweckdienlich, sich interessiert zu zeigen und ein Werk des Künstlers anzukaufen, lieber Walter!«, hatte der Geheimrat zu verstehen gegeben.

Tatsächlich, im privaten Gespräch kam Rudolf Hess sofort auf den Maler Georg Schrimpf zu sprechen. Er sei ein seltsamer Vogel, den man auf Grund des bayerischen Dialekts und fehlender Zähne schwer verstehen würde, aber die Fresken, die er ihm an die Wand gezaubert hätte, seien wahre Traumlandschaften. Dieser Künstler sei genial. Er stecke momentan in finanziellen Schwierigkeiten, ließ Hess durchblicken. »Ich kann ihm auch nicht so viel für die Wandgemälde zahlen, vielleicht wäre es Ihnen möglich, werter Herr Lange, mal in seinem Atelier vorbeizusehen?«

»Natürlich, natürlich, verehrter Herr Reichsminister, es wird mir eine Freude sein, ein Bild zu erwerben.«

In diesem Augenblick mischte sich Hermann Aust in das Gespräch und erwähnte nach einer Weile geschickt die reizende Nichte von Herrn Lange, deren einziger Wunsch es sei, eine Schule in der Schweiz zu besuchen. Aber das sei nicht so einfach.

»Kein Problem, völlig richtig, die Schweizer Schulen sind die besten, ich selber habe seinerzeit auch eine dort besucht.«

Hess ließ sich Briefpapier bringen. »Hiermit gestatte ich Fräulein Gerda Ruge, für den Besuch des Internats ›Alpine Mädchenschule‹ in Ftan in die Schweiz auszureisen. Gezeichnet …«

Seit einigen Wochen hing nun Georg Schrimpfs bayerische Traumlandschaft, ein Werk der Neuen Sachlichkeit, unten in der großen Halle. Walter hatte das Bild im Atelier ausgewählt und der Meister hatte das Werk daraufhin vor seinen Augen noch um einen einzigen gelben Punkt unten rechts ergänzt.

»Was wünscht du dir zum Geburtstag, Mama?«, fragte Walter. Er saß mit Sarolta unter einem großen gelben Sonnenschirm auf der Terrasse des gerade fertiggestellten bayerischen Landhauses in Rottach-Egern. Es war der 12. Juli 1935.

»Nichts, Walter, nichts. Gesundheit und dass der Hitler-Kerl nicht mehr die Politik bestimmt. Versprich mir, dass du nie im Leben in diese NSDAP eintrittst, auch nicht meinetwegen«, flüsterte sie verhalten, damit das Dienstmädchen Minna sie nicht hören konnte.

»Keine Sorge, ich erkaufe mir die Freiheit durch Spenden, genau wie Aust und Roselius, auch wenn es teuer ist, Mamachen«, meinte Walter sarkastisch. »Aber das ist kein Geburtstagswunsch!«

»Es gibt da doch etwas.« Sarolta machte eine Pause, bevor sie fortfuhr. »Ich weiß ja nicht, wie lange ich noch über einen gültigen Pass verfüge und deshalb hätte ich den Wunsch, noch einmal die Landschaft meiner Kindertage, dort wo die Großeltern lebten, zu sehen.«

»Kein Problem! Im September besuche ich die Firma ›Franck‹ in Linz, du weißt, mit der wir zusammenarbeiten und in Kürze fusionieren werden. Aus Gegnern sind ausgezeichnete Partner geworden. Sie stellen Zichorien-, wir Malzkaffee her, zusammen dominieren wir jetzt den gesamten europäischen Markt. Von dort aus ist es ein Katzensprung nach Wien und in das Land deiner Kindertage.«

Sarolta beschloss, die Zeit bis zur Reise in Rottach zu bleiben, zumal Gertrud mit Ella im August in den großen Ferien von Starnberg aus für eine Woche kommen wollte. Zusammen würden sie in Ftan Gerda abholen, um anschließend vierzehn gemeinsame Tage in St. Moritz im feinen Hotel »Kulm« zu verbringen. Gertrud brachte außer Ella, die ordentlich gewachsen war, noch den alten Graf Platen mit, der erst kürzlich aus Doorn, wo er in kaiserlichen Diensten stand, nach Berlin gezogen war. Gertrud hatte es sich zur Aufgabe gemacht, sich ein wenig seiner anzunehmen, da er alleine lebte. Bayern war ihm fremd und er freute sich auf eine Woche Sommerfrische. Er wurde im nahegelegenen Gasthof an der Weißach einquartiert und Sarolta und er waren sofort ein Herz und eine Seele. Gertrud hatte außerdem einen Packen Fotos, die Gerda mit Freundinnen, stolz in Graubündner Tracht, zeigten.

»Liebste Großmama! Das sind, von rechts nach links, Claudia aus Italien, Lorna aus Amerika, Gusti aus der Schweiz, Mary aus England, Florence aus Frankreich (Paris!)«, hatte sie mit feinem Stift unter eines geschrieben.«

»Sie sieht gesund und glücklich aus! Wunderbar, dass sie in dieser einsamen Bergwelt umgeben ist von so viel Internationalität. Alles, selbst das Schlimmste, birgt ein klein wenig Gutes in sich. Ohne Gefahr durch die Braune Bande, wäre kein Mensch auf die Idee gekommen, sie in die Schweizer Hochalpen zu stecken!«, kommentierte Sarolta.

Ende August war Walter wieder in Rottach und am 5. September startete die Reise in Saroltas Vergangenheit. Es war Max, der gute alte Chauffeur, der sie im komfortablen Mercedes über den

Achenpass und Salzburg zuerst nach Linz, wo man drei Tage als Gäste in der Villa »Franck« verbrachte, nach Wien kutschierte.

Walter hatte Zimmer im »Sacher« reserviert und bedauerte es, als Sarolta ihm von der Hochzeitsreise mit Friedrich und der unverhofften Begegnung mit »Capitain Violett« erzählte.

»Das hättest du mir früher sagen sollen, dann hätte ich das ›Imperial‹ buchen lassen!«

»Alles gut, mein Sohn!« Saroltas Herz klopfte, als ihr Max am nächsten Morgen in aller Herrgottsfrühe ins Auto half. Von Wien ging es zunächst durch das Carnuntum, wo jahrhundertelang Römer gelebt hatten. Dann zeigte bei Altenburg ein Wegweiser die Strecke über die Donau nach Gänserndorf und Mistelbach an. Sarolta saß im hellgrauen Schneiderkostüm, die silbergrauen Haare zum exakten Knoten geflochten, wie ein Schulmädel neben Walter im Fond des Wagens.

»Mamachen, wenn du dich sehen könntest, du siehst so jung aus!«, lachte Walter.

»Ich freue mich auch schrecklich, diese wunderbare Gegend noch einmal sehen zu dürfen. Ist es nicht himmlisch hier. Die sanften Hügel, die ausgedehnten Felder, unterbrochen von romantischen Wasserläufen. Schaut mal, Sonnenblumen, soweit das Auge reicht. Was waren das für Gefühle, wenn wir Kinder, dann schon mit der Eisenbahn, die Großvater Simon mitfinanziert hatte, Stunden um Stunden nach Mistelbach fuhren und dort mit der Kutsche abgeholt wurden. An den sandigen Wegen standen aneinandergereiht die niedrigen, weiß verputzten Katen der Landarbeiter, und wenn wir ankamen, wussten alle Bescheid. Die Frauen, die Kinder, wenn sie nicht gerade auf dem Feld arbeiteten oder in der Schulstube, die Großvater eingerichtet hatte, lernten, winkten aus ihren kleinen Fenstern mit den bunten Läden. Mich überkommt noch heute ein Glücksgefühl, wenn ich daran denke!«

Man versteht, warum die Römer sich hier im Land zwischen Donau und March so heimisch fühlten und sogar Wein anbauten«, meinte Walter und Max pflichtete ihm bei. Bis Mistelbach war es eine einfache Route, aber wie zum Teufel kam man von dort nach Dürnkrut?

»Das Gut befand sich bei Dürnkrut, da baute Großvater auch die Zuckerfabrik und sorgte für einen Weg über den Fluss nach Malacka, das weiß ich noch!« Sarolta wirkte ein wenig verunsichert, also fragte man einen älteren Mann auf der Straße.

»Der richtige Weg führt über Zistersdorf, dort ist dann ein Wegweiser«, erklärte der Mann. Von Weitem sah man den hohen Schlot der Fabrik, als man näherkam, wirkte alles verlassen und runtergekommen. Sie fuhren die von Sarolta beschriebenen Wege entlang. Die Häuser machten einen heruntergekommenen Eindruck.

»Da hinten müsste jetzt unser eingeschossiges, u-förmig gebautes Gutshaus mit dem Säulenumgang erscheinen«, sagte Sarolta zaghaft angespannt. Aber nein. Sie fuhren und fuhren, es gab nur immer wieder Baumgruppen. Max kehrte um. Er hielt, als er eine alte Frau mit Kopftuch vor einem der Häuser entdeckte. Sarolta stieg aus. »Sagen Sie, gute Frau, wo finden wir das Gutshaus?«

Die Frau hob den Kopf. »Ach das ist schon vor Jahren abgebrannt. Kannten Sie es?«

»Es gehörte mal meinen Großeltern, ich habe einen Teil der Kindheit hier verbracht!«, erklärte Sarolta atemlos.

Der trübe Blick der Frau verschärfte sich. »Sie sind doch nicht eine von den Schoßberg-Mädeln? Mein Gott, waren das Zeiten!«

»Ich bin Sarolta!«

»Sarolta!« Die Alte nahm ihre Hand und küsste sie. »Erinnerst du dich an Erika?«

»Natürlich, Erika! Wir haben zusammen die frechen Schnattergänse gehütet! Ach, meine Gute!« Sarolta schloss die Frau in ihre Arme.

»Etoile hieß dein schwarzes Pony!« Beiden liefen Tränen über das Gesicht.

Erika holte Wein und Gläser, die man besser nicht genau betrachtete, und die alten Frauen schwelgten in Erinnerungen.

Eine gute Stunde später ging die Autoreise weiter. Walter hatte darauf gedrungen, nach Maria Schoßberg, dem etwa vierzig

Kilometer entfernten Ort, aus dem Saroltas Familie ursprünglich stammte, weiterzufahren. Erika erklärte, wie sie zur kleinen Brücke über die March gelangten und dann weiter zur Wallfahrtsstätte, an der Kaiserin Maria Theresia im imposanten Dom aus der Barockzeit mit Vorliebe gebetet hatte. Eine Holzschnitzerei über dem Beichtstuhl zeigte sie mit ihrem Beichtvater.

Lange war Sarolta, versunken in ein Bittgebet, auf der Kirchenbank in der zweiten Reihe gesessen. »Meine Altvorderen hielten ihr Gespräch mit dem lieben Gott aber woanders, sie waren nicht katholisch«, bemerkte sie, als sie mit Walter den Dom verließ.

»Darf ich dich daran erinnern, Mama, dass du mittlerweile evangelisch bist?«, entgegnete Walter und beide mussten lachen. »Übrigens, Mama, heute entdecke ich neue Seiten an dir. Ich hab dich noch niemals so richtig weinen sehen und aus deiner Frisur hängt links eine Strähne heraus!«

Es dämmerte bereits, als sie am späten Nachmittag in Pressburg auf Marikas Grab einen Rosenstrauch niederlegten.

Gegen 9 Uhr abends war man zurück im »Sacher«, wo Sarolta sich mit einer heißen Schokolade erschöpft, überwältigt von den Eindrücken, auf ihr elegantes Zimmer zurückzog. Walter ging ins dunkelgetäfelte »Sacher«-Lokal im Erdgeschoss, wo der Ober nach gehörigem Trinkgeld noch einen Tafelspitz aus der Küche organisierte.

»Morgen fahren wir weiter nach Budapest«, hatte Walter vorgeschlagen, aber dagegen wehrte sich Sarolta vehement.

»Ich kenne niemanden mehr dort, das wäre zu schmerzlich. Ich weiß auch nur vage, dass es den Schoßbergs wirtschaftlich nicht mehr gut geht, auch wenn Viktor, den ich einmal kurz getroffen habe, noch Schlossbesitzer sein soll. Im Traum wäre mir nicht eingefallen, dass es mir auf meine alten Tage besser gehen würde als dieser Familie, in der ich mich immer wie das letzte Rad am Wagen fühlte, lieber Walter. Aber die kleine Erbschaft vom Baron habe ich Gewinn bringend angelegt, das muss man sagen!« Lächelnd streichelte sie Walter Lange über die glattrasierte Wange.

Am 1. August 1936 war ganz Berlin auf den Beinen. Tausende und Abertausende in- und ausländische Gäste strömten durch ein Fahnenmeer in den Westen der Stadt. Am häufigsten sah man die hellrote Flagge mit dem schwarzen Hakenkreuz auf weißem Grund. Sie zogen zum neu erbauten Olympiastadion, das zur Eröffnungsfeier der 11. Olympischen Sommerspiele bis auf den letzten Platz gefüllt war. Die Schilder »Juden unerwünscht« waren überall wie durch Zauberhand verschwunden.

Walter Lange hatte über seine Firma eine Reihe für dreißig Personen, leitende Angestellte und Familie, mit bester Sicht reservieren lassen. Sogar Sarolta konnte überredet werden, mitzukommen. Nun saß sie glücklich unter blauem Himmel auf der Tribüne, rechts neben sich die mittlerweile 14-jährige Ella, die erst vor drei Tagen von Starnberg gekommen war, links die elegante junge Dame Gerda. Sie war nach erfreulichem Schulabschluss im Mai aus der Schweiz zurückgekehrt.

Um 16 Uhr fuhr Hitler mit Gefolge vor. Als er zum Rednerpult trat, konnten selbst Sarolta und Bruno wie alle ausländischen Gäste nicht umhin, die Hand zum Hitlergruß zu erheben. In kurzen Worten eröffnete der Führer die Spiele. Unter Marschmusik und frenetischen Jubelklängen zogen, angeführt von Griechenland, 49 Nationen hinter ihren Fahnenträgern ins Stadion. Der blonde Fackelträger, der letzte einer langen Staffel, entzündete nach elegantem Sprint um die Arena das olympische Feuer. Mit den lodernden Flammen und der Olympia-Fahne stiegen zugleich Tausende von Friedenstauben in die Luft.

»Darf man diesem Zeichen trauen?«, raunte Gertrud, die mit Kapitän Krüger rechts neben Ella saß, ihrer Mutter zu. Die zuckte die Achseln.

»Was denkt ihr über dieses Spektakel, Ada und Arthur?« Beide waren gestern in ihrem beigen Cabriolet-Sportwagen aus Dresden angereist. Zu einer Antwort kam es nicht mehr, da Baron de Coubertin das Wort ergriffen hatte.

»Citius, altius, fortius, schneller, höher stärker!« Gegen 18 Uhr, als Hitler mit dem großen Mann des Sports die Ehrentribüne verließ, war das Spektakel beendet, aber hunderttausend Menschen taumelten in Olympiaseligkeit.

»Mama, darf ich dir Fräulein Krawuttke vorstellen?«, sagte Walter im Hinausgehen und schob eine niedliche, junge Person mit blonden Löckchen an sich vorbei, sodass sie hinter Sarolta zu stehen kam. Die drehte sich um.

»Wie heißt die junge Dame?«, fragte sie und zog die Augenbrauen nach oben.

»Fräulein Krawuttke, Mama!«

»Reizend, mein Kind, Sie kennengelernt zu haben«, sagte Sarolta und strebte weiter dem Ausgang zu. Später, auf dem kurzen Weg vom Stadion zum Fürstenplatz, wo Köchin Anna bereits das Abendessen für die Familie vorbereitet hatte, meinte sie: »Gut, dass ich bislang nicht die Ehre hatte, dieses Fräulein Kravatte kennenzulernen. Wo ist eigentlich Hildegard?« Walter schluckte. Damit war das Thema beendet.

Schon lange war Sarolta nicht mehr bei ihrer Tochter zu Besuch gewesen, da Gertrud am Wochenende meistens nach Nikolassee fuhr.

»Wie praktisch, ihr habt einen Lift in den zweiten Stock! Früher wäre ich wie Gerda und Ella die Treppen hinauf, aber mein Rheuma! Bruno fährt mit mir! Ada und Arthur, ihr auch!«

»Eure Großmama ist ja heute total aufgekratzt, so habe ich sie lange nicht mehr erlebt. Ich glaube, das liegt an euch«, meinte Walter im Hinaufgehen zu seinen beiden Nichten.

»Diese großzügigen, durch Bögen verbundenen Räume, hell und geschmackvoll. Wie edel der Tisch gedeckt ist, welch außerordentliches Porzellan mit dem prächtigen Rand aus Rot und Gold!«

Gertrud strahlte, selten war Mama so voll des Lobes. »Das ist doch dieses Geschirr von Rosenthal, welches für den Schah von Persien kreiert wurde und das Walter mir als Ausgleich für den Rotwein geschenkt hat«, erklärte Gertrud.

»War ein echtes Schnäppchen, der Schah wollte es nicht«, grinste Walter, der locker weggesteckt hatte, dass sein kleines Mädel bei der Mama nicht angekommen war.

»Kinder, an meine grüne Seite! Was ist das heute für ein herrlicher Tag! Dass ich den noch erleben darf, alle meine Lieben um mich versammelt bei herrlichem Kalbsbraten. Als Gerdchen in die Schweiz fuhr, wusste ich in meinem Alter nicht, ob ich sie wiedersehe. Aber dann verging die Zeit schneller, als ich dachte. Ella, mein kleiner Liebling, kam manchmal nach Rottach und dann fuhren wir Weihnachten alle gemeinsam nach Adelboden. Das war wirklich so stimmungsvoll mit all dem Schnee!«

»Nach über einem Jahr auf 1.700 Meter Höhe habe ich vom Schnee die Nase voll. Den gibt es dort neun Monate im Jahr, ich freue mich jetzt echt auf die Ostsee!«, lachte Gerda.

»Aber, Kind, du bist am 4. Januar zur ›Miss Adelboden‹ gewählt worden, da war die Familie stolz auf dich«, rief Walter und Gertrud fuhr fort: »Weil Mama und ich hier in Berlin so ein bezauberndes schwarz-weißes Abendkleid besorgt hatten …«

»… und Gerda trotz Schweizer Küche so schlank geblieben ist, dass ich dachte, die Sisi steht vor mir!« Das war das größte Kompliment, was Sarolta über die Lippen kommen konnte und Gerda errötete vor Stolz.

»Ach, wenn ich die Schule doch auch bloß hinter mir hätte«, jammerte Ella und zog eine Schnute.

»Du wirst bestimmt Miss Starnberg«, sagte Ada, die eine leichte Eifersucht bei Ella wahrnahm.

»Will ich nicht, ich möchte wieder nach Berlin!«

»Geht aber nicht, du weißt, warum. Diese anderthalb Jahre werden wie im Flug vergehen. Wir sehen uns ganz viel in Rottach. Versprochen! Von Starnberg ist es ein Katzensprung dahin. Du kannst auch Colette mitbringen, nicht Walter?«, redete Gertrud auf sie ein.

»Natürlich! Wozu baue ich sonst ein so großes Haus«, stimmte Walter zu.

Die Tage bis zur Abschlussveranstaltung der Olympiade kamen einem Wunder gleich. Berlin war wieder zur weltoffenen Stadt geworden, ein Blatt, wie der »Stürmer«, der Judenhetze verbreitete, verschwand in der Versenkung. Plötzlich gab es unvermutet freie Presse aus aller Herren Länder. Ein Schwarzer aus Amerika wurde zum Idol der Spiele. Jesse Owens gewann vier Goldmedaillen, und die drei Damen Ruge jubelten ihm mit »Tout Berlin« bei seinen Siegen über 200 Meter und beim Weitsprung zu.

»Vielleicht ist das die Wende und der Hitler besinnt sich eines Besseren, jetzt, nachdem er fest im Sattel sitzt«, meinte Gertrud hoffnungsvoll zu ihrer Köchin Anna.

»Det glob ick nich, gnä' Frau!«

»Dr. Hauser, Hauser, verstehen Sie mich? Ich rufe von zu Hause an. Sollte jemand in Ihrem Büro sein, schicken Sie ihn bitte hinaus. Was ich Ihnen sagen möchte, ist vertraulich.« Walter saß im Büro neben dem Schlafzimmer an seinem sachlichen Schreibtisch aus kaukasischem Nussbaum vor der Fenstertüre, die auf einen schmalen, schneebedeckten Balkon hinausführte.

»Moment, ich schließe die Tür, alles klar! Grias Eana, Herr Direktor, worum geht's?« Dr. Ernst Hauser war seit vielen Jahren Chef der Kathreiner Niederlassung in Wien.

»Mein lieber Freund.« Walter räusperte sich. »Ich rufe an, weil ich in Sorge um Sie bin. Mein Gefühl sagt mir, dass unser Führer den Anschluss Österreichs plant. Deshalb möchte ich Ihnen anbieten, Ihr privates Vermögen über unsere Firma in die Schweiz zu transferieren. Hier in Deutschland wurden, wie Sie wissen, jüdische Gelder schon eingezogen. Die reichsten Leute gehen bitterarm nach Amerika.«

Am anderen Ende der Leitung entstand eine Pause. »Das ist zu generös von Ihnen, lieber Herr Lange, dass Sie sich Gedanken um mich und meine Familie machen. Ich habe mir schon den Kopf zermartert, weil ich vorsorglich unsere Liegenschaften in Altaussee verkaufen möchte, habe auch einen Interessenten, aber wohin mit der Barschaft!«

»Verkaufen Sie Ihr Haus, lieber Kollege, alles Weitere regele ich. Ich helfe gern, solange es möglich ist, aber selbst ich bin absolut machtlos gegen das, was auf mich und meine Mutter nun zukommt. Stellen Sie sich vor, Herr Hauser, ich bin gezwungen, einen großen Streifen meines Grundes herzugeben. Direkt an meinem Haus vorbei wird eine breite Autobahnverbindung zwischen der Avus und dem Berliner Ring entstehen. Vor zwei Wochen, am 8. Januar 1938, kam der Bescheid.«

»Da bedauere ich Sie aber unendlich, lieber Herr Lange! Dieser Lärm und Staub, der da auf Sie und die hochbetagte Frau Mama zukommt, schrecklich! Wo Ihr Häuserl doch so romantisch gelegen ist. Ich hatte ja die Ehre, Sie dort zu besuchen!«

»Was soll man machen. Mit Ruhe und Romantik ist es vorbei. Wenn man einmal die Hölle russischer Kriegsgefangenschaft überlebt hat, schockt einen so leicht nichts mehr! Aber in Ihrem Fall sind Möglichkeiten offen.«

»Sehr verehrter, lieber Herr Direktor, ich danke Ihnen von ganzem Herzen!«

Wie recht Walter behalten sollte. Fünf Wochen nach seinem Telefonat erfolgte unter dem Jubel des Großteils der Bevölkerung der Anschluss Österreich an Hitler-Deutschland. Der Führer war heimgekehrt. Sogleich begann man, exzessiver als im »Reich«, jüdische Vermögen und Geschäfte zu plündern. Man brauchte schließlich Kapital für die Aufrüstung. Der Wille zur Ausdehnung nach Osten war ein offenes Geheimnis. Sarolta verließ das Haus nur noch zu kleinen Spaziergängen. So wanderte sie, wenn das Rheuma sie nicht allzu sehr plagte, hinüber zum Friedhof und legte Blumen auf das efeubewachsene Grab ihres Schwiegersohns Peter Ruge. »Ich danke dir von ganzem Herzen für die beiden bezaubernden Enkeltöchter. Sie sind die Freude meines Alters«, flüsterte sie jedes Mal, wenn sie sich auf der weißen Bank dort ein wenig ausruhte.

Zum Glück hatte nun auch Ella mit sehr gutem Abschluss die Schule beendet. Ihre große Begabung war das Zeichnen. Gertrud wollte sich in nächster Zeit um einen geeigneten Privatunterricht kümmern. Gerda studierte bereits seit einem Jahr Gesang bei Frau Professor Schlusnuss, wobei sich Sarolta nicht so ganz im

Klaren war, ob Gerda davor nicht besser gesungen hatte. Sie teilte diesen Verdacht bei einem ihrer täglichen Telefonate Gertrud mit, die darauf aber so heftig reagierte, dass Sarolta sich nicht weiter einmischte.

Auf Walter lastete in letzter Zeit viel. Die Verbindungen zu ausländischen Geschäftspartnern wurden komplizierter. Zum Glück florierte die Inlandssparte.

»Ach, mein lieber Walter, wir werden nur ein bisschen enteignet, das schöne Zuhause bleibt uns doch, und wenn einem langweilig ist, kann man Autos gucken. Wie war das schrecklich, als den Grawerts damals in Hamburg ihr ganzes Haus einfach dem Erdboden gleichgemacht wurde«, versuchte Sarolta Walter zu trösten, als er wieder einmal mit Sorgenfalten auf der Stirn nach Hause kam. »Hol dir einen guten Tropfen aus dem Keller, gleich gibt es Kalbsgulasch. Ach, aber meine Sorge gilt nun der Familie in Ungarn. Seit Jennys Tod vor 16 Jahren habe ich jeglichen Kontakt zu ihnen verloren, was mir leidtut. Ihre Söhne waren ja außergewöhnlich begabte Bengel. Paul trat noch zur Kaiserzeit in den diplomatischen Dienst ein und Georg macht als Professor der Chemie bedeutende Entdeckungen. Ich bete, dass es beiden gut geht.«

Walter nickte. »Es ist eine Herausforderung, in dieser Zeit zu leben. Ständig auf der Hut sein, heißt die Devise. Trude macht es richtig, sie tut, als wäre nichts, kauft elegante Sachen, gibt Gesellschaften, pflegt Freundschaften und fährt mit den Kindern in ein gemütliches Hotel nach Usedom.«

»Meine Trude ist großartig im Verdrängen. Das hat sie wohl von klein auf gelernt, um zu überleben. Ich meine, sie hatte keine leichte Kindheit.«

Walter zog eine Schnute. »Ich auch nicht!«

Sarolta musste lachen. »Ich weiß, mein Kleiner, aber ich auch nicht! Da kommt Bruno, wir können zu Tisch. Bruno, du hattest doch eine leichte Kindheit, oder?«

Bruno, der eben zur Tür hereinkam, wusste gar nicht, was Tante Schari, wie er sie manchmal liebevoll nannte, meinte. Er streichelte den alten Rex, der ihm wedelnd entgegenlief.

»Entschuldige, Bruno, du hast es in diesen Zeiten schwer und beklagst dich nie«, stellte Sarolta fest und lächelte ihn liebevoll an.

»Ach, so schlecht habe ich es hier nicht getroffen, auch wenn ich natürlich von diesem Lümmel abhängig bin.« Er zeigte mit dem Suppenlöffel auf Walter.

»Soeben hast du auf die feine Tischdecke getropft«, rügte der ihn.

Bruno wurde ernst. »Über meine Mutter mache ich mir Sorgen! Was wird aus ihr, wenn Vater zuerst stirbt? Beide sind jetzt über 80.«

Der 9. November 1938, ein Mittwoch, war Peter Ruges elfter Todestag. Gegen Mittag erschien Gertrud mit Gerda und Ella in Nikolassee. Elf langstielige, dunkelrote Rosen hatten sie dabei, die am Nachmittag auf das Grab gelegt wurden. Eigentlich hatte Gertrud vorgehabt, mit den Mädchen über Nacht zu bleiben, aber da Ella am nächsten Tag früh Unterricht hatte, mussten sie zum größten Bedauern aller den vorletzten Zug zurücknehmen.

Eine Stunde später, gegen 10 Uhr, rief Gertrud völlig aufgelöst an. »Wir sind mit Ach und Krach gerade zu Hause angekommen, aber auch nur, weil auf dem Bahnhof ein Taxifahrer stand, der uns kannte und sofort in seinem Wagen in Sicherheit brachte«, schrie Gertrud förmlich ins Telefon. »Es ist so grauenvoll, so etwas habe ich noch nie gesehen! Durch die ganze Stadt ziehen marodierende Banden, die grölend und brüllend Geschäfte und Läden zertrümmern. Alles schlagen sie kurz und klein. An verschiedenen Stellen steigen Rauchwolken auf.« Gertrud schluchzte. »Ich kann mir denken, es geht gegen Juden. Ach, mein Gott, wenn ich an Martchen und an Ilse mit ihrer Familie denke, die meisten sind ja schon in England, wie unser Dr. Löwenthal, nein, ist das alles schrecklich!«

»Da danke ich Gott, dass ihr heil zu Hause seid, du und die Mädchen. Lass Ella morgen bloß nicht vor die Tür«, warnte Sarolta und versuchte, ihre Erschütterung zu verbergen.

Als sie wenig später Gertruds Bericht an Walter weitergab, meinte der nur trocken: »Das ist der Anfang, Mama! Es wird alles noch schlimmer.«

Wie recht Walter behalten sollte. Mit dem gestohlenen jüdischen Kapital wurde aufgerüstet. Hitler träumte von der Ostmark. Zu diesem Zweck wurde ein Nichtangriffspakt mit den Russen geschlossen. Auf der Landkarte war Polen nun schon aufgeteilt, jetzt galt es nur noch, einzumarschieren. Am 1. September war es so weit. 20 Jahre nach Beendigung des Ersten Weltkriegs loderten wieder Flammen auf.

Sarolta war zu diesem Zeitpunkt seit Wochen am Tegernsee. Der Baulärm, den die riesigen Maschinen verursachten, die den Abhang vor ihrem Haus abtrugen, hatte unerträgliche Ausmaße angenommen.

»Es ist Luxus, dass ich nach Rottach fliehen konnte, Walter und Bruno müssen aus geschäftlichen Gründen ausharren«, bemerkte sie zu Gerda, die nach zwei Wochen an der Ostsee, in Bansin, nach Bayern gereist war, um Großmama Gesellschaft zu leisten.

»Ach Gerda, mein Liebling, ich möchte so gerne noch wissen, was mal aus euch beiden Hübschen wird, welche Männer ihr heiratet und ob ihr Kinder haben werdet. Hoffentlich sind eines Tages die Zeiten wieder besser. Zeiten ohne Arierausweis!« Sie seufzte und Gerda streichelte ihre runzelige, zarte Hand mit dem Saphir am Ringfinger. »Den kriegst du mal, Gerdachen! Er war ein Geschenk deines Großvaters, des einzigen Mannes, den ich wirklich geliebt habe.«

Irgendwann aber hielt es Sarolta am idyllischen See nicht mehr aus und trotz Lärm, Schutz und Teergestank war sie froh, wieder bei Walter und Bruno zu sein.

Als die ersten Autos über die neue Straße rollten, erlebte Hitler, der einstige Postkartenmaler aus Braunau, seinen größten Triumph. Er stand im Juni 1940 nach gewonnenem Blitzkrieg in Paris vor dem Sarkophag Napoleons. Die Deutschen befanden sich im Siegestaumel, selbst der greise Kaiser gratulierte mit einem Telegramm aus Doorn.

»Nein, nein, sage nicht, dass selbst du Bewunderung für diesen Mann hegst«, sagte Sarolta streng. Walter lachte.

»Er ist der Gröfaz, der größte Führer aller Zeiten«, flüsterte er. Selbst das Personal sollte den Witz nicht mitbekommen.

Ein paar Tage darauf klingelte es an der Haustür. Das Hausmädchen meldete ein Fräulein Grawert an.

»Ja«, sagte Sarolta gedehnt. Sie saß im Sessel am Kamin, »ich lasse bitten?« Wer konnte das wohl sein. Eine große, knochig wirkende junge Frau betrat schüchtern, aber dennoch forsch die Halle. Augenscheinlich war sie schwanger.

»Tante Sarolta, ich bin's, die Lore, die Tochter vom Albert, die Enkelin von Mine!« Ungelenk streckte sie Sarolta die Hand hin, die diese ignorierte.

»Du siehst Mine aber nicht ähnlich. Setz dich, mein Kind, was führt dich zu mir?«

»Ja, also, es ist, äh, ich wollte dich mal besuchen! Hast du nicht auch Enkel?«

»Ja, zwei Mädchen in deinem Alter. Aber was willst du, bist du in Schwierigkeiten?«

»Frei herausgesagt, ja, Tante Sarolta! Mein Vater hat mich rausgeschmissen, weil ich in anderen Umständen bin. Der Vater des Kindes ist bei der Marine und wurde eingezogen.« Sie begann zu schluchzen. »Keiner weiß, wo er abgeblieben ist. Mutter meinte, ich solle doch fragen, ob ich nicht bei euch bleiben könnte!«

»Betreibt ihr noch Kornhandel?«

»Oh, nein, die Firma ist seit 1916 pleite. Wir haben nichts mehr. Während Vater im Krieg war, hat so ein Jude sie zu Grunde gerichtet. Oh, Verzeihung, du bist auch Jüdin.« Sie schlug sich mit der Hand auf den Mund.

Daher weht der Wind, dachte Sarolta. Laut fragte sie: »Ich dachte, ihr währt schon viel früher insolvent gewesen, so wurde es mir gesagt, als ich mit meinen Kindern aus Ungarn zurückkam. Sei es drum!« Sie stand rüstig auf.

»Trink erst mal ein Glas Wasser, dann überlegen wir, was wir tun können. Du bist in einer verzwickten Lage, mein Kind. Wie heißt du?«

»Lore, Tante Sarolta!«

»Also, Lore, ich telefoniere mit meiner Tochter Trude, bei der bist du besser aufgehoben. Einen Augenblick, ja?«

So schnell Sarolta konnte, lief sie in ihr Schlafzimmer. Zum Glück ging Gertrud gleich ans Telefon. »Trude, du musst mir helfen. Unten steht die schwangere Enkelin von meinem unsäglichen Schwager Albert. Sie sind pleite, was mir natürlich wie Öl heruntergeht. Aber ich glaube, sie will uns erpressen, sie weiß, dass ich Jüdin bin!«

»Oh Gott, Mama, das ist ja schrecklich gefährlich! Ja, ja schicke sie bloß schnell zu mir, uns wird etwas einfallen!«

»Tu mir einen Gefallen, Kind, sei überliebenswürdig und zeige ihr, was große Welt ist. Damit würdest du mir einen kleinen Spaß bereiten, wenn ich bedenke, wie unverschämt und unverfroren dieser Albert mich seinerzeit rausschmiss. Jetzt steht sie da als Bittstellerin!«

»Gut, Anna soll kochen und zum Abendessen erwarten wir Graf Platen. Der macht diesen Spaß gerne mit. Aber das Finanzielle soll Walter regeln, nicht dass sie dauernd vor der Tür steht.«

Walter machte ein äußerst bedenkliches Gesicht, als er am Abend von der Geschichte erfuhr.

»Wir müssen ihr Geld geben, aber in Raten, damit sie dich nicht weiter erpresst oder anzeigt. Solange sie etwas zu erwarten hat, wird sie es nicht tun!«

»Ohne dich wäre ich aufgeschmissen, Walter!«

»Nein, ich ohne dich, Mama!«

Nach drei Tagen erklärte Gertrud strahlend: »Lore, es war reizend, dich kennengelernt zu haben, aber leider verreisen wir morgen auf unbestimmte Zeit!«

»Schick mal ein Foto vom Baby«, sagte Ella freundlich.

Allmählich wendete sich das Blatt. Nun flogen Engländer Angriffe auf Deutschland, und als die erste Bombe Berlin traf, sah Walter die Zeit gekommen, die Firma zu evakuieren.

Er telefonierte, wie immer in schwierigen Situationen, mit dem sehr alten, aber hellwachen Aust. »Herr Geheimrat, unser Hochhaus ist aus der Luft ein willkommenes Ziel für feindliche Bomber!«

»Lange, zurück zu den Wurzeln, zurück zu Pfarrer Kneipp nach Bad Wörishofen. Dort steht das prächtige Hotel Sonnenhof, das wir einst bauen ließen, genau da ziehen Sie ein.« Und so leitete Walter alles in die Wege, auch wenn die Organisation kriegsbedingt langsamer vonstattenging als geplant.

Aber als man in Berlin ab 1943 fast jede Nacht durch feindliche Flugzeuge mit Bombenabwürfen rechnen musste, war die Kathreiner Zentrale längst im Pfarrer-Kneipp-Ort ansässig. Sarolta wollte bei Walter und Bruno sein und hatte sich in einer kleinen Pension eingemietet. Nur ihren Schreibtisch wollte sie mitnehmen.

Bruno brauchte sie jetzt am meisten. Er war am Boden zerstört. Vor einem halben Jahr war in Braunschweig sein Vater gestorben. Einen Tag nach der Beerdigung standen Nazischergen in Ledermänteln vor der Tür. »Berta Lehmann, Sie sind Jüdin, kommen Sie mit!« Bruno war gerade wieder nach Berlin abgereist. Nicht mal verabschieden hatte er sich können. Nach drei bangen Wochen erreichte ihn eine Postkarte. Zu sehen war ein Platz, umringt von blühenden Bäumen.

Lieber Bruno,
sorge Dich nicht. Ich bin in Theresienstadt. Es ist schön hier. Es geht mir gut. Traurig bin ich nur, dass ich keine Plätzchen mehr für Euch backen kann.

Grüße von Herzen Sarolta, Walter und die lieben Kinder. Ich umarme Dich,

Deine Mutter

»Es geht ihr gut«, stammelte Bruno. Tränen liefen über sein Gesicht.

Sarolta bangte um Trude, Gerda und Ella, die fast jede Nacht im Keller verbrachten, da die Luftangriffe immer nach Dunkelheit einsetzten. Walter mietete Zimmer und schickte einen Lieferwagen mit dem guten alten Max am Steuer. Gertrud wollte vor allem Silber, Wäsche und das kostbare Porzellan nicht zurücklassen. Außerdem packte sie fünf Kisten vom kostbaren Wein ein.

»Zum Tauschen«, meinte sie, praktisch, wie sie war.

Die Köchin Anna kehrte in ihr Dorf in Pommern zurück, sie nahm die bestickte Bettwäsche und Teppiche mit. »Bis nach dem Krieg, Anna, pass auf dich auf!«

»Das Wichtigste ist, wir sind zusammen, egal wo!«, sagte Sarolta mit fester Stimme, als Gertrud mit den Töchtern endlich eingetroffen war.

Die Tatsache, dass Ada und Arthur sich nach längerer Überlegung Anfang 1944 bereiterklärten, ebenfalls für eine Weile nach Rottach zu gehen, konnte Sarolta überzeugen, von Wörishofen dorthin überzuwechseln. Nur Gerda war es verwehrt, mitzukommen. Da sie zuletzt in Berlin als Rotkreuzschwester im Lazarett eingesetzt worden war, ging eine automatische Meldung nach Wörishofen weiter und so konnte selbst ihr Onkel Walter nicht verhindern, dass sie jeden Morgen um 6 Uhr zur eine Stunde entfernten, im Wald versteckten Pulverfabrik laufen musste. Sie war im Büro eingesetzt. Bei den Arbeitern handelte es sich ausschließlich um Kriegsgefangene und Zwangsarbeiter. Wenn es niemand sah, steckte sie ihnen Brot zu.

Aber zu Großmamas 85. Geburtstag hatte Gerda für ein paar Tage frei bekommen.

Gleich in der Früh ging sie mit Ella zum Bauerngarten hinter dem Haus, wo, von einem Gärtner gepflegt, Obst, Gemüse und Beeren wuchsen. In einem kleinen Gewächshaus reiften die ersten Tomaten.

»Wie ein Paradiesgarten in dieser schlechten Zeit«, meinte Ella und steckte reife Himbeeren in den Mund. Aber dann pflückten sie noch Bohnen und Tomaten, die sie zu ihrer Mutter in die rustikale Küche brachten. Zur Feier des Tages sollte es eine von allen heiß geliebte Spezialität, die berühmten »Möpse« geben. Das Geheimnis der Zubereitung bestand darin, dass die mit scharfem Senf, frischen Kräutern, Paprika, Salz und Pfeffer gemischte Hackfleischmasse mit einer Farce von in Butter gedünsteten, feinen Zwiebeln, vermischt mit dazugefügten Brotbröseln und gehackten, enthäuteten, frischen Tomaten und rohen Eiern zu einer Masse geknetet und in länglicher Form ausgebraten wurde. Großmamas Wunsch dazu war Kartoffelbrei.

Obwohl sie in der Nacht kaum schlafen konnte, seit Kurzem spürte sie immer häufiger ein Ziehen in der Herzgegend, war sie heute ein wenig länger im mit bäuerlichen Motiven bemalten Alkovenbett geblieben. So viele Gedanken gingen durch ihren Kopf und lasteten auf ihr. Sie dachte an Bertha. Wie es ihr in Theresienstadt wohl erging? Der sogenannte Judenstern, den Bertha seit Ende 1941 am Mantel tragen musste, war ihr selber erspart geblieben.

»Es hilft nichts, die Familie wartet! Die Sonne scheint und ich darf die Kinder nicht enttäuschen«, sagte sie laut, stand auf und kleidete sich sorgfältig wie immer.

Walter war heute leider verhindert, er musste auf eine verspätete Trauerfeier für Geheimrat Aust, den im hohen Alter von 90 ein gnädiger Tod ereilt hatte. Zehn Monate davor hatte man »Onkel Ludwig« Roselius betrauert, der im Hotel Kaiserhof in Berlin ganz überraschend mit knapp 70 Jahren verstorben war.

Um die Mittagszeit schickte Walter ein Telegramm, welches Ella ihrer Großmama und der ganzen Familie, Trude und Gerda, Ada und Arthur, Bruno sowie dem Hausmädchen Mina, die gerade mit dem Geburtstagskuchen aus der Küche kam, auf der überdachten Terrasse vorlesen durfte:

Frau Lange, Landhaus Walter Lange, Rottach, Tegernsee

= ES TUT MIR SEHR LEID AN DEINEM HEUTIGEN GEBURSTAG NICHT BEI DIR SEIN ZU KÖNNEN ICH SENDE DIR MEINE LIEBE MAMA DIE ALLERHERZLICHSTEN GLÜCKWÜNSCHE HALTE DICH WEITER ZUR FREUDE VON

UNS ALLEN GUT AUFRECHT UND BLEIBE GESUND DU WEISST WIE SEHR ICH AN DIR UND DEINER MÜTTERLICHEN BETREUUNG HÄNGE NACHDEM WIR NUN SCHON IN HERZLICHER GEMEINSCHAFT 50 LANGE SCHÖNE JAHRE DURCHWANDERT HABEN AUCH WENN SIE SCHWER WAREN HABEN WIR SIE GEMEISTERT ICH BIN AM HEUTIGEN TAG BEI DIR UND EUCH ALLEN = EINEN HERZLICHEN KUSS VON DEINEM WALTER

Gerda, Gertrud und Ella in Rottach-Egern

Sarolta

Nachwort

Es sollte Sarolta nicht mehr vergönnt sein, den Untergang der verhassten Nationalsozialisten zu erleben.

An einem frühlingshaften Sonntagvormittag, Mitte April 1945, besuchte Gerda ihre Großmutter in ihrem kleinen Zimmer in der Pension in Bad Wörishofen. Sie fand sie mit dem Kopf auf ihrem Biedermeiersekretär liegend. Die Fülle ihrer grauen Locken bedeckten das Medaillon der Kaiserin Sisi, die Porträts von Fritzchen und Elisabeth sowie die aufgeschlagene Bibel. Es muss ein Sekundentod gewesen sein.

Walter Lange heiratete kurze Zeit später sein langjähriges heimliches Verhältnis Friederike. Die Geschicke der Firma »Franz und Kathreiner« leitete er, bis man ihm im Alter von weit über 70 nahelegte, in den Aufsichtsrat überzuwechseln. Das Haus in Nikolassee veräußerte er.

Bruno Lehmann erfuhr nach dem Krieg, dass seine Mutter in Theresienstadt elendig verhungert war. Er sprach nie darüber. Er heiratete Elli, die ihm über die Jahre die Treue gehalten hatte. Bis zu seiner Pensionierung war er noch für kurze Zeit Senatspräsident an einem Landgericht in Westfalen.

Ada und Arthur Göhler entkamen in letzter Sekunde der Feuerhölle des Bombenangriffs auf Dresden und lebten fortan in Bad Wörishofen.

Gertrud Ruge kehrte nicht in das zerbombte Berlin zurück, sie blieb am Tegernsee wie auch ihre Töchter. Gerda heiratete einen bekannten Schauspieler, Ella wurde eine erfolgreiche Grafikerin in München.

Viktor Baron Schoßberg verlor das Schloss. Er kam im Arbeitslager der Wehrmacht um, seine Familie rettete sich nach England.

Jennys Sohn Georg erhielt 1943 in Stockholm den Nobelpreis für Chemie und wohnte fortan mit seiner dänischen Frau in Schweden. Bruder Paul war in der internationalen Diplomatie tätig.

Ernst Hausers Sohn kam als CIC-Captain nach dem Krieg nach Bayern und lernte F. J. Strauß kennen. Später verband beide die Lockheed-Affaire.

Die Autorin

Die Schauspielerin Claudia Golling wurde in die Theater- und Filmwelt hineingeboren. Im Alter von 19 Jahren wurde sie Mitglied des Düsseldorfer Schauspielhauses, spielte unter der Regie von Jean Pierre Ponnelle. Ihr Debut hatte sie auf der Freilichtbühne von Schwäbisch-Hall in Schillers »Braut von Messina«. Sie bekam Rollen in zahlreichen Fernsehfilmen im In- und Ausland, unter anderem in Frankreich in der Kultserie »Les Brigades du Tigre«, im »Kommissar«, im »Derrick«, in dem opulenten Dreiteiler »Der Winter, der ein Sommer war« oder auch in der Romanverfilmung von Heinrich Manns »Im Schlaraffenland«.

Sie wirkte in etwa 40 Filmen mit, ihr beruflicher Schwerpunkt blieb jedoch das Theater. Claudia Golling lebt heute im Bayerischen Alpenvorland und widmet sich dem Schreiben.

Claudia Golling, fotografiert von Heidi Fruhstorfer

Dank

Danke schön an meine Eltern Gerda und Alexander für meinen zweiten Vornamen SAROLTA.
Danke an Nicolas Humbert für seinen berührenden Film über seine Mutter Eva Mohr. Er hat mich inspiriert in mein eigenes Familiengeheimnis einzutauchen.
Danke an Lianne Kolf für zwei wertvolle Ratschläge.
Danke an meinen Mann Henric L. Wuermeling dafür, dass er mit mir zur spannenden Recherche nach Ungarn fuhr, wo wir ein sagenhaftes Schloss im Dornröschenschlaf fanden, welches mittlerweile zu einem 5-Sterne-Hotel erweckt wurde.
Danke an meinen Sohn Alexander dafür, dass er da ist.
Großer Dank an all meine Freunde aus der schreibenden Zunft, die mich mit Rat und Empathie begleitet haben.
Danke lieber Hubert Klöpfer.
Dank an meine Lektorin Vanessa Menonna.
Dankbar bin ich über die Freundschaft zu Dr. Georg von Hevesy, die im Laufe des Schreibens entstanden ist. Ich danke dir, lieber Georg, von Herzen für deine Unterstützung.
Aber mein größter Dank gilt Petra Wägenbaur, ohne die aus einem Text nicht das Buch geworden wäre.
Außerdem bin ich zu Dank verpflichtet: WIKIPEDIA!
»Führer durch die Stadt HAMBURG« von 1861 (Weber Verlag)
Und dem Péter Esterhásy für die Anekdote »das Stroh der Csakys«, welche ich in seinem Buch »Harmonia Cälestis« entdeckt habe.

Gertrud, Walter, Bruno und die Autorin

Die Deutsche Nationalbibliothek verzeichnet diese Publikation in der Deutschen Nationalbibliografie; detaillierte bibliografische Daten sind im Internet über http://dnb.ddb.de abrufbar.

Golling, Claudia
Sarolta
Eine Geschichte von Courage
Historischer Roman
ISBN 978-3-948696-47-4

Umschlaggestaltung: wunderlichundweigand, Schwäbisch Hall
Satz und Gestaltung: Molino Verlag GmbH
Herstellung: PRS, Sindelfingen

© 2023 Molino Verlag GmbH, Schwäbisch Hall und Sindelfingen
Alle Rechte vorbehalten.